周百义文存

文存

第三卷

周百义 著

长江出版传媒

长江文艺出版社

图书在版编目（ＣＩＰ）数据

周百义文存 （一、二、三卷）/ 周百义著. -- 武汉：长江文艺出版社 2014.10

ISBN 978-7-5354-7367-7

Ⅰ. ①周… Ⅱ. ①周… Ⅲ. ①中国文学－当代文学－作品综合集②编辑工作－出版工作－文集 Ⅳ. ①I217.2②G232－53

中国版本图书馆 CIP 数据核字(2014)第 146521 号

责任编辑：杜东辉　　　　　　　　　责任校对：陈　琪
封面设计：徐慧芳　　　　　　　　　责任印制：左　怡　　包秀洋

出版：长江出版传媒　长江文艺出版社
地址：武汉市雄楚大街 268 号　　　　邮编：430070
发行：长江文艺出版社
电话：027—87679360
http://www.cjlap.com
印刷：武汉中远印务有限公司

开本：710 毫米×1010 毫米　　1/16　　印张：93.25　　插页：12 页
版次：2014 年 10 月第 1 版　　　　2014 年 10 月第 1 次印刷
字数：1415 千字

定价：132.00 元（套）

2005 年参加日本东亚出版人会议

上世纪评论井上靖与杨书案同名小说《孔子》的手稿

目 录
Contents

产业观察

市场瞭望

编辑研究

出版人才

经营管理

民营书业

出版杂论

第三卷　产业观察

出版"走出去"首先要走向全国

记者：长江社目前北京分公司组建的现状？

答：长江社目前在北京有三个分支机构，在上海有一个分支机构。由于这四个地方的情况各不相同，所以我们在管理上的办法也不同。如北京图书中心是社里全资子公司，是在北京市工商局和新闻出版局登记过的。而外国文学编辑部和《报告文学》北京编辑部只是组稿和制作机构，我们没有注册公司，出版与发行仍在社里。社里对他们是实行目标管理。

记者：中心与分公司有何不同？长江社对此类分支机构将来的格局如何考虑？中心什么时候升格为分社？

答：中心这个名称实际是在工商局注册时应他们的要求而定下的，其实它也就是一个公司，没有什么区别。我们希望这些分支机构经过一定时间的培育，待政策明朗后能够成为出版社的一个分社，走以资产为纽带，以共同的业务为核心的集团式的出版机构。至于中心什么时候能够升格成为分社，目前我们没有一个时间表。鉴于中心的负责人都是业内的专家，这两年的经营效果又十分明显，我们当然希望上级能够早日批准我们将中心改为分社或者给一个副牌。

记者：总社赋予中心和分公司怎样的人权、财权和物权？

答：总社对分支机构，在人权上我们赋予他们完全根据需要自主招聘的权力。这些人招聘后，按照劳动人事部门的要求，分支机构与他们签订合同，要购买保险，事后只需将人员名单报社本部人事部门备案即可。在财权和物权上，我们对分支机构都制定有管理办法，每年派会计事务所或社本部财务人员进行审计，这样我们就心中有数。同时，这些分支机构没有出版权，他们的组稿、编辑、稿费支付、印刷费的支付，都必须通过社里的财务部门，所以，他们在这些方面只是一个执行机构，我们承担了监管的责任。当然，我们对分支机构实行目标管理，具体的开支由他们根据权限自主决定，不必花钱都要社里批。

记者：前次的采访中，您说到您倾向于建蓝登那样的出版社，中心、分公司与您实现这一目标有何关系？

答：我希望的是，像兰登那样建立若干个分社，共用一个品牌，扩大出版社的市场占有率与影响。目前中心与分公司基本达到了这样一个目标。2004年，根据开卷的报告，我社文学图书的市场占有率已经排在全国第二名，这与我们的多方合作分不开。

记者：前次的采访中，您说到要实行股份制，以挽留人才。目前进展如何？

答：实行股份制的事，我们正在酝酿，制订方案，待时机成熟后将会相机行事。

记者：中心、分公司的设立，在机制上有什么创新的地方？对总社的促进带动作用是否明显？

答：中心和分公司的设立，可以说完全是按照市场经济规律来组建的。在这种机构里，不存在传统意义上的出版社"三项制度"改革的难题以及出版社转企这道坎，无论是员工的劳动关系、人事关系，还是分配制度，都是完全按照现代企业的方式处理的。同时，由于这种机制的灵活，他们不必为人际关系而耗费精力，出版社的所有员工都是全力以赴考虑出版优秀图书，为读者服好务。在实际工作中，他们对产品流程每一个环节的细心把握，追求完美的工作作风，他们对市场的研究与分析以及产品的选择，都有创新之处。所以，他们在观念、经营、管理上的创新，在产品制作与推广过程中的探索，都形成了自己的风格与特色，可以说，分支机构的成立，对我们这种传统出版社而言，是一个很大的促进与推动，对于出版社转变观念，加强管理，调整图书结构，市场营销与推广，都有直接的明显的借鉴作用。我们认为，成立分支机构不仅仅在于经济上的收获，更大的作用是推动了本部的改革与发展。

记者：对总社而言，管理上有什么难题没有？

答：管理上还存在一些制度上的缺陷。特别是社一级领导班子成员，基本是过去由上级决定的，无法全部发挥作用。同时还有一些不适应出版工作的同志无法分流，这些人增加了出版社的负担。当然，如果出版社转企，这些问题可能会好解决一些。

记者：您怎么看目前各社组分社、事业部、分公司等行为？

答: 我觉得,从整体上看,这是事业发展的需要,也是出版改革的必然,是对原有体制突围的演习。但是,对此要加强管理,规范行为,出版行政管理部门要支持但也要提出明确要求。我想,文化产业的繁荣与发展,需要这样一些探索。我们常常谈出版要走出去,意思是走到国外去。但我们如果拘囿于一地,连走向全国都谈不上,那怎么还谈得上走向世界呢?所以,我们在全国设立分支机构是走向世界的一个尝试。

(此文系接受《出版人》记者采访所写。标题系编者所加)

中国出版业与其它行业的差距在哪里

姜汝祥先生著《差距》一书，分析了海尔与 GE，联想与戴尔，华为与思科，方正与惠普，波导与摩托罗拉，格兰仕与沃尔玛等国内外知名企业各个不同方面的差距。中国的文化产业，也正在分为公益型事业单位与经营型企业单位，出版社除少数仍保留为公益型事业单位外，大多数马上就要转制为企业，成为市场竞争的主体，与国内外出版企业在市场上一决雌雄。这样，我们不能不思考同样一个问题，成为企业后，我们的出版社与其它企业相比，特别是与其它领域成功的企业相比，我们又有哪些差距呢？观念上，管理团队、运营流程、员工素质、战略布局上，等等，诸如此类。也许，我们只有正视这些差距，在转制后我们才不会手忙脚乱。只有找到这些差距，我们才能转变观念，改变思维方式，调整战略战术；才能在第一轮袭来的市场经济的大潮中不被呛昏；才能做到可持续发展，做大做强，不违背我们改制的初衷。

我们的差距在哪里，我们又怎样来弥补差距呢？

一、思想观念

首先，不少人认为，出版单位是舆论阵地，意识形态属性强，如果转制为企业，出版社就会把追求经济效益放在首位，这样，有社会效益的图书没人愿意出版，党的方针政策就得不到贯彻，腐朽没落的思想观念就会泛滥。当然，出版社最好仍然由国家作为特殊事业对待，不要把出版社全面推向市场。其次，也有人认为，不要看今天提出要把出版社当作企业，但有一天如果出了几本违背出版方针政策的书，涉及意识形态，上级感觉到会危及思想认识的统一，就会把出版社再与一般企业区别开来。另外一种观点认为，说是把出版社转为企业，真正落实，说不定是多少年后的事情。中国的事情都是雷声大雨点小，进两步退一步，万一实施中碰到困难，还会拖延很长时间的。

图书尽管作为特殊商品具有其二重性，但首先它是一个商品，具有商品的一般属性。无论是域外发达的市场经济国家，还是新中国之前的若干岁月，出版社本来就是一个既有文化传承的责任但同时又创造财富的机构，目前提出让出版社从事业单位转制为企业，不过是回归了出版产业的本位，而不是什么创新的举措。大家存在这种观念，主要是建国后，出版业沿袭苏联的管理政策，把出版社当成了一个重要的宣传阵地，放大了它的意识形态属性而忽略了它的商品属性。所以，出版社在政策的保护下，几乎丧失了参与市场竞争的所有能力，虽然从上世纪90年代开始实行事业单位企业管理，从没有竞争发展到有限的竞争，从完全的计划经济向混合经济过渡，但由于出版行业属于特殊行业，准入门槛高，出版社具有一定的比较竞争优势，相对其它行业而言，管理水平不高，劳动效率较低，员工敬业精神参差不齐。出版社主要凭教材教辅垄断经营赚得丰厚的利润，职工平均收入水平一般高于其它行业，目前，出版社转制为企业，实际上是"拨乱反正"，还出版社的本来面目。在出版社工作的员工大都具有较高的文化程度，应当明白这个道理，但由于多年的保护政策，出版社的员工养成了一种"天之骄子"、"天赋特权"的优越感，人们希望政府开放的步伐慢一些，保护多一些，自己的实惠多一点。而对于中华民族文化产业的发展壮大，对于中国参与世界竞争的力度，大家关心较少，对于出版社转制为企业后出版导向的把握危言耸听，只不过希望"上级"考虑政治导向继续维持出版的封闭。从国外的出版来看，按市场规律运行的出版业，并没有出现颠覆政府的作用，也没有将资本主义和平演变为社会主义，而是无形中成为传播本国的价值观念、成为国民经济强大支柱的一种企业组织。

其实，出版的社会效益与经济效益并不矛盾，有社会效益并且适合读者需求的出版物，一定会拥有广大的市场，同时，有发展远景的出版企业，决不会为一时的蝇头小利而降格以求。出版社转制为企业，把文化当作一种产业来经营，是党的十六大报告中已经决定下来的，也决不会是一时的权宜之计。我们已经看到，今天中国的企业，只有极少数还拥有部分垄断资源，绝大多数已经完全跨入了市场经济，不少的企业因经营不善破产，不少的工人因为工厂倒闭而失业，对于政府保护、计划经济他们已感到陌生，因此，他们知道市场的竞争是残酷的，优者胜劣者汰，改革开放之初曾经一度辉煌的品牌，如湖北的"沙松"、"莺歌"，北京的"香雪海"等，已经销声匿迹，而海尔、格兰仕、方正、联想、华为、娃哈哈等已经崛起。如果出版业坐以待毙，那些曾经辉煌但已经销声匿迹的企业就是我们的未来，如果我们奋起，海尔等就是我们的榜样。我们应当正视现实，而决不是去寻求保护。

二、管理团队

在现代企业里，谈董事长，谈首席执行官，谈管理团队，而在出版社里，沿用的仍是官商不分的亦政亦商的管理体制。出版社有对等的行政级别，社级领导有对等的行政级别，中层干部有对等的行政级别，"党管干部"百分之百正确，但管理团队的能力、经验、合作精神则是次要的。综观出版社的管理团队的来源，不外乎几个渠道：一是从本单位培养的，这些人大多是编辑出身，懂编辑业务但很少懂经营管理。近年来我们的管理团队"在战争中学习战争"，经营管理经验有所增强，但与其它企业，特别是其它企业相比，大多数出版社的负责人还是在"摸着石头过河"。二是从上级派来的，如宣传部、出版局等机关里的"德才兼备"或资历已到的同志，他们有行政经验但缺少业务知识，他们视野开阔有干劲但大多数不得要领，一部分通过交学费逐步积累了经验，但有些最终也没修成正果。第三种是系统内调配的，从一个单位安排到另一个单位，这些人或者是与原单位的同事不合作，需要动动，或者是异地提升。因此，很多人是在安排个位置，至于管理、效益、发展，则是次要的。因此，谈不上职业经理人，谈不上首席执行官。而在所有成功的企业里，决不会为了"落实干部政策"而派一个平庸的人去做首席执行官。一个首席执行官的选拔是十分慎重的，他关系到企业的生死存亡。做路由器起家的思科，当初的风险投资商唐·瓦伦蒂尼提出的条件是，他必须对管理层的人选有权介入。他挑选了曾在霍尔维尔工作过的约翰·莫格瑞德做CEO，这个人帮助思科建立了一个职业管理团队。

出版社如果作为一个企业，必须十分重视管理团队的整体素质与管理水平，特别是首席执行官的整体素质。办好一个企业不容易，但办垮一个企业只需一个人就行了。这就是成也萧何败也萧何。我们必须改变过去选拔出版社负责人的做法，不要把选拔公务员的程序照搬到选拔首席执行官上来。这里需要我们培育职业出版经理人市场，按照市场规律，挑选出版社的首席执行官。

三、员工素质

任何一个成功的企业里，员工的素质都十分重要。这种素质一是教育背景，二是实践技能。特别是出版社这种文化企业，产品的差异性十分大，每一种产品都有着自己的文化内涵，都体现着自己的特殊价值，这就对从业者提出了很高的要求。在日本的讲谈社里，每年招聘25人左右，这25人是从上万个报名者中反复遴选而出，而且这些从业者都通过不同部门的适应才开始独立工作。而中国的出版业里，特别是一些上世纪80年代成立的出版社，很多人缺少良好的教育，然后又为国分忧安排转业军人，安排家属子女，安排各要害部门的关系，一个出版社里，真正受过正规大学教育的人大约在三分之一左右，出版社承担着一个企业本不应承担的义务。

在一家成功的出版社里，必须把住入口关，即使过去已经造成了既成事实，从现在开始，也必须充分认识到企业在竞争中人员素质的重要性。同时，利用出版社转制之机，对于一些不适应出版社工作的人员，或通过开办具有独立法人资格的辅助产业使之分流，或通过末位淘汰裁减冗员，或按照社会人力成本降低这部分人的工资收入，使一线人员与辅助人员的结构比例协调。一时人力资源不能达到合理程度的，也要通过三五年时间使之逐步趋向合理配置。

四、经营策略：核心竞争力

企业很多时候经营战略、管理水平、市场环境基本是相同的，如果一个企业想要在竞争中立于不败之地，或者说保持一定的生存能力，必须具有自己的核心竞争力。所谓核心竞争力，就是你具有的别人无法复制的那部分能力。这部分能力可能是你所拥有知识产权的产品，或者是运营流程，或者是你的市场策略，或者是你的企业文化。如海尔在家电产品的竞争中，为什么能具有领先优势，并不在于它的家电产品功能上有多少特点，而是它的"五星级服务"，而是它领先一步的发展战略，当然，还有它"日清日高"的管理制度。沃尔玛的核心竞争力，主要是勤配送系统和吸引客户忠诚的经营能力。我们国内不少出版社，除少数出版社外，大多没有自己的核心竞争力。出版社缺少拥有知识产权的重要产品，缺少良好的员工队伍，缺少有前瞻性的发展战略，如果让民营或者外资介入出版，现有的大多数出版社是会走向消亡的。

出版社在竞争中，必须明白核心竞争力的重要意义。在与对手的角力中，找到一两件利器。核心竞争力究竟在哪儿呢？这就需要出版社的首席执行官分析自己的优劣得失，有意识地寻找自己的优势，强化自己的优势，将其培养成企业的核心竞争力。并且根据形势的发展，不断调整充实完善自己的核心竞争力。当然，国内并不是没有成功的出版企业，但关键是现在还没有人将其经验总结出来，供整个出版界学习借鉴，提高共同的管理水平。

五、运营流程

出版社的编、印、发过程并不复杂，从事出版的人都知道是怎么一回事。但正是这种并不复杂的过程，社与社之间却能见出高低。有些社，编、印、发之间缺少协调，编辑抱怨发行不努力，图书没能发好，发行抱怨编辑，说没有出好书，让我们到哪儿去发！其实，从成功的出版社来看，特别是市场依存度很强的企业，编辑、出版、发行每一环节都必须像机器的齿轮一样，啮合十分紧密。一个产品，从确定选题，到编辑修改、润色，确定体例，到版式设计，纸张选用，都要从市场考虑；出版环节根据编辑的建议，要预算成本，选择工厂，确定交书时间；发行环节更要根据产品的进度，让市场部安排宣传营销，销售部联系销售渠道，介绍产品，寄送宣传材料，图书发送时，要考虑发货的时间安排，要搜集图书上市后的销售动态，校正宣传策略，考虑调货或者重印。一本书的成功不仅是环节之间的配合，更重要的是细节的安排与实施。有一本经营管理图书的书名就叫做《细节决定成败》，此话道出了管理的精髓。

当然，如果是一个小出版社，实行扁平化管理，各部门之间还好协调。如果是一个大社，就必须设立专门机构进行协调，保证生产流程不受阻滞；或者划小生产单位，实行事业部制，独立核算，减少生产流程上的障碍。北京外研社、法律社、机工社、电子工业社等大型出版单位，正在采取事业部制的办法，以改善大型出版社的管理，使之运作方便、高效。

六、企业文化

许多成功的企业都认为，其成功的秘诀在于有了自己的企业文化。企业文化是凝聚员工的要求，也是持续性发展的动力。香港的一家船务公司，专门成立了东方文化研究中心，每年拨款用于出版研究成果。他们认为，企业竞争的方法是相同的，但企业有没有文化则是不同的。一个具有竞争力的公司一定有自己的企业文化。如惠普建立在社会价值基础上的人性理念，戴尔建立在客户基础上的价值理念。联想的杨元庆将他们的企业文化分为四个阶段，第一阶段是创业文化，第二阶段是目标导向文化，第三阶段是规则导向文化，第四阶段是团队亲情文化。他们的核心理念是：把员工的个人追求融入到企业的长远发展之中。它的企业精神是：求实、进取、创新。如海尔"敬业报国、追求卓越"，"海尔只有创业没有守业"等。

而我们的出版企业本来是一个最有文化的企业，但很多企业没有有意识地形成自己的企业文化。一是对企业文化在用于凝聚人心，鼓舞士气，持续发展中的作用认识不足；二是忙于日常事务，没有刻意去根据企业特点提炼具有代表性的企业文化口号；三是有企业文化但没有注意贯穿在日常生活与事务中，没有将企业文化用在管理与发展中。因此，员工没有主人公精神，没有为企业忠诚服务的意识，没有为自己的客户服务的意识。从目前的状况来看，员工不是考虑企业的可持续发展和企业的财政支持能力，没有考虑国家、集体与个人三者之间的关系，而是过多地考虑自己的收入。对于企业的未来，对于企业的状况，他们并不关心。这样的企业，从竞争的角度来看，是没有希望的。

总之，出版社与国外成功的出版企业相比，与国内成功的企业相比，各方面都存在十分大的差距。缩小这种差距的方法，首先是从体制上解决现有出版单位的产权归属，解决所有者失位的现象，要大胆借鉴企业的成功发展经验，实行产权多元化，特别是吸取国企改革中的教训，引进民营与外资，不要单纯地由不同国有资本合资。实践证明，单纯的国有资本之间的合资，依然是聚集在国有的旗下，不利于互相监督，企业仍然缺少动力。二是彻底改变选人用人的机制，通过组织推动，市场化运作，培养职业化的管理团队，特别是要选好首席执行官。三是建立完备的企业管理制度，通过制度保证企业可持续发展。尤其是前两个方面，在今天来看，是非解决不可的问题，否则，中国出版业与先进企业的差距将会越来越大。

（原载《编辑之友》2005 年第 3 期）

出版业如何进一步提升市场竞争力

中国出版业，特别是国有出版业，随着中国经济由计划经济全面走向市场经济，随着出版行业中计划经济成分的逐步减少，整个行业的市场意识在不断觉醒，市场适应能力在不断地提升，这是大家公认的事实。但是，从客观实际来看，整个行业与其他行业比较，因为进入市场的时间相对要晚，再加上出版的特殊性，因此，无论是观念上，还是操作能力上，整个行业的市场竞争能力都还有待进一步提升。今天，探讨如何提升市场竞争力，不仅有其理论意义，更有其现实意义。不过，提升市场竞争力是一项长期而系统的工作，需要我们全方位地努力。笔者试从如下几个方面探讨其提升竞争力的路径。

一、转变观念，牢牢确立以市场为中心的指导思想

以市场为中心，从表面上看，已几乎没有人再提出异议，但是，在人们的观念中，有形与无形的束缚并没有彻底解除。图书是不是商品，如果从理论上说大家都不再争论，但由于几十年意识形态的浸润，人们总把出版物看成是附载了很多政治色彩的商品，是承担教化的工具。在一定程度上，大家注意的焦点不是市场，不是读者。正如人们对某些奖项评价所言："领导是读者，仓库是归宿。"当然，就目前而言，完全持有这种观念的人虽然不多了，但对何处是市场，市场的需求在哪儿，并不完全清楚。或者说对笼统的市场知道，但对细分市场，对特定读者的需求并不知道。相对于前者而言，这是另一种观念上的束缚，而这种束缚的根源是大家习惯了的计划经济。正如一个长期被关在屋子里的人，一旦走出房门，就不知东南西北一样。所以我们经常看到还有不少人仍在怀念计划经济，希望尚存的计划经济部分能够保留得时间长一些，多一些。

因此，提高出版业的市场竞争力，从业者要彻底摒弃头脑中的计划经济残余，确立以市场为中心，以读者为服务对象的指导思想。只有时时刻刻想着读者，时时刻刻想着服务读者，才能在实际工作中一切以市场的需求为行动的指南，为努力的方向。如科学技术的发展，各种新产品层出不穷，这就需要我们为读者提供最新的使用手册，最新的维修手册。如农业科学技术的发展，我们需要为农民兄弟提供最新的普及性的实用的读物。如金融市场的发展，人们对股市、基市的关注，此类图书就应运而生。如人们生活水平的提高，大家对生活质量的关心，有关休闲养生类图书的需求就大增。总之，只有调整思路，把关注点移到市场上，关注社会生活的发展变化，才能成为市场的胜者。

当然，我们在这儿谈到关注市场、服务读者，并不是说出版工作者就摒弃自己的社会责任，一味地迎合不健康的趣味。实践证明，真正受大众读者欢迎的，是积极向上、健康有益的出版物。我们要适应市场，但还要引导市场、开拓市场，让人类社会的基本价值观、让民族的优秀传统在出版物中得到弘扬。

二、流程再造，企业与市场实现零距离

提高市场竞争力，转变观念是前提，但绝不仅仅是转变观念就可以代替实际的操作。适应市场，我们首先必须在组织机构上，在流程上，以市场为圆心，重新进行设计，实现与市场的零距离。譬如在计划经济时代，出版社的机构是按照准行政的级别来设立的。社长、总编辑、副总编辑、编辑部主任、副主任、编辑，从上至下，是一个金字塔形。如果编辑有一个好的创意，要在最短的时间内实现并投放市场，就必须通过层层的上报与审批，就必须按照一个固定的时间大家来讨论，这可能在某一个环节被卡住，或者因时间的延误以至于夭折。即使选题被通过，也可能会因一个个辅助部门的不积极配合而失去投放市场的机会。

适应市场，就必须缩短与市场间的距离。首先，在出版社的机构设置上，要考虑减少决策层次，降低决策成本，以便更快捷地对市场信号进行反应。目前一些较大型的出版社里，实行事业部制，从选题到产品的上市，均由事业部自主决策，其效益进行独立核算。这样既减少了很多环节，提高了效率，也提高了经济效益。在一些中型的出版社里，也相继成立了策划部、营销部，

搜集信息，研究市场动态，在产品的全流程中，实行营销管理。同时，通过现代科技手段，建立内部办公系统，将金字塔形管理体系变成扁平化管理，减少了决策层次，缩短了时间。在出版产业链的各个环节上，通过制度化和计算机技术，实现无缝对接，减少磨擦和阻力。也许，作为一家传统的出版单位，希望在某一天突然完全与市场对接还做不到，但是必须明白，要想驾驭市场，就必须改革一切不适应市场竞争的机构与流程，一个环节又一个环节地加以调整，使之与市场完全接轨。

三、锻造团队，勇做市场弄潮儿

出版业要提高市场竞争力，关键是要有一批了解市场、会经营的团队。因此，锻造一支能征善战的管理团队和业务团队，是能否取胜的关键性一步。

在一个企业里，掌舵人是企业能否成功的重要因素。在现有的体制下，企业负责人的产生有各种不同的途径，笔者在《论出版社可持续发展》一文里曾经分析过，这些负责人一种是从本企业里成长起来的，一种是从上级机关派来的，一种是从其他业务单位调来的。目前，相当多的出版企业负责人的产生多半还是以选拔公务员的方式产生的。这些按照公务员选拔方式产生的掌舵人，其从观念上、实际经验上，往往与竞争激烈的市场需求还有些差距。其中也有一些同志经过多年的实践，交过或多或少的学费后，也积累了丰富的经验，但这毕竟是少数人。同时，管理团队中的其他成员，也基本是以选拔公务员的方式选拔的，他们只对选拔的上级负责，并不需要完全对主要负责人负责。这在管理团队中埋下了不和谐的因素。而业务团队中，有部分人是过去接班的家属子女，或者转业军人，由于出版社的特殊要求，他们很难完全适应这种对文化素养要求很高的出版业。即使是分进来的大学生，如果出版社缺少必要的培训机制，成长也需很漫长的时间。

因此，锻造一支合格的出版团队，是提高市场竞争力的关键。首先，出版业要改变过去干部选拔的方式，引进职业经理人制度，将有理论修养、实践经验、成功经历的优秀管理者选拔到领导岗位，要克服管理团队的凝聚力、向心力不够的弊端，组建以首席执行官为领袖的管理团队。出版社要通过改革，逐步减少辅助人员与业务人员不协调的局面，要加大培训力度，提高业务人员掌握市场主动性的能力。只有这样一支思路开阔，反应敏锐，业务娴熟，精干高效的出版团队，才能在竞争中立于不败之地。

四、品牌塑造，抢占市场制高点

随着图书市场供大于求的局面的出现，图书同质化的现象日益严重，在这种不可避免的竞争环境下，只有通过差异化经营、走品牌化之路才能保证自己产品的市场占有率。品牌的价值与作用，在我们的生活中随处可见，吃、穿、住、行、用，不同行业都有不同的品牌，我们每一个人也都有自己喜爱的品牌。图书市场的竞争原理与其他商品并无二异，只有提高产品的知名度、美誉度，进而影响读者的购买习惯，才能在激烈的市场竞争中取得先机。

关于品牌的重要性，出版从业人员，特别是管理者对此并不陌生。但关键是在现有的基础上，如何有计划、有步骤地确立品牌，并通过持续不断的营销，让品牌在读者心目中树立起来。

品牌的确立，不是单方面的主观行为，其必须受制于所在出版单位的专业分工、特色定位、人员素质、经济状况，以及竞争对手的力量。品牌的维护与确立同样重要，投入人力物力打造的品牌，如果不注意维护、创新，同样也没有生命力。

五、不断创新，永做市场排头兵

市场是变化的，竞争的环境、条件也是变化的。出版业要想保持可持续发展，必须加大创新的力度，以适应市场的挑战。因此，我们要注意体制创新、机制创新、技术创新、产品创新，以及服务创新。目前，体制上的创新虽然比较缓慢，但已经提上了议事日程，有些正在付诸实施。如全国范围内的出版单位由事业单位转变为企业，使其成为真正的市场主体，就是从根本上解决束缚出版社生产力发展的体制上的弊端。虽然此次的转企改制较之以往是革命性的变化，但目前还仅仅是将国有事业单位变成了国有企业，其原有的所有者缺位与经营者动力不足的问题还没有得到彻底解决。让人欣慰的是，目前正在试行的出版单位上市已经提到了议事日程。上海新华书店借壳华联超市上市、四川新华文轩在香港上市，辽宁出版集团、知音传媒集团即将上市，尽管上市的出版单位还是少数，但其昭示着中国出版业正在由过去的封闭走向开放，由过去的宣传阵地成为文化产业。这些体制上的创新为全面地迎接市场挑战奠定了基础，一切不适应市场规则的羁绊都会被无情地荡涤。这是一个不可逆转的发展趋势。

当然，创新不仅仅是只搭建一个舞台，其实舞台周边的环境已经发生了很大的变化，台下的观众也已经不是过去的观众了。读者消费方式已经随着新材料、新技术的变化在变化，纸介质媒体阅读率的降低是一个不祥的信号，但也预示着新的机会的诞生。光、声、电、磁，载体不断地变化，新的阅读方式也在变化。尤其是数字化技术、互联网技术的不断更新，出版的内容与形式也有了革命性的变化。出版工作者不要把新技术革命看成洪水猛兽，而是要努力学习，掌握新技术、新材料，并将其转化为出版生产力。当下的掌上阅读器、手机小说、手机报纸、无线阅读，正显示着新的出版方向的产生。如果不跟上新技术、新材料发展的步伐，出版的竞争就是一句空话。

出版产业是内容产业，无论是纸介质媒体，还是数字化阅读，都需要丰富的内容。提高市场竞争力，需要我们在内容上不断地创新，满足不同读者的阅读需求。而内容创新不是空穴来风，不是生产者的一厢情愿，而是对社会生活发展变化的密切跟踪与研究。近年来经济管理类图书的热销，文史类图书的热销，健康保健类图书的热销，都证明了经济生活与出版的互动关系。当然，创新不仅仅局限于内容，也体现在形式上。如以山东画报社《老照片》为代表的图文本图书的持续热销，反映了经济发展、人民收入增长后阅读的新趋势。上海文艺出版社的《话说中国》一书，在图文本的基础上融入了网络化时代的表达方式，在前者的基础上又有了新的拓展。

提高市场竞争力，需要我们注重服务创新。互联网技术的使用，为网上订阅与网上销售提供了便利，使消费者与供应商消除了时空距离。出版社要重视自身网站的建设，不仅要把网站当成一个宣传的阵地，还要办成与读者、作者交流的平台，办成销售的平台。当当网、卓越网等网上销售模式已经成熟，他们免费送货上门，先送货后付款，年轻的消费者已经习惯了网上购物这种新的模式。以贝塔斯曼为代表的俱乐部销售模式，给中国的消费者提供了新的服务方式，他们在中国已拥有了几百万年轻的会员，而中国人也从中受到启发，各种本土的俱乐部如雨后春笋。《长尾理论》一书则揭示了网络时代和数字化时代商品销售的新变化，人们在重视畅销商品的同时，也开始重视长尾部分的个性化消费者。这些，都为我们开展服务创新提供了新启示。

（2007 年闽浙赣鄂四省出版研讨会演讲论文）

商业化时代出版人的文化追求

摘　要： 在概述出版误区的基础上，阐述了出版的本质与使命，认为出版人应当有社会责任与担当，有文化追求，有出版家的胸襟，去构建民族精神，塑造文明社会；并从出版者的角度提出了出版人的文化追求体现在办社的发展战略、产品的创新以及出版物的质量上。

关键词： 商业化时代　出版人　文化追求

随着中国加入世贸组织过渡期的结束，中国的出版产业正在并将继续发生深刻的变化——外资进入，出版社转企改制，教材教辅降价与招标发行，教材免费发放与循环使用，新技术、新材料不断涌现，市场的无序竞争，中国的出版人正面临一场前所未有的挑战。在市场经济的大潮袭来之际，如何坚守出版的文化品格，保持出版对民族文化、民族精神的塑造与传承功能，成为我们的一个新命题。

1. 让人隐忧的出版误区

新时期以来，中国出版业继1979年"长沙会议"之后，出现了一个前所未有的大发展局面。出版社从1978年的105家增加到2005年底的573家，图书品种从1979年的17 212种增加到22.2万余种。出版业作为精神文明建设的重要阵地，不仅丰富了亿万人民的文化生活，而且对中国的经济发展也做出了卓越的贡献。但是，随着中国市场经济时代的全面降临，人们更多地关注码洋、利润等可以量化的数字，对出版业的精神属性渐渐遗忘。出版社早已成为事实上的企业了，实现利润的最大化也没有什么可非议之处，但是，出版界越来越多的急功近利甚至见利忘义的行为不禁让国人担忧。诸如出版社一窝蜂争出教材教辅，原创图书比例偏低，跟风出版现象严重，少数图书格调不高，娱乐化读物过度泛滥，编校质量低劣等，已经成为社会诟病的焦点。因此，有学者指出，出版在某种程度上已经陷入了一个新的误区。

据统计，2005 年，全国中小学课本及教参销售 80.02 亿册，占销售数量的 50.7%，包括教辅的文化教育类出版物 47.54 亿册，340.92 亿元，占销售数量的 30.1%。两者相加此类读物占全国图书销售总额的 80%[1]。另据 2006 年度图书零售市场报告显示，不包含中小学教材，教辅码洋占整个图书市场的 18.95%，册数比重已达到 30% 以上[2]。出版经济成了教材经济，这已是不争的事实。尤其是一些县级市的新华书店，70% 的利润都是靠发行教材[3]。实际上，各省出版发行利润的 70% 甚至 85%，都是由教材教辅产生的。每一个省的出版社，无论是什么专业分工，大多数产品都与教育有关，或者希望与教材有关。而这条教材教辅供应链的驱动力，理由是十分的堂皇，其实大家都不言而喻。千军万马争抢这块蛋糕，没有谁考虑这样的结果对教育、对学生有没有益处。很多身为家长的出版人，自己也在抱怨学校给孩子的书包里塞了太多无用的材料，有些书家长付了钱，学生最后连看都没有时间看一眼，而老师从开始也就没有准备让学生看。一位交流到武汉一所重点中学的法国中学生回国后写道，他所见到的中国高中学生，都说学习太累，大家都希望毕业后到美国去上大学。他写道："难道中国没有人考虑祖国的未来吗？"连一个法国中学生都在替中国的未来担忧，而我们身边的人却视而不见。事实上，1999 年《中共中央、国务院关于深化教育改革全面推进素质教育的决定》就指出："减轻中小学生课业负担已成为推行素质教育中刻不容缓的问题，要切实认真加以解决。"之后又多次下发此类文件，但收效甚微，关键是，每一个环节都有自己的神通。2006 年，全国范围内开展反商业贿赂，教育行政主管部门、学校、出版部门的少数人相继受到查处，这条产业链的谜底才算揭开。

与教材教辅泛滥同样让人担忧的是，图书品种在不断增长。据统计，2005 年全国共出版图书 22.2 万种，其中新书 12.8 万种。这是有关部门根据书号使用情况对国有出版单位的统计，但由于书号限制使用，结果和初衷相反。"目前在流通领域当中存在着'一号多书'现象，即多种商品使用同一ISBN。"[4]如贵州省罗甸县为完成义务教育阶段普九全县中小学图书馆配书，进行了 26 万余册大宗图书招投标工作，指定购买近年出版的新书，码洋为461 万元。贵州省新闻出版局对罗甸县两所学校进行抽样查验，共抽样书3733 种 6774 册，发现这些样书普遍存在一号多书的非正常出版现象。少则一号几十种，多的达 200 余种[5]。由此类推，全国出版图书并不止上述的统计数字。

中国有十三亿人口，一年出版几十万种图书并不奇怪，关键是这几十万种图书中，真正有学术含量、文化价值、创新精神的作品所占比例并不大。重复出版、跟风现象、注重实用而缺少文化含量的同质化图书，大量充斥市场。有研究者指出："重复出版可谓是中国出版近年来一大顽疾。模仿某畅销书、克隆其话题、封面、文字……其中尤以财经励志类为甚……某些世界名著或经典文章，反复出各种不同版本，虽大多换汤不换药，出版社却乐此不疲。"⑥由于出版界盲目追逐利润，不断扩大生产规模，图书的编校质量也不断下降。《光明日报》记者郭扶庚在调查中发现，"时隔两年不仅上述问题没有得到缓解，教辅图书粗制滥造、质量低下的问题更加使人触目惊心。知识错误、字词错误、插图错误随处可见"⑦。2007 年 1 月，《中华读书报》刊发了一位普通读者就图书质量问题致新闻出版总署署长龙新民的信和龙署长对此的回信。读者汪新章在信中写道："这次给您寄去两本 XX 出版中心发行的书：《鲁迅评传》《文坛五十年》……出现《鲁迅评传》这种不说'绝后'，也属'空前'的问题书，可见在一些人的心目中，对图书质量是如何的不当一回事。这当然是个案，但也可见情况的一斑。据统计，《鲁迅评传》有错、漏、多、倒字 708 处，脚注差错 447 个，合计 1155 个，差错率 43.4/10000 （1155/266 千）；《文坛五十年》有错、漏、多、倒字 238 个，差错率 8.58/10000 （238/280 千）。"龙署长在回信中写道："出版物质量的高低，不仅关系到千千万万读者的权益，而且关系到我国出版业的繁荣，关系到社会主义和谐文化的发展。"⑧因此，新闻出版总署将 2007 年定为"出版物质量管理年"。

本土原创的作品乏善可陈。2006 年末，不同的媒体组织评选了十大好书。人民网组织网友与有关专家评选的是：《大碰撞：中国改革纪事》（马国川著）、《一代名士张伯驹》（任凤霞著）、《列侬回忆》（［美］温纳著）、《品三国》（易中天著）、《周恩来的晚年岁月》（刘武生著）、《20 世纪思想史》（［英］彼得·沃森著）、《于丹<论语>心得》（于丹著）、《八十年代访谈录》（查建英著）、《长征》（王树增著）、《我的名字叫红》（［土］奥尔罕·帕慕克著），其中三本为引进版。由几十家纸质媒体评出的十大好书是：《我的名字叫红》（［土］奥尔罕·帕慕克著）、《八十年代访谈录》（查建英著）、《世界是平的》（［美］托马斯·弗里德曼著）、《伶人往事》（章诒和著）、《这个世界会好吗》（梁漱溟口述）、《上学记》（何兆武口述）、《哥伦比亚的倒影》

（木心著）、《追风筝的人》（［美］卡勒德·胡塞尼著）、《为什么读经典》（［意］卡尔维诺著）、《太平风物》（李锐著），其中引进版有四种。年度好书中，只有一本李锐的小说入选。而这些本土原创的作品中，也缺少对当代人的精神生活产生重要影响的作品。而大量的无厘头搞笑、网络准色情出版物，恐怖灵异、奇幻魔幻类出版物，占领了很大一部分青少年读物市场。

2. 出版的本质与使命

出版是一种经济活动，是一种具有二重性的经济活动，我们无形的精神追求是附着在可触可感的经济活动上的。实际上，经济效益与社会效益并不是对立的，中外出版史上将二者结合得很好的不乏先例。但一个出版人有没有社会责任与担当，有没有文化追求，有没有出版家的胸襟，在出版实践中，则是有高下之分的。

近代中国，一大批知识分子相继投身于出版事业，将出版作为自己实现人生理想和价值的寄托。这些最早的书局，都是私人资本，实行股份制，但无论是创办者还是直接参与出版活动的知识分子，始终把出版作为传播新思想、振兴中华民族的阵地。中华书局的创办人陆费逵有一段名言："我们希望国家社会进步，不能不希望教育进步；我们希望教育进步，不能不希望书业进步；我们书业虽然是较小的行业，但是与国家社会的关系却比任何行业为大。"（《书业商会二十周年纪念册序》）。商务印书馆的创始人夏瑞芳与其早期的创办者都认为，出版是"开发中国的急务"。商务的创办人之一的高凤池认为出版与银行、报馆是当时社会最为重要之事业。"这三种事业与国家社会民族有极大关系，力足以移转国家社会的成败、兴衰或进退。"实际上，中国的近代出版不仅成为开启民智、改造国民性的重要工具，还成为思想文化革命的先锋。如汪孟邹创办的亚东图书馆，出版发行了陈独秀、胡适之等主办的《新青年》杂志。《新青年》高举科学与民主的两面旗帜，成为近代中国思想文化革命的策源地，整整影响了一代知识分子。近代中国出版对中国社会的变革与发展之所以做出如此巨大的贡献，关键在于有一大批"拥有社会良知和人文素养，意识到自己的文化责任，是关心社会政治、文化、国家与民族前途的高人和文化人合一的新一代出版企业家"[⑨]。他们敢为天下先，善于经营管理，取得较为丰厚的利润，然后又将其中部分回报给社会，出版一大批开启民智的时代急需的读物。这些出版人，由于他们的学养，自己不仅是出版人，同时也是作者，如开办过七个出版社的鲁迅，著述等身，是新文化运动的领袖。如叶圣陶、巴金等，他们更是中国近代文学史上的翘楚。这些作家为了扶持作者，传播新知，宁肯暂时放下手头正在进行的创作，也要做出版家，为中国的进步传播科学文化。翰林出身的出版家张元济本人，在中华民族的危难之际，则自己拿起笔来，从《史记》《左传》《战国策》中撷取8篇故事，亲自动手编写了有强烈针对性的《中华民族的人格》一书。书中所选择的十几个人物，无一例外都属于慨当以慷、勇于就死、舍生取义的豪杰。张元济在每篇文章的后面加以点评，指出这些豪杰人格力量的所在。这本小书在抗日烽火燃遍神州之际起到了号角与鼙鼓的作用。

中国近代的出版家当属于有文化追求与文化责任的先驱，国外的出版人中也不乏一些理想主义者。当下日本有一批编辑，他们在职时曾经为日本的出版做出了杰出的贡献，退休后，为了促进东亚三国书籍文化的交流，由日本丰田公司赞助，每年轮流在日本、中国、韩国三地召开一次东亚出版人会议。会议的宗旨是，"通过这个平台进行有关书籍、编辑、出版的对话，相互推荐和交流图书出版信息，跨越地域界限在东亚再发现并分享书籍文化的公共性……企盼这个尝试能够有助于拥有悠久书籍文化历史的东亚地区创建新读书共同体。"七十高龄的原日本平凡社董事、编辑局长龙泽武，原日本misuzu董事长、社长加藤敬事先生等，不取分文报酬，每年亲自组织会议。笔者曾参加在日本东京举行的一次会议，七十高龄的加藤敬事先生乘坐交通车到成田机场亲自接送我们。会议简短、务实，没有什么旅游之类的安排。大家讨论的是共同关心的书籍与文化建设。

出版之于构建民族精神，塑造文明社会，世界上不少出版人都为本民族乃至世界做出了杰出的贡献。德国的苏尔坎普出版社尽管在规模上不及那些超大型的出版社，但在战后德国文化建设中所承担的责任和义务，同样发挥了重要的作用。二次大战后，战争不仅摧毁了德国的建筑，而且摧毁了德国人的信仰和精神。在这样的历史时刻，以翁泽尔德为社长的苏尔坎普出版人倾全社之力重建战后联邦德国的思想文化之"厦"。他们在上世纪60年代推出了"彩虹计划"，用赤橙黄绿青蓝紫7种颜色标识出7个系列，试图为战后新一代德国人系统地普及全世界和德国的优秀文化，提升整个德意志民族的思想文化水准。到目前为止，"彩虹计划"已经出版两千多种图书。与此同时，苏尔坎普出版社还培养了全德国几乎所有的大师和著名学者，包括黑塞、阿多诺、布洛赫、普莱斯纳、霍克海默、哈贝马斯等。正是坚守文化建设的理念，苏尔坎普出版社才奠定了今天在德国出版界的地位[⑩]。

3. 我们应当坚守的底线

市场经济的浪潮席卷中国出版界，拜金主义纷扰着出版人的价值判断，以利润论英雄在某些局部成了硬道理。出版社是一个企业，没有利润无法维持生存与发展，但是有没有文化理想，有没有文化追求，则是一个出版家与一个出版商的区别。中国现代著名出版家张静庐先生曾指出："钱是一切商业行为的总目标，然而，出版商人似乎还有比钱更重要的意义在上面。以出版为手段而达到赚钱的目的，和以出版为手段而图实现其信念与目标而获得相当报酬者，其演出的方式或许相同，而其出发的动机完全两样。我们——一切的出版商人——都应该从这上面去体会，去领悟。"

首先，出版人的文化追求体现在办社的发展战略上。目前，出版界大多数出版社都变成了为教材教辅服务的机构了，学生负担过重不完全是出版界的责任，但出版界则充当了不可或缺的角色。当我们驱赶编辑夜以继日地编写出堆积如山的这"达标"那"练习"，采取各种手段将并无多少教益的教辅塞进课堂时，当我们窃喜可观的财富流进出版社时，我们可否想到"责任"二字？诚然，国有的出版社，由于体制性的矛盾，都存在着负担过重的局面，获取必要的利润是当务之急。但是，作为一个有责任感的出版决策人，应当具有文化人的追求，应当坚守自己的文化操守，在思想上应当明确出版与一般商业行为的区别。在选题的安排上，在资金的使用上，应当考虑那些可能并不畅销但确有文化价值的图书的出版。退而求其次，哪怕每年只出版一定比例的具有文化积累价值的图书，年复一年，也会给后人留下一笔可观的精神财富。何况由于国家对教育投入方式的改变，教辅市场一夕三惊，在国有与民营的不平等竞争中，国有出版社的教辅已几乎没有利润可言了。鉴于此，我们更应合理优化出版结构，思考产业发展的方向与赢利的模式。

其次，出版人的文化追求体现在产品的创新上。由于竞争的加剧，商业化时代作者队伍的流变，出版资源显得捉襟见肘，出版界跟风与"浅出版"现象受到读者的批评。这是一个客观存在但短期又无法解决的矛盾。"深度出版"需要内容的创新，而内容的创新需要整个社会的努力，特别是知识阶层的努力。首先，我们要关注社会生活的变化，关注思想文化领域、科学技术方面的新进展，不放过一部有创见有新意的作品和研究成果。通过出版这种文化活动，做思想文化变革的同行人，做普及科学文化知识的助产士，为民族文化建设提供支持。同时，我们要面向世界，撷取人类文明的精神成果，通过出版这种有创见的文化活动，将世界文化遗产转化为中华民族的精神食粮，丰富我们的文化存量。商务印书馆的"汉译世界学术名著"，四川人民出版社的"走向未来丛书"，漓江出版社的"诺贝尔文学奖获奖丛书"都曾开拓了国人的视野。但新时期发轫之际那种西风东渐，海纳百川，蔚为壮观的局面已经成为过去时，一篇文章吸引全国人眼球的氛围已不复存在，出版的创新在某种程度上是继承与发展，创造性的"推陈出新"。20世纪初，商务印书馆与中华书局在竞争中各自扬长避短，在内容与形式的创新上都取得了成功的经验。如商务印书馆经过八年时间的编纂，于1915年推出了《辞源》。它将古代字书释义、韵书读音、类书罗列词汇等最早出现的工具书编纂方法结合在一起。它以语词为主，兼收百科词汇；强调实用，收字收词以常见为主；结合书证，注重溯源。出版后受到市场欢迎。中华书局虽然刚推出《中华大字典》，但与《辞源》比，中华书局还稍逊一筹。《中华大字典》的主持者徐元诰就决心编一部胜过《辞源》的辞书，后定名《辞海》。主编舒新城对商务印书馆的《辞源》进行了认真的研究，发现了其不足之处，决定补充新词新意，收录小说、词曲中的词语，注明书证来历。终于在1936年上半年出版了《辞海》上册，次年出版了下册。目前，无论是《辞海》还是《辞源》，都是中国出版史上工具书出版的典范与丰碑。

创新也还体现在有创意的编选与整理上。孔子收集鲁、周、宋、杞等故国的文献，加以整理，汇编出《易》《书》《诗》《礼》《春秋》《乐》六种书，因系统总结了商周文化的精华，继承了西周"六艺"的传统，使之成为儒家的经典文献。《唐诗三百首》编选者较多而且新编者众，但真正流传并为世人认可的还是清人蘅塘退士编选的版本。中国出版集团正在组织编选的"中国文库"，收选20世纪以来我国出版的哲学社会科学研究、文学艺术创作、科学文化普及等方面的优秀著作和译著。这些著作和译著，对我国百余年来的政治、经济、文化和社会的发展产生过重大积极的影响，至今仍是具有重要价值的经典性、工具性名著。上海世纪出版集团从2003年起，开始筹划出版一套思想体系完整，能够全面反映人类文明精华的人文丛书。至今该套丛书已经出版210种，在知识界、学术界引起了很大反响。目前各地出版集团都在筹划出版类似的大型丛书，如湖南出版集团计划出版规模上千种的"湖湘文库"，长江出版集团计划出版规模达500种的"荆楚文库"等。

同时，出版人的文化追求还体现在出版物的质量上。出版主要是一种文化的选择，选择什么质量的书稿，体现了出版决策人与编辑的文化追求与审美旨趣、精神境界。同是教育出版社的河北教育出版社，尽管也出版教材与教辅，在前任社长王亚民的领导下，却出版了世界文豪书系等一批有传世价值的文学艺术类图书；同是师范大学出版社，广西师大出版社在肖启明的领导下，却出版了一大批人文社科类图书。同样，一些有价值的书稿，在没有遇到伯乐前，也曾经明珠暗投。阿来的长篇小说《尘埃落定》，曾经辗转到过十二家出版社，最后被人民文学出版社的知名编审何启治先生选中，该书出版后获得了茅盾文学奖。钱钟书的《谈艺录》，在周振甫的认真编辑下，提出了很多有建设性的意见，周振甫为此与钱钟书建立了深厚的友谊。同样，在编校质量上，也体现了编辑的责任感与抱负。孔子读《易》，韦编三绝，并且说，"假我数年，若是，我于《易》则彬彬矣。"意思是多给我一些时间让我审订，我一定让《易》编次妥当、义理分明些。古人所说的"校雠"，就是说校对者对错字要像对待仇人，必见而歼之，毫不留情。宋原放先生在《中国出版史》中分析明代出版的功过时曾指出："是急功近利，使坊间书肆发达起来，造福文化；又是急功近利，使坊间书肆邪出正道，给文化事业造成了一定后患。"坊间书肆编校粗疏，以致明代图书错误百出。后人评价说："明人好刻古书而古书亡。"

因此，在商业化的时代，出版人要保持清醒的头脑，认清哪些是出版上的文化误区，哪些是我们应当坚守的底线。我们要做有良知的出版商，更要做有理想的出版家。我们要用智慧创造赖以生存的物质基础，富裕并不可怕，但我们不能舍本求末，见利忘义，忘记了一个出版人的终极目标——为创造、传承、积累文化而工作。金钱再多，也会有散尽的时候，而有价值的出版物，将伴随着人类永存。当初商务印书馆、中华书局、生活书店、亚东图书馆等如果不是在世纪之初出版了那么多让中华民族铭记的图书，今天我们还会一而再再而三地提及它们吗？因此，我们呼唤新时期产生更多的张元济与陆费逵们。

参考文献

①中国出版年鉴（2006）［M］．北京：中国出版年鉴社，2006

②图书市场2006年年度报告［R］．北京开卷信息技术有限公司

③张青梅，罗广喜. 新华书店只靠垄断教材发行迟早关门 [N]. 广州日报，2006-07-23（4）

④潘明青. 打通发行信息流通的瓶颈——《图书流通信息交换规则》的出台和存在的问题 [N]. 中国计算机报，2006-01-09

⑤新华网贵州频道2005年10月9日专电

⑥张子辉. 中国图书出版热现象之冷思考 [EB/OL]. [2004-11-17]. 中图在线

⑦郭扶庚. 教辅图书令人心忧 [N]. 光明日报，2005-08-03

⑧中国新闻出版报，2007-01-17

⑨王建辉. 出版与近代文明 [M]. 开封：河南大学出版社，2006

⑩陈昕. 出版人的文化追求与经营之道 [N]. 文汇报，2007-01-28

（原载《出版科学》2007年第2期）

中国版权贸易的现状与对策

一、我国图书版权贸易的基本情况

2005 年，英国的企鹅出版集团与湖北长江出版集团旗下的长江文艺出版社达成协议，购买其出版的长篇小说《狼图腾》的英文版权，计划于 2008 年在全球发行。此次交易，企鹅集团开出的版税率是 10%，同时预付版税 10 万美金。另外，长江文艺出版社委托企鹅集团代理全球其它语种的版权，截至目前，全球已有 25 种语言引进了《狼图腾》的版权，共支付预付金 110 万美元。目前，韩文版和意大利文版已经出版。英文版也将在明年的 3 月份同时在英国和美国出版《狼图腾》。

《狼图腾》成功输出版权，在中国的版权贸易史上，创造了多个第一：一是单本书预付版税最高；二是版税率最高；三是购买版权的语种最多。因此，海外的媒体称《狼图腾》一书的成功输出，代表了中国文化软实力的提高。《狼图腾》真正成了中国出版的一个标志，一种中国出版"走出去"的图腾与象征。但是，《狼图腾》的成功只是一个个案，中国的版权贸易情况并不容乐观。以下是 1997 年至 2006 年中国图书版权输出与引进的统计情况：

表 1　1997 年～2006 年图书版权引进、输出比较

年度	引进数量	输出数量	引进输出比例
1997	3 224	353	9.13 :1
1998	5 469	588	9.30 :1
1999	6 461	418	15.46 :1
2000	7 312	636	11.50 :1
2001	8 250	653	12.63 :1
2002	10 235	1 297	7.89 :1
2003	12 516	811	15.43 :1

2004	10 040	1 314	7. 64 :1
2005	9 382	1 434	6. 54 :1
2006	10 950	2 050	5. 34 :1
总计	83 839	9 554	7. 87 :1

资料来源：中国新闻出版报 2007 年 8 月 30 日

1997—2006 年我国通过出版社开展的图书版权贸易数量 93 393 种，其中引进图书 83 839 种，输出 9 554 种。就引进与输出的比例看，十年间的总体比例约为 8.78 :1，引进一直大于输出。1999 年这一比例高达 15 :1，但 2006 年这一比例缩小为 5.34 :1，从以上的表格中我们可以看到，十年来，版权引进与输出的比例差距虽然正在缩小，但与中国经济对外贸易的多年顺差还是不成比例的。据中国国家版权局分析，其主要原因是：

第一，引进数量增长较快，除 1998 年增幅超过 60% 以外，其他年份的引进增幅均在 20% 左右，增长速度在波动中开始呈现匀速增长态势。这说明，我国出版社在经过加入国际版权公约后的短暂阵痛后，不仅很快适应了版权贸易规则，版权贸易能力得到快速提高，而且步入理性增长阶段，这为我国图书版权贸易的平衡发展打下了基础。

第二，从引进版权的来源地看，自 1997 年至 2006 年，我国引进的图书版权中，原版权所在地集中在欧美、东南亚和港台地区三个主要地域，其中欧美占一半以上。原版权较为集中的国家与地区依次为：美国、英国、中国台湾地区、日本、德国、法国、中国香港地区、韩国、俄罗斯、新加坡。

第三，从引进作品的题材类型看，内容已较为丰富，财经、科技、电子类图书数量逐步增多，选题也基本与我国当前经济、社会发展的热点相吻合。其中学术类、财经类、科技类与电子类图书开始在版权贸易中占据重要位置，许多外国原版教育类书籍也被一些出版社直接引进。以北京地区为例，据北京市版权局统计，近 10 年来该市所属的出版机构引进的科技类图书一直占引进图书总数的 50% 以上。此类作品的大量引进表明图书版权贸易活动与我国"科教兴国"战略的互动关系十分明显。

第四，从区域分布看，图书版权引进存在地区不平衡的情形。1997 年到 2006 年，各地出版社引进图书版权数量较多的前十个地区为：北京、上海、辽宁、广西、江苏、吉林、广东、天津、陕西、湖南，累计引进 74 665 项，占全国引进总数量的 89.05%，其中北京地区（含各在京中央级出版社）引进数量为 54 959 项，占全国引进总数量的 65.55%。

表2 1997年～2006年全国图书版权引进数量比较

地区	北京	上海	辽宁	广西	江苏	吉林	广东	天津	陕西	湖南
数量	54 959	6744	2465	2138	1925	1465	1289	1245	1237	1198

资料来源：中国新闻出版报2007年8月30日

再从输出情况来看，十年来我国内地图书版权的输出主要呈现以下特点：

第一，年均输出数量增幅较大，但各年度间的起伏也较大。十年间，我国内地图书版权贸易的输出数量超过9500种，年平均输出超过900种，平均增幅约40%。但必须看到，我国的图书版权输出还没有形成稳步增长的态势，尤其与版权引进相比差距还太大。

第二，从图书版权输出的国别地区看，主要输出地点还是集中在我国的港台地区，约占输出总量的60%以上。

第三，从国内图书输出地来说，存在较大差异。1997年到2006年，各地出版社输出图书版权数量较多的前十个地区为：北京、上海、辽宁、江苏、湖北、浙江、山东、安徽、四川、广东，累计输出8241项，占全国输出总数量的86.26%，其中北京地区（含各在京中央级出版社）输出数量为4752项，占全国输出总数量的49.74%。

表3 1997年～2006年全国图书版权输出数量比较

地区	北京	上海	辽宁	江苏	湖北	浙江	山东	安徽	四川	广东
数量	4752	1190	474	371	319	290	264	213	195	173

资料来源：中国新闻出版报2007年8月30日

第四，从我国输出图书的翻译语种看，目前比较集中的是亚洲的日本和韩国，它们已占到我国对外图书版权输出的15%，且在输出数量上两者分别位居第一和第二名。而向美、英、加等英语国家的输出较少，表明我国的文化影响力与图书出版业在英语国家要有所作为还有很长的路要走。

第五，对于欧洲市场的分析。近年来，我国对欧洲市场的图书版权输出略有增强。如果不把亚洲的新加坡与马来西亚的中文版数量计算在内，则欧洲引进中国作品的数量至少和亚洲大体相当。欧洲的德国、意大利、法国、西班牙、英国、荷兰、俄罗斯、芬兰、波兰等国均从中国引进了少量的版权；瑞典、荷兰、丹麦等人口较少的国家也相继引进了中国作品，数量虽少，却显示了他们对中国的兴趣开始增加。所以，特别加强针对欧洲读者的图书版权贸易应是我国出版部门认真思索的课题。

第六，从输出者角度看，我国真正有输出实力的出版社还很少，且主要集中在北京，其余出版社则分散在江苏、辽宁、浙江、吉林、天津、湖北、上海等十几个省市。

其次，从出版社的主体资格看，能向外国输出版权的出版社主要集中在一些为数不多、图书有特色、综合实力强大的出版社，如外文出版社、新世界出版社、北京出版社、机械工业出版社、外语教学与研究出版社、江苏少儿出版社、浙江少儿出版社、辽宁少儿出版社、未来出版社与天津科技出版社等。它们共同特点一是拥有适合外国市场的图书，二是有熟悉版权贸易的人才，三是重视版权贸易工作。这些出版社不仅输出成绩突出，在引进版权方面也同样成绩不凡。

三、中国出版"走出去"加速，版权输出成效显著

近年来，在国家政策的支持和鼓励下，国内各出版单位积极参与国际竞争，充分利用国际资源、国际市场加快发展。法兰克福、巴黎、纽约、莫斯科等一些大型书展上，中国都成为最大的亮点之一。中国的文化魅力，出版产品的质量、品种，都具有强大的吸引力。中国参加展会的规模越来越大，展出的品种越来越多，伴之而生是版权贸易结构逐年改善，版权输出年均增长 58.6%，到 2006 年引进与输出比例由十年前的 10∶1 缩小到 5∶1。2006 年，在北京图书博览会和法兰克福书展上，中国图书版权输出首次实现了贸易顺差，版权贸易取得了重大突破。2007 年，中国代表团在第 59 届法兰克福书展上取得了更加可喜的成绩：共达成版权输出项目 1928 项，贸易总额 873.24 万美元；版权引进项目 1030 项，贸易总额 238.2 万美元；版权合作项目 451 项，贸易总额 316.75 万美元。回顾近年来中国图书在"走出去"方面所取得的新突破和新进展，主要体现在版权输出、渠道建设和促销手段上。

（一）版权输出类别扩大

从版权输出看，我国图书输出出现新的变化，除了医药、武术、经典、园林等传统图书继续受到国外出版商关注外，一个值得注意的现象是，哲学、科技等类图书开始受到关注，汉语教材版权输出继续加大，汉语教辅版权也

有输出。

例子之一，李瑞环《学哲学　用哲学》推出英文版。该书中文版自 2005 年 9 月由中国人民大学出版社推出后在中国持续畅销，社会各界反响热烈，至今已发行近 80 万套。英文版被培生集团出版后，十分适合西方读者阅读，同时十分有助于关注中国的海外读者了解中国改革开放的大思路，了解部分国策的制定和执行情况，了解中国领导人的思想方法和执政理念，是我国哲学图书"走出去"的一个突破。

例子之二，汉语教材版权输出继续增大，同时出现汉语教材教辅版权输出现象。外研社的汉语教材《祝你成功》德语版全球首发。北京师范大学出版社向汤姆森出版集团输出《加油!》高中一年级至三年级 6 个学期对外汉语学生用书、教师用书、练习册共 18 本教材教辅。有关人士认为，这种现象出现与世界"汉语热"有关。此外，奥运图书、有关国情的图书成为国外出版商关注的热点，科技类图书输出有好转。

（二）国际渠道构建渐入佳境

国内不少大出版集团利用自身品牌优势与资源优势，纷纷和国际知名大出版商合作，共同开拓市场。主要体现在 4 个方面：

一是在异国建立出版机构。自中国出版"走出去"战略实施以来，一些实力雄厚的出版集团通过合资合作、资本运作等方式，积极探索进入国际市场的新途径，比如收购海外的书店、合资成立出版公司等。今年 9 月，中国出版集团公司协同下属中国出版对外贸易总公司，分别与法国博杜安出版公司和澳大利亚多元文化出版社签订协议，商讨在巴黎和悉尼注册成立合资出版社事宜。目前，中国出版（巴黎）有限公司已在法国巴黎挂牌。9 月，湖南出版投资控股集团与俄罗斯科学院学院出版控股公司签署合作协议，将在莫斯科设立合资出版公司。10 月，中国出版集团的与培生教育出版集团在法兰克福书展上签署协议，计划在美国合资组建"中国出版（纽约）有限公司"。在境外合资成立出版机构，使用对象国语言翻译、出版我国优秀作品，可以有效实现中国出版海外本土化，让中国出版物真正进入国际主流社会。长江出版传媒集团公司也与英国斯特林大学出版系就在英国成立合资出版社的事宜达成初步意向。

二是结成战略合作伙伴。如吉林出版集团与美国哈珀·柯林斯出版集团签署出版战略合作项目，开展深层次合作。湖南投资出版集团与圣智学习出版集团（原汤姆森学习出版集团）签署战略合作协议。这些集团与国际大出版集团合作方式，已从双方共同策划选题、共享出版资源，转向共享渠道资源、共同开发国际图书市场上面来。

三是采用全球版权授权形式。如外研社与麦格劳·希尔教育出版集团全球合作出版英文版《大学汉语》、与德国法兰克福大学全球首发德语版《祝你成功》等，已从单一语种向单一市场输出，转变为全球版权一揽子输出。全球版权授权形式，一方面可以让外方在开发全球市场的时候，发挥规模经济效益，会更容易受到外方的青睐。另一方面，外方在开发全球市场的时候，会将其作为自身产品来推广，会更主动更积极。因此，全球版权推广的力度、深度和广度，这是单一版权输出无法比拟的。

四是借"船"出海。目前，我国出版社在国外建立自己的图书发行渠道成本是很高的。为了解决这个问题，我国不少出版社采取的最为常见的方式是合作出版，联手开拓国际市场。但是，真正借助国际发行渠道，把本土图书发向国际图书市场的还不多。

（三）市场推介渐趋国际化

我国图书"走出去"，从最早的版权出口，到贴牌出口，到目前与外国出版商合作出版、联手运作国际市场，这种变化除了来源于内容创新之外，市场促销手段的创新也是不容忽视的。本届法兰克福书展，中国代表团在贸易手段方面，已开始显现出国际化水准。

体现之一：图书推广有的放矢。外文局的图书结构值得借鉴。此次外文局带有1070种图书参展，其中外文图书770种，占总量的76.5%，涉及英、法、日、俄、西、阿、葡等13个文种，数量最多的是英文图书，其次是以当地语言出版的图书，以及中文版和其他多达十数种语言的图书。参展图书分为中国概况、中医保健、文化艺术、汉语教学等。有的放矢地选择图书，在辽宁出版集团、广东出版集团、人民教育出版社等出版单位也有体现。

体现之二：另辟蹊径推广特色图书。除了注重在中国展区展示自己的图书之外，不少有实力的出版社还另辟蹊径展示自己的图书。在法兰克福书展中人流最多、交易量最大、贸易最活跃的设计类图书展区，辽宁出版集团所属辽宁科技出版社就为自己的看家书——图片书专门设置了一个摊位。涉及景观、建筑、室内、广告、服饰、美食、色彩等现代商业设计各领域，六十多种产品中的绝大部分品种直接制作成英文版，还有一部分是3种语言版本。

体现之三：展台布置注重中国特色。中国经济的快速发展，使越来越多的外国读者对中国特色感兴趣。为此，不少参展单位在此方面动脑筋。如外文局强调突出中国元素，富有"中国趣味"的小饰物有品位地分散四周摆放，使整个展台洋溢着浓郁的中国情调。此外，广东出版集团的玉龙图片和中国古人读书陶瓷摆件、新疆自治区出版代表团展区富有维吾尔族民族特色的布置等等，浓烈而富有生活感的"中国"气息，吸引了世界各国出版人、读者纷纷驻足。

体现之四：图书目录国际化。作为进入国际图书市场的第一手段，出版社目录制作全部是英文，制作上也注重精美高雅。值得关注的是，目录上除封面外，图书的版式和内容精选亦十分丰富，在此，目录的意义，更似一本国际订单。

四、我国图书版权贸易存在的问题

从 1992 年我国加入国际版权条约以来，国内出版社在经历了最初的茫然，紧接着的狂热阶段后，目前在图书版权贸易中的行为已渐趋成熟，版权贸易的观念也有了很大进步。比如，盲目引进版权的情况越来越少，代之以从市场出发综合考虑各种因素的理性行为越来越普遍；我国版权贸易的形式得到进一步拓展，除了一般的翻译出版外，影印出版、共同投资出版、国际组稿、合作成立出版公司等版权贸易形式愈加多样化，使得出版社的经济效益也更加显著；许多出版社都在海外找到了适合自己的合作伙伴，相互建立了较为稳定的长期合作关系，如科学出版社、清华大学出版社、电子工业出版社、上海科技出版社、江苏科技出版社等均可列出几十到上百家的合作伙伴名单。这为这些出版社提高版权引进水平，与全球出版接轨，并向国际型企业迈进奠定了良好的基础。

尽管国内出版社在版权贸易方面取得了长足的进步，但存在的问题仍然不容忽视，这些问题不仅需要出版界直面和探讨，更应当引起政府有关部门的重视并尽快拿出解决的办法。目前我国图书版权贸易存在的问题主要表现在以下几个方面。

（一）版权输出比较滞后，贸易结构不合理

1. 版权贸易逆差日渐缩小，但比例仍然很大。与版权引进如火如荼的形势相比，我国版权输出比较滞后，存在明显逆差。总的来看，每年引进版权数量是输出版权数量的六七倍。2006 年 8 月 28 日，新闻出版总署副署长于永湛在"2006 北京国际出版论坛"上透露，我国图书出版业贸易逆差高达 1.49 亿美元。有关专家指出，我国图书版权贸易的这种逆差状态在今后相当长的一个时期内还将继续存在下去。

2. 版权输出国过于集中。我国版权输出地主要集中在少数国家，其中亚洲 8 个，欧洲 12 个，非洲 3 个，而港台地区就占我国内地出版社对外输出版权的 80%。

3. 输出资源贫乏。输出版权总体上还是以有关中国传统文化艺术及语言类书籍为主，涉及面明显偏窄，表现出我国版权输出资源的贫乏。

（二）版权贸易专门人才匮乏

我国目前图书版权贸易存在巨大逆差的现状，版权贸易专门人才的匮乏是一重要的制约因素。相对于全国 560 多家出版社、200 多家电子音像出版社、8000 多家杂志社、2000 多家报社，数百家网站和其他版权相关产业，我国目前的版权代理机构从数量上看显得微不足道。与国外版权代理商相比，我国代理制只是规模初成，代理人员素质参差不齐。版权贸易专业人才的匮乏已成为制约我国版权贸易发展的瓶颈。

（三）版权引进中盲目跟风，资源浪费现象严重

目前我国的版权引进已逾万项，其中不乏成功的个案，有许多出版社甚至已经形成了自己的外版书特色品牌。但也有不少出版社，他们高投入引进的图书打入市场后却如泥牛入海，没有什么反响。究其原由，一个很重要的因素就是他们在引进版权时，缺乏细致的前期市场调研与选题论证，更没有明确的目标定位，完全是凭直觉去追逐市场热点，盲目跟风。由于同类书引进过多，而自己的书特色又不甚显著，很难获得读者的青睐，不被看好在所难免。

（四）缺乏统一的游戏规则和公平竞争环境

目前在对外合作版权贸易活动中，一些出版机构不遵守国际版权贸易规则，无视我国出版法律法规的存在，无序竞争、道德缺失等现象时有发生。表现为诸如产品的粗制滥造，假冒伪劣；无视知识产权法规，盗版猖獗；选

题重复，抄袭成风；出版交易方式倒退，现款现货或是延期不付；合同契约漏洞百出，偷税漏税；版权经营者缺乏信用，违规操作；采取不正当的恶性竞争手段，肆意哄抬版税等。

（五）版权领域的信息统计资料还很缺乏和滞后（甚至错误）

版权贸易研究方面基本上没有定量的统计分析，大多是定性分析。外国的版权资料很少，较难做比较分析。特别是一些地方政府部门，尚未认识到版权贸易与外贸实务的密切关系，因此对于这方面的信息统计与公开工作还不够重视。

（六）版权代理机制不健全

目前，中国虽有中国图书进出口（集团）总公司、世界图书出版公司、中国出版对外贸易有限公司等几家专业从事涉外版权贸易、图书实物贸易的单位，但缺乏深入了解国内外市场需求、能提供完整配套服务的代理机构。

（七）缺乏真正的外向型出版发行机构

中国出版要在国际市场上立足，就必须有真正的外向型出版发行机构。而中国尚没有真正意义上的外向型文化跨国公司，很多企业正处在从事业型向企业型的转轨过程中，仍带有浓厚的计划经济色彩，尚未摆脱体制和机制上的束缚，在经营理念和管理方式上与现代企业还有很大差距，在图书装帧、宣传等市场化运作方面也无法与国际接轨。

五、进一步发展我国图书版权贸易的对策

我国加入 WTO 后，图书版权贸易进入了一个新的发展时期。入世不仅使我国图书版权贸易的规则更清晰，制度更完善，保护更有力，而且使我国图书版权贸易的市场更广阔，方式更灵活，范围更广泛，同时也有助于培育我国出版业的竞争力。我们应抓住入世这个契机，针对版权贸易及保护中存在的问题，苦练内功，为自己积累核心竞争力，从而才能在激烈的市场竞争中立于不败之地。目前我国能够采取的改善措施可概括为以下几项：

（一）政府提供大力支持，助力版权输出

输出版权就是输出文化。在我国，由于出版业具有很强的意识形态功能，

出版物承担着公共物品的功能，出版物的效果不能简单地从其所产生的直接经济效益来衡量，而应该充分发挥出版业在传播文化知识、传承文明成果、推动社会进步和经济发展、提高人民的整体素质以及弘扬民族文化等方面的巨大作用。同时，由于我国出版产业发展处于刚刚起步阶段，还是一种需要大力加以保护的"幼稚产业"。我国图书"走出去"，业界的努力固然是一方面，但政府的支持也不可或缺。政府应当从以下方面给予大力支持：

1. 法律、政策上给予支持。

一个文化贸易的出口大国需要有一整套经常调整的、重在推动本国文化贸易国际化的法律和政策，包括文化贸易的外汇管理、项目审批、商品结构、区位重点、税收优惠政策等。我国目前急需研究制定这样的文化贸易法律和政策框架。

2. 从财政上加大对学术著作出版的补贴支持力度。

世界各国对出版业都给予各种政策支持，包括财政上的支持和税收上的优惠。通过政府拨款来扶持和鼓励出版业中的某些项目、环节或某些出版单位的发展，是世界各国较为普遍的做法。扶持版权输出是很多国家的重要政策。例如，德国为了加强版权输出，设有多家基金会资助翻译出版；法国文化部、外交部也设立专门基金资助翻译作品在国外的翻译出版。众所周知，民族文化创新能力的培养是长线工程，鉴于我国目前没有强大的外向型经济实力作为支撑民族文化创新的基础，为了确保民族文化创新能力的顺利进行，政府应该积极提出对策，在遵循产业发展规律的前提下，拨出专款、建立专项基金来促进民族文化资源的开发，以避免因为引进过度而造成原创能力衰竭的尴尬局面。在资讯方面政府也应该积极搭建版权贸易信息平台，把海外的书业网络整合起来，为我国版权从业人员提供快速便捷的资讯。

3. 在税收政策上给予出版社一定的减免或优惠。

我国对出版业虽有一定的税收优惠，如增值税税率为13%，比其他行业低4%，有些出版物的增值税先征后返。但与国外出版业相比，我国出版企业的税种偏多，税率偏高，加上很多出版社同时要向其主管部门上缴利润，我国出版社的经济负担要远远大于国外的同行。因此，在增值税方面：对出版社的不同产品实行差别税率，对国家鼓励的出版物免征增值税或者先征后退，对其他门类的出版产品降低增值税税率。在所得税方面：可以参照国家对高新技术企业等征收的企业所得税实行低税率，对公益性出版机构采取零税率。

(二) 加快培养高素质的版权贸易专门人才，发展版权代理机构

版权贸易是一项创造性的复杂脑力劳动，每一个环节都离不开高素质的人才。版权贸易需要该行业的领导层具有前瞻意识，能立足国内外两个市场，结合自己的发展方向和品牌特点对国外优秀的版权资源进行综合利用。对于版权贸易中的编辑人员则要求其应当是集策划、编辑、宣传、销售等众多角色于一身的多知识结构的复合型开放性人才。此外，高水平的作者队伍是产生高质量版权的资源库，出版社及文化团体应根据自己的发展方向和版权贸易的重点建立相应的作者信息库。最后，版权贸易必须拥有专门的高素质高水平的版权代理人及其代理机构，使得我国的版权贸易体系形成一个合理的梯队形架构。由于版权贸易工作的特殊性，需要从事这项工作的人员至少能通晓一门或两门外语，还要懂出版、熟悉版权贸易运作技巧和相关法律、有较强的公关能力、精于经营运作等。因此，应加强版权贸易人才的培养、引进和使用。具体来说：

一是加强对现有版权贸易业务骨干的知识更新和再培养。当今世界，新技术、新知识层出不穷，知识更新加快，给在职人员的不断学习提出了新的、更高的要求，为此，对现有版权贸易业务骨干要开辟各种培训、培养渠道，如脱产的学历教育、在职的学历教育、短期的集中培训、选派到国外进修和学习考察、参加国际书展、请国内外有关专家做版权贸易方面的专题讲座或培训等，通过这些方式，提高版权贸易工作人员的业务技能和实践能力，提高以学习能力为核心的适应性与创新思维。

二是加大版权贸易人才的引进力度。版权贸易人才是出版单位内部结构性稀缺资源，应不失时机，做到有计划地从外面引进一批适应版权贸易工作需要的复合型人才，充实版权贸易工作队伍。出版产业的快速发展，为出版单位吸引高素质的人才创造了前所未有的良机，抓住时机，把更多优秀的人才吸引到出版产业的建设与发展中来，会给出版单位带来的收益更持久、更具竞争力。

三是做好版权贸易人才的使用工作。培养和引进人才，是为了使用，要通过建立科学的激励机制和构建良好的使用人才的环境，让人才实现其个人价值和组织的目标。人是生产力中最活跃的因素，如果能真正调动每一个人的积极性，对每一个人都能用其所长，相信我们的出版单位一定会形成强有力的凝聚力、感召力和战斗力，出版事业一定会兴旺发达。

（三）利用国际书展助推中国出版"走出去"

国际书展为各国出版商提供了一个文化交流的平台，不仅可以显示本国的文化实力，还可以发展文化外交，在出版实务方面，国际书展为版权贸易提供了最重要的场所。展会正在成为出版业"走出去"的助推器，中国的出版界不仅可以零距离地感受国际出版业的变化，探寻其未来的发展趋势，更可以全方位地展示最新的出版成果，捕捉更多的版权输出商机。西方出版社一般参加的大型国际书展有法兰克福书展、美国书展、伦敦书展、波罗尼亚书展、东京书展以及北京国际图书博览会，其中法兰克福书展已经发展成为全球最大的版权交易市场。据统计，在法兰克福书展上达成的版权交易占世界全年总量的75％以上。同时由于合作出版有利于增加印数，减少生产成本，降低市场风险，所以在实践中应用很广。而国际书展为合作出版提供了最为直接交流的机会：寻找项目、共同拟订生产计划或者是交易条件的讨价还价等。此外，国际书展是一种有效的推销各国图书的形式，参展商以看样订货、先产选购的形式促销图书，成为一种重要的图书直销形式。再者，国际书展为参展商在信息获取方面提供了更多的机会结识各地同行、选择合作对象，而且可以了解出版界的最新行业动态以及国际趋势。当然，这种面对面地直接交流与时间、人力、物力的高度集中是以庞大的交通、展位支出为代价的，而这一切都要计入生产成本。我国的出版社也意识到了这一点，一些大的出版社尽可能参加国际上知名的图书博览会。然而，并非所有的中国展商都带来了适合"外卖"的图书，有些书的选择很成问题，不仅题材芜杂，而且摆在架上，旁边连一些简单的英文标签都没有，难免令不谙中文者望而却步。在这点上，中国的出版社应该向韩国出版商学习，韩国出版商参加国际图书展览会，非常注重展台的布置和参展书籍的选择，韩国展区往往布置得非常亮丽，不仅有书，还有关于韩国图书印刷史的小型珍本古籍展览，以及多媒体演示，吸引了很多西方参展人员驻足观看。

（四）培育和做大出版社品牌

我们长期以来缺乏对国际文化市场的认真研究，缺少对文化资源的市场化开发，几乎没有在国际上被广泛认可的文化商品和服务名牌。在世界四大文明古国中，中国是唯一保持了历史延续性而没有中断的文化之邦。然而，五千年积淀的丰富文化资源，并不能直接转化为文化商品和服务出口，必须针对国际市场的需求，经过产业化的再创造和生产，才能打入已经较为成熟和竞争激烈的国际文化市场。开展文化对外贸易的主体是优秀的企业以及它们打造的产品，尤其是名牌产品。主要在于结合中国文化特色，开发中国特色的文化产品，形成在国际上被广泛认可的文化商品和服务名牌。就像一说到童话故事，就会想到丹麦；一说到神话故事，就会想到希腊一样。不同的出版社在现阶段的出版竞争中，必须依据本社的实际情况，走特色化、专业化的道路。因为在未来的出版竞争中，最先失去生存空间的就是没有特色、缺乏品牌效应的出版社。只有紧紧抓住机遇，开发出独到的出版资源，开创出自己特有的风格、特有的专业特色、特有的品牌图书，才有可能在品牌图书的基础上形成自己的出版社品牌。

（本文系在第八届艺术节版权保护论坛上的讲稿）

中国出版的现状与发展态势

作为新华书店的从业人员，了解中国出版的现状与未来，对于我们从事本职工作是十分重要的。经过几天的学习，可能大家对中国出版已经有所了解，但我从一个观察者的角度，简单介绍一下中国出版业现在与未来的情况，希望能给大家一点帮助。

一、中国出版业的现状

新中国成立后，当时的出版社有国营的，也有私营的。当时的出版、印刷、发行都在新华书店总管理处的管理之下。根据当时出版总署的统计，1951年共有出版社211家，其中公有27家，私有184家。到1956年，全国共有出版社101家，已经全部是公有出版社了。这种情况一直延续到1966年，文革中，出版社全部停业。1971年以后才陆续恢复。1978年，全国出版社才有105家。目前，各类出版社共有573家，其中在京部委办、各民主党派、人民团体及中央直属大型企业等直属单位出版社近200家，其余是地方出版社和大学出版社。

2007年，全国共出版图书248 283种，其中新出图书136 226种，重版重印图书112 057种，总印数是62.93亿册（张），定价总金额是676.72亿元。

2007年，全国共出版期刊9468种，总印数30.41亿册，定价总金额170.93亿元。

2007年，全国共出版报纸1938种，总印数298.83亿册。

与30年前相比，图书的总印数从1978年的37.74亿册增长到62.93亿册，增长幅度为66.75%。纯销售额从1978年的7.2221亿元增长到512.62亿元，增长69.98倍。纯销售册数从1978年的33.1亿册增长到63.13亿册，增长幅度为90.67%。从增长幅度看，形势很喜人，但其中存在着隐忧，这在后面我再分析。

期刊、报纸（问题后面再论述）。

中国的传媒业，从书报刊三个方面来看，一年的定价总金额是 1100 亿左右。如果按 8% 的净利润，大约将近 100 个亿。而中石化 2008 年的利润是 296 亿，中石油是 1137 亿。

我们还把这个数字与世界几个主要国家的出版情况加以比较。

美国共有 6 万多家出版公司。这些公司年出版新书 20 万种左右，2004 年净销售额 237.1 亿美元，名列全球第一。世界第二出版大国德国在出版商协会登记的有 2000 余家出版社，2004 年出版新书 86 543 种，图书总销售额 90.76 亿欧元，折合美元约为 128 亿。日本，作为世界公认的经济强国，也是世界公认的出版强国，有 4600 多家出版社，其中 78% 集中在东京，每年出版新书 63 000 余种，日本 2004 年出版行业总销售额 22 472 亿日元，折合美元约为 250 亿。

对中国出版业如何进行评价呢？

首先，改革开放三十年来，中国的出版业发生了巨大的变化。从出版社的数量上来看，增长了三倍。从出版数量上来看，纯销售额增长了近 70 倍。但我们要看到这样一个事实，如果按 2007 年的销售册数，中国人均购书量只有 5 册，按销售册数最多的 1998 年的 77 亿册计算，人均也不到 6 册。这与世界大多数国家比较，人均图书的消费量还是很低的。从中国三十年的发展情况来看，纯销售额增长了 70 倍，但纯销售册数增长不到一倍。这说明这些年的销售增长实际上主要是定价的增长，人均购书册数增长微乎其微。而从这些数据中我们还可以看到，从 1998 年达到 77 亿册后，图书销售册数一直在下降，2007 年，图书销售册数只有 63.13 亿册，与 1998 年相比，将近下降了 20%。

这些数据说明了什么呢？隐忧。我们在后面的分析中会提到。

二、中国出版业的变革

中国出版业在全社会及全体从业人员的努力下，出现了很大的变化，但我们从前边可以看到，中国出版业无论是数量上，还是人均拥有图书的数量上，可以说是还有很多不足或者说还有很大的发展空间。所以，改革开放三十年来，党和政府一直在推动新闻出版业的改革开放。

我们可以通过简单的描述来看看中国出版业的历史演变与改革开放历程。

出版在中国是历史很悠久的。文字是从甲骨文开始的，图书的编辑是从春秋战国开始的。百家争鸣，孔子编订六经，成为儒家经典。到宋代形成活字印刷术直到清末西方的现代印刷术传入。

中国的新式出版源于教会所办的出版社，真正意义上近代出版是从商务印书馆开始的。商务印书馆在最辉煌的时候，年出书总量达到4938种，占当年出书总量的52%，分支机构遍布全国各地的40余个城市。当时比较有影响的出版社还有中华书局、世界书局、开明书店、东亚书局、文化生活出版社等。

中国的出版从文革的一片凋零到今天的初步繁荣，与30年来不断的解放思想、转变观念、改革开放、不断创新是分不开的。回顾这段历史，对我们理解未来的发展有至关重要的作用。

1979年12月，当时的国家出版局在长沙召开会议，提出各省出版社的出版方针从过去的"地方化、通俗化、群众化"改为"立足本省、面向全国"。这种转变，对调整我国的出版结构和解放出版生产力，起到了重要的作用。

1982年，文化部在京召开全国图书发行体制改革座谈会，会议提出了"一主三多一少"的发行改革思路。即在全国建立以国营新华书店为主体、多种经营成分、多条流通渠道、多种购销形式、少流转环节的图书发行网。

1983年，中共中央、国务院发出了《关于加强出版工作的决定》，确定了新时期出版工作的性质，第一次明确提出了出版工作首先要注意社会效益，同时还要注重经济效益。

1984年，在哈尔滨召开的地方出版工作会议上提出了要适当扩大出版社的自主权，出版社要从生产型向生产经营型转变。

1988年，中宣部和新闻出版署发出《关于当前出版社改革的若干意见》和《图书发行体制改革的若干意见》，提出在发展社会主义有计划的商品经济的条件下，对出版社过去政企不分、统得过死的旧体制进行改革，出版社要逐步推行社长负责制。发行改革提出"三放一联"，即放权承包、搞活国营书店，放开批发渠道；搞活图书市场；放开购销形式和发行折扣，搞活机制；推行横向经济联合，发展各种出版发行企业群体和企业集团。

2002年，中办国办转发了中宣部、新闻出版署《关于进一步加强和改进出版工作的若干意见》。新闻出版署提出了"精品战略、集约化战略、科技兴业战略、走出去战略和人才战略"。在发行领域，新闻出版署提出要深化流通体制改革，建立现代出版物营销体系，推动发行集团组建，鼓励出版发行的连锁经营，对新华书店进行股份制改造，从而形成全国统一开放竞争有序的出版物大市场。

2003 年，国家确定 35 家单位为文化体制改革试点单位，其中新闻出版单位有 21 家。目前有 17 家转企改制，4 家实现企事分开，为文化体制改革积累了经验。

最近，新闻出版总署又下发了《关于进一步推动出版体制改革的若干意见》，再一次就出版发行的改革提出具体要求。

如果从中国出版三十年的变化来看，主要呈现一些什么特点呢？

1. 出版单位从过去的纯粹强调社会效益，转变为既要强调社会效益同时要注意经济效益。

2. 出版单位从过去的所谓自收自支的事业单位，正逐步转制为独立市场主体的企业单位。

3. 出版单位从过去的计划经济，转变为一定程度的市场经济。在一般图书领域，则完全由市场决定图书的生产与销售。

4. 出版领域的产权结构，由过去的由国有垄断转变为多种经济成分并存。

5. 中国出版由过去的仅关注国内向国际发展。

6. 由于科技的发展，中国出版正由过去的传统纸介质出版向多媒体多介质的现代出版转变。

7. 组建出版发行集团，鼓励兼并重组。鼓励跨地区、跨领域、跨媒体的合作。

从以上特点中，我将目前的出版业态与组织形态概括为如下几个方面：

（一）转企改制正成为中国出版业必须完成的一份答卷。中国的出版单位，30 年来一直被作为意识形态领域的重要阵地来看待，十六大以前，尽管有人提出中国经济要实行有条件的社会主义商品经济，出版单位却一直是禁区。后来有人提出经营环节可以按市场规律运行，但编辑部门还必须绝对是事业性质，不能走市场化，否则会偏离正确的政治导向。

出版单位是不是应当成为一个企业，从今天来看，就像我们回忆"文革"十年一样，人人觉得不可思议，但当时大家是那样的虔诚。出版单位是不是应当成为企业，在当时的中国出版界这仿佛是一个大是大非的问题。很多人都撰文论证出版单位不能成为企业的无数条理由。实际上，出版几本书能颠覆一个政府吗？今天有了互联网，如果那么容易，政府不是早就改朝换代了？

2003 年，中央文化体制改革领导小组确定了 35 家单位为文化体制改革试点单位，才有 17 家作为试点转制为企业。实践证明，转企并不会危及我们的文化安全，并不会对我们的现实社会构成威胁。而恰恰是我们固步自封、闭关锁国，才可能不断弱化我们的竞争力与生存能力。只有塑造市场主体，让企业自我经营、自我发展、自负盈亏，企业才能发展壮大。国外的出版业除了少数的政府办的公益性出版社和大学出版社外，绝大部分都是商业性的出版社。经过前一阶段的试点，目前，改革正大步向纵深发展，新闻出版总署刚刚下发的《关于进一步推进新闻出版体制改革的指导意见》中，指出"除明确为公益性的图书、音像制品和电子出版物出版单位外，所有地方和高等院校经营性图书、音像制品和电子出版物出版单位 2009 年底前完成转制，所有中央各部门各单位经营性图书、音像制品和电子出版物出版单位 2010 年底前完成转制。"企业化改革第一次有了路线图和时间表。

转企改制对于出版单位来说，不完全是一个企业组织形态与治理结构的转变，关键是转变员工的观念。过去所有的员工都认为自己是事业单位，旱涝保收，形成了很大的惰性。企业缺少活力和竞争力。转制为企业后，企业就必须自负盈亏，企业与劳动者是聘用关系。双方的权益与职责相对就明确些了。

当然，我们会不会认为，企业化会保证出版单位发展壮大，能够全面可持续协调发展呢？这只能说是一个基础。理顺了必要的生产关系，但并不代表说出版单位从此就可以高歌猛进了。如果仅仅由事业单位变为国有企业还是存在弊端的。在国有企业中，所有者缺位，对经营者的监督与制约力度不够。中国的国有企业三十年来不断地改革，目前主要是以股份制企业与私营企业为主，也说明国有企业这种组织结构与产权结构还有很多缺陷。当然，企业与事业比较，在塑造市场主体方面还是前进了一大步。管理者已经看到了这个问题，我们后边谈到的上市，就是从根本上解决这个问题。

（二）以行政区划为特征的出版发行集团已基本组建完成。从上海世纪出版集团 1999 年成为全国第一家出版集团起，全国陆续成立了 23 家出版集团。这其中既有原隶属于新闻出版总署的中国出版集团，也有行业内集团，如中国科学出版集团，更多的是地方出版社组建的出版集团。同时，还成立了一些发行集团。这些集团有些属于当地的出版集团，有些是独立的发行集团。如四川新华文轩、安徽发行集团、上海新华传媒等是与出版集团互不隶属的。这些以产权结构为纽带或者说以行政隶属关系为纽带的出版集团，彻底摆脱了过去的政企不分，出版局管天下又管脚下的局面。

集团化发展是市场经济的产物，也是世界出版业发展的潮流。如法国，有4000家出版社，但阿歇特出版集团一家占据了法国90%的市场。创建于1835年的贝塔斯曼集团是世界四大传媒巨头之一，包括六个子集团：在全球拥有5500万会员的贝塔斯曼直接集团（成为全球客户和订户购买传媒和娱乐产品的首选）；欧洲最大电视广播集团——RTL集团（旗下拥有23家电视台、17家广播电台）业务范围包括广播电视、图书出版、杂志报纸出版、音乐唱片及发行、印刷媒体服务、图书和音乐俱乐部。贝塔斯曼经营机构遍布全球63个国家，共有员工76266人（截至2004年12月31日），2004财年收入170亿欧元（约合人民币1700亿），比中国出版全行业的销售收入还多。2004年中国新华书店系统、自办发行销售收入1131亿元人民币。

美国有5.7万家出版社，年度出版图书100种以上的商业出版社只有150家，垄断出版业的只有五大巨头——兰登书屋（属贝塔斯曼集团）、哈泼·柯林斯、企鹅、西蒙和舒斯特，以及时代华纳，去年的收入达48亿美元，占成人图书、童书和平装本图书总销售额的67%，其中排名首位的兰登书屋在美国市场的销售额为13.3亿美元。

集团化的初衷，是整合资源，优化配置，实行专业化生产，提高竞争力，抵御风险。但目前中国的出版集团大多是靠行政捏合的集团，而不是像国际上那样靠竞争或购并而成立的企业集团。到目前为止，大多数出版集团规模的扩大仍然主要是低水平的数量累加，而没有进行根本性的业务整合，原先粗放经营的色彩也并没有褪去。但也有一些出版集团，如世纪出版集团、湖南出版集团、江苏出版集团等，成立集团后，产生了化学变化，企业的效益得到了发挥或正在发挥。

但也有一些集团，利用资金优势，进入其它领域，如宾馆、房地产、旅游等领域，有些也取得了一些经济效益，如重庆出版集团，有三分之二的利润来自房地产。但有专家认为，出版产业主要是内容产业，国外出版集团一般围绕主营业务展开，这种离开主业并投入大量资金的做法，对中国的出版集团的品牌建设、核心竞争力的形成和长期发展十分不利。事实上，今年房地产业走低，如果仅仅依靠房地产业，对出版集团而言会是十分艰难的。另外，在多元化的道路上，许多出版集团都交了不少学费，如首都发行所，当年投资钢铁企业，亏损甚巨。这方面的例子不胜枚举。

借鉴国际经验，下一步中国的出版集团的业务发展不应再是各出版社独自分散作战的模式，而应按不同内容产品生产线的要求进行结构调整和资源重新配置，对品牌进行组合，实行产品细化和专业化生产，从而促进内容创新的深化，最大限度地利用内容资源、降低成本、创造新产品和新品牌，以提高生产能力和企业核心竞争力，扩大市场覆盖面。

（三）产业升级已经成为全行业的共识。互联网技术和数字技术及存储介质的不断革新，对传统的出版方式、流通方式带来了很大的影响和冲击。有这样的几组数字，一是几年的调查显示，国民阅读率，特别是传统阅读率在不断下降。2008年7月23日中国出版科学研究所公布的第五次全国国民阅读调查结果显示的信息：我国国民图书阅读率止住连续下滑趋势，比2005年略有回升，达到48.8%；互联网阅读率为44.9%，继续大幅攀升。最近一篇报道，说报纸六年来首度出现负增长。有人认为这是金融危机的影响，但实际上这不仅仅是金融危机的影响，而在很大程度上是互联网的影响。最近美国有几家报纸不再出版纸质报纸，而改为出版数字报，这是一个最为明显的信号。还有一个数据，说新华书店的销售增长乏力，但网上书店的销售呈两位数的增长。当当网每天的出货单在150万份。2009年4月中国社科院发布的商业蓝皮书《中国商业发展报告（2008～2009）》称，中国零售业在2009年将取得飞速发展。目前淘宝网每天都销售3亿元左右，远远超过了沃尔玛在华的单日销售业绩。新华书店的同志都知道网上书店的营销模式，所有图书都有折扣，并且是送货上门，达到一定的金额不收邮费。《长尾理论》的作者曾经引述了一些90后的体会。他们认为在互联网环境下成长的孩子，对网络阅读已没有任何的障碍。报道说很多孩子患网瘾，这从另外一个角度说明现在的孩子对互联网的依赖程度。特别是手机3G和4G的出现，对传统的传媒都会有很大的冲击。

互联网、数字技术和存储介质的变化对我们的传统出版带来巨大的冲击已是不争的事实。我们是置之不理，盲目乐观还是悲观失望。我想，我们必须保持积极的态度来应对新技术、新材料的影响。从出版来看，传统出版的升级已经刻不容缓。我们要发挥出版这个内容提供商的优势，建立数据库，延伸产业链，加快网络出版、数字出版、手机出版、多媒体出版，让内容适应新时代新形势的变化。从流通领域来看，可以利用互联网容量大、快捷、低成本、互动的特点，开展电子商务。有条件的可建立网上书店，或运用互联网实现按需出版，销售电子图书等电子产品，扩大市场覆盖，形成新的赢利点。

（四）上市已成为出版发行集团当前的首要任务。近两年，出版界最为热门的一个词是"上市"。目前已经上市的企业，发行有两个：上海的新华传媒和四川的新华文轩。内容上市的有二个：安徽的"时代出版"和辽宁的"出版传媒"。江苏凤凰集团非主业部分借壳 ST 耀华玻璃已经通过证监会批准。现在正在准备上市的有十几家。如河南用近 2000 万买下了一个即将退市企业的 18％ 的股份。还有湖南、江西、中国出版集团、长江出版集团等都在积极准备上市。对于企业的上市诉求，业内有理解的有不理解的。理解的认为这是出版做大做强的正确途径，不理解的认为这是长官意志，是"大跃进"。

出版企业上市有什么好处呢？

首先，上市必须是股份公司。上市的股份公司要达到如下几项基本要求：（1）形成清晰的战略发展目标；（2）突出主营业务，形成核心竞争力与可持续发展能力；（3）避免同业竞争，减少和规范关联交易；（4）产权关系清晰，不存在法律障碍；（5）建立股东大会、董事会、监事会以及经理层的治理结构；（6）具有完整的业务体系和直接面向市场经营的能力，做到资产完整、人员独立、财务独立、机构独立、业务独立；（7）建立健全财务会计制度，会计核算符合《企业财务会计报告条例》《企业会计制度》和《企业会计准则》等法规、规章的要求；（8）建立健全有效的内部控制制度，能够保证财务制度的可靠性、生产经营的合法性和营运的效率与效果。

我们的出版企业能够达到上述要求吗？答案是可想而知的。从目前来看，出版集团或者大的出版社，在其内部规范上应当说还没有摆脱"政企不分、事企不分"的局面。从产权上看，我们的出版集团虽然大多数通过行政命令已经转为企业集团，但只是若干个子公司"捏合"在一起的企业集团，虽然有了物理变化但还没有化学变化。甚至物理变化也正在进行之中，或者也只是表面的。如有些出版企业特色不鲜明，产品线并不清晰，许多都是围绕教育出版做文章，内部产生竞争，出版社缺少核心竞争力。还有些出版企业，要负担很多离退休人员的各项费用，经济负担较重，发展缺少资金。而股份制企业，不是那种政企不分的企业，不是党委领导下的厂长社长负责制，而是按照资本的多少，以股东会为最高权力机构的企业。在这种企业中，以公司章程为最高的准则，董事会的权力、总经理的权力，都在章程中规定得清清楚楚。公司年初有预算，年底要向所有的股东报告经营业绩。总经理如果经营管理不善，业绩达不到预定目标，董事会可以解除与其的合同。而上市企业比股份制企业将更加透明，监管更加严格。所有的股东，无论是大股东还是小股东，都有权力了解公司的状况。公司的业绩，每个季度要通过证监会指定的媒体向公众披露公司的财务运行情况。公司的重大事项，要向证监会报告并在指定的媒体上披露。而目前我们的出版企业，有多少可以经得起这样严格的监管呢？

如果出版企业要上市，如此不规范的行为怎么办？企业那就必须按照上市公司的标准来进行改造与规范。这就需要中介机构，其中包括有资质的保荐机构，如证券公司、会计师事务所、律师事务所、评估事务所对企业在尽职调查的前提下，提出完备的整改方案。要根据上市公司的要求，对企业的产权结构、法人治理、主营业务、赢利状况进行条分缕析，解决公司遗留问题，打通公司生存与发展的瓶颈。

也有人错误地认为，上市公司的目的是为了"圈钱"。其实，这只说对了一点点。企业上市的目的，就是获得一个资本运作平台，借助资本市场获得更多的低成本的资金，迅速扩大企业规模，提升企业知名度，增强企业竞争力。世界知名的大企业，如美国的500强企业，95%都是上市公司。国内的电器连锁零售企业苏宁电器，2003年成功上市后，企业的总资产从7.5亿在三年时间内增加到88.5亿，成为国内数一数二的电器销售王牌。湖北的华新水泥，1993年上市时，资产经评估只有8000万，目前已经达到105亿。同时，通过上市，使企业成为一个公众公司，证监会等机构会对其严格管理，使公司更加规范地运行。通过上市，公司也有了一个宣传的平台，可以进一步提升市场地位和形象，增强公司知名度，提升资信能力，增加金融机构对公司的信任，降低融资成本。另外，公司的价值，股东的价值通过金融市场来确定，实现了股东财富增值。但是，"圈钱"就可以自由支配吗？这也许是不了解上市企业资金使用的人的一厢情愿。上市企业募集资金的使用方向，事先必须得到证监会的批准，如果改变用途，也必须得到股东大会的批准。最典型的一个例子就是在香港上市的创维集团，因为将募集到的资金改变其在招股说明书上的用途，结果董事长到香港时被股东一纸诉状送上法庭。

所以笔者以为，中国的出版企业，不管是否上市，都应当按照上市公司的要求来规范企业。如果企业能像上市企业一样经得起股东与有关管理机构的监督，那么我们的出版企业就具有了可持续发展能力。当然，能否达到上市要求是一回事，上市后经营的业绩又是一回事，愿不愿意通过上市准备这个"炼狱"使出版企业变得产权更加明晰，制度更加规范，产品更具有竞争力又是一回事，愿不愿意通过成为上市企业，而使自己有更大的压力，迫使自己必须面向市场，不断地攀登更高的目标又是一回事。我们不是为了上市而掀起出版界的又一场大跃进，而是要通过上市这个过程，促进我们的改革，促进我们的发展。上市是时代发展之必然，也是企业自身生存之需要。

新闻出版总署在最近下发的《关于推进新闻出版体制改革的指导意见》中提出：在三到五年内，培育出六七家资产超过百亿、销售超过百亿的国内一流、国际知名的大型传媒企业。

（五）民营出版登堂入室。对中国的民营出版，国有企业的从业者大多数是持一种并不认同的态度，正如人们抢公共汽车一样。但从民族文化的大发展与大繁荣的角度思考，应当是"地无分南北、人无分老少"。调动全民族的力量复兴中国文化，扩大中国文化的影响力是我们这一代出版人的责任。在中国出版的历史上，从春秋战国到活字印刷开始的宋代，出版一直是官办与民办相结合的。在全世界的出版业中，只有中国和朝鲜出版还是由政府在控制的。"出版自由，是通向民主的大门。"这是一位资深的思想家李锐先生写在我的一本书扉页上的。

民营出版，1956 年彻底消失，1982 年，以发行的名义又重新开始。尽管官方对民营介入出版从不承认，到限制，到视而不见，但结果是其日益发展，成了中国出版一支不可忽视的力量。

中国民营出版究竟具有多大规模呢？据中国出版科学研究所发布的《2004-2005 中国民营书业发展研究报告》，民营公司的经营规模已经占据了全国书业的半壁江山。虽然他们在工商登记时主要经营内容是图书的发行，但实际上有相当一部分民营公司已经涉足于图书出版的上游。"在全国每年出版的 17 万种图书中，由 2000 多家文化公司和民营发行公司进行选题策划或组稿、编辑出版的品种已经占到 30%，而在考研、自考、中小学教辅等图书及一些政府部门专业图书的编辑、出版、发行中，民营图书公司早已成为主体。"

其实，从已有的出版物发行网点和出版物发行工作人员的统计数据我们也能大致看出民营书业所占的比重。（表略）

从表 1 我们可以看出民营网点占全行业的比重在 70% 以上，占了整个行业绝大部分的份额。2007 年与 2006 年相比增加了 4.5%，二级批发的网点增长率高于集个体零售。

从表 2 可以看出民营书业从业人员占全行业的比重保持在 70% 左右，而且，增长的速度很快，2007 年与 2006 年相比增加了 11.58%，从业人员的绝对人数有很大的攀升。而二级民营批发的从业人员的同比增长速度远高于集个体零售。

以上分析的仅为发行网点与发行人员，其实，目前活跃在民营出版业的大多数公司，在登记时因为政策因素，都没有登记出版业务。在国内民营出版中有影响的志鸿教育集团、金星国际教育集团、万向思维国际图书有限公司、仁爱教育集团、修远教育集团、全品文化发展有限公司等在注册时，主业都是文化策划与出版物发行，实际上他们的出版规模，已经达到上亿或者十几亿的销售额，与中国出版社的出版规模来比较，应当属于大中型的出版机构。

如志鸿教育集团，开始不过是中学附近的一家小的教育书店，现在已经发展成长为我国第一家同时获得出版物国内总发行权和全国连锁经营权的教育集团、成长为出版发行业第一家获得ISO9001质量体系认证的单位、成长为图书发行净额达到14亿元的大型出版发行企业。十年潜心经营，成功塑造了"志鸿优化"书业第一品牌的形象，形成了"优化设计"、"全优设计"、"志鸿导学"等15个子品牌和一部分补充品牌，已基本满足了中、小学同步学习及复习备考的需求；同时积极向电子产品、教育网站等信息化领域发展，旨在为广大师生提供先进的教学方式和教育信息。世纪天鸿以市场为先导，致力于图书营销模式的创新和市场营销网络的开发、建设，创造了"双赢模式"、"AC营销模式"，形成了全新的经营理念和管理机制。目前已建立起遍布全国各地的由IT网络支撑的1500多家代理经销网点和一支400多人的服务队伍，构建了布局合理的服务网络。正在规划建设中的现代物流基地，将使全国各地的客户能在更大程度上享受高效的、"零距离"的优质服务。其余如金星国际教育集团年策划出版2000余种图书，下属4家子公司。万向思维国际图书有限公司与仁爱教育研究所年销售码洋都是数亿元。全国这种年销售过亿的民营出版商，据估计不下于300至500家，但由于他们都处于灰色地带，这些公司的业务并没有纳于管理部门的视野。

过去，民营出版一直处于一种灰色状态。目前，在新闻出版总署学习科学发展观的报告中，第一次将民营出版称之为"新兴出版生产力"。这是迄今为止中国的官方机构对民营出版给以最高的评价，也是最科学、最客观的一种评价。民营出版的春天应当说已经来到，尽管还是春寒料峭、但"于无声处听惊雷"，自然的规律已不可违背了。

在新颁布的指导意见中，第一次提出"引导非公有出版工作室健康发展，解放和发展新兴出版生产力"。措施有两条,一是设立平台,启动给予民营出版出版权的试点;二是国有出版企业与民营出版进行资本合作、项目合作、环节合作。

三、对未来中国出版发展趋势的预测

一是通过兼并重组,资本运作,在未来十年左右,国内将形成几个超大型的出版发行集团。这些出版发行集团将携资本优势、人才优势、产品优势,成为中国出版的航空母舰。但目前这种兼并重组还受着行政区划与地区分割的限制。如辽宁成立北方出版联合集团传媒有限公司,意在东三省的整合,但阻力甚巨。安徽发行集团想整合湖北与南京,但当地的政府也不会同意。不过,这种趋势随着教材教辅形势的变化,可能会有所突破。而且国家通过行政推动,这种区域性的大型出版与物流集团,会通过上市公司这种平台,陆续诞生。

在这些大型集团之外,一些出版物专、特、精、尖的小型出版社,也会借助自己的核心竞争力,在市场上占有一席之地。而那些没有特色,靠同质化产品而生存的出版社,在全方位的竞争中,可能会发生生存危机。

二是中央级的出版大社,如机械工业出版社、化学工业出版社、人民教育出版社、高等教育出版社、商务印书馆、外研出版社等,将进一步壮大规模,成为中国出版的中坚力量。而地方出版社在集团化的旗帜下,将会逐步丧失自己的个性,成为集团棋盘中的一颗棋子。

三是出版走出去初见成效。现在国家大力提倡出版企业要走出国门,到欧美地区建立出版机构,出版适合当地阅读的图书。目前中国出版集团、中国青年出版社、湖南出版集团、湖北出版集团等都已在境外成立了独资或合资的出版机构,但由于经验、资金、人才诸多因素的影响,成效短期内还难以形成。

四是教材的生产格局可能会发生变化。新闻出版总署要求中央各部委出版社在 2010 年前必须全部转企改制,这就说明人民教育出版社在明年内也要转企改制。而目前全国各地出版集团的主要利润来源,就在教材租型一项。现在教材租型是按码洋的 3%,如果人民教育出版社为了自己的利润最大化,提出提高教材租型费率或者自己在各地设立代办站,自己发行教材,那么全国的出版社、出版集团会有一大批难以为继。

因为目前我国出版业过分依赖教材出版的利润，这是中国出版业的隐患之一。在刚刚公布的安徽时代出版的年报中，教材教辅的利润占71%。而有些出版集团，教材利润占85%以上。美国、英国、日本等发达国家出版业中，出版产值的大体比例是大众出版占60%，政府出版物占4~5%左右，教育和专业出版两项相加占其余的35%左右。英国的情况大体是50%为大众出版，专业出版和教育出版相加为45%左右。

五是民营出版一旦浮出水面并得到政府的全面支持，现有的国有出版社会有很大一批生存艰难。一方面，过去出版社靠向民营提供书号获取较大的净利润，二是国有出版社即使转为企业，但在体制与机制上，在竞争的经验上，在人才队伍的建设上，短期内仍然没有民营出版机构灵活，双方在同一个平台上竞技的话，国有出版原有的政策优势将会丧失殆尽。这几年在其它领域的国有企业的改革历程中，"国退民进"曾作为政府的一个发展经济的方略被提出来，国有与民营的优劣可见一斑。

六是传统出版的空间将会被进一步挤压，以互联网技术与数字技术为代表的数字出版将会以更快的速度发展。1997年在国内出版的《数字化生存》一书，描绘了数字科技为我们的生活、工作、教育和娱乐带来的各种冲击和其中值得深思的问题。这些预言今天都已经得到证实。此书作者尼葛洛庞帝（Negroponte）为美国麻省理工学院教授及媒体实验室的创办人，西方媒体推崇他为电脑和传播科技领域最具影响力的大师之一，1996年7月被《时代》周刊列为当代最重要的未来学家之一。出版界有人提出"不数字，勿宁死"，这表现了人们的决心。但数字出版目前的赢利模式还没有完全形成，资金投入还很大，但我们要看到，这与出版界告别铅与火，迎来声光电一样，是一个革命性的时代的到来。我们要有足够的认识和充分的准备，迎接新技术对出版的挑战。

对未来中国出版的预测，我认为，经过持续不断地解放思想，改革创新，中国出版将会迎来前所未有的大繁荣与大发展。但这条道路是曲折的，因为出版的改革是与发展，与中国的政治体制的改革与发展紧密相连的。虽然一切都需要时间，但九曲黄河归大海，我对曾经创造出活字印刷与造纸术的中华民族充满信心。

（此文系在武汉大学信息学院的演讲内容）

经济波动对出版产业有何影响

2007 年以来，因美国的次贷危机引发的世界性金融危机又一次使中国经济产生波动。这次经济波动对中国的出版产业是否产生影响，影响的力度究竟有多大，影响主要体现在哪几个方面？也许，我们目前对这种影响还不能给以一个明确肯定的回答，但历史的经验值得注意，改革开放 30 年来，中国曾经因为宏观调控，因为金融危机，已经发生过多次经济波动。本文试从 30 年来图书出版的起起伏伏中寻找规律，以资借鉴。

一、30 年来国民经济和出版产业变化及其原因探讨

（一）改革开放以来宏观经济与出版产业的波动情况

改革开放 30 年来，中国经历了 6 次宏观调控。第一次是 1979 年到 1981 年，中国政府冻结部分公司存款，收紧银根，给经济降温，治理通胀。第二次宏观调控发生在 1985 年到 1986 年，政府实行从紧的货币政策和财政政策，以使经济降温。第三次发生在 1989 年到 1990 年，调控措施主要是控制投资增速，同时出台行政管制措施，制定主要工业品和基础消费品价格上限，以治理通胀。第四次发生在 1993 年，海南地产热以后，政府出台政策整顿金融秩序，加强宏观调控——控制楼堂馆所的建设，并大幅提高银行存款利率和存款保值补贴，收紧银根。此后，1998 年开始了相反方向的调控，用积极的财政政策和适度宽松的货币政策应对亚洲金融危机带来的挑战。第五次发生在 2004 年，政府再度进行宏观调控，通过出台政策抑制钢铁、电解铝、水泥、地产等过热产业的投资。第六次是 2007 年，中国政府实施从紧的货币政策，以应对通胀，解决投资过热问题。

这 6 次宏观调控，除了 2004 年以外，在国民经济的波动中都有反应，在

图书的销售上也有某些反应。下面是1978年以来我国国民经济和图书出版的波动情况：

表1　1978年以来我国国民经济和出版产业的波动情况

年份	生产总值		定价总金额		纯销售额		纯销售册数	
	亿元	增长率%	亿元	增长率%	亿元	增长率%	亿册	增长率%
1978					7.2221		33.11	
1979	6175	8.50			10.145	40.47	37.88	14.41
1980	6619	7.20			12.143 8	19.70	42.53	12.28
1981	7490	4.50			12.894 6	6.18	48.97	15.14
1982	8291	9.00			14.002 2	8.59	53.99	10.25
1983	9209	10.2			20.8	48.55	56.4	4.46
1984	10 627	14.2			24	15.38	59.24	5.04
1985	13 269	16.4	39.5		33.5	39.58	61.16	3.24
1986	15 104	9.3	34.1	−13.67	38.8	15.82	57.3	−6.31
1987	10 920	9.4	45.3	32.84	43.2	11.34	59.4	3.66
1988	13 853	11.2	62.22	37.35	54.08	25.19	62.16	4.65
1989	15 677	3.9	74.44	19.64	68.71	27.05	60.75	−2.27
1990	17 400	5	76.64	2.96	76.7	11.63	60.22	−0.87
1991	19 580	7	95.54	24.66	85.8	11.86	62	2.96
1992	23 938	12.8	110.75	15.92	100.7	17.37	64.4	3.87
1993	31 380	13.4	136.74	23.47	125.4	24.53	65.9	2.33
1994	43 800	11.8	177.66	29.93	134.6	7.34	62.2	−5.61
1995	57 733	10.2	243.66	37.15	186.15	38.30	66.71	7.25
1996	67 795	9.7	346.13	42.05	266.6	43.22	72.6	8.83
1997	74 772	8.8	372.56	7.64	313.2	17.48	74.7	2.89
1998	79 553	7.8	397.97	6.82	347.61	10.99	77.04	3.13
1999	82 054	7.1	436.33	9.64	355.03	2.13	73.29	−4.87
2000	89 404	8	430.1	−1.43	376.86	6.15	70.24	−4.16
2001	95 933	7.3	466.82	8.54	408.49	8.39	69.25	−1.41
2002	102 398	8	535.12	14.63	434.93	6.47	70.27	1.47
2003	116 694	9.1	561.82	4.99	461.64	6.14	67.96	−3.29
2004	136 515	9.5	592.89	5.53	486.02	5.28	67.06	−1.32
2005	182 321	9.9	632.28	6.64	493.2	1.48	63.36	−5.52
2006	209 407	10.7	649.13	2.66	504.33	2.26	64.66	2.05
2007	246 619	11.4	676.72	4.25	512.62	1.64	63.13	−2.37
2008		9%						
增幅	42.33倍		16.13倍		69.98倍		90.67%	

（注：定价总金额是从1985年开始进行统计，而宏观经济的统计口径从1987年改变成了GDP）

从表1和图1可以看出，1978年以来，中国经济有五个高峰，四个低谷。

第一个高峰是 1978 年，经济增长 8.5%；第一次低谷为 1981 年，增长幅度为 4.5%。这刚好对应着政府的第一次宏观调控。

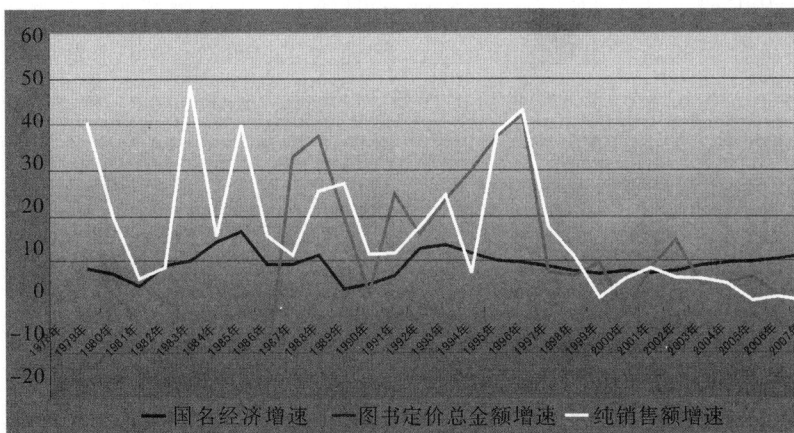

图1　国民经济增速、图书定价总金额增速、纯销售额增速比较

图书出版方面，因为定价总金额的统计始于 1985 年，我们没有这次调控时定价总金额方面的数据，但可以用纯销售额来替代。纯销售额的增长速度，1979 年为 40.47%，1981 年为 6.18%，达到谷底。出版业的这次波峰与波谷，与政府的宏观调控进程是比较吻合的。

国民经济的第二个高峰是在 1985 年，经济增速为 16.4%；第二个低谷在 1986 年，经济增速为 9.3%。国民经济的这次波动，在出版产业中也有反应。1986 年，图书定价总金额增速为-13.67%，与国民经济调整同步；纯销售额增速的波峰出现在 1983 年，为 48.55%；1986 年增速已经下降到 15.82%，1987 年达到谷底，为 11.34%。出版业的这次波峰与波谷，与政府的宏观调控进程比较吻合，但时间上稍有差异，特别是销售方面，波峰比国民经济增速波峰早两年出现，波谷稍稍滞后于政策变化，表明市场对调控政策的反应，有一个滞后期。

国民经济的第三个高峰出现在 1988 年，经济增速为 11.2%；第三个低谷出现在 1989 年，经济增速为 3.9%。国民经济的这次波动，在出版产业中一样有反应。1988 年，图书定价总金额增速为 37.35%，1989 年就降到了 19.64%，1990 年为 2.96%，进入低谷，表明调整的周期比宏观经济的周期要长，稍显滞后；纯销售额的高峰出现在 1989 年，增速为 27.05%，1990 年达到谷底，为 11.63%，稍稍滞后于政府的宏观调控。出版业的这次波峰与波谷，与政府的宏观调控进程比较吻合，但销售要稍稍滞后于政策变化，同样表明市场对政策的反应，有一个滞后期。

国民经济的第四个高峰出现在 1993 年，GDP 增速为 13.4%，第四个低谷出现在 1997 年，为 7.1%。国民经济的这次波动，在出版产业中有反应。图书定价总金额的高峰出现在 1996 年，增速为 42.05%，第一个低谷出现在 1998 年，为 6.82%，第二个低谷出现在 2000 年，为 -1.43%；第三个高点出现在 2002 年，为 14.63%，第三个低点出现在 2003 年，为 4.99%，时滞比较大，情况也比较特殊，其中的原因，主要可能有两个，一个是教育图书市场高速增长；一个是经管类图书市场急速扩大。这方面的数据与国民经济的波动有较大的差异。但从市场销售来看，与 GDP 的变动稍稍吻合一些。纯销售额的高峰出现在 1993 年，增速为 24.53%，1994 年为谷底，增速为 7.34%，此后又高速增长，于 1996 年再次出现一个高峰，增速为 43.22%，1999 年再次进入谷底，增长 2.13%；第三个高峰出现在 2001 年，为 8.39%，第三个谷底出现在 2005 年，为 1.48%。这次国民经济只有一次波动，而图书定价总金额和纯销售额则出现了三个波峰和三个波谷，波动了三次。

这次图书出版的增长速度出现了三个底，而且定价总金额的三个底与图书纯销售额的三个底并不同步。

宏观经济的双底则出现得比较晚。其中第二底出现在 2001 年，为 7.3%，跟图书定价总金额的第二个底有时间差，晚一年出现，比纯销售额的第二个底晚两年。

2004 年的宏观调控，在宏观经济增速方面没有反应。从 2001 年到 2007 年，宏观经济增长一直在加速，2001 年为谷底，增速只有 7.3%；2007 年为顶峰，为 11.4%，国家统计局后来调整为 13%。这是中国 GDP 增长的第五个高峰。2008 年已经降到了 9%，2009 年可能会更低。

2004 年的宏观调控，在出版界有反应，其中图书定价总金额的峰值出现在 2002 年，为 14.63%，低谷出现在 2006 年，为 2.66%，与宏观调控相关性不大；而图书纯销售额的峰值出现在 2001 年，为 8.39%，低谷出现在 2005 年，为 1.48%，表明仍受宏观调控影响，但有时滞。

2007 年开始的国民经济宏观调控，对经济的影响在 2008 年开始体现；而对图书定价总金额的影响则不明显，但从图书销售上，我们仍能看到影响存在。2007 年，图书的纯销售额增速只有 1.64%。2008 年，根据开卷监测，图书零售市场增长 4.4%，这其中未考虑物价因素。2008 年的后三个月，增速出现了负增长，10 月 -1.87%，11 月 -0.21%，12 月 -5.62%。当然，2007 年有《哈利·波特》最后一卷上市，这给 2008 年带来了增长压力。但宏观经济的波动，购买力的下降因素并不排除。

从 2001 年以来图书出版的变化来看，出版产业的变化受宏观调控政策影响，但往往有时间差。而 GDP 增速的变化在 2004 年与宏观调控政策的相关性则要差一些。个中的原因，一是现在的调控更多使用反周期调控政策；二是宏观调控政策，较多地进行结构性调控，这就使经济的波动相对而言更加复杂。

总之，30 年的经济发展实践表明，出版产业的发展，受宏观经济波动的影响，在前 15 年中，一般随宏观经济波动而波动，而后 15 年中，出版产业的波动，既受宏观经济影响，但同时又显出相对的独立性。它有五个特点：第一，出版产业的波动，仍然受宏观经济波动的影响。第二，相对于定价总金额而言，图书的纯销售额受宏观经济影响更大，而定价总金额受宏观经济影响相对要小一些。第三，纯销售额在受宏观经济影响时，往往有一定的时滞，一般在一年左右。第四，有时宏观经济没有怎么波动，出版产业自身已经波动了，这表明出版产业已经越来越服从于自身发展的规律。第五，无论是定价总金额，还是纯销售额，其波动幅度已经越来越小，这表明出版产业的市场主体如果不能很快形成，购买力市场不能进一步拓展，出版产业的发展空间就会有限。

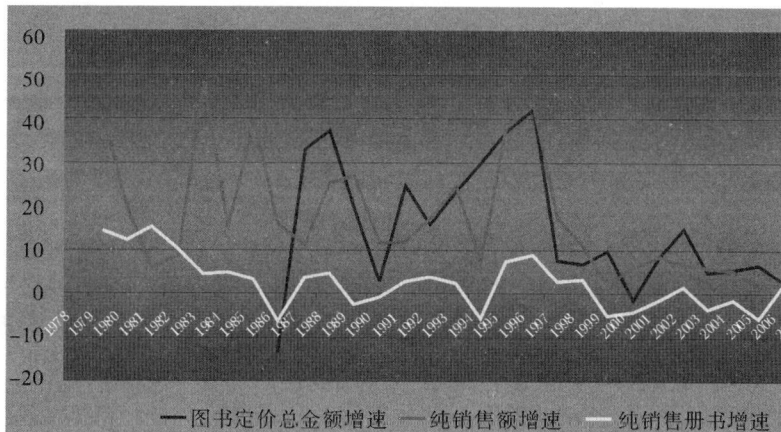

图 2　定价总金额、纯销售额与纯销售册数增速比较

（二）出版产业发展阶段分析

1978 年以来，出版产业的发展可以分为两个大的时期。这从定价总金额和纯销售额的历史数据中可以看得很清楚。第一个时间为 1978 年到 1998 年，为前20年；第二个时期自1999年至今，为后10年。前20年为出版业高速增长时期，定价总金额年增长幅度经常达到20%以上，纯销售额亦是如此。后10年为低速增长时期，除个别年份的定价总金额增长较快以外，纯销售额和定价总金额的增速经常在10%以下，而且定价总金额早于纯销售额两年进入低速增长区间。特别是纯销售额，这10年中没有一年的增速高于9%，基本上跑输了GDP的增速；而且从2005年开始，增速基本上在1%、2%附近波动（估计2008年增速也会很低，甚至不排除为负数）。

从销售册数来看，出版产业的高速增长到1982年就已经结束了。这个指标更能揭示出版产业的真实状况。跟定价总金额和纯销售额相比，图书销售册数提前16年见顶，表明出版产业1982年以后的增长有隐忧。

前10年中，出版产业还有一个特点，就是销售册数下滑较厉害。1998年，纯销售册数达到77.03亿册的峰值以后，开始下降，到2007年还没有止住，降幅为18.05%。前10年中，图书销售册数有8年负增长，两年增长，而且这两年增长中，有一年增长只有1.47%；另一年增长2.05%。销售册数的下滑，是出版业前10年中没有解决的问题，是出版业的病根之所在。它表明出版产业的发展出现了一个瓶颈，在国民经济高速增长的前10年中，出版已经进入了滞胀阶段，这需要我们深思。后面，我们将对此加以分析。

（三）本轮宏观调控和金融危机对出版产业的影响

分析当前出版产业的走势，有三个因素需要考虑，一是本轮宏观调控对出版产业的影响；二是金融危机对出版产业的影响；三是要考虑出版产业本身的发展阶段。将这三个因素结合起来分析，就可以得出较为真实的结论。

1. 本轮宏观调控对出版产业的影响

本轮宏观调控始于2007年，主要是实施从紧的货币政策，控制投资，以抑制通胀。2008年10月份，在金融危机的背景下，政策开始转化为积极的财政政策和适度宽松的货币政策，表明宏观政策已经开始出现了变化。

从历史上看，出版产业对宏观调控政策比较敏感。前30年中，每次宏观调控，图书纯销售额方面都有反映，只是有时同步，有时稍稍提前，有时稍稍推后。正因为如此，我们相信，2007年开始的宏观调控，对出版行业一定会有影响。

从2007年的纯销售额来看，数据已经有所反映了。2007年图书的纯销售额增长速度只有1.64%，为历史第二低的增长速度，这极有可能正是图书市场对宏观经济政策的反应所致。好在 2008 年下半年宏观经济政策已经有了 180 度的转向，但是，由于国际金融危机的接踵而至，积极的财政政策和适度宽松的货币政策也难以改变基本经济面的消极影响。

2. 金融危机对出版产业的影响

历史上金融危机对出版产业的影响，从已有的数据来看，只有一次，即 1998 年亚洲金融危机。

分析 1998 年亚洲金融危机，可以发现，1998 年亚洲金融危机的确导致中国经济调整周期的延长。宏观经济方面，在 1998 年金融危机之前，1993 年是宏观调控的起点，1993 年到 1997 年，GDP 增速一路下滑，1998 年金融危机来了，1999 年 GDP 增速才见底，为 7.1%。这一次的调整，时间长达 6 年，是少有的长时间的调整。但是，从宏观经济增长的角度来看，因为中国政府采取了积极的财政政策和适度宽松的货币政策应对挑战，因此，亚洲金融危机并没有对中国经济造成太大的影响。1999 年，随着房地产、汽车这两个产业的启动，随着中国加入 WTO，到 2002 年，中国经济成功走出了亚洲金融危机的阴影。

从图书销售情况来看，1993 年，图书纯销售额增速与宏观经济同步见顶，达到 24.53% 峰值，1994 年即见底，增速为 7.34%；1995 年开始，与宏观经济不同的是，图书销售又进入高速增长阶段，连续三年高速增长，其中 1996 年达到 43.22% 的峰值，1997 年增速开始下滑，为 17.48%；1998 年亚洲金融危机，进一步下滑到 10.99%，1999 年再下滑到 2.15%。由此可见，当时的金融危机对出版产业的影响有，但不是特别大。因为峰值出现在 1996 年，1997 年即已经开始下滑了，表明在这个调整中，行业发展因素占主导地位，金融危机的影响有，但比较有限。

2000 年以后，出版产业随宏观经济起步，开始缓慢增长，并于 2001 年达到高峰，增速为 8.39%，随后增速又开始缓慢下滑。在这一阶段中，宏观经济增速较快，而出版产业则低速增长。其中的主要原因，在于产业自身出现了问题。

2008 年，世界性的金融危机再度暴发，其力度与 1929 年世界经济大萧条不相上下。1998 年金融危机，其影响只在亚洲，而这次世界性的金融危机，对全球经济都产生了巨大的破坏作用。我们认为，世界金融危机对我国的图书市场一定会有影响，但由于中国政府采取了积极的财政政策，加之中国金融系统的相对封闭性，对实体经济及图书市场不会产生特别重大的影响。在目前影响图书市场的三个主要因素中，我们认为，行业发展自身存在的问题是最主要的因素，是内因；宏观经济的影响因素是第二位的因素；世界金融危机是第三位的因素。从矛盾的主次来看，行业发展的瓶颈这一因素，将是影响目前图书市场的主要矛盾。

3. 行业因素和金融危机及宏观调控三个因素的叠加，才是影响图书市场走势的主要原因

分析目前出版行业特别是图书市场的走势，掌握上述三个因素的影响是最为重要的。那么，在上述三个因素中，宏观调控政策对出版行业是利多的，积极的财政政策和适度宽松的货币政策，有利于出版行业的增长。而行业发展阶段因素和国际金融危机对出版行业是不利的。下面我们详细分析：

从行业发展因素来看，进入第二阶段的出版行业，目前存在两个方面的制约因素。一是行业自身度过了80年代的恢复期和90年代的发展期后，已经处于一个亟待面临新突破的时期。大多数的出版单位都需要改变生产关系，焕发新的生产力，确立真正的市场主体的课题。增长乏力的内因在于体制与机制不适应企业发展的需要。80年代的恢复性增长，卖方市场的结束，使出版产业的内在矛盾充分暴露出来。这就是国民经济高速发展而出版产业小步前进中停滞不前的原因。二是由于城乡二元结构的存在，农民收入较低，广阔的农村市场并没有开发出来。中国13亿人，按最高年份销售册数77亿册计，人均也只有6册书。如果人均增加一册，就是13亿册。特别是2003年以来，图书定价总金额和纯销售额的增速一直都比较低，而且我们估计2008年的纯销售额增速可能也比较低，甚至不排除为负值。那么，我们估计，2009年，中国的GDP增速将见底，为8%左右，2010年将有可能出现回升。因此，我们预计2009年或2010年，基于行业自身改革滞后和国际金融危机的影响，出版行业的纯销售额增速将有可能进一步下降，甚至有可能为负值，达到−2%至−5%；2010年或2011年将有可能回升，但仍为低速增长，增速为2%至5%。导致出现这一状况的原因，主要在于出版产业需要进一步解放出版生产力，需要国家对农村、农民、农业进一步加大扶持力度，增加农村的购买力。

二、前30年平均单册印数与库存情况变化考察

要对出版行业环境有比较全面的了解，还应该考察两个方面的重要数据。

一是平均单册印数的变化，二是库存变化情况。如表3。

表3　图书印数与库存册数比较

年份	总印数		总品种		平均单册印数		库存册数		库存金额	
	亿	%	万	%	册/种	%	亿	%	亿元	%
1978	37.74		1.50		25.18		20		4.3	
1979	40.72	7.90	1.72	14.85	23.66	−6.05	17.4	−13.00	4.8	11.63
1980	45.93	12.79	2.16	25.62	21.24	−10.21	15.7	−9.77	5.1	6.25
1981	55.78	21.45	2.56	18.41	21.79	2.57	17.9	14.01	6.3	23.53
1982	58.79	5.40	3.18	24.15	18.50	−15.11	21	17.32	7.4	17.46
1983	58.04	−1.28	3.57	12.32	16.26	−12.11	22.6	7.62	8.3	12.16
1984	62.48	7.66	4.01	12.25	15.59	−4.09	22.7	0.44	9.6	15.66
1985	66.73	6.80	4.56	13.80	14.63	−6.15	28.3	24.67	15.6	62.50
1986	52.03	−22.03	5.18	13.56	10.05	−31.35	26.5	−6.36	16.8	7.69
1987	62.52	20.16	6.02	16.27	10.38	3.35	24.6	−7.17	18.2	8.33
1988	62.25	−0.44	6.60	9.55	9.44	−9.12	22.68	−7.80	21.61	18.74
1989	58.64	−5.79	7.50	13.66	7.82	−17.11	21.2	−6.53	25.71	18.97
1990	56.36	−3.89	8.02	7.00	7.03	−10.18	19.09	−9.95	25.12	−2.29
1991	61.39	8.93	8.96	11.71	6.85	−2.49	20.66	8.22	35.72	42.20
1992	63.38	3.23	9.21	2.83	6.88	0.39	21.76	5.32	40.24	12.65
1993	59.34	−6.37	9.68	5.01	6.13	−10.83	27.45	26.15	60.06	49.25
1994	60.08	1.25	10.38	7.31	5.79	−5.65	25.16	−8.34	58.01	−3.41
1995	63.22	5.23	10.14	−2.36	6.24	7.78	27.94	11.05	69	18.95
1996	71.58	13.22	11.28	11.28	6.34	1.75	27.8	−0.50	117.5	70.29
1997	73.05	2.06	12.01	6.46	6.08	−4.14	31.7	14.03	173	47.23
1998	72.39	−0.91	13.06	8.75	5.54	−8.88	34.17	7.79	206.88	19.58
1999	73.16	1.07	14.18	8.59	5.16	−6.92	34.62	1.32	241.63	16.80
2000	62.74	−14.25	14.34	1.09	4.38	−15.17	36.47	5.34	272.68	12.85
2001	63.10	0.57	15.45	7.78	4.08	−6.68	35.54	−2.55	297.58	9.13
2002	68.70	8.87	17.10	10.64	4.02	−1.59	36.89	3.80	343.48	15.42
2003	66.70	−2.91	19.04	11.36	3.50	−12.82	38.54	4.47	401.38	16.86
2004	64.13	−3.85	20.83	9.40	3.08	−12.12	41.64	8.04	449.13	11.90
2005	64.66	0.83	22.25	6.81	2.91	−5.60	42.48	2.02	482.92	7.52
2006	64.08	−0.90	23.40	5.17	2.74	−5.77	44.59	4.97	524.97	8.71
2007	62.93	−1.79	24.83	6.12	2.53	−7.46	44.78	0.43	565.9	7.80
增幅	66.75%		15.55倍		−89.93%		123.9%		130.60倍	

　　平均单册印数年增长情况，在前30年中，有6个高点，6个低点。6个

低点是，1980 年、1982 年、1986 年、1989 年、1993 年、2000 年，6 个高点是 1981 年、1984 年、1987 年、1992 年、1995 年、2002 年。高点出现的规律是，经常在宏观经济高点前一两年出现，但相关性不太明显；低点中，有 3 个低点在宏观经济增速低点前一年或同时出现，另外三个则不是，表明平均单册印数增速与宏观经济增速的相关性也不是很明显。

考察平均单册印数这个指标，发现出版行业在前 30 年间发生了急剧的变化。图书的总印数从 37.74 亿册增长到 62.93 亿册，增长幅度为 66.75%；图书品种数从 1.5 万种增长到 24.83 万种；平均单册印数从 25.18 万册/种下降到 2007 年的 2.53 万册/种，下降了 89.93%，而且需要注意的是，这是教材和一般图书混在一起的数据。平均单册印数大幅下滑是果，它的因在于图书总品种数的大幅度增长，即出版繁荣背后是有阴影的，这涉及整个出版产业的变局。而平均单册印数大幅下滑，带来另外两个结果，一个就是图书定价的大幅度上涨，出版社为了保本经营，不得不提高定价；另一个结果就是图书销售总册数的缓慢增长和市场竞争的日趋激烈。而这从另外两个方面的数据中得到了印证，即出版社库存金额和库存册数的增长。

库存册数变化情况表明，从 1978 年到 2007 年，出版社库存册数从 20 亿册增长到了 44.78 亿册，高于销售册数的增长幅度；而且 1997 年以来，库存册数只有一年是下降的，其他 10 年中都是增长，从 27.8 亿册增长到 44.78 亿册，增长幅度为 61.08%。其中 2004 年以来，图书库存册数连续五年缓慢增长，我们预计 2009 年，这一数据肯定会超过 45 亿册，甚至不排除超过 46 亿册。

库存金额方面，1978 年库存金额为 4.3 亿，2007 年为 565.9 亿，增长了 130.60 倍。库存金额的高速增长，是一个很典型的特征。前 30 年中，只有两年是下降的，而且下降幅度只有 2.29 和 3.41 个百分点。有 20 年增长幅度超过 10%，15 年增长幅度超过 15%，6 年超过 20%，最高增长年份为 70.29%。库存的高速增长，是出版竞争越来越激烈最为明显的反映。

考察近 10 年来图书库存码洋增长速度，发现库存码洋增速仍然不低，2005 年到 2007 年三年中，仍在 8% 左右。相信 2008 年到 2010 年，因为金融危机的影响，这一增速仍然会提高，预计提高幅度不大。

图书平均单册印数进一步下滑，与库存的上升，将是 2009 年到 2010 年中国出版产业的一个明显特征。但是我们预计这一增速仍然不会太高，其中 2008 年可能会高一些，有可能达到 10% 左右，2009 年或 2010 年将回到一个较为正常的底部数值。

三、一般图书和教材出版种数增长趋势不变

（一）宏观经济波动与一般图书和教材品种数波动相关性不大

我们看表4。表中列出了1978年以来一般图书和课本的变化情况。从品种上来看，一般图书1978年总印数是11.57亿册，课本的总印数是19.19亿册，2007年，一般图书总印数为29.41亿册，30年中增长了154.19%；课本的总印数为33.24亿册，30年中增长了73.22%；而从品种数量来看，1978年，一般图书是0.89万种，课本是0.36万种，2007年一般图书为19.29万种，课本为5.40万种；30年中，一般图书品种增长了20.67倍，课本品种增长了14倍。这表明总需求增长较缓慢，而图书品种增长过快，图书品种供给的总规模过大，而总需求一直跟不上，是出版业面临的最大问题。

表4

年份	总印数（亿册）				总品种（万）							
	一般图书	%	课本	%	新版品种	%	重印品种	%	一般图书	%	课本	%
1978	11.57		19.19		1.19		0.31		0.89		0.36	
1979	12.91	11.58	20.80	8.39	1.40	17.82	0.32	3.23	1.11	24.55	0.36	1.41
1980	19.10	47.95	18.95	-8.89	1.77	26.08	0.40	25.00	1.57	40.71	0.34	-4.50
1981	28.31	48.22	19.98	5.44	1.99	12.42	0.57	42.50	1.88	19.83	0.41	20.47
1982	29.88	5.55	21.60	8.11	2.34	18.09	0.83	45.61	2.40	27.59	0.46	10.69
1983	26.88	-10.03	22.70	5.11	2.58	10.16	0.99	19.28	2.66	10.92	0.50	9.64
1984	30.86	14.79	23.59	3.89	2.88	11.49	1.13	14.14	2.93	10.44	0.56	10.84
1985	34.77	12.67	24.88	5.50	3.37	17.19	1.19	5.31	3.41	16.22	0.62	10.50
1986	20.79	-40.21	24.94	0.23	3.94	16.84	1.24	4.20	3.92	14.80	0.72	17.62
1987	29.16	40.27	26.97	8.14	4.29	8.69	1.74	40.32	4.52	15.41	0.88	21.49
1988	30.78	5.55	26.68	-1.07	4.68	9.15	1.92	10.34	4.94	9.44	1.07	21.75
1989	28.48	-7.46	27.13	1.68	5.55	18.60	1.95	1.56	5.75	16.23	1.17	9.25
1990	26.97	-5.33	27.09	-0.14	5.53	-0.40	2.50	28.21	6.16	7.11	1.27	8.22
1991	31.56	17.01	27.79	2.57	5.85	5.81	3.11	24.40	6.97	13.24	1.36	7.07
1992	32.47	2.90	29.41	5.85	5.82	-0.51	3.40	9.32	7.36	5.61	1.40	3.30
1993	29.60	-8.85	28.95	-1.56	6.63	14.00	3.04	-10.59	7.84	6.52	1.45	3.83

1994	29.68	0.29	29.77	2.82	6.98	5.23	3.41	12.17	8.42	7.41	1.67	14.90
1995	31.60	6.46	31.12	4.55	5.92	−15.22	4.22	23.75	8.27	−1.88	1.63	−2.27
1996	35.13	11.17	35.97	15.57	6.36	7.59	4.92	16.59	9.17	10.97	1.86	13.63
1997	34.12	−2.88	38.55	7.16	6.66	4.62	5.35	8.74	9.70	5.74	2.07	11.58
1998	35.21	3.21	36.85	−4.40	7.47	12.22	5.59	4.49	10.79	11.30	2.03	−1.92
1999	34.60	−1.74	38.08	3.34	8.31	11.21	5.87	5.01	11.86	9.87	2.08	2.18
2000	26.70	−22.83	35.60	−6.51	8.42	1.37	5.91	0.68	11.76	−0.83	2.37	14.16
2001	29.36	9.96	33.36	−6.28	9.14	8.52	6.31	6.77	12.81	8.89	2.42	2.29
2002	32.76	11.58	35.52	6.46	10.07	10.15	7.03	11.41	14.30	11.64	2.58	6.52
2003	33.75	3.02	32.54	−8.39	11.08	10.05	7.96	13.23	15.97	11.73	2.88	11.51
2004	31.13	−7.76	32.71	0.52	12.16	9.73	8.67	8.92	17.05	6.74	3.61	25.35
2005	29.17	−6.30	35.29	7.89	12.86	5.74	9.39	8.30	17.15	0.57	5.00	38.63
2006	28.81	−1.23	35.07	−0.62	13.03	1.31	10.37	10.44	18.10	5.55	5.19	3.79
2007	29.41	2.07	33.24	−5.22	13.62	4.58	11.21	8.10	19.29	6.59	5.40	3.99
增幅	154.19%		73.22%		10.45倍		35.16倍		20.67倍		14倍	

从表 4 中可以看出，前 30 年中，图书出版的总品种数与宏观经济并不怎么同步。宏观经济增速的高点分别出现在 1979 年、1985 年、1988 年、1993 年、2007 年；而图书总品种数增速的高点分别出现在 1980 年、1982 年、1985 年、1989 年、1991 年、1993 年、1998 年、2002 年；宏观经济增速的低点出现在 1981 年、1986 年、1989 年、1999 年、2001 年。而图书总品种数增速的低点共有 8 个，分别出现在 1981 年、1983 年、1987 年、1990 年、1992 年、1995 年、2000 年、2006 年。而考察一般图书品种增速，其高点共有 8 个，分别出现在 1980 年、1982 年、1985 年、1989 年、1991 年、1994 年、1998 年、2003 年，与图书总品种数增长高峰基本吻合，只是有些年份滞后一年，表明对图书出版种数变化的影响，一般图书是最为重要的因素。教材种数增速的高峰有 7 个，分别是 1979 年、1981 年、1988 年、1994 年、1996 年、2000 年、2005 年，这与一般图书和图书总品种数增速并不合拍；教材品种增速的低点共有 7 个，分别是 1980 年、1983 年、1992 年、1995 年、1998 年、2001 年、2006 年，有时与一般图书的低点同步，多数时候不同步。

总的来看，前 30 年中，图书的总品种数增长的大趋势是很明显的，这一趋势似乎一时也难以改变。无论从图书的总品种数来看，或者从一般图书品种的增速来看，或者从教材品种的增长情况来看，近 10 年中，它们仍没有进入明显的低速增长时期。这表明图书品种的增速仍不能稳定，很可能在某种情况下，又会再度进入高速增长期。

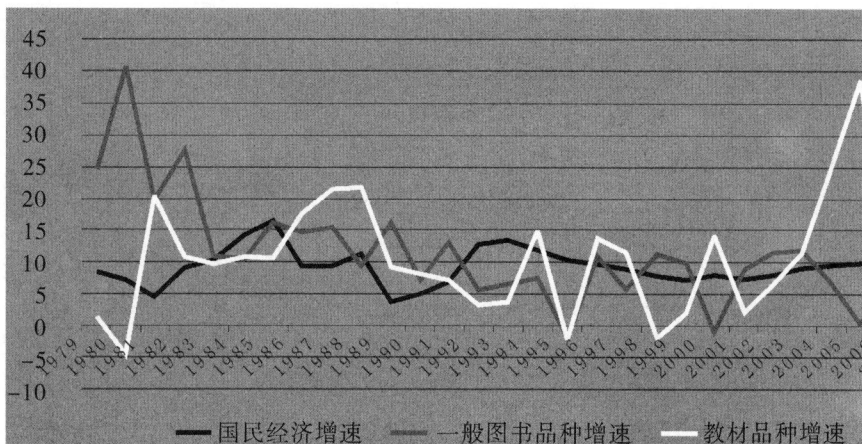

图3　国民经济、一般图书和教材品种数年增长率变化情况

但如果考察 2004 年以后的情况，则一般图书新版品种增速较低，表明出版界对于新版图书的出版有可能更加审慎，但这仍不能阻止图书品种增长的趋势。

（二）宏观调控和金融危机对一般图书和教材供应影响很小

一般图书和课本的定价总金额分类统计，始于 1996 年。我们根据历年来的数据，考察宏观调控和金融危机对一般图书和教材定价总金额的影响。

表 5 显示了 1996 年以来这两方面的变化情况。

表5　1996 年以来一般图书和课本定价总金额变化情况

年份	一般图书（亿）	增长率（%）	课本（亿）	增长率（%）
1996	204.67		141.46	
1997	208.81	2.02	157.9	11.62
1998	229.70	10.00	162.36	2.82
1999	258.79	12.66	171.5	5.63
2000	244.71	−5.44	180.81	5.43
2001	286.86	17.22	174.55	−3.46
2002	335.05	16.80	195.74	12.14
2003	361.55	7.91	196.09	0.18
2004	367.84	1.74	221.47	12.94
2005	360.49	−2.00	266.77	20.45
2006	389.39	8.02	258.22	−3.21
2007	420.18	7.91	254.15	−1.58

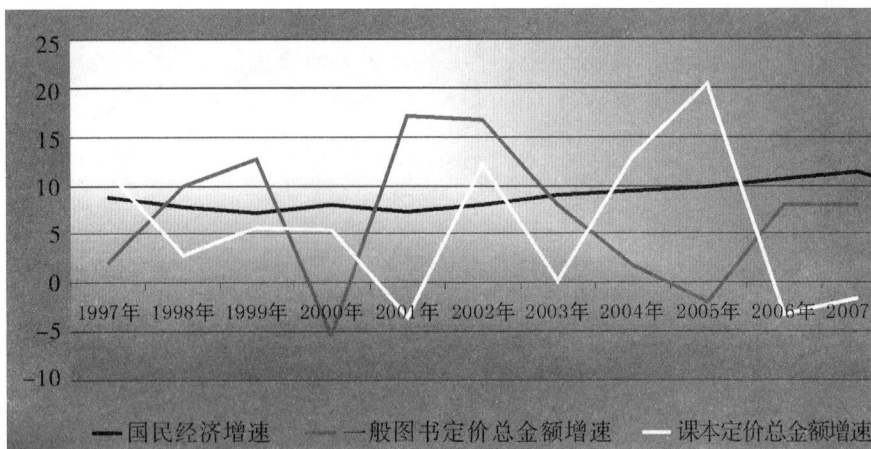

图4 宏观经济与一般图书、课本定价总金额增长率波动情况

从表5中可以看出，1996年以来，一般图书的出版已经经历了三个低点，三个高点，平均约4年出现一个高低点的循环。三个低点分别是：1997年、2000年、2005年；三个高点分别是，1999年，2001年，2006年。这么高的频繁波动，与宏观经济的相关性不大。这一情况与我们前面对中国出版业近15年来的判断是一致的。

而教材则经历了四个高点，四个低点，平均波动周期只有三年。四个高点分别是，1997年、1999年、2002年、2005年；四个低点分别是：1998年、2001年、2003年、2006年。这么频繁的高低点波动，与宏观经济相关性不大。

可见从出版社供应的角度看，无论一般图书，抑或课本的生产，与宏观经济波动的相关性已经越来越小了。宏观调控对图书的供应影响很小。而从1998、1999年亚洲金融危机来看，金融危机并不影响图书的生产，并不影响供给。这两年，一般图书生产增速都处于高峰区。

因此，目前的宏观调控和金融危机，可能并不会影响图书的生产，但对销售会存在一定的影响。这与我们前面分析出版产业近十五年来的变化结论是基本一致的。

第二次高峰为1985年，增长16.4%，第二次低谷为1986年，增幅为9.3%；第三次高峰为1988年，增长幅度为11.2%，第三次低谷为1989年，增幅为3.9%；第四次高峰为1993年，增长幅度为13.4%，第四次低谷为1999年，增幅为7.1%；第五次高峰为2007年，增长幅度为11.4%（后来调整为 13%），第五次低谷还没有到，估计在 2009 年到 2010 年。

从表中可以看出，国民经济的总量，从 1978 年的约 5600 亿元人民币增长到 2007 年的 246619 亿元人民币，简单计算，增长幅度为 42.33 倍。需要说明的是，这个数据有些问题，主要原因在于两点：第一是增长率，GDP 的增长率是按照可比价格计算的，即 GDP 增长率考虑了物价涨幅，而其他的增长率则没有考虑这个；第二个是统计口径的变化，1987 年以前用的是工农业总产值的概念，1987 年开始用 GDP 进行统计，因此，1987 年的数据，较 1986 年大幅下滑，但增长速度仍然达到 9.4%。将 1979 年的数据进行简单处理后，得出的比值是 42.33 倍；如果按照相同的比例换算为 GDP，则 30 年中，总增长幅度为 64.57 倍。

从定价总金额来看，1985 年以前没有这方面的统计数据，1985 年到 2007 年，增长了 16.13 倍；同期的 GDP 换算后，增长幅度为 26 倍。可见定价总金额这一块，1985 年以后的增长幅度低于全国的 GDP 增幅。

比较有价值的数据，还有两个，就是纯销售额和纯销售册数。1978 年以来，纯销售额增长幅度为 69.98 倍，略高于国民经济的增长幅度（64.57 倍），比较健康；纯销售册数增长较缓，1978 年以来增幅只有 90.67%，与前面的数据极不匹配。从这个数据看，30 年来，销售册数增长缓慢是出版业的主要问题之所在。

也即前 30 年中，纯销售额增长幅度能够跟上国民经济的增幅，而纯销售册数的增幅却远低于国民经济的增幅。从逻辑上来看，出现这个变化，那么必然出现三个相应的变化：一是要么平均每本书的印张有较大幅度的上涨，即单本书变厚了；二是要么图书的平均定价有较大幅度的上涨；三是要么图书变厚了，同时定价也有较大幅的上涨。

从定价总金额和纯销售额来看，中国出版业自 1978 年以来，可以分为两个大的时期。其中第一个时期自 1978 年到 1998 年，为前 20 年；第二个时期自 1999 年至今，为后 10 年。前 20 年为出版业高速增长时期，定价总金额年增长幅度经常达到 20% 以上，纯销售额亦是如此；销售册数的高速增长，到 1982 年就已经结束了，跟定价总金额和纯销售额相比，提前 16 年见顶。因此，这个增长有隐忧，就是销售册数没有跟上。后 10 年为低速增长，除个别年份的定价总金额增长较快以外，纯销售额和定价总金额的增速经常在 10% 以下，而且定价总金额早于纯销售额两年进入低速增长区间。这 10 年中还有一个特点，就是销售册数下滑较厉害。1998 年，纯销售册数达到 77.03 亿册的峰值以后，10 年中有 8 年是负增长，两年增长，而且这两年增长中，有一年增长 1.47%；另一年增长 2.05%，都很低。

从纯销售册数看，出版业在前 10 年中，不仅没有增长，而且还有较大幅度的下降，降幅为 18.05%。因为定价总金额是从 1985 年开始进行统计，而宏观经济的统计口径从 1987 年改变成了 GDP，因此，我们可以重点观察 1985 年以后出版业和宏观经济的变化。

1985 年以后，中国 GDP 增长了 26 倍，同期图书定价总金额增幅为 16.13 倍，已经低于国民经济增幅。纯销售额增长 14.30 倍，比定价总金额增幅要低一些；而纯销售册数的增长幅度只有 3.22%，从 61.16 亿册增长到 63.13 亿册；可见销售册数在这 23 年间基本没有什么增长。

结　论

从以上分析我们可以得出如下结论：一、出版产业受宏观调控和金融危机影响，但往往并不同步；二、出版产业，特别是图书出版，从本世纪开始，进入一个滞胀期，发展速度与国民经济的增长速度不匹配；三、出版产业出现的问题是出版行业内部与外部的因素共同所致的。出版产业的发展目前不仅受到全球经济危机的影响，同时受到自身因素的制约。

（原载《中国出版》2009 年第 4 期。系与刘安民先生合作。图表由王薇女士制作，部分资料由方晓莲女士提供）

制定《图书公平交易规则》确有必要

——答《中国新闻出版报》记者问

1. 您认为《图书公平交易规则》对出版行业有什么影响？

答：这个规则对中国的出版行业而言，将会产生积极、正面的影响。如果这个规则能够真正得到执行，将会对于出版发行秩序的健康发展提供一个制度性的保障。因为过去的无序性竞争对于竞争的任何一方而言，大家都是牺牲品。

2. 有人认为，此规则没有法律效力，行业协会没有权利定价，您对此如何看？

答：行业协会的规则肯定是不具有法律效力的，但在发达的市场经济国家中，行业协会的作用有时比政府的某些作用还要大，这就需要我们的政府支持行业协会，肯定行业协会。行业协会本身并不具有定价权，但它对参加行业协会的组织而言，具有一定的约束力。行业协会本身不参与定价，但它可以在法律许可的范围内要求参加协会的组织或个体遵照执行协会的规定。

3. 消费者普遍抵制此规则，认为侵犯了他们的利益，您对此有何理解？

答：我认为消费者对执行这个《规则》的长远意义并不了解，需要我们的协会和社会各界，包括媒体，广泛宣传执行这个规则对于出版业的健康发展，乃至于对知识产权的保护，创新能力的肯定的理解。应当让读者了解发达的市场经济国家关于图书销售的法律与法规，中国在这方面与他们的差距，从而打消大家的顾虑，帮助大家了解这个《规则》的重要意义。

4. 有些网络书店也抵制此规则，您有何看法？

答：我认为如果行业协会真正能够提高权威性，对某些不执行《规则》的书店，通过号召行业内出版单位停止供货的办法，是会让他们不得不就范的。同时，也要晓之以理，明白无序竞争无论对谁都不会有利。亚马逊是世界上最大的网上书店，它也在遵守美国的图书销售规则。在其他领域，如世界贸易组织制订了一系列的贸易规则，要求各成员国必须遵守，对于不遵守的国家，有一套制裁措施，我想行业协会也可以借鉴此种办法。何况是在中国，制订这个规则是受到政府支持的，网络书店不执行也只可能是暂时的一种不理解行为。

5. 有些人认为此规则有可能成为一纸空文，对此，您如何看？

答：《规则》的执行，肯定会遇到一些阻力，这就需要有关部门持之以恒地坚持下去，政府要给以明确的支持，行业协会要完善这个《规则》的执行办法，要与有关机构进行沟通。中国是一个正在融入全球化的国家，我们在图书的出版与发行上，也要按照世界的通行规则来办，我们只要坚定信心，采取措施，《规则》是可以得到大家遵守的。

发展文化产业必须重塑市场主体

——答《长江商报》记者问

记者：这个秋天，对于文化行业有如春天。不久前，中共十七届六中全会审议通过了《中共中央关于深化文化体制改革推动社会主义文化大发展大繁荣若干重大问题的决定》（以下简称《决定》），"加快文化产业发展，推动文化产业成为国民经济支柱性产业"成为其中重要部分。

这对于文化产业的主体——企业而言，意义非凡，企业想要做大做强、分享产业成长的盛宴，第一步就是转企改制。

转企改制难不难？难在何处？对企业意义何在？本报专访了周百义先生。

文化体制改革进入深水区

经过近十年的探索，备受关注的文化体制改革进入深水区，迎来一个新的快速发展期。伴随着《决定》的出台，国家各项具体的扶植政策也将会随之明朗。

长江商报：2002年中共十六大首次提出"推进文化体制改革"。到现在十年间，文化产业改革经历了一个怎样的过程？

周百义：从十六大开始，我国的文化体制改革一直在稳步发展，不断推进。上世纪九十年代，出版单位改革刚刚起步的时候，出版单位究竟如何改革，改革的路径怎么走，大家争论十分激烈。有人认为出版社改革会危及上层建筑，会产生政治导向的错误。但这种认识随着时间的推移在不断地深化和发展。先是出版社到底是企业还是事业的争论，接着是出版单位全部转为企业还是部分转为企业的讨论，再到后来出版社能不能上市的讨论。如辽宁出版集团成为中国出版上市第一股时，辽宁人民出版社就没有放进去，也没有转为企业。安徽出版集团借壳科大创新时，安徽人民出版社也没有放进去。

那时大家认为人民出版社承担有政治类出版物的任务，如果人民出版社也上市会丧失阵地，但是在湖南出版投资控股集团上市的时候，湖南人民出版社也一起上市了。后来辽宁、安徽的人民出版社也陆续转企改制进入了上市公司。江西的中文天地、我们集团借壳上市就没有这些禁忌了。

长江商报：但是在百姓的意识中，文化部门还是事业单位而不是企业？

周百义：其实我们现在的出版模式，是前苏联的模式。从中国出版史看，从有了出版活动开始，出版社都是既有政府主办的，也有民间主办的。从来没有一个时期出版只属于政府部门主管主办的，更不是什么事业单位。中国古代大规模的出版活动，是东汉发明了纸张之后的事情。如宋代的雕版印刷十分发达，其中既有官刻，也有坊刻，二者并存，这种模式一直延续到近代。中国的近代出版，影响最大的当属商务印书馆和中华书局，它们都不是政府办的，而是由股东自己集资成立的股份制公司。国外的出版社，大多是商业出版社，但有些公益性的出版，是由一些财团和基金资助的。所以，以史为鉴，出版能否繁荣，关键是生产关系要适应生产力的发展，不能拘泥于某些陈腐的意识。

转企改制　做好"人事"就成功一半

关于改革的困难，有人总结道：改到深处是产权，改到难处是人员。文化出版业的改革亦是如此。身份的转变，待遇的改变，都是问题所在。

长江商报：在转企改制的过程中，什么是最难的？

周百义：人员的安置确实是一件非常难的事，因为它涉及每一个人的切身利益。组织者要考虑员工的忧虑，需要不断地了解情况，不断地与群众沟通，在国家政策范围内，在企业能够承受的前提下，为员工争取利益最大化。我们集团在这方面采取"老人老办法，新人新办法"的变通方式，对于原有事业编制员工，纳入社会保障体系，不足部分，退休后按照事业编制待遇补齐，而非事业编制员工，则纳入社会保障体系。这是因为很多老同志，在岗的时候没有享受到企业的红利，退休后收入陡然减少，生活质量没有保障，我们转企改制要考虑事业的发展，也要最大限度地保障员工利益。

长江商报：在这方面，长江出版传媒集团作为成功案例，值得分享借鉴的方面有哪些？

周百义：重要之一，是考虑员工的诉求，我们要将心比心体察员工，为他们解疑释惑。但这些诉求必须在国家政策允许的范围内，因此要不断地跟上级部门沟通，争取政策，同时更需要反复做员工的思想工作，说明改革是大势所趋，不改是不可能的。改革对提高文化生产力，发展文化事业和文化产业，是必由之路。改革中要体现"和谐改革与彻底改革相结合"的原则。人员这部分工作做好，转企改制就成功了一半以上。

既要追求利润最大化，也要有社会担当

文化事业单位，应该是坚持社会效益优先的原则，但转企尤其是上市之后，成为市场的一分子，我们怎样面对这种双重的压力。

长江商报：作为事业单位的出版社和作为企业的出版社，如何看待社会效益与经济效益之间的冲突？

周百义：在市场经济中生存，企业要不断地使利润最大化，资产不断增值。但是作为出版人，应该明白自己对文化传承的责任。出什么书，不出什么书，体现了出版人的价值观和责任担当，所以，导向正确与否对于出版企业而言，也是生死存亡的大问题。出版社不等同于工业企业，也不同于商业企业，出版社生产的产品既有物质性，更附载的有精神性，所以出版社可以直接为发展经济做贡献，也可以影响或决定读者的价值取向。出版社转企后如何坚守社会责任，出版文化精品，是需要认真考虑对待的。一方面，政府可以通过设立出版基金，资助出版社出版学术文化精品，同时出版社也要考虑图书的结构，在出版大众化出版物的同时，适当有比例地出版学术文化读物。

长江商报：在转制的过程中，很多企业为了资金或者是发展，都会考虑引入战略合作者，但战略投资者，引入得好就是"天使"，不好的话就是门外的"野蛮人"，这方面应该注意些什么？

周百义：按现行政策，出版集团、出版社上市融资或者引进战略投资者，政策是允许的。但国家规定，出版集团或者上市公司要绝对地控股，其它部门民营的资本允许进来，但不能涉及出版的内容环节，出版社要三审三校，对图书的内容导向负有把关的责任。

发展文化产业要避免成为搞"运动"

文化体制改革经历了极为小心谨慎的探索过程，由自发而慢慢变为自觉。

此前中国文化部长蔡武称，"2016年中国文化产业的增加值占国内生产总值的比重将达到5%，可以实现文化产业成为国民经济支柱性产业的目标。"可见国家对文化产业的发展寄予厚望。

长江商报：国家把发展文化产业提到一个非常重要的位置，这对于出版产业意味着什么？

周百义：建设文化强国，出版是其中一个重要的组成部分。六中全会的召开为出版的大发展大繁荣创造了良好的社会舆论环境，这对于整个出版行业既是机遇也是一次考验。但文化的大发展大繁荣不是一句口号，必须狠抓落实。文化是形而上的也是形而下的，它是一切精神文明与物质文明的总和。我们不要将文化当成意识形态悬浮在空中，它需要我们通过提供大量优秀的、群众喜闻乐见的产品来体现。

同时，文化的建设不是一朝一夕之功，需要五年、十年甚至更长时间的不懈努力。所以省里要通过自上而下和自下而上的调查研究，制订湖北文化发展总体战略规划，同时要将规划分解成项目，变成可执行的单元。项目要落实到具体单位和责任人，单位和负责人的任用与效益分配挂钩。各单位对于战略规划的执行情况，省里要由专职的部门每年做一次考核与调整，这样才不会使文化复兴流于形式，才不会成为运动式的阶段性目标。

长江商报：出版集团作为湖北最先转企改制的企业，在文化产业改革与发展的过程中有哪些体会？

周百义：虽然市场是一双看不见的手，对于文化企业的生死存亡起到重要的作用，但在文化领域，在当下转企改制的关键时期，政府的主导作用仍然十分重要。改革是利国利民的大事情，企业肯定是早改早主动，早适应，早发展。中部几个发展较快的省的实际充分说明了这一点。

改革首先要转变观念。必须在观念上从过去的"事业单位情结"中解脱出来，树立企业意识。所谓"事业单位情结"，就是"等、靠、要"，在心理上还依赖政府而不是依靠市场。何谓企业意识？就是要面向市场，实现资本最大化地增值。这就需要从业者贴近市场，研究市场，为读者提供喜闻乐见的产品。需要企业在法人治理结构上，在内部组织结构上，在生产流程上，都要以市场为中心，体现效率，追求卓越。转企改制不是仅仅体现在办工商执照、职工办了保险这些形式上的工作，而是在企业的内部进行彻底的改造。同时，企业的发展不是一朝一夕之事，企业的发展有个积累的过程。包括资源、人才以及品牌等多方面的积累，不要想一蹴而就，改革是加速器，而不是万灵药。

湖北文化现在处于融合期

湖北被称为文化大省，楚文化、三国文化以及红色文化等等，在这样的文化高地，如何加速发展。

长江商报：与河南、湖南等中部文化大省相比，湖北的优、劣势是什么？

周百义：从中国的近代出版来看，湖北在中部应处于领先的位置，特别是解放之初，湖北武汉为中南区的首府，出版社最早成立，出版上是处于领先的位置。但改革开放之后，湖北在发展上丧失了几次机遇。目前就整体实力来看，湖北在中部处于较后的位置。但湖北有自己的区位优势、科教优势、资源优势以及人才优势，慢一点只是暂时的现象，发展有高潮和低潮之分嘛。目前我们在排位虽然稍后一点，但只要解放思想，转变观念，抓住机遇，顺势而进，在未来几年赶上或者超过兄弟省还是大有希望的。

长江商报：湖北人的文化性格和文化特质是什么呢？

周百义：这是一个仁者见仁智者见智的问题，关于湖北人的文化性格，不少专家学者都展开过讨论。我认为，一个省的文化性格的形成涉及很多因素，诸如地理的、人文的、政治的、经济的、历史的等等。同时，省域范围广，人口众多，文化性格中也有很多的层次和特征，所以用一句话来概括是不科学的。但从历史的角度来看，湖北曾是楚国的首善之区，楚人的"筚路褴褛，以启山林"的开拓精神和武昌首义的"敢为天下先"的精神，应当说是湖北人性格中的主流特征。但湖北人往往是醒得早，起得晚。楚国被强秦所灭，黎元洪为袁世凯所挟，虽有诸多历史因素，但说明湖北人缺少深谋远虑，有小聪明不能成就大事业。再如1992年邓小平"南巡"第一站就到武昌，但这次"南巡"对湖北改革与发展的推动就不及沿海省份那么深刻。这说明湖北人的性格与特质是相对比较保守，缺少担当与义无反顾。有人将传说中的"九头鸟"和湖北人的性格联系在一起。这其中既有褒义也有贬义。九头鸟充满智慧与力量，但同时也附有狡黠与意志不坚定的含意。同时，湖北省只有武汉一个特大城市，武汉人的文化性格与文化特质在某种程度上代表了湖北人的特征，或者说广泛地影响了全省的文化性格。如武汉是九省通衢，南来北往的人沉淀在此，带来了各自原有的文化，如中原文化、齐鲁文化、湖湘文化、巴蜀文化、南越文化等。武汉处于两江之间，开埠较早，商业文化，特别是码头文化一度占有上风。武汉较早有列强在此租界居住，西方的生活方式与管理方式也有留存。武汉高校多，知识分子多，学生多，具有读书风尚与文明的生活方式。所以，在武汉市，高雅的、西洋的、乡土的文化相互激荡，互为影响，形成一种"五味杂陈"的汉味文化。这种文化其中有负面的，也有积极正面的作用。因此，我们要通过文化的繁荣与发展，重构主流价值体系，重塑与改造国民性，使湖北人的文化性格融入时代发展的潮流之中。

（原载 2011 年 11 月 18 日《长江商报》）

从出版人角度看 "茅奖"

　　从 1982 年至今，茅盾文学奖的评选已经历经八届了。八届共评选出 38 部获奖作品（其中包括 2 部荣誉作品）。关于茅盾文学奖的评奖方式与获奖作品的思想内涵与艺术水准，各界评价不一。大多数人认为，这些获奖作品的思想文化内涵及艺术创新的程度，基本代表了中国当下长篇小说创作的最高水平。入选作品的选择范围，评奖程序，尽管有待改善，但基本是公开与公正的。特别是第八届茅盾文学奖的评选，引入了大评委制、实名制，允许网络作品参评，并且每轮投票的结果在网上公示，较以前的评奖方式而言，增加了透明度。但是，对茅盾文学奖的产生机制与获奖作品的臧否，仍然不绝于耳。笔者从出版的角度，探讨茅盾文学奖产生机制的得与失。

一、从市场角度看茅盾文学奖在读者中的认知

　　在分析讨论茅盾文学奖之前，本文先提供历届茅盾文学奖获奖作品的市场销售抽样情况。以下销售数字，由北京开卷信息技术有限公司从全国 700 个城市的 1800 个实体书店的实际销售统计而成。抽样书店的数量由少到多，已经从最初的七分之一扩大到目前的三分之一。因为是抽样，实际销售还应乘上三倍至四倍才基本反映读者购买的实际情况。该抽样数字是北京开卷信息技术有限公司从 1999 年建立统计模型至 2011 年 11 月 8 日的全部统计计算结果。除麦家的《暗算》一书外，目前所列出的出版单位都是首次出版的出版社，但多数作品都先后曾由几家出版社分别出版，本统计包含了所有的版本。

第一届茅盾文学奖（1982 年）

《许茂和他的女儿们》周克芹　百花文艺出版社　11 534 册

《东方》魏巍　人民文学出版社　9701 册

《将军吟》莫应丰　人民文学出版社　13 234 册
《李自成》（第二卷）姚雪垠　中国青年出版社　13 413 册
《芙蓉镇》古华　人民文学出版社　97 801 册
《冬天里的春天》李国文　人民文学出版社　11 338 册

第二届茅盾文学奖（1985 年）
《黄河东流去》李准　北京出版社　11 931 册
《沉重的翅膀》张洁　人民文学出版社　20 512 册
《钟鼓楼》刘心武　人民文学出版社　25 629 册

第三届茅盾文学奖（1988 年）
《平凡的世界》路遥　中国文联出版公司　267 606 册
《少年天子》凌力　北京十月文艺出版社　29 618 册
《都市风流》孙力　余小惠　浙江文艺出版社　10 704 册
《第二个太阳》刘白羽　人民文学出版社　12 850 册
《穆斯林的葬礼》霍达　北京十月文艺出版社　205 972 册

荣誉奖：
《浴血罗霄》萧克　解放军文艺出版社　2385 册
《金瓯缺》徐兴业　海峡文艺出版社　1163 册

第四届茅盾文学奖（1998 年）
《战争和人》（一、二、三）王火　人民文学出版社　7682 册
《白鹿原》陈忠实　人民文学出版社　115 061 册
《白门柳》（一、二）刘斯奋　中国青年出版社　11 985 册
《骚动之秋》刘玉民　人民文学出版社　14 968 册

第五届茅盾文学奖（2000 年）
《抉择》张平　群众出版社　38 641 册
《尘埃落定》阿来　人民文学出版社　164 106 册
《长恨歌》王安忆　作家出版社　116 684 册
《茶人三部曲》（一、二）王旭烽　浙江文艺出版社　11 227 册

第六届茅盾文学奖（2005 年）

《张居正》熊召政　长江文艺出版社　36 593 册

《无字》张洁　北京十月文艺出版社　16 915 册

《历史的天空》徐贵祥　人民文学出版社　68 383 册

《英雄时代》柳建伟　人民文学出版社　17 859 册

《东藏记》宗璞　人民文学出版社　11908 册

第七届茅盾文学奖（2008 年）

《秦腔》贾平凹　作家出版社　123 207 册

《额尔古纳河右岸》迟子建　北京十月文艺出版社　46 743 册

《湖光山色》周大新　作家出版社　20 205 册

《暗算》麦家　人民文学出版社　71 652 册

第八届茅盾文学奖（2011 年）

《你在高原》张炜　作家出版社　2153 册

《天行者》刘醒龙　人民文学出版社　5647 册

《推拿》毕飞宇　人民文学出版社　10 348 册

《蛙》莫言　上海文艺出版社　22 408 册

《一句顶一万句》刘震云　长江文艺出版社　38 526 册

　　从以上数字我们可以看出，同样是获得茅盾文学奖的长篇小说，即使是同一次获奖的，销售数字却大不一样。多者如《平凡的世界》，少者如《你在高原》，相差甚巨。尽管有技术因素，如《你在高原》卷数多，加上刚刚出版，但有些同时获奖的也相差很大。市场的销量是否反映了读者的价值取向，它是否说明了作品本身的经典性与生命力呢？如从抽样数字看，销售量排序前六名是《平凡的世界》《穆斯林的葬礼》《尘埃落定》《秦腔》《长恨歌》《白鹿原》，他们的平均销量在 50 万册以上。（当然，需要说明的是，刚刚公布的第八届茅盾文学奖因为销售周期比较短，还不能完全说明这个问题。同时，开卷数据 1999 年才建立，在此之前图书销量没有统计在内）对这几部作品获奖，业内外应当说没有什么争议。这就说明，优秀的文学作品经过读者的选择与时间的沉淀，无论出版时间长短，其生命力都是十分强盛的。接受美学认为："在作者、作品与读者的三角关系中，后者并不是被动的因素，不是单纯地作出反应的环节，它本身就是一种创造历史的力量。"（姚斯：《接受美学与接受理论——文学史作为向文学理论的挑战》）在这些由专家和普通读者构成的"读者"群体中，对作品的共鸣与测量，基本反映了作品的艺术感染力如何。何况这些读者，是以高度的自觉，来参与作品的二度创造的。其次，有些作品，尽管已经获奖，但读者反映冷淡，销售情况很不佳。正如茅盾文学奖三届评委，资深出版评论家雷达先生所说："茅奖也有一些作品，当时轰动一时，时过境迁，因艺术的粗糙而少有人提及。"（见雷达博客《我所知道的茅盾文学奖》）当然，从获奖作品来评价一位作家的创造力与创新力，以此来评价他本人在文学界的地位，并不够科学。如有些获奖作家的其他作品，无论是思想内涵还是艺术创新的水平，都比他本人曾经获得茅盾文学奖的作品更受到理论界和读者的欢迎，但由于评奖过程中的某些缺陷，获奖的却不是作家的代表作，所以此销售数据并不能完全证明一个作家的艺术创造力的强弱。如张炜此前出版的《古船》，监测销量达到数万册，远远超过他目前获奖的《你在高原》。《古船》所透露出的历史的厚重与艺术的创新，是当代长篇小说创作中公认的佳作，但由于各种原因，《古船》在当时并没有获奖。所以，我们不能简单地以这个监测销量来整体评价一个作家的社会贡献。

二、从传播学角度看茅盾文学奖与出版的互动

茅盾文学奖虽然是文学评奖中众多奖项中的一项，但毋庸置疑，在作家和读者的心目中，茅盾文学奖的获得是作家奠定其在文学界地位的一个重要标志，因为长篇小说成功与否基本是一位作家创作能力与水平的体现。所以，茅盾文学奖的评奖过程不仅成了文学界的盛宴，也成了出版界关注的重要事件。作家创作的长篇小说获奖是其创作生涯中一块重要的里程碑，出版社出版的图书获奖也说明了其在文学作品的选择与出版中的眼光和能力。因此，文艺出版社都将自己出版的图书获得茅盾文学奖看成是实力的展示。第八届茅盾文学奖评选结果出来后，上海的《解放日报》曾刊发一则消息，《第八届茅盾文学奖揭晓 文艺出版社实现上海出版界零的突破》，还有报纸在转载这条消息时加上《二十年三代人接力终成正果》。于此可见出版界和媒体对获茅盾文学奖的重视程度。

从以上获奖篇目分析得出，八届茅盾文学奖，人民文学出版社一家即有

17 种图书获奖，（其中《暗算》2003 年由世界知识出版社出版过，后作少量修改后由人民文学出版社出版。申报茅奖时由人民文学出版社申报，所以计算在此）。北京出版社（含十月文艺出版社）共有 5 种书获奖，作家出版社有 4 种书获奖，中国青年出版社与长江文艺出版社、浙江文艺出版社各有 2 种书获奖，其余中国文联、百花文艺出版社、解放军文艺出版社、海峡文艺出版社、上海文艺出版社各有 1 种书获奖。其中不难看出，获奖出版社主要集中在人民文学出版社。

人民文学出版社的长篇小说届届获奖，这说明了作为一家国家级的文艺出版社，历来重视原创作品的出版，重视文化的积累。张洁在创作《沉重的翅膀》时，因外部因素精神压力很大，时任总编辑的韦君宜不仅挺身而出支持她，而且帮助修改作品。所以有人说，如果没有韦君宜，不仅这本书不会获奖，张洁本人也不会成为一个知名的作家。《尘埃落定》作者阿来曾先后向四家出版社投稿，后来也是人民文学出版社的女编辑脚印慧眼识珠，才使这颗明珠没有暗投。其他茅盾文学奖获奖作品的出版过程中，也都不同程度地体现了编辑的参与。这说明了一部好的作品，不仅作者稿件的质量至关重要，同时需要编辑智慧的投入。编辑站在文学史的高度，站在时代的前沿，对一部作品进行理性的审美判断，并进行编辑技术的处理，才完成从作家、作品到读者的过程。

图书能否获奖，首先是要让理论界，特别是评委认可，但更重要的是需要读者和社会的认可。一部作品如果停留在少数人的圈子中，时间会将其遗忘。世界上的任何经典作品，都是通过读者的口口相传才赋予生命力。出版社作为传播中介，在这方面发挥了重要的作用。如这些获得茅盾文学奖的作品，曾分别由数家出版社出版，读者和图书馆珍藏、购买有些困难，人民文学出版社最先于 2000 年将本社出版的获奖图书统一包装为"茅盾文学奖获奖书系"，2005 年，人民文学出版社经由兄弟出版社的支持，在各社依然出版获奖图书的单行本之外，他们又统一出版了获奖作品全集。（除此之外，有些社也出版了另外的合集，如长江文艺出版社于 2009 年出版了"茅盾文学奖获奖历史小说系列"）这些合集极大地促进了作品的传播。如很多作品列入了人民文学出版社的学生必读丛书后，销量比首次出版的出版社的销售量还要大。

所以，从传播学的角度看，出版在茅盾文学奖的生产与传播过程中，发挥了催生和养育的作用。如果将作者的稿子比喻为一粒种子，编辑就起到了浇水、施肥和展示的功能。一粒好的种子能否成为一朵美丽的花朵，出版在这里扮演了园丁的角色。当然，茅盾文学奖获奖作品对于出版而言，不仅是增加了出版的优秀品种，而且也为出版社选择作品，在某种程度上，提供了一种范本，或者说是一种指向。编辑在判断作品时，某种程度上会自觉与不自觉地将手头的书稿与已经获得茅盾文学奖的作品进行比较，对作者提出要求或者决定取舍。

三、从出版人的角度看茅盾文学奖的未来

茅盾文学奖的设立，本来缘于茅盾先生 1981 年病危之际口述的遗愿，但实际上它已经演变成了一个国家级的最高奖项。从评奖的范围、程序、评委的遴选看，都是十分庄严和隆重的。特别是第八届茅盾文学奖的评选，更是受到各界的关注。用三届茅盾文学奖评委、著名文学评论家雷达先生的话说，"茅盾文学奖基本上反映了当代中国长篇小说创作的水平"。可以说，目前在中国，还没有一个奖项可以代替它在文学界，特别是长篇小说创作中的地位。但客观来说，这 38 部获奖作品，从质量上看，还是良莠不齐的。有些是因为时代的因素而入选，有些是因为强调主旋律而入选。有些是因为作家在文学上的贡献，当初好的作品没有选上，评委们从补偿的角度让作家现有的作品入选。如前所述，经过一段时间，当评论界和读者反思当初入选的作品时，都有一些遗珠之憾。如雷达先生在《我所了解的茅盾文学奖》中所说，"而一些没有获奖的作品，其影响力也丝毫不容小视，比如张炜的《古船》，王蒙的《活动变人形》，铁凝的《玫瑰门》，还有二月河的《雍正皇帝》，唐浩明的《曾国藩》等。"评奖有时是一种平衡，是具有不同审美趣味的评委之间的妥协，是官员与民间的妥协，所以就成了一种遗憾。据我所知，二月河先生的《雍正皇帝》在第三次和第四次评奖中，都因为在终评时一票之差而落选。有些评委，包括评委会的主任和副主任都曾提出可否再投一次票，后来因为规则所限而留下遗憾。

当然，一部作品的价值与能否流传于世，并不在于获什么奖。中国古典四大名著，当时并没有获什么奖项，却流传至今。《红楼梦》一书甚至是作者在世时还没有写完，经后人续补才臻于完善。但这些小说却与我们的民族、与我们的文化紧紧地焊接在一起了。反观之，我们设立这个奖项，应当尽量地减少遗憾。诺贝尔文学奖设立 110 年来，已有 104 位作家获奖，从今天看，这些作品大多都经历了时间的检验，成为了文学经典。茅盾文学奖是中国文

学界的最高奖，提高茅盾文学奖评奖过程的科学性，仍然值得我们探讨。作为一个出版人，我认为，要树立茅盾文学奖的权威性与公信力，可以采取以下措施：1. 评奖周期可以从目前的四年一届延长到六至八年一届，这样选择的余地就会更大些；2. 对于以往遗漏的作品，可以重新再次补报；3. 评奖过程要尽量减少非文学的干预；4. 评委要更专业，更具代表性。

任何的评奖，都是对当下的肯定，对未来的昭示，茅盾文学奖莫不如此。作为一个时期的长篇小说范本，它既是对创作的一种启示，也是对读者阅读的指引，更是对出版者的一种肯定和褒奖。为了中国的文化建设，丰富我们的精神财富，我们期待着中国的茅盾文学奖评奖更加科学与合理。

（原载《文学新观察》2011 年第 12 期）

中国迈向出版强国再思考

建设新闻出版强国，从宏观上来看，最迫切需要解决的有如下几个问题：

一是政府必须加快出版和新闻的立法，尽早颁布《出版法》和《新闻法》，从法律上明确出版的程序、范围，出版者、印刷者、发行者的资格或者责任，明确党和政府管理的权限、方法、程序等。中国要培育出在世界上有重要地位的出版企业，要产生对人类具有影响的皇皇巨著，必须有权威的法律文本，保证出版产业的健康发展。从多年的实践来看，以言代法，政出多门的现象依然存在，出版者与作者的正当权益很难得到真正保障。所以，我们谈"以法治国"，却将出版留下一个空白，这不能不是一个遗憾。实际上，从中国的出版史与法律史来看，从清末到北洋政府，到民国政府，都有成熟与不成熟的《出版法》。从世界各国和地区的出版法律制定来看，一部分国家早就有专门的法律明确出版的法律地位。如法国早在1881年就颁布了《出版法》。还有一部分国家，如美国、英国等将出版产业视同普通产业，没有专门的法律，但在宪法中明确出版的地位和原则，或有单独的法律规范出版的行为。也有些地区，如台湾，废止了实行多年的民国政府的《出版法》。改革开放30年来，中国的立法步伐明显加快，但《出版法》千呼万唤始终未有出台。从中国60年的经验教训来看，从现阶段的情况来看，应当有专门的法律来规范政府与企业的行为。这是中国走向出版强国必须回答的一个重大命题。试想，一个希望走向世界、希望成为出版大国和强国的国家，如果没有一部专门的法律来保证出版者的合法权益，规范出版者的行为，这个宏大的设想岂不是一厢情愿。

二是要加快出版单位回归企业本位的步伐。目前虽然党和政府在大力推动出版单位转企改制，并且也取得了很大的进展，但转企前后出版单位并没有根本性的变化。变化不大的原因一是企业的产权归属单一，行政化色彩仍然很浓，管理团队的产生过程与"官本位"色彩仍然很浓；二是产权的单一性，仍然导致所有者缺位，经营者动力不足。三是员工观念的转变仍然需以时日。目前党和政府需要进一步淡化出版产业的意识形态色彩，在企业的兼并重组和设立上，参照其他产业的发展规律，放宽准入门槛，允许私人资本进入出版产业，允许管理者持股。从世界各国和中国近代出版产业发展历程来看，出版的完全国有化实际上是先天不足的。一个充满活力的，具有创造力的，朝气蓬勃的出版产业，必须是多种经济成分并存，人才辈出，形成优胜劣汰格局的。近代的中华书局和商务印书馆曾经是亚洲乃至世界的出版大鳄，它们的时代环境、企业结构、发展进程值得今天我们借鉴。我们要打造新时代的"中华书局"和"商务印书馆"，要培养张元济、王云五似的管理者，必须提供与他们同样的环境与条件。

三是尽快解决城乡二元的格局，加快城市化进程，加大国民财富均衡分配，扩大中产阶级的队伍，增加中国国民购书的能力。中国虽然有13亿人，但除了城市中的4.5亿人，仍然有大多数农村农民由于收入较低无钱购书。如果提高这部分人的收入水平，中国出版仍然有相当大的发展空间。同时，加大社会保障力度，解除国民的后顾之忧，也是扩大文化产品消费的重要途径。如果中国的13亿人，每人每年购书在现有基础上增加一倍，中国出版的总量将是绝对的世界第一了。具有经济实力的中国出版产业，相信也会推出影响人类的优秀著作。

四是政府继续对文化产品的生产与销售实行税收优惠政策。从世界各国的情况来看，大多数国家都对出版产业实行税收优惠，有些国家还实行零税率。中国政府尽管也实行了一些退税政策，但是阶段性的，同时，对非国有的文化产业，税收优惠政策并没有落实。一方面在政策上没有明确，二是大多数非国有文化产业，特别是出版领域还处于灰色地带，它们还没有浮出水面，成为真正的文化产业的一个重要组成部分。而从现实来看，这部分文化产业不仅是客观存在的，又是最具有生命力和活力的方面军。

五是政府在出版"走出去"方面加大扶持力度。中国出版要成为大国和强国，我们必须开拓国内和国际两个市场。企业开拓国际市场，从本质上看是企业自身的需要，但从国家的发展战略上来看，支持企业走出去，扩大文化软实力，也是国家与企业双方的共同诉求。从世界各国的情况来看，很多国家在向国外翻译介绍本国文化产品上，政府都有一定的资金支持。中国政府已经重视国有出版企业"走出去"的投入，下一步应当扩大到对不同经济成分的文化产业"走出去"一视同仁地支持。

整合与融合

刚刚闭幕的第十二届全国人大第一次会议上宣布，新闻出版总署与广播电影电视总局合并，将两个机构整合成一个新的新闻出版广电总局。中编办表示，整合有利于减少职责交叉，提高管理效率，落实管理责任；有利于统筹推动报刊、出版社、通讯社、电台电视台和互联网等新媒体发展，加快构建现代传播体系，提高文化传播能力；有利于新闻出版广播影视业做大做强，增强文化整体实力和竞争力；有利于整合新闻出版和广播影视领域公共服务资源，提高公共文化服务的质量和水平。

中编办对于两个部门整合后的职责、任务、目标都已经说得很清楚了，但是，把两个部级机构合在一起并不难，难的是新的新闻出版广电总局如何适应新形势，带领全行业的员工顺应时代发展，实现产业的融合与裂变，形成一加一大于二的效果。

产业的融合，自从互联网产生，就已经不由自主地悄悄发生了变化。信息的储存与传播，已不仅仅局限于2000年前就发明的纸介质，也不仅仅局限于模拟的广播电视信号，数字化和信息化的飞速发展，不仅改变了人们的生活，也改变了我们赖以为生的产业。传统出版产业如何顺应科技发展的趋势，实现产业升级？广播电影电视如何运用数字化技术，与互联网联姻，与内容提供商联姻，打造成全新的信息提供商与服务商？进化论者达尔文认为，适者生存，对于中国的传媒产业来说，在新的形势下，如何生存并发展，是迫在眉睫的事。

当然，生存是最低要求，作为一个民族崛起的精神来源，文化产业负有不可推卸的责任。消费才能推动生产，但文化的消费绝不仅仅营养我们的身体，而是作用于我们的灵魂。在中华民族的共同梦想实现的征程中，需要的是经济力量但更需要文化的力量。在中华民族崛起于世界民族之林的过程中，需要的是经济实力但更需要软实力——整合就是凝聚这种力量的手段与期许。

从国外大型传媒集团的发展道路来看，既有专业化的经营模式，也有全产业链、全媒体的经营模式。如总部设在德国的贝塔斯曼集团，旗下拥有六个子集团：其中包括在全球拥有 5500 万会员的贝塔斯曼直接集团；欧洲最大电视广播集团——RTL 集团；全球最大图书出版集团——在全球拥有 150 多家出版社的兰登书屋；欧洲最大、世界第二杂志出版集团——旗下拥有 100 多家报纸杂志和专业网站的古纳亚尔；世界音乐和行业信息市场领袖、美国排名第一的单曲唱片发行公司——贝塔斯曼音乐集团；欧洲最大传媒服务供应商——欧唯特服务集团，旗下拥有包括世界第二大 CD 生产商和欧洲第一大 CD-ROM 生产商，还有在欧洲处于领导地位的印刷公司、呼叫中心、数据管理、客户关系管理公司等。

产业的融合，随着新技术的发展，无论是新闻出版行业，还是广电行业，几年来已经在局部进行调适和试验，有些也已经取得了成功。如传统出版的数字化升级，全行业都已经认识到转型的重要性并已开始行动。再如与广播电视的合作与延伸，传统出版企业已经在项目上开展合作，有些已经取得了成效。但是，这些融合只是局部的，某一环节的，融合缺少顶层设计，缺少政策支持，如何打通新闻出版与广播电影电视的通道，找到与新媒体新技术的焊接点，还需要新的总局"总揽全局"。做到这一点，笔者以为，首先，总局高层要整体规划、谋篇布局，制订政策，宏观指导，思考如何调动全行业的积极性，如何发展文化生产力；同时，要充分相信群众的创造力，允许原隶属于两个行业的单位和部门探索融合之道，在互惠互利的基础上，大胆地试大胆地闯。两个行业本来有共同的使命，共同的追求，也有共同的经历，现在让两个本来相依相存的行业靠拢一些，应当是指日可待之事。当然，借助行政的力量重新排列组合并不难，难的是如何发挥各自优势，通过融合，创造新的产业形态和商业模式。

发挥基层部门的积极性，根据历史的经验，最直接最有效的方法就是简政放权。如何简政，如何放权，中国改革开放 30 年，已经创造了丰富的理论和实践经验。一言以蔽之，就是该管的管往，该放的放开。由政府做的事政府要做到位，属于市场这只手的，一定要交给市场去调节。特别是在数字互联时代，管理的对象与方法方式已经发生了变化，如果我们还固守在管理传统媒体的思维中，不仅挂一漏万，而且会对原有传统媒体的转型产生负作用，对于新产业、新业态的融合也会带来巨大的影响。简政放权，就是将微观管理交给基层，将企业行为还给企业，将属于新技术冲击带来的影响交给技术去克服。当然，我们也还要借鉴国外文化产业宏观管理经验，在数字互联时代，全球面临着许多共同的挑战。国外的传媒企业在这方面已经探索出了许多成功的模式，我们只有秉持开放的心态，才能融入全球化的时代，才能跟上新技术、新材料的发展步伐。

整合与融合，尽管只有一字之差，但却有很大的差别。整合只是万里长征走完了第一步，只有将过去分属于不同主管部门，分属于不同产业形态的企业、事业融合在一起，才会产生化学变化。在化学变化过程中，将有新的物质产生，但也有旧的物质的挥发。我们期待着，新的新闻出版广电总局在融合中爆发出巨大的能量，带领全行业的员工在中华民族的复兴中实现伟大的梦想。

（原载《出版参考》2013 年 4 月上旬刊）

第三卷　市场瞭望

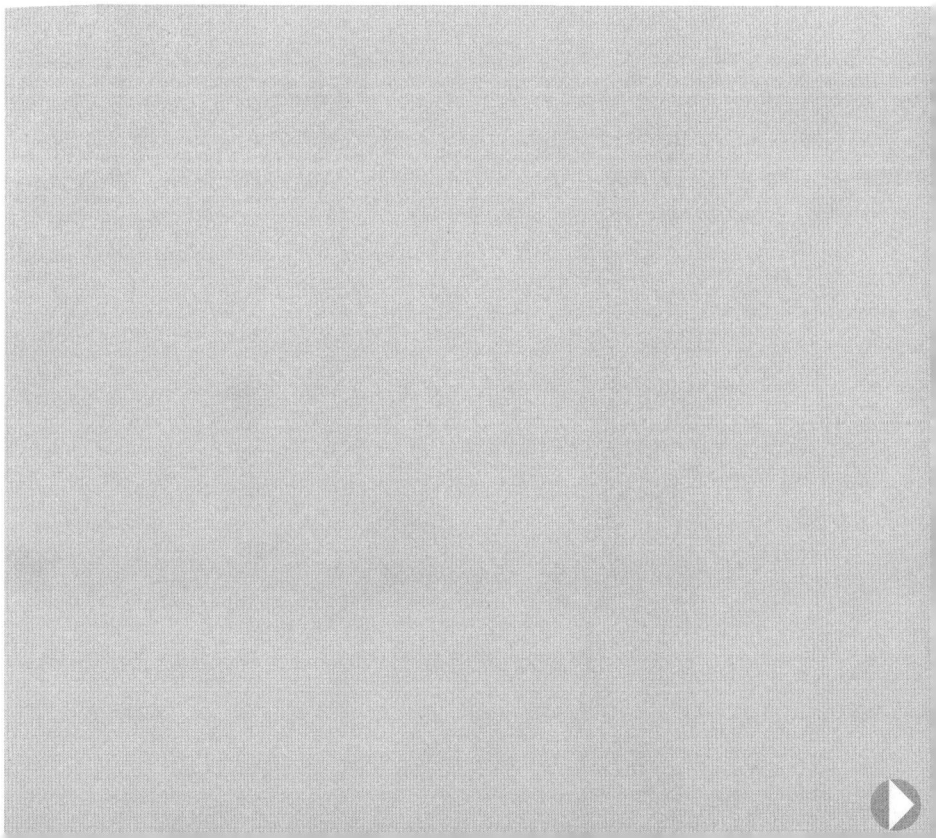

精英文化　大众趣味　百姓情怀

——答《文艺报》记者问

记者： 长江文艺出版社今年的 10 万元 "九头鸟长篇小说奖" 无论在创作界还是出版界都引起了不小的反响，有积极的肯定，也有人认为是出版社自身的一种炒作。从此项评奖的宗旨来看，出版社显然在评奖后面有着更为深远的考虑。

周百义： 九头鸟长篇小说的评奖不是仅仅局限在这一次，或者一部获奖作品上，我们的想法是藉此推动作家创作出更多更好的长篇小说。入选我们九头鸟长篇小说文库的作品必须具备 "精英文化、大众趣味、百姓情怀" 这样一些基本元素，就是说我们不是专门搞畅销书，不是为了制造一时的轰动效应，而是为了长篇小说创作的繁荣做一点工作。这项评奖今年是第一次，以后每两年一次。这次评出的一等奖是张一弓的《远去的驿站》，它并不是畅销书，评委们觉得它在艺术表现手法上的探索，它对国家民族命运的思考，对人性、人的心灵的深入的探寻，以及艺术追求与思想深度表达的结合上都有不错的表现，因此以全票获得了一等奖。在这次参评的长篇小说中，它是当之无愧的。评奖，一方面对长篇小说的创作是种推动，第二呢，从出版单位来讲，也是我们回报作者的一种方式。这是第一次出版社设立的 10 万元大奖，是出版社自己拿出 10 万元来奖励创作。当然也不排除在市场经济的条件下，我们想通过评奖来吸引更多的作家来加盟这套书。从出版社来说，吸引加盟也并不单一是为了赚很多的钱，也是想做一番事业，所以我们设了这样一个奖。"九头鸟长篇文库" 我们两年推出了 24 部，其中有不少好的作品，但名额有限，像李锐的《银城故事》、何顿的《抵抗者》、邓一光的《想起草原》都没有能评上。

记者： 在现在市场经济的氛围中，一个出版社敢于打出自己的 "精英文化" 的旗号并真正地实践它，是需要相当的勇气的。出版社如何协调 "精英文化"与市场之间的关系？

周百义：一个大众的读物，它可能会畅销一时，但真正有文学品位的图书，它可能一时不会那么轰动，但很可能会传之久远；另外，一个出版社不能纯粹地以码洋来论英雄，过去常说"经国之大业，不朽之盛事"。我们也希望能出版一些畅销书，但一些好的不能畅销的书我们也应该出版。作为一个文艺出版社，这是我们的职责和义务。推出思想性和艺术性俱佳的好书，这是我们非常明确的宗旨。一个出版人总是希望自己出版的作品流传后世，而不是昙花一现。可能很多出版者追求不同，但我们的目标是一要生存，二要发展。这个生存与发展的关系里面就有一个出版的图书的结构问题。既要出赚钱的书，也要出经典、精品、能流传的书。作为一个经营管理者，我要考虑图书出版的结构问题，如果出版社连工资都开不出，也不可能有能力推出精品。出版社社长要确立自己的品牌图书战略，每年要有计划地出些什么书，这些书将来会为文学创作、文学事业做出什么样的贡献。所以出版社要有自己的出版理念。长江文艺社一直在出"跨世纪文丛"，已经出了7辑，今年要出第8辑。我觉得，搞文学出版的人首先要热爱文学，把文学作为自己的理想，当然这里面还有一个鉴赏能力的问题。

记者：长江文艺出版社近年来一直以长篇小说为自己出版的重头，作为出版社的负责人，同时也是一个研究者，您认为近年的长篇小说创作水准如何？

周百义：这是一个很大的问题，我只能从我接触的谈谈我的浮泛的感受。长篇小说的创作是作家的长期积淀，生活的积淀，思想的积淀，要想在很短的时间内推出很多很优秀的作品是不可能的。现在的长篇小说创作并没有出现精品迭出、大作纷呈的局面，比较平，当下很多青年作家在写而且出版社在出的多是一些反映当下生活的时尚流行文本。我们一年要出五六十本长篇小说，真正有艺术品位的不是很多。很多是可以出，出了也有人读，但从长篇小说的标准来衡量它毕竟显得比较稚嫩。不同地域的作家特点不同，像陕西的一些作家，他们能扎下根去，这与当地的文化氛围、文化传统也有关系。近年来厚重的能传之后世的相对较少，尤其是2002年。这个问题也应该辩证地看，长篇的创作的确是一个积累的过程。一个民主的时代是作家辈出的时代，热爱文学的也会大有人在，而且中国这么大。总的说来，我对长篇的前景还是持乐观态度的。现在长篇小说出版中的问题是一些炒作之风，有时候它会误导作家，误导读者，误导出版社，真正需要一些有独立品格的作家、出版社来引导文学创作。像有偿评论，就有误导作用。我们的社会需要一些真正的不被金钱裹挟的评论家来引导创作。

记者：当前文艺图书的出版可能面临的竞争不仅仅是本土的，随着中国加入 WTO，几年后还将面临国外出版商的竞争，从长江文艺出版社来说，对此有什么应对的措施？

周百义：出版社应对竞争，首先是把自己做大做强。我们除了在当地做好工作外，还在北京延揽人才，设立办事处，组稿、编稿，就是为了适应当前的竞争。我们说要"走出去"，与国外竞争，如果在国内都还走不出去，还"闭门自守"，谈何与国外出版商竞争。我们在北京设立办事处，就是说我们要布阵，要占领制高点，占领最接近市场、作者和辐射力最强的地方。所以，应对挑战，首先是自己的观念要转变，观念转变很重要，要认识到这种东西可能带来的影响，然后采取措施。体制呀，机制呀，都还存在一些问题，但人才是关键，需要有一批能适应市场经济的出版人才；其次，出版社的运作也很重要。比如品牌战略，出版社没有自己的品牌就没有影响，就没有号召力。我们评奖也是出于这个初衷。这些是出版者做强的重要因素。即使是外来竞争者，他也要本土化。这样，我们有市场、作者队伍，有运作经验，有编辑人才出版人才，就不怕外来的竞争。如果坐以待毙，他们有雄厚的资金，有成功的经验，人才，就有可能把你打垮。

记者：文学出版和创作是一个互动关系，刚才您谈到了出版对创作的示范作用，能否请您进一步谈谈这二者之间的关系。

周百义：这二者之间的影响是双向的。它们互为影响，互为促进。创作的繁荣无疑会为出版带来资源，出版的选择过程也会起到一个示范、引导的作用，同时，出版还会为作家创作提供一定的经济条件。当然有作为的出版家，出什么，不出什么，很可能在很大程度上影响到创作的发展，有人说，出版就是一个选择的过程，但这种影响不是一家出版社能形成的。长江文艺出版社 2003 年的出版计划，一是把推出长篇原创作品作为自己的主打方向，通过规模来形成影响；二是通过"九头鸟长篇小说文库"的出版来推出精品，间接地影响创作；还有就是通过评奖来倡导和推动，我们这次评奖仅仅是一个开始。

中国畅销书市场状况的调查与分析

畅销书在中国大陆图书市场的现状

中国出版业畅销书的出现是在 20 世纪 90 年代末。这时，中国出版业已经从 10 年前简单地增加图书品种、市场扩容发展到全面的市场竞争。竞争的结果是，单本图书销量锐减，库存增加，但与之相对应的是图书市场的相对饱和、读者阅读倾向个性化的趋势。于是，面对现实，出版社由过去的重编辑向重发行过渡，市场营销开始进入中国的出版业。随着目标市场的不断细分，出版社有目的地、深度开发适合一定读者群的畅销书就应运而生。

下面是 2000 年以来，中国图书零售市场上销量最大的 10 种书：

书名	出版时间	出版单位	监控销量
谁动了我的奶酪	2001.09	中信出版社	55 万册
细节决定成败	2003.01	新华出版社	36.8 万册
登上健康快车	2002.08	北京出版社	30.5 万册
穷爸爸富爸爸	2000.09	中信出版社	23.3 万册
挪威的森林	2001.01	上海译文出版社	20.2 万册
哈佛女孩刘亦婷	2000.09	作家出版社	19.7 万册
幻城	2003.01	春风文艺出版社	19 万册
梦里花落知多少	2004.04	春风文艺出版社	18 万册
达·芬奇密码	2004.02	上海人民出版社	18 万册
狼图腾	2004.04	长江文艺出版社	13.7 万册

本表数据由开卷图书市场研究所提供　截止日期：2005 年 7 月 13 日

以上数据，是北京开卷图书市场研究所自建立以来所监测到的、大众读物的销售数据，一般而言，在此监测数据上，实际销量增加 6～8 倍不等。

这 10 种书中，从作者分布看，中国国内作者写作的有 6 种，占 60%；从境外引进版权出版的有 4 种，占 40%。从题材上看，小说有 5 种，占 50%；

心理自助的 2 种，占 20%；励志的有 1 种，占 10%；卫生健康的 1 种，占 10%；经营管理类的 1 种，占 10%。从出版时间来看，2000 年的 2 种，2001 年的 2 种，2002 年的 1 种，2003 年的 2 种，2004 年的 3 种。

据北京开卷图书市场研究所的资料，2001 年全年畅销品种前 5% 的图书创造了 2001 年全年 49.99% 的销售额，而 2002 年全年畅销品种前 5% 的图书创造了 2002 年全年 51.99% 的销售额。2003～2004 年畅销书仍然占有这样的比例。少量的畅销书创造了主要的销售额，如文学图书在 2002 年，仅以 8.04% 的畅销品种占到了 80.87% 的市场码洋，它表现的已经不仅仅是 "二八" 定律了，而是 "一九" 定律了；这些现象到 2003 年也没有改变，而且在很多图书门类中，产品集中度越来越明显，品牌书、品牌社的图书越来越受到读者的关注，优秀图书集中的趋势越来越明显。

长江文艺出版社在全国畅销图书中的地位

长江文艺出版社在全国畅销书的出版中，近年来呈现明显的优势。据北京开卷图书市场研究所提供的数据，2005 年我社 1～6 月进入全国畅销书排行榜的图书有：

书名	作者	出版时间	监控销量	上榜时间
狼图腾	姜戎	2004.04	66 818 册	2004.05
告诉孩子你真棒	卢勤	2004.04	39 336 册	2004.05
跨一步就成功	刘墉	2005.04	13 536 册	2005.05
动什么别动感情	赵赵	2005.02	11 926 册	2005.04
血色浪漫	都梁	2004.04	11 558 册	2004.12
时刻准备着	朱军	2004.09	11 061 册	2004.10
校服的裙摆	饶雪漫	2005.01	9917 册	2005.03
告诉世界我能行	卢勤	2005.05	9599 册	2005.06
我的世界我的梦	姚明	2004.10	9305 册	2004.11
天瓢	曹文轩	2005.04	7805 册	2005.05

以上数据来源于 "开卷全国图书零售市场观测系统"

从长江文艺出版社上榜图书来看，小说 5 种，占 50%；传记 3 种，占 30%；励志类 2 种，占 30%。从作者来源看，引进版权只有 1 种。

下面是长江文艺出版社 2005 年 1～6 月的畅销书占全国畅销书的比例：

时间	虚构类	非虚构类	排行榜册数	在榜比例
2005.01	2 种	4 种	60 册	
2005.02	2 种	4 种	60 册	
2005.03	2 种	1 种	60 册	
2005.04	4 种	1 种	60 册	
2005.05	4 种	3 种	60 册	
2005.06	3 种	3 种	60 册	

以上数据来源于"开卷全国图书零售市场观测系统"

全国共有 568 家出版社，而长江文艺出版社一家的畅销书占了将近 10%，可以说，在畅销书的运作上，我们已经具有了比较成熟的经验和一定的运作模式。

长江文艺出版社畅销书的运作模式

回顾长江文艺出版社畅销书的运作流程，大致有以下几个关键点：

品种的选择。从畅销书成功运作的经验来分析，对图书品种的选择十分重要，因为并不是所有的图书品种都适合并可能畅销。一般而言，读者对图书的选择会受一定时期的社会心理、生活时尚、重大事件或者影视播放的影响，选择做畅销书的品种时，一定要考虑到这些因素，要分析读者的兴奋点与关注点，分析市场上正流行图书的趋势。

能够畅销的图书，多半是大众读物，目标读者群的基数比较庞大。而大众读物中，又是那种介于严肃读物与通俗读物之间的图书居多。这些书，一类是励志类读物，一类是素质教育读物，一类是公众人物的传记，一类是具有一定特色的小说（如青少年写作或者喜爱的青春读物、名家的小说），一类是在境外畅销并适合中国读者阅读习惯的图书。从我们的实践来看，在选择作者时，我们会考虑作者是否写作过并有畅销的纪录，因为这样出版社推广的难度会小些，成功的概率会高些。在畅销的诸多因素中，图书内容是否迎合读者心理期待占畅销因素的 50%，这就进一步说明了在传媒业中内容为王的道理。如我们选择刘墉的《靠自己去成功》，尽管他的书在国内已经出版很多，但目前素质教育、励志成功的图书还是有很大的市场。再如选择卢勤的图书，卢勤过去办少年报当"知心姐姐"，在全国读者中已经有很大影响，加上她出版的《做人与做事》一书曾经销售了几百万册，所以请她写作了《告诉孩子你真棒》这本心理自助的图书。

媒体的运用。一般而言，图书选题确定后，相关人员就会互相传看，召开会议讨论图书的卖点、新闻点、装帧要求、书名、价格、上市时间，等等。特别是书名，要能吸引读者；价格以 20 元以内为佳；上市时间要错开销售淡季，要与其他社具有竞争力的图书拉开上市档期。当图书一旦确定，负责媒体运营的同志就开始向媒体通报图书出版的情况，一般选择专访作者、发布出版消息、签售、连载、召开新书发布会等措施让读者关注这本书。这种媒体运营贯穿于整个图书出版销售的全过程，要尽量寻找大众关注的话题，利用一切可能的机会。这种媒体运营一般先在北京进行，然后才在各地省会城市展开。

由于中国的媒体很多，一般会选择在当地最有影响的报纸做连载、发消息。当然，一些重要的图书，也会在中国影响最大的中央电视台做节目。如卢勤的励志读物《告诉孩子你真棒》、《告诉世界我能行》，刘墉的励志散文《跨一步就成功》等在中央电视台最有影响的"实话实说"栏目里做了节目。

至于某本书如何做营销，这要根据图书的诸多因素来决定。如冯小刚的《我把青春献给你》一书，我们在图书出版的前 10 天先在《北京青年报》上连载，然后召开新闻发布会，接着请冯小刚到书店签售。为什么首选《北京青年报》呢？因为《北京青年报》的影响较大，对全国的市场有一定的带动作用。召开新闻发布会时，因为冯小刚的原因，许多影视界的明星都去了，各地媒体愿意登载此类消息。而《狼图腾》一书，作者不愿出面，就不宜签售，因为小说故事性不够强，部分媒体连载也不积极。于是，我们就找了《人与自然》的主持人赵忠祥，从内蒙古草原走出来的白岩松，蒙古族歌手腾格尔，企业界巨头海尔老总张瑞敏，地产大亨潘石屹等，他们都在阅读了该书的样张后，写出了具有启发性的评语。

除了维护某些报纸的关系，偶尔会做一些形象广告外，我们一般不在媒体上做产品广告。因为这种广告费用较高，且效果并不明显。在媒体上做"软性"广告，除了首都媒体偶尔会支付少量的费用外，外地媒体是不用支付费用的，这与做广告相比，费用是比较低的。

渠道的管理。图书制作好了，媒体也为图书上市做了些烘托，这时，渠道的作用就十分明显了。能否将图书送到读者买得到的地方是十分关键的一步。

在中国大陆，图书销售的渠道有两类，一类是国营的新华书店，一类是民营的销售商。国营的书店网络比较齐全，相对而言信誉会好些，一些超大型的书店多半是属于国营的；民营的渠道效率高些，服务质量会好些，但管理的难度大些。

图书上市时，我们会要求各地代理商报数字，第一轮报的数字不允许退货，并要求书店在最显眼的位置摆放。一般而言，前3周的销售十分重要，能否登上各地的销售排行榜，特别是首都的几家大书店销售排行榜尤为重要。因为北京大书店的排行榜会对各地产生示范效应，如果这本书在北京畅销，各地代理商和零售商就会重视。

由于中国大陆地域辽阔，地区差异性较大，图书销售会不平衡。我们在第一轮发货后，一方面会配合代理商做好当地的产品宣传，同时，会根据销售情况，及时调整印数，避免盲目加印。

精干的团队。长江社运作畅销书的团队，主要是北京图书中心的员工，这个中心是长江社的一个分公司。他们是一支具有活力的团队，目前只有14人。从确定选题到图书的编辑、制作、上市、营销，每一本书，他们都当做一场战役来打。他们认为，在图书的出版与营销中，细节决定成败，如果一个环节做得不到位，就会减弱图书的市场竞争力，损失一定的读者。所以，在实施时，注意细节的安排与落实，每一个环节都不允许出现纰漏。这个团队的带头人金丽红、黎波、安波舜是三个富有编辑与发行实践经验的出版人，他们曾经运作了多本畅销书，富有畅销书的运作经验。同时，由于出版地设在首都北京，信息的搜集、流通、传播都具有外地所不可替代的区位优势。因此，畅销书的运作成功概率就比其他地方高些。

中国畅销书市场开拓中存在的问题

尽管畅销书的出版在中国大陆已经引起了出版人的注意，大家都在寻求这种投入少、产出高的生产模式，但是，与国外的超级畅销书相比，像《哈利·波特》这样开印就有上千万册印数的图书中国根本还没有产生。其中的原因大致有如下几点：一是中国尽管有13亿人，但真正受过良好教育并且具有购买力的只有2亿人左右；二是图书销售缺少覆盖全国的中盘，销售渠道尚不畅通；三是盗版现象比较严重，正版与盗版比例约各占1/2甚至更多，以我社出版的《狼图腾》为例，正版销售100万册，盗版估计有200万册；四是出版社在市场营销方面经验尚不足，一般都缺少大的投入来开拓市场。

　　但是，中国的出版人已经充分注意到了畅销书在图书销售中的拉动作用与可能产生的经济效益，出版社把出版畅销书作为重要的目标来追求。我们相信，中国出版人在畅销书的运作方面将会积累越来越多的经验。

（原载《中国编辑》2005 年第 6 期）

《狼图腾》走向世界的启示

英国作者杰克·罗琳的《哈利·波特》和美国作者丹·布朗的《达·芬奇密码》畅销全世界，无疑在彰显着这两个国家的文化软实力。而具有五千年历史的中国文化影响力又体现在哪儿呢？2006年7月香港《亚洲时报》在线网站刊载的一篇文章提出了这样一个问题。但文章指出，当下中国仅有一本叫做《狼图腾》的长篇小说将要被世界上最具影响的企鹅出版集团推向世界，"从中可以看到这个世界上发展最快的图书市场的未来"。①因此，《狼图腾》已不仅仅局限于是一本描写草原生活的小说，它成了一个符号，成了中国图书和中华文化走向世界的一个象征。

2004年4月，湖北长江出版集团旗下的长江文艺出版社出版了《狼图腾》。随后，正如所预期的一样，该书国内销量目前已超过200万册，截至2006年6月，连续25个月位列全国文艺类图书发行排行榜的前五名。2005年8月31日，长江文艺出版社在北京与企鹅出版集团正式签订版权输出协议。按照协议，《狼图腾》的英文版将由该集团在全球同步发行，支付10%的版税，并预付10万美元。据企鹅出版集团的最新消息，英文版第一版精装本将全球发行50万册，定价为30美元每本。

目前，《狼图腾》版权贸易已经售出英、法、德、日、意大利、西班牙、荷兰、土耳其、葡萄牙、希腊、匈牙利、韩、泰、越南、斯堪的纳维亚等语种，成交总金额已达110万美元，其中包括意大利文版的20万欧元，英文版的10万美元。据保守估计，仅仅《狼图腾》一本书的总产值（包括电影）就将达到5-6亿美元。

因此，我们可以说，《狼图腾》已基本覆盖全球，成为了全人类共有的精神食粮。

《狼图腾》的版权输出是中文图书版权输出的一个成功案例，通过这个案例，我们不仅可以看到我国版权贸易逆差下的一丝亮色，也可以洞见我国图书和中华文化走向世界的无限希望。

一、《狼图腾》的策划与出版

《狼图腾》是迄今为止世界上唯一一部以狼为叙述主体的小说。其内容由几十个有机连贯的动人心魄的"狼故事"构成，包括掏狼窝、养小狼、狼与人、狼与黄羊、狼与马群的大小战役等等，讲述了上世纪六七十年代内蒙古游牧民族与狼之间的感人故事。作者以自己的亲身经历、以近乎自传体的叙事视角，引领读者进入狼的活生生的世界。在《狼图腾》中，狼的团队精神、狼的狡猾和智慧、狼的军事才能和战术分工，以及狼的威武不屈的独立性格和尊严，狼对维护自然生态、促进人类文明进化的贡献等等，构成了小说的故事主体。

《狼图腾》的作者姜戎，1967 年到内蒙古额仑草原牧区插队落户。1978年返回北京，考入中国社会科学院研究生院，攻读政治经济学专业。正像小说中的主人公陈阵一样，姜戎在草原上与狼共舞达 11 年之久，草原游牧民族的多彩生活以及狼的动人传说赋予了他创作的灵感。30 年来，姜戎沉迷于狼的品质和草原人对狼的图腾崇拜，最后用了差不多 6 年的时间创作了小说《狼图腾》。独特的经历和痴迷的思考，使作品的故事，特别是狼的种种细节，呈现出多彩纷呈、荡气回肠的诱人魅力。

2005 年 1 月 19 日，长江文艺出版社第二届"九头鸟长篇小说奖"在北京揭晓，主办方在授予《狼图腾》作者荣誉证书和 10 万元奖金的授奖词中称：《狼图腾》"具有丰富的内涵和精神深度，结构宏大，内容丰富多彩而又充满着神奇的变幻……它的最大贡献是阐述了一种宏大的历史观价值观，特别是在对人类、自然诸多关系和对深层的生态文化上，表现了难得的自省意识和博大的情感深度。"评选委员会还进一步认为，整个作品基调昂扬激越，强烈地体现了时代所呼唤的敢于开拓进取，敢于竞争较量的拼搏精神和阳刚之气，并由此引起了全社会乃至全世界的广泛关注。

这本书的组稿与责任编辑，人称"布老虎之父"。他曾经策划出版了不少有市场价值的书。这其中，包括了他创建"布老虎"图书品牌。自上世纪 90年代初涉足出版界以来，安波舜的出版理念、市场营销的经验给这个行业带来了一定的影响。正因为他在"布老虎"中曾收入了张抗抗的《情爱画廊》等书，张抗抗才向他介绍了姜戎的《狼图腾》。

相对于张抗抗而言，《狼图腾》的作者姜戎此前从没写过什么作品。因此，当安波舜带着这本似文学非文学、似伦理非伦理、一时还无法明确定位的"奇书"来时，金丽红、黎波多少有些意外。黎波说如果《狼图腾》像其他作品一样投稿的话根本就不会被选中；金丽红则坦白地说，当初拿到《狼图腾》的书稿时并没有认识到它的市场价值，"故事叙述方式有些怪异，不像传统意义上的小说，有些地方倒像学术著作。当时的第一感觉可能是本好书，但未必能畅销，全年顶多也就卖上 5 万册。"我本人看到这本书的书稿时也表示怀疑。当时，国内图书市场上开始热销《我们仨》等书籍的时候，金丽红、黎波等经过仔细研究后，清醒地发现：一些有深度、有厚重感的书开始被市场大范围接受，而这正是图书这种载体体现它优势的地方，是报纸、杂志和电视等传播方式所无法比拟的。于是，在市场直觉的指导下，长江文艺出版社与安波舜按照项目合作原则，开始了合作。随后，在《狼图腾》取得巨大成功的同时，北京图书中心还取得了另一项意想不到的收获，即正式招安了出版界的安波舜。相对于《狼图腾》的成功而言，这是长江出版集团最可宝贵的收获之一。

二、《狼图腾》走向世界的几点启示

（一）内容为王

"内容为王"不仅是一般图书竞争的法则，也是中国图书走向世界的制胜武器。只有民族的，才是世界的。一本图书要走向世界，必须具备原创性、艺术性、人道主义精神和全球性主题。《狼图腾》的内容具有独特的魅力，是其走向成功的主要因素。当《狼图腾》能否出版还未最后确定时，其策划编辑安波舜就说："《狼图腾》的书稿拿在手上，经验告诉我，它的曲折能打动人，它的主题的无意识形态性能冲破国界而为全人类凝望。几乎从一开始我就想到，它不仅仅能风靡华夏。"

企鹅出版集团亚洲区总裁皮特·费尔德表示，企鹅出版集团一直要在中国寻找一部既有鲜明中国文化特点，又有很强故事性的小说作品。《狼图腾》通过几十个"狼故事"，反映了人与动物如何相处，如何解决农耕文明与游牧文明的冲突等。这是全世界都在关注的话题，包含整个人类的价值观念，这样的题材非常适合海外读者。

企鹅集团北京公司总经理周海伦认为，小说中涉及人与自然的冲突，传统文化和现代文化冲突的主题是面向海外读者的通行证，而西方读者没有经历过的上世纪 70 年代蒙古草原文化则可令其着迷。"过去企鹅曾引进过苏童等人的作品，但销量一般。原因在于西方主流市场的读者对中国文化的理解困难，并且对作品讲述的故事并不是太理解。而这本书不同，既蕴涵了较为深刻的道理，同时又具备很强的故事性，修养深的读者能剥出层层含义，而一般读者光看故事，也能很精彩。"

（二）宣传为翼

酒香也怕巷子深，同样道理，好书也未必有市场。《狼图腾》成功的背后，综合运用宣传手段的作用功不可没。

《狼图腾》刚出版时，在宣传方面面临的情况就比较特殊。因为其作者事先即与出版方约定，自己不出面宣传，低调处理涉及本人的宣传事宜。起初，只有《京华时报》一家报纸同意连载，而且直到长江文艺出版社召开新书发布会时，还没有一家媒体看好这本书，认为它的定位模糊，字数太多，定价还很高，甚至有人对连载这种小说都提出了异议。于是，出版方在最初的宣传上，采取了请名人评书的方式。他们邀请《人与自然》的主持人赵忠祥、从内蒙古草原走出来的白岩松、蒙古族歌手腾格尔、企业界巨头海尔老总张瑞敏、地产大亨潘石屹等名人评书。他们在阅读了该书的样张后，都写出了具有启发性、推介性的评语。

海尔集团总裁、CEO 张瑞敏先生评论说："大草原上的生物百态在揭示着一个市场竞争的准则：竞争和变化是常态，谁也无法回避竞争，只有置身其中。其实狼和羊都在为生存拼搏，在拼搏中进化，强者恒强，适者生存。永远是'有序的非平衡结构'，如果你在竞争中被平衡掉，不是竞争残酷，而是你不适应竞争。狼的许多难以置信的做法也值得借鉴。其一：不打无准备之仗，踩点、埋伏、攻击、打围、堵截，组织严密，很有章法。好像在实践孙子兵法'多算胜，少算不胜'。其二：最佳时机出击，保存实力，麻痹对方，并在其最不易跑动时，突然出击，置对方于死地。其三：最值得称道的是战斗中的团队精神，协同作战，甚至不惜为了胜利粉身碎骨，以身殉职。商战中这是对手最恐惧，也是最具杀伤力的。"

著名蒙古歌唱家腾格尔说："它让我读出：深沉、豪放、忧郁而绵长的蒙古长调与草原狼幽怨、孤独、固执于亲情呼唤的仰天哭嗥，都是悲壮的勇士面对长生天如歌的表达；是献给天堂里伟大母亲最美的情感、最柔弱的衷肠、最动人的恋曲……"

评论家、作家周涛评价说："这当然是一部奇书！一部因狼而起的关于游牧民族生存哲学重新认识的大书。煌煌50万言，50万只狼汇合，显示了作者阅历、智慧和勇气，更显示了我们正视自身弱点的伟大精神。"

中国社会科学院文学研究所研究员、评论家孟繁华写道："《狼图腾》在当代中国文学的整体格局中，是一个灿烂而奇异的存在：如果将它作为小说来读，它充满了历史和传说；如果将它当作一部文化人类学著作来读，它又充满了虚构和想象。作者将他的学识和文学能力奇妙地结合在一起，具体描述和人类学知识相互渗透得如此出人意料、不可思议，这是一部情理交织、力透纸背的大书。"

香港著名实业家李嘉诚先生在接受《亚洲周刊》的采访时说："《狼图腾》是本好书，当然，做人还是一半是狼一半是羊好。"

如此一来，请名人评书，在媒体上宣传，到地坛书市上用喇叭"吆喝"，这些市场化的手段，《狼图腾》都用得恰到好处。以此为起点，该书在国内图书市场上开始热销，迈开了创造奇迹的第一步。

然而，版权输出的关键还不在于针对国内图书市场的宣传，而是要加强针对国际市场的宣传。此前我国图书版权输出的一般做法，或是在大海捞针般的版权交易会上寻找机会，或依赖于实力尚弱的版权代理公司。这样做的结果，要么劳而无功，要么收效甚微。

《狼图腾》的国际市场宣传方式则与众不同。当《狼图腾》在国内销售突破50万册时，长江文艺出版社北京图书中心就做好了版权输出、让该书走向世界的充分准备。他们精心制作了一份关于《狼图腾》的全英文的文案，内容包括故事梗概，作者介绍，国内市场销售现状，各界人士包括作家、演员、企业家、评论家等对该书的高度评价，国内平面及广播电视媒体的热烈反应，以及作为该书策划者对其全球市场发展前途的预测等。随后，该文案被传递于国际上大的出版公司之间，出版方主动邀请国际出版公司的在华办事机构参加围绕该书举行的推介会、作者见面会等各种活动。并且，随着市场的变化情况，该文案亦适时修改和充实。

同时，出版方约请熟悉中国文化和英语的人撰写书评，争取刊登在西方世界的主流报刊上，以吸引国外出版商的注意。由出版方采取主动，精心选择媒体，向海外主流媒体投稿，像德国的《南德意志报》、意大利的《意大利邮报》、英国的《泰晤士报》、美国的《纽约时报》等。这些媒体，一是在西方世界发行量大，二是国外出版商十分关注，三是被其他媒体转载的几率大，因此，宣传的针对性效果充分地显现出来。至今，《时代周刊》、《纽约时报》、《泰晤士报》等都曾对该书给予报道或评论，被西方大小平面及网络媒体转载者更不计其数。结果引来了诸多的国际大出版社与出版方联系。《狼图腾》针对国际市场的宣传取得了成功。

（三）团队为基

在任何一项工作中，人都是具有决定性的因素。畅销书的运作也是如此。所以，拥有一个好的团队，是运作畅销书的基础。出版《狼图腾》的长江文艺出版社北京图书中心，汇聚着金丽红、黎波、安波舜等一批出版精英。他们既有狼一样的眼光，又有狼一样的效率，在信息的搜集、流通、传播等方面具有很大的优势，在畅销书的运作方面具有丰富的成熟经验。长江文艺出版社北京图书中心曾成功推出过《我把青春献给你》、《心相约》、《告诉孩子你真棒》等畅销书，截止目前，他们平均每种书的销量不下于 10 万册。北京中心领头的是金丽红、黎波、安波舜等 3 位富有编辑与发行经验的出版人，他们被业界誉为出版界的"金三角"。这样一个精英团队，经常为了一本书，在某一时段，倾尽全力，上下配合，加班加点，对每一个环节每一个细节都以职业的精神和专业的手法，集中精力认真办好，做到了选题有境界、编辑有想法、管理有章程、操作有标准。

现在来回顾《狼图腾》的成功历程，我们不难发现，《狼图腾》一书的编辑、出版、发行和宣传推广，以及后期的版权贸易都是有计划、有步骤、有方法和有预算的产物。在"金三角"中，身为《狼图腾》责任编辑的金丽红随时跟踪媒体反应，有效地监控舆论导向，使图书的宣传始终稳而不乱，健康攀升；同样身为《狼图腾》责任编辑的黎波主管图书发行，负责及时组织市场，进行动态的销售管理，对《狼图腾》的发行起到了关键性的作用；而身为《狼图腾》策划编辑的安波舜则全力开展图书宣传，尤其是针对国际市场的图书宣传，最终促成《狼图腾》走向世界。正是"金三角"及其所率领团队的通力合作，才打造了出版界的"《狼图腾》奇迹"。

比如，在版权输出过程中，在选择国外合作伙伴的问题上，就充分体现了这个团队的智慧。当时对《狼图腾》表示出强烈兴趣的海外出版机构和版权代理机构共有三四家，而他们最终选择了企鹅出版集团。

当然第一个原因是企鹅出版集团的实力雄厚。企鹅出版集团是全球最大出版集团培生集团旗下的出版企业，已有百余年的历史。其次，企鹅出版集团已具备出版发行中国小说的经验。该集团曾发行英文版的《论语》、《红楼梦》、《围城》，还发行过苏童、莫言等中国作家的小说。第三，企鹅出版集团拥有强大的全球发行网络。该集团拿到全球英文版权后，可以在十多个英语国家发行。风靡全球的《哈利·波特》系列，该集团除在英国本土发行以外，其余的也全部由企鹅出版集团的海外发行机构发行。第四，企鹅出版集团可以针对全球不同地区市场，实行差异化战略。该集团在不同国家的出版发行，都会根据当地读者的欣赏口味进行本土化的宣传包装和装帧设计。也就是说，在企鹅出版集团的差异化战略下，同样内容的一本书，在不同国家将会拥有不同的宣传渠道，也会拥有不同的封面和装帧形式。企鹅出版集团的种种优势，都有利于《狼图腾》成功走向世界。

这样体现团队智慧和眼光的例子还有很多。正如安波舜所说，在创造"《狼图腾》奇迹"时，我们有着狼一样的协作精神，也有着狼一样的办事效率，正因为如此，我们才能像狼一样享受这份心仪的出版大餐。

三、一点思考

《狼图腾》的成功尽管只是个案——不但其成功经验不能简单复制，而且也不能改变我国图书版权贸易处于严重贸易逆差的被动局面，但《狼图腾》走向世界的内在机制却值得我们思考。

假如这本书稿不是交到了长江文艺出版社北京图书中心而是交给了别的一家传统出版社，出版社是否有这样高的效率迅速做出反应，动用全部的力量对图书展开营销，迅速在国内走红并且在国外产生影响？这种可能不是没有的，但却有可能做不到。尽管这部书当初金丽红并不十分看好，但一旦决定了，他们就把这部书当做畅销书来做。一旦市场反应不错，他们就倾尽全力把书做到极致。

长江文艺出版社北京图书中心尽管也是一个国有的出版机构，但没有传统出版社内多年沉积下的旧的观念的束缚，没有众多的环节相互制约，没有复杂的人事纠葛。以生产为中心的组织结构，以市场为导向的运作机制，保证了出版的高效率与成功的概率。当然，北京中心至今只有 14 个人，"船小好调头"，但无论船大船小，动力至关重要。这里，员工的身份是社会化的，分配是根据贡献大小决定的，集中精力，心无旁骛，所以在全国畅销书排行榜上，北京中心总是榜上有名。据开卷统计，2005年上半年，虚构类与非虚构类排行榜上，长江社占有十分之一的份额。[②]因此，一个企业要想在市场竞争中立于不败之地，必须在体制和机制上，在组织结构与生产流程上，进行改革和创新，构建与市场竞争相适应的组织。

此外，从《狼图腾》的成功出版与版权输出中还可以看到，人才在其中所起到的重要作用。金丽红、黎波、安波舜三人都是出版界不可多得的人才。中国的出版企业要实现走向世界的战略，达到世界水平的市场化程度，尊重人才，为人才提供可以施展才能的平台至关重要。在《狼图腾》版权的输出过程中，如果没有金丽红等人与世界出版巨头打过交道的经验，不去制定适合不同语种需要的版权贸易方案，《狼图腾》就不可能如此广泛地走向世界。从《狼图腾》走向世界的个案中也可以看到，发现人才，培养人才，尊重人才，充分发挥人才的聪明才智和责任心，是版权贸易成功的重要保证。

最后需要强调的是，中国走向世界，不仅出版工作者需要做出努力，政府有关部门也要统筹考虑。在制定中国社会长期发展的战略时，政府不仅要考虑经济的发展，还要考虑增加中国的文化生产力，在政策支持、奖励措施上鼓励向外输出中国文化，不断扩大中国文化在世界上的影响力。

（原载《中国编辑》2006年第6期。章雪峰先生提供了帮助）

文学创作与文学出版

文学创作为出版提供了可能，出版离开了创作就等于无源之水，无本之木，这是每一个出版工作者都懂得的道理——作者是出版社的上帝，是出版社的衣食父母。同时，出版为作者架设了通向读者的桥梁，传播使创作得到了社会的承认与重视，在出版的选择中，文学创作不断地得到提升与发展，在一定程度上促进了文学事业的繁荣。

试想，如果没有孔子整理《诗经》，我们今天怎能看到先秦如此优秀的文学作品，如果没有青铜器上的铭文，没有刻在石头上的经文，没有刻在竹简上的《孙子兵法》，没有长沙马王堆出土的写在丝帛上的《老子》，没有中国唐以降大量的雕版印刷，没有中国近代的商务印书馆、中华书局，我们不可能看到无数作者汗水的结晶。人类文明的传承也就是一句空话。文学作品的出版如果最早从孔子整理"诗经"算起，到今天一年出版上万种文学作品新书，在两千多年的岁月中，文学创作与出版伴随着人类文明的发展而前进，伴随着传播技术的革命而不断更新。从甲骨、青铜器、石头、简牍、缣帛、纸张到声光电、互联网，科技的发展使文学创作与出版的载体也在不断地发生变化。所以，我们谈文学作品的创作不能离开出版，谈文学出版更离不开作家。所以，文学创作与出版是互相促进，互相依赖，相互依存并共同发展的。

在中国出版史上，是作家同时又是出版家的大有人在，近代如叶圣陶与开明书店，茅盾与《小说月报》，鲁迅与北新书局，邹韬奋与三联生活书店等。当代中国，很多作家都是先当编辑或主编，后来才从事专业创作，或者先是作家后来又担任刊物主编的。如作家李国文曾担任《小说选刊》主编，刘心武担任《人民文学》主编，《中国作家》的历任主编都是作家，如冯牧和陈荒煤、何建明。女作家方方则先是担任《今日名流》主编、作家周梅森先当《萌芽》编辑，后从事专业创作的。在国外，也有很多作家兼为出版家的，如美国作家兼出版家阿尔伯特·哈伯德、弗兰克·施德等。这从一个侧面说明，创作与出版，是一种共生共荣的关系。

当前文学作品出版的概况

因篇幅所限，本文仅以 2005 年和 2006 年为例来说明文学出版的状况。2005 年，全国共出版新书 12 万种，其中文学类新书约 9000 种；2006 年，全国共出版新书 13 万种，其中文学类新书 11212 种。文字类图书的零售量约占全国图书市场的 8.5% 左右。按照目前图书市场的分类，文学类又分为 8 大类，包括小说、散杂文、青春文学、中国古典文学、文学理论与研究、绘本漫画、戏剧诗歌、文学其他。其中小说的销售册数又占了整个文学市场的 45%，据统计，每年将近有 800 至 1000 部长篇小说出版。全国目前经批准成立的出版社有 573 家，2005 年，有 538 家出版社参与了文学图书的出版。

2005 年，全国图书市场销售册数最多的前 20 种图书是：

排名	ISBN	书名	出版社	定价	监控销量
1	720805003	达·芬奇密码	上海人民出版社	28	25 8942
2	753542730	狼图腾	长江文艺出版社	32	124 879
3	753132885	1995-2005 夏至未至	春风文艺出版社	24	93 909
4	702004992	天使与魔鬼	人民文学出版社	29.8	60 692
5	753212984	余华作品-兄弟（上）	上海文艺出版社	16	57 846
6	702004814	数字城堡	人民文学出版社	25	48 273
7	750331186	亮剑	解放军文艺出版社	28	46 439
8	753132509	梦里花落知多少	春风文艺出版社	20	45 653
9	780627698	文化苦旅	东方出版中心	22	44 076
10	780679077	地狱的第十九层	接力出版社	19.8	40 355
11	750122402	狼的诱惑（终结版）	世界知识出版社	20	39 145
12	750602383	刘心武揭秘红楼梦	东方出版社	28	38 755
13	753132541	幻城（新版）	春风文艺出版社	20	36 975
14	750633217	秦腔	作家出版社	38	35 966
15	780151966	小故事大道理全集	海潮出版社	46	35 580
16	750122305	狼的诱惑	世界知识出版社	20	32 758
17	720222475	围城	人民文学出版社	19	32 350
18	753542996	跨一步，就成功	长江文艺出版社	16	31 513
19	750065891	长安乱	中国青年出版社	20	31 314
20	720104884	清醒纪	天津人民出版社	22	31 140

2006 年，全国图书市场销售册数最多的前 20 种图书是：

排名	ISBN	书名	出版社	定价	监控销量
1	720805003	达·芬奇密码	上海人民出版社	28	258 942
2	753542730	狼图腾	长江文艺出版社	32	124 879
3	750633586	莲花	作家出版社	25	98 961
4	753913215	一座城池	二十一世纪出版社	19.9	97 080
5	753212984	余华作品-兄弟（下）	上海文艺出版社	27	95 397
6	753212902	余华作品-兄弟（上）	上海文艺出版社	16	75 677
7	780627698	文化苦旅	东方出版中心	22	68 420
8	702005278	藏獒	人民文学出版社	25	67 546
9	753212594	余华作品系列-活着	上海文艺出版社	13	62 352
10	750331186	亮剑	解放军文艺出版社	28	60 116
11	750741724	局外人2	中国城市出版社	20	51 141
12	702005456	骗局	人民文学出版社	29	49 252
13	750602383	刘心武揭秘红楼梦（第二部）	东方出版社	28	47 105
14	702004992	天使与魔鬼	人民文学出版社	29.8	45 229
15	780187991	泡沫之夏	新世界出版社	20	42 230
16	750601841	刘心武揭秘红楼梦	东方出版社	28	40 285
17	780187655	会有天使替我爱你	新世界出版社	20	39 978
18	750741717	局外人	中国城市出版社	20	39 481
19	750741738	哆来咪发唆	中国城市出版社	20	39 140
20	753261925	乔家大院	上海辞书出版社	30	39 138

值得说明的是，监控销量是抽样调查，实际销量一般在此基础上乘以 5 倍。

从 2005 年至 2006 年的市场销售情况来看，前 20 名中，引进版约占 25%，如长篇悬疑小说《达·芬奇密码》在两年期间销量都是排在第一名的。在文学类图书中，这两年间长篇小说占了 60%。长篇小说中，青春文学居多。2005 年度出版的非青春文学长篇小说只有 2 种：余华的《兄弟》与贾平凹的《秦腔》，《狼图腾》与《围城》、《亮剑》均属在此之前出版的图书。2006 年，仍然是青春文学类小说在文学图书市场占据了领先地位，也就是业内所说的"小鬼当家"。他们是 80 年代后或者是 70 年代的一批青年作者，这批作者的图书受到同龄人的广泛喜爱。

2006 年，参与文学出版的出版社达到 542 家，较上年略有增加。动销品种规模超过 1000 种的出版社有 11 家，与 2005 年持平。动销品种在 500-999 种之间和 100-499 种之间的出版社比之 2005 年都各自多了 6 家。表明文学图书市场出版社出书规模扩大的趋势。从竞争的出版社数量分布可以看出，文学市场是一个集中程度不高的市场，除了少数强势出版社以外，其他出版社之间实力相差不远，这跟文学市场的"进入"门槛不高有关。

以下是2006年销售居全国文学图书市场前20名的出版社：

2006年排名	2005年排名	出版社	2006年占有率（%）	同比变化（百分点）	2006年动销品种数	同比变化	2006年册数比重（%）	同比变化（百分点）
1	1	人民文学出版社	7.82	−0.56	2906	+325	7	−0.23
2	2	长江文艺出版社	5.11	−0.33	1184	+166	4.7	−0.09
3	3	作家出版社	4.14	+0.56	1427	+155	3.78	+0.45
4	6	上海人民出版社	2.91	+0.64	455	+24	2.6	+0.41
5	4	译林出版社	2.49	−0.47	1274	−58	2.66	−0.54
6	7	上海译文出版社	2.33	+0.27	1152	+133	2.67	+0.25
7	84	二十一世纪出版社	2.21	+1.90	151	+59	2.27	+1.87
8	9	新世界出版社	2.11	+0.45	508	+75	2.38	+0.53
9	16	上海文艺出版社	1.85	+0.63	748	+28	2.26	+0.66
10	8	北京燕山出版社	1.83	+0.12	570	+128	2.58	+0.11
11	19	朝华出版社	1.78	+0.63	242	+114	1.97	+0.73
12	5	春风文艺出版社	1.73	−0.96	693	+40	1.99	−1.04
13	10	接力出版社	1.43	−0.17	206	+41	1.67	−0.18
14	13	岳麓书社	1.28	−0.09	547	+6	1.34	−0.07
15	22	上海辞书出版社	1.21	+0.19	217	+13	0.67	+0.12
16	11	南海出版公司	1.14	−0.37	546	+59	1.32	−0.45
17	28	人民出版社	1.12	+0.22	370	+43	0.87	+0.09
18	17	陕西师范大学出版社	1.09	−0.11	234	+48	1.01	−0.06
19	14	天津人民出版社	1.07	−0.23	240	+10	1.23	−0.26
20	32	中华书局	1.07	+0.21	699	+95	0.95	+0.27
——	——	前20名合计	45.72	+2.53	14 369	+1504	45.92	+2.57

注：以上表格由北京开卷信息技术有限公司提供。

从出版的角度看文学创作

出版是一种选择，出还是不出，选择权表面来看掌握在出版社的手中，是出版社的权力，是编辑的权力，但实际上，作为一个出版人，我们不能不说，出版社的这种选择是受制于各种因素，其实最主要的还是取决于作家的作品本身。

首先，选择一种文学作品，出版社的标准是看你的作品到底为读者提供了多少具有新意的内容。编辑需要把作品放在纵与横的坐标上，与过去已经出版的作品进行比较。自己手中的这一部在立意上，题材上，情节上，语言上有否新的发展。一部作品从内容到形式全部有创新是不可能的，但至少应当在某一部分必须是有新意的。我们回忆已经出版过的并且曾产生了一定影响的作品，如卢新华的《伤痕》，他发表于刚刚恢复高考，一切都在拨乱反正之时。作品一反当时尚未脱去"文革"遗风的创作窠臼，写出了"文革"对一代人心灵上的伤害。但这部作品放在今天来看，显得有些稚嫩，但在彼时彼刻，却显得难能可贵，还有如《班主任》，也是如此的开新时期文学风气之先。再如目前仍在畅销书排行榜上的长篇小说《狼图腾》，作者是一个无名小卒，当时我也看了部分稿子，担心与杰克·伦敦等写狼的作品雷同，但责任编辑安波舜看后告诉我：这是一部伟大的作品，他不仅写了人与自然的关系，写了牧民与草原狼的关系，关键是写出了农耕民族与游牧民族的民族性的区别，写出了《龙图腾》与《狼图腾》的区别与互补。如果用我们过去对长篇小说的界定方法，它不属于传统长篇小说的范围，小说既缺少贯穿全章的情节与人物，语言也夹叙夹议，结尾作者还站出来写了五万多字的论文来阐述自己作品的主旨。但这部作品的新意在于，他一扫传统的范式，给人提供了许多新的审美感受，结尾尽管不合先例，但如果我们今天来看，没有那部分具有哲学意味的文章，可能人们对这部作品的理解不会上升到新的高度。当然，这部作品除了创作上给我们耳目一新的感觉外，关键是契合了我们这个正在强盛的民族寻找曾失去自我的那种大众心理。

2005年另一部值得提及的小说是杨志军的《藏獒》，这是与《狼图腾》类似的作品。姜戎借助"狼性"来批判国人软弱的"羊性"，而杨志军则用狼的天敌藏獒的忠勇和责任来唤回人性。《狼图腾》在坊间销售极好，《藏獒》在某种程度上有些借势，这不能说不是一种巧合。这两部在市场上热销的图书在专家那儿都没有得到好评，究竟什么样的小说才是好的小说？《藏獒》的出现和热销在2005年继续着这个疑问。

从市场来看，市场营销与炒作尽管对推动作品的销售起到很大的作用，但内容为王，这句话放在什么时候都不会过时。回顾在图书排行榜上的作品，我们可以看到，钱钟书的《围城》自从电视剧的推动使其价值得到人们认可以来，这部作品在全国畅销书排行榜上已经盘踞了五年之久。为什么这部作品经久不衰呢？《围城》是一幅栩栩如生的世井百态图，人生的酸甜苦辣千般滋味均在其中得到了淋漓尽致的体现。钱钟书先生将自己的语言天才、极其渊博的学识，再添加上一些讽刺主义的幽默调料，可称是智者的微笑，作家以一书而定江山。

再回顾 2005 年的长篇小说，值得注意的几部作品同样具有这种特点。贾平凹时隔两年后推出的《秦腔》，把目光放在了他的老家"棣花街"，被视为"一部家族的精神史"。小说通过一个叫清风街的偏僻小镇近二十年来的演变和街上芸芸众生的悲欢离合，生动地表现了中国社会的历史转型给农村带来的震荡和变化。小说采取疯子引生的视角来叙述。清风街有两家大户：白家和夏家，白家早已衰败，因此夏家家族的变迁便成了清风街、陕西乃至中国农村的象征……阿来创作的《空山》，其落脚点也是一个名为"机村"的村落，不过他的设想更为直接，一开始就设定是三卷本的中国当代村落史。王安忆的《遍地枭雄》，一反常态地开始了意气张扬的男性化叙事。另一个受到关注的作家是余华，沉寂了十年之后，他在 2005 年捧出了《兄弟》。今年又推出了下部。尽管余华出身于先锋小说创作，但在《兄弟》中，看不到一丝小说艺术探索的意味，小说背景横跨从"文革"到今天四十余年的光景，现实主义的法则中规中矩。这几部作品无疑是 2005 年文坛最大的收获之一，也不难看出其中的史诗风貌。这是一个准个体化的写作时代，自然也有不少人在进行着个人话语的叙述。还有一个特例，就是文坛黑马二月河的现象。二月河的作品刚问世时并没有受到评论界和大众读者更多的关注，但是，尽管一时比较沉寂，但随着口口相传，其作品的魅力不胫而走，可以毫不夸张地说，凡是有华人的地方就有二月河的作品。

二月河作品的魅力何在呢？我想，首先是题材上的优势。宫廷秘闻，政治权谋是人们关注的话题，二月河用迭宕起伏的情节，讲述了清廷内外波谲云诡的政治波涛。但中国有五千年的文明史，这段历史属于所有的作家，包括二月河写到的康雍乾时代，在此之前不仅有人写过，在此之后也有人写，但为什么没有一个作家超过他呢？至少我认为如此。二月河作品还有一个优点就是他吸取了讲史与侠义小说的某些特质，善于编故事，善于在情节的展开中刻划人物的性格。除此之外，二月河的叙述语言有一种很具有磁性的气势，吸引你读下去。尽管有人不喜欢二月河的小说，认为二月河在歌颂专制，歌颂皇帝，但我们不能数典忘祖，我们不要忘了，自由民主的法国人不还在以拿破仑为荣吗？我们不能超越历史，用今天的眼光来评价封建王朝。

我之所以说这些，我想说明的就是，你在创作时，一定要站在出版社的角度考虑一下，你的作品与众不同之处何在？是立意，是题材，是丰赡的充满灵性的生活，还是栩栩如生的具有个性化的人物形象。你用什么来赢得编辑的青睐呢？文学就是推陈出新，就是要在生活的矿山中，写出"人人眼中有，个个笔下无"的作品来。这涉及一个作家的生活底蕴是否深厚，对生活的思考是否具有一定的理论深度，作家艺术的实践是否达到了随心所欲的境界，当然，还有作家的禀赋与灵性。

文学创作、文学出版与市场化

中国目前已经完全进入了一个商业社会，谈钱、谈收入，不再是一个难以启齿的话题。所以，文学的出版也已经进入市场化的阶段，出版社在对书稿作选择时不能不考虑到市场的需求与读者的期待，在选择的过程中，这就不可避免地影响到文学创作的审美过程。

首先，我们不能不承认，出版社在接受书稿时，在一定程度上要考虑图书的市场前景与预期。从出版的角度来看，他们会接受什么书稿呢？肯定是有市场空间的书稿。那什么书稿是有市场前景呢？毫无疑问，作品必须有新的创意。无论在内容或形式上都要有所突破。但这还不够，这是矛盾的普遍性，其中也还有一些技术层面上的东西，如作者的知名度，就是作者过去出版的作品在市场上的影响与美誉度。作家周大新在接受记者访谈时曾经说到，中国图书市场上真正畅销的作家作品只有那么几位，如二月河、池莉、王朔、贾平凹、张平、周梅森，如果加上 80 年代后的作者，就是郭敬明、韩寒等，出版社看到他们的书稿，也许不会犹豫，但还有个首印数的问题。像韩寒的《一座城池》，首印号称五十万。一般的出版社是不会轻易出这个数字的。下面是北京开卷信息技术有限公司提供的 2006 年文学图书市场畅销书作者销售册数排行榜。

2005 排名	2006 排名	作者	监控册数	监控码洋	册数比重%	码洋比重%	平均单册售价（元）	动销品种数
2	1	丹·布朗	398 518	11 701 353	2.11	2.61	29.36	5
1	2	郭敬明	309 218	5 952 046	1.63	1.33	19.25	42
9	3	余华	289 920	5 480 719	1.53	1.22	18.90	42
3	4	刘墉	220 530	4 285 873	1.17	0.95	19.43	161
5	5	余秋雨	217 461	5 535 358	1.15	1.23	25.45	54
4	6	可爱淘	210 578	4 216 618	1.11	0.94	20.02	15
14	7	韩寒	206 673	4 490 614	1.09	1.00	21.73	32
12	8	安妮宝贝	203 961	4 706 826	1.08	1.05	23.08	34

0	9	郭妮	178 808	4 470 200	0.95	1.00	25.00	10
10	10	［明］罗贯中	171 701	4 297 210	0.91	0.96	25.03	191
前 10 名合计			2 407 368	55 136 819	12.73	12.28	22.90	586	

除此之外，出版社还会考虑你这部书在宣传上有什么利好的因素，如有没有改编成电视剧达到互动的作用？如果有电视剧当然会是一个很大的市场营销。在 2005 年至 2006 年比较畅销的图书中，很多都是因为有同名电视剧在播放。

影响新世纪中国文学的因素中，影视所占的比重越来越大。一方面，西方的影视作品已经成为当下文学创作的一个资源，不少人会发现某些作家的作品与西方影视有相似的情节和格调。另一方面，影视的直观性使其在大众市场上拥有独特的优势，影视为文学创作提供了另一种接近读者的途径。由此，现在的作家也越来越倾向于与影视联姻，以求来积累自己的市场影响。

2005 年从文学作品变成影视作品的案例中，最有影响的当属《亮剑》，这是一部战争艺术和传奇色彩融会贯通的主旋律作品。剧中，爱国精神与英雄主义、铁血丹心与人世常情、斗智与斗勇、友情与爱情交相辉映。故事内容是讲述我军优秀将领李云龙富有传奇色彩的一生，从他任八路军某独立团团长率部在晋西北英勇抗击日寇开始，直到他在 1955 年授予将军为止。"面对强大的敌手，明知不敌也要毅然亮剑。即使倒下，也要成为一座山，一道岭。"——这句话就是李云龙，这位"战神"式将军的一生写照。

这部书原由解放军文艺出版社早几年出版过，销售平平，本来交给了长江文艺出版社北京中心的金丽红，她当时没有重视，结果电视剧播放，销售直线上升，不仅让扮演李云龙的演员李幼斌稳固了一线明星的位置，而且也使都梁成了畅销书作家。后来他的《血色浪漫》交给了北京中心，该书也登上了畅销书排行榜，而且下一部长篇也即将由长江文艺出版社北京中心推出（指长篇小说《狼烟北平》）。

小说可以改编为电影，电影也能改编为小说么？问题尽管有些好奇，答案却无疑是肯定的。2003 年轰动一时的电影《手机》，由作家刘震云编剧，而在影片已经上映之后，刘震云依照电影改编的同名小说才姗姗面世，并且挟着电影的余威，迅速成为畅销榜上的贵客。这种事情也在 2005 年的文坛上演着。陈凯歌编剧的《无极》在 6 月宣布，要把电影改编为小说出版，并把橄榄枝递给了文坛上备受争议的 80 后作家郭敬明。80 后作家的集体出现是新世纪文学的一个奇异话题。他们粉墨登场的方式与传统作家不同，里边渗透了很大的市场因素。其中民营出版人运作痕迹十分明显。这些读物在文学与市场之间游走，使我们很难分清他们的创作是读物还是作品，他们的身份是写手还是作家。但透过市场看文学，这些小作家们的才情和新思维还是可圈可点。就以最终夺得改编权的郭敬明来说，他手下描写悱恻的爱情和忧伤的思绪，却丝毫不显稚嫩，而把一支笔写得流利，写得平滑。80 后作家在 2005 年的分化趋势日趋明显，《无极》的改编权给予他们，既是鼓励和肯定，也是一种鞭策，希望他们以后的文学之路能走得更好。

影视是一个推动器，但文学大奖的评定也是对作家和作品迅速走向市场、走近读者的一个重要砝码。

已经过去的 2005 年，中国作协端出了最大的两块馅饼——第六届茅盾文学奖和第三届鲁迅文学奖。以两位文豪命名的奖项，如同他们自身在文坛的地位一样，不但在普通读者心中举足轻重，即使作家自己也不能无所挂怀。1981 年设立的茅盾文学奖是专对长篇小说的奖项，2005 年 4 月 10 日揭晓的"茅奖"已是第六届，共有五个作家获此殊荣，其中女作家张洁在《沉重的翅膀》获得第二届奖项后，这次凭借三卷本长篇《无字》再次捧杯，成为第一个两次荣膺这一荣誉的作家。鲁迅文学奖于 1997 年 9 月开始启动，同样也由中国作协主办。但鲁迅文学奖的分类明显增多，共设有中篇小说、短篇小说、报告文学、诗歌、散文和杂文、文学理论和文学评论、文学翻译等七个奖项，涵盖了除长篇小说和戏剧之外的所有文学门类。2006 年 6 月 25 日的颁奖大会上，共有 29 部作品获奖。应该说，一个年度颁出两项国家级文学大奖，总归是文坛上的一件喜事。可是，在茅盾文学奖和鲁迅文学奖公布以后，批评之声就不绝于耳。批评的重点主要是两项大奖操作方式的不透明。作为国家级的文学奖项，评选标准的模糊与评选规则的疏漏，都使这场文学的盛宴显得有些尴尬，也显得冷清。

抛开这些，仅就两项大奖自身进行对比，我们依然会发现有趣的现象。虽然鲁迅的文学号召力要在茅盾之上，而中国作协也证明两个奖项都具有中国文坛的最高荣誉，可是，若比较两个文学大奖的影响，鲁迅文学奖就明显逊色许多。如果说《无字》、《张居正》在大众层面还有所耳闻的话，那么鲁迅文学奖的诸多篇目却仅能存于创作和研究的圈子之中。自然，以鲁迅和茅盾命名的文学奖项和他们自身无甚牵挂，何况两项大奖的评价对象又如此不同。但这个有趣的现象，却指示出这样一个信息，即这是一个长篇小说占据统治地位的文坛。

上世纪八十年代，以朦胧诗为代表的诗歌占据风潮之先，可以说是文学界的骄子。九十年代出现的散文热潮，也使《文化苦旅》、《一个人的村庄》等散文众口相传。但在新世纪的文坛，诗歌和散文明显不再具有往日的风光，取代它们占据崇高地位的，是长篇小说。据评论家雷达的统计，新世纪以来，每年推出的长篇小说约有八百部。除了原来的小说家们继续写作之外，散文家和诗人也纷纷尝试，如刘亮程就在 2005 年推出了他的第一部长篇《虚土》。老作家如此，小作家何尝例外。刚在文坛上冒出头的 80 后年轻写手们，哪一个手上没有推出过一部两部长篇？推究长篇小说热潮的原因，我想首先在于写作者自身的认识。目前文坛上有种说法，就是靠中篇打天下，长篇守天下。作家们之间似乎有一个默契，如果你没有长篇出来，那么你的作家身份就显得可疑。王朔、李敖等对鲁迅的文学家地位提出挑战，其最大的理由也在这里，这就无形中逼使作家都以长篇来证明自己。另一个原因，与茅盾文学奖的推动有关。历经二十五年风雨的六届茅盾文学奖，涵括了新时期以来不少经典之作，更重要的是把一种"史诗"意识带入了小说创作，而一首宏大的史诗自然是长篇小说尤其是多卷本长篇的最大优势。

当然，创作界少数同志对作家迎合市场、迎合读者也提出了批评。

近两年一直沉寂的作家张炜，在 2005 年第一期的《上海文学》上，发表了一篇题为《精神的背景——消费时代的写作和出版》的评论。文中，张炜以一贯忧愤的语调指出，目前的中国文学界和思想界呈现出一种"精神沙漠化"的现象，真正的思想就像一滴水，一出现就消失在巨大的精神沙漠中，无声无息。思想界和文学界已经不再具有真正思考的能力，而是打着"解构"、"叛离"的幌子，公然嘲弄着真理和常识，并把这种形而下的平庸和无聊作为时尚。探究这种原因，张炜把炮口对准了市场化下的出版机制和"大众"。他认为在一个消费的时代，写作和出版成功与否的标准已经从艺术和思想的深邃转移到了市场的销量上来。在这种压力下，作家们为了追求销量，一步步以"大众"的口味为归依，逐渐放弃了自己的思想，进而陷入一种沙漠化的精神境地。

这篇文章本是 2003 年 8 月张炜在烟台出版咨询年会上的发言，一年半以后再次发表，可以感受到张炜面对目前文坛困境的一种焦虑和拳拳之情。严肃的思考值得尊敬，也很快获得了共鸣。2005 年第二期的《上海文学》上，主编陈思和主持了一个座谈会，与会的几位青年学者大都对这种思考表示了认同。有同必有异，在对张炜的思考姿态表示肯定的同时，评论家吴亮提出了不同的看法。他认为张炜的思考至少在两点上值得讨论：第一，现在的思想界和文学界到底是不是"精神沙化"，张炜为何对那么多严肃的学术和文学出版物视而不见？第二，吴亮认为，"大众"和"人民"本来就是一个实体的两种指称，为何总是用"大众"的名义去否定"人民"的正当口味和追求？

吴亮的质疑使对《精神的背景》的讨论开始溢出《上海文学》的编辑圈子。此后不久，作家李锐和一位朋友讨论张炜的信件在网上被公开，使这场讨论有了蔓延的趋势。李锐对于张炜的结论表示认同，但对于张炜把"精神沙漠化"的原因归结为文学市场化则表示异议。李锐觉得目前思想界文学界这种局面的形成，在市场化以外，其实有着更深层次的原因，张炜仅仅痛斥市场化，是避重就轻，有所遮蔽。在近二十年来的文坛上，李锐和张炜，作为文学精神的守护者一直被视为同类，因此，李锐对于张炜的质疑立即引起了大家的关注，一些媒体也开始介入。但可惜的是，虽然张炜曾回了一封公开信，却并未就李锐的质疑作出应对。

文学出版与文学创作必须与时俱进

作为作家，也许有人认为，我要坚守自己的精神操守，坚守自己的审美趣味，不苟同于俗流，不向市场低头。我个人认为，这种观念，不仅不符合文学发展的规律，也不符合社会发展的潮流。

其实，文学样式的发展是社会生活不断前进的产物。先秦时的诗歌都是四言的：硕鼠硕鼠，无食我黍！三岁贯女，莫我肯顾。逝将去女，适彼乐土。乐土乐土，爰得我所。参差荇菜，左右流之。窈窕淑女，寤寐求之。求之不得，寤寐思服。悠哉悠哉，辗转反侧。

到了东汉乐府诗，就变成了五言：

江南可采莲，莲叶何田田！鱼戏莲叶间。鱼戏莲叶东，鱼戏莲叶西，鱼戏莲叶南，鱼戏莲叶北。

再到了唐代，诗歌就发展到了七言：北风卷地胡草折，胡天八月即飞雪。（岑参诗）到了宋代，就出现了长短句，就是我们所说的宋词。大江东去，浪淘尽，千古风流人物。故垒西边，人道是，三国周郎赤壁。（苏轼《念奴娇》）到了元代，就出现了元曲。到了明清，才有真正的讲史的话本，就是早期的小说。但我们今天为什么就认为什么文学样式是正宗的，什么不是正宗的呢？实际上，文学发展的历史一方面体现了文学自身表现范围的扩大的需要，另一方面与传播技术的发展有关，但更重要的是与读者与市场有更密切的关系。如长短句表现形式的宋词，实际上是当时可以吟唱的歌词，小说是从说书讲史发展而来的。

那么从今天来看，人类已经进入了一个经济全球化的时代，一个互联网的时代。人们的审美范围在扩大，人们的欣赏习惯也在改变。特别是年轻一代的，几乎是网上一族。大家可以看到，在 2005 年全国最畅销的 20 本图书中，郭敬明、韩寒等青春文学的图书占了 8 种。但是，我并不是说要大家都去写青春文学，实际上也不可能，但是，作为军旅作家，我们可不可以也从中悟出一些普遍的规律呢？这就是一定要与时俱进。

我们再回到 2005 年最受关注的两部反映军人生活的长篇小说上来看，都梁的《亮剑》为什么会如此火爆？仅仅是因为影视剧的推动吗？不完全是。2005 年中央电视台播出的反映军人生活的影视剧及其同期书已经不少，但没有一部达到这样一种地步。关键是李云龙这个人物突破了我们过去文学作品中的传统范式，给人耳目一新的感受。还有一部就是徐贵祥的《历史的天空》。这部小说因电视剧而受到关注，还在某种程度上影响了第六届茅盾文学奖的评奖。这部小说的可贵之处也是打破了传统的思维范式而写出了生活的真实，写出了新的人物形象。最大的亮点就是把人当人来写，因而每一个人物都是鲜活的新面孔，都是作者"创造"而不是"仿制"出来的，人物因为拥有鲜明和独特的个性而闪光。《历史的天空》影视剧和小说也因此受到读者的青睐。

那么我们还回到原来的话题，作家怎样与时俱进呢？这还需要回到文学出版的选择上来，实际上，出版社选择书稿时，首先看所描写的生活是不是反映了社会生活的变化，给人们提供了多少新的认识价值与审美价值，如果我们现在还去写大包干，写新时期之初的冲突，读者不会感兴趣，出版社相信也不会接受；其次，你的表现形式，小说的结构、语言，是不是有新的变化，人们生活的快节奏，新的语言元素的增加与补充，你在作品中是否有所体现。如我们再回头看新时期之初的不少作品，大家可能都会感到节奏太慢，叙述语言拖沓，已经不适应读者的阅读需求。

同时，出版社在选择书稿时，还会考虑到市场上图书的流行规律。图书市场在某种程度上也如服装市场，当一种形态饱和后，大家都希望看到另一种新的形态的出现。如武侠小说，在新时期之初曾十分流行，后来又沉寂了，目前则又十分火爆。如诗歌这种形式，新时期之初也是广受欢迎，但今天已是和之者寡。如因为《亮剑》、《历史的天空》的热销，图书市场又出现了一个军事文学热的现象。我们一定要看到，一个时代有一个时代的读者，也就有一个时代的文学。一个时期有一个时期的流行，也就注定了一个时期文学样式的存在。如今天文学图书的阅读主力是青少年，他们的生活方式，行为方式，思维方式都与我们上一代人截然不同，所以他们的文学偶像是韩寒、郭敬明，他们喜欢日本的村上春树，喜欢韩国的可爱淘。网络文学过去人们是持有偏见的，但今天很多网络文学在网上流行的同时又被出版社以纸介质的形式出版，并且大受欢迎。如前面提到的安妮宝贝的《清醒纪》，今年十分流行的《莲花》，我不是要大家改变自己的审美趣味，但大家一定要研究并关注文学的接受现象，不能固守在自己的理想城堡中，这样会落后于这个正在日益发展的时代。

当然，我们不仅要研究中国的社会变化与文学的关系，我们还可以看一看在发达的资本主义国家，在完全市场化的国家里文学的生产与发展的过程。实际上，不管经济如何发展，不管出版社是否市场化，人类对精神生活的追求始终是不会停止脚步的。小众的读物是需要的，但能受到大众欢迎并不是坏事。如《哈利·波特》一书的热销，带动了全世界的出版市场，这部书不仅孩子欢迎，大人也十分着迷。据《参考消息》报道，关在古巴关塔那摩美军基地的塔利班嫌疑犯也喜欢上了这个小精灵。他们争相传阅这部多卷本的图书。

这样，作为作者，我们是不是也要研究一下市场，研究一下流行，再考量自己熟悉的题材，决定先写什么，后写什么，考虑怎样写才会受到读者的欢迎。

（本文系在总后政治部创作研讨班上的演讲。后在《文艺新观察》发表）

中小出版社数字出版的困境与对策

一

有谁会想到，二十一世纪之初，世界出版业会因为互联网技术与数字技术的出现而发生如此巨大的变革：用鼠标轻轻一点，强大的搜索引擎会为你找到古今中外留存的人类知识的结晶；带上手机，你可以随时接收到由文字、声音、图像融合在一起的信息；在一张薄薄的电子纸上，你可以享受翻书一样的感觉；带上计算机，你既是作者，又是出版者与读者……以互联网技术与数字技术为代表的高新技术的快速发展，给传统的出版业带来了无限的发展空间。电子图书、在线阅读、手机阅读等等，新的传输方式，新的出版介质，新的营销方式，新的出版流程，这是出版业继告别铅与火之后，又一次最大的技术革命。这场技术革命不仅会推动出版业的转型和升级，同时，也带给了传统的出版业最严峻的挑战。据中国出版科研所的调查显示，纸介质媒体的阅读率，正呈逐年下降趋势：1999 年首次调查发现识字的国民中的阅读率为 60.4%，2001 年为 54.2%，2003 年为 51.7%，2005 年只有 48.7%。比 2003 年再次下降 3%，比 1999 年则下降了 11.7%。与图书阅读率相反，近年来我国国民网上阅读率正在迅速增长，上网阅读率从 1999 年的 3.7% 增加到 2003 年的 18.3%，再到 2005 年的 27.8%，7 年间增长了 7.5 倍，每年平均增长率为 107%。与此同时，出版社的库存却呈逐年上升趋势。据新闻出版总署《全国新闻出版业基本情况》公布的数据，1999 年年末全国图书库存 241.63 亿元，2005 年图书库存达到 482.92 亿元，7 年时间图书库存平均每年增长了 12.2%。图书库存的因素尽管很多，但与阅读率下降不无关系。随着数字出版技术的不断发展，广大青少年为数字阅读释放的魅力所吸引，传统出版物的市场份额和市场空间被挤压而不断萎缩是不容回避的事实。

在国内出版业一部分人对数字出版仍存观望和畏难之态时，有资料显示，国际出版商已经挟体制与机制的优势，凭借资金、人才与技术的优势，在数字出版上先行了一步。2000 年 3 月 14 日，美国畅销小说作家斯蒂芬·金的作品《骑弹飞行》就在网上出版，这是第一本只出电子版而不出印刷版的书。这本书开创了网络出版史的先河，作为出版史意义上的价值，在于它成为完全意义的电子图书出版的试验。在此之后，西方出版界数字出版发展如火如荼，如汤姆森集团在收购路透以前，数字出版收入就已经占到了总收入的69%。2006 年，励德·爱思唯尔集团总收入 79.35 亿元，其中数字出版收入已经占到总收入的 70% 以上，2005 年，麦格劳·希尔公司数字出版收入占到总收入的 65% 以上。培生教育集团 50% 以上均来自数字出版及网络相关业务。而且，这些出版巨头每年将收入的很大一部分投入到数字出版的研发之中，麦格劳·希尔公司总裁伊文森曾说："10 年以后，数字出版的比重将达到 75% 至 80%。"在中国，抢占先机的，不是拥有内容资源与出版经验的传统出版社，而是一批 IT 企业或者通信企业、技术开发商。如北大方正、中文在线、超星图书馆、书生图书馆等。这些应时代要求而诞生的高科技企业从一开始就按照现代企业制度组建，以资本运作手段在国内外金融市场融资，有高素质的管理团队、高薪聘用的优秀人才。与传统出版社相比，他们是一批有活力、有能力与条件发展数字出版的领中国数字出版之先者。数字出版之初，他们都是与出版社合作，购买出版社的内容资源，生产电子图书，向数字图书馆批量销售。在他们的努力下，到 2007 年 6 月，中国的电子图书已经达到 30 万种。其中北大方正一家占到电子图书市场的三分之一。但目前他们已经不满足于仅仅局限在这块电子书市场上，已经开始实现战略转型，由单纯的技术服务商向内容提供商转变。如中文在线于 2006 年已经推出 17K 网，发表原创作品，网罗原创写手；书生开发数字出版平台，成立"书生读吧"。起点中文网站内有 10 万本原创小说，超过 8 万名的原创作者，800 万个注册用户，这类原创网站对出版社的冲击是非常巨大的。而与此同时，百度、谷歌、新浪、搜狐、网易、盛大、TOM、腾讯、九成等网站或搜索引擎开始互联网出版业务，这些网站的市值超过了全国出版社的总资产。他们将利用雄厚的资本与传统出版社逐鹿数字出版市场。与此同时，中国移动、中国联通等通信产业巨头，也与内容提供商共同涉足手机出版。如诺基亚与外研社合作，开通英语播客、行学一族。方正阿帕比与康佳手机达成协议，将康佳手机作为移动阅读器。中文在线与中国移动合作，为其移动书屋提供正版的 e-BOOK。由于技术运营参与内容提供，内容提供商又参与服务定位，有人疾呼"泛出版时代"已经到来。广播、电视、书、报、刊、通信、网络等的角色越来越模糊。随着数字出版市场的整合，业务、产品界限的相互渗透，进而产生了新的竞技市场。大众传媒的去中心化和数字时代读者、作者的平等参与，传统出版业的受众群自然会被稀释、出现相对萎缩的状况。

二

实际上，中国的出版业并不是没有认识到数字出版发展的必然性。2000年8月31日，辽宁出版集团就与美国秦通公司联手，推出第一代中文电子图书，成为中国最早涉足电子图书出版业的出版集团。辽宁出版集团推出的阅读器，人称为"掌上书房"，读者通过付费可直接下载电子图书。上海世纪出版集团与上海新汇光盘（集团）有限公司和上海联和投资有限公司三方投资组建"易文网"，开展信息服务、互联网出版与电子商务等功能。国内的不少大出版社已逐步介入数字出版领域。高等教育出版社、北京大学出版社、电子工业出版社、清华大学出版社、复旦大学出版社、人民邮电出版社、人民教育出版社、中国电力出版社、中国建筑工业出版社、北京航空航天大学出版社等出版社已先后涉足数字出版。一些中小型出版社则通过提供内容资源，与北大方正等技术运营商合作开发电子图书。但是，无论是资金雄厚，捷足先登的出版集团，还是出版社，在数字出版上还很少能形成自己的赢利模式，投入与产出至今仍没有实现平衡，何况广大的中小型出版社呢？

数字出版是未来出版的发展方向，有人曾断言随着科技的发展不久的将来数字产品将会取代现有的纸媒体，当然，这是一家之言。由于阅读习惯的问题，传统的纸介质出版会伴随数字出版很长一段路程，但此消彼长的局面已不可改变。适者生存，这是自然界也是出版界的一条铁律。目前在出版社中，大多数从业人员已经达成了这种基本的共识。有出版界高层曾誓言，"不数字化，必死亡"。但是，观念的转变并不能取代实际操作，也不能解决实际困难。据笔者观察，其障碍主要存在于如下几个方面：

一是缺少数字出版需要的资金、技术、设备与人才。目前，在传统的出版社中，大多数出版社主要依靠教材教辅产生利润，而目前教材利润因政策因素不断下降，教辅也因民营参与，利润率在不断减少，再加上计划生育带来的入学学生数量逐年下降的因素，出版社已进入微利时代。如果仅仅依靠出版社通过自身的积累来投入数字出版，则无异于杯水车薪。同时，出版社缺少懂计算机和网络技术的专业科技人员，对数字出版与数字传输这种十分专业的现代高科技，即使引进专业人才培养和适应也还都需要相当长一段时间。

二是由于数字出版需要海量信息，对一家中小型出版社而言，现有图书信息量难以形成规模。因为中小型出版社一般员工百人左右，年出版新书百种左右，社龄平均不到三十年，按此推算，图书出版的种数大约在三至四千种左右，如果剔除一些内容陈旧过时的图书，所剩并不能满足数字出版所需的海量信息。何况很多图书的版权已经到期，与作者续签还要付出较为高昂的成本，这一点也让出版社望而却步。

三是相当多的出版社虽说是都有专业分工，但专业特色并不明显，在细分市场上缺少领先地位和竞争力。产品的同质化现象比较严重，信息含量缺少唯一性，在搜索引擎这种巨大的检索功能下，一些缺少核心资源的出版社会被读者无情地淘汰。

四是中小型出版社熟悉传统图书的出版、销售，对数字出版这种全新的产业链缺少经验和必要的技术准备。大家往往还用对待传统图书一样的方式来处理数字出版，结果在销售与服务上不能与读者对接，互联网时代的优势得不到发挥。

五是中小型出版社在对待数字出版上，相当多的企业仍持观望态度。他们认为"狼来了"还只是一种可能，他们不去研究、认真对待数字出版将要对传统出版带来的影响。当然，这种观望态度在某种程度上与现有的体制与人事制度有密切的关系。领导的工作年限，领导的科技知识，领导的事业心，领导的开拓精神，都会影响数字出版的进程。

三

由于中小型出版社进军数字出版并不一帆风顺，中国政府的高层主管部门，对数字出版的趋势、影响、前景，都给予了高度的重视。新闻出版总署已举办两届数字出版博览会及有关的年会，意在推动数字出版。新闻出版总署已经着手制订数字出版的规划，投入资金和人力，开发数字出版基础性的五大工程，如中华字库工程、国家数字复合出版系统、国家知识资源数据库出版工程、中华古籍全书数字化出版工程、数字版权保护技术研发工程等。

但国家只是对基础性的项目投入资金开发，其并不能代替出版社自身对数字出版产业的参与。对于中小型出版社而言，我认为应当从如下几个方面做好准备：

一是出版社在推进数字出版的过程中，必须提高认识，态度积极，制订规划，分步实施。首先，要做好数字出版的基础工作。出版社要明确机构，制订制度，指定专门人员负责数字出版工作。其次，要对现有的已经出版的拥有专有出版权的纸介质图书，进行数字化处理，保管好电子文档，积累数字出版的资源。与此同时，在与作者签订出版合同时，要注意签署网络出版、电子出版等的权益。如果出版社没有这方面的专业人才，要抓紧引进和培养，为数字出版奠定人才基础。出版社要防止在缺少必要的准备前提下盲目上马，但也不能有"等、靠、要"的思想。一些目前已经取得一些成就的出版社和运营商，都是精心运作多年才取得眼下的成绩的，如龙源期刊网，是1997年就开始筹备，十年努力，才具有现在这种规模。

二是占有内容资源的制高点。数字出版的载体与形式尽管很多，如电子阅读器、在线阅读、手机阅读等，但内容却是其根本。出版是以内容为基础的文化产业，无论技术运营商如何介入内容资源，但与在这个领域努力多年的出版社而言，无论是作者资源还是编辑经验，都会相形见绌。但是，出版社拥有的内容资源，也必须是在某一领域具有核心竞争力的，具有特色的内容资源，而不是同质化的缺少专业水准的"大路货"。这方面，需要出版社在特色定位、掌握核心资源方面形成自己的优势。如2007年5月11日，汤姆森将汤姆森学习出版集团以77.5亿美元的价格出售，四天后，又以约172.3亿美元的价格买进路透，成立汤姆森—路透集团，使之成为全球最大的财经信息集团。汤姆森学习出版集团本来是汤姆森出版教育类出版物的专业集团，如果在中国，这是出版社争相介入的领域，但汤姆森为了形成自己在信息提供商方面的专业地位，放弃不具有绝对优势的学习出版集团。国内从事数字出版业务已经取得一些成就的商务印书馆，利用其在工具书出版方面的独特优势，开发"工具书在线"。社会科学文献出版社利用他们拥有的年度产业报告，为专业读者提供信息服务。知识产权出版社通过自己掌握的专利信息，从销售图书、光盘转而为客户建立数据库，推广在线服务。目前，知识产权出版社2006年的数字出版收入，已经占到全社收入的50%，利润的60%。实践证明，出版社的图书不在于内容广泛，而在于内容要精，要专，要新。在数字出版的时代，谁拥有具有竞争优势的内容，谁就有了话语权。各出版社在结合特色定位的同时，要进行立体开发，掌握内容资源的主导权，加强在数字出版产业链中的控制地位。

三是要从传统出版的产业链逐步过渡到数字出版的产业流程中。过去出版社出版图书，从选题的策划到图书上市，编、印、发、营销，要经过很多程序。但在互联网时代，出版的流程、销售的模式都与传统出版截然不同。出版社要从自身的信息化建设入手，实行管理数字化，进而实行内容数字化。如高教社通过建立内部的 ERP 系统，实现了出版各个流程的数字化管理，进而建立了内容的管理平台 CMS。这样，无论是向读者或客户销售条目式数据，或是为手机终端服务，都会减少额外的工作。与此同时，数字化时代的销售主要是个性化的读者服务，而不能依靠过去纸介质图书印刷动辄万计而论。《长尾理论》的作者提出的新的"二八理论"，其先决条件就是建立在互联网技术与数字化的基础上的。对于中小出版社而言，必须重视内部信息化建设，才能为出版的全面数字化做准备。

四是中小出版社在数字化之路上要有自己的发展战略，不能与大社争锋。数字出版的形式，是做光盘、电子图书、数据库，还是建立商务网站、在线阅读、网上销售，要量力而行，伺机而动。是一社单独做，还是联合其他专业社共同开发，是只提供内容资源，与技术运营商合作，还是自己既做内容，也涉足技术开发，都必须遵循客观实际规律。从实际情况来看，中小出版社可以制订一个循序渐进的发展战略，先打基础，实现内容数字化，然后与技术运营商合作，探讨数字出版的路径，与此同时，也可以考虑建立自己的商务网站，既做出版社的形象宣传与产品宣传，也可实现在线阅读，或者电子图书下载，或者做有偿的检索服务。在技术的开发上，要走专业化的道路，要注意通过技术外包实现技术上的突破，并通过技术合作培养人才，掌握主动。

五是对已经加入出版集团的中小型出版社而言，应当借助集团的力量搭架一个平台，统一规划开发数字出版的业务。在内容资源上，一个集团内会有多家出版社，目前阶段，这些出版社也有很多内容存在同质化或分散之处，如果将内容资源加以整合，形成规模，则可以丰富信息量，增强竞争力。同时，在资金、人力的投入上，集团开发会比一个中小型的出版社自己单枪匹马要经济得多。在集团的框架内，各家出版社可以做一些个性化的内容，拓宽与消费者的接触面。

当然，数字出版的形态与载体随着科学技术的发展会不断地发生变化，中国出版业的数字化进程，将是一场漫长而曲折的破冰之旅。中小型出版社能否找到自己的生存之道，需要大家不懈的努力。

（原载《出版科学》2007 年第 5 期）

文学出版如何走出低谷

探讨文学出版的式微，实际上离不开两个向度：文学创作与文学出版本身。因为文学创作是文学出版的源头，文学出版在一定程度上推动文学创作——两者是相互依存与相互促进的。

中国的文学创作是一种什么状态呢？新时期之初，中国文学曾经出现过一个复兴的高潮，无论是小说还是诗歌、戏剧，每一篇作品问世后都曾引起全社会的关注。《班主任》《伤痕》这些今天看来略显稚嫩的作品，曾经引起全社会的关注。《致橡树》《请举起森林般的手，制止》，曾让不同阶层的读者激动不已。但随着市场经济的深入，互联网技术的发展，多种传媒的兴盛，一批作家主体意识的缺失，中国的文学创作数量虽然还在不断增长，但质量却有所下降。如从近年长篇小说最为权威的茅盾文学奖的评奖结果来看，尽管千挑万选，但缺少那种史诗性的佳作。作家不乏对现实的生动描摹，无论是展示生活的沉重还是对丑恶的批判，但缺少那种有深刻的思想性、优雅的文学品质的力作。仍然在坚持写作的作家们，面对物欲的诱惑，大多数也无法安下心来精心地打磨自己的作品。少数作家把写作当成"码字"，日书万言，不断重复自己。还有些作家，缺少中国文化的底蕴，漠视中国文学的传统，反而拜倒在西方现代派作家的石榴裙下，以模仿为能事。从一个国家模仿到另一个国家，从一个流派"借鉴"到另一个流派。人们甚至可以从作品中很明显地找到某某国家，某某作家的痕迹。诗歌的创作更是成为少数人的坚持，尽管目前也还有不少诗歌刊物，但已很少有让读者熟知的作品。德国汉学家顾彬曾经尖锐地批评中国当代文学的失落。顾彬作为一个德国汉学家在谈论中国文学时显然有些片面与极端，但顾彬的批评从另一个角度印证了中国当代文学的困窘。清华大学的肖鹰在《当下中国文学之我见》一文中曾指出："当下中国文学处于非常的低谷——一方面，从外部条件来看，文学遭遇了来自电子媒介艺术的前所未有的冲击，文学在文化生活的结构上被边缘化，其社会影响力跌落到微乎其微的程度；另一方面，从内部状态来看，文学的自由创作精神和理想意识严重退落，这既表明作家群体文学原创力的普遍下降，也表现为批评家群体的批评意识和批评能力的普遍下降。"（见《北京文学》2010 年第 1 期）

当然，当下中国文学创作的不景气，并不是说作家的创作就完全没有一部可以值得一提的佳作。只是相对新时期而言，整体上的一种沉寂，相对中国悠久的文学传统，一种暂时的塌陷。中国文学创作的尴尬，可想而知就会影响到中国文学的出版。"巧妇难为无米之炊"这句俗语，用在这里就十分形象。

中国的文学出版并不是乏善可陈，从开卷的排行榜上，我们每月都可以看到有不少新书的出现。但我们细致分析，就发现近年来的文学畅销书，主要集中在引进版图书、青春文学以及一些"类型化"写作的图书，如悬疑、穿越、职场等，真正的文学作品寥寥无几。文学出版质量的缺失固然与文学创作有密切的关系，但文学出版的自身也存在一定的不足。

分析文学出版质量下降的原因，主要体现在外部与内部两个主要方面。从外部来看，一是随着我国市场经济地位的确立，出版社的意识形态色彩减弱，图书的商品属性得到了加强与全社会的认同。出版社由生产型向生产经营型转变，出版社由事业向企业转变，这样，出版社就面临着不仅要重视社会效益更要重视经济效益的局面。因此，出版社的资产收益和人均创利如何成为考核的重要指标，出版社在选择出什么与不出什么方面更多地考虑的是经济效益。二是随着中国商业社会的成熟与不断发展，整个社会重商与金钱崇拜的风气日益浓厚，作为社会一员的出版社无疑也受到整个社会的浸润，在出版计划的安排与出版品种的实施上，急功近利与饥不择食也就时有所见。三是由于不同传媒手段的涌现，特别是数字出版技术与互联网的发展，文学阅读的时间受到挤压，纸介质图书，包括文学图书的空间越来越狭小。这是科技发展的必然，但对于文学，确是致命的一击。虽然互联网技术的发展，对文学创作来说是一种革命性的"进步"，在互联网上，作者、出版者、读者融为一体，文学创作的自由与全民性，得到了体现。但互联网的优点也成了文学生产致命的缺点。作者有了写作的自由，有了发表的自由，但读者却没有了阅读经过编辑认真选择的优秀作品的机会。良莠并存，垃圾遍地，无节制的写作成了对文学及文学出版的戕害。四是图书品种与数量的持续增加，新时期之初井喷式的阅读冲动已经减弱，文学作品的单册销量锐减，消费制约生产，出版社拼命增加新书的数量，但经济效益并没有得到改善。从内部来看，文学出版的衰落在一定程度上与出版社自身也有很大关系。一是部分出版社文化使命淡漠，价值取向偏离。不管图书质量如何，不管出版后的社会影响如何，只要能为出版社带来经济效益，出版社"照单全收"。这种现象虽然与社会政治、经济的巨大变迁有关，但与出版人文化追求的缺失有密切的关系。出版社不能说每一本书都有重要的社会影响与文化积累价值，但在出版社图书结构的安排上，必须有一部分具有原创价值，具有一定思想性与艺术性的作品安排出版。日积月累，出版社的特色也就得到显现。二是出版社缺少创新意识，重复出版、跟风出版盛行。因为这种跟风与重复出版，不需要承担任何风险，不需要去"站在文学的高度"千挑万选。所以有一些在新时期风头甚健的文艺出版社放弃专业追求，大量安排出版教材教辅和生活类图书。出版的过程实际上就是一个选择的过程，选择什么与不选择什么，体现了出版人的境界。近年来有影响的长篇小说的缺失，诗歌的冷落，黑幕文学、两性文学的流行皆缘于此。三是由于出版社目前仍属于审批制，每一个省都有相同门类的出版社，每一个省都有独立的出版需求与出版资源，尽管上下疾呼改革，很多文艺类出版社至今仍缺少创造力，缺少影响力，甚至生存都难以为继。关键是出版社不管经营如何，目前仍然是"只生不死"。计划体制下具有行政色彩的出版社，体制的安排上先天不足，出版社内部缺少创造的冲动也就不足为奇。

文学出版路在何方？我以为，首先，需要改善文学创作与阅读的大环境。无论是政府还是知识界，都要重视文学重塑人类心灵、人的精神世界的作用。政府要提倡阅读，通过设立全国的读书日、读书节来强调阅读在人们文化生活中的重要性，鼓励人们通过阅读来提高自身的修养与素质。同时，文学创作与文学出版都需要有真知灼见的批评，而不是当下盛行的圈子式与红包式的奉承，这样才能让作家与出版者保持清醒的头脑，出版有独立思考的、充满睿智的佳作。另一方面，需要作家们在拜金和拜物的狂潮中清醒过来，通过自省与努力，创作出代表中国文学高度的作品。就出版自身而言，一方面，要继续加大改革力度，让出版社在竞争中形成自己的专业特色。特别是文艺出版社要回归本位，要通过出版优秀文艺作品形成自己的核心竞争力。同时，需要政府部门设立专项基金，或者通过评奖，支持纯文学出版物的出版；另一方面，出版社必须从文化建设的高度出发，拿出一部分资金，出版那些虽然暂时没有经济效益但确实具有思想性与审美性的作品。要注意扶持新人，出版那些具有潜质的新人新作。更要注意选择出版那些具有独立精神追求与思想、艺术探索的佳作。我们相信，一个时代有一个时代的作家，一个时代有一个时代的作品，尽管中国文学出版正处于低谷，但当人们清醒过来后，一个新的文学出版的高峰会如期而至。

（原载《编辑之友》2010 年第 7 期）

温和上扬的 2010 图书市场

又到了盘点 2009，展望 2010 年的时候了。回顾 2009，图书市场如同中国的国民经济走势，在艰难中，以小阳收尾。2010 年中国的图书市场会表现如何呢？这成为业内人们关注的话题。笔者受邀对此谈一些并不成熟的看法。

2010 年图书市场的总体态势

2010 年如果用一个主题词概括的话，那就是整个图书市场会"温和上扬"。增长幅度在 8% 左右。低不会少于 5%，高不会超过 15%。我的理由是：

1. 图书市场受中国国民经济运行态势左右。2010 年的国民经济，用本次中央经济工作会议定的调子来看，"保持宏观经济政策的连续性和稳定性，继续实施积极的财政政策和适度宽松的货币政策。"国内生产总值计划增长 8%，保持 2009 年的水平。这样为明年图书市场温和上扬奠定了一定的经济基础。

2. 中央经济工作会议提出，明年要把改善民生、发展社会事业作为扩大内需、调整经济结构的重点。根据会议内容，明年国家将继续增加对"三农"、科技、教育、卫生、社保和保障性住房等民生领域的投入。其中农家书屋工程建设的目标是，到 2010 年底在全国建立 20 万个农家书屋，到 2015 年基本覆盖全国所有的行政村。农家书屋的建设，对于所有的出版单位都会程度不同地带来一定的市场份额。

3. 中央经济工作会议提出，要把解决符合条件的农业转移人口逐步在城镇就业和落户作为推进城镇化的重要任务，放宽中小城市和城镇户籍限制。城市化的进程是中国出版业发展的另一个增长点。真正让有条件的农民进城，并解决他们的社会保障，图书的消费无疑会增加一定的份额。

4. 中国社会科学院社会学所所长李培林在 2010 年《社会蓝皮书》发布暨中国社会形势报告会表示，2010 年年底，中国人均 GDP 将接近 4000 美元。

按照恩格尔系数的原理，到了人均 3000 美元，生活性开支比例相应减少，非生活性开支增加。我国居民用于购书的费用相应也会增加。同时，财政部提出 2010 年的一揽子减税计划目标，包括将提高个税的起征点等，这将增加中等收入居民的图书购买力。

5. 2010 年，全国地方出版单位和中央部分出版单位转企改制基本完成，这对于重塑市场主体，增强出版社的竞争力，无疑起到了积极的促进作用。同时部分出版集团正积极谋划上市，利用资本市场的融资功能壮大出版实力，加上已上市的出版集团，出版单位将会加大出版主业的投入，增加供给和流通，出版规模在一定程度上会相应增加。

三大板块　各有千秋

如果要我对 2010 年图书市场具体表现进行预测，为方便计，按照国外常用的分类法，一般将图书市场分为教育出版、大众出版、专业出版。我认为，这三个板块因其读者对象，使用价值的不同在新的一年里会各有千秋。

教育出版是中国图书市场的一个重要板块，在地方出版集团和出版社，教材教辅的利润占到整个利润的 80% 左右。特别是租型教材，是地方出版集团的主要经济来源。我以为，2010 年教育图书的市场不会有大的起色，主要原因是，一是学生人数的减少，特别是中小学的就读学生，每年呈下降趋势。据《2008 年全国教育事业发展统计》显示，2008 年全国小学在校生 10 331.51 万人，比上年减少 232.49 万人；初中在校生 5584.97 万人，比上年减少 151.22 万人。我国中小学在校人数连续 13 年递减，而且这种趋势短期内还不会停止。所以，中小学教材教辅出版的天花板现象已经出现。二是大学前几年扩招规模较大，但近年来由于大学生就业困难，大学扩招步伐放慢。三是全国实行义务教育阶段学杂费免费后，过去依靠收取学生费用摊派发行教辅的情况更加困难。四是教育部准备组建中国教育出版集团。各地对新集团将来的运行十分关注，租型教材的蛋糕能否保住，在多少程度上能够保持原有的利益格局不变，这也是各方关注的焦点。当然，中国是一个人口大国，教育大国，中小学生人数占全国人口的 15% 左右，再加上在校的大学生、研究生，教育出版仍是一块最大的蛋糕。做大蛋糕不易，但依照中国的传统，重视孩子教育仍是所有家庭的希望。教育出版不会有大的增加，但也不会萎缩。

专业出版领域的份额比较稳定，但还是有空间可以开拓。关键是出版方要改变过去粗放式的出版方式，订单生产，精确投放，建立客户数据库，全方位地覆盖目标读者群。如果专业出版的营销模式得以改变，这个板块的市场增长空间和利润空间还会有新的天地。因此，出版发行要改变过去仅依靠纸介质媒体、广种薄收的做法，通过数字出版与纸介质媒体联动的方式，为读者创造价值，为客户做好贴身服务。当然，专业出版必须专业，必须据有某一领域的领导地位，掌握话语权，才会形成核心竞争力。

大众出版仍将是 2010 年图书市场的主力军。因为大众出版的可塑性比较强，读者的需求呈弹性状态，所以出版者在这部分是大有可为的。按照欧美的划分方式，大众出版又分为成人类和非成人类。成人类中分为虚构类和非虚构类。按照国际上通行的划分方法，虚构类主要指小说，非虚构类中包括散杂文、传记、学术文化、生活休闲、心理自助、教育、经济与管理，少儿类专指少儿图书的出版与发行。

2010 年的大众出版表现如何，主要取决于出版者能否给读者提供喜闻乐见的优秀作品，能够满足不同读者的审美需求和实用生活需求，能够满足不同层次读者的个性化要求，能够调动各种手段激起读者的购买欲望。当然，也取决于国际出版的大环境。因为中国出版的一部分已经与世界同步。如果世界出版中能够产生在全球畅销的超级图书，也会在一定程度上拉动中国图书市场的上升。前几年《哈利·波特》对世界图书市场的拉动作用已见一斑。

畅销书继续引领图书市场

我们观察 2010 年，实际上是离不开 2009 年的。2010 年的图书市场，在很大程度上是与 2009 年的表现密切相关的。继承与发展，源与流，这是事物发展的规律。

根据开卷信息技术有限公司多年的观察，在图书市场上，5% 的图书品种产生了 50% 的市场份额。全国有近几十万种图书在书店的架子上基本一本没有动销。畅销书引领图书市场，代表着大众的阅读趣味与变化，已成不争的事实。

文学是最能吸引人的眼球的一种门类，能够激起不同阶层关注的一种样式。尽管文学不如改革开放之初那样让人激动人心。但成为街谈巷议的话题还是随时会发生的。因为生活永远是丰富多彩的，一个时代有一个时代的关注点。一批老的作家退出历史舞台，一批新人又相继涌现。一部描写青年人创业的长篇小说《奋斗》，曾经激起多少人对前途命运的思索；一部描写青年人生活境况的长篇小说《蜗居》，唤来了社会不同阶层对当下房价的共鸣，成了国内外议论的话题，甚至引起了某些政策的调整。一部关注官场的长篇小说《苍黄》，延续了人们对政治生态的思索。职场、魔幻、爱情、心灵慰藉、官场、包括死亡，包括原生态的写实，都能唤起社会不同阶层的关注。

当然，小说不仅是审美，其中能够产生较大反响的，主要是小说中承载了很多读者的梦想与希望。一部小说出版后能否成功，一是题材，二是表现手法，三是能否成为街谈巷议的话题。《狼图腾》的长时间热销，在于题材，在于作品中所表达的思想观点，在于出版者的市场推广。《达·芬奇密码》的长时间热销，也与作品的题材，与作家的表现手法，与全球畅销有关联。2010年，长篇小说的主题依然不会发生大的变化，除了文坛上那几棵常青树外，新的作者还会出现。如2008年畅销的艾米的《山楂树之恋》中的温馨，唤起了人们对美好爱情的回忆。还有《杜拉拉升职记》中的职场生涯，成了白领和刚就职的青年人的人生教科书。

成人小说中会有几颗星星再度升起，如历久弥新的张爱玲的《小团圆》，如每四年评选一次的茅盾文学奖获奖作品，但耀眼的还是青春文学。青春文学是一个时代的象征，他们代表着未来。郭敬明、韩寒仍然是青春文学的旗手，不过，随着他们年龄的增长，其笔下的生活已经超越了青春年少而走上了成熟。但郭敬明及其刊物《最小说》和"文学之新"大奖赛，已经成为青春文学的孵化器，笛安、七堇年、苏小懒、落落等，都成为青春文学创作的干将。他们以自己作品的魅力吸引着众多的读者。在青春文学这个领域内，相信还会有更多的年轻人加入。

引进小说又成为近年畅销书市场的新宠，纵观2009年，三分之一图书来自海外。《暮光之城》系列、米兰·昆德拉系列，这与前两年引进小说的冷落形成对比，相信2010年引进图书还会有不俗的表现，因为世界是平的，全世界心脏跳动的频率几乎达到一致。但是，除了那些在全世界都畅销的超级图书外，能否找到符合中国国情，让读者喜爱的图书仍是关键。

虚构类畅销书因其包含的范围广泛，畅销书的概率应当会更高些。从2009年的畅销书来看，其内容涵盖政治、历史、学术文化、经济与管理、大众健康、哲学、体育、散杂文、家庭教育。但最有影响的，是大众健康与历史。《国医健康绝学系列》出版了十种，本本上了排行榜，《明朝那些事儿》

共出版了六部，每一部也都登上了年度畅销书排行榜。这说明了休闲养生类普及性读物具有广阔的市场空间，也说明了对历史的阐释需要新的角度。一个刚刚 30 岁的非历史专业的青年人，对这段大家并不陌生的历史讲得入耳入心，语言的表达方式、平民化的叙述、恰到好处的评点，给图书出版者应当有很多的启示。"百家讲坛"的式微，催生了平民叙述的先河。相信 2010 年还会有新人迭出，还会有新的适合读者需求的内容与形式创新的图书。2009年，《朱镕基答记者问》在非虚构类名列第一，2010 年，会不会还有类似有影响的领导人的著作出版呢？在中国此类资源相信不缺，这就需要出版者去挖掘，去开拓。2009 年的偶然因素是中央电视台春节晚会捧红了台湾的刘谦，却也给图书市场增添了几本体育类的畅销书。看来处处留心皆学问，谁会是下一个刘谦呢？名人效应任何时候都会存在，中国人需要偶像，需要榜样，找到大家关注的明星人物，找到各行各业的成功人士，图书就先成功了一半。

前几年散杂文畅销，特别是余秋雨式的历史大散文，一度成了排行榜的霸主。但今年余秋雨成了"旧时王谢堂前燕"，只有一本书留在榜单上，但此类有新意的，有思想的著作，我们相信新的一年还会脱颖而出。

中国人关心时政者众多，从前几年的《中国可以说不》到 2009 年的《中国不高兴》，有关中国崛起，有关中国思想史、发展史和中国未来的著作，随着中国大国地位的确立，随着中国经济的日益强盛，这类思考中国昨天与今天及明天的普及性政治经济读物，还会大有市场。中国不缺思想家，缺少滋养思想家的土壤。如果我们的出版人能够发现能为社会所容忍且有真知灼见的此类著作，相信还会有众多的读者在热切期待。

在这里我们不能不提到生活休闲类图书市场的蓬蓬勃勃。随着老龄化时代的到来，银发族的增多，随着人们生活水平的提高，人们特别关注生活质量的提高。随之而来，生活休闲类图书市场日益扩大。从大众健康的热销到烹饪图书的走俏，到旅游、汽车、环保，这块稳定的蛋糕越做越大。当然，蛋糕有好有坏，如果把奶油和面包混在一起就说成美味的蛋糕，这只能是自欺欺人。此类图书容易出版，但也往往会流入庸常。有特色，物美价廉才会赢得市场。

家庭教育图书的热销与中国尊师重教的传统是一脉相承的。从前几年《哈佛女孩刘亦婷》的热销到卢勤《告诉孩子你真棒》、《告诉世界我能行》的大火，畅销书榜单上总能见到类似家庭教育图书榜上有名。《好妈妈胜过好老师》今年登上年度排行榜，再一次说明此类图书潜在的市场需求。家庭教育类图书的特点是书名简洁明了，一句话就概括了书的主旨，另外实用、可资借鉴是制胜法宝。

少儿类畅销书的大部分榜单几乎被杨红樱、伍美珍包揽了，30个席位她们占了16席。这是有幸还是不幸呢？是作家把握了小读者的内心渴求还是作家的明星效应，抑或是现代营销造就的小读者的从众心理，诸多因素可能都共同存在。但我们相信，长江后浪推前浪，受小读者喜爱的新的儿童文学作家，会拿过接力棒，创作出让他们喜欢的形象。当然，这需要出版者有耐心去寻找与开发。

国内外的经典名著也依然是小读者的最爱。但上海人美版的青少版《三国演义》，在众多版本中脱颖而出，却是有其独门法器。引进版的《窗边的小豆豆》热销多年，《哈利·波特》依然魅力无穷，《冒险的小虎队》超级成长版风骚依旧，外国儿童文学三分天下，说明全世界的儿童心灵是相通的。2010年这些老面孔不会马上退出人们的视野，但新的少儿图书会产生在何处呢？我们也许要关照国外的少儿图书市场，那些在海外畅销的少儿图书，大多会在中国市场有上好的表现。

科普读物是近年来少儿图书一道靓丽的风景。曾经的引人注目，由于缺少想像力，一度被孩子遗忘。但随着科学技术的发展，随着教育经费的增加，科普图书又成了孩子们的新宠。实际上，科普图书是培养一个民族未来的食粮，一个缺少想像力与科学精神的民族是没有希望的，这就是中国缺少诺贝尔奖的因素吧！所以，无论是引进的还是中国原创的科普读物，又再一次走进学生的课外生活。相信2010年的科普类图书还会是一个诱人的天地。

畅销书是书市的晴雨表，但在整个图书市场上，我们不要忘了另外的50%。如果中国图书市场只有少量的畅销书，我们不能说不是一种遗憾。出版者追求大众化，而阅读往往还有小众存在。这就像红花绿叶相互映衬才成为大千世界一般，图书市场才显得五彩缤纷。而很多有思想文化内涵，有真知灼见的读物，因其题材，因其关注点，可能一时还不太引人注目，但它们对社会的贡献，对人类心灵的滋润，我们不能妄自菲薄。但是，小众与大众是相对的，2008年曾经洛阳纸贵的《沉思录》，因总理的一句话，这本小众读物不经意成了畅销的新贵，至今还热销不衰。这说明除了专业读物，小众的图书在特定环境下也会成为大众畅销书。《时间简史》、《世界是平的》同样专业，买回去读懂的人也不多，但这些专业书却成了畅销书，这涉及畅销书的产生机制，在这里我们不展开论述，"世界是平的"，人人忽略的真理往往就体现在书名的一句话上。而《长尾理论》实际上就告诉了我们一个道理：在互联网时代，"二八定律"并不是完全合理的，在漫长的尾巴上，还有无限的风光。

说到畅销书，我不能不提到常销书。出版社都不顾客观实际，不考虑成本效益，一味地去追求畅销书是不现实的。畅销书像金字塔，塔尖上永远只有那么几个品种。但畅销书是一个标准，不准备做将军的士兵不是好士兵，不按照畅销书的要求去做图书也不会是一个好的出版人。为什么一本书畅销而另一本书不畅销，肯定有其内在规律。但有人对畅销书不以为然，其实他们推崇的经典名著都是畅销几十年甚至于几百年的优秀品种。即使一般性的生活实用类图书，没有谁考虑流传千古，但能为读者服务也就达到了出版的目的，这归功于出版者通过市场营销在短时间内放大了市场需求。但现在提到常销书，很多人就在那些进入公共版权的图书上打转转，互相用降低折扣来压制对方。我想这不是我们期冀的常销书建设模式。常销书必须是有鲜明个性，为某一读者群服务的，能够经常重版重印的读物。只有拥有一定规模的常销书，才可能保持出版社的稳定，保证出版社的利润来源。当然，如果像《狼图腾》那样既畅销又常销，更是两全其美。产品线、产品集群、产品规模就诞生于此。所以，畅销书与常销书，是相互补充缺一不可的。

希望与隐忧并存

对2010，我持谨慎乐观的态度，理由前面我已说明。但是，我不能不提醒，图书市场的隐忧仍然存在。一是图书品种增加过快。《2008年全国新闻出版业基本情况》显示，2008年，全国共出版图书275 668种，与上年相比图书品种增长11.03%；2009年的统计数字还没有出来，我相信增长的速度不会低于2008年。我所供职的集团内的几家出版社，2009年的新书品种也是以两位数的速度在增长，我想全国的情况也都差不多。新书品种增加的原因，一是书号实名制，过去"一号多书"的暗礁浮出了水面。二是出版社转企改制，做大做强成为各家出版单位的共识，追求规模效应成为企业的冲动。新书品种的过快增加就出现了供大于求和单品种效益下降的局面。2009年出版单位普遍感到下游销售商对新书品种的冷漠，很多单位被通知不得全品种主发。因此，2010年，图书品种、规模与效益的关系我们不能不考虑。日本出版大崩溃的教训言犹在耳，全面、协调可持续发展不仅指其他经济领域应当也包括出版产业。

图书品种增加，退货增加，库存增加，究其根源事涉出版社产品特色定位、市场营销。图书跟风出版、同质化现象是产品缺少竞争力的根源，原因出在出版社缺少创新意识，不了解市场，不了解读者的需求。作为精神产品，客户的需求是具有张力的。只要产品满足了读者的需求，市场的大门就会打开。畅销书的放大效应就说明了潜在市场的存在。如何找到客户的个性化需求，原有的市场营销体系在买方市场面前已经显得力不从心，产品不再那么重要，客户的需求最重要，我们要为客户创造价值。所以，我们不仅要创新产品，还要创新营销模式。

为客户创造需求，在全媒体时代，我们如果还仅仅满足于传统的纸介质媒体而不考虑未来的发展是很危险的。有人说 2018 年纸介质媒体会消亡，我不同意这种观点。但在一个新技术新设备突飞猛进的时代，我们不谋划如何利用新兴媒体来传播产品内容是没有远见的。如何将纸介质上的内容通过各种媒介形式进行再传播，这方面已经有所尝试。展望 2010 年的图书市场，我不能不提到这方面的潜力。如果说图书市场 2010 年有所增长的话，数字化出版将功不可没。中央电视台新开通的网络电视台对我们而言是一个重要的启示。

（原载 2010 年 1 月 8 日《中国新闻出版报》）

畅销书运作及其追求

关于畅销书

畅销书，是指某一图书品种，在相对的时间内，较之于其他图书更为受到消费者青睐的一种既具有精神产品的特点，又具有物质产品特点的产品。一本书在市场上销售多少才能算是畅销书呢？其实这个数量是相对当月上市图书的市场表现而言的。有时一本书当月销售 20 000 本也上不了排行榜，如果换到某一个月没有销售业绩更好的图书上市，10 000 本也可能会成为畅销书。所以，畅销书统计与发布是出现书业排行榜后才有的一种现象。

畅销书的概念，在国外其实已经有很悠久的历史了。1872 年，美国《读书人》杂志就有文学类图书的排行榜了，1912 年，美国《出版人周刊》则推出了非文学类排行榜。中国在计划经济时期，未曾有畅销书一说。畅销书概念是与市场经济，与现代化的信息统计手段的发展密切联系在一起的。目前，中国的畅销书排行榜有很多种，有各地新华书店的，有中央及地方报纸的，当然最早的，能够覆盖全国的，当数开卷图书市场研究所（下称开卷）提供的开卷畅销书排行榜。

北京开卷图书市场研究所是一家股份制的调查机构，他们建立的开卷全国图书零售市场观测系统，是从全国范围内大中城市中最具规模的大中型零售书店里，通过 POS 系统的销售数据，每月收集加盟书店的全品种零售数据，建立起来的全国图书市场零售数据库分析系统。该系统自 1998 年 7 月正式建立以来，已经形成了连续 8 年的完整的图书零售市场数据库，建立了中立的书业零售市场评价体系。据开卷公司称，截至 2007 年 7 月，开卷"全国图书零售市场观测系统"共包括全国 304 个城市 1480 家书店门市，监测到的图书品种数目已达到 100 多万册。

但是，对畅销书排行榜的作用与真实性，始终有不同的评价。有人认为开卷公司对于推动出版业科学管理，起到了重要的参考作用，但也有人认为开卷提供的数据，加剧了出版业的竞争，促使了跟风与盗版盗印。但是，大多数产品依靠走市场的出版社，还是订阅了开卷的报告。北京一家出版集团的发行公司，在向客户和内部出版社结算货款时，就以开卷的数据为参考依据。很多出版社在接到开卷数据时，都会在出版社内进行自我评价与竞争对手分析。

哪些图书会畅销

作为一个出版人，恐怕没有谁不希望自己的图书产品能够畅销。因为畅销不仅意味着码洋、利润，而且会带来声誉、品牌及其"场效应"。《达·芬奇密码》《哈佛女孩刘亦婷》《三重门》《幻城》《狼图腾》，这些销量以数百万计的图书，都是出版社、销售商、作者梦寐以求的产品。

英国作家杰克·罗琳的《哈利·波特》自第一卷《哈利·波特与魔法石》问世以来，一个鼻梁上架着副圆形黑框眼镜，前额上有一道细长、闪电状伤疤的小男孩开始让全球的青少年甚至是中老年人为之疯狂，他就是大名鼎鼎的哈利·波特。这套七卷本的魔幻小说已被译成 64 种语言，迄今为止，全球总销量达 3.25 亿册。第七部也就是完结篇的《哈利·波特与死亡圣器》的英文版《Harry Potter and the Deathly Hallows》2007 年 7 月 21 日全球同步发行，当天在英国、美国和德国共售出约 1135 万册。就连中文版的《哈利·波特》由人民文学出版社翻译出版以来，也成了中国图书市场上的畅销书。据美国尼尔森公司（Nielsen//NetRatings）调查，每年当《哈利·波特》上市之际，全世界的图书市场都会出现一个由此带来的销售高峰。

作为出版者，能够用较少的投入实现最大的回报，应该说是孜孜以求的最佳境界。畅销书，恰恰就是能够实现出版人梦想的宁馨儿。但茫茫书海，"众里寻他千百度"，哪些书能够畅销呢？

图书能否畅销，看似"乱花渐欲迷人眼"，雪泥鸿爪，羚羊挂角，无迹可寻，但实际上图书是否畅销有它自己的规律。

首先，从宏观上来看，图书的畅销与一定时期的政治、经济、文化、科学技术的发展有密切关系。特别是当社会生活发生转型的时期，每一细微变化，都是通过意识形态的变化最先表现出来的，通过媒体的传播来形成的，而后又推动此类作为传媒载体的图书的畅销。如新时期以来，在文学出版方面，先后出现了伤痕文学，反思文学，寻根文学，改革文学，先锋文学等不同的文学思潮，每一次文学思潮都不仅是思想解放的一次体现，而且也是此类文学图书畅销的思想基础与经济基础。科技方面，如《第一推动力》一书，成为走向中国的一本科技畅销书。还有关于普及电脑知识的图书，当电脑刚刚进入中国市场时，此类图书动辄销售上百万册。如经济类图书，证券、会计、金融，都伴随着中国市场经济进程的推进而带动此类图书的热销。因此，从宏观角度关注社会生活的变化，是实现图书畅销的一个重要因素。

其次，图书的畅销要求出版者不仅要把握宏观的社会形态，还要研究市场趋势，研究读者的心理。读者选择图书看似没有规律，其实，每一种图书的畅销都直接或间接迎合了读者的阅读期待。研究图书发展的潮流，在市场上找到读者的关注点与共振点，是出版畅销图书的一种重要因素。如文学观念与文学思潮的转移，并没有明显的界限，但细心的出版者会从中找到蛛丝马迹。如计算机的更新换代，新软件的推出；如服饰的流行，建筑风格的变化等等，都为新的图书产品的推出提供了市场机遇。如目前素质教育类图书的畅销，实际上既是中国人传统的尊师重教观念的发扬，又是当下人们衣食饱暖后投资方向转移的一种趋势。再如股票类图书，股市走好时，此类书十分畅销，股市疲软，此类书的销量马上大减。再如目前普及性文史类图书的畅销，与电视的拉动有直接关系。

另外，图书在实际操作中的技巧也十分重要。同一类型的书，彼社出版会畅销而它社出版却平平。有人说，图书出版如同打扑克，除了运气还要加上技巧，才可能胜过对手。德国出版界有一位专家谈到在出版流程中必须做到四个"适当"，即必须有"适当的作者适当的书稿适当的时机投放适当的市场"。这句话可以说概括了图书出版的规律，也包含了畅销书出版的规律。

（一）适当的作者

中国十几亿人，能够写作并喜欢写作的人很多，为什么有些作家的书可以畅销而很多作家的书却销不掉呢？同样一本书的内容，如果换个作者署名又会畅销呢？这主要是由于作者的作品在市场上形成的美誉度，进而形成了这位作者的知名度。作者的知名度是由于其作品在市场上原有的表现给读者形成的阅读期待，所以，如果要想让你的这本书畅销，选择作者十分重要。

长江文艺出版社北京图书中心的金丽红和黎波对此很有研究，他们在选择作者时十分挑剔。如中央电视台的主持人很多，很多人都想出书。但他们选择崔永元、选择白岩松，选择王小丫，其他人由于在公众中的影响还不够火，所以找到他们也不出。最近长江社北京图书中心出版的《我把青春献给你》《心相约》两本书，销售均已超过四十万册，当初在选择冯小刚时，主要考虑这几年他的贺岁片比较火，加之他的夫人徐帆很有人缘，读者会对他感兴趣。选择陈鲁豫主要考虑她的知识分子气质，她在"9·11"时连续用英语转播现场实况所形成的重要影响，加之她的冰雪气质、成才道路等。

所以，要想抓住畅销书，首先要找对作者，国内在小说方面比较畅销的，有池莉、王朔、贾平凹、陆天明、海岩、二月河等，明星主要是那些在中央电视台常露面的主持人，或者是那些在各个领域有较大贡献和影响的人物的传记。

当然，出版者不仅要寻找已经成名的畅销书作者，还要注意培养畅销书作者。名家在市场上有号召力，抓住名家无疑是制胜的法宝，但在一定时期内知名作者寥寥无几，物以稀为贵，由于竞争的原因，作品版税往往很高，如果判断失误或者营销不到位还会赔钱赚吆喝。出版社如果有经济实力，可以承担风险，赚点吆喝也可以。但要注意刚刚出名的作者，如韩寒，《三重门》出版后，接着出版了《零下一度》《毒》等，郭敬明的《幻城》出版后，又推出了《梦里花落知多少》等书。他们目前都成了中国畅销书排行榜上的常青树。如余秋雨的散文《文化苦旅》、阿来的《尘埃落定》，开始很多社都不愿出，后来一书走红，其他书均"火"得上了天。所以，一个成熟的编辑，不仅要有意识地抓住好作者，还要具有发现的眼光，要有对书稿的独到的鉴赏能力。

目前，出版业不仅注意发现作者，还精心包装作者。如路金波对郭妮的包装。湖南魅力优品周艺文对"小妮子团队"的包装。他们用影视界包装明星偶像的方式，对青年作者及团队进行全方位的开发，形成流水线似的畅销图书生产机制。

(二) 适当的书稿

全国每年出版新书十余万种，能否要求所有的图书都畅销？不可能。图书能否畅销，书稿本身的品质至关重要，但什么样的书稿才能畅销呢？作品的定位十分重要，作品是写给谁看的，读者在哪个层次，读者面有多大，这些因素首先要考虑。比如小说，如写农村题材的小说，一般不会很畅销，因为购书者大多在城市，城市人不太关心农村，如写历史题材的小说，一般也很少有人读，除非有影视的推动。《健康快车》销售几百万，与人们越来越关心健康有关，加之作者的讲稿曾四处流传，物美价廉，经济适用。余秋雨的散文较受欢迎，是因为他那种文风给读者耳目一新的感觉；二月河的小说畅销，是因为他的作品中引人入胜的情节与政治权谋的描写；王朔小说的畅销，是他作品中的痞子形象给文坛增加了新的典型；王小波图书的畅销，是因为他对社会的深刻剖析。

其实，并不是所有的书稿到了编辑手上就会畅销，书稿的畅销潜质是前提，编辑的加工、编排技巧也要在其中起到很大的作用。如崔永元的《不过如此》发了104万册，当初，编辑金丽红要求作者不要用已做过的"实话实说"的节目内容，而要求他结合自己的成长与担任主持人的体会，利用春节关门讲述了七天七夜，然后才有了那本畅销书；陈鲁豫的《心相约》、刘墉的新书《靠自己成功》，都是作者按照编辑的要求，结合本人实际进行加工后的内容。如陈鲁豫主要突出她在学习英语上的经历，这些励志的内容扩大了读者的范围，使这种名人书成了助人成功的范本。后来这本书又增加了新的内容，结果第二版又销售了几十万册。

寻找畅销书稿还要注意克服认识上的误区，就是以为内容低俗的东西能够吸引读者，市场容量大。其实这种肤浅的，迎合少数人猎奇心理的图书，即使畅销也只是一时的，昙花一现而已。金丽红在出版影视名人图书时，特别注意选择传主积极健康阳光的一面，体现了她的编辑观与出版观。如宋丹丹的《幸福深处》一书，作为一个曾经结婚而又离婚的女演员，会有许多情感上的花絮，但作者十分真实地写出了自己情感上的痛苦与迷惘，体现了宽容与博爱的女性美好的一面。曾子墨的《墨迹》一书，没有写她的感情世界，而是写她的奋斗与成长。陈鲁豫的《心相约》一书，只字未提陈鲁豫的婚姻变故，而是集中写自己的成长经历与亲情友情。

（三）适当的时机

图书具有畅销的潜质，编辑也做了很多的工作，但何时推向市场也至关重要。如是考研、会计师资格考试之类的书，学生教学使用的书，一定要赶在考试之前，开学之前出版。对于一些文艺类图书的出版，更要抓住火候。如一些配合电视电影出版的图书，一定要赶在电视电影播放前上市，如美国大片《魔戒》《兄弟连》，都取得了较好的市场业绩，长江文艺出版社出版的《雍正皇帝》一书，因为电视连续剧《雍正王朝》播放的带动，短短几个月销售了 25 万册。还有很多新闻事件，如张国荣跳楼自杀、伊拉克战争等，都要在第一时间将图书推向市场。如《只有一个贝克汉姆》一书的出版，因为皇马队到中国来比赛，就带动了有关图书的销售。其实，关于贝克汉姆的书已经出过，就没有这本书好销。如关于"神舟五号"的图书，就一定要在发射前就做好各种准备，发射成功后立即推向市场。当然，图书能否畅销并成功登上畅销书排行榜，还要考虑当月有否更为重量级的图书推出。出版社应当了解相关信息，注意避开其他社畅销书出版的时间。

（四）适当的市场

任何图书出版与发行都要考虑读者，考虑市场，畅销书更不例外。何况图书要想畅销，在这方面下的功夫还要大。适当二字，实际就是要研究读者的阅读需求，注意图书市场的细分。如《哈利·波特》一书，读者对象主要是青少年。所以，编辑印刷发行及装帧设计时就要考虑青少年的特点。《登上健康快车》一书的读者对象是中老年人，内容就要浅显易懂。《心相约》的读者对象是青年学生、知识女性，封面设计装帧都要体现出高雅、书卷气。《明朝那些事儿》、《盗墓笔记》是青年人阅读居多，就要考虑语言的时尚，叙述角度的独特。

找到了准确的市场定位，出版社就要围绕这个市场层面展开一系列的策划。过去策划主要集中在营销层面，但随着竞争的加剧，图书的策划贯穿于出版的每一个环节。从选题开始，到协助作者写作，到选择图书内容的侧重点，编排的版式，装帧设计的风格，宣传的策略，定价的高低，都要体现出版者的参与意识与市场意识。如长江文艺出版社北京中心出版的《股民基民常备手册》一书，他们有了这个创意后找来了许多同类书进行研究，发现很多书主要局限于股票知识，并且缺少操作性。如何体现这本书的独特性与实用性呢？金丽红与作者协商，要求增加除股票常识外的基金、港股直通车、QDLL 等最新的资本运作手段。在封面上用大红色，醒目的烫金黄字，象征股票市场的火爆。这本书制作完成后，恰逢股市低迷，他们一直等待着股市出现一波上升行情后才推出此书。尽管过去金丽红与黎波主要是出版文艺类图书特别是名人书，但他们第一次出手，就让此书登上了非虚构类图书的排行榜。

（五）看点、卖点与宣传点

以上三点是金丽红与黎波在策划出版营销畅销书时概括出来的经验。他们认为，判断一本书是否畅销，要从以上的"三点"分析。"看点"其实就是对图书内容的判断，是分析此本书与众多图书的区别何在。图书是内容为王，有了具有文化价值、艺术价值、市场价值的图书，才为营销奠定了基础。有人错误认为畅销书是完全吆喝出来的，其实是大错特错了。"卖点"是从书店的角度来思考的。你的作者过去是畅销书作家，或者上一本书市场表现不错，或者本书在内容上有其特殊的文化价值，形式上有所创新，你一定要找出来，并用简明扼要的语言将你的判断传递给销售渠道。如果出版社的编辑与营销人员自己还没有找到这本书的"卖点"，那么希望图书畅销只能是一句空话。"宣传点"与"卖点"有某些相似，但又不完全一致。宣传点是针对媒体，针对大众读者，而卖点是针对渠道。宣传点可以从不同的层次上来表述：如专家的意见，企业家的意见，成功人士的意见。并且针对不同的读者群找出不同的宣传点来。

怎样才能抓到畅销书

有些出版社频频推出受人瞩目的畅销书，有些出版社却总是与畅销书无缘。怎样才能把握这一机遇成为书市的弄潮儿呢？除了上述的四个"适当"外，结合工作，我认为，还必须做到如下几个环节。

第一，要做"第一"，引导读者的阅读潮流。长江文艺出版社于1999年推出了《跨世纪文丛》，是时严肃文学图书市场十分萧条，港台言情、武侠、侦破类的图书充斥书坊，这套丛书出版后，扭转了严肃文学的低潮局面，改变了读者的阅读趣味，成为一套划时代的读物。这套书目前出版了十辑，并且出版了精华版。这套丛书的第一二辑出版后曾数次重印，创下了纯文学图书畅销的先例。再如长江社推出的《白桦林》校园青春读物，本来是精选的散文，由于篇幅短小，文字清新，装帧精美，上市后十分畅销，两年间印刷发行了30余万套，两度被中国发行家协会评为优秀畅销书，成为青春类读物的标志性的图书。再如《哈佛女孩刘亦婷》一书，因为不仅印证了中国人重视教育，望子成龙的心态，而且引进了西方"素质教育"的经验，一度大红大紫，销售超过百万册。

第二，要捕捉时机，迅速跟进，不能做第一，也要争做第二，适应读者的阅读潮流。中国的图书市场十分庞大，一旦一种阅读趋势形成后，会有一批类似图书出现才能满足广大读者的需求。如《谁动了我的奶酪》一书出版后，跟风出版的有二十余种。这种现象当然不应提倡，但在实际工作中我们会感觉到时时做第一很难，能够迅速跟进也不失为一种良策。同时，跟进时要出新，要有新的角度，不能画蛇添足。如山东画报社出版了《老照片》系列图书后，随之带来了全国图文书的出版热潮，至今而不衰。作家出版社《哈佛女孩刘亦婷》出版畅销后，接着海潮出版社出版了《哈佛天才》，四川少儿出版社出版了《赏识你的孩子》等一批素质教育类图书。这些图书都在市场上有不俗的表现。

第三，要注意搜集信息，分析综合，快速出击。有人把现在比喻为信息爆炸时代，这不为过。在海量的信息面前，如何找到自己有用的信息，是检验一个人的综合能力之所在。中华书局开启畅销书出版的新时代，是从阎崇年的《正说清朝十二帝》开始的。而这个信息是编辑从央视"百家讲坛"中找到线索的。人民文学出版社的《哈利·波特》系列图书出版，则是少儿室主任王瑞琴和编辑叶显林从《中国图书商报》上得到这则消息的。

如何才能让图书畅销

同样一个作者，同样类型的书，投放市场后销售业绩不同，除了出版社的整体形象，市场覆盖程度外，运作技巧十分重要，前面已经提到的四个"适当"，基本上谈到了图书畅销的关键，但在市场经济条件下，传媒增多，图书品种浩如烟海，争夺读者的注意力已成为新的竞争热点。因此，图书的营销措施十分重要。

营销形式要多种多样。有些出版社认为营销就是在当地的报纸上发几篇书评，其实靠这种单一的宣传对读者的影响远远不够。一般来说，书评要发，但要选择能在全国产生影响的报纸，或者到各地能直接影响购买者的市民阅读的报纸上去发，当然，除了书评、出版消息、报刊连载、作者访谈、座谈会、签名售书、广告、征订单、实物推广、改编电影电视等，都可以对推动图书的销售产生影响。随着互联网技术与数字化技术的普及，网络营销、手机营销等新的营销手段正在发挥巨大的作用。目前图书市场的营销还出现一种图书漂流的方式，这种方式出版者必须充分考虑图书的内在品质。如果图书品质一般，可能会适得其反。

就图书的宣传而言，一种书的宣传必须是多批次的。如前边提到的《我把青春献给你》和陈鲁豫的《心相约》，宣传都做了三到四轮。其第一轮是发出版消息，发表能引起报纸和读者感兴趣的社会性新闻，而不是单纯的出版消息。接着是连载，在全国各地最有影响的报纸上连载。第三轮是召开出版新闻发布会，请有关专家和名人来讨论并介绍此书的阅读价值，请各地报纸做专访，请电视台做专访。第四轮是到各地签名售书，或在大学举行报告会。每一种书的出版，都在全国发起宣传攻势。长江文艺出版社出版的长篇历史小说《雍正皇帝》先后销售达到上百万册，真正的营销是在参加第四届茅盾文学奖评选前后。当时，出版社先后召开出版座谈会，作家专访，连载，除此之外，为了打击盗版，还在三家最大的行业内报纸分别刊登了"严正声明"，表示要悬赏十万元捉拿盗版者。后来全国几十家报纸刊发了这个消息，不仅震慑了盗版者，还起到了广告效应。当时，还有一种所谓的改编本《雍正皇帝》，一些读者不明就里，以为都是二月河的原著，价格又比长江社的便宜些，纷纷购买那种版本，这样就分割了市场。为此，出版社趁媒体热炒电视剧和图书之机，向北京中级人民法院递交了起诉状，状告对方侵犯了专有出版权。此事虽庭外调解，对方赔偿了长江社 7.5 万元损失，但经媒体大肆炒作，所谓的改编本市场江河日下，长江版《雍正皇帝》稳稳地占据了全国市场。

第二，营销要逐步推进，稳扎稳打。营销的方式有多种多样，但不可能在同一时期内将所有的方法都用上，必须有步骤，有目的地开展营销活动。夏德元同志将宣传营销分为四个阶段：告知阶段、造势阶段、促销阶段、鉴赏阶段。虽然划分几个阶段还有待商榷，但这种划分是根据图书营销的内在规律来确定的，是有一定道理的。一本书出版前后，要根据不同的时机采取不同的方式，同时，要根据读者的接受心理，逐步强化印象。如山东文艺出版社有一本《五体不满足》的书，在国内出版后销售情况不佳，后来他们趁书市期间将作者从日本请到中国来，通过媒体的反复报道，此书立即引起读者的注意。营销还要持之以恒，长期坚持。美国出版的《心灵鸡汤》一书销售 900 多万本，其成功的最重要原因就是作者每天做一次广播电视采访。

第三，营销要有计划进行。一本书如果具有畅销书的潜质，出版社准备作为重点书来推出，营销就必须有一个计划，否则杂乱无章。长江社在营造"九头鸟长篇小说文库"这套书时，设计了一个较为长远的营销计划。其中包括出版消息、书评、广告、宣传资料、签名售书、专家座谈、现场演播朗诵、设立奖项等措施，出版社不仅对单本书进行宣传，还通过新书的出版，对整套书滚动进行宣传，强化读者的印象。目前单本书销售有的已近 10 万册。这套书先后出版了三十几种作品，其中就有十种（次）获国家级或国家级学会奖。如《张居正》获第六届茅盾文学奖、国家图书奖提名奖、中宣部第十届"五个一工程"优秀作品奖；《远去的驿站》获国家图书奖提名奖、中宣部第九届"五个一工程"优秀作品奖，《狼图腾》获亚洲文学奖、被译成 26 种语言在全世界发行。人民文学出版社的《哈利·波特》一书因是分册出版，每一册上市时都展开新的宣传活动，每一次新书的出版对原已出版的图书是一次新的宣传。当然，因为市场变化，有时可能会出现一些便于宣传营销的契机，出版社要抓住炒作点，这样会收到事半功倍的效果。

建立一个能够覆盖全国市场的销售渠道

有了具备畅销元素的好书，有了行之有效的营销措施，那么最后一个任务就是要将书发到读者手上了。

在计划经济时代，图书主要依靠新华书店销售，出版社就是一个编辑部，但现在销售渠道多元化，新华书店已经不能适应市场经济条件下的销售环境。而目前中国又没有一个像日本的日贩、东贩，美国的英格拉姆那样的能覆盖全国的销售网络，因此，出版社就要有一个覆盖面较为大的渠道。目前，一般而言，出版社是通过新华书店、民营书店、网上书店、邮购等渠道向全国发书。在全国的出版社中，只有金盾出版社直接向基层供货，我们大多是通过中盘商再向零售商供货，最后送到读者手中。当然，出版社也会通过邮购这种形式少量地向读者直供图书。

大致的销售原则是这样的，但渠道的选择，管理，调整，还需要出版者做更加细致的工作。一本书具有了上述的畅销因素，你能否在第一时间铺到全国各地，真正地让读者很方便地买到这本书，就看你的销售渠道了。当然，发货是容易，还有一个货款回收的问题，是先收款还是按常规约定，要根据你平时对客户的要求和客户对你的依赖程度。长江文艺出版社北京图书中心的图书，80% 以上都是先收款后发货。当然，做到这点是不容易的。

有了销售渠道，如何发货，发货的多少也是影响并制约图书畅销的因素。如一本书如果有畅销的潜质，估计能够销售十万册以上，首发至少不能少于六万册。有人以为图书只要具备畅销的品质，首发多少都无关紧要。这其实不然。因为图书上市的新品种太多，书店如果不将图书放在醒目的位置，不引起读者足够的注意，两周以后，这本书可能就会被读者和书店忘却。所以出版社如果确定了对某种书按照畅销书来营销，就要将货铺到大多数读者都能看得到的地方。

总之，做畅销书，图书品质、图书营销、销售渠道是三个至为关键的因素。这三个环节并不难掌握，关键是做好每一个细节，让每一个细节都完美无缺。汪中求先生的《细节决定成败》是本畅销多年的图书，此书的社会贡献就是提出了这样一个影响人们价值观念的理论。黎波在谈到畅销书的细节时曾讲到：操作畅销书，要把出版每个环节上的畅销元素安排到位。比如内容介绍，标题，版式，封面，图片，排序，价格，宣传推广，市场计划等等，把每个环节的畅销元素做好了，图书也就变成畅销书了。操作《我把青春献给你》一书时，封面上用了比较时尚的设计方案，既新奇又大方，很吸引人，虽然工艺复杂，但定价不贵，文中又设计了妙语栏，版式设计活泼，阅读方便，标题提炼得有时代感。宣传发行上，我们提前为各地发行商联系了当地媒体，进行连载，市场反馈效果很好，代理商很有信心。所有这些工作扎实地做好了，后期的市场就有了保证。因为，读者买书，很可能就是因为中意的封面、最精彩的几段话、一串动人的标题，把他打动了，他就决定购买了。很多细小的元素，都可能成为图书销售的决定因素，所以出版社绝对不可忽视每个环节。

畅销书与常销书、品牌书

有些书畅销，但生命力比较短。不少书在畅销书排行榜上露了一次面就销声匿迹，很快就从市场上退了下去。如今年初很红火的《大雪无痕》，在市场上份额已经很小了。但有些书畅销之后转为了常销，如《围城》《老人与海》《挪威的森林》《肯定自己》《文化苦旅》等。还有些书成为了品牌书，不是一本书畅销，而是一群书畅销。如知识出版社的《第一次亲密接触》畅销后，《雨衣》《爱尔兰咖啡》都成了畅销书。有人曾比喻说，如果将畅销书当作一支快速反应部队的话，那么常销书就是一支常备军，品牌书就是一支兼有上述两种功能的特种部队。长江文艺出版社有一批图书从畅销书成了常销书和品牌书。如《雍正皇帝》一书1991年出版以来，每年的销售仍不下3万套。《狼图腾》自2004年5月登上全国畅销书排行榜以来，每个月都在排行榜的前五名。"九头鸟长篇小说文库"系列图书，曾希望通过锲而不舍地努力，使这些目前较为畅销的图书成为一个品牌，并通过更多图书的不断加盟，扩大这个品牌的影响，使之成为文学出版的一支生力军。因此，出版社在追求畅销书的同时，要争取让这种市场优势延伸下去，成为出版社的常销品种，最佳的境界，就是成为一个图书品牌，让这种市场优势成为一座金矿，永远开掘下去。

畅销书的文化追求

畅销书是市场经济条件下的产物，业内外对其作用与价值，毁誉不一。有人认为畅销书拉动了中国的图书市场，对文化产业贡献巨大。如中信出版社 2002 年以前只有几千万码洋，上级一度打算关闭该出版社，王斌到任后，制订了新的发展战略，拟订了畅销书的赢利模式，《杰克·韦尔奇自传》一书首印了 10 万册，通过广泛的营销，在第二个月就加印了 10 万册，中信出版社从此以崭新面貌出现在出版业的面前。而另一家百年老店中华书局也一度步入低谷，从 2004 年始，中华书局开始重视畅销书，从《正说清朝十二帝》出版开始，中华书局一个新的阶段开始了。其后数年，《国史十六讲》《兵以诈立——我读〈孙子〉》《万历十五年》（增订纪念本）《佛教十五题》《明亡清兴六十年》《〈论语〉心得》《说慈禧》等图书接踵而出。"正说历史"系列已推出十种，内容包括汉唐宋元明清诸帝、名臣及后妃，而《〈论语〉心得》一书的发行已超过 300 万册。由此，中华书局这个"古籍整理和学术出版重镇"成为广泛意义上的"传统文化出版重镇"，中华书局的出版宗旨也从"弘扬传统、服务学术"逐步递进到"传播文化""优化生活"。

由此看来，无论是百年老社中华书局，还是中信社这种市场经济的弄潮儿，他们并不排斥畅销书的出版，并不认为出版畅销书与自己的文化使命有什么抵触。但在文化界出版界还有一种声音，认为畅销书的内容"是浮躁心理的体现"，"在写法上追求通俗"，对于畅销书的定义"是浮泛文化赠与读者的一个最灵便也最花哨的窗口"[①]。徐先生的观点有些不无道理，但他从整休上来这样评价畅销书是有些以偏概全。钱钟书的《围城》在中国的畅销书排行榜上一直居于前列，于丹《〈论语〉心得》畅销 300 万册，并将版权输出到全世界，杨绛的《我们仨》销售几十万册，难道这些书内容上也没有什么价值吗？他担心青少年会因为畅销书而有从众心理，而且会影响许多没有上榜的图书受到冷落。但商业化时代这种青少年的偶像崇拜不可避免，但换个思路，有了具有思想内涵的图书，如《围城》者，如《〈论语〉心得》之类的图书，通过传播手段，使其能形成从众效应在某种程度上还是好事。畅销书是有益还是有害，其实在于出版者的把握，如果出版像《遗情书》之类的性体验过程，或者是出版封建迷信的图书，那对青少年无疑是有害的。但我们不能因此而否定畅销书。金丽红与黎波是业内出版畅销书的高手，他们在对待畅销书的选择标准时就认为，一本书只要"有益无害"就行了。随着社会生活的多元化，阅读也会出现多元化，教化是一种功能，增长知识开拓视野也是一种功能，休闲娱乐也是一种功能。知识分子阅读是一种层次，市井平民阅读又是另一种风景。

注①：见徐城北《畅销书的负面效应》，《中华读书报》1998 年12 月 23 日。

文艺出版的探索与困惑
——在省文艺创作与出版座谈会上的发言

一、十六大以来文艺出版成就与体会

作为出版部门，出版优秀文艺作品是我们义不容辞的职责与义务，同时也是出版产业发展的基础。出版与创作是相辅相成的，是互相促进和互相依存的。因此，作为省级出版集团，我们始终将出版更多更好的优秀文艺作品作为我们的首要任务。

据初步统计，近年来，长江出版集团具有文艺出版资质的出版社共出版长篇小说五十余部，其中较有影响的有十余部，如获中宣部"五个一工程"优秀奖的《远去的驿站》、《张居正》，获"五个一工程"提名奖的《大秦帝国》，获得"亚洲布克奖"并畅销全国的《狼图腾》，入围第六届茅盾文学奖的《银城故事》，获得年度好书奖并翻译到美国、瑞典的《到黑夜想你没办法》，畅销全国的《血色浪漫》等。同时，诗集《羞涩》等四部文学作品获鲁迅文学奖。被境外翻译的长篇小说也有上十部，除《狼图腾》翻译了 26 种语言介绍到全世界外，《我与上帝有个约》《悲伤逆流成河》《天望》等也被台湾、香港、日本、韩国等国引进。在出版的长篇小说中，销售二百万册以上的有一部，销售百万册以上的有三部，销售十万册以上的也有二十余部。目前，长江出版集团的文学出版市场占有率，仅次于中国出版集团。2008 年，长江文艺出版社的文学类图书市场占有率首次超过人民文学出版社，在全国名列第一。

回顾"十六大"以来的文艺出版工作，我们有如下体会：

(一) 明确的出版理念

出版原创作品，特别是出版优秀长篇小说，是出版社，也是一个有远见的出版人孜孜以求的努力方向。因为原创作品才代表一个时代的创作水准，是文化积累的基础工作。我省专业的长江文艺出版社根据多年来的出版实践，经全社上下讨论，提炼出自己的出版理念：精英文化、大众趣味、百姓情怀。根据这个理念，在出版文艺图书时，将图书的定位分为不同层次，以满足不同读者、不同年龄的人群阅读需要与期待。如出版社出版了近四十部长篇历史小说，形成了自己的历史小说出版特色。其中二月河的"康雍乾三部曲"，熊召政的《张居正》、孙皓晖的《大秦帝国》、唐浩明的《张之洞》《杨度》《曾国藩》、凌力的《少年天子》《梦断关河》等，受到了知识界和读者的肯定。同时，针对青少年读者，我们也出版了适合青少年阅读的《小时代》《悲伤逆流成河》《校服的裙摆》等青春文学作品。这些作品销售都超过了百万册。

（二）注意打造文艺图书品牌

长江文艺出版社在出版长篇小说时，创立了"九头鸟长篇小说文库"，该文库收录并出版了三十部长篇小说。上述提到的获奖小说，均出自这个文库。这个品牌对作者、读者和研究者，都有了一定的知名度和美誉度。有了这个品牌，很多作家在向我们投稿时，都主动提到要加入这个书系。而业内在分析图书品牌时，也都主动提到这套图书。与此同时，长江文艺出版社的《跨世纪文丛》，收录国内有影响的作家的中短篇小说，先后出版了九十种近百个作家的代表作品。这项出版工程至今已坚持了 18 年。该套书被国内专家称为是一部形象的中国文学史。同时，出版社从 1995 年开始，由中国作家协会主编一套各类文学作品的年度选本。此套书目前已出版了 14 个年头。这套书中的作品，基本上是该年度最为优秀，最代表当年创作水准的作品，作家们都希望自己的作品能够入选，因此在作家中具有一定的地位和影响。

（三）尊重老作家，扶持新作者

出版社重视与知名作家的联系，同时，十分注重培养新作者。如二月河，当年就是一个无名作者开始与社里联系的。熊召政也是第一次写小说。《跨世纪文丛》里的作家，现在知名度很高，当年也是第一次出集子。如余华、格非、苏童、残雪等，当年都是先锋作家，他们还未为主流社会认可。特别是我省的作者，我们更是不遗余力地加以扶持。如方方、池莉、熊召政、陈应松、楚良、叶明山、姜天民、李德复、王建琳等，他们的第一部作品集或长篇小说都是在长江文艺出版社出版的。

(四) 体制机制创新

长江文艺出版社十年来从一个地方小社成长为全国文艺出版社的排头兵，得益于在体制与机制上不断地改革与创新。出版社在内部积极推行三项制度改革，充分调动大部分员工的工作积极性，使出版社形成了一个人才成长、出好书的机制。同时，注意引进人才，跨地区发展。出版社在北京成立了《报告文学》北京编辑部，成立了硕良文化公司、北京图书中心。特别是北京图书中心出版了一大批畅销书，提升了出版社的形象，扩大了市场占有率。

二、存在的困惑与建议

尽管多年来出版社出版了许多具有文化积累价值并获得各种奖项的作品，如长江文艺出版社三次四部作品获得中宣部"五个一工程"奖，但在业内的评价标准中，却是有两个标准两个系统，在强调要出精品时，注重社会效益，在谈到单位的经济效益时，很多时候是以码洋论英雄，因此，出版社处于一种两难的尴尬局面中。是放弃理想的坚守还是向市场投降，是出版文艺精品还是都出版教材教辅。当然，这两者在理论上并不是相悖的，但在领导机关那里，往往评价体系不一致。出版原创作品，在一个作家并不为人所知时，出版社是要承担一定的风险。从实践中看，出版社出版原创作品，特别是严肃的文学作品时，很多时候是赔钱多于赚钱的。

因此，我们希望党委、政府部门建立原创文学作品的专项基金，既扶持作家创作，同时也资助出版社出版。这样，才能保证有优秀的文学作品大量出现。

同时，建议政府设立文学作品"走出去"的专项基金。国外政府十分重视资助国外翻译出版本国文学作品。法国有"傅雷计划"，凡是译介法国文学作品的，都可以向法国驻华大使馆文化处申请专项资金，韩国成立翻译局，不仅有专人向海外推荐本国作家创作的文学作品，还资助出版国翻译经费。这方面，他们都十分重视通过出版走出去提高本国的文化软实力。

另外，我们建议政府要组织并支持开展健康的文学批评，倡导一种良好的批评风气。批评是引导文学创作健康成长的理论保证。但目前，有独立意识，有真知灼见的批评少了，而代之以山头主义、圈子文学、红包批评，互相吹捧的多，开展正常批评的少，对具体作品评点的多，有理论有建树的评论少。北京一些有影响的批评家也多陷入人情与红包之中，少见有独立人格的具有理论建树的批评大家。这种不正确的导向使中国文学步入歧途，是阻碍文学艺术大发展大繁荣的绊脚石。

出版优秀的文艺作品，需要作家付出心血与汗水。但由于市场经济的影响，社会上拜金、拜物主义的渗透，作家心态比较浮躁，深入生活的作家少，放下身子打磨作品的少。因此，政府一是要改革现在专业作家终身制的体制，实行聘用制，要加大考核力度，形成淘汰机制；同时，为作家艺术家深入生活提供必要的条件，提高作家在社会上的地位和生活待遇。

最后，我们建议党委政府部门要尊重创作规律，不要寄希望年年都出很多文艺精品。一部作品从酝酿到写作，从收到稿件到出版，是需要一定的周期的。全国一年能出现几部有影响的作品就行了。我们不是提倡"十年磨一剑"吗？一个作家如果一年写几部作品，可想而知质量会如何。同时一个作家的写作会有枯竭期的，很多在新时期曾经红极一时的作家现在都已销声匿迹。真正的文坛常青树并不多了。如果用发展经济的办法来组织精神产品的生产，是会事与愿违的。作家需要精神的自由与空间，需要独立思考，这样，我们这个时代才会产生流传于后世的精品力作。

论出版集团如何应对数字化挑战

　　我国出版集团在数字化的产业升级与市场运营中已经取得了阶段性的成果，但相对于整个新媒体产业的经济总量与业态发展而言，还处于较为弱势和稚嫩的状态。这既是出版集团探索一种新型传媒形态在实践进程上的必然，也是诸多来自于新媒体发展战略与新媒体市场环境主客观因素的使然。而本文则在总结出版集团已有的数字化实践成果的基础上，梳理其所面临的诸多挑战和瓶颈，进而勾勒出出版集团新媒体运营的战略框架。

出版集团的数字化发展现状

　　当前，国内各大出版集团已经在数字化发展方面开启了一系列卓有成效的探索，这主要体现在：

　　第一，各大出版集团纷纷设立了数字产业的管理执行机构与领导决策议程，大力培育新媒体的市场运营主体与产业投资力量。例如：凤凰出版传媒集团成立了集团数字化建设委员会，由董事长、总经理亲自担任主任；湖南出版投资控股集团通过新技术新媒体产业部，统筹管理旗下 2 家网站媒体、2 份手机报、1 家动漫公司以及 1 家框架媒体；中国出版集团成立了中国出版集团数字传媒有限公司，本着"共建、共享、共赢"的原则，以集团内外数字出版资源整合者的角色，努力成为我国出版业态创新与文化产业升级的推动者。以上举措使得出版集团的数字化发展不再只是定位于纸媒体出版的业态附属与业务延伸，而拥有了完善的组织机构保障与独立运营团队支撑。

　　第二，不少出版集团开始重视数字传播平台建设。例如：中国出版集团公司建设的中国数字出版网，旨在实现"行业公共服务平台"、"数字产品销售平台"、"移动媒体出版平台"和"网络文学原创平台"的有机整合；湖南出版投资控股集团旗下的"红网"已经形成了一定的市场品牌效应，并努力成为一个覆盖互联网、户外与手机等各类媒体的综合性网络服务平台；湖北长江出版集团打造的"现在网"旨在整合集团内容、渠道、品牌等各方面数字资源，构建一个涵盖新闻、论坛、教育、原创、读书、商城等多种产业板块的在线阅读综合门户。

第三，部分出版集团结合自身的产业资源禀赋，开始在专业领域与特色项目上拓展新媒体业务。例如：凤凰出版传媒集团充分发挥自身在教育出版方面的行业优势，将凤凰教育网作为发展数字出版的突破口，构建了以凤凰版教材为资源特色的在线教育产品体系；上海世纪出版集团以工具书平台为依托，不断加大专业数据库方面的开发力度，其推进的跨文本金字塔知识库，将是包容百亿级数据量，涵盖百科性质的专业咨询平台。

第四，出版集团所开拓的新媒体业务种类呈现多元化的发展态势。除电子书、内容数据库等传统出版产品的数字衍生形态各大出版集团均有涉及外，综合门户、网络文学、在线教育、电子报刊、动漫游戏等新媒体细分领域，都有不同的出版集团在加以尝试与探索。例如：时代出版传媒集团就将动漫产业作为新媒体业务的突破口，承办全国动漫交易博览会，设立时代漫游公司，并成为国家级动漫出版基地。

第五，出版集团在发展新媒体业务的同时，已经有效推动了企业自身的信息化建设，主要体现为内容资源的数字化与管理体系的信息化。其中，办公自动实施平台、电子文档管理制度、数字版权运营体系均在各大出版集团广泛实施。

出版集团数字化发展的产业瓶颈

虽然出版集团在信息化建设与数字出版探索中取得长足进步，但如果从新媒体的整体发展状况看，出版集团相关业务的市场影响、产业比重与盈利能力还较为有限，这主要是由以下六方面因素促成的。

第一，从市场布局上看，在新媒体发展的主阵地互联网市场，网络游戏、网络广告、搜索引擎、电子商务等规模庞大、业绩突出、运营稳定的成熟细分市场，已经成为推动新媒体经济总量7年增幅10倍的中坚力量。但出版集团由于自身市场运营能力与产业投资力量的限制，在以上主流的新媒体细分市场基本是偶有点缀、涉入不深，仍主要偏重在与纸媒体出版具有较大关联性的电子图书产品与专业内容数据库领域展开市场拓展。由于这些领域在新媒体的产业结构中比重较轻、规模有限，还有一个市场容量培育、模式逐步成熟的发展进程，这就使出版集团当前的产业投资力量基本分布于新媒体发展的边缘地带，自然也无法分享到当前新媒体迅猛发展的丰硕成果。

网络游戏与网络广告7年内持续保持着互联网市场近60%的市场份额；2007年后，电子商务、搜索引擎等市场占有率达到10%以上的新兴细分市场又不断涌现。

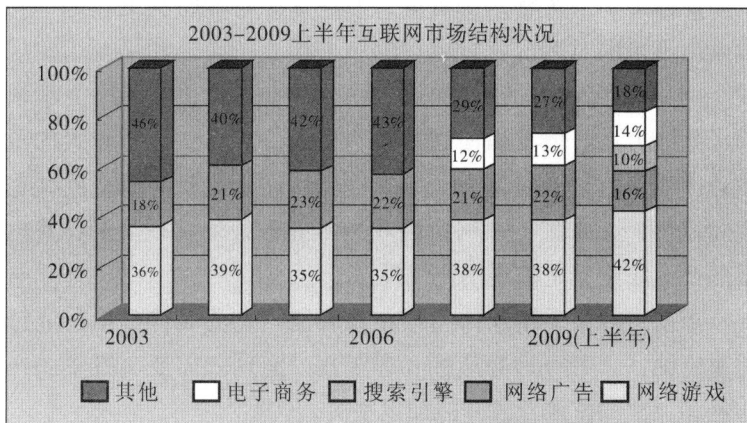

图1　互联网市场2003—2009年的市场结构状况

互联网市场7年内总体上保持着年均150%左右的稳定高速增长，网络游戏与网络广告等主要细分市场增长率总体高于互联网市场的平均增长率，龙头拉动效应显著。

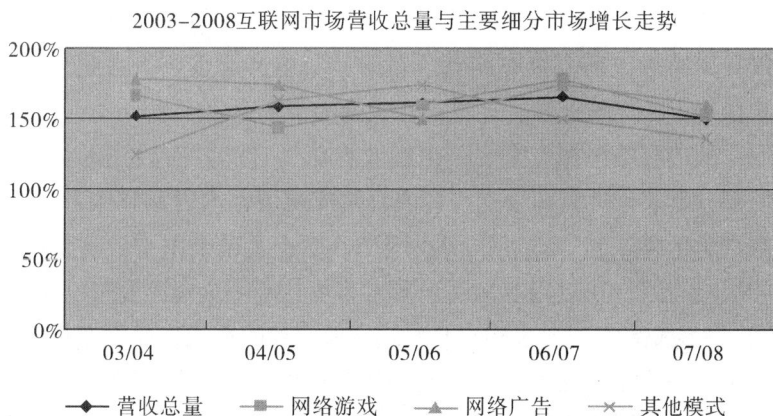

图2　2003—2008年互联网市场营收总量与主要细分市场增长走势

　　第二，从盈利模式上看，由于受到纸媒体出版运营习惯的影响，出版集团基本希望通过用户付费的方式来实现新媒体的业务盈利。但从当前新媒体产业实践看，数字传播的信息供给量以几何级数高速增长，以致人们通过新媒体所能获取的信息到了过剩甚至是泛滥的地步。因此，作为供给方的信息产品与服务，已不再是新媒体市场的稀缺资源。相反，由于人们信息浏览与信息接受的能力总是有限的，用户对信息产品、信息服务的关注度、参与度，就成为了新媒体市场最为稀缺的资源。而在这一行业特性的作用下，大多数新媒体运营商都采取对客户实行免费的服务模式，而依托平台用户规模实现衍生开发。例如：盛大文学虽然通过一系列产业并购，在网络文学领域形成较强的市场垄断力量，但其面向用户收费模式一直无法创造较大的收益，转而开始构建内容版权运营模式；新浪、搜狐、网易等新闻门户网站主要凭借"媒体广告"、"移动增值"、"网络游戏"等业务板块实现盈利，其内容阅读服务主要的产业职能就是扩展用户规模。

　　因此，当前出版集团新媒体业务在盈利能力上的弱势是由行业特性和市场模式所决定的，具有一定必然性和客观性。而这就需要出版集团在新媒体平台上实施多层次的整体开发才能加以解决。

　　第三，从市场竞争环境看，出版集团在纸媒体市场受到"设立审批制"与"书号配给制"的政策保护，在产业布局上，出版市场又存在着较为明显的以"省域经济"与"部委归口"为界限的条块分割状况，这为出版集团创造了一个相对宽松的市场竞争环境。而反观新媒体市场，这是个市场化程度较高的领域，运营商的注册数量上不受限制；数字传播业务不受到地理空间与行政区划的阻隔，可进行无限的延伸与拓展；具有资本规模优势的网络企业，可以在新媒体市场直接并购竞争对手，实施产业整合。因此，出版集团不仅无法获得市场保护壁垒，还将遭遇较强的市场竞争压力。

　　第四，从内容资源拥有来看，出版业界认为自己具有较强的优势，但实际上当前部分新媒体运营商独立培育内容生成能力，大力实施作者资源储备，已成功规避了纸媒体的"内容"产业壁垒，逐步实现了由平台运营商向内容供应商的战略转型，在"内容"生产要素市场打开一个资源配置的缺口。

　　例如："盛大文学"通过构建开放式、低门槛的在线作品发布模式，让庞大的网络用户群体参与文学创作，此外还收购国内七大原创文学网站，实现了大规模的内容资源战略储备，其培育原创作者达15万，拥有近600亿字的原创文学版权，网站小说平均日更新量达7000万字，已经形成了较高的市场集中度，其注册用户超过 6100 万。

因此，出版集团在新媒体的阅读服务领域，虽然在一定程度上还具有内容资源优势，但这种格局正在发生变化，如果不正视这种悄悄发生的位移，认真研究新媒体运营在内容资源集储上的业态模式创新，那么，出版集团的内容优势在某一天也会丧失。

第五，从产业竞争手段上看，我国出版集团出现了只重视新媒体产品市场的片面竞争观念，大多仅以盈利模式的构建为数字化发展唯一的突破口，完全希望依靠自我积累的方式来做大新媒体业务，极大忽视了新媒体资本市场的战略地位。事实上很多新媒体运营商在企业创办之时并没有太多的资本积累，他们依靠一定的技术力量与敏锐的市场洞察力，在积极构建新兴的产品形态与运营模式的同时，一直将面向资本要素市场的融资运营，置于企业成长战略的核心地位。

目前，新媒体的骨干运营商几乎全部实现了境内外上市，新浪、搜狐、网易、盛大、阿里巴巴、携程、百度，均为美国上市公司，市值总计 700 亿美元，折合人民币近 5000 亿。虽然部分出版集团已经或即将成为上市公司，其资本实力将得到较大提升，但融资规模与新媒体的海外上市企业相比仍有较大差距，这将直接导致在技术研发、人才引进、品牌构建以及用户拓展等方面的市场竞争劣势。

第六，从市场发展风险看，出版集团作为开始涉足数字传播领域的新生力量，对新媒体的市场运行规律有一个探索、实践、认识的过程。而更为关键的是，新媒体运营的大多是创新型的高科技项目，本身就具有较大的市场风险，其主要体现在：1. 新媒体产品的技术开发与技术应用有很多尖端的研究课题需要解决，这不光要耗费大量的企业资源，还有完全失败的可能；2. 新媒体技术上的成熟与功能上的完善也并不一定能适应消费者的需求，还需要接受用户体验的检验，有不断进行调整，甚至重新设计、开发的可能；3. 新媒体市场的产品革新速度迅猛，很多运营商的技术研发与模式创新能力较强，出版集团推出的新产品可能还未实现业绩增长，就面临着在技术与模式上被淘汰的风险。

因此，出版集团在新媒体领域的产业投资规模与业务拓展幅度上采取较为谨慎与持重的态度，也是蕴含较强的风险意识，它符合出版集团当下刚刚涉足新媒体市场的历史发展阶段，具有一定的合理性和必然性。

出版集团新媒体运营战略的探索

本文认为，出版集团既要充分挖掘业已积累的传媒资源，又要牢固遵循新兴媒体的市场运行规律，进而在借鉴国内外成功的数字传播产业实践的基础上，形成一条符合自身发展现状与沿革轨迹的数字化升级路径。本文从以下几个方面加以探讨。

第一，出版集团制定不同层次的数字化发展目标。

新媒体是个产业自由竞争程度较高的市场，它不存在纸媒体出版以省域阡陌为界限的条块分割状态与区域产业壁垒，同时现有的新媒体运营商在资产规模、技术研发以及市场拓展等方面都具有较大优势，出版集团在新媒体市场将遭遇较强的竞争压力，不会呈现纸媒体出版领域"均一化的，多头并举"发展格局。因此，出版集团应当根据自身的实际经营状况、产业投资规模与风险承受能力，制定不同层次的数字化发展目标，其由低到高大体可分为：1. 实现企业信息化建设；2. 构建企业网络宣传平台；3. 定位于内容供应商，与新媒体运营商共同组建新媒体产业链；4. 在电子阅读产品、内容数据库等出版关联领域开展数字产品研发；5. 全面转型为新媒体运营商，实施平台运营战略。

目前，各大出版集团均已基本实现"企业信息化"与"网络宣传"层面的数字化发展目标；部分出版集团在"内容供应"与"数字产品研发"层面已实现成功的产业实践，唯有"新媒体平台运营战略"还处于初级阶段。因此，出版集团在数字化发展中，无论是"内容供给"的产业链模式，还是"数字产品的研发"销售模式，都是在自己享有较少的利润分层的情况下，从另一方面推动了其他新媒体运营商的发展，同时，由于不少新媒体运营商自身已经具备了较强的内容生产能力，因此，如果出版集团不构建自有的新媒体运营平台，将始终处于数字传播"原料供给"的产业链低端地位，这将会有被替代甚至边缘化的危险。因此，探索新媒体平台的运营模式，应是出版集团形成数字化成熟业态形式的关键。

第二，出版集团形成可持续发展的新媒体平台运营模式。

从出版集团构建新媒体平台的产业实践看，其最大课题就在于业务板块的选择。出版集团大多希望能构建出一个既能实现盈利快速增长，又能实现用户大量拓展的业务模块。但纵观中国新媒体市场发展史，唯有网络游戏业务达成过这一标准，而它与当前的出版集团的企业发展远景与产业资源是不能完全对接的。

因此，出版集团既要结合自身的产业资源储备，又要参照新媒体领域现有的成熟盈利模式，进而形成轮廓明晰的互补型产业板块架构，使自身文化使命与业绩增长兼顾的产业面貌在新媒体领域得以延续。即：

一方面，在内容资源较为充沛的情况下，设立一到两个大众阅读类的业务版块，实现较大规模的用户积累与自身的文化追求，努力形成主流图书阅读门户的市场地位，而不以短期盈利为目标。

另一方面，移植一到两个能创造较为稳定的现金流的业务板块，例如网络游戏、移动增值、电子商务等，而不以出版集团自身的市场定位与企业使命为限制。

这样，阅读门户的市场规模就为其可盈利项目提供潜在的庞大客户资源，而现有的盈利项目又为阅读门户的扩张与新项目的拓展提供了短期的现金流支持，进而形成一种可持续的盈利开发机制。其现实的产业实践为：

盛大在自身的新媒体平台上实现了文学、游戏、在线的三大布局。虽然网络游戏依然是盛大商业体系中盈利能力最强的业务单位，其收入是网络文学的 20 倍以上，占到其总收入的 90%，但网络文学可以直接为平台带来更多用户群，其中一部分将自然转化为游戏用户，同时，网络文学将成为游戏内容的素材来源，形成文学与游戏的相互渗透，为网络游戏产品的不断推出，提供剧本与创意，进而在不断壮大的平台上实现更大的商业价值。这样，不光实现了游戏、文学、在线三大领域的横向拓展，更加将形成纵向的"内容创意+游戏产品+平台运营"的新媒体产业链。用户在文学免费阅读之余，可以直接在根据网络文学作品改编的游戏网络中进行游戏体验，而这又激发其进一步的创作欲望，为网络文学提供新的内容，在相互促进之中提升网络文学与网络游戏所构建的互动娱乐的整体市场价值。

第三，出版集团依托平台内容资源形成跨媒体的衍生开发。

出版集团在新媒体平台实现横向的互补型业务板块扩展的同时，还可以将平台内容以不同艺术手法进行改编和加工，形成影视剧，广播，舞台剧，动漫的内容创意版权运营中心。

例如：盛大文学在其用户营收状况不力的情况下，凭借其内容生成成本较低、资源存储容量较大的特点，构建规模化的版权辐射体系，努力成为面向整个传媒产业链的内容供应商。2008 年，盛大文学以"国内最大的版权运营"企业形象，参展上海电视节，依托自身的内容资源，与影视制作商密切合作，力图在影视产业链中内容源头环节占据重要的市场地位。2009 年盛大文学以 100 万元人民币的价格将网络小说《星辰变》卖给了兄弟公司盛大游戏，在今年这部小说又被改编为电影剧本。此外，盛大文学还启动"编剧培养计划"，招募北电、中戏等影视制作方向的人才，组建专业的剧本改编运营团队，并定期将其网络小说做成数据包，发送给各大影视传媒机构供其遴选。

目前，盛大文学的已出售的电视剧改编权作品已超过 100 部，构建在线版权、无线传播权、纸媒体出版权、动漫改编权以及影视改编的"一次创作，多次利用"的版权运营模式。例如《鬼吹灯》就实现了在线、无线、纸媒介、动漫以及影视的跨媒介市场开发与版权运营。

第四，出版集团构建专业化的平台运营模式。

出版集团的新媒体平台在探索整体运营开发的同时，还可以将"在线教育"作为发展专业化平台的突破口，这是因为：1. 在线教育提供的教育产品拥有较大的刚性需求，具备较强的盈利能力与用户吸附能力；2. 由于采用课件、视频、互动等多媒体的产品服务形态，在线教育对纸媒介出版产品形成了较强的市场替代效应；3. 教育出版一直是出版产业的支柱板块，出版集团在相关领域有较为厚重的资源积累与市场经验；4. 在线教育在相关运营商的培育下已经初现规模、走向成熟，有成功的运营模式可资借鉴。

目前，国内新媒体的在线教育市场，近年来一直保持着 20% 以上的高速增长，2009 年市场规模达 400 亿，已经形成了网络职业认证教育、网络语言培训、网络高等教育市场等细分领域。而从海外成功案例看，2009 年度培生集团的年度财报显示，该集团数字化的收入已占整个集团的 31%，主要就是依赖在线教育平台的开发，其在线远程学习平台 eCollege，面向高校学生群体，2009 年注册用户 350 万人，增幅达 36%。

而从在线教育具体的平台业务开发形态上看：1. 在线教育给用户提供的是"视听阅"立体化的教育产品与服务，包括视频讲解、课程录音、教案课件以及信息咨询等项目。2. 用户可以不受时空与方位的约束，根据自己的作息规律与空闲时间，自主安排在线教育平台上的授课内容与学习进度，并且还能将视听内容下载至移动工具，或将教案课件在线打印成纸质资料。这十分有利于平时有较大工作压力或课业负担的用户，利用自身的零碎空闲时间，运营多样化的学习方式达到最佳的学习效果。3. 由于没有课堂教学物理空间限制以及数字传播较低的边际成本，在线教育平台的"名师"授课内容将可以广泛、反复地供给于遍布全国各地的学员用户，优质的教育资源将得到充分的开发与普及。4. 在线教育平台提供的各种教案课件，其编排体例与知识内容基本与教材教辅图书相差无几，能起到产品替代效应。5. 在线教育平台的科目设置具有较大的弹性，可根据市场需求不断细化和调整，基本能在一个平台上涵盖所有的学科类别与应试科目。

第五，出版集团探索新媒体平台的资本运营。

我国出版集团在纸媒介出版领域，主要是通过读者购买图书的货币支付方式，收回预付资本、实现价值增值。而新媒体运营商在其盈利模式尚未成熟之时，通过一系列的前瞻性投资概念炒作，从资本市场持续募集大量资金用于盈利模式的构建与市场规模的拓展，而正是有效的融资运营，在资本市场的大力扶植，新媒体运营商才实现了当前的业绩井喷。

以下为具有代表性的融资运营案例。

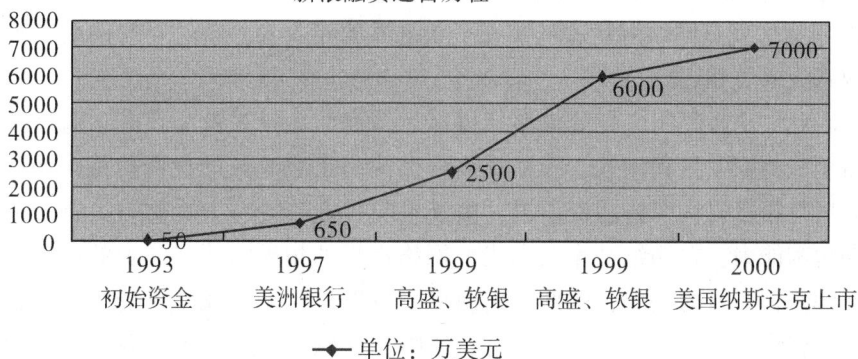

新浪融资运营历程

新浪累计向高盛、软银、美洲银行等风险投资机构融资 9000 万美元，并于 2000 年登陆纳斯达克，至 2003 年新浪宣布实现年度盈利。

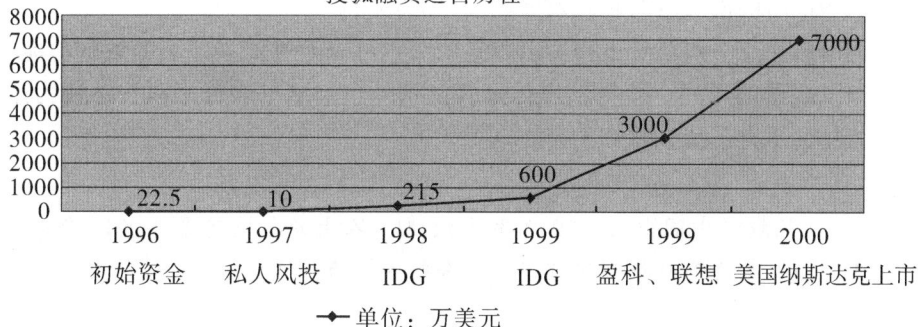

搜狐融资运营历程

搜狐累计向 IDG、盈科、联想等风险投资机构融资 4000 万美元，并于 2000 年登陆纳斯达克，至 2002 年搜狐宣布实现年度盈利。

盛大融资运营历程

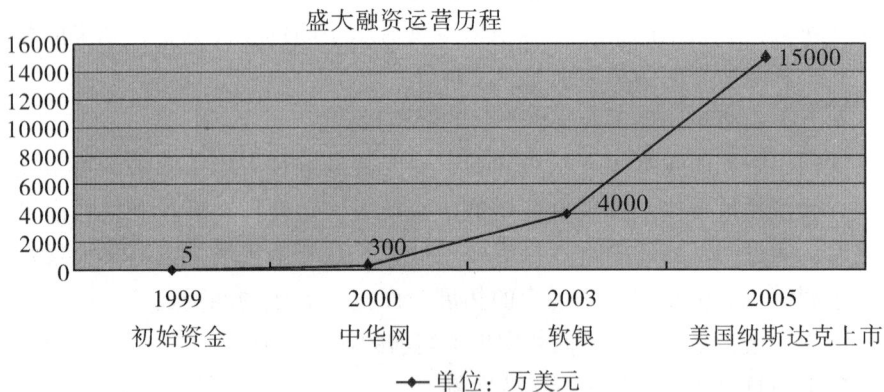

盛大累计向风险投资机构融资 4000 万美元，并于 2005 年登陆纳斯达克，2002 年盛大就在网络游戏领域实现了 6 亿元的年收入，超过当时国内三大门户网站收入总和。

因此，出版集团应充分借鉴新媒体运营商的融资型发展模式，通过吸引网络用户与探索盈利模式，不断提高自己网络出版业务的投资价值，并积极面向风险投资机构实施融资游说。由于风险投资一般不太看重被投资企业的短期盈利能力，在网络技术的研发、网络市场的拓展、网络品牌的创建等各方面都有很丰富的经验，因此，出版集团可以得到来自风险投资机构的金融支持、咨询服务与技术指导。此外，风险投资融资与股票上市融资具有承接关系。风险投资在向投资项目注资后，一般要用 3-8 年的时间将被投资企业培育为上市公司后才能退资套利。所以，采用风险投资的融资方式，还将极大推动我国出版集团新媒体业务上市融资进程，这势必使出版集团新媒体在一个较短的时间内实现跨越式发展。

同时，对于一些已经上市的出版集团，也可以通过资本市场的融资功能，通过增发股票的形式，获得新媒体运营的资金。当然，融资之前，必须构建好新媒体的平台，找到赢利的模式。

（原载《中国出版》2012 年第 11 期。人大复印报刊资料 2012 年第 2 期转载。本文写作得到了程国重、李舸先生的支持）

数字化时代畅销书营销的新特点

　　我们已经处于一个数字化的时代，数字产品与数字化技术已经成为出版工作的一个重要组成部分，在图书营销中，特别是打造畅销书的过程中，如何利用数字化技术和网络传播的优势，启动目标读者市场，实现效益最大化，越来越成为人们关注的焦点。近期，郭敬明创作的长篇小说《悲伤逆流成河》与《最小说》系列图书（长江文艺出版社出版）的畅销，则在某种程度上得益于出版社在整合营销中成功运用了数字化技术和网络传播的手段。

　　《悲伤逆流成河》是郭敬明创作的第四部长篇小说，也是他沉寂三年后第一次推出的长篇小说，尽管有不少"四迷"（郭敬明的博客自称小四）读者的期待，但因其《梦里花落知多少》一书诉讼案的负面影响，这部书能否畅销，畅销到能够达到出版方与作者本人期待的程度，成为出版社不容忽视的问题。但让人欣慰的是，这部书上市仅仅十天，销售即已突破一百万册，而市场热情不减，如果营销达到预定目标，该书的潜在市场仍然十分巨大。而于2006年8月开始出版的由郭敬明主编的《最小说》系列图书，也一路攀升，达到每种平均销售50万册的业绩。在传统图书市场普遍疲软、纸介质图书阅读率走低的情况下，这两种图书的销售业绩，给了业内一种新的希望。本文以此为例，分析一下数字化时代畅销书营销中的新特点。

　　整合营销即指企业为了达到与消费者的双向沟通，迅速树立产品品牌在消费者心目中的地位，建立产品与消费者长期密切的关系，而将不同传播媒介、传播方式，系统地、有计划地综合利用，更有效地达到广告传播和产品行销的目的的一种营销方法。郭敬明的《悲伤逆流成河》成功出版发行，与出版社注意运用品牌营销、媒体营销、事件营销、渠道营销、延伸营销等营销策略分不开。

　　首先，他们在《悲伤逆流成河》出版之前，部分内容即已在由郭敬明本人担任主编、由长江文艺出版社出版的杂志书《最小说》上连载。此书连载了七期，每期约一万字左右。《最小说》通过出版社的营销宣传，在短短的时间内，已达到每期销售五十万册的纪录。这就为读者希望读到全书奠定了较好的基础。图书出版前，他们就在新浪网、腾讯拍拍网、99读书人网站上拍卖该书的精装本与珍藏本。精装本与珍藏本共印了66666册（郭敬明的出生日期是6月6日），流水编号，珍藏本还附有三个不同的封面和照片、卡片。该书定价44元（取郭网名"小四"之谐音），在网站拍卖时最高的拍卖到一千多元。超值部分，放在《最小说》慈善基金中。拍卖预热阶段，郭敬明本人在博客上发表文章，谈《悲伤逆流成河》的出版。在决定不提前在纸介质媒体上发布消息之前，组织部分媒体就郭敬明博客文章发布新闻预告。上市前一周左右，分别在时光论坛、郭敬明《最小说》的博客、相关百度贴吧、猫扑、豆瓣、新浪、搜狐、腾讯、榕树下、西祠胡同等诸多网站、论坛上发布即将上市消息，在网站上把目标读者购买欲望调动起来。图书出版之际，他们在京召开《悲伤逆流成河》上市的新闻发布会，调动全国各地媒介，包括平面纸介质媒体、网站、广播电台、电视，同时报道该书出版消息；同时，为方便外地媒体，还采取电话会议方式，协助记者对郭敬明进行电话专访。5月11日，郭敬明在新浪网名人堂与读者聊天。5月12日在天津图书大厦，5月13日在北京西单图书大厦签售，然后组织全国巡回签售。5月底，在京召开作品研讨会，邀请当下最为著名的评论家与会，组织各地媒体刊发研讨会消息。

与此同时，还计划就图书的深度营销开展一些活动。如举行该书主人公真人秀海选。在全国范围内，在"四迷"中海选《悲伤》中的主人公人物扮演者，包括书中的主人公易遥、齐铭、唐小米、顾森西等，参选者可自行选择角色报名，并将照片上传至网站的专题页面，网友可直接进行投票。最后胜出者，将有机会和郭敬明一起拍《悲伤》的话剧，以及《悲伤》同名主题曲的MTV，其他优秀入选者也可签约《最小说》，做《青春映画》栏目的模特。二是郭敬明在各地巡回签售时，每签售一地，会举行拍卖5本限量珍藏本的活动，由郭敬明亲自监督，并签名留念，并在每个城市中选择两位幸运读者与郭敬明一起共进晚餐；该幸运读者必须满足以下几个条件——集齐所有的《最小说》杂志、《悲伤》的平装和精装各一本，并能随意背诵出《悲伤》中最让读者感动的三句话。三是征集制作Flash的高手，制作《悲伤》有关情节的Flash，要求制作者必须熟悉《悲伤》的故事发展、情节设置。郭敬明亲自在博客上点评网友发送到指定邮箱的优秀Flash，最佳者将获得现金奖励，并赠阅全年的《最小说》。四是征集《悲伤》番外篇。由读者按照自己的理解与希望重新撰写番外篇，每月选1－2篇在《最小说》中刊登，其中投票最高的文章，作者有可能直接签约郭敬明任董事长的柯艾文化传媒旗下，推出单行本。

另外，各地广播电台播出《悲伤》一书上市消息。录制《悲伤》的小说联播碟，在有合作的广播电台播发，并联系音乐、文艺广播等电台隆重推介。由于该书的读者多在学校，出版社还组织各大学的广播台、学生会，各大学校的BBS，报道该书出版及开展活动的消息；邀请校址在北京的大学校报、校刊的记者来现场发布会做互动，在校内张贴海报等。针对目标读者群主要是青少年的特点，在针对青少年发行量较大的《花溪》《南风》《漫友》《中学生博览》《女友》《男生女生》《当代歌坛》等刊物上刊发消息。

从这两种图书的成功营销来看，整合营销贯穿于整个出版活动之中：出版社以消费者为核心，重组企业行为和市场行为，综合协调地使用各种形式的传播方式，以统一的目标和统一的传播形象、传播一致的产品信息，实现与消费者的双向沟通，迅速树立产品品牌在消费者心目中的地位，建立产品与消费者长期密切的关系，更有效地达到广告传播和产品行销的目的。《悲伤逆流成河》上市十天销售即突破一百万册则说明了整合营销的威力。但我们不难看出，无论是利用传统媒介，还是使用网络媒介，数字化技术在其中发挥了很大的作用。

一是发挥网站频道的作用。由于门户网站的点击率高，出版社特别重视与新浪网、搜狐、腾讯、中华网、中国网、猫扑网、千龙网等网站的合作，在各个频道上推出新闻、小说连载、报道各种相关的活动动态，在聊天室与读者通过视频聊天。截止到2007年6月9日下午，笔者在百度查阅，关于《悲伤逆流成河》的网页有453000项，在谷歌搜索网页，共有233000项。关于《最小说》，百度上有关网页403000项，谷歌上有关网页223000项。

二是发挥博客的作用。图书预热阶段，就利用郭敬明本人博客上的文章，发布新闻预告；同时，利用《最小说》的博客、郭敬明的博客以及郭敬明团队其他人的博客，发布有关拍卖、签售的消息；有些读者也在自己的博客上介绍这本书。

三是发挥贴吧的作用。在百度上，关于《悲伤逆流成河》共有主题数2962个，贴子数40574篇，会员数1010。贴子中，读者讨论有关此书及书中人物，把自己的各种感受进行交流，形成一个小小的有关此书及郭敬明、书中人物、情节等的社区。

四是利用 E-mail 和 MSN、QQ 的信息传递功能，在互联网上发布各种相关的信息。

五是发挥 BBS 的作用。各地的"四迷"们自发地或有组织地在各大学的BBS上，发表有关此书及郭敬明的消息。

六是利用聊天工具 QQ 的窗口，随时弹出关于《最小说》的彩色广告及《悲伤逆流成河》的宣传内容。

七是利用手机群发器群发的功能，向书友会的会员发送出版消息及签售动态。

八是利用征集具有图像、文字、声音功能的 Flash，通过制作《悲伤逆流成河》的有关情境，进行比赛，以期吸引读者深度参与。

数字技术与网络传播的出现，拓宽了传播的广度和深度，打破了以往人类多种信息传播形式的界限，它融合了大众传播和人际传播的信息传播特征，在总体上形成一种散布型网状传播结构。在这种传播结构中，任何一个网结都能够生产、发布信息，所有网结生产、发布的信息都能够以非线性方式流入网络之中。网络传播将人际传播和大众传播融为一体。网络传播兼有人际传播与大众传播的优势，又突破了人际传播与大众传播的时空局限。无论是《最小说》的营销推广，还是《悲伤逆流成河》一书的销售，都充分利用了数字技术与网络传播的优势。

《悲伤逆流成河》的畅销事实说明，即使是郭敬明这样超人气作者，出版社仍然重视使用各种传播手段来与目标读者沟通，特别是在营销中重视使用数字化技术和网络传播的优势，使图书的目标市场在较短的时间内迅速放大，其不啻成为图书营销的一个成功范例。

文艺图书出版的现状

——答《中国图书商报》记者问

记者：中国社会人口增长和逐渐进入老龄化社会的趋势将对文艺图书出版产生怎样的影响？

答：对文艺图书的出版在某种程度上也应当说还是一种积极的因素。因为人口增长会扩大读者对象，增加购买力，而人口老龄化后，很多在职时想读书而没有时间的人，退下来后可能会安心做一些自己想做的事，如读书。

记者：您对文艺类图书出版版块的未来发展趋势有何看法？

答：从经济发达国家的情况来看，随着国民经济的发展，人们收入的增加，休闲阅读的需求相对会增加，文艺图书的版块也会相对增大一些。

市场的格局，如果指图书的市场格局，不会有太大的变化，即使有，也是缓慢的，不可能有什么大的变化。

文艺图书的内容，如果社会继续保持平稳发展的趋势，出版商会迎合读者的需求，出版更多生活化的、轻松的、快餐似的读物。同时，附有插图的图书将会受到人们的喜爱。

记者：改制对于文艺类图书的出版将产生怎样的影响？

答：改制对文艺类图书的出版的影响将是积极的。可以想像，挣脱了种种束缚的出版社，会以十分灵活的机制及时捕捉市场的信号，出版更多受读者欢迎的图书。当然，到那个时候，市场的竞争会比现在更激烈。当然，文艺类图书的出版也将更加繁荣。

记者：新技术（互联网、出版载体、阅读载体等）的迅速发展将对文艺类出版产生怎样的影响？

答：新技术的出现对原有纸介质的文艺类图书的出版将会产生一定的负面影响，一些信息化时代成长的青年人，已经习惯于在网上阅读作品，或者通过阅读器阅读，他们在分割传统意义上的读者的时间。但是，我们相信，无论新技术新介质发展到什么地步，纸介质出版仍将会存在。对于流失了那部分读者，传统出版社只能通过自我的革新来适应新技术的发展。

记者：文艺类图书的渠道整合将如何进行？

答：渠道的整合只能按照市场规律进行，在竞争中，会自然形成各种专业类图书的发行渠道。目前这类渠道在民营书店中比较鲜明，经营什么类的图书，书店有自己的分工。譬如文艺类图书在某个城市有哪些发行商，大家都知道。这是市场这只手来决定，而不是人为地要去整合。

记者：文艺类图书在创作层面将产生怎样的变化？

答：文艺类图书在创作上期待新的实力派作家的诞生，新时期初产生的一批作家，大多数年龄偏大，平静的生活已经使他们没有了创作的激情，创作已经处于枯竭期。如最近传出的两位知名作家抄袭作品的新闻，这说明他们生活的煤矿的开采已经到了尽头。但也有少数的作家不断超越自己，写出生命的印记，或者反思已经逝去的时代。百年中国或者近五十年的中国有很多题材值得大书特书，但由于种种原因，一些领域尚为禁区。但这些作家不时还会写出一些深刻之作。但一个时代有一个时代的作家产生，新的一代作家，七十年代八十年代作家是在一种物质上相对比较丰富，社会比较平稳的时代出生并成长的，他们没有父辈那样的血与火的记忆，卡拉 OK、VCD、互联网、动漫、MP3 这些新的媒体新的生活会使他们借助于丰富的想像，来寄托他们的理想与追求。市场经济的时代是造就好莱坞明星的时代，郭敬明这些青春偶像应运而生，今后还会不时冒出一些青春写手。

文艺出版社发展路径思索

——答《新闻出版报》记者问

问：近来长江文艺出版社动作不断。先是推出李佩甫的《城的灯》，近期又将金丽红、黎波等文艺畅销书运作精英收入门下，并很快以此班人马推出冯小刚的《我把青春献给你》，请问长江社在畅销书方面的运作情况如何？

答：出版畅销书是出版社的追求，因为往往是 20% 的书创造了出版社80% 的利润，特别对于一家文艺出版社而言，更会关注市场的变化与读者的需求。我们社在畅销书的运作上曾有过一些实践，这次有了金丽红等的加盟，可能在文艺畅销书方面会加大出版力度。我们已经有了一些具有畅销潜质的书稿，目前正在编辑过程之中，如王海鸰的《不嫁则已》、张宇的《表演爱情》等。下半年，还会有陈鲁豫、王小丫等影视名人的书稿会交到我们手上来。

问："九头鸟"是长江社近年一直在倾心打造的一个市场品牌，而当前文艺图书市场读者更倾向于短平快的东西，您如何看待打造品牌与现实市场之间的矛盾问题？

答：这是一个如何处理图书结构的问题。一个出版社需要短平快的东西，时尚的东西，快餐式的东西，但一个出版社不能没有自己的代表性的出版物。如果读者提起某某社，想不起它有什么具有代表性的出版物的话，这个出版社的经营在某种程度上是失败的。我们在推出"九头鸟长篇小说文库"的同时，注意与市场的对接，争取这些图书能持平或者说赢利。《城的灯》就是我社今年推出的第一本放在"九头鸟"中的长篇，目前第一版 8 万册已被订购一空。这就是说，打造品牌图书不一定就是做赔钱书，同时，印量少的赔钱书也谈不上什么品牌，特别是对于出版大众读物的文艺出版社而言，这两者之间更是不矛盾的。

问：在我的印象中，长江文艺社一直将主攻方向放在国内原创图书上，而面对《哈利·波特》《魔戒》等引进版图书的火热，长江社是否准备也在引进版方面有所动作？

答：是的，看着别人的引进版图书的火爆，我们既羡慕也为同行感到高兴。我们也希望开发国外出版资源，但关键是我们缺少这方面的成熟编辑，几位学外语的编辑先后去了国外，我们正在引进这方面的人才，我们也希望涉足这方面的出版。当然，这种大畅销书在某种程度上是可遇而不可求的呵。

问：面对竞争日趋激烈的图书市场，如何让自己在众多同类地方社中脱颖而出并为将来抢占有利的制高点，可能是你们这些社长当前思考的重点。那您为长江文艺社的未来是如何定位如何准备的？

答：我认为，适应正日趋竞争激烈的图书市场，出版社首先要培养与锻炼一批有市场意识的成熟的专业人才，其中包括编辑与发行两个方面的人才；同时，要有一套激励与约束机制，有利于调动广大职工的积极性；另外，作为出版社的负责人，要有前瞻意识，在产品结构、市场布局方面，要根据市场变化，迅速做出反应。我们经常谈到的抓住机遇就是要敢为天下先，用国际上出版业的发展经验作为我们自己的参照系，因为中国正在融入世界经济一体之中，出版业尽管不会马上放开，但经济运作的规律是一致的。我是这样思考也是正在努力这样实践的。作为一家地方文艺出版社，我们希望进一步扩大文艺图书的市场占有率，形成自己的图书特色，至于其他的，我想，我们还正在努力，现在还不敢奢谈。

畅销书出版三十年

伴随着改革开放事业前进的步伐，中国书业在不断的探索与螺旋式上升中进入到第三十个春秋。回首书业三十载的发展道路，尽管有许多让人激动甚或困惑的重要事件，但梳理这段历史，人们无不承认，畅销书的生产销售机制的形成，书业市场对畅销书的重视程度，畅销书在文化消费中的导向作用，则是中国书业在市场化道路上日趋成熟的一个重要标志。

畅销书的概念，实际上是与排行榜的诞生紧密相连的，是与市场化的运作伴生的。其实，销量比较大的图书，在中国早已就存在，如印刷上亿的《毛主席语录》之类的政治读物，一度曾经铺天盖地。但作为真正意义上的畅销书，业内大多数人认为，其不应当包括通过行政手段发放的读物，而应当是通过市场，通过读者的购买行为产生的商品。中国的畅销书的产生，严格来说是出现在 20 世纪 90 年代末。这时的中国出版业已经从 10 年前简单的增加图书品种、市场扩容发展到全面的市场竞争。竞争的结果是，单本图书销量锐减，库存增加，但与之相对应的是图书市场的相对饱和、读者阅读倾向个性化的趋势。于是，面对现实，出版社由过去的重编辑向重发行过渡，市场营销开始进入中国的出版业。随着目标市场的不断细分，出版社有目的地深度开发适合一定读者群的图书就开始大批量问世。

由于畅销书的生产与供应是伴随着营销的不断创新而屡创新高的，这种大众的读物，在某种程度上并不能让所有人接受。书业内部及其读者对畅销书的批评之声从开始就不绝于耳，说浅薄者不乏其人，说误人子弟者有之，甚至有作家干脆理直气壮地宣称自己从来不读畅销书。褒也罢贬也好，但无论是生产者、销售者还是作者，甚至是读者，都对畅销书这种文化现象给予了高度重视。

回首畅销书三十年的发展历程，我们不难看出，畅销书已经走过了萌芽期、初具规模期、现在正逐步走向繁荣期。回顾三十年的历史，对我们总结过去，开拓未来，都有一定的价值。笔者试将畅销书的生产分为三个阶段，梳理出三十年的发展脉络。

1978—1989

这是一个典型的卖方市场时代，或许在世界出版史上还鲜有如此庞大而又急切的市场渴求。十几年的文化禁锢，虽然让许多优秀作品无缘和读者见面，但是读者对文化知识，对优秀出版物的热情却随时可以喷涌而出。这是一个文史哲大行其道的年代。人们从文化荒漠和数年的错误路线中走过来，开始回顾、思考和探索。反映在出版事业中，就是举国上下出现了严重的"书荒"现象。在书店里面，只要一有新的古典文学名著、外国文学名著出来，马上就排长队，立刻售罄。这是空白之后的一种爆发。从 20 世纪 70 年代末到 80 年代，整个就是一场可歌可泣的"阅读狂欢"，大家都处在无比亢奋的对书的迷恋状态中。

畅销书在上世纪 80 年代初被作为外来事物偶有提及。当时《读书》杂志提倡自由开明的读书风气，大量介绍了西方的读书现象，其中畅销书现象也被作为西方出版界的一种特殊事物介绍给国内读者。《读书》杂志 1982 年 10 期一篇题为"畅销书作家的秘诀"的文章中，作者张仁德提到："在西方，一本书成不成为畅销书出版商起很大作用，有的时候起决定性作用。因为出版业在现代的西方世界已经成为另一种大规模赚钱的'工业'。""出版业现在不是正人君子的行当了，这是买卖，是一种工业。我对市场情况熟悉，我只不过帮助作家使他们的作品得到出版，能赚钱而已。"从这篇文章中读者可以模模糊糊地意识到畅销书是一些可以卖出相当多册数的图书，对作者和出版社来说都是一个可以赚钱的工具。当然上世纪 80 年代初在人们的潜意识里和赚钱扯上关系的多半不是个好的事物，究竟为什么不好似乎又说不清楚。因此文末作者慎重地提醒读者"总而言之，在什么都是商品的社会里，一有'销'这个字就应当警惕一下"。这一个值得警惕的事物实际上在上世纪 80 年代的图书市场大量出现，上世纪 80 年代的图书市场分外热闹，一波一波的阅读热点使得各界人士都很有兴趣对畅销书的现象进行讨论。认识畅销书的出发点各有不同，但从这些认识中可以反映出这一时期的主流观点。

这一时期的畅销书有如下几种：

1. 古典文学名著和现代经典文学作品

中华民族上下五千年的文明除了体现在一件件珍贵的历史文物上，还可以从流传下来的经典作品中表现出来。古代的文人注重"三立",其中"立言"就直接体现在出版物中。不过,相比其他类别的古典著作,文学类的书籍更加受到欢迎。文学类书籍以其通俗易懂和贴近生活的特性,迅速进入了千家万户。我国古代的四大名著、讽刺小说、谴责小说等曾经被认为是"封建毒草"的作品一时之间销量惊人。与此同时,现代优秀作家,如巴金、鲁迅、张爱玲等人的作品和反映火热的革命激情的作品再次热销。

值得一提的是,这个时期的出版人以连环画"小人书"的形式重新演绎了这些经典作品,成为许多当时的青少年回味一生的温暖记忆。这些"小人书"开本小,轻便易携带,一般上图下文,图片精美文字简练易懂,售价便宜。在"小人书"演绎的"连续剧"里,孙悟空可以上天入地,诸葛亮可以呼风唤雨,水浒的英雄们可以大闹江湖。可如今这些玩艺儿,已经成为了精美的收藏品,收购价格一路走高。

2. 文革后出现的各类作品

文革结束后的最初几年,诗歌出版成了文学出版的主角。1977年,人民文学出版社出版的《天安门诗抄》和《革命诗抄》拉开了文学轰动效应的序幕。1980年前后,中短篇小说的繁荣如磁铁一般吸引了人们的注意力,诗歌出版转冷。但随后的朦胧诗的崛起以及由此带来的诗歌论争,使诗歌出版再度回暖。据统计,1981年至1983年,历年出版的书籍数量分别为910种,121种,160种,1984年更是超过了200种。在朦胧诗歌潮降温后,诗歌出版在文学出版的格局中逐渐边缘化,小说出版一枝独秀。

这一时期的小说出版呈现出清晰的发展走向:先是共同显露"伤痕",然后一起开始"反思",并同时将目光投向社会"改革"。这一激流式的运动方向,是沿袭中国几千年文学"文以载道"传统,"文学从属于政治"的另一个表现。

1977年11月份的《人民文学》上,发表了刘心武的短篇小说《班主任》;1978年8月卢新华的短篇小说《伤痕》发表在《文汇报》上。这两篇作品在题材上对于"伤痕文学"具有开创性意义,然而在艺术上它们却都是十分稚嫩的。相比之下,另几篇也被视为"伤痕文学"代表作的作品,虽然并无拓荒价值,但艺术上却显然更为成熟,如张洁的《从森林里来的孩子》、宗璞的《弦上的梦》、陈世旭的《小镇上的将军》、从维熙的《大墙下的红玉兰》、郑义的《枫》等。莫应丰出版于1979年的《将军吟》、周克芹描写农村的《许茂和他的女儿们》(发表于1979年)、古华描写小镇岁月的《芙蓉镇》（1981 年发表）、叶辛展现知青命运的三部曲《我们这一代年轻人》《风凛冽》《蹉跎岁月》也都是此类主题的代表作。一时之间，人们争相传阅这些作品，并掀起了争论的热潮。这些作品都先后被搬上银幕或改编成电视剧，在社会上产生很大反响。

1979 年底开始了"反思主义"文学热潮。这些作品或张扬被左倾思潮压制多年的"人道主义"，甚至歌颂某种"永恒的、超阶级的人性"，如表现同情的《离离原上草》、表现母子亲情的《女俘》、表现友情的《驼铃》和表现"爱情"的《如意》等；或探讨爱情婚姻方面的社会问题，如《爱，是不能忘记的》、《春天的童话》、《我们这个年纪的梦》等；或讴歌人的生命力量，如《北方的河》、《迷人的海》等；或思考生存价值，如"知青小说"中对往日做写实性却富于诗意的回忆与描述、"右派小说"中立足政治历史之上对自己的心理历程的解剖。

1985 年前后，寻根文学和现代派兴起，马原《冈底斯的诱惑》，张辛欣、桑晔《北京人》，史铁生《命若琴弦》，刘索拉《你别无选择》，王安忆《小鲍庄》，陈村《少男少女，一共七个》，莫言《透明的红萝卜》，韩少功《爸爸爸》，残雪《山上的小屋》，扎西达娃《系在皮绳扣上的魂》等成为新兴的文学畅销书。

还有一些学者写的文艺理论书也特别畅销，比如刘再复的《性格组合论》，印量非常大，风头之劲比得上现在的易中天。当时又有"美学热"，李泽厚的《美的历程》是超级畅销书，还有他那三本《中国思想史论》，影响甚广。

3. 西方作家经典作品（包括文学作品和学术类作品）

1978 年初，外国文学名著解禁，一大批久违的名著陆续出版，不过基本都是文革的老版修修补补重新印刷，甚至翻箱倒柜把老纸型找出来直接用上，前言里还要加进去那个粗鄙的政治框子才有安全感。真正大批出版译介外国图书和再版中国经典是从 1979 年开始的。这个时期的翻译作品大多以丛书的形式介绍到中国。比如外国文学方面，最有名的几套有上海译文的"外国文艺丛书"，一直出了十几年，主要是当代文学作品，纳博科夫、亨利·詹姆斯、卡尔维诺、马尔克斯、索尔仁尼琴以及荒诞派戏剧什么的都在其中。另外一大套是上海译文和外国文学出版社联手推出的"二十世纪外国文学丛书"，也一直出到九十年代，以作家的单行本为主，有福克纳、马尔克斯、川端康成、毛姆等等。还有一套特别有名的是"外国文学名著丛书"，都是巴尔扎克、狄更斯这些十九世纪的古典名著，影响甚广。另外萨特、尼采、弗洛伊德、叔本华等人的作品也是风靡一时。西方哲学方面也出了几大套丛书，比如甘阳主编的"当代西方学术文库"，几乎收纳了二十世纪所有的大哲学家的作品，如海德格尔、本雅明、萨特等等。甘阳还翻译了一本卡西尔的《人论》，也是当年的大畅销书，卖了十几万本。三联的"新知文库"销售也十分火爆。还有金观涛等编的"走向未来丛书"，试图用西方的科学和现代理性观念来系统地重新梳理中国传统和现实，引起了广泛的重视。

4. 港台娱乐消遣类图书

谈这些书籍，我们只需要提到这些书籍的作者们，如金庸、梁羽生、古龙、琼瑶、三毛等，大家都能随口说出他们的几部作品。畅销书作家与畅销书的关系总是共容共存的，畅销书将它们的作者变得家喻户晓的同时，畅销书的作者也能够凭借自身已有的名气和在读者心目中的地位让自己的作品本本畅销，直到今天依然如此。他们的作品在进入大陆市场以前就曾经在港台获得了极大关注。在接受了数年"又红又专"的革命教育的大陆民众心里，这类作品既如雷鸣，敲醒了大家对真善美的向往；也如春风，温柔细腻地唤醒了人们对美好爱情的渴望。出版了这类作家作品的出版社具体数字已不可考，这类书的销量更是无法计算。一方面是由于那个年代还没有今天的诸如畅销书排行榜一类的东西做统计；另一方面是由于泛滥得近乎猖狂的盗版市场到底吸引了多少读者更是难以计量。但可以肯定的是，他们在那个时期的大陆出版市场掀起的热潮，绝对不亚于今天的畅销书《哈利·波特》在欧美市场的盛况。这些畅销书当时涌进大陆的品种很多，泥沙俱下，经过一段时期的沉淀，许多优秀的品种，已经从大众消遣读物变成了经典作品，从畅销书变成了常销书。同样，由于《著作权法》等相关法律法规的颁布实施，这类书籍的出版也走上了正规化的道路。在特定的情况下，这类书籍也会相时而动，达到又一个畅销热潮，比如同名电视剧的拍摄和热播。

总体而言，这一时期人们对书籍的渴求是单纯而迫切的，完全是为了阅读而阅读，没有任何的功利目的掺杂其中。深奥艰涩如《梦的解析》和诸多萨特作品，通俗消遣如言情武侠，都受到人们的热捧。虽然这一时期出版社的日子的确非常好过，出版社也成为了许多人羡慕不已的地方，但是客观而言，这都是十几年的文化禁锢后一种畸形繁荣的现象。人们在广泛地接触到优秀作品的同时，也难免遇到许多低级趣味的作品，加上疯狂的盗版盗印，整个出版市场并不规范。随着人们阅读体验的逐渐成熟和市场经济的引入，这种出版一本畅销一本的现象开始改变了。

1990—1999

上世纪 90 年代是中国社会主义改革开放和现代化建设的一个全新的阶段。人们的阅读趣味和品味也在这一时期发生了很大的变化，开始由盲目的阅读向选择性阅读方式迈进。过去社会的二元结构不见踪影，社会结构剧变，持续、深刻地分化重组，日益呈现出多元化的发展趋势。同样中国文化发展也处于多元并存的结构中，不同历史阶段的文化要素纠结在一起，各种文化结构互相影响和相互作用；同时主流文化、精英文化、大众文化三足鼎立，各种文化因素交融互动产生了丰富多彩的社会文化景观。与此同时，出版行业也和其他行业一起进入了改革的行列，由事业单位开始迈向"事业单位，企业管理"，要想过好日子，而不是仅仅靠现有政策勉强维持，自己必须努力在市场中找利润。畅销书是赚得利润最直接也是最有效的法宝，因而畅销书在图书市场遍地开花，在政治、哲学、经济、历史、文化、文学、科学、艺术、财经等所有图书领域都不乏畅销之作。

经过了 80 年代末的政治风波后，整个出版市场也随着其他行业一起进入了一个短暂的整顿期，但是出版业并没有停止对畅销书的追求。首先是 1990 年，被出版界称作为"汪国真年"，汪国真的各类诗集都能销数十万之巨，这可以认为是 80 年代畅销书的继续。90 年代开始的也是影响力最大的畅销书是人民文学出版社出版的梁凤仪的财经小说系列，这对于一贯以文学性强而著称的人民文学出版社而言是一个在当时很让人吃惊的尝试。

上海文化出版社的《五角丛书》（一至六辑）以总发行量达 3000 万册的市场业绩而成为图书市场上一道亮丽而持久的风景线；广东教育出版社的《新三字经》以单行本销售 1000 多万册的骄人业绩引起业内人士的惊羡；三联书店的《学习的革命》以 800 多万册的销售成绩开创了中国图书产业化运作的新模式等等。传统、单调、平稳的图书市场发生了翻天覆地的变化，畅销书的出版真正进入了自觉的、理性的时代，中国畅销书的出版也迎来了它的初步繁荣时期。

1. 出版业对畅销书本质的认识有了根本改变

上世纪 90 年代初，"文以载道"的观念仍然存在于人们的意识中，人们一时还无法接受单纯提供娱乐功能的图书。所以一度在市场热销的娱乐性畅销书如武侠、言情等通俗小说被贴上媚俗的标签，出版人希望"出版有特色、高质量的畅销书"，这一观点在一段时间内成为共识，这就表明了这样一个认识：在当时大部分出版人的心目中，畅销书和图书质量是联系在一起的，存在用畅销的标准来衡量图书质量的情况，因此常销书才是出版人心目中认可的畅销书。事实上，对于出版社而言，如果在某段时间内能有大量的读者愿意购买某种图书，出版社能够获得丰厚的利润，这种图书的市场价值能够得以体现，对于出版工作而言这就足够了。传统观念上认为经久不衰的图书在节奏极快的市场经济时代无疑类似于一个"神话"，花费大量的人力、物力和财力去追求这样的畅销书，对多数出版社来讲都是不切实际的，因此这种畅销书观点并不符合现实的要求。

随着市场经济体制的建设，出版社参与市场竞争的力度也在逐渐加大，出版人才开始从市场的角度来认识畅销书的本来面目。对于什么是畅销书，出版人首先考虑的是它的市场特征，承认畅销书受到销售时间的限制而不是如传统观念认为那样图书是永恒的精神产品；二是销售数量必须达到一定的标准，这个销售量的标准一般是有一个权威性的畅销书排行榜来作为参照，尽管中国的市场缺乏权威性的畅销书排行榜。虽然关于畅销书特征的认识未能明确回答畅销书是什么，但已经可以明了畅销书的定义关键在于销量而不在于其选题和内容，畅销书这个概念决不是对图书进行价值判断，而且文化积累不是畅销书本身的任务，但优秀的畅销书可以起到促进文化积累的作用。如钱钟书的《围城》、余华的《活着》，后来都成为畅销书排行榜上的常青树。

2. 畅销书排行榜方兴未艾

中国书业的畅销书意识在二十世纪最后五年大大增强，激发因素有两个：一是科利华斥巨资参与《学习的革命》一书的市场开拓，这使人们意识到原来畅销书需要包装商的介入，需要大手笔的操作；二是畅销书排行榜的出现，推动了中国书业畅销书开发水平的全面提升。

我国的畅销书排行榜大约出现在 1995 年左右，1995 年《中国图书商报》创刊，这是一份从创刊起就致力于做中国书业标尺的报纸，它在 1995 年时推出了畅销书排行榜，这个畅销书排行榜每月推出一榜，以表格的形式简单地罗列了书名、上榜时间、出版社和图书价格，并在表后注明"本排行榜根据全国 30 个重点城市新华书店中心门市部的销售数据综合而成"。这是国内畅销书排行榜最初的简单形式，当然这个表格的数据来源是否可靠，统计是否合理，是否具有代表性和权威性都没有得到充分的证明，其对民营渠道的忽视自然不太符合书业销售的现状，这个排行榜的权威性也就很值得质疑。中国图书商报也承认数据的片面性，它在1996年的时候开始着力于推出当时在北京颇有影响力的一些民营书店如"风入松"的每月畅销书排行榜，但单个书店的排行榜似乎并不具有代表性，它更像是一种象征，表明民营书店作为一种力量得到业界的关注。

另一本在出版业内颇有声望的期刊《中国图书评论》也在1996年推出了一个更为简单的每月畅销书排行榜，另外《出版广角》也在1997年推出了一个双月畅销书排行榜（因其是双月刊）。这一连串事件都表明了畅销书排行榜这个事物在中国书业中出现了，让畅销书的出版从幕后走向了台前。

畅销书排行榜的完善是与书业的成长联系在一起的，在1995年以后，书业界掀起了兴建图书大卖场的风潮，图书大卖场推行现代化的管理模式，用计算机来处理图书数据，对于统计图书的销量数据来说无疑更加准确和高效。而畅销书是图书大卖场的主角，业界也非常希望有一个畅销书的评判体系来作为参考。1998年北京开卷图书市场研究所参照全国图书零售市场的分布和结构以及零售POS系统的使用情况，抽样选取全国范围内大中城市中最具规模的大中型零售书店，通过每月收集加盟书店当月的全品种零售数据，建立起全国图书市场零售数据库分析系统，基于此开卷推出畅销书分类排行榜并且每月在《中国图书商报》上刊登。相对而言开卷的排行榜统计样本大，结论比较有代表性，至今依然对畅销书出版市场有很大的影响。

3. 畅销书作家成为畅销书出版的一支重要力量

对于畅销书来说，1993年是一个重要年份，从这一年开始畅销书作家逐渐从普通作家队伍里分离出来走向了前台，大众媒体对于畅销书的作用开始显现，畅销书开始全面进入市场化操作的过程，畅销书的策划人成了一种全新的职业。这一年在文化界有三件颇受关注的事情：

第一，"王朔现象"引起了广泛讨论。被称为"中国畅销书作家第一人"的王朔率先将版税制引入中国大陆，这一制度迅速广为施行。这种将作者的收入直接与图书销量挂钩的做法极大地刺激了作者的创作热情，也让作者开始关注图书的命运，将自身和出版社的利益视为一体。一批市场反映好的作家开始脱颖而出，贾平凹、刘震云、池莉、余秋雨等等都是目前业界公认的畅销书作家。

其二，作家周洪签约中国青年出版社。作家周洪其实是人民文学出版社

《当代》编辑部以周昌义为首的一群作者的笔名，周昌义本人则是人民文学出版社编辑。中国青年出版社同周洪签订了三年的出版合同，合同约定：今后三年内，周洪必须按中青社出版整体计划创作书稿，凡出版社不同意的选题，周洪无权创作。

其三，1993 年 10 月 28 日在深圳发生了震撼中国文坛的大事"中国文稿拍卖会"。此次拍卖会的策划人的想法是"建立起一个市场，一个公平地体现出知识分子价值的市场，让文人凭着自己的智慧富起来，让智慧仗着文人的经济腰杆流通起来"。参与此次拍卖会的有著名作家史铁生、张抗抗、霍达等，同时被拍卖的还有顾城的作品《英子》。

这些都表明畅销书作家已经形成了一种独立的力量，他们本人有才气，他们的作品有市场，他们敢于言利，敢于将纯文学通俗化，将精英文化大众化，将自己的创作去迎合市场需求。

当然，还有一类畅销书作家也应该受到关注，就是各类"名人"，他们的作品就是一部部销量惊人的个人传记。名人图书成为 1995 年以后持续火爆的畅销书，基本上销量都不俗，像《岁月随想》《日子》《痛并快乐着》《不过如此》等正版书的销量都在百万册上下。

可惜，这一时期出版界对畅销书作家的包装和打造还不够重视。1995 年以后本土作家的文学畅销书不多，文坛新人的长篇力作尤其少，唯有 1998 年阿来的《尘埃落定》成为一个亮点。少数几个畅销书作家成为出版方争夺的资源，严重影响了其创作力。上世纪 90 年代初期的几个畅销书作家到了 90 年代末在创作上都显得力不从心，王朔到了 1999 年才有新作《看上去很美》上了排行榜。

4. 策划制度开始引入畅销书的运作

策划制度表现在人员安排上是我国的出版企业内部开始出现了"策划编辑"一职，类似于西方的组稿编辑，但又不完全相同。相关资料表明，广东的出版社首先试行了设置"策划编辑"的制度，中国少年儿童出版社和中国青年出版社也已推行"策划编辑"制度；1993 年 2 月，上海人民出版社的策划编辑也登上了出版舞台，不久，上海的少年儿童出版也设置策划部，配备策划编辑。出版社的这些举动表明了一种探索，传统的出版模式已经随着市场经济的来临进行了改变。出版社设置策划编辑的初衷就是要做市场需要的图书，要在选题这个源头上向市场靠拢，而选择符合市场的选题是做畅销书的根本，编辑制度上的改革为编辑策划畅销书提供了空间，也为书籍策划的制度化经常化提供了人员保证。华艺出版社的"金黎组合"（王朔作品和名人传记类图书），作家出版社的张胜友（余秋雨等人作品），春风文艺出版社的安波舜（"布老虎"丛书）等都是其中的佼佼者。另外一种不容忽视的策划力量是民营力量。书商中有一批高学识的从业人员具有独特的文化眼光和敏锐的市场触觉，他们早就不局限于卖书这个领域而是直接参与出版，他们自己做选题策划，自己做发行，业界传言排行榜上 10 本畅销书中有 8 本是书商运作出版的。

在上世纪 90 年代初期出版社就开始同媒体共同进行畅销书宣传，而且在利用传媒上总结出一系列的经验。但是在畅销书的营销过程中还是更多地在宣传方式上变换花样，有买书赢小轿车的，有百万元悬赏征集稿件的，如此种种引来的是来自业界的对"炒作"的怀疑和批评。上世纪 90 年代末期《学习的革命》一书的营销手法是畅销书运作中的一个分水岭，大资金的投入和全面的媒体宣传战让出版业界大开眼界，此书畅销让出版方发现市场营销的作用甚于文本作用，此后出版业界真正进入了畅销书全过程市场营销的阶段。到了上世纪 90 年代末期，国内的畅销书基本已经形成了文本——包装——渠道这样一个商业运作模式，在这一模式中围绕市场卖点选择文本、包装文本、宣传文本，并用多种渠道到达读者手中，营销策划的理念在这个过程中体现出来。

这一时期影响很大的畅销书除了上文中所提到的图书和畅销作者的相关作品外，还有一些不容忽视的畅销书：由民营出版人运作的《中国可以说不》（据说销量 300 万）；与网络首次联姻的文学作品《第一次的亲密接触》（一百余万册）；国外畅销书本土化运作开端的《廊桥遗梦》（全球销量 300 万册）；颇受争议的作品《废都》（正式出版于 1993 年 7 月，于 1993 年 8 月遭禁，短短一个月，正式出版 50 万册）；广受青少年追捧的作品《花季雨季》（连续荣登第七、八届书市销量榜首）；倡导组织学习的《第五项修炼》（正版累计 50 万册）；倡导成功文化的《世界上最伟大的推销员》（全球销量 1800 万册）；村上春树的作品《挪威的森林》（全球突破 500 万册）……

这是一个承上启下的特殊十年。在这个历史时间里，整个社会处于经济转型期，社会主义市场经济体制的确立和发展，使得人们的意识形态和各种观念在这个时间里发生了巨大的变化，出版社作为一种特殊的企业就在经济体制转变和意识形态转变双重影响下走过了十年，逐渐形成了具有与众不同的市场化道路。畅销书是出版社市场化的产物，也印上了这个时代的特色。

我们依然可以看到，畅销书市场还有巨大的潜力可挖。

2000—2008

新世纪以来的畅销书出版热闹非凡。据北京开卷图书市场研究所的资料，2001 年全年动销品种前 5% 的图书创造了 2001 年全年 49.99% 的销售额，而2002 年全年动销品种前 5% 的图书创造了 2002 年全年 51.99% 的销售额。2003～2004 年畅销书仍然占有这样的比例。少量的畅销书创造了主要的销售额，如文学图书在 2002 年，仅以 8.04% 的畅销品种占到了 80.87% 的市场码洋，它表现的已经不仅仅是"二八"定律了，而是"一九"定律了。这些现象随后的几年并没有改变，而且在很多图书门类中，产品集中度越来越明显，品牌书、品牌社的图书越来越受到读者的关注，优秀图书集中的趋势越来越明显。

2002 年春天，北京开卷图书市场研究所常务副总经理孙庆国向世人宣布"中国图书零售市场已进入畅销书时代"。这一声音很快引起了广泛的争议。孙先生分别于 2002 年 2 月 21 日、2002 年 11 月 8 日、2003 年 9 月 5 日在《中国图书商报》接连撰写三篇文章阐述畅销书时代的理念。首篇文章《中国图书零售市场进入畅销书时代》开宗明义：根据北京开卷图书市场研究所的监测数据统计，可以认定中国书业零售市场已进入畅销书时代。20% 的畅销书品种产生 80% 的效益，这就是畅销书的内涵。市场上大多数图书品种滞销正说明了畅销书的意义。从畅销书出现的背景——品种增多、市场细分，到畅销书的五大品种、畅销书时代的走向，基本给出了"畅销书时代"的理论框架。

孙氏在提出该理念时就对它的走向做了预测：畅销书将左右市场格局；书店更加看重畅销书；品牌战略将是竞争的主要体现；出书品种将相对减少。如今，前三个预言已得到市场的验证，第四个预言也开始受到业界的重视。那些曾经引起的争议在事实面前逐渐销声匿迹，这确实是一个畅销书的时代。

畅销书的整体营销策略在理论和实践上都广受重视，畅销书的运作开始向国外借鉴成功经验，同时出版界也十分注重将这些经验本土化，造就了诸如《谁动了我的奶酪》《"非典"防治手册》《哈利·波特》《水煮三国》《人体使用手册》《狼图腾》《品三国》《<论语>心得》等超级畅销书。在激烈的市场竞争环境下，一本书的畅销既不能靠运气也不能仅仅靠某一方面的力量，而是需要整合各方资源，通力合作，最终取得成功。

这一时期人们的阅读目的日益多元化、功利化、细分化。反映在畅销书市场上即是各种门类的畅销书都获得了极大的发展，几乎在所有的大众图书领域都有属于自己的畅销书。并且各个门类的畅销书持续发展，你方唱罢我登场，连续性明显增强。其中比较突出的有以下几类：

1. 青春文学异军突起

2000 年，文学图书市场发生了结构性的变化。以叛逆者形象出现的青春写手韩寒在这一年出版了他的第一本书《三重门》。善于炒作的作家出版社以青春文学的概念包装这部作品，随着该书的大卖，青春文学概念迅速深入人心。一些人开始拿着《三重门》与《花季雨季》对比，再联系网络文学的兴起，让一部分目光敏锐的出版人迅速将目光聚焦其中。

随后的三年，以韩寒、郭敬明等为代表的青春文学作家，系列地打造自己的作品，如痞子蔡继《第一次的亲密接触》后的《爱尔兰咖啡》《夜玫瑰》《亦恕与珂雪》，韩寒《三重门》《长安乱》《零下一度》《毒》等，郭敬明《幻城》《梦里花落知多少》等，还与出版社合作推出了《岛》和《最小说》系列读物，更是本本畅销，长久占据着排行榜的一席之地。这些作品轮番推出，领跑文学图书市场，其销量均在几十万至上百万册之间，对扩大文学的社会影响力，稳定文学图书市场份额，起到了非常关键的作用。期间，王蒙、刘震云、王安忆、莫言、毕淑敏等专业作家间或有作品出版，影响虽大，但销量总略逊一筹。2004 年文学类畅销书前五名中，青春文学类图书占了四席，前三名分别为《梦里花落知多少》《幻城》《那小子真帅》，将青春文学的出版推向了顶峰。除韩寒、郭敬明外，大批的青春写手如王文华、春树、曾炜、张悦然、藤井树、蒋峰、李傻傻等相继进入，海外军团如可爱淘、金河仁等人作品也一部一部被引入内地。出版业不仅注意发现作者，还精心包装作者。如李寻欢对郭妮的包装，湖南魅力优品周艺文对小妮子团队的包装。他们用影视界包装明星偶像的方式，使这些作者频频出现在各类媒体中，关于他们的正面和负面新闻更是从不间断，从而对青年作者及团队进行全方位的开发，形成流水线似的畅销图书生产机制。至此，作者偶像化成为新的潮流。他们作品畅销的最直接表现就是在各类零售书店中，原来青春文学隶属于现当代文学书架，只占据"一席之地"，而现在，青春文学早已作为一个单独的门类独立陈列，稍具规模的卖场都有好几大书架供其专列。

2. 少儿文学超级畅销书频出

少儿文学作品接连成为超级畅销书，拉动整个少儿板块大盘上扬。在 90 年代中后期，《哈利·波特》、《鸡皮疙瘩》等系列出版之前，少儿畅销书榜主要由多元化的本土作品构成，各个细分类图书皆有上榜图书，经常可见的品种有《唐诗 300 首》、少儿版"四大名著"等。但随着《哈利·波特》《鸡皮疙瘩》《冒险小虎队》等一系列超级畅销书的成功引进，少儿畅销书榜上少儿文学逐渐占据了绝对优势。随之而来的，以杨红樱、秦文君、"花衣裳"等作家作品为代表的原创少儿文学也逐渐热了起来，形成引进、原创交相辉映的良好局面。少儿文学作品通常都是系列作品，每种少则数册，多则几十册，因此与文学榜、非文学榜形成鲜明对比，少儿畅销书榜常常一两种图书就占满了排行榜前 20 位，显得有些单调。

3. 励志类领跑非文学榜

2000 年、2001 年，励志书市场迅速发育并随即于 2001 年进入高峰期。《谁动了我的奶酪》直接推动了高峰期的到来。该书于 2001 年 9 月由中信出版社出版，号称"全球第一畅销书"，通过寓言式小故事道出一个简单而耐人寻味的道理，而这个道理正好又切合了当时许多人焦虑、彷徨的心态，于是被包括央视在内的许多媒体广泛关注。"奶酪"风暴眨眼间席卷了整个图书市场，这一年励志书借"奶酪"大出风头，在非文学畅销书榜占据 23 席，占排行榜图书品种的 21.43%，比素质教育图书还高了 6 个百分点。

2002 年 5 月，哈尔滨出版社《致加西亚的信》出版，这本书适时地从"奶酪"手里接过接力棒，此后在它的引领下励志书继续领跑非文学类畅销书榜。此时，署名"奶酪"作者斯宾塞的其他作品如《一分钟的经理人》《一分钟的你自己》，以及《鱼》《高效能人士的七个习惯》等相继上市热卖。不过非常遗憾的是，斯宾塞后继作品都是未经授权的伪书，一直到 2003 年 7 月南海出版公司推出斯宾塞正式授权的《给你自己一分钟》，这些伪书才结束了自己并不光彩的畅销史。

2003 年，《邮差弗雷德》《自动自发》《杰出青少年的七个习惯》等继续维持着励志图书市场火热的态势，数个版本的"加西亚"在市场上你争我夺一派热闹景象。这一年，成长得足够大的励志图书市场开始出现细分。团购的兴起，把一些出版社的目光聚焦到职场心理励志图书，职场励志被看作励志书市场的新热点。

2004 年 2 月机械工业出版社的《没有任何借口》登上了开卷全国非文学图书排行榜的首位，在非文学前 30 名中，有 9 本为职场励志图书。《细节决定成败》一书则更受欢迎，其在 2004 年的排行榜中，因为后被认定为伪书的《没有任何借口》而屈居亚军，2005 年即荣登榜首，2006 年因两本百家讲坛系列书籍而名列第三，2007 年是它出版的第四个年度，它依然名列第九位，可见这本畅销书的生命力是很强的。

4. 大众健康和大众理财类图书成为畅销新秀

随着人们生活水平的提高，大众健康和大众理财风头强劲。就像所有出现"井喷"行情的市场领域一样，大众健康类图书在经过长期蛰伏之后，于 2002 年被一本名为《登上健康快车》的书强势拉动。该书在相当长的一段时期，以每天 1 万册的惊人速度被各地读者抢购，半年时间销量约百万册。随即，该书作者洪昭光的一系列图书如《让健康伴随着您》《健康忠告》《生活方式与健康》等开始热销，动辄数十万册，有的甚至达到上百万册。在洪昭光作品带动下，2002 年下半年以后，大众健康类图书出版已经蔚然成风，《黄席珍睡眠忠告》《清晨 8 分钟》《肠内革命》相继推出，引进版、本土版遍地开花，该类图书频频登上畅销书榜。

2003 年突如其来的"非典"事件更是将大众健康书市场推向顶峰。中国轻工业社的《非典型肺炎并不可怕》、北京出版社的《非典型性肺炎预防手册》等一大批非典防治类普及读物集中出版，数量可能在几百甚至上千种。不过，随着这个突发事件的结束，健康书市场迅速回落并稳定到一个正常水平。2004 年和 2005 年的非虚构类畅销书榜前二十名中没有一本是大众健康类书籍。

近两年，随着营销手段的成熟，国医健康绝学系列（已出五本）《人体使用手册》《无毒一身轻》等又登上了非虚构类畅销书榜。2006 年销量前二十名的非虚构图书中，有三种属于大众健康类，2008 年上半年非虚构类畅销书排行榜中，此类书籍有五本，都属于国医健康绝学系列。

2000 年 9 月，一本引进版的理财书《富爸爸，穷爸爸》真正开创了大众理财图书理念的先河，将财商概念带入国内，以财商的想像力，强劲拉动催生和分化出一个颇具特色的理财图书市场。该书提出的一些观念如"你没有发财，是因为你财商不高""让钱为自己工作，而不是让自己为钱工作"等，掀起的一场紫色风暴，对许多人的财富观念产生了革命性影响。此外，该书营销的一系列做法，如与财富教育培训结合、作者巡回演讲、排演话剧等，对此后畅销书营销都产生了深远的影响。

市场经济把每一个人都拉入到经济大潮中来，使人们对财富的关注和热情有增无减，这也就构成了大众理财类图书广泛的市场基础。当年，萨缪尔森的《经济学》、曼昆的《经济学原理》被全国人民像金庸小说一样热读。中国股票市场最红火的那几年，《炒股就这几招》《长线是金》《短线是银》《股票操作学》等书，随着全国人民下海炒股的那阵热潮，被推向市场的顶峰。1999 年的 11 月和 12 月，非文学类排行榜前 10 名中股票类占 40% 的榜位；2000 年、2001 年，非文学类畅销书榜的经管类图书中约 40% 为股票类。此后，股市由牛市转熊市，泡沫破灭，股票图书也随之沉寂。2006 年，随着股市回暖，证券类书籍在本世纪再次走红，《要做股市赢家：杨百万股经奉献》（附光盘）、《炒股就这几招》（绝招篇）（附光盘）、《中国新基民必读全书》迅速窜上畅销书榜。

5. 素质教育类图书应运而生

2000 年，广东教育出版社出版了留美博士黄全愈的《素质教育在美国》一书，第一次将素质教育这个概念引进了中国的出版界。这本书的畅销，引发了一系列关于素质教育类图书的出版。其中，2001 年，以《哈佛女孩刘亦婷》为代表的素质教育类出版物，一举登上各地的排行榜。此书先后销售近200 万册，使人发现了此类图书的巨大市场潜力。一批素质教育类图书迅速跟进，当年登上开卷非文学类畅销书排行榜的，除了《哈佛女孩刘亦婷》外，《卡尔·威特的教育》《哈佛天才：用卡尔·威特法则培养出的哈佛孩子》《赏识你的孩子——一个父亲对素质教育的感悟》《我们是这样教育孩子的——九位中国杰出父母的成功经验》等书同时登上排行榜。接着，《北大女孩谢舒敏》《清华男孩章启轩》《轻轻松松上哈佛》，以及《教你如何赏识你的孩了》《让孩子自信过 生》《每个父母都能成功》《每个孩子都是天才》等等大量有关素质教育的书籍相继出版。

6. 经管类图书热销不衰

2001 年，浙江人民出版社出版的《大败局》一书，是中国本土的经管类图书的滥觞之作。这本书从另一角度总结了中国企业失败的原因。三环出版社出版的《海尔中国造》则是中国本土成功企业的剖析。到了 2002 年，从《杰克·韦尔奇自传》开始，从国外引进的经管类图书，则大量占据了各地畅销书排行榜的重要位置。2004 年，伪版的《没有任何借口》占据了非文学类图书排行榜的第一把交椅。而同时，连续多年留在畅销书排行榜上的《细节决定成败》也在这一年成为亚军。中国经济的升温注定了经管类图书的市场在不断扩大。而国外成功企业的管理经验与理念，则是中国的企业家最为直接的学习范本。国内不少出版社，都把较多的人力、物力和财力放在经管类图书的引进与出版上。机械工业出版社、中信出版社、清华大学出版社、电子工业出版社等，在经管类图书的出版上，都取得了不菲的成绩。《水煮三国》《自动自发》《高效能人士的七个习惯》《世界上最伟大的推销员》《联想风云》《赢在中国：马云点评创业》等，都成了该年度的畅销书。

7. "百家讲坛"催生畅销书学者

2005年，中华书局出版了阎崇年的《正说清朝十二帝》一书。这本书的作者先在中央电视台的"百家讲坛"讲过这本书的内容。图书出版并没有大火，大家都以为这只是众多文史类图书成功的一个个案。到了2006年，"百家讲坛"拍卖易中天的《品三国》上部的讲稿，起印数50万，上十家出版社参与竞争。开始大家还只把这当成业内的一个新闻，岂知该书当年一跃成为开卷排行榜上非虚构类的头名状元，监控册数达到32万。接着《〈论语〉心得》也洛阳纸贵，甚至风头超过易中天。易中天一炮走红，他过去出版的旧书又梅开二度，纷纷登上当年的畅销书排行榜。2007年，《〈庄子〉心得》《品三国》（下），又雄居排行榜前列。除此之外，那些登上"百家讲坛"的学者，也个个表现不俗。《王立群读〈史记〉之汉武帝》及其后续作品也都登台亮相。到后来"百家讲坛"的广告词干脆标榜："百家讲坛，坛坛都是好酒"。

"百家讲坛"现象实际是影视与大众读者互动的一种延伸。凡是在中央电视台热播的连续剧，其图书一般都会成为读者关注的对象。只不过"百家讲坛"从文学扩展到了历史、哲学、医学等领域。

这一时期的畅销书出版还有一个值得注意的现象——民营力量逐渐成为畅销书的主角之一。中国出版科学研究所2003年公布的《中国民营书业发展研究报告》显示：中国民营书业从销售网点数量及覆盖面、经营规模、从业人员等许多方面都已经占据了全国书业的半壁江山。现在的民营书业已经不再局限于图书零售一个环节，而是在零售、批发、连锁经营、网络书店、图书馆配书、区域中盘、专业中盘、选题策划、装帧设计、印刷装订、材料供应、咨询服务甚至版权贸易等各个环节都有涉及，尤其是在发行、选题策划等方面，已占据举足轻重的地位。

郝振省在报告中指出，民营书业在市场化图书份额中占有优势地位。其在市场化教辅中约占90%；少儿领域约占超过50%的份额；经管领域畅销书榜70%~80%来自民营（含合资资本）；社科大众领域中北京市店畅销榜，从民营进货的图书占 20%～30%，但背后是民营策划和投资的约达 60%。民营书业在全国书业中的地位已经得到业界的充分认识和肯定。许多博士、硕士、记者、作家、诗人，以及出版社编辑纷纷进入民营策划领域。他们的加入，提升了民营出版的品位，同时也诞生了一批品牌机构，如草原部落、正源图书、读书人、新经典、光明书架、知己图书等。这些机构策划了大量超级畅销书，如《学习的革命》、《格调》、《谁动了我的奶酪》、《富爸爸，穷爸爸》、《生存手册》、《致加西亚的信》、《再见了，可鲁》等，全国畅销书排行榜前十名上甚至有 60%～70% 都是由民营机构策划的。近年来，这个比例还有所提升。

与以前的家庭作坊式的操作比，这些策划机构大多以文化公司、图书公司的形象出现，已取得合法的主体资格。公司聘请专职编辑、企划和销售人员，形成了完整的管理体系。他们的产品策划行为更加理性化，开始有长期战略考虑，产品类型也更为广泛，包括文化批评、学术、财经、励志、素质教育、原创文学等，并大量引进国外版权。这些公司的产品品种迅猛增加，表现在大众图书和教辅类图书领域更为明显。不过，由于各种策划机构鱼龙混杂，一些策划能力低下的机构受利益驱使，跟风、抄袭、重复出版的现象频出，也给市场带来盲目造货、品种过多、过滥的问题。

2005 年以来，民营出版业与国有出版业合作从产品向资本过渡，在畅销书领域进一步取得稳定的经营格局。以畅销书制作而闻名业内的金黎组合及安波舜的加盟，使股份制的北京新世纪文化有限公司真正成为畅销书的诞生地。经他们策划出版并营销的图书，占了全国畅销书排行榜的十分之一左右。新经典的陈明俊与十月文艺出版社合作，合资成立十月文化传媒有限公司。原为贝榕公司效劳的李寻欢与刚上市的辽宁出版传媒合作，成立万榕文化有限公司。国有与民营的收购、兼并与重组，成为畅销书出版的一个新的趋势。

这 10 年间，引进版的图书在中国图书市场所处的地位也在悄悄发生变化。2001 年至 2005 年 6 月间，引进版的图书在开卷的文学类、非文学类、少儿类三大畅销书排行榜上（前 20 名）一直占有三分之一以上的份额。（从 2005 年开始，开卷按照国外的分类习惯，将图书分为虚构类、非虚构类、少儿类三大榜单。）其中《达·芬奇密码》两年占据文学类排行榜的榜首。从 2006 年开始，引进版的畅销图书市场份额呈下降趋势。2006 年为三分之一不足，2007 年为六分之一。2008 年上半年也不足三分之一。引进版的图书畅销程度呈下降趋势，这说明本土作者重视读者需求和市场变化，开始重视创作更适应读者阅读趣味的具有中国特色的文化产品。

另外值得我们关注的是，随着传播手段的丰富，市场竞争的激烈，中国畅销书的营销手段与方式方法也发生了不断的变化。如过去人们营销时，主要是发征订单、在订货会当面推广、在传统媒体做广告、写书评、发消息，后来，教育软件集团科利华将商品营销的方式方法引进了图书营销领域，才使业界对图书营销改变了传统的做法。图书与媒体、图书与经销商、图书与读者之间的关系发生了变化。新闻发布、报刊连载、影视互动、作者签售、有奖销售、销售排行、读者见面会、研讨会、作者演讲互动、读书活动、图书的漂流等，都程度不同地用在图书的整体营销中。一些出版人甚至将影视界包装明星的做法运用到培养偶像作者的程序中。随着互联网技术与数字技术的广泛使用，图书营销的传播手段又发生了较大的变化。除了网络继续使用过去纸媒使用的连载及推介方式外，互联网上 E-mail、BBS、QQ、MSN、Skype 等通信工具都派上了用场。手机更是成了传递信息的便捷工具。作者、书评人、读者、经销商们的博客也间接成了营销的武器，甚至网上书店也成了制造畅销书的有效渠道。相信随着科学技术的发展，新的营销模式还会层出不穷。

（原载《出版科学》，后收入《30 年中国畅销书史》。本文系与芦姗姗博士共同完成）

阅读的变迁与思考

引子：从人文书店关门和郭敬明签售说起

大家知道，我是做出版的。出版就是对信息的复制与传播，产品主要是图书、报纸、期刊。但我今天为什么没有谈"出版"而是谈"阅读"呢？主办方认为出版是一个很专业的话题，担心大多数听众对此感到陌生；二是认为出版与阅读实际上是孪生兄弟，谈阅读离不开出版。因为在人类的阅读史上，出版使阅读成为可能，而阅读又推动了出版的发展。在人类的精神成长史中，出版与阅读始终是相依相存，共同伴随着人类从蒙昧走向文明。我们今天在这里回顾阅读的变迁，可能只能择其要者。因为五千年的历史太久远，因为三千年的文明有太多的积淀，我们不能在某一地某一处风景流连——就像万里长江，就像九曲黄河，只有在空中，才能看见其运动的轨迹。所以，今天我只谈两条线索，一是阅读载体的变迁，二是阅读内容的变迁。

在描述阅读的载体与内容的变迁之前，我先谈两则最近书业发生的事情。虽然这些事情属于极个别和极偶然之事件，但是与我们的阅读却息息相关。

一则是关于北京风入松书店倒闭和美国鲍德斯连锁书店破产的消息。

北京风入松书店是由北大教授王炜先生 1995 年 10 月创办的，以销售学术书籍为主。开业六年来，书店以高品位的文化品格、浓郁的学术气氛、较大的超市规模吸引着读者。

十年来，风入松人不但以自己的知识结构、鉴赏能力和学术造诣推介图书、引导读者，还举办了一系列的文化活动，包括专题研讨、学术沙龙、新书首发、名人签售等。许多知名人士如杨振宁、任继愈、季羡林、张岱年、汪道涵、厉以宁等都亲临指导。

2011 年 7 月 2 日，风入松书店一纸告示关门"歇业"。业内人士认为这是倒闭的托词。有出版单位起诉风入松要求付所欠书款。

中国独立书店倒闭不止这一家，在此之前，各地早已纷纷传来不少人文书店关门的消息。与此同时，国外也有不少大书店宣布破产倒闭。如今年7月，美国第二大连锁书店鲍德斯集团（Borders Group）表示，由于在竞购截止日期仍无买家出价，该公司将进入破产清算。鲍德斯今年二月向法庭申请了破产保护。

Borders成立于40年以前，该集团旗下共有642家连锁书店。目前鲍德斯集团已经关闭了237家书店，目前仍有405家在继续运营中。

全世界的书店都生存艰难，这是不争的事实。据前天的中国新闻出版报载，广东知名的学而优民营书店也在收缩营业面积。其他很多国营书店虽然占据着城市最好的位置，但依靠卖书籍也很难坚持下去，不少地县级新华书店纷纷将店面租给他人经营与书无关的商品。

人们曾将书店比喻为一个城市人文风景的窗口，一座城市文化内涵的缩影。书店的墙上也挂着高尔基的那句名言：书籍是人类进步的阶梯。但现在书店纷纷关门，这"梯子"难道出了什么问题？

中国人不再阅读了吗？90年代，由于脑力劳动与体力劳动价值的倒挂，社会上普遍流行过"做导弹的不如卖茶叶蛋的"之说，但现在，知识改变命运深入人心，为什么读书人的精神家园和精神港湾却从城市的风景线上纷纷消失呢？

另一则消息发生在广州。上个月举行南国书香节，主办方请来了青春文学的领军人物郭敬明签名售书，结果，因为读者太多只好取消这次活动。

金羊网8月20日消息，记者张媛媛、左嘉惠报道：8月20日，郭敬明带领《最小说》主创团队成员hansey、陈晨、李枫、王小立现身南国书香节。原定于下午2点半举行的读者见面会因现场场面混乱被迫一再延后。5点30分，郭敬明终于出现在书香节中心区的舞台上，顿时引来尖叫。在回答了几名现场观众的提问后，郭敬明及其《最小说》团队成员便匆匆离开，前后时间仅10分钟，原定的签售环节也未能举行。

郭敬明微博：回到上海了。刚刚看了些评论才知主办方对读者们说的理由是"郭敬明误机迟到"，所以才迟迟不开始，最终取消了签售。我昨晚就到广州了，何来误机？我和hansey、李枫、陈晨、小立，从下午两点开始就在后台等候直到五点，是主办方自己安全问题没有做好，导致警方取消签售。无论如何，向读者们说声"对不起"。@郭敬明：已经在后台等了一个多钟头了……还不能出去签售，都快睡着了……不知道外面秩序什么时候能恢复，人太多，大家注意安全哦！我们被警察叔叔锁在后台……

提到郭敬明，我不能不多说几句。郭敬明是 1983 年生人，读高中时参加《萌芽》杂志新概念作文大赛，获一等奖。后来出版了《幻城》《梦里花落知多少》《悲伤逆流成河》《小时代》等系列图书，创办了《岛》《最小说》《文艺风》《最漫画》等杂志并担任主编。先成立柯艾文化发展有限公司，后注册最世文化发展有限公司。现与长江文艺出版社北京中心合作，担任中心副总编辑。他的小说，销量动辄百万计。因其收入颇丰，其多次荣登福布斯排行榜。

更有权威机构发布，2010 全年，全国畅销书排行榜虚构类前 30 名图书，长江文艺出版社北京图书中心占有 11 种。郭敬明本人及其团队占 9 种。2011 年上半年，前 30 种图书中，北京中心占有 12 种。其中郭敬明本人及其团队占有 11 种。

从以上数字中，我们就不难理解在南国书香节上，那一万多粉丝的呼叫声。下面是《羊城晚报》上那篇《郭敬明们为什么这样火》的文章——

> 在 8 月 20 日的广州"南国书香节"上，我们看到这样的场景：1 万多名郭敬明粉丝涌向会场，致使主办方不得不临时决定取消郭敬明的签售会。迟迟不肯离去的粉丝们上演了情绪高涨的一幕，呐喊与哭声交织成片。似乎只有在西方国家的街头游行或国内的流行歌手演唱会中，我们才能看到这样的场景。这种场景似乎已成当下青春文学的一种常态。郭敬明们为什么这么火？火的背后有怎样的玄机？应该火上加油、扬汤止沸、釜底抽薪，还是听之任之？
>
> （见羊城晚报《郭敬明们为什么这样火》）

一方面，部分人文书店因为读者寥寥，租金上涨而纷纷关门，另一方面，因为要求签名者太多而洛阳纸贵一书难求。这种相互矛盾的信号也许让人惘然：中国的阅读究竟是一种什么状况，中国人的阅读是呈下降趋势还是像南国书香节上那上万粉丝般激情高涨呢？

为了解答中国的出版现状和阅读状况，我们还是来回顾一下三十年国人的阅读经历。因为中国人的阅读不仅是精神成长史，也是中国社会飞速发展的一个折射。在座大多数听众的阅读都可能主要是发生在近三十年中。梳理我们的阅读史，可能就能找到这种变化的轨迹和背后的故事。

一、三十年的阅读风景

80 年代与精英阅读

20 世纪 80 年代初，"文革"结束，百废待兴，刚从上十年的书荒中度过的一代人，如饥似渴地寻找可以阅读的内容。这个时期，阅读不仅是获取知识，更成为思想解放和寻找个人价值的一种社会共识，后来有人称此为"中国的文艺复兴运动"。

伤痕与反思：人的价值的寻找

1978 年，卢新华在《文汇报》发表短篇小说《伤痕》，刘心武在《人民文学》发表《班主任》。这两部短篇小说产生的影响出乎人们的意料，大家争相阅读，探讨小说中所揭露的"文革"对人的心灵的戕害。人们从正、反两个方面开始了关于"人的本质、价值、使命、尊严"的思考与论争、阅读。

伴随着"天安门事件"的平反，《天安门诗抄》成为人们思想和情感解冻的代表性读物。手抄本小说《第二次握手》的出版，对人性、人的情感、人的价值等问题给予了肯定的回答，伤痕文学、反思文学、现代派、文化寻根、西方哲学等中西文化潮流接踵而至，萨特的哲学书《存在与虚无》等、加缪的小说《局外人》《鼠疫》等成为人们阅读追捧的对象，社会上出现了"萨特热"，存在主义成为许多年轻人的新信仰。弗洛伊德的心理学著作《梦的解析》等，不仅成为人观照自身的窗口，也影响了文学和心理学、哲学等众多领域。当时，几乎每位大学生都是美学家，或者说是哲学家。他们津津乐道于宗白华的《美学散步》和李泽厚的《美的历程》，口必称萨特、弗洛伊德，大家讨论人的审美情趣、如何做人、终极关怀等话题。

反思文学是伤痕文学的发展和深化。较之于伤痕文学，反思文学不再满足于展示过去的苦难与创伤，而是力图追寻造成这一苦难的历史动因；不再限于表现"文革"十年的历史现实，而是把目光投向 1957 年以来甚至是更早的历史阶段。在反思文学这一阶段，新时期文学完成了自身重要的跨越——由侧重于表现时代精神到注重于张扬人的主体，由展示历史沿革到致力于对人的心灵世界的探寻。反思文学开阔了新时期文学的视野，使新时期文学具有了更丰厚的容量与更深刻的蕴涵。张一弓《犯人李铜钟的故事》，戴厚英《人啊人》，张贤亮的《绿化树》，从维熙的《大墙外的白玉兰》等一大批作品，探讨造成十年浩劫的深层原因。

出版家与文化启蒙阅读

"文化启蒙热"在 80 年代中期达到高潮，代表性图书有四套：一是金观涛等编的"走向未来丛书"，主要译介西方科学哲学等方面的著作；二是甘阳等编的"文化：中国与世界"丛书，主要译介西方近代以来的哲学著作，比如尼采的《悲剧的诞生》、海德格尔的《存在与时间》、萨特的《存在与虚无》、韦伯的《新教伦理与资本主义精神》、本雅明的《发达资本主义时代的抒情诗人》等；三是汤一介等编的"中国文化书院"书库，主要是介绍和弘扬中国传统文化；四是由钟叔河先生主编的介绍近代中国知识分子走向世界的"走向世界丛书"。

涌动的大众阅读潮

就在知识分子寻求形而上的精神阅读之时，大众阅读潮流也悄悄地展开。金庸与琼瑶成为最受欢迎的作家。台湾和香港的金庸、梁羽生、古龙、温瑞安以及琼瑶、岑凯伦、亦舒、玄小佛、姬小苔等作家在大陆青少年读者中大受欢迎。因为当时大陆并没有签署国际版权公约，港台图书在大陆翻印十分普遍。

所以，80 年代的阅读两种潮流互相融合，金庸、琼瑶和萨特毫不矛盾，大众文化和高端哲学并行不悖。有专家认为，"其实这并不奇怪，当时整个社会文化语境是沉浸在新启蒙和思想解放的大环境之下的，没有精英和大众文化的分野，人们即使在阅读通俗小说时，也将其纳入了另一个解释框架，比如，从言情感受到人性、人情的复归。"如欧洲文艺复兴时期一样，对欲望的展示是对中世纪神学的反叛。就像人们普遍喜欢邓丽君的歌，从歌声中感受到的是人的解放，而非消费主义。

于是，在那样一个时代，精神追求似乎有很"物质"的一面，而物质追求又有很"精神"的一面。有人认为，大众文化与精英文化混在一起，是为了完成一个共同的任务：让人从过去极左的政治环境下，从计划经济中比较压抑人的个性、让个人得不到发挥的氛围中挣脱出来，通过通俗文化达到感性的解放，通过理论和哲学达成理性的革命。

90 年代与世俗化阅读

80 年代后期，随着改革开放的深化，中国社会走向商业社会，市场经济对中国的社会结构形成了解构性的变化。表现在文化上，就是电影要讲票房，刊物要自负盈亏，出版社由事业单位转为企业化管理，精英文化渐渐淡出，面向世俗阅读的东西多了起来。从 80 年代后期兴起的王朔小说热，就开始发起了对精英阅读的挑战。王朔小说中的冷嘲热讽成为读者欣赏的对象。因为意识形态因素一度十分冷寂的张爱玲、林语堂、梁实秋等人作品的经典性重新被人认识。张爱玲笔下的爱情故事成为小资们茶余饭后的谈资，"围城"更是成为大众用于替代"婚姻"的代名词。甚至，《废都》中的省略号也成为情色描写的代名词，一度引起各方的关注直到被禁止印刷。

名人传记图书热销，读者希冀从中找到成功的秘诀，也是为了满足窥私的欲望。《刘晓庆——我的自白录》开始，赵忠祥的《岁月随想》、倪萍的《日子》、崔永元的《不过如此》、白岩松的《痛并快乐着》等书占据畅销书排行榜。由于图书的广泛传播，不仅影响着阅读的趣味，传主也成为时代之偶像。老威的《中国底层访谈录》、安顿的《绝对隐私》则引领了一批口述实录图书的诞生。

市民化书写、市民审美趣味逐渐形成大众阅读的新热点。"新写实"的代表人物池莉的作品，书写普通市民生活，赢得了新兴的市民阶层的青睐。皮皮、张抗抗等，也关注社会生活中引起的情感、家庭、伦理的变化，《遭遇爱情》《情爱画廊》《大浴女》等，展示了青年男女的情感危机和追求。海岩的系列平民小说经电视剧的推广，也成为读者的新宠。

世纪之交，《老照片》的出版开启了一个读图时代，上海人民出版社的《画说中国》、师永刚主编的《邓丽君画传》《宋美龄画传》等拓展了国人的阅读视野。二月河"落霞三部曲"在电视的推动下受到了大众的关注，历史小说的创作达到了一个高峰。唐浩明、孙皓晖、熊召政的历史小说将历史科学和艺术追求较好地统一在一起，形成了历史小说阅读的新高潮。而实用管理类的书也越来越风行，《谁动了我的奶酪》、《穷爸爸，富爸爸》成为一时之流传；大到国家小到组织乃至个人的生涯设计，一波又一波，诸如《学习的革命》、《比尔·盖茨给青少年的 11 条准则》、《哈佛女孩刘亦婷》的热销都表明读者在寻求个人的发展方式。

进入世纪之交，经济的发展使读者出现分层，与世俗化阅读相对应的精英阅读、小资阅读呈现新的特点。黄仁宇的《万历十五年》以略带调侃、却又不乏生动的历史细节描述大历史的脉动，着实让读者耳目一新。余秋雨的历史大散文《文化苦旅》出版过程虽历经曲折但终于被人发现其价值，此后，他的每一部作品都成了读者和出版界的最爱。

　　但是，由于上世纪 80 年代末武侠、言情小说的泛滥，严肃文学的出版与阅读一度跌到冰点。1992 年，王蒙的小说征订只有 300 余本，这时，长江文艺出版社推出了由中国社会科学院研究员陈骏涛主编的《跨世纪文丛》系列，这些图书经过报刊的宣传与专家的推荐，意外受到读者的欢迎。其中收录了余华、格非、苏童、马原、叶兆言、王蒙等一批先锋作家的试验性作品，以及张贤亮、李国文、汪曾祺等从牛棚中走出的作家的作品。这套书先后出版了十辑上百位作家的作品，有些销售达到二千余万册。这套书的出版在一定程度上重启了多元化阅读中严肃文学的大门。

　　总之，上世纪 90 年代的阅读没有完全的主线，没有明显的潮流，而是出现了分化。无论大众还是知识分子，都是一种茫然的状态，阅读是随意性的、偶然性的。

21 世纪与多元化阅读

　　进入 21 世纪，随着社会生活的变化、中国新阶层力量的成长、社会话语的多元和丰富，加之媒介的影响和推动，加速了大众文化的分化，让读者的层次变得更丰富、立体。青春、言情、财经、励志、名人、小资、卡通、网络、魔幻、玄幻、盗墓、穿越、漫画等都培育起了自己的阅读群体。

　　早在 20 世纪 90 年代，以官场为题材的文学创作渐趋高涨。从 1999 年王跃文的《国画》，到 2002 年陆天明的《省委书记：K 省纪事》，再到 2007 年《驻京办主任》、2010 年的《侯卫东官场笔记》等，这些小说在刻画为官之道的同时，又不露声色地揭露出"腐败"这一为社会广泛关注的痼疾，引起了大众的阅读兴趣。

　　商场、职场小说在近几年广为流行，成为白领阶层阅读的主要对象。从 2006 年出版的《圈子圈套》《输赢》，到 2007 年的《基金经理》《杜拉拉升职记》，再到 2008 年的《浮沉》《红袖》，都是以企业商战、职场攻略、办公室政治为内容，触动了职场年轻人实现"中产阶级"的梦想。"比教材好看，比其他题材小说有用"，正是这样的特点使职场小说满足了读者休闲娱乐和实用的双重需求。

　　1994 年，中国有了互联网，1999 年，第一部网络文学在台湾诞生并迅速在大陆图书市场出版。这是网名痞子蔡的《第一次亲密接触》，大陆的安妮宝贝的《告别薇安》、慕容雪村的《成都，今夜请将我遗忘》，也相继以纸介质的形式出版。不得不承认，这股势力已经在大众的阅读范围内产生了不可忽视的作用。而萧鼎、天下霸唱、当年明月等来自网络的作品用纸介质出版后受到主流阅读群体的关注。

同时，实用性阅读成为一种共性阅读需求，其中生活健康类经过几年的发展在 2008 年出现爆发。《不生病的智慧》《求医不如求己》《从头到脚说健康》等一批又一批养生类图书得到中老年读者的欢迎。

（四）青春文学分众阅读的宠儿

从近年的畅销书榜单来看，毫无疑问，新世纪成了 80 后写手驰骋的战场。韩寒、郭敬明等一批青年作家长期受到青少年读者的热爱成为一种重大的文化现象。青少年阅读群体逐渐壮大，据开卷 2010 年阅读调查，18 岁到 25 岁的青少年阅读群体占 36.88%，如果加上 26 岁到 35 岁的年龄群体，占整个阅读群体的 70%，所以，青少年的购买能力和群体表达的诉求越来越影响图书市场。

继郁秀之后，韩寒和郭敬明无疑是当今最受欢迎的青春文学的领军人物。二人皆因"新概念全国作文大赛"而崭露头角。韩寒出道的《三重门》《零下一度》《像少年啦飞驰》是以一个叛逆少年的形象出现的，到了《1988，我想与这个世界谈谈》，还有他主编的《独唱团》，他扮演了一个公共知识分子的形象在试图影响更多的成年读者。除了小说，他还借自己的博客对社会生活发表自己的感受，虽然他写得不多，但博客的点击率过亿，以至于某大学的教授认为韩寒的作用是许多教授之和。

郭敬明是一个好孩子的形象，他读了大学，虽然因为忙于写作和办公司没有毕业，但比只有高中学历的韩寒要强。他的小说更少现实的重负，而更多爱情与魔幻，多了些浅浅的浪漫与忧伤。他关注都市目迷五色的变化和服装的潮流，关注青春期的幻想和追求。郭敬明还是一个商业天才，他除了自己写作，还创办了公司，先是创办不定期刊物《岛》，后又创办《最小说》《文艺风赏》《文艺风象》《最漫画》等杂志，囊括了一大批青春文学写手。落落、安东尼、七堇年、笛安、恒殊等是他所在公司的写手。他手下笛安的创作实际已不属于青春文学，但由于有郭敬明的推荐，在青春文学的读者群中同样受到了欢迎。所以，郭敬明团队到各地签售，往往出现人山人海的场景。

（五）私人化的精英阅读

进入新世纪之后，由于市场经济和数字化的冲击，阅读趋向实用和娱乐，但在精英知识分子那里，仍然在坚守自己的专业和学科需求，阅读自己感兴趣的图书。少数的出版社，如广西师大出版社贝贝特文化公司，走大众化学术精品的道路。上海世纪出版集团在陈昕的领导下，以做中国的文化脊梁为己任，也出版了一大批具有文化品位的人文社科图书。

通过以上的回顾，我们不难看出，我们的阅读从 80 年代至今，发生了重要的深刻的变化。80 年代，是精英阅读，是启蒙阅读，是整个社会的精神成长期。90 年代，阅读逐步分化，大众化阅读，世俗化阅读成为主流。21 世纪，是分层次阅读，是多元化阅读，其中虽有精英阅读，但更多的是实用主义阅读和浅阅读。

二、阅读：我们的价值选择

（一）出版的商业化与阅读的世俗化

从以上的分析我们可以看出，当下中国大多数人的阅读选择正从精神的云端回到红尘滚滚的市井社会。用消解崇高，远离理想，追求实用，沉溺声色来概括当下的阅读主流也许并不为过。这种阅读的趋势是商业社会的必然还是理想与崇高的丧失所致呢？

阅读的堕落是接受主体的责任，还是提供者的责任呢？这又回到前面，出版与阅读是相辅相成的。一方面，读者的需求成了风向标，出版者强调以市场为导向，迎合读者而不加选择，另一方面，出版者追求利润的最大化，不仅迎合读者还在市场上制造阅读的泡沫。对当前的出版与阅读状况，一些有识之士对此感到忧虑。一方面，以陈昕为代表的一派，为出版的过分商业化而担忧。事实上是，绝大部分出版社一刀切地转为企业，成为赢利的工具。留了几家公益性出版社，也是为了政府和意识形态服务。绝大多数出版社为了追求利润，被逼上梁山，一切以市场为中心，迎合读者而不是去引导读者。如一位歌星跳楼，全国竟然同时出版了 20 余种图书，如市场上一本奶酪书畅销，后面变着法儿出版了几十种有关奶酪的书。市场上流行所谓的养生书，各家出版社争相出版，南京的一位护士，居然成了养生大师，教人如何吃泥鳅治病。翻开畅销书排行榜，此类跟风书、泡沫书占有不小的比例。但大多数的图书，缺少思想的烛照，缺少独到的观察，反反复复在出版那些陈旧的内容。有些学生读物，通过贿赂和各种非法手段，通过行政力量塞进学生的书包，不仅给学生增加经济负担，还会浪费学生宝贵的时间。不仅如此，包括一些红得发紫的大师，如果我们客观一点评价，作品市场表现好，但认真研读，也没有给读者提供多少有启迪的思想，有新意的探索。如于丹的《〈论语〉心得》，易中天的《品三国》，都没有突破前人的研究成果和艺术高度。这些图书在市场上巨大成功，主要是电视这种大众传媒的影响力所致。易中天老师著述颇丰，他的许多著作，如《艺术人类学》、《美学思想论稿》在理论深度和艺术创新上都超过他的成名作《品三国》。再如因为网络的推动而大火的《明朝那些事儿》，虽然销售上千万册，但说到底就是对《明史》的通俗解读。创新之处就是在其中加上了一些流行语言，无论对历史研究还是对文学创新都没有什么贡献。那些受青少年热捧的青春文学领军人物，虽然作品中没有什么不健康的内容，但也缺少正义、勇敢、责任、包容等健康元素。为什么我在前面讲述郭敬明签售的故事，一方面，我祝贺他的成功，因为他是长江文艺出版社北京中心的副总编辑，目前我还是这家公司的董事长，另一方面，我也为在娱乐时代青少年阅读的盲目、狂热而惋惜。所以，我认为，出版的过度商业化导致出版的庸俗化，出版的庸俗化导致阅读的世俗化。出版人要增强社会责任感，不能仅仅以转企为借口而不去出版对社会和读者有教益的图书。孔子是一个教育家、思想家，同时也是一个编辑家。他深知出版对阅读的影响，根据儒家思想，他修订、整理、编辑了《诗》《书》《易》《礼》《乐》《春秋》，这些书籍对整个中华民族的人格形成奠定了思想理论基础。创办于清末兴起在民国的商务印书馆，其办馆宗旨是"开启民智、昌明教育"。他们整理古籍、购置文献，建设东方图书馆，兴办刊物，都将唤醒民众，教育民众，塑造民魂当做办企业的理念。实际上，商务印书馆才是一个真正的企业，股份制企业，它并没有贪图蝇头小利，谄媚读者，而是通过有选择地出版图书来引导社会的阅读方向。如张元济在抗日战争时期，亲自编写了《中华民族的人格》一书，其中挑选了十二位在历史上如荆轲、田横等舍生取义的仁人志士的故事，来激发国人的爱国意志。

（二）提倡有思想的出版与阅读

我们中华民族有五千年文明史，有悠久的传统，在人格的构建上，有很多让人难以忘却的名言。譬如"威武不能屈，贫贱不能移"，譬如"先天下之忧而忧，后天下之乐而乐"，譬如知识分子追求的"修身齐家治国平天下"的境界，譬如"民贵君轻"的民本主义思想。几千年来为什么中华文明的传承没有中止，学界都有一个共识，就是汉字和用汉字书写的内容，以及用这些内容出版的书籍。孔子在几千年前就倡导阅读，他谈到自己的读书体会，深情地说："朝闻道，夕死可矣。"他指导弟子阅读，强调要领会经典价值，如"兴于《诗》，立于《礼》，成于《乐》"。"韦编三绝"是他的弟子描述他刻苦读书的情景。他反复阅读研究《易》，结果捆扎的牛皮绳居然断了三次。重视阅读的教化作用，是中国几千年的传统，当然，出版除了"以文化人"的作用外，还有娱乐功能。我们不反对有节制的娱乐，但阅读完全成为娱乐的附庸，就丧失了阅读的价值。近年来一直在倡导全民阅读的教育家朱永新先生也认为，一个人的精神发育史就是他的阅读史，一个民族的崛起历程就是他们的全民阅读动员历程。反观之，一个人放弃、拒绝阅读也是他的精神荒芜史的第一页，一个民族冷漠、告别阅读的历史也是这个民族的衰亡史的第一页。赫尔岑有一段话："书是和人类一起成长起来的，一切震撼智慧的学说，一切打动心灵的热情，都在书里结晶成形。"所以，我们阅读，不要仅仅取其实用，更重要的是汲取思想的营养。法国思想家帕斯卡尔曾经说过，人是能够思想的芦苇。所以，我们的阅读要做有思想的阅读。面对当下的阅读现状，我们要通过有良知的批评家和社会人士，包括我们的社团组织，一起来校正社会的阅读偏差。

三、我们怎样面对数字化阅读

我们前面分析近三十年来的阅读变迁，主要是纸介质出版物的阅读风景，实际上，我们不能忘记或者视而不见，近十年来的阅读，整体上是在互联网背景下一个阅读的转型期。中国人已经不像古人那样青灯黄卷，安安静静地趴在书桌上读书了。一种新的阅读方式，正在进入千家万户，渗透进人们的生活之中。这就是数字化阅读。

说起数字化阅读，首先我们要明白何谓数字出版？数字化出版主要分为三部分：

一、网络出版。包括电子图书、网络期刊、网络广告、网络游戏、在线音乐以及可供下载的各种资源等。二、手机出版。手机铃声、彩信、彩铃、图片、动漫、手机游戏、手机图书杂志等。三、电子出版。带有文字、图片、音像的磁带、软盘、光盘（VCD、DVD 等）等。总之，一切以二进制技术手段对信息进行处理并供应给消费者的过程都是数字出版。

我们数字化阅读状况如何呢？这里有一组权威的数字。据中国新闻出版研究院全国国民阅读调查课题组第八次全国国民阅读调查显示，中国国民的阅读率呈上升趋势。2010 年我国 18 周岁至 70 周岁国民包括书报刊和数字出版物在内的各种媒介的综合阅读率为 77.1%，比 2009 年的 72.0% 增加了 5.1 个百分点。

但是，纸介质出版物的阅读率增长较少，而数字化阅读的接触率增长惊人。其中，图书、报纸、杂志的阅读率较 2009 年约增长 4% 左右，而数字化阅读方式的接触率增长为 33% 左右。

这就很明白，阅读增长实际上是数字化阅读在增长，从而拉动了整个阅读率的上升。

另据国家新闻出版总署的统计表明，2010 年，不包括数字出版的新闻出版业资产总额为 12 737.4 亿元，较 2009 年的 11 848.5 亿元，增长 7.5%。而 2010 年数字出版产业总体收入达到 1051 亿元，5 年内增长幅度达到 50%。

数字化阅读的速度发展惊人，这是一个不容回避的事实。我们研究阅读，不能不关注新技术条件下阅读形式与内容的变化。这种变化，对我们的传统阅读，究竟有没有冲击？对我们的精神文明建设，究竟有没有推动。它是利大还是弊大，值得我们研究。

1. 从竹简到互联网

关于数字化，实际上是基于互联网技术和信息技术而搭建的一个平台。起初是美国国防部用于内部通信，后来用于商业开发，才形成了现在这样一种规模。1994 年 4 月 20 日，中国教育科研网与美国联网，这一天是中国被国际承认为开始有网际网路的时间。从 1994 年到现在，只有 7 年的时间，目前中国互联网用户已达 3.5 亿人。所以，上个世纪末美国开始搭建信息化高速公路时，一位未来学家尼古拉斯·尼葛洛庞帝就预言，未来的人类将会依靠"数字化生存"。当初，大家可能认为这是危言耸听，但从今天来看，中国人如果离开了互联网，生活会变得无所适从。

说数字化生存对于某些青少年来说可能一点也不为过。上网成瘾让家长痛心疾首的报道不绝于媒体。武汉有一位海归陶宏开，专门研究如何戒除网瘾，成为国内知名专家。说到沉溺于互联网，我不能不提到发生在湖北武汉的一个悲惨的故事。一个农民的儿子，读了大学，但大学肄业后十年没有回家。十年一直泡在武汉的网吧里，直到重病在身才被父亲找人用担架抬回去。

但沉疴在身很快不治而亡。如果按照我们前面的统计，这位叫王刚的大学生也属于死于"阅读"的烈士。

数字化仅仅是一个技术的手段还是从诞生之日起就带有原罪呢？为了帮助大家理解内容载体变化对阅读的影响，我们不妨眺望一下中国三千年来记载人类文明的各种介质的迁徙之旅吧！

还是从甲骨文的发现说起。

那是一个偶然，但开启了一个人类认识自我的大门。

这是113年前1898年的某一天，此时正当清王朝风雨飘摇之际，北京成贤街上国子监的祭酒王懿荣偶染风寒，在家人去中药铺抓回的药中，他发现一味叫"龙骨"的龟甲上，刻有仿佛汉字的图形。惊讶之余，他亲自去到这家药铺，买回了店里的所有龙骨。从此，一个伟大的发现震惊了世界。龟甲上的文字很多是象形字，上面记载的是商代占卜时的内容，如占卜的事情、时日和结果等。商代做什么事情前都要卜卦，故甲骨文字也称卜辞。卜辞的内容涉及政治、经济、军事、气候、习尚等许多方面，是研究当时历史的重要资料。后来，人们找到了出土龙骨的河南安阳小屯村，这里曾是商代的首府，这里先后出土了15.4万片刻有文字的甲骨，上面发现了五千多个字，其中已经识别了1500字。中国汉字中"象形、会意、形声、指事、转注、假借"六法在其中已经基本体现。

应当说，甲骨是迄今为止最早的记载着人类文明的介质。经过王国维、郭沫若等人考证，中华民族的汉字在3000年前，已经在先民寻找神灵的过程中逐步形成。如果说甲骨上的文字也算出版，那么在神圣的仪式中，最早的阅读者是帝王和他的占星师。如果说秦始皇修筑长城是为了抵御外侮，但无意中给我们留下了最伟大的建筑，那么甲骨文也是如此。

比甲骨文稍晚出现的是金文，金文也叫钟鼎文。商周是青铜器的时代，青铜器的礼器以鼎为代表，乐器以钟为代表，"钟鼎"是青铜器的代名词。所以，钟鼎文或金文就是指铸在或刻在青铜器上的铭文。金文的内容是关于当时祀典、赐命、诏书、征战、围猎、盟约等活动或事件的记录。当然，这些活动也仅限于王室和贵族。商周的礼仪已经规定得很具体，平民没有财力也是不敢越雷池一步的。

公认属于书籍形制的文献载体是简策。简牍，开始使用时间：商代中后期。"简"：单片竹片；"策"：多片竹片；"版牍"（牍）：木片。成语"韦编三绝"虽然肯定的是孔子钻研《易》的刻苦精神，但从中可以看出当时内容的载体与出版方式。在长沙马王堆出土的大量竹简，就是当时留下的文献。这些文献填补了我们今天研究的空白，纠正了史书记载上的很多谬误。如《古文观止》中《触龙说赵太后》一文，其实今本《战国策》《史记》都有误。根据马王堆汉墓竹简的解读，应当是叫"触龙"。也就是在孔子这个时代，在他的提倡下，教育资源从王室走向平民，"有教无类"使平民子弟阅读成为可能。如颜回、曾参、子路、子张、子夏、公冶长、子贡等都不是官二代，也不是富二代。

我们现在的纸本书籍制度（书写从上至下、从右至左；版框、天头、地脚；卷册、杀青、尺牍、版图、书札、篇籍等术语）来源于简牍的形制。

缣帛（帛书），开始使用时间：约春秋后期，之后与简牍并行。缣帛是一种丝织品，当时只有贵族和王室才有财力使用。在长沙马王堆 3 号墓中共出土了 28 种、共 20 余万字的帛书、竹简。根据这些帛书，今本《道德经》第十九章中的"绝仁弃义，民复孝慈"，原本中是"绝伪弃虑，民复季子"，这是后人为了表示老子思想与儒家思想针锋相对有意改的。

竹简笨重而缣帛昂贵，到了东汉，作为宦官的蔡伦，因为投靠后宫，跑官要官封上了王侯。他看皇后喜欢舞文弄墨，不惜以首席近侍官的身份屈尊兼管宫中打造器物的尚方负责人，他亲自组织研制了以树皮、渔网、麻头、破布为原料的纸张，史称蔡侯纸。他又把这种科研成果首先用于为邓皇后抄写经传，而使成果转化为生产力。

关于纸张的使用时间和究竟由谁发明，学术界有一些争论，一种观点认为是始于西汉，一种观点认为是从蔡伦开始。考古证明，纸张使用不晚于西汉。西安灞桥纸出土时可以分层揭开，灞桥纸是分散的单一纤维不规则异向交织的薄片，具有纸的典型结构。至于金关纸和扶风纸，经检验证明它们都经过全部造纸基本工序，而且纤维短细柔软，质量比灞桥纸还要好，经过试验，可以用毛笔在上面写字。根据上面的分析，有理由认为上述古纸都是真正的纸，但是比较粗糙的纸。在当时还处于试验室阶段。蔡伦虽然是个太监，在后宫中为非作歹，但蔡伦造纸的故事范晔的《后汉书》和许慎的《说文解字》中都已记载。范晔的《后汉书》的史料来源是根据蔡伦时人刘珍的《东观汉记》，所以认为是可信的。

纸张的使用，使阅读从宫廷走向平民，隋唐以来科举制度的推行，更使阅读在科举的指挥棒下普及到民间。天下莘莘学子"头悬梁锥刺股"、"三更灯火五更鸡"寒窗苦读，为的是有朝一日金榜题名。而雕版印刷以及活字技术的发明，使图书的广泛传播有了更先进的技术。《永乐大典》《古今图书集成》《四库全书》，凝聚着人类智慧和几千年文明的结晶以卷帙浩繁的图书呈现在国人面前。

从甲骨文到纸张，经历了一千年，而纸张使用到现在已经有了两千年。从载体的变化看，传播介质对传承文明，积累文化有没有促进作用呢？对于阅读会不会带来变化呢？回答是肯定的。从甲骨文到金文到缣帛，因为介质的获取不容易，阅读与使用始终局限于宫廷和贵族，而纸张由于其使用的便捷性、复制的经济性、传播的高效性，迅速在民间普及。唐诗、宋词、元曲、明清小说以及各种文体的传播之所以得到空前的繁荣，与纸张的这种普适性分不开的。

(二) 数字化阅读的利与弊

1. 数字化改变了什么

对于数字化的来临，首先，出版界感到忧虑，"狼来了"的呼声不绝于耳。人们担心数字化会夺去读者，传统的出版将会在某一天消失。其实业内外关于图书消亡的预测时出狂言，有人放言到 2018 年，中国人将会不再使用纸介质阅读物。出版业内也有人疾呼"不数字，勿宁死"。但也有很多专家认为，数字化只是载体的变化，正如用竹简还是用纸张一样，关键是内容的价值决定出版与阅读的价值。实际上，两千年中国人都在阅读纸张印刷的读物，习惯成自然，改变一个国家所有人的阅读习惯，是一件长期而复杂的过程。数量的此消彼长是可能的，但让具有审美功能的图书都变成闪烁不定的荧屏，恐怕还有个过程。

不适应是肯定的，但数字化的优势是存在的。我们谈到某人学识渊博，常用"学富五车"来形容。实际上这五车指的是竹简，放在今天，用纸印刷，充其量只有一书包，用光盘印刷，可能不到一张光盘的容量。图书馆的数字化，期刊的数字化，使我们的文化遗产得到了很好的保存。

是不是排斥互联网，排斥数字化，实际上这是不以人的意志为转移的革命性的变化，任何人都不可能阻挡科学技术发展步伐，因为互联网和数字化提供了前所未有的服务，展示了前所未有的新世界，数字化已经成了人类生活的一种方式。好的方式我不说，这里有一个极端的例子。上海一对小夫妻，妻子怀孕临产要去医院，丈夫居然在家忙着偷菜。放暑假了，武汉的几个小学生突然失踪了几天，后来派出所协助查找，原来几个孩子偷了大人的一万元钱，几个人到河南玩游戏去了——可见互联网的魔力。

图书阅读在下降，数字化阅读在上升，不仅是中国，其他国家莫不如此。我曾多次到过日本，多次乘东京的地铁。我未有去之前，曾经看过一篇文章，描述日本人在地铁里读书的风景。上世纪九十年代我访问日本时，果然我看见很多人在地铁里旁若无人地埋头读书，我估计读书人有30%的比例。虽然我也去过其他一些国家，包括美国、英国、法国，在地铁里都没有看见像日本人这样爱学习的。2005年，我又去了一次日本，在地铁里我看见日本人在乘地铁时仍然是很多人在看书，但情况稍稍有些变化，就是阅读的内容有所变化，因为至少有二分之一的人看的是漫画这类消遣的图书，包括成年人。但是最近去日本的朋友告诉我，眼下日本地铁里阅读的人仍不少，但主要是在看手机，看纸质书的人有但与用手机阅读的人比较只占有三分之一。我在中国北京的地铁里也观察了一下，果然和日本人一样，读书人少，用手机阅读者多。

从日本人在地铁里的阅读方式的变化来看，日本人依然是爱学习的，但是，日本人在地铁里正在将阅读纸质图书换成了手机阅读。日本的这种变化与美国鲍德斯连锁书店倒闭，与北京风入松书店的关门不无关系，因为在全世界，由于数字化技术与承载的介质的变化，传播方式的变化，延续了上千年的阅读方式已经悄悄地在发生深刻的变化。

据统计，全球大众数字出版的销售额也节节攀升。据美国出版商协会（APP）的调查，美国2010年电子书销售额比例较一年前增长一倍，占美国整体书市的15-20%；英国发行商协会的调查，英国电子书销售比去年增长20%，达到1.8亿英镑，其中大众消费类数字销售同比增长4倍。

而韩国教育部前不久公布的名为"智能教育"的计划，打算在2015年前，将中小学使用的全部教科书数字化。这样，学生通过计算机和互动黑板学习，纸介质的教科书将不再使用，那种"背起小书包，我去上学堂"的动人情景将不再出现。

2. 世上有无浅阅读

数字化阅读提高了国人的阅读率，但也有人认为，互联网的阅读是碎片化、快餐式、泛娱乐性、随意性的，数字化阅读与图书的深阅读相比，是浅阅读。图书的阅读是眼与心的配合，是形与神的互动。所以孔子教育弟子："学而不思，则罔，思而不学，则殆。"而数字化阅读仅仅是被动的接受，用一句流行的词是"被阅读"。看电视、看动漫、看图片时，不需要，也没有时间让你去深思熟虑。而这种艺术形式本身的特性要求观众在特定的时间与空间中，尽快理解作品的意义。所以，视觉艺术在某种程度上就是浅阅读。

但是，我们要明白，在互联网上流行的图书，并不完全是有思想的呼吸。很多的内容，包括被界定为数字出版的那些形式，实际上只是在传播信息，如同广播、报纸、电视新闻一样，只是在告诉你这个世界上每天发生的事情。我们不要把这种信息的接受也当成是阅读图书——我们也不要因此而责难互联网和手机。

当然，由于数字化传播的特性决定，目前在互联网上，在手机上，在平板电脑上大家阅读的电子书，每天都以数以万计的速度在"创作"，但截至目前，网络文学中还很少出现那种具有思想性和艺术性的鸿篇巨制。数字化阅读中最为流行的内容是玄幻奇幻类、历史架空类、穿越类、都市类、言情类、灵异惊悚类、军事类、游戏竞技类、科幻类等。这些作品发表在网上，并不像传统图书那样经过编辑的选择与加工，而是一种原生态的码字。作者是编辑也是读者，大家都是一种自娱自乐。即使那些脱颖而出的网络小说，也是靠读者的点击而产生的。有些时候，读者的点击并不能代表专业的水准。那些目前在网络上先发表后又出版了的纸介质出版物，是其中的佼佼者，如《明朝那些事儿》《盗墓笔记系列》。这些作者一旦成名，也就脱离了网络世界，如安妮宝贝，如安意如。当然，这是网络创作中极少的一部分，那些在冰山下的，是无数的初学写作者。据中国移动浙江手机阅读基地提供的数据显示，手机阅读的对象大多数是文化水准不太高的农村读者和外出打工的青年。

第八届茅盾文学奖的评奖中，主办方希望将网络文学也纳入其中。那些在网络上发表后来又出版了纸介质出版物的，可以参加评选。开始很多网络作品都加入了评选行列，但很快就被淘汰，原因是评委们一致认为这些作品缺少艺术性和思想性，语言文字比较率性但缺少提炼，与传统的纸介质文学作品比较还显得稚嫩。

（三）探讨有价值的数字化时代阅读

传播介质的变化是科学技术发展的必然，出版数字化也是时代发展不可阻挡的趋势，在数字化时代，我们如何创造一种有价值的阅读，达到认识、审美和娱乐的功能。

首先，我们要解决的是数字化内容思想的贫乏、文字粗俗的问题。如果仅仅是目前这种缺少思想性和艺术性的相对粗糙的作品依然长期在网上泛滥，数字化不会走得多远。因为古人说得好，"言而无文，行之不远"。没有文采的文章，是不会有生命力的。网上作品的发表，也必须如纸介质出版物的出版一样，需要选择、加工、提高，而不是目前这种以点击率论英雄的评价体系。当下网络这种作者、编辑、读者三合一的状况，加上网上阅读的导向，评价标准的错位，很难产生优秀作品。

同时，我们仍然强调阅读经典，即便是阅读数字化的著作，也要从经典开始。目前，很多机构将已经进入公版范围的中外作品进行了数字化，这对于读者阅读提供了方便。这些经典著作是经过了时间的检验，伴随着人类的成长而积淀下来的典范之作，其代表了一个时代科学文化的最高水准。我们要构建知识体系的深度和广度，要形成健康的人格，就必须从阅读经典开始。我们既要系统地阅读那些代表中华民族最优秀的文化成果，也要根据自己的专长和兴趣涉猎中外现代名家作品。阅读中要处理好泛读和精读的关系，既要"开卷有益"，还要"术有专攻"，阅读时要处理好学与用、知与行的关系。学习要持之以恒，切忌三日曝五日寒。

当然，即使在数字化时代，只要纸介质出版物依然存在，我仍然提倡阅读纸介质的出版物。这并不因为我本人是出版人。纸介质出版物除了携带方便，便于阅读，内容经过三审三校外，书籍的装帧、设计、印刷，会使图书浑然一体地产生一种新的视觉美感。我们在获得深邃的思想启迪以外，还可以感受到纸所产生的审美愉悦。如传统线装书，那种用线缝制，用宣纸印刷出来的蓝皮书，虽然不如用胶、用钉装订得更为牢固，耐久，但线装书传递出的古朴、典雅、温馨，仍然让书友们爱不释手。

提倡阅读，在全社会形成喜爱读书的风气，需要公民的参与，也需要政府及社团的组织。广州每年一度的南国书香节，深圳的读书月，还有像今天这种岭南大讲坛之类的形式，都是在通过政府力量倡导读书。我相信，有着五千年文明的中华民族，有着三千年阅读经历的中华民族，一定会保持旺盛的阅读热情，共同打造 21 世纪的书香社会。

（说明：此文系 2011 年 9 月 25 日在岭南大讲坛上的讲稿，其中部分引用文字未注明出处。《语文教学研究》《文学教育》已分别发表。《北京青年报》2013 年 2 月 17 日已摘要发表）

莫言获诺奖对文学出版传递的正能量

2012 年的诺贝尔文学奖授予中国作家莫言，这不仅让莫言本人感到"惊喜和惶恐"，也让中国所有的作家、热爱文学的读者欣喜莫名；不仅让各界友人为之欢呼，连中央政治局常委李长春都亲自出面祝贺，所以用中国文学"狂欢"来形容莫言获奖之影响也许并不为过。

出生于山东高密的莫言创作勤奋，著述颇丰，新时期之初以中篇小说《透明的红萝卜》和长篇小说《红高粱家族》引起文坛青睐，后以《丰乳肥臀》《生死疲劳》《檀香刑》《蛙》等奠定了其文坛地位。他以家乡高密为原型建构自己文学地理的故乡，坚持书写乡土中国，剖析人性，用多变的艺术风格创造了丰富瑰丽的文学世界。他的想像汪洋恣肆，语言诙谐幽默，叙述视角变化多端，文体出奇制胜，用"魔幻般的现实主义将历史与现实结合在一起"，创造了属于莫言自己独特的文学世界和精神品质，所以人皆曰莫言获诺贝尔文学奖是"实至名归"。

莫言获奖，举国欢呼，有人言，这不仅是莫言本人的胜利，也是中国文学的胜利，实际上，我们也可以称之为中国文学出版的胜利。因为，如果没有中国的报纸、刊物和出版社，莫言的创作才能是无法呈现出来的。作为出版人，我们不仅要为莫言高兴，为中国文学走向世界高兴，我们还应当研究莫言获诺贝尔文学奖对中国文学出版将会带来什么。近来社会上流行用"正能量"来评价一件事发生后产生的正面影响与作用，我们能否也借用这个词，探讨莫言获奖对中国文学的出版将会产生哪些"正能量"呢？

首先，莫言作品获奖，使出版社在评价、选择文学作品时有了一个新的参照系。新时期以来，西方各种哲学思潮与文学思潮蜂拥而至，如叔本华的反理性主义，弗洛伊德精神分析学说，萨特的存在主义，柏格森超越理智的直觉，索绪尔的结构主义，如西方文学思潮中的意识流小说、存在主义文学、荒诞派戏剧、表现主义诗歌等，中国的作家们几乎是生吞活剥，将西方的哲学思潮影响下的现代派文学样式轮番试验，从伤痕文学到意识流小说，从寻根文学到魔幻现实主义，从朦胧诗歌到荒诞派戏剧，一个流派代替另一个流派。有益的"拿来"是必要的，新时期的思想解放与文学创作的繁荣得益于此，但不少作家的作品，几乎都可以找到借鉴的痕迹和模仿的对象，但唯独莫言，我们从他的作品中可以看到福克纳，看到马尔克斯，看到萨特，看到弗洛伊德，但莫言吸收创造的消化能力很强。他吸收世界文学的营养，然后将自己独特的生命体验融汇其中，形成了别人不可模仿的异质的文学世界。编辑的本质就是选择，选择需要标准，今天的莫言就是我们的标准，那就是文学作品需要创新，需要继承中的发展，需要世界眼光、中国特色，需要大悲大悯，大爱大恨，让文学深入读者的心灵。

其次，莫言作品的获奖，将会激起全社会对文学作品的再度关注。新时期以来，特别是80年代，一部作品的问世，都会激起整个社会的广泛议论。从卢新华的《伤痕》，到刘心武的《班主任》，从王蒙的《活动变人形》，到韩少功的《爸爸爸》。但进入90年代的后半期，特别是进入21世纪，整个社会重商主义盛行，文学被边缘化、圈子化，文学阅读成为一种奢侈，过去一部小说发行几万几十万的情况少有了，真正畅销的作家屈指可数。莫言获奖，经过媒体的热炒，无论是文学读者，还是普罗大众，大家都想一睹为快。人们会明白什么叫真正的文学，人们会从文学中汲取善的力量与美的修养。过去，有人崇洋媚外，鄙视中国文学，但这次他们明白了什么叫做世界文学和世界级的大师。现在，人们将所有的目光都投向莫言，莫言的作品洛阳纸贵，但也许不需要太长时间，人们会从莫言那儿转移到其他作家的作品身上。用诺贝尔文学奖评委马悦然的话说，中国目前具有世界水平甚至超过世界水平的作家，并不在少数。当人们物质生活得到满足，当人们的精神需要寻求寄托或者需要找到寄托之处时，文学也许会再度得到社会的重视。为社会提供这种可能的就是我们出版界，出版界不仅提供物质属性的产品，更重要的是提供高质量的精神产品，这一点，出版人已经达成了共识。让我们将这种共识转化为行动，把国内具有世界级水平作家的作品奉献给中国读者，这种行动会为文学阅读、文学出版掀起新的高潮。

另外，莫言作品获奖，对于中国文学、中国出版"走出去"，是一个很好的契机。莫言作品获奖，让全世界的读者进一步地了解了中国文学，同时会促使他们进一步地关注中国文学。媒体已经报道莫言作品的版权转让空前地热络，我想，不仅莫言，全世界的出版界也许都在等待中国下一个诺贝尔文学奖获得者的作品，他们从中会发现过去对中国当代文学的怠慢是多么的无知。一位诺贝尔文学奖评委的话说，所谓的世界文学就是好的翻译，这话有一定的道理。中国当代文学要走向世界，必须要大力向全世界准确地译介中国文学的优秀作品。这方面，中国的出版界责无旁贷。积极地推荐，制度化的版权贸易机制，是保证中国文学走向世界的根本。

最后，在出版界转企改制的背景下，莫言作品获奖，对我们反思作为企业的出版社如何运作也有积极作用。当前，转企后的出版社迫于发展的压力，大多数采取扩大品种规模，或者多元化发展来寻求突破。适度地扩大品种是无可厚非的，但中国出版的新书品种逐年呈上升趋势，2011 年达到 20.8 万种，由于独立书店的减少，民营书店的减少，加上除纸介质图书以外的多媒体的冲击，图书销售增长缓慢，这就摊薄了图书的单本利润率。莫言获奖，使他原来出版的所有的图书出现空前的销售热潮。据有人估计，今年莫言的版税，将会达到 2 个亿的收入。如果这种估计属实的话，莫言有 2 个亿的收入，那么整个出版产业链，又会带来多少产值呢？这就告诉我们，发现人才，培育大师，重视经典，是出版行为中事半功倍的举措。我们不能广种薄收，去靠漫无目的增加品种来追求所谓的规模。当然，莫言是一个特例，但对于文学出版而言，少而精，追求单位面积产量，这个基本规律是不可更改的。

总之，有人解读莫言的笔名，是无法言说。那么今天的莫言，却让我们的出版人无论从什么角度，都有可以言说之处。所以，笔者以为，这就是莫言给我们出版界不可尽言的"正能量"。

（原载 2012 年 11 月 23 日《中国新闻出版报》）

传统文学出版企业开展网络文学出版业务路径探析

网络文学出版，就其字面意义上来说，包括两层意思。其一指用数字化方式显示的网络文学作品以物理形态的纸介质出版，其二是将网络文学作品通过数字化方式公之于众。目前在网络文学出版领域唱主角的主要有文学类网站、门户网站的文学频道和论坛等几种力量。传统出版企业虽已涉足网络文学出版，但主要形式是将网上点击率高的电子文本转化为纸介质出版。这种已经得到普遍认可的形式应当得到肯定，但还不能算是深度参与。本文则探讨传统出版企业如何挟传统出版的成熟模式与网络文学联姻，繁荣不同形态的文学出版，服务广大读者，做大文化产业。

一、转变观念——充分认识开展网络文学出版业务的必要性

网络文学是 20 世纪末期科学与艺术结合的产物。互联网的出现，使创作一改过去挥笔疾书为临屏写作的状态。这种颠覆性的写作方式一方面得到部分专家的肯定，认为网络文学是未来文学的发展方向，一方面则被认为文字粗疏、思想贫乏，缺少文学性，99% 是垃圾和糟粕。笔者以为，这两种观点都有些偏颇。从文学史的角度来看，历史上任何一种新文学样式出现时，都曾不同程度地受到人们审美惯性的抵制。如戏曲创作在唐宋一度并不为士大夫认可，演出者更被贬为下九流。小说是当今文学的中坚，作家成了人类灵魂的铸造者，但明清之际小说被称为"巷谈俚语"，其雏形就是说书人的鼓词。再如新时期之初先锋小说的出现，意识流、超现实主义，也一度被斥为异端邪说。网络文学诞生于数字化时代，以一种新的创作、生产和传播机制区别于原有文学样式。作为传统的文学出版企业，应当敏锐地拥抱文学新军，用自己成熟的出版模式嫁接网络文学的新枝，使之绽放出奇异的文学之花。

网络文学佳作频现，引起各界注目

且不说来自宝岛台湾的《第一次亲密接触》为网络文学鸣锣开道的恢弘气势和实体出版后的疯狂畅销，紧接其后，佳作频现。《悟空传》作为早期网络文学的代表性，早已演化为网络文学史上绕不过去的经典。该作品凭借自身独特的语言方式，细腻深刻描绘了孙悟空等人思想感情的变化，直指当下社会状况，针砭时弊，使人回味无穷。《最后一颗子弹留给我》思想脉络清晰、思维开阔，围绕着爱情、战友情、父子情展开，真实地记录了中国陆军特种兵成长的心路历程，在网络上被海外读者誉为"中国第一部真正具有国际意义的军旅小说"。《诛仙》是一部具有网络类型小说开创意义的玄幻武侠代表作品，从思想内容到表现形式都十分吸引人。《明朝那些事儿》凭借生动的讲述将真实的历史以小说的形式娓娓道来，延续了来自中国台湾的柏杨先生开创的通俗历史写作之风……这些作品从语言、内容、情节和社会艺术价值上都足以媲美传统文学。甚至有学者大胆预言："十年之后，中国当代文学的主流很可能将是网络文学。"

正是这些优秀的作品逐步改变了传统文学界对网络文学的态度，让网络文学逐步走向文学的主流。2009年，网络作家阿耐所著作品《大江东去》成为第一部荣获"五个一"工程奖的网络小说；鲁迅文学院首开网络作家培训班；2010年新修订的《鲁迅文学奖评奖条例》首次将网络作品纳入参选范围；同年，中国作协首次举办"网络文学研讨会"；新闻出版总署将网络文学纳入中国出版政府奖评选范围；三家网站的三部网络长篇小说获得中国作协重点作品扶持；2011年，新修订的《茅盾文学奖评奖条例》首次表示，将向持有互联网出版许可证的重点文学网站等征集参评作品，同年七部作品参选第八届茅盾文学奖……既然传统文学的各类奖项都向网络文学敞开大门，传统文学的出版怎么可以缺少网络文学的力量？

网络文学作品有强烈的市场号召力

网络文学扎根民间，无论作者、传播方式还是读者受众都具有很强的民间性。网络的即时性和便捷性使作者从神坛上走下，没有准入门槛的写作瞬间进入千家万户。写什么和为什么写已经不需要写手冥思苦想，"我手写我心"展现了心灵的绝对自由。于是，网络文学作品以一种原生态的前所未有的鲜活面孔展现在读者面前。正因为如此，网络文学十分接"地气"，阅读市场十分庞大。根据中国互联网络信息中心的数据，到 2010 年 6 月底，我国网民对网络文学的使用率高达 44.8%。虽然 2012 年 12 月底，这一数据略降至 41.4%，但相对于 5.64 亿的网民基数，这一人群规模依然堪称庞大，较 2011 年底增加了 3077 万人。此外，2012 年底，手机网络文学的使用率也达到了 43.3%。可见，阅读网络文学作品已经成为近半数网民的选择。

网络文学的号召力远远不局限于网络。许多网络作品被改编为影视作品后掀起了收视狂潮，比如《小儿难养》《后宫甄嬛传》《裸婚时代》《步步惊心》《失恋 33 天》《山楂树之恋》等。网络文学业已成为各大影视公司掘金的一块宝地。数据显示，盛大文学 2011 年共售出版权作品 651 部，仅 2012 年 1 至 9 月份，盛大文学旗下七家文学网站就售出 75 部小说的影视版权（含晋江文学城）。另有一些网络作品与传统出版社联姻后，变为超级畅销书，如《杜拉拉升职记》《藏地密码》《鬼吹灯》《斗破苍穹》等。一些传统出版企业也将网络文学视为新的出版方向，许多在网络上表现优异、点击率较高的作品都会受到来自多家传统出版社的哄抢。

传统文学出版企业亟需新的发展空间

网络文学发展得如火如荼之际，正是传统文学逐步走向式微的当口。"纯文学"曾经是传统文学出版企业的骄傲，而今已经演变为一声叹息。除了几位有市场影响力的知名作家，其他作者的文学作品因为市场原因想要得到出版都很困难。文学出版企业最重要的社会责任就是向广大读者传递优秀的文学作品，进而保证一个民族的文学传承。当社会效益和经济效益不可避免地屡次发生冲突的时候，变革，寻求新的发展空间，将是传统文学出版企业走出困境的必然选择。

"从本质上看，'网络文学'仍然是用汉字（其中夹带的符号都有汉字的对应含义）抒情和叙事，仍然是通过阅读提供给读者审美愉悦，这说明它仍然沿袭了'传统文学'的基本功能，只是在传播方式与写作形式上有所变化。"有的学者进而认为，不关注网络文学就是不关注文学的未来。因此，传统文学出版企业与其一味跟风追求自身并不熟悉的令人眼花缭乱的各领域畅销书，不如发挥自身文学出版的优势，与网络文学"亲密接触"，依托网络文学庞大的读者群找到新的发展空间，也为文学的传承托举出新的天地。

二、深入了解——理解传统文学出版与网络文学出版的异同

对于传统文学出版企业及其从业人员来说，网络文学出版业务是一个相对比较陌生的领域，要想涉足该领域必须首先深入了解，并且与自身已经熟稔的业务相比较，找出其中的相同与不同之处，做到知己知彼，优劣互现，以整合各类优势资源，实现可持续地健康发展。总体而言，从出版的角度来看，二者主要有以下几个方面的异同。

不同之一：书稿价值的评判主体不同

传统文学出版领域对书稿价值的判断主要由一个或者少数几个编辑完成，书稿能否得到出版完全取决于编辑个人的审美能力和审美取向。这难免会错失一些优秀的作品。在传统文学领域注定会被后世记住的优秀作品，比如《尘埃落定》《狼图腾》等都曾经因为不被某些编辑看好而险失出版的机会。相反，也有许多作品受到编辑青睐，也得到出版企业的极大投入，最后却败走麦城。只要编辑主导评判书稿价值的传统文学出版体制不变，这种情况就始终无法避免。

网络文学出版从一开始就直接面向读者，读者的点击率决定一部作品生命的长度和宽度。这其中虽然也需要编辑把关，但相对传统出版，这个环节更加宽松和人性化。这一方面是由于网络文学作品海量，读者基数也很庞大，需求呈现多样化；另一方面则归因于网络文学出版的成本很低，即便编辑决策失误，在经济上也不会造成什么损失。哪怕是不知名的作者，只要作品的情节好，点击率就会节节攀升。反之，即便是知名作者，如果作品欠佳，也可能等不到连载完成就夭折了。因此，读者才是网络作品最初也是最终的价值评判者。

不同之二：内容的把关和加工机制不同

传统文学出版最让读者信任的就是内容，这得益于三审三校的优秀机制的贯彻执行。三审制严格地保证了作品的思想价值和艺术价值，在内容上经过精细的审查和选择，三校则为厘清作品的文字错误等提供保障。

网络文学出版在内容上的审核则比较随意。编辑面对不断涌现的海量来稿根本无法做到精挑细选，只能通过快速浏览、关键字审查等方式，保证作

品基本合法合理。网络读者对作品更新速度要求很高，一天上万字左右的规模和一日两更甚至三更的频率导致编辑根本无法对文字做更多的打磨就必须使之面对读者。这些都影响了网络文学的整体水平。

不同之三：宣传营销的方式方法不同

传统文学出版随着畅销书时代的来临与发展成熟也进入了全方位的整体营销阶段。时间选择上，营销活动在选题策划之初往往就已经开始了，并且贯穿出版过程始终。宣传方式上，则广泛利用人员推销、平面媒体、影视媒体、网络媒体等多种手段。许多传统文学出版企业都设有专门的营销部门，负责出版产品的营销宣传。据美国出版商协会统计，美国出版社的宣传推销费用超过利润，为编辑费的两倍多，高达定价的14%。按照这个比例，我国出版社的营销投入还将逐步加大。

网络文学出版的营销宣传采取首页各类推荐、点击排行榜、作品精选、置顶、加精、飘红、预告等简单的方式，一般不需要支付额外的宣传营销费用。而一部作品是否能够脱颖而出，更多取决于基于点击率的读者自发的宣传，出版方的营销活动在其中并不占据主导地位。

除此三项以外，传统文学出版和网络文学出版在题材选择、表现形式、具体出版流程、出版周期等方面也不尽相同。除却这些区别，这两种文学出版业务也有许多相同的地方，最主要的有以下两点：

相同之一：提供具有一定思想价值的文学作品

无论是传统文学出版还是网络文学出版业务，核心的价值就在于为读者提供具有思想价值的文学作品，做优秀的文学作品内容提供者。二者在追求思想价值、社会价值和文化价值上是统一的。传统作家邱华栋认为："网络文学表达的内容，其实，全部都是'传统文学'一向所表达的内容……只是多了一个传播渠道，这个渠道相对新而已，并不会因为渠道新了，文学也新了。"网络作家李寻欢则认为，网络解决了文学之于民众的"通道壁垒"问题。可见，网络文学与传统文学之间并非壁垒森严，二者的出版业务都旨在通过不同的传播渠道为读者提供具有一定思想内容的文学作品。这些作品的价值都需要通过读者的阅读来实现。因此，两种出版方式在应对诸如影视、游戏、棋牌等五花八门的娱乐业态上有共同的利益诉求。

相同之二：走产业化道路追求一定的经济利益

文化产业大背景下，传统文学出版企业和网络文学出版单位都必须走市场化道路才能获得生存和发展的机会。传统文学出版企业包括国有出版社和各类名目的民营文学图书出版力量。其中出版社从上个世纪末期开始就经历一系列改革，最终从事业单位变成市场化的企业，在图书市场中开始积极寻求经济效益。民营文学图书出版力量一开始就有浓厚的市场经济烙印，完全依赖市场生存，具备较高的市场敏锐度。各类网络文学出版单位从诞生开始就没有任何行政保证和经济保障，从出版的作品到运作的方式都直接面向读者和市场。在向市场要效益的过程，这些出版企业积累了一些共同的经验和教训，也形成了一套适合自己的行之有效的运作机制。

三、适时调整——尊重网络文学出版规律

实际出版过程中，并不是所有的网络文学出版单位都能生存下来并且获得很好发展。在网络文学十几年的发展过程中，每年都有许多文学类网站倒闭。传统文学出版企业进军网络文学出版这一块相对陌生的业务也同样具有极大的风险。要规避这些风险，最关键的是要尊重网络文学出版的规律，对已经形成固有模式的一些传统出版环节做出相应调整。

选题上充分关注类型文学

"网络文学最大的特点是类型化，在这一意义上，网络类型文学承接了'五四'新文化运动前的传统，重新回到日常生活的文学，可以说是一个新的开端。"因此，对于网络文学类型的划分深深地植根于人们对新时期文学的需求之中，是人们某种审美取向和情感需求相结合的结果。这就要求传统文学出版企业在对网络文学稿件进行选题取舍的时候要充分尊重网络文学类型化的特点，不要按照传统文学的遴选标准来要求网络文学。否则不仅会掩盖优秀网络文学作品的光芒，也会让自身的业务举步维艰。目前仅就网络小说这一块来说，就分为玄幻奇幻类、架空历史类、穿越类、武侠仙侠类、都市言情类、灵异惊悚类、军事类、游戏类、竞技类和科幻类等。这些大类下面还可以细分出若干小类。

对于准备运作网络文学业务的编辑人员，要做到先看书再做书。先把最

好的网络文学作品都看一遍，自然就能对选题内容有比较准确的把握，能够理性而清晰地梳理出网络文学发展的脉络，对类型文学这种相对较新的文学分类范式了然于心，从而感性地理解优秀网络文学作品的选题特点。

作品价值判断上以读者为中心

网络文学的传播，无论从传播主体、受众还是方式上都全面地体现了文学的民间性，编辑在此不再是专断的作品价值评判人，而更加倾向于默默无闻的中间人角色。只要网络文学作品的内容不触犯法律法规，有一定的艺术审美价值，都可以得到出版的机会。网络作品的投稿，特别是长篇的网络小说，都具有非常明显的边出版边创作的特征，作者一般只完成了几万字和一个整体的提纲，因此，编辑一开始无法预知一部作品的整体价值。编辑可以更加宽容的心态给作品与读者见面的机会，接下来则通过点击率了解读者对作品价值的判断，以确定一部作品是否能够得到完整的出版机会。

同时，在价值判断还可以充分利用网络互动性的特点，通过与读者的即时交流了解读者的价值取向和对作品的价值判断，进一步影响到作者，让作者在接下来的写作中做出适当的调整。

调整出版的节奏和规模

"据不完全统计，全世界中文文学网站总数在 4000 个以上，而国内汉语原创文学网站也已超过 1500 家。一个文学网站一天收录的各类原创作品可达数百乃至数千篇。如目前最大的中文网络原创文学网站'起点中文网'，就存有原创作品 20 余万部，日新增 3000 余万字，总字数超过 120 亿。"这是四年以前的数据，对于传统文学出版来说，已经相当惊人。网络文学出版的节奏和规模是传统出版望尘莫及的，而这又是在读者对网络文学的期盼和要求下逐步发展起来的。传统文学出版企业开展网络文学出版业务就必须适应这种节奏和规模，否则无法在这一领域占有一席之地。这就需要编辑在审稿和加工的过程中，在保证质量的前提下，与网络文学编辑充分交流，探索出适宜的审校方式。

建立优质的网络出版平台

传统文学出版企业必须建立起自己的网站才能自如地开展网络文学出版业务。这类网站不同于已有的介绍宣传性质的网站，而是网络原创文学的出版平台。早期的起点中文网能够脱颖而出，最初的框架设计者藏剑江南功不可没。他以领先对手一小步的技术让起点中文网站在了更高的起点。在目前技术日益成熟的背景下，网站更需要强大的技术支持和一群技艺精良的运营者才能保证文学作品内容的顺利出版，吸引并留住读者。VIP 制度是组建网络出版平台必须考虑的，有利于了解作者和读者的基本情况和提高他们的忠诚度。同时，网络出版平台的人性化设计也是衡量其质量的重要标准。

不过，对于单个出版企业来说，从人力物力上都很难让自身的出版平台持续造成较大影响，进而成为网络文学出版格局中的一极。所以，一些有志于进军网络文学出版业务的传统企业可以联合起来，形成一股合力，或者将各自的网站整合，或者共同打造一个新的网站，甚至建立类似于苹果公司或者淘宝网似的经营模式，由出版社提供内容、自主维护，按比例分账。

确立起适合自身的盈利模式

网络文学可以是自发的，但是网络文学出版要得到长远发展必须是自觉的。因为出版是一项经济活动，必须靠理性的价值实现才能立足和发展。所以，传统文学出版企业进军网络文学出版业务从一开始就必须探索出一条适合自身的盈利模式，而不是公益性质的宣传和完全免费的阅读。

网络文学出版的盈利模式有起点中文网、幻剑书盟、新浪读书等网站实施的按字数收费模式，也有龙的天空奉行的以低价大量买入网络流传较广作品的出版权，以较高价格卖给书商的类似出版经纪人的方式，还有让读者免费阅读，收取广告费的方式等。这些方式无所谓孰优孰劣，但以第一种方式最为流行。

四、坚守优势——注入传统文学出版的优良基因

网络文学出版业务的历史谈不上悠久，但其间几经变换，至今也形成了一个相对固定的格局。传统文学出版单位想顺利进军网络文学出版业务，如果仅仅遵循其规律，而无视自身的独特优势，是很难在这一领域独树一帜的。所以，必须要为网络文学出版业务注入传统文学出版的优良基因，这才是传统文学出版单位进军网络文学出版业务的核心竞争力所在。

坚持三审三校制度，把好内容关和文字关

网络文学饱受争议，根源于其在线出版的原创作品在思想内容和文字质

量上都乏善可陈。这两点恰恰是传统文学出版企业长期积累下来的保证出版物质量的法宝。高度有效执行的三审三校制度只是一种方式，可以为传统文学出版所用，也能提高网络文学出版的整体质量。如长江文艺出版社出版的网络文学作品《大江东去》，编辑对作者发表在网上的作品在情节上、文字上，进行了大量的加工。如果说没有出版社责任编辑的把关，这本书不可能入选中宣部"五个一工程"。目前在市场上十分流行的《斗破苍穹》，责任编辑也对网络上下载的作品进行了大量的加工，使之在情节上更合理，语言上符合青少年阅读的习惯。虽然网络文学出版自身对出版的节奏和规模有较高要求，但其中如果没有高质量的文学作品，始终停留在业余写手"码字"的水平上，网络文学的发展就会在短暂的喧嚣后出现沉寂。当然，既要强调速度又要保证质量对传统文学出版企业的确是一个很大的考验，这就促使他们必须创造出更多新型的审校方式，比如加强外审外校的力量、发展部分网站VIP读者加入审校队伍、加大校对软件的使用、与作者签订文字质量保证协议等。

将传统出版的营销方式引入网络文学出版领域

传统文学出版单位在长期的出版过程中屡次见证了营销力量的神奇，也创立了自己的营销模式。传统文学作品在面世之前就通过各类营销渠道和营销方式进入人们的视野，极大促进了图书的销售。这些渠道和模式也可以选择性地为尚处于营销初级阶段的网络文学出版业务所用。当前许多优秀的网络文学作品，如果不是通过实体出版、影视改编等方式，根本难以为不习惯网络阅读的大众所知。而一旦出名，点击率激增。这一方面得益于多媒体时代全产业链运作的功效，另一方面也反映出网络文学出版在营销环节上的薄弱。传统文学出版广泛利用各类媒体宣传，而网络文学出版宣传仅仅立足于网络，并且多局限于网站本身。成本是一个问题，但不是唯一的，还有营销观念、渠道和方式的建立问题。传统文学出版企业已有的一些营销资源渗透到网络文学出版将会带动其进入新的快速发展阶段。

利用传统作者资源，壮大网络文学出版的创作力量

不少网络文学作者在积攒了一定的人气后转而投靠传统文学出版。网络文学出版向传统作家抛出橄榄枝的历史同样由来已久。成立于1999年的博库网站，曾以与王朔、陈村等传统作家签约为契机，大肆网罗国内几乎所有的

知名作家学者。可惜此举生不逢时，由于当时上网速度、上网人数、支付条件的限制，最后以失败告终。此后，传统作家和网络文学出版甚少接触。2008 年，起点中文网举办了"全国 30 省市作协主席起点写作大赛"，虽然赚足眼球，却没有让网络出版深入传统文学作者的内心。可见，网络文学出版非常重视传统作者资源。在这方面，传统的文学出版企业有毋庸置疑的优势。一方面，出版社可以发挥现有作者群的作用开展网络文学出版。如在出版纸介质图书的同时或者稍后以电子书的形式，以网络出版的形式推出他们的数字产品。二是对于自由来稿的作者的作品，如果暂时达不到用纸介质出版的水平，可以指导他们修改，先通过网络文学平台出版，听取读者反映，提高作者的写作能力。相对于现有的一些网络文学出版力量，传统作家对传统文学出版企业更加了解、熟悉，也更容易建立起互相信任、比较稳固的合作关系。传统文学出版企业开展网络文学出版业务可以有效地利用这一优势，吸引更多的作家参与到网络文学创作与出版中来，打造出一支优秀的出版创作队伍。

参考文献

[1] 邵燕君. 面对网络文学：学院派的态度和方法 [J]. 南方文坛，2011 (6)：42

[2] 马季. 网络文学透视与备忘 [M]. 北京：中国社会科学出版社，2010：49-50

[3] 马季. 数字化阅读中的网络文学 [N]. 光明日报，2011-01-25：第 12 版

[4] 欧阳友权. 网络文学：前行路上三道坎 [J]. 南方文坛，2009 (3)：41-43

（本文系新闻出版总署重点课题《网络文学出版研究》（D-13-4）研究成果之一。原载《出版发行研究》2013 年第 3 期，系与芦姗姗博士合写）

第二卷　编辑研究

《雍正皇帝》一书编辑谈

长篇历史小说《雍正皇帝》出版后，得到了各方的好评，随着根据该书改编的电视连续剧的播放，再一次在全国掀起了阅读《雍正皇帝》一书的热潮。承蒙《出版科学》约稿，让我谈谈编辑体会，恭敬不如从命，我没有什么经验可谈，如果说有，那只能是雪泥鸿爪，片言只语。

编学相长

不言而喻，《雍正皇帝》是历史小说，是写三百年前清代康雍时期的小说。其中大量涉及当时的政治经济、文化和社会生活，从清代的典章制度到礼仪服饰，从京都宫苑到乡野大衢，从皇帝阿哥到平民百姓，涉及的范围之广和人物之多，对于我这个学中文的并且编龄不长的编辑而言，编辑好这部书稿的困难是相当大的。小说中所写的宫廷礼仪、官员等级、穿戴、称呼等，是否准确，是否前后一致，都要认真核对。加之作者的字写得十分难以辨认，一篇500字的原稿，往往需要描几十处才能看明白，不仅三审有困难，连排版、校对也很棘手。由于字数多、写作时间比较长，时间的安排、人物的作用，作者自己有时也搞混淆了。如康熙帝有20多个儿子，人物出场有先后，在小说中发挥的作用不同，作品中不免有张冠李戴的情况。我对这段历史并不很了解，在编辑过程中只好寻找能找到的字词典，弄清释义，有时通过文稿前后校异同来更正作者的笔误。有人认为我在编辑二月河先生的小说中发挥了很大作用，如帮助他修改之类的佳话，其实，除了我在另一篇文章中提到的关于组稿的一些努力外，就作品本身，我没有提出什么意见。二月河先生尽管40岁以后才步入文坛，出手就是长篇小说，但他厚积薄发，小说艺术十分圆熟，我只是在某些技术方面给予了一些处理。尽管我尽了很大的努力，在小说成书后，还是发现了不少遗憾。如古代的官员退休称为休致，作者在文稿中写成了致休，我望文生义，没有对此加以订正。还有古人对父亲和母亲称为怙恃，父亲去世称为失怙，母亲去世称为失恃，作者恰恰把这点写颠倒了，而我当时并不知道，没有将此改过来。像这样的例子还有不少，后来有不少热心的读者提出了书中存在的问题。峨眉电影制片厂的一位老同志写来了长达十几页的意见，并在书上作了不少修改。当然，这些问题有些涉及作者的写作习惯，有些是仁者见仁、智者见智的问题。但可以肯定地说，通过《雍正皇帝》的编辑过程，我从中学到了不少历史文化知识。

宣传推介

在很长一段时间内，二月河在文坛上是十分寂寞的。《雍正皇帝》的第一卷《九王夺嫡》出版前，他已出版了《康熙大帝》系列历史小说的前三卷，除了冯其庸在《奔流》杂志上发表过一篇评介文章外，还没有哪位评论家关注过二月河的作品。文坛上提起他的作品，有些人尽管还没有读过，但却是一副不屑一顾的神态，或者说它那是通俗读物。有时二月河先生告诉我，某某人准备写他的评论，但一直是只听楼梯响，未见人下来。作为作家，也是凡人，二月河也不例外，他的作品出版后，自然希望得到圈子内的人的认同，希望得到人们的理解。所以说，在这一段时间内，二月河是很寂寞的。《雍正皇帝》的第一卷于1991年出版后，我写了《不同凡响的艺术魅力——读二月河的长篇历史小说〈九王夺嫡〉》一文，主要从他的作品的人物、语言、情节、文化氛围几个方面来评论作品。文章先是交给二月河，发表在南阳地区的内部刊物《躬耕》上，后来又发表在1992年3月号的《小说评论》上。后几卷出版后，我又就作品中的人物性格、作品的语言特色写过几篇短文。尽管我人微言轻，文章发表后也没有产生过什么反响，但对于寂寞中的二月河来说，不止是一种慰藉，也许这些奠定了我与他的深厚友谊。我谈这些，无非是说明做一个编辑，一方面要理解作品，理解作家，才能组到稿子；另一方面，你只有理解，才能与他展开平等的交流。当然，作为一个出版者，仅仅在报刊上写几篇文章是不够的，还需要在市场的拓展上做一些工作。

1995年底，中国作协举行第四届茅盾文学奖评奖活动，《雍正皇帝》在读书班上受到专家的好评。我们抓住这个契机，于1996年初在北京与《雍正王朝》制片人联合召开了作品研讨会。在这次会上，与会专家高度评价了《雍正皇帝》的艺术价值。评论家丁临一认为该书是《红楼梦》以来最为优秀的长篇历史小说。不管此说是否言过其实，但会上的专家发言在《北京青年报》和《南方周末》上发表后，对于扩大《雍正皇帝》在读者和文艺界的影响，都起了很大的作用。中央电视台在读书时间栏目中以"二月河和《雍正皇帝》"为题播放了 12 分钟的节目。中国青年出版社出版的《青年必读书手册》中，将《雍正皇帝》列为当代青年必读的 20 种优秀文学作品之一。台湾、香港以及一切有华人的地方，都对《雍正皇帝》给予了关注。1998 年，英、法文版的《中国文学》向海外非华语读者介绍了《雍正皇帝》的片段，我写了篇文章附在当期刊物上。自此，二月河与他的作品，成了让人们与金庸并提的话题。

1998 年底，我从二月河处得知了 44 集电视连续剧《雍正王朝》即将在中央电视台播放的消息后，立即选择能够影响新华书店和全国读者的《新闻出版报》《中华读书报》《中国图书商报》三家报纸的头版刊登紧急征订。随着电视剧的播放，订购和阅读该书的热潮不断高涨，一时洛阳纸贵，购者持现金在社里等候，出现了我社建社以来从未有过的销售旺势。这时在社会上出现了不少盗版本，于是我们在《新闻出版报》上刊登严正声明，悬赏 10 万元捉拿盗版者。与此同时，又聘请律师，起诉北京的一家大出版社，就他们出版的所谓改编本《雍正皇帝》讨个说法。围绕电视剧及其原著《雍正皇帝》，全国上百家新闻单位均发表了有关文章，把《雍正皇帝》的销售及其影响推向了一个新高潮。

互相理解

从认识二月河先生开始，我不知与他写了多少信，通了多少次电话。每当我将电话打过去，不管二月河先生家里谁接电话，他们都能从电话的那一头听出是我。《雍正皇帝》第一卷出版后的八年里，该书在海内外读者中的每一点反响，无论是谁先知道的，都会互相通知对方。台湾的某某人读了这本书，报纸上是如何评价的。特别是《雍正皇帝》在第四届茅盾文学奖初评中获得专家好评后。我们就这本书的评选动态，外界对这本书的评价及可能出现的结果，经常交换意见。在那段时间里，我们同喜同悲，用二月河先生的话说："风光了一阵子，结果又被黜回来了。"也许是外界不准确的消息大大提升了我的期望值，名落孙山的消息传来之后，我十分地伤感，而二月河先生还在电话的另一头安慰我："作品还是由读者来评。"

还特别值得一提的是关于稿费的问题。这套书当初签订合同时，第一卷是25元一千字，第二卷30元一千字，第三卷40元一千字。到了1994年，二月河的作品渐渐为读者所认可，影响日趋扩大，但二月河先生没有对原订的合同提出任何异议。考虑到作家的实际情况，从1995年始，我们给二月河先生按码洋的1%支付印数稿酬，到1998年按6%支付印数稿酬。对这个问题，双方互相谅解，没有产生任何意见。

随着《雍正皇帝》的出版与发行，我们与二月河先生的友谊日渐加深，也许是对我们的充分信任吧，1997年，二月河先生又与我社签订了反映鸦片战争以来近代中国历史的5卷本历史小说的出版合同。1998年底，我们出版了他的《匣剑帷灯》一书，他又表态将他的文集交给长江文艺出版社出版。2001年春天，二月河先生13卷本的文集终于如愿在长江文艺出版社出版了。

（原载《出版科学》1999年第3期）

新编辑观的实践与探索

　　人类即将跨入 21 世纪，21 世纪对于世界，特别是中国而言，是一个充满挑战与希望的世纪。人们对未来的世纪尽可能地加以了描述，说未来的世纪是知识经济的时代，是数字化的时代，是经济全球化的时代，对于中国人而言，除此之外，又是进入市场经济的时代。21 世纪对于我们来说，确实是充满了太多的希望与诱惑。随着知识经济日益受到人们的重视，随着以互联网为传输介质的数字化时代的来临，21 世纪人类的生产和生活不仅会有巨大变革，人类的思维也会因生产工具与对象的改变而改变。作为出版事业而言，我们既有记录时代发展、服务社会的功能，又有推动社会发展的职责与作用。作为出版人，特别是在其中担负重要使命的编辑来说，应当迅速理清思路，找准位置，适应时代的发展。1992 年王建辉同志在《编辑之友》上曾经发表了一篇文章，提出了"新编辑观"一说。在这篇文章中，他对新编辑观的阐释是，"适应新时代改革开放的编辑新观念"。今天，面对 21 世纪，编辑观又有了新的内涵与发展，概括地说，就是 21 世纪的编辑，应当具有 21 世纪的观念，21 世纪的思维。

　　那么，21 世纪的编辑，应当具有什么样的思维与观念，怎样才算具备了新思维与新观念呢？

　　回答这个问题，我们必须回顾一下社会发展的历史。大家知道，人类已经经历了农业革命与工业革命、信息革命这样三个阶段。19 世纪的农业革命，20 世纪初开始的工业革命，这两次技术革命提高了工作效率，改写了人类的历史。到了 20 世纪 90 年代，信息革命得到了迅猛的发展。那么 21 世纪是一个什么世纪呢？前面我们说了，目前比较流行的说法是，即将进入的 21 世纪是"知识经济时代"，知识经济时代即建立在知识的生产、传播、转移、分配和使用之上的经济。即人类正在步入一个以智力资源的占有、配置，知识的生产、分配、使用为最重要因素的时代。知识经济的特征：一是经济的知识化，即知识成为经济增长的关键。二是经济的全球化。知识经济还有两个重要的表征，一是知识的数字化和编码化，也就是人们所说的数字化时代，信息革命时代；二是知识活动的计算机化和网络化，也就是网络革命。

这一次，以网络为代表的第四次革命，正在人类进入 21 世纪之时迅疾拉开了它的帷幕。网络革命是在信息革命的基础上，将计算机与数字化、通讯技术结合起来，使得人们在地球的任何地方，任何时间，都可以找到要找的信息，找到要找的人。"天涯若比邻"已不是诗人的夸张，网上取物也不再是科幻小说中的情节。这一次网络革命，将用比过去几次变革更为短的时间，改变着人类文明及社会经济生活的各个层面。

与此同时，中国还将在跨入 21 世纪的门槛之时，加入世界贸易组织（WTO），这进一步地表明，中国的经济将会融入世界经济的格局，随着出版方面某些领域的市场开放，中国的出版将会随之发生深刻而长远的变化。这些变化，据行业人士认为，大约表现在如下几个方面：

1. 出版全球化的趋势。由于经济全球一体化，作为重要产业之一的出版全球化也就不期而然。目前，出版业内的兼并购并风潮也正风起云涌。去年，德国贝塔斯曼公司兼并了美国兰登公司，时代华纳与美国在线合并，英国的两家老牌出版公司也正式合并。西方的大出版公司，都不是仅仅守在自己的家门口。如贝塔斯曼尽管总部在德国，但在全世界都有了以读者俱乐部为主体的出版发行，去年仅美国的 43 个读者俱乐部就有 10 亿美元的销售收入，中国有 13 亿人口，随着经济的发展，读者购买力的增加，全世界的著名出版公司都希望在中国这个庞大的市场上一展身手。贝塔斯曼书友会已经取得初步成效，拥有 150 万会员，其他大出版公司也已用各种形式渗透进中国的出版。中美贸易条约签订后，尽管国会还没批准，世界五大音像集团已在香港和亚洲培训人员，只等中国加入 WTO 后迅速登陆中国，建立他们的分销系统。外国出版商要打进中国，中国出版界是不是也要走出国门呢？这是毫无疑问的，尽管目前这个问题还是停留在概念上，但我们不能不思考这样一个问题，何况，也有一些出版社，如外研社等，正在做这方面的努力。

2. 信息的搜集与整理的方式发生革命性变化。随着互联网的用户在中国的普及，图书馆藏书的数字化，传统的信息收集方式与通信方式发生了根本性的变化。过去编辑为了查一句话，某一段文字需要在图书馆伏案劳作，现在很多信息可以从网上查询。目前我国有中文网站上万个，网络用户已达 2000 万，网上的信息已不是一个两个图书馆所同日而语的了。同时，网上的信息是开放的，兼容的，共享的，大多数信息是免费的。出版社利用互联网分析市场、开展版权贸易、截取出版资料、开展电子商务已不是昨天的故事。人类历史上这场史无前例的信息革命，将要对我们的工作与生活带来巨大的变化。

3. 创新的速度加快。以计算机为代表的高科技产品，其更新换代速度令人瞠目结舌。根据摩尔定律，微处理器的速度每18个月翻一番。5年速度会快1倍，十年会快100倍。一本电脑书，生命周期最多只有半年，5年前学的计算机博士，现在可能要重考。除了计算机产业外，其他行业的创新速度也在加快。美国近十年经济高速发展，与它的知识创新速度是分不开的。社会的飞速发展，也对编辑的知识结构、思维方式提出了新的要求。

4. 出版的方式、使用的介质发生变化。图书的出版与传播，从刻在龟甲、竹帛上，到印在丝绸、纸张上，经历了几千年变迁，而图书转换成电磁信号到今天的网络出版，仅仅是近十年来的事。而且网络出版、电子商务方兴未艾，对传统的出版业产生着激烈的竞争，尽管目前对以纸介质为媒体的出版不会产生太大的冲击，但也不可小视其潜在的影响。

5. 计划经济的色彩将逐步减少，市场经济的成分将会逐步增加。出版行业的计划经济色彩很浓，这是不争的事实。首先，实行审批制，出版专营，有竞争，但与其他行业相比较，还属于不完全竞争。实际上，垄断带来的弊端就是资源配置劣化，经营水平和效率低下，消费者利益受到不同程度的损害。但随着中国将加入世贸组织，依据政府的承诺，将逐步开放发行市场和音像制品的生产发行，目前国外的出版商正在抢滩登陆，很多大出版社都在中国设立了办事处，有些已经开展了业务，通过各种方式站稳了脚跟。同时，国内其他行业和资金，如邮局、报业集团、影视广播集团，也纷纷介入出版，再如上市的民营企业诚成文化有限公司，曾经运作过包括《传世藏书》《西学基本经典》在内的很多出版工程，它们参与出版的目的就是为了获取最大的出版利润，且已经获得了利润。中国国内还包括数以万计的"工作室"，它们实际是业已存在的地下出版社。这样，我们这个行业实际上已经在打破过去的封闭状态，市场的杠杆已在发挥重要的作用。人们认为铁饭碗的教材，这块计划经济的最后盛宴，也将要发生剧烈的变化。据国家体改委的文件透露，教材将实行招标编写，招标出版，出版利润率不得超过9%。这将意味着出版行业计划经济的色彩将会在一定的时间内逐步减弱。那么，随着改革的深入，出版社将会逐步打破垄断，在可以预见的未来，出版社会像金融、电信、保险一样，完全进入市场，按经济规律决定出版社的存在与发展。

综上所述，面对着知识经济时代的到来，面对着以计算机为工具的网络革命，面对着中国加入 WTO，一个更加丰富、复杂的世界展示在编辑面前，对于这个新的时代，我们必须认真加以研究，充分地加以认识。

那么，我们的编辑面对 21 世纪，我们应当确立怎样的编辑观呢？我认为，作为一个编辑，应当具有如下几个方面要求：

一、开放性思维——转变观念　迎接挑战

思维是人类认识客观世界或事物的过程中，人的头脑对世界或事物作出的间接和概括的反映。思维是反映客观世界和事物的能动过程，是人类独有的认知心理的基本形式。尽管改革开放的 20 年来，出版社已逐步摆脱了计划经济的束缚，但由于出版行业处于垄断地位，并不是完全条件下的竞争，因此，编辑的思维和观念，据我观察，对于将要发生巨大变化的世界，在思想上，并没有引起高度的重视，在行动上，并没有采取积极主动的应对措施。大多数的编辑，主要是满足于编辑自己的图书，完成自己的任务，对于外面正在发生或者即将发生的事情，不太关心，或者认为自己关心也不能解决问题。与其他行业相比，出版业还是一个封闭、保守、落后的行业。我如此评价我们这个行业，是因为在市场经济的条件下，受保护越多的行业，无论是体制还是机制，距现代企业的要求越远。其行业的员工，固步自封的程度，懒惰的程度，超过任何一个市场经济条件下生存的企业。但是，我认为，随着 21 世纪的降临，中国加入 WTO，一切都会变化。作为一个编辑，用一句曾经流行的话，就是要"胸怀世界，放眼未来"。过去毛泽东说"坐地日行八万里"，现在在因特网上，一分钟内，你可以到世界上的任何一个角落——只要对方也加入了因特网。经济的全球化，经济的知识化，信息的数字化，中国的出版应当如何因应，我们要思考，作为一个编辑，面对这个正在变化的世界，我们如何提高自己的生存能力，适应变化的世界，我们如何做好本职工作，求新求变，在开拓中前进。首先，我们在思维上，必须打破过去的单一思维模式，从国内到国际，从传统出版到现代出版，从本行业到立体化经营，在新与旧中碰撞，在传统与现代中碰撞，在碰撞中求新求异。

二、创造性思维——敢为天下先

知识经济的本质，是创造性的脑力劳动。作为知识经济重要部分的出版业，不仅记录了知识经济的成果，而且通过出版物的传播促进了知识经济的发展。作为出版行业中最为关键的编辑，必须适应，甚至走在知识经济发展的前沿。只有善于创新的人，才能不断产生推陈出新的出版物。作为创造性活动主体的人，自己首先应具有创造性的思维。这种思维，一是跟踪研究知识经济发展的轨迹，传播新知，服务社会，如湖南科技出版社出版的《第一推动丛书》，商务印书馆出版的《汉译世界学术名著》，诚成文化（用的是中国社会科学出版社的名义）出版的《西学基本经典》，出版界公认它们是新时期的重要出版工程。二是编辑要探讨出版自身的规律，在选题的设计、传播的方式上，适应读者需求，引导阅读潮流。如近代中国新思想的传播，商务印书馆、中华书局、开明书店等功不可没。如商务的元老张元济，弃官不做，从事出版，他们对近代中国的贡献将名垂青史。如果没有这一批人领风气之先，敢于创新，中国近代出版将会是多么黯然失色。今天，面对飞速发展的知识经济，面对经济全球化，中国的出版界又将做出何种贡献呢？我认为，编辑至少要做到以下几点：

1. 不同出版形式的实践者。随着计算机的普及，网络出版已经提上了我们的议事日程。不仅在国外，就是国内，也已经有不少人在实践。博库是一批留学归国的年轻人创办的网络公司，他们雄心勃勃，要一网打尽中国的作家和出版社，收购他们的作品，供用户在线阅读和下线阅读，在试营业免费下载时，7天推出300种图书，大约下载了30万册图书。据估计，网络读物会比纸介质读物便宜，网上阅读或下载的费用加上著作权版税，不会超过现行书价的20%。辽宁出版集团与美国一家公司合作开发电子阅读器——掌上书房，博库也正与联想集团合作开发电子阅读器。据说新加坡等国已经考虑给中小学学生发电子阅读器，接收无线传输的"网络教科书"和"作业本"。也许有人会问，网络出版是"雷声大雨点小"，他们对传统的出版不会构成威胁。这话是有道理的，但网络出版将会分割读者份额将是一个不争的事实。几年前有谁会想到，被美国总统克林顿称之为"信息高速公路"的因特网在几年间会有如此飞速的发展呢？作为编辑，我们仍在从事传统纸介质出版物的同时，就要考虑多种媒体之间的互动，将图书搬上互联网——这尽管是社领导决策的问题，但社领导的决策往往来自于员工，你有合理化的建议，他何乐而不"从善如流"呢！

当然，在传统的出版领域，我们并不是无所作为，要大家都去考虑网络出版，这是不现实的，我上面之所以强调这点，主要是提醒大家要关注出版领域的最新变化。当然，我们还要立足于传统的纸介质出版，不管因特网如何发达，取代纸介质图书的可能是很小的。相反，我们应当研究在传统出版中如何创新，进一步地适应市场和读者。如随着多种媒体的互动，社会生活节奏的加快，人们关注到图文并茂图书的流行，关注着异型本、口袋书的出现。另外，图书的文化积累价值相对减弱，娱乐性趣味性的功能增加，大众快餐式的图书受到市场追捧。总之，我们要研究不断变化的外部和内部环境，不断总结我们的工作。

2. 出版全球化的积极参与者。出版全球化随着经济全球化及中国加入WTO，已是势在必行。但目前，是西方出版大国要把中国的图书市场纳入全球化的范围，而大陆的图书进入国际市场所占份额很少。国际市场上的华文图书，绝大多数是香港和台湾出版的图书。这里有两种原因，一是语言与文化的障碍，非英语国家的图书在国际市场上不占优势，二是大陆出版社的体制与适应市场经济的程度不及港台出版社。面对着外国出版商对中国图书市场的"觊觎"，我们不能自甘落后。近年来，我国引进国外或境外版权的图书呈直线上升趋势，每年达几千种，第七届北京博览会的统计是3900项，比上一届几乎增加了三分之一，但我国版权销售出去的比例则很低。据德国图书商报统计，中国向德国输出的版权只及德国销售给中国的十分之一。在中国的经济逐渐融入全球经济的同时，中国的出版不可能不更加国际化。这就需要我们的编辑在选题的设计、制作时，就应当考虑中国以外的读者的需求。版权贸易不仅仅是总编室或版权部门的工作，而是每个编辑都应思考的问题。如果你的选题不具有做版权贸易的潜质，后面的工作就无从谈起。

3. 新的技术手段的使用者。计算机与互联网的全面使用，对编辑提出了新的要求。正如人们说的一个笑话，过去大家见面，总是问："你吃饭了没有？"现在大家见了面，就问："你上网了没有？"这说明上网已成为人们生活中一个不可或缺的事。所以，编辑要适应社会的发展，有自己的电子信箱，或者有自己的网页，要和作者在网上建立密切的联系，这不仅是一个工作上的小问题，也反映了一个编辑对新生事物，对新技术的观念问题。作家徐迟在80岁高龄还学会用计算机写作，一个现代的编辑，也必须把因特网作为自已获取知识和信息的渠道之一。

4. 市场营销的主动策划者。过去，我们曾经强调编辑要学者化，强调编辑要有专业知识，在市场经济条件下，编辑仅仅"学者化"是不行的（何况，所有的编辑并不可能都学者化）。目前，无论是国外还是国内，读者获取信息和娱乐的媒体很多，读者的时间有限，加之图书品种相对过剩，要引起读者的注意，就要使用市场营销这种手段。有人将此称为"注意力经济"。这样，编辑必须在选题的策划、装帧设计、市场选择、图书宣传、市场推销等方面都要贯穿营销意识。作家出版社的《智圣东方朔》一书，责任编辑是华师毕业的一个硕士生，书尚未出版，他就在各种媒体上炒，书出来后，他总是在不停地制造各种由头，让媒体登他的消息，弄得大家都"烦"，但他锲而不舍，让读者始终关注他的这套书。这套书58元一套，已经销了几万套。据看过的人说，写得很一般。《学习的革命》一书，科利华公司的市场营销可以说是很成功的。他们的"功夫在诗外"，通过这本书的营销扩大了科利华的知名度。

总之，21世纪的出版业是一个充满希望与挑战的产业，时代需要一批具有高素质的复合型人才，历史正关注着我们年轻一代，中国出版的未来寄托在大家身上。

2000 年 9 月 21 日

咬定青山不放松

——《雍正皇帝》一书营销体会

《雍正皇帝》是二月河先生清代"帝王系列"的第二部，共三卷，140余万字。小说全方位多侧面地展现了康熙末年至雍正王朝这一历史时期的社会全景画卷，从新的角度透视历史发展的可能性与必然性，描绘了一批性格鲜明色彩丰富的人物形象。作品气势恢弘，情节曲折，传统的叙事艺术与当代阅读趣味的有机结合，增加了作品的可读性，作品语言的雅俗并重，历史文化氛围的营造，显示了作者的艺术功力。因此，该书出版后成为海内外不同阶层读者看好的一部不可多得的历史小说，特别是小说被搬上荧屏后，小说的艺术价值再度被读者所认识，该书也成为图书市场上常销的畅销书。近年来尽管发现各地有此书的几十个盗版本，但正版书一直畅销不衰，截至目前，出版社已经销售了60余万套，3000余万码洋。仅1999年一年，《雍正皇帝》一书销售了23万套。

这套书在市场上的畅销，主要得益于图书的内在质量，当然，在图书的营销方面，我们也做了一些工作。主要体现在如下几个方面：

一、召开作品研讨会，通过专家与学者的评价，让作品的内在价值得到社会认可，让图书销售部门认识图书潜在的市场前景

《雍正皇帝》的第一卷《九王夺嫡》出版于1991年，第三卷出版于1994年，到了1995年，评论界和读者对二月河和《雍正皇帝》仍知之甚少。造成这种"养在深闺人未识"的原因，是对市场培育和引导不够。尽管责任编辑本人也写了少量的评论文章，但没有产生范围广泛的影响，有些评论家也答应为二月河写书评，但"只听楼梯响，不见人下来"。更有不少人认为《雍正皇帝》是"通俗读物"，难登大雅之堂。

1995 年底，中国作协组织第四届茅盾文学奖读书班，来自各地的评论家们在众多的图书中发现了这部书，有个别酷爱此书的评论家认为这部书是"《红楼梦》出版以来最好的一部历史小说"，是"五十年不遇甚至上百年不遇的一部好书"。且不论这些评论是否准确，但这些溢美之辞只是在圈子内有人知道，媒体并未报道，书店和读者更不了解这部书。因此，我们借助该书在第四届茅盾文学奖初评入围这个契机，开始了此书营销的第一步。

我们选定 1996 年初党校订货会之机，与中国作家协会创作评论部、正在筹拍《雍正王朝》的四汇文化公司三家在北京文采阁联合召开了研讨会。中宣部出版局副局长宋镇铃，中宣部文艺局副局长刘玉山，新闻出版署图书司原副司长迟乃义，中国作协书记处书记陈建功以及评论家雷达、雍文华、吴秉杰、蔡葵等 20 余人参加了研讨会。首都部分新闻单位记者和正在参加订货会的各地新华书店人员均参加了这次会议。会上，评论家对《雍正皇帝》一书给予了高度的评价，这种现身说法，使书店的订货人员认识了此书的市场潜力，纷纷订购此书，一些卖过这套书的书店也积极添货。会后，与会的新闻单位在各种报纸上展开了对《雍正皇帝》的全面宣传，《北京青年报》用头号字做标题：《雍正皇帝》横空出世，京都文坛好评如潮。文章借 4 个与会专家的口，称赞此书是"历史小说的大手笔、百年不遇的佳构、两个结合的杰作。"《新闻出版报》的标题是：一部不可多得的历史小说。中央电视台读书时间栏目从报纸上得知这个消息后，专程将二月河请到北京，做了一个长达 12 分钟的节目，题目就是"二月河与《雍正皇帝》"。节目中穿插了专家的评论，其中就有"《雍正皇帝》是《红楼梦》以来最为优秀的长篇历史小说"之说。可以说，自这次研讨会后，二月河的作品及其人才真正引起评论界、发行界和读者的注意。

二、组织作家签名售书和讲学；组织书评；借助社会名流和高层领导的影响深入扩大作家和作品的知名度

北京研讨会后，二月河的名声逐步为外人所知晓。为了进一步巩固这种影响，我们组织作家到武汉、郑州等省市书店签名售书，作家本人也应约到北京、上海、合肥等十几所大学演讲。一些专家和大学的研究生将二月河和他的作品作为研究课题，部分研究成果在报刊上相继发表和出版。《文学评论》等刊物开始重视二月河的创作并给予肯定。与此同时，我们也主动组织

一些评论家，撰写评介文章，更深入全面地探讨二月河小说的艺术价值。中央人民广播电台及各地的广播电台要求连播《雍正皇帝》，我们给予大力支持，从中帮助与作家联系，努力促成此事。

除此之外，我们从作家那里得知一些社会名流和高层领导对《雍正皇帝》一书也给予了较高的评价，我们抓住这些机会加以宣传。如作家方方，对二月河的《雍正皇帝》有很高的评价，我们请她撰文谈这本书。同时，有不少高层领导也对此书表示了自己的喜爱。如中央政策研究室副主任、文艺批评家卫建林曾对此书给予了较高的评价。他认为此书"是'五四'以来难得的作品，其历史含量、文化含量和艺术成就均属上乘，当不在《李自成》之后，或许还在《李自成》之上"。他表示，等到退休之后，要成立一个"二月河研究会"，系统研究二月河的作品。他积极向中央高层领导推荐此书，因此很多领导人都读过这部作品。为此，二月河被推选为党的十五大代表参加党的代表大会。于是，我们将卫建林一封谈二月河的信在媒体上发表。1996 年"中国出版成就展"上，邓小平同志的夫人卓琳参观时称赞二月河的书写得不错，应当看看，有些报纸也报道了这个消息。当时的国家税务总局局长项怀诚对二月河的《雍正皇帝》喜爱有加，报纸上发表了局长与作家的谈话。同时，此书在台湾地区出版后，有些读者自发成立了"二月河作品读友会"。我们将这些信息在媒体上组织加以宣传，从一个侧面说明此书受欢迎的程度，让读者再一次了解此书。

与此同时，此书先后获得了中国作协、新闻出版署共同评定的"八五"期间全国优秀长篇小说奖，河南省政府优秀文学艺术成果奖，湖北省佳作奖，被香港《亚洲周刊》评为"二十世纪中文小说一百强"之一，又在纽约被评为"最受欢迎的海外华人作家作品奖"。尽管在第四届第五届茅盾文学奖评奖中都因一票之差而落选，但这些获奖和评奖的消息都为我们宣传此书创造了一个"新闻眼"。我们从不同的角度不同的侧面披露这些信息，将此书的宣传推向一个又一个高潮。据初步估计，各种媒体关于二月河的专访、评介、评论不下于 3000 多篇次。

三、借助根据二月河小说改编的电视连续剧在中央电视台黄金时段播放的时机，将小说销售推向高潮

在《雍正皇帝》播出之前，图书与电视联姻这种传媒互动的方式还没有

真正引起出版界的重视，我们抓住这个机遇，创造了图书销售史上较为成功的一次尝试。

如果说，1996 年，我们与《雍正皇帝》制片人在北京联合召开的那次研讨会还处于一种非自觉状态的话，这次电视播出前我们就密切注意了其进度。电视播出前，我们印了 3 万套《雍正皇帝》，并在《新闻出版报》、《中华读书报》、《中国图书商报》的头版上分别刊载了三则"紧急征订"启事。由于电视与图书的互动在此前并没有十分成功的范例，书店刚开始对图书的销售还持一种比较谨慎的态度，我们主发该书时各地书店添货均十分保守。结果电视播出了 5 集后，各地添货的电话不断。于是我们选择了三个厂印刷此书，并且用汽车向各地直接送货。农历除夕前几天，三路送货的货车分别向北京方向、河南方向、沪宁杭方向出发。大年三十，去上海送货的同志还在返家的路上。为此，杭州的《钱江晚报》头条报道：长江社千里送书，杭州人先睹为快。

四、发布新闻，悬赏 10 万元捉拿盗版者；起诉侵权单位，制造大众关注的话题，以期让读者保持对此书的注意力

为了吸引读者一直关注此书，我们根据各地市场盗版本比较多的情况，又在《新闻出版报》、《中华读书报》、《中国图书商报》三家业内主要报纸的头版上刊登"启事"，并悬赏 10 万，捉拿盗印此书的不法之徒。我们这个消息发布后，不仅接到几十个要求捉拿盗版者的电话，并接待了多批上门揭榜的志愿者。同时，全国几十个媒体报道此事。《羊城晚报》的消息更为有趣，标题是："雍正捉拿假'雍正'"。与此同时，有一家出版社出版了根据《雍正皇帝》改编的，封面和我社基本相似的"话本小说"。从小说改编成小说，体裁并没有变，严格来说这种改编实际就是侵权，但二月河本人过去对此缺少研究，自我保护意识也不很强，这种"改编"事先他自己却授了权。我们咨询了有关专家，认为在短时间内区别这种侵权责任很难，但这种改编本的封面抄袭了我社的封面，我们可以向法院提起诉讼。后来，我们委托中国版权保护中心法律部向北京海淀区法院提起诉讼，法院经过审理后认定对方侵权，双方以庭外调解的方式解决了此案。尽管对方只赔偿了我们几万元钱，但此事正发生在《雍正皇帝》电视剧播放的高潮期间，各地媒体对此大加渲染，一时间"雍正告雍正"又成了媒体的话题，这样，无形中又将此书推向

舞台的中央。

五、制作一些能长期使用的宣传品，发放给各地书店订货人员，强化书店和读者对这套书的印象

我们除了制作《雍正皇帝》的招贴画，大幅布标送给各地书店张贴悬挂外，还制作了几千把红伞，上面印上醒目的书名，在订货会上免费发放，同时，我们在订货会期间制作巨幅户外广告，对订货人员的视觉形成冲击力。与此同时，我们出版了一本二月河先生创作谈，将他成名之前和之后创作的体会编辑成书，书名采用他过去写的一个电视剧《匣剑帷灯》的题目。这对于希望了解并研究二月河先生作品的读者而言，是一个很好的参考资料，也从一个侧面间接扩大《雍正皇帝》的影响。

六、出版二月河先生的文集，保持拥有二月河作品的出版权，占领二月河作品市场的制高点

二月河作品已经拥有一批固定的读者，成为文学经典传之后世已经成为不争的事实，但作为最先出版二月河作品的出版社而言，由于我们拥有的《雍正皇帝》一书的版权使用期只有十年，到 2001 年就要到期，如果我们不继续签订出版合同，《雍正皇帝》可能就会流到别人之手。如果我们不守住《雍正皇帝》的出版权，多年努力的意义就会丧失。同时，二月河先生正打算出版文集，其中不仅收录《雍正皇帝》，还收入他的《康熙大帝》、《乾隆皇帝》。我们的目标是，我们不仅要继续争取出版《雍正皇帝》，还要争取他的文集的出版权。后来，由于我们与二月河先生在《雍正皇帝》出版上的交情，由于我们的诚意，二月河先生最终将文集的出版权交给了我们。尽管条件有点苛刻，但了却了我多年来的一个心愿。从 2001 年的销售证明，我们的决策是对的。根据二月河小说《康熙大帝》改编的 46 集电视连续剧《康熙王朝》在中央电视台热播又一次创下 20% 的收视率，借此东风，我社的《雍正皇帝》又一次受到读者的厚爱，文集创下了当年销售过千万码洋的业绩。

总之，《雍正皇帝》一书的销售过程中我们先后采取了一些营销措施。当然，这些营销措施也并不是我们的首创。我们的体会是，作为出版社，不仅要利用一切可能宣传促销的方式，还要抓住一切可能造成影响的契机。营销

的方式可以创造，但市场进入的时间可能稍纵即逝。作为图书这种具有一定生命期的产品，营销一定要抓住时机。同时，图书的营销不仅要集中时间全方位"炒作"，对于有潜力的图书，具有经典品质的图书，还要持之以恒地宣传。不仅要"包装"作品，更重要的是包装作家。也可以说，图书的营销是一项系统工程，要全方位，多角度，多侧面。哲学家笛卡尔曾说"我思故我在"，如果借用在这里，一本书，"你认为畅销，就会畅销"。图书营销的成功取决于你的自信与努力。

（原载《出版广角》2002 年第 1 期）

图书广告词写作三题

明确广告创意的目的

据新闻出版总署统计，2001 年全年出版图书达 14.45 万种，又据开卷图书市场研究所调查，2001 年全国图书动销品种有 48.2 万种，图书品种之多足以让读者眼花缭乱。图书广告在引导读者消费和塑造品牌形象方面的作用已毋庸置疑。中国出版业正处于从计划经济向市场经济转轨的过程之中，从业人员对图书广告的作用认识不足，具体策划还缺少经验，一方面是广告费用投入不够，对图书广告的作用心存疑虑，另一方面某些出版社制作广告时缺少创意，广告诉求目的不明确。

我们在策划制作广告时，首先考虑的是要达到何种目的。是为了宣传塑造企业的形象呢，还是为了宣传某一种产品？一般而言，广告分为形象广告和产品广告两种。形象广告的创意必须考虑它的恒定性，广告词要反映企业的理念，要与企业的追求紧密联系，一旦确定，就不能频繁更换。产品广告就要考虑季节、对象、地点，以吸引消费者的眼球为第一要务。广告词必须明确地告诉消费者，你要传递什么信息，以期唤起消费者的购买欲。因此，广告创意时，要把目的弄清楚。

形象广告的文字特色

形象广告的文字要求含蓄并富有诗意，显示企业经营理念和文化内涵，耐人寻味。人民文学出版社有两句常用的形象广告词，其一是"铸造我们的文学家园"；其二是"新中国的文学事业从这里开始"。这里首先表现了出版社的追求，其次说明了出版社的历史及他们的自豪与自信。湖南出版界的广告词也具有地方特色："湖南人爱吃辣椒会出书"。深红色的图案背景配上这句话，湖南人的个性与出版追求跃然而出。山东出版总社的广告词是"齐鲁多圣贤，山东有好书"。这句广告词较好地体现了山东丰厚的文化内涵。湖北省历次参加书展有一广告词："天上九头鸟，人间湖北书"。有地方特色，但两者联系谈不上贴切。湖北教育出版社的广告词是："弘扬文化，传播新知，服务教育。"尽管与出版社本身联系不够紧密，但出版社的理念与追求尽在其中。长江文艺出版社也有一经常使用的广告词："推出名家名作，培养文学新人，服务大众读者。"当然，这句广告词的特色不够，其他文艺出版社也可以用这句话。

如果广告文字直白，或者言不由衷，会使人不知所云。东北师范大学出版社的形象广告词是"东师大图书，伴着我成长"。画面是一群学生。这句广告词提供给读者的信息比较模糊，缺少创意，而且文字不够含蓄。江西美术出版社的"江西美术，人诚书好"一句广告词，书与人两者之间缺少必然的联系。据笔者看来，形象广告的文字与创意，要求根据本单位或主要产品的特色来拟定。这方面可以借鉴其他行业形象广告文字的写作技巧。如耐克运动系列产品的广告词是"Just do it"（要做就做）。这里反映了青年一代的心声，要做就做，只要与众不同，只要行动起来。诺基亚的广告词是"科技以人为本"。从产品开发到人才管理，诺基亚体现了以人为本的理念。李宁牌运动系列产品的广告词是"我运动，我存在"。这里一是说明只要有体育运动，就有李宁牌服装；二是说明人只有不断地向更高的目标努力，才能实现你的理想。中央电视台一频道有一则公益广告（当然也可以看作形象广告），说的是武汉舟舟的故事。广告词只有　句话："只要有了爱，所有的残疾人都可以得到幸福。"一个企业为什么用这么多的钱来做如此长时间的公益广告呢？原来，广告下面有一行小字——哈尔滨制药六厂。这厂家不仅献了爱心，还宣传了企业的形象。

图书广告词的宣传艺术

图书广告目的很明确，就是引导书店订购图书，引导读者消费，广告词的写作要求科学、艺术，其实用性更强。一般而言，推销广告文字的写作要求做到如下几点：

1. 文字简洁。无论是纸介质的招贴画，还是户外广告或报纸、期刊、电视、广播等媒体上的广告，文字均要求简洁明了，因为消费者的目光停留在广告上的时间一般不会很长。在短短时间里，你想把所有的信息都告诉消费者是不可能的，你什么都想说清楚结果什么都没说清楚。特别是主标题，一定要言简意明。如复旦大学出版社的《中国当代文学史教程》的广告：

主标题：纯正的艺术感觉　独立的学术品位

副标题：以文学作品为主体构成的感性文学史

还有一些小字是介绍作者、定价及详细的内容介绍。

再如上海辞书出版社的一则广告：

主标题：名家彩绘　四大名著

副标题：书情画意　千古知音

以上两则广告文字尽管不多，但图书的特点一目了然。

2. 琅琅上口，易于念唱。图书广告和其他广告一样，要通俗易懂，还要易记易诵。如果语言艰涩，引经据典，佶屈聱牙，文字再华美，消费者也不会通过长时间的思考或者去查有关工具书了解你到底"卖哪葫芦药"。长江文艺出版社为《二月河文集》在首都订货会上做了户外广告和报纸广告，其主标题是：

只要一旦拥有　再不东奔西走

因为二月河的三套书曾先后在四家出版社出版，书店订货不方便，读者购书也不方便，这则广告词主要针对此种情况而言。后来，业内有关报纸引用了这句广告词，称赞它有特色，也有人认为缺少个性。另外，长江文艺出版社推出了一套原创的长篇小说，以"九头鸟"冠之。后来报纸上登出了一则标题：

布老虎走了　九头鸟来了

这则标题是报社代拟的，通过对比、延伸，让读者一下就记住了。但实际上布老虎只是暂时走了，它很快也回来了。

人生难得一知己　生活岂能无《知音》

这两句琅琅上口的广告词，也很巧妙地将《知音》的内涵交待清楚了。

3. 定位明确，有的放矢。图书广告究竟是做给谁看的，要告诉消费者什么信息？这是关键所在，要用简洁的语言告诉读者你要表达的内容。江西科学技术出版社有一套《农村科技十万个怎么做丛书》，主标题是：

十足"傻瓜型"一学就会

专讲"怎么做"一用就灵

这套丛书主要用来普及农村科技常识，浅显易懂，具体实用，在这两句广告词中已经讲得十分明白。

教育部《中学语文教学大纲》指定书目

中学生课外文学名著必读

同样的书目　可靠的质量　最佳的选择　低廉的价格

这是人民文学出版社为他们出版的文学名著做的广告。从广告中可以得到如下信息：一是他们的这套书是教育部指定中学生必读的书；二是质量、价格都有优势，购买他们的书是读者最佳的选择。人民文学出版社的这套书，由于最早打出是"教育部指定的必读书目"，并且有些版权是他们自己拥有的，加之外国文学作品的译者都是国内的知名学者，上市后迅速占领了市场，为该社带来了丰厚的收益。

拟广告词时，一定要根据图书的特色，针对目标读者的需要。即使是出版多年的图书，再做广告时，也要突出新的特色。如商务印书馆 2001 年版《新华词典》的广告词是：

新华词典

新生活　新词语　新词典

语文典范　百科集粹　时代精神

这里突出的是一个"新"字。同时，不同的图书要突出不同的特色，不能让消费者或者书店人员不得要领，不知所云。

4. 主次分明，突出重点。一幅图书广告中，一般不仅仅是一句或者两句广告词，但一定要突出重点，要通过字体的大小、位置的摆放突出所要表达的意思。如果整幅广告字体大小一样，或者平均使用力量，效果也会大打折扣。要把主次分开，只有突出应该突出的内容，才会吸引住读者的目光。如安徽教育出版社出版的《蒋孔阳全集》，广告中最突出的是书名，其次是副题："一代美学大家的学术结晶"。书名首先映入读者的眼中，对于不太熟悉的人有了下面一句广告词就知道作者是一位"美学大家"。再如青岛出版社出版的《20 世纪外国国别文学史丛书》，广告中最醒目的"20 世纪"，用黄色色块衬托，上面是这样一句广告词：

文学史展示一个民族性格的窗口

右面排列着 10 个国家的 20 世纪文学史书名、主编、出版社等，左面是几行小字，详细介绍这套书的主要内容。

5. 实事求是，客观准确。有些策划者为了突出某种书的特点，在广告中不惜夸大其辞，动不动就是国内第一，或者滥用"最"字。如有一套书，明明是用传统纸介质出版后又上网的，同时国内已出版了多种网络图书，但广告中却称其为"国内第一套网络文学丛书"。还有些书在国外本来就很一般，广告上却成了"外国文学经典"。图书的内容并无新意，广告词里却吹得天花乱坠。这样就会给读者带来不好印象。

总之，图书产品的广告词写作看似简单，实则体现了撰写者的综合业务素质与实践经验。撰写者不仅要具有一定的语言文字才能，重要的是要了解企业，了解产品，还要了解市场，了解消费者的心理，了解已有产品的广告。要推陈出新，富有个性。做广告是要付出一定的投入的，既然有投入，就要考虑回报。图书广告词的撰写也是一门艺术，只要用心领会，相信有心者事竟成。

（原载《出版科学》2002 年第 4 期）

"九头鸟长篇小说文库"营销策划始末

一、缘 起

90 年代初，当港台言情武侠小说一度占领大陆图书市场时，我社曾经推出了以编选当代作家作品为主的《跨世纪文丛》，至今先后出版了 7 辑 67 位作家的代表作；90 年代中，当年选在图书市场上悄然隐退之时，我社又推出了由中国作家协会编选的文学作品年鉴；同时，我们也出版过 32 卷本的中国报告文学作品大系，出版过辑纳 100 位现当代诗人代表作品的《中国新诗库》，但我们仍然觉得在长篇小说的出版中，我社缺少一个品牌。当新世纪来临之时，我们经过思考，决定用最具楚文化特色的一个标志来命名我们将长期陆续出版的长篇小说——九头鸟长篇小说文库。

二、定 位

这就是我们最初的思考，要通过独特的 CI 视觉设计，确立一个标识，要确定这个品牌的内涵与外延，要有简洁醒目的广告语，要有一批具有文学价值并有较好市场潜质的书稿，要通过持续不断的宣传营销，使这个品牌深入人心，在读者心目中扎下根来。九头鸟是神话传说中一只神通广大但又并不让人喜欢的鸟，历代典籍中多有记载，后来有人将此比喻为湖北人，天上九头鸟，地上湖北佬也。尽管过去对这种称呼不乏揶揄与讽刺，但在新的时代这种眼观六路、耳听八方的小精灵却传达出其特殊的涵意。我们认为，这个颇具争议的小精灵的形象以及它那深厚的历史文化积淀与现代感，如果用作一套书的标识，不仅让读者可以一眼从众多的图书中识别，通过反复出现，还能够以视觉冲击强化读者印象，所以我们用九头鸟作为这个文库的品牌名称。

有了形式，我们考虑这套文库的图书内容定位。过去布老虎关注的是都市生活，爱情题材，读者对象定位在城市白领上，他们的口号是：还大众一个梦想，一个古典爱情的梦想。我们要求入选这套文库的小说题材不限，作品的表现领域也不限，但有一条，即每一本书在艺术上都要有所创新。无论是作品的表现形式，还是作品的表现领域与题材的选择，都要有自己的独创性，要属于精英文化的范畴。当然，我们还要考虑读者的欣赏需求与阅读期待。既要考虑作品的世界性，又要考虑作品的民族性。在表现形式上，要大致符合中国人的审美趣味和易于接受的传统形式。文体风格不能太先锋，否则会失去最广泛的读者群。另外，我们还要考虑作品的时代性。作品不去迎合某种政治需求，但要关注民生，反映当下社会生活的变化与丰富多彩。所以，我们对这套文库的定位语是：精英文化，大众趣味，百姓情怀。为了强化地域特色，在为此而设计的招贴上，我们将此书与九头鸟的故乡湖北联系起来：天上九头鸟，地上湖北书。同时，我们还考虑出版一些十万字左右的小长篇，我们称之为袖珍系列，对这套书的宣传语是：让读者用尽可能短的时间，阅读最精彩的图书；让作家用尽可能短的篇幅，表现最丰富的内容。

三、造 势

文库推出的第一本长篇小说是军队作家阎连科的《坚硬如水》，这是部探索性较强的小说，代表了作家创作上的又一个新的突破，小说出版前，我们在《中华读书报》刊载了这部小说出版的消息，这条消息随之被全国的几十家报纸和网站选载，结果各地销售商纷纷来电话要货。接着，我们又预告了赵玫的小说《上官婉儿》将入选九头鸟文库。这部小说出版的消息同样随之也被全国几十家报纸和网站转载。接着，我们将文库首次与读者见面的时间选在一年一度最为隆重的首都订货会上。会前，北京一大报记者发布了《布老虎走了，九头鸟来了》的消息。尽管这个消息所带来的后果不是我们作为一个同行的本意，但其产生的效果无疑是很具震撼力的。京城同仁争说九头鸟已不是什么夸张的用语。

在新世纪的第一次订货会上，我们在国际展览中心举行了一次别开生面的"九头鸟长篇小说文库"推介会。我们请来了全国各大书店的业务人员，请来了中宣部、新闻出版署、中国作协、中国社科院文学所的领导，也请来了小说的作家和知名的评论家，北京及地方的二十余家新闻媒体。我们还请来了国内著名的演播家。推介会由中央人民广播电台的播音员为我们主持，作家面对观众先介绍自己的作品及创作体会，评论家随之谈对这部作品的认识，播音员接着演播小说的精彩片断。这次成功的推介会给书店的业务人员和媒体留下了深刻的印象，中央电视台在次日的"午间30分"播出了"九头鸟长篇小说文库"出版的消息，全国上亿观众的头脑中第一次有了这套书的印象，有不少边远地区的读者与朋友打电话来询问九头鸟的消息。

四、强　化

第一批图书，包括阎连科的《坚硬如水》、赵玫的《上官婉儿》、梁晓声的《婉的大学》、方方的《何处家园》等八种小说推向了市场，但强化读者印象的工作还很艰巨。接着，我们在全国各地的媒体上展开了对九头鸟的宣传攻势。《人民日报》海外版、《中国新闻出版报》关注栏目、《长江日报》阅读栏目、《出版科学》杂志等报刊及网站对文库做深度报道，从两方面强化九头鸟品牌在读者中的印象。一是宣传九头鸟品牌的形成过程，包括品牌的策划缘起、品牌含义挖掘、品牌定位、品牌的发展和维护等等，让读者对这一新的品牌有一个清晰、深刻的认识，从认识、了解九头鸟到熟悉、喜欢九头鸟，深化、强化九头鸟在读者心目中的地位，一是宣传九头鸟中的重点作品，如《坚硬如水》、《想起草原》、《上官婉儿》等，对重点作品、知名作家予以突出宣传，通过使读者购买、阅读重点作品，体验、感受九头鸟，从而喜爱整个系列，喜爱这个品牌，拉动系列中其他作品的销量。不少知名评论家撰文称赞这套书中的作品，起到了引导读者阅读的作用。从一月份的首都订货会到四月份在武汉举行的文艺集团订货会，九头鸟这个形象已经在读者和销售商中产生了深刻的印象。北京甜水园批发市场上的一位女性批发商一次从我社各进了三千套九头鸟长篇小说文库的图书，并且表示将长期销售文库中的每一本书。接着，我们在中国作协、华中师范大学分别召开了九头鸟长篇小说研讨会，请北京的专家和当地的专家对入选的作品展开讨论，听取他们的意见。请入选文库的作家到大学里演讲，与师生交流。请作家到北京及武汉、上海等地签名售书。请河北电视台"读书新体验"、武汉电视台"读书"栏目为九头鸟中的大多数作品做了专题节目。我们还与报纸合办专栏，重点介绍我们新加入九头鸟长篇小说文库中的作品。与此同时，我们还设置了一个九头鸟长篇小说大奖，每两年评选一次，一等奖将授予十万元大奖。

第一次评选将于 2002 年秋举行。

尽管这套文库推出的时间只有一年多，包括袖珍系列，目前仅仅入选了 19 部长篇小说，但在专家和读者中已经留下了深刻的印象，同时也有了不俗的市场表现。目前加入这套文库的图书最多的已销售了 5 万多册，最少的也有一万册。其中《上官婉儿》、《坚硬如水》被中国发行协会评为 2001 年度全国优秀畅销书，《痛失》被评论家认为是本年度长篇小说的重要收获。特别是《坚硬如水》，被评论家认为是 2001 年度最具影响的长篇小说之一。因此，作家踊跃要求加入九头鸟长篇小说文库的呼声很高，目前即将推出的，还有实力作家李锐的长篇小说《银城故事》，张一弓的长篇小说《遥远的驿站》。

当然，这套文库因为问世的时间还不长，如果说已经为所有人认可还为时过早，同时，个别作品的质量有些参差不齐，这需要我们今后在坚持入选标准的前提下，通过持之以恒地市场运作，真正使这只文学家园中放飞的九头鸟在新世纪的天空中成为一道靓丽的风景。

（原载 2002 年 5 月 8 日《中华读书报》）

我的历史小说出版观

——兼答《中国图书商报》记者问

长江文艺出版社一直非常重视历史小说的出版发行。原因主要有几个方面。首先，历史小说有它的市场，有不少成了畅销小说，而且也是常销小说，市场生命周期比较长；同时，中国有五千年的历史，创作的空间很大，资料丰富；其次，历史小说有一个稳定的读者群，相对读者面比较宽；再次，长江文艺在历史小说出版上获得的成功，很大程度扩大了这一题材的影响，有很多作家愿意把作品放在我们这里出版。我们也非常重视推出一批又一批历史小说。我们将历史小说的出版作为我社的一个特色来经营。在这方面，我们提出的口号是："囊括历史小说创作精品，打造历史小说出版重镇"。从杨书案到二月河、熊召政、凌力、唐浩明，我们出版了几十部在国内有影响的历史小说，目前可以说这个目标已经基本达到了。

对历史概念的界定有一个广义的，就是已经过去了都可以划入历史；一个狭义的，就是以辛亥革命为界。长江文艺出版社是依据国内史学界和文学界公认的界定，即以狭义历史概念作为历史小说界定的标准，按照时间来划分的。历史小说一般分为以下几类，第一类比较遵循历史的，像唐浩明的《曾国藩》等，尊重历史，故事情节与人物史皆有据；第二类是在大的历史背景下遵循文学规律进行创作的，人物也可能虚构和创造，像二月河的系列作品；第三类是戏说历史，其中历史的成分相对比较少，想象的成分相对比较多。作家用当代人的观念来解读历史，如赵玫的《上官婉儿》，就是从当代女性的视角出发来诠释历史人物的。

我们是这样看待历史小说的，小说毕竟不是历史著作，如果用历史学家的眼光来衡量，很多情节都是靠不住的，但作为文学家却不这么看。首先它是小说，要把它当作一个文学作品来看，需要有曲折的情节，典型的人物形象，有特色的语言，注重展示历史的氛围，其中史料的细节要真实。在历史性与可读性中应该更注重可读性，否则作为文学作品，无法感染读者，调动读者，艺术上经不起推敲是不行的。比如赵玫的书就比较具有诗意，感情充沛，读者愿意去阅读欣赏。

关于正说与戏说，我觉得就像一个花园，如果都种一种花的话，艺术就不存在了，总是要有新的探索，总是会有不同需求的读者，大可不必去争谁高谁低，谁上谁下。作家的创作追求和审美关注都有自己的个性化，我们应该尊重这种个性化。作家可以完全按照历史来写，只要生动也行；也可以概括一下，文学色彩更强一点也行；如果是戏说的，只要读者不把它当作历史来看也行，可以从其中的人物、情感、语言，得到美的享受。我认为对这个问题的争论是没有意义的，能不能流传后世，得到读者的尊重，主要还是看作品自身的艺术表现力。而就两者之间的界限，谁都不能划清，也不必去划清。读者应该具有一定的鉴别能力。如果读者喜欢读二月河的书，遇到有疑问的地方就去翻翻清史，不是很好吗？这个区分的工作应该让媒体去引导。它是作为一个艺术形象和审美对象表现和存在的，里面存在作者的好恶与情感。对这个问题，不应该去斤斤计较，应该留下一个百家争鸣的宽松的语境。

中国有五千年文明史，历史悠久，可写的题材很多，谁都可以去占有这段历史，但主要取决于作家的历史功底与文学功底，作家能不能够驾驭这种题材。要有丰富的历史知识，要有比较好的中国传统文化的修养，不然一写就会露出破绽，写历史小说必须有充分的准备，否则就是完全戏说了，情节是好的，血肉却没有，会成为过眼云烟。我们也不是很提倡这种戏说的创作。二月河的小说就有浓厚的历史氛围，能让人身临其境，他为什么被称为文坛的一匹黑马？就是因为他对历史小说的创作进行了一种新的探索，开创了历史小说创作的新天地。就目前而言，短期内恐怕还没有人能超越他，像他那样拥有如此多的读者。

案例分析：编辑成长的必修课

在出版社的生产诸要素中，毫无疑问，编辑是第一推动力。编辑素质的高低，决定着出版社图书质量的高低，决定着出版社市场竞争能力的高低，提高编辑的业务素质，无疑是出版社提升竞争力的最重要一环。

编辑的业务素质，应当包括受教育程度的高低，从事出版工作的时间长短，但最重要的，还是体现在编辑的创造性与开拓性上。在实际生活中，相同学历，相同工龄，但做出的贡献却完全不同的情况比比皆是。所以，我认为，看一个编辑的能力，并不是看他的学历与工作时间长短，而应看他所策划及编辑了多少具有独特价值的图书，编辑了多少对人的心灵与思想产生影响的读物。

显然，编辑的这种能力不是从学校的书本上，也不是以进社时间长短而决定的。那么，编辑的创造力从何而来呢？从现实生活来看，一个人的禀赋差异是存在的，每一个人的情商与智商是有区别的，但从客观上来看，出版社必须具有一种人才成长的机制，才可能培养出一批而不是一个两个骨干编辑。

出版社的这种机制，分为两个层面，一个是制度建设上的，一个是出版实践上的。

出版社在人才的培养上，必须建构一套制度保证员工自主创造的冲动与压力。如出版社的干部政策与分配政策。在干部的提拔使用上，必须重实绩而不是靠学历与入社时间的长短，如在分配上，靠本人创造的效益决定分配的多少而不是按资历，或者采取平均主义大锅饭。这就从制度上保证了编辑的目光始终盯在市场上而不是盯在个别人身上。这就促使编辑有一种内在的动力，而不是仅有外在的压力。

当然，仅仅靠干部制度与分配制度仍然是培养不出高素质的编辑的，在出版社中，尤其是图书出版，不同于期刊与报纸编辑，每一本书的出版过程都是一次个性化的劳动，它不同于工业化流水作业，其中尽管有规律可循但决没有可以照搬照用的方法。所以，提高编辑的能力，必须从实践中来，一点一点地培养编辑对市场的感觉与悟性，进而帮助编辑找到走向市场的"通天塔"。

训练编辑的这种能力，要从宏观与微观两个层面来进行。一是要求编辑必须对所在出版社的出版特色、出版文化的定位有所了解，二是要对图书市场的需求充分掌握，三是要对本社具体产品的市场表现烂熟于心，四是要对自己拟开发的产品的优劣得失能够客观地加以分析。要让编辑具备这些能力，不是一朝一夕就可以获得的，需要出版社在具体实践中通过具体分析，不断地提升编辑的综合能力。案例分析，则是帮助编辑获得这种能力的最好方式。笔者以为，案例分析可以分为如下几种方式。

一、综合案例

综合案例指对某一企业、某一单位的发展态势与整体经营状况的分析。如对建国前中华书局与商务印书馆的全面研究，总结中国近代出版史上这对双子星座的发展历程，如资产结构、产品布局、管理方式、经营策略、人才培养等等，找出其成功的经验与可借鉴的地方。如对国内发展较快的外研社、电子工业出版社、机械工业出版社、高等教育出版社快速发展的战略定位、经营策略的剖析。这种对某一单位、某一企业的全方位综合性分析，一是帮助领导层理清思路、找出差距，二是帮助普通员工通过比较认识到所在单位目前的现状与差距，便于统一思想，找准目标。笔者在出版社时，曾经多次举行这种综合性的案例分析。如2000年前后，我在出版局组织的一次讲座中听到了关于海尔的情况，回后我根据记下的笔记，自己动手制作了多媒体幻灯片，向全社员工介绍海尔的发展道路、成功经验、先进理念，"没有最好，只有更好"、"吃休克鱼的办法"、"砸冰箱的故事"、"市场竞争就是推石头上山"等海尔的经营理念与成功范例，一下成了出版社耳熟能详的故事，成了我们与员工讨论工作的口头禅。我们也曾请作家出版社原社长张胜友介绍作家社的改革经验，请他谈"放开与管住"的实践，谈作家社的管理模式。也曾介绍过外研社的发展思路、产品结构、人才培养、经营管理，介绍我们同一出版范围的人民文学出版社的出版思路、产品特色、经营状况。

二、局部案例

局部案例是指某一企业或某一产品发展过程中，局部的成功经验与教训。对于一个企业而言，也许所有方面都做得很成功，也许就在某些局部做得很成功。我们截取整个成功案例中的某一局部，或者我们借鉴别人某一方面的成功经验，都可以为企业的发展带来启迪。

在出版业中，成功的企业很多，但是由于环境不同，条件不同，基础不同，出版社在进行案例分析时必须实事求是，结合自身需要。如对于一个资金雄厚的大出版企业而言，也许可以分析贝塔斯曼直接集团的多元化经营策略，他们对于不同媒体的互相渗透，对于相关领域的拓展，对于不同媒介产品的互相支持。对于一家中小型企业而言，我们可以分析个性很强服务于小众的出版社的出版策略。如我们可以选取辽宁科技出版社的产品战略，分析他们建筑、酒店类图书的引进方略，或者研究广西师大的大众学术类图书出版的思路。总之，我们要根据企业成长中遇到的情况，研究或分析业内优秀者的某一局部成功案例，用来校正企业的方向，或补充企业的营养。

我在出版社时，奉行"拿来主义"的主张。如我们的人事制度改革，我们既研究了国内民营企业、上市公司的用人方法，也借鉴了公务员选拔时的做法，更研究了业内出版社在人才选拔时的成功经验，结合自己的实际，每年对中层干部、中层干部与本部门员工进行一次双向选择，然后签署责任状。如我们在确定自己的产品定位时，着重分析了人民文学出版社、作家出版社、春风文艺出版社、上海文艺出版社等社的特点，然后确定自己的产品发展方向。如长江社的"九头鸟长篇小说文库"，既借鉴了春风文艺社"布老虎"丛书的策划经验，又有意进行差异化经营，在几年时间里，得到了业内人士的认可。再如图书市场的营销，我们请已经加盟长江文艺的金丽红、黎波来本部为员工培训，结合他们的实际操作经验，进行案例分析，帮助大家提高营销能力，增强营销意识。

三、编辑环节案例

以上是从案例所涉及的范围来区别划分的，实际上，从出版物的生产流程上来看，影响出版物成功与否的关键还是在编辑环节与营销环节上。在编辑环节，主要体现在策划阶段，其更多地体现了编辑的智力含量，也反映了编辑的市场适应能力。出什么书，不出什么书，前人与市场并没有给出明确的答案，这就需要编辑本人必须潜心研究图书出版的规律，研究市场的动向，注意总结前人或者同行的经验，密切关注市场释放的信号。但要提高编辑选题策划的能力，培养编辑适应市场的能力，案例分析是最好的选择之一。

余秋雨的《文化苦旅》为什么会受到读者的欢迎？《谁动了我的奶酪》为什么一度洛阳纸贵？《达·芬奇密码》释放了市场什么样的信息？《亮剑》为军旅文学打开了什么新的视觉？《狼图腾》的成功使人们对小说的概念又有了什么新的理解？《品三国》是怎样使学术走向了大众？选题策划的案例分析就从市场上选取最鲜活最具代表性的话题开始。当然，市场是变化的，排行榜上的面孔不断变化，话题也就常说常新。在一个出版社里，这种分析应当是出版社负责人，也是编辑的一日三餐，出版社要保持敏锐的进取性，就必须汲取这些营养。

笔者在出版社时，讲的最多的，动脑筋最多的，还是关于选题。出版社是否成功，其中有许多因素，但能否多出书出好书则是出版社的重中之重。发行要上码洋，但巧妇不可能做好无米之炊。所谓的纲举目张，我意选题则是出版社的纲。如何特色定位，如何做好产品线，如何做到常销书与畅销书兼备，认识则是不断深化而得来的，而深化的过程就是通过对一个又一个案例加以分析得来的。我们的历史小说方阵，当初则是从二月河的《雍正皇帝》开始，而后唐浩明的、凌力的、孙皓晖的、赵玫的，当代最畅销的历史小说作家都站到我们这里。我们的"文学作品年选系列"，是在一片荒芜的土地上开始，从五种开始，发展到近三十个品种，引出了中国年选出版的热潮，目前此类同质化的年选已经有十家出版社在效仿。

四、营销环节案例

在一个充满竞争的市场上，如何找到合适的客户，并把商品送到客户手上，留住这些忠诚的或者并不忠诚的客户，就是企业需要下大力气解决的问题。出版社关于客户的概念并不长久，加之体制的、人才的因素，克服现状并积累经验就成了一个有志于做弄潮儿的出版社的向往。

但业外已经有了很多成功的先驱，哈佛商学院的讲坛上每天都在重复这些经典。如何把冰卖给爱斯基摩人，成了大家的话题。还是关于海尔的"五星级服务",关于国美电器的"渠道为王",关于对销售商的培训,关于媒体组合宣传,关于客户管理。大家都在思考如何确定目标市场、细分市场,如何锁定客户,如何筛选客户,如何分级管理渠道,如何合理地控制风险,诸如此类的问题,困扰着正在市场化的出版社。当然,业外的成功营销案例比较多,业内的更具可参照性,但中国的图书销售渠道缺少一个大的中盘商,分割的市场格局,无序的市场竞争,使人们对成功者更加仰慕。

人们最关注的还是业内许多图书的营销个案。如人民文学出版社是如何让《哈利·波特》在中国落地生根并赢得小读者的喜欢;中信出版社是如何让一杯奶酪激荡整个中国;上海文艺出版社是如何打造"学术超男"易中天;金黎组合是如何将一本又一本图书火遍大江南北?他们采取了哪些营销手段,是偶然因素还是掌握了营销的规律?

五、案例的选择

选择案例,一般是选择成功的案例。成功的案例,更能给人以启发,使人们从中找到借鉴的密码钥匙。但是,成功有不同的结果,但失败却只有一种结局。案例选择时应以选取成功案例为主,但如果能够选取一些经典的反面案例更能使人警醒。如浙江人民出版社曾经出版过一本叫做《大败局》的图书。其中分析了许多企业失败的教训。如"巨人"是如何倒下的,"三株口服液"走麦城的始末。当然,出版业中总结不成功的案例不多,可能家丑都不愿外扬,为的是企业形象。反映日本国出版业状况的《出版大崩溃》一书,描绘了日本出版业目前的窘况,但中国出版业由于体制所限,虽是深秋,大家也还没有做好过冬的打算。笔者在出版社时,比较重视失败案例的分析,主要是自己在经营中的不成功案例。我曾经写了一篇《得失三章》的小文章,讲了社里三本(套)书的教训。一次是一套书重印时的印数控制不合理;一次是一本图文书制作时没有考虑市场,定价也不合理;一次是为一位本不该出文集的作者出了一套卖不掉的文集。同时,我们在每年甚至每月的例会上,都会对当年或本月的出书情况加以分析,找出成功抑或失败的原因,总结教训,找出规律。

六、案例分析的时间

案例分析不要寄希望讲一次或者两次就能解决企业或产品中存在的所有

问题，所以，必须经常性的，反复地开展案例分析。这种分析可以就存在的某些问题进行专项分析，如前所述，就宏观或微观，就战略或战术，针对性地进行分析，但更多的是随机分析。因为过于拘囿于形式，可能过于呆板或不可能及时解决问题。如召开选题论证会、营销例会、生产调度会、月度会或周会上，都可以就存在问题进行分析。

七、案例分析的人员

进行案例分析的人员，可以是由某一方面的专家、领导来讲，如业内的出版理论工作者，大学从事出版教育的教授，出版界的领导等，当然，如果从实际工作来看，最好请业内有实践经验，有理论修养的出版工作者来讲最好。因为出版是一个实践性很强而且重在结果的行业，理论固然很重要，但出版成功者的现身说法会收到更佳的效果。国外的出版专业的授课教师，基本都是曾经在出版业有较长的实践经验的从业者担任。在国内，从案例分析的手段来看。

这种感觉的培养，集中时间，请专家讲几次课，或者找来别人的策划与营销案例，请编辑加以分析，是可以起到一定的作用的。但这些还是固态的，过去时的，要想让编辑近距离地，活生生地获得经验，还要结合本社出版实践中的具体案例，加以剖析，使编辑从中获得经验与教训。这也就是毛泽东在指挥战争时所说的"在战争中学习战争"的一种方法。

但这种案例分析，可以是制度性的，定期的，也可以是随机的，不定时的。对于一个规模不大的中小型出版社里，出版社应当固定时间，或半月、或一月召开一次有关人员参加的业务会议，有条件的，应当让编辑与发行人员全部参加。会议上要有专人分析当前图书销售的动态，如整体图书市场的走势，外社同类图书的市场表现、装帧设计的特色，分析本社同类图书的市场表现，优劣得失。可以对整体情况加以分析，也可以就某一本书展开点评。要分析成功与失败的原因，要具体而不要抽象。如是内容不适合读者，还是销售时机不对？是封面设计缺少冲击力，还是定价价位偏离行情？是首次铺货覆盖不全面，还是营销措施不到位？通过这样一次又一次的案例分析，大多数编辑与发行会从中找到适应市场的规律，找到图书出版与发行的真谛。

这种推诚布公的案例分析，必须是对事不对人，必须是善意的而不是针对某个人的。言者要谆谆，听者不可藐藐。评点人可以是社里市场营销部的负责人，也可以是分管经营的副社长，最后，社长要对整体情况加以总结。当然，这种评点，无论对市场营销部的负责人，还是对副社长社长，都必须是对图书市场的整体情况，对竞争对手的产品特点，对本社图书的优劣得失，都要了如指掌，烂熟如心。在评点完后，应当允许编辑本人就某本书的情况加以说明，或者就某本书的得失发表自己的看法，这样就可以形成一种讨论的气氛。

如果是一个大型的出版社，编辑发行人员众多，吾以为，可以按事业部分工，或者产品线的划分，或者按一定的组织机构，组织定期的市场案例分析。这种分析必须是深入到每一个编辑之中，而不能拘囿于级别之类的人为界限，否则就达不到培养员工的效果。

一个编辑，试想如果在这种环境中，应当会很快地把握市场，把握图书的出版规律。敝人过去在出版社负责时，曾经在一段时间内采取这种"官教兵兵教官"的案例教学法，应当说，一批青年编辑在这种氛围中，很快地成长起来了。当然，由于这些青年人的主观能动性上的差异，他们成长的速度与成功的概率各不相同，但从整体上来看，都有很大的进步。所以有人戏称当时的出版社是"黄埔军校"，言外之意，就是培养了一批人才。后来"金黎组合"加盟长江文艺出版社，成立北京图书中心，中心每周五都要组织全体人员学习总结，频率更为快，这进一步说明了案例分析的作用。

当然，案例分析只是培养编辑的方法之一。一个编辑要想成为一个复合型的专业人才，还必须辅以其他的措施。囿于本文的初衷，在这里就不展开阐述了。

（原载《编辑之友》2006 年第 6 期）

作者资源的开发与维护

从事编辑这项工作，没有谁不希望通过自己的努力，能够为社会、为读者编辑一批有价值的图书。但要实现自己的职业抱负，那么最关键的，就是要找到那些能够撰写有价值图书的作者。所以有人说，作者是出版社的衣食父母，是上帝。也就是说，在出版产业链中，如果编辑是出版社的第一推动力，那么作者就处于"链主"的地位。如当今世界上最炙手可热的英国女作家杰克·罗琳女士，其《哈利·波特》系列的出版为出版社、为世界各种语种的编辑带来了丰厚的收益，创造了世界出版的奇迹；再如被时下中国许多人称为学术"超男"和"超女"的易中天先生和于丹女士，他们的作品的销售创下了中国大众学术图书的新纪录。可以说，正是他们的被发掘与开发，才掀起了世界出版与中国出版的一波又一波高潮。可见，一个出版社如果能够发掘到好的作者，那么至少它在成功的道路上，已经有了一半的把握。如果没有好的作者的书稿，出版社无论怎么营销、怎么做渠道工作，也会是南辕北辙的。即使有可能取得一时的市场效果，也不能长久赢得读者的喜爱。因为出版产业是内容产业，以内容为王，换句话说就是"作者为王"。从另外一方面来说，即使是那些无耻的盗版者，做伪书者也是深谙其道——盗名央视著名主持人王小丫的名义出版的《一路欢歌》，盗名著名作家周国平名义出版的《纯粹的智慧》，以及与名著《挪威的森林》相对应的《挪威没有森林》，"金庸"改成"全庸"等等，都是希望借助品牌作者来获取好的市场效应。所以，无论是盗名出版、伪书现象，还是出版界目前的公开竞标、高稿酬高印数招徕作者，都说明了作者在出版产业链中的重要地位。

一、作者资源的开发

作者的重要性对出版人而言是不言而喻的了，那么该如何去寻找作者呢？

"众里寻他千百度，蓦然回首，那人却在灯火阑珊处"，借用辛弃疾的词，我们可以感受到出版社寻找作者、开发作者资源的难度。

寻找作者是有原则的。首先，所找的作者要与出版社有关联，确切地说应该是与出版社的战略定位、市场定位关联。例如，湖南文艺出版社，他们产品结构的很大一部分是音乐图书，那么其相当大的一部分作者也是与音乐有关的作者；其次，要与编辑自己的职业生涯定位关联。就是说，编辑希望寻找哪些作者，首先得有一个大致的定位，要与编辑自己的专业学科、教育背景或是兴趣爱好结合在一起，只有这样，才能选好作者。因此，出版社和编辑在开发作者资源时应当从以下几方面入手。

1. 认真调研，全面分析，拓宽寻找渠道，建立健全作者的档案

出版社在寻找作者时，应当先把编辑进行分工，不同的编辑负责找寻不同的作者，这样才不至于使同一出版社的编辑都去找同一个作者；再者，就是编辑要认真调研，全面分析，拓宽寻找渠道，以便建立健全作者的档案。根据经验，寻找作者的渠道是多种多样的。只要编辑在实际工作中，不断摸索、总结，并综合使用多种渠道，就一定能够找到所需要的、适合的作者。具体来说，有以下一些路径。

（1）各种学会、协会

现在各地都有很多的协会、学会，如作家协会、美术家协会、音乐家协会、红学研究会、新儒学研究会等等。一般情况下，作者都会参加这样或那样的协会、学会组织。所以，如果编辑要找作家，就可以到作家协会；找画家，到美术家协会。比如，我踏入出版行业之初，找到作家二月河，就是通过河南省作家协会的介绍才联系上的。现代出版史上有一定地位和影响的开明书店就是以立达学会和文学研究会为基础，汇集了文化界各方面的名人，像朱自清、叶圣陶、巴金、冰心、陈望道、沈雁冰、朱光潜等，出版了很多有关他们的作品，取得了非常好的效益。

（2）参加各种研讨会，从中了解各专业的发展动态，物色作者

研讨会上，会有许多专家与会，他们在会上的发言或者提交的论文，使编辑可以了解各专业领域的发展动态，以及最新的研究成果。还可以拓宽编辑的视野，更新所学的知识。从这些发言或论文中，编辑可以寻找选题的线索，策划选题。同时，还可以从这些专家中物色所需要的作者。

（3）到书店定期了解新书出版信息，从中掌握作者动态

如果我们要从事出版，就一定要热爱书，一定要和书打一辈子交道。所

谓打一辈子交道，就是一定要定期地、经常地到书店去观察，而不是说一年半载去一两趟。至少要选择一到两家书店，每个月至少去一次。因为作为编辑光看书目是不够的，必须亲身去体验触摸书本，也许某本书的装帧设计、写作方面的新元素，会让编辑耳目一新，那么他很快就会想到要去找这个作者，或者出版类似的作品，或者从中受到某些启发。如书业界著名营销策划专家金丽红，尽管已五十多岁了，但她仍坚持每周六到书店待一天，而且她要求编辑和发行员也要到书店去。第一，去看自己做的书受读者的欢迎程度；第二，去观察其他竞争对手最新的动态。而且，在这个动态的连续的观察过程中，有可能发现很多作者以及好的创意。因此，作为出版人，无论是编辑还是发行员，都要热爱书，要沐浴书香，要定期到书店观察，观察你所在的出版社，你喜爱范围内的图书的出版情况。

（4）订阅报刊，特别是业内报刊

编辑关注业内的发展动态，了解书界某一方面的信息，就需要经常去看一些报刊，特别是业内的报刊，比如《中国图书商报》《中国新闻出版报》《中华读书报》《出版人》等各种刊物，它们所提供的信息是一种资讯类的东西，编辑可以从中受到一种启发。当然，并不是要逐字逐句地去看，而是先浏览一下，碰到感兴趣的，仔细看，不感兴趣的，就看个大概。只要坚持看，就能掌握到一些有价值的信息。如《生命的留言》这本书的出版就是从报上看到的消息。这是华艺出版社的一名编辑在《中国青年报》上发现的一条消息——一个叫陆幼青的人患了癌症，他在医院里坚持写日记，记述他得了癌症之后的心路历程以及他对这个事件的认识，但在日记里他很少谈到死亡，而是用一种平静的心态来谈人生。他认为人要敬畏生命，而且要热爱生命，要珍惜生活。这名编辑就到网上去查看了有关陆幼青的信息，发现网上有很多人对他所谈的事很感兴趣，编辑就找到陆幼青并出版了这本书。这本书在出版之后成为中国癌症协会的推荐书目，并且很多人把它当做一本很好的励志书，可以说获得了非常好的市场反响和社会效益。

（5）网站，特别是专业网站

互联网包罗万象，编辑所需要的作者信息一般都能在互联网上找到，因此，互联网在作者信息的收集工作中扮演着重要的角色。譬如说，当编辑想去找某个作者时，可以先到互联网上寻找有关他的信息，在掌握了这些相关信息后再去与作者交谈时更易于双方的沟通、交流，拉近与作者的距离。如《哈利·波特》在中国出版的例子就揭示了互联网对找寻作者的重要作用。人民文学出版社能出版这本书的中文本，是他们的少儿编辑室主任王瑞琴、叶显林在网上看到有关《哈利·波特》出版的消息，同时在《中国图书商报》上也看到了这本书在美国、英国出版消息后。经过分析，他们主动与这家出版社取得联系，并决定引进出这本书。《哈利·波特》的出版给全世界的出版界带来了一次盛宴，也给人民文学出版社带来了巨大的经济效益。《哈利·波特》的出版给我们一些启示：作为编辑，要大量使用网络，网络上能够发现很多作者和书稿的信息，而且现在有很多作者都是先把书稿挂到网上，供网民阅读。最近十分热销的《明朝那些事儿》之系列，就是先在网上传播，因为点击率很高，出版者才用纸介质出版的。目前先网上后纸介质出版的成功案例已经很多了，所以，编辑一定要利用、发挥好互联网的作用。

（6）专业研究机构，如开卷图书市场研究所

过去，本社图书的销售情况如何，只能通过发行员打电话去询问书店，有时候获得的信息也是以偏概全的，并不能反映全貌，但是像开卷这类的调查机构反映的是整体的销售情况，因此，作为编辑要注重一些专业研究机构的调查数据，从这些调查数据中能够很好地看到本社图书的销售业绩，同时也能够获得竞争对手的相关图书出版动态和情况。如果编辑能对这些信息做认真、全面的分析，就有可能从这些分析中发现有价值的选题和作者。例如，《百年百篇经典散文》这套书就是我们从开卷上看到人民文学出版社出了一种叫《百年散文精华》的书，卖得很好。我们通过对这一消息的分析，觉得这类书很有市场潜力，就及时推出了《百年百篇》系列。这个系列出版了二十多种，每一种都卖得挺好。开卷上显示年年都卖得很好的书，就说明这些书肯定是有市场的，也就是说，编辑和发行人员，包括管理人员一定要学会利用开卷这类型的调查数据，通过对它们进行分析，编辑会知道这本书在哪儿卖得好，哪些书卖得好，卖得好的原因是什么，作者是谁等等。只要准确掌握了这些信息，编辑就能从中寻找到所需要的作者。

（7）出版经纪人

在国外，出版经纪人已非常普遍，他们作为作者的全权代表与出版社商讨洽谈与作者图书出版有关的所有事宜，可以说，在图书的出版中扮演着越来越重要的角色。近年来，随着我国图书市场的不断发展，出版经纪人在我国出版业中也悄然出现，并得到了不断发展。如二月河、毕淑敏、姚明等人都有出版经纪人。这就是说，找到作者的经纪人也是找寻作者的一种有效方法。笔者当年与二月河谈《二月河文集》的出版时，就是与他的一位年轻的

女经纪人谈判的。目前，作者的经纪人往往在拿到作者的一部新书时，并不是单独与某一家出版社谈判，而是同时与几家出版社发出邀标性质的函件。姚明的《我的世界我的梦》的出版经纪人，就同时向国内的 5 家文艺出版社发出信函，请各家报价，最后长江文艺出版社胜出。近期厦门大学教授易中天的《品三国》一书由中央电视台"百家讲坛"栏目代理，实行无底价竞标，全国 12 家出版社参加竞争，最后以 55 万的起印数，版税 14% 的高价由上海文艺出版社胜出。此书目前销售已经超过了 150 万册。

（8）国内外版权代理公司

前几年，引进版的图书占了国内图书市场的很大一部分，像《达·芬奇密码》、《谁动了我的奶酪》、《魔戒》等，尤其是《达·芬奇密码》，它曾经连续多年占据年度排行榜第一名，目前的市场销售仍然看好，这些书都是出版社通过版权代理公司获取相关信息出版的。因此，作为编辑，要经常与国内外版权代理公司联系，如博达、大苹果等，了解国外图书的相关情况，从中发现好的作者和作品。

（9）国内外畅销书排行榜

全球化时代的到来，使得很多在国外畅销的图书，相当多的在中国也可能畅销。尤其是那些在中华文化圈内畅销的书，在大陆畅销的概率更大。譬如说，编辑如果看到一本在中国台湾地区畅销的书，应当说在大陆很大程度上也会获得畅销，编辑就可以迅速地通过渠道找到作者，与他联系出版这本书。因此，编辑一定要研究国内外的畅销书排行榜，像国内的开卷图书排行榜，国外的像亚马逊网站、《纽约时报》、《华盛顿邮报》排行榜等，从这些排行榜中获得有价值的信息来找寻作者。

2. 成立出版社自己的"马家军"——建立一支来之能战的作者队伍

一名编辑或是出版人能否成功，是与他所拥有的作者的多少以及作者的质量密切相关的。作为一名编辑人员或是从业人员，就需要建立一支作者队伍，即培养属于自己的招之即来、来之能战的"马家军"。

在现代出版史上，亚东图书馆虽没有商务印书馆和中华书局的影响大，但是它所出版的 300 多种图书中有三分之一都是中国现当代名人的，像胡适、陈独秀、蔡元培、钱玄同、刘半农、朱自清、徐志摩、蒋光慈等等。特别是胡适很多有名的书，像《中国哲学史大纲》《胡适文存》等等都是在这里出版的。今天亚东图书馆虽然不存在了，但是人们会记得亚东图书馆，就是因为它出版了这些好书。亚东图书馆之所以能够出版这些好书，最关键的就是它有一个好的当家人——汪孟邹先生，通过他的老乡胡适和陈独秀的关系，把当时的一批文化名人笼络在了自己的麾下。因此，作为编辑，作为出版社，一定要建立一支属于自己的"马家军"。无论是原创作品，还是编撰者，都要有能够招之即来、来之能战的队伍。

3. 厚古不薄今——要善于培养新作者

在图书出版中除了一些经典的作家之外，一般的作家都是各领风骚三五年，而很多的作者到了一定的时候都成了强弩之末。因此，编辑固然要搞好同老作者的关系，但也一定要注重对新作者的开发，即"厚古不薄今"。

《哈佛女孩刘亦婷》这本销了两百多万册的畅销书，其作者刘卫华之前并不出名，她只是成都某杂志社的一名编辑。该书的出版是作家出版社的编辑袁敏从报纸上发现这么个消息——成都有个女孩叫刘亦婷被哈佛录取了，其母亲刘卫华想把她的这个教育经验写出来，编辑袁敏便找到刘卫华，与她协作，让她把自己独特的教子方法写出来，作家出版社出版了这本书，最后成为一本很好的励志类的畅销书。袁敏作为编辑，他对这个作者的发现，以及对作者的支持，可谓是功不可没，最终使其成名，当然同时他也为出版社创造了非常好的效益。因此，对于那些新作者就需要编辑善于培养、挖掘，为出版社源源不断地输入新鲜"血液"。只有这样，出版社才能"永葆青春"，永远充满活力。

在中国现代出版史上还有一个例子，就是商务印书馆对钱穆的发掘与培养。钱穆先生不仅治史有名，而且还是一位国学大师。在他初中刚毕业的时候，曾经写了一篇文章——《论中国之外交方针》，并投到了商务印书馆的《东方》杂志上，《东方》杂志因为这篇文章涉及机密，没有刊登，但是给了他25块大洋的奖金。这对于一名中学生来说，这笔钱是很丰厚的，况且当时他并非是名人。钱穆先生后来到无锡的一个高小教《论语》，他把他所教授的《论语》讲义进行整理并寄送到商务印书馆。作为当时国内赫赫有名的出版机构，商务印书馆并没有考虑这个作者的知名度，也没有考虑其他的因素，而是根据稿子的质量将钱穆先生的书稿出版了。商务印书馆给了钱穆先生一百块钱的购书券作为稿费（此购书券可以购买商务印书馆的图书）。钱穆先生因为有了这个百元券，才能买经史子集类的书，最终使他成为一位大儒。后来，钱穆先生对此事念念不忘，与商务印书馆建立了非常好的关系，他大量的重要著作都是交由商务印书馆出版的。因此，编辑在开发作者中要做到"厚古不薄今"，不仅要尊重那些重量级的作家，而且也不能忘记去培养和发掘新的作者。但是对于新的作者，主要是看作品的内容质量，这一点很重要。

4. 从"跟进"作品、"跟进"作者到包装作者

发现、培养作者还有一个技巧问题，编辑需要把握好三个层次，即从跟进作品、跟进作者，到包装作者。

（1）跟进作品

中信出版社曾推出了一本畅销书——《谁动了我的奶酪》，该书出版以后，据媒体报道图书市场上马上就出现了几十种有关奶酪的书——《我动了谁的奶酪》《我的奶酪谁动了》……在这些跟进的图书中有的也销得很好。当然，应注意：作为一名编辑假如做不了第一，可以做第二，但是没必要做第十五、第二十。如果编辑能够很巧妙地跟进，做好第二，并能从这里发现整个图书市场的走势、流行潮流，那么他就是高手。跟进作品时，要注意跟进的速度、角度。首先，跟进的速度要快，跟慢了，图书已被做滥了，那时再跟的话，就没有什么意思了；其次，跟进的角度要有变化，别人推出《狼图腾》，你就推出《狗图腾》，这显然是没有任何水平的跟进，也就没有任何意义。比如，人民文学出版社出了本《藏獒》，某种程度上也是跟进《狼图腾》，这样的跟进就显得很有水平。

（2）跟进作者

跟进作品只是一个初级的层次，跟得不好反而"狗尾续貂"，不利于出版社，给别人以"跟风"之嫌。所以出版社要积极地向第二层次推进——跟进作者，即抓住那些重量级的作家不放。如在文学图书方面，抓到海岩、余秋雨、贾平凹等的新作，就可能获得好的市场纪录；抓到洪昭光的健康读物，就有了成功的把握；找到了卢勤，就会有好的励志图书。如漓江出版社推出的卢勤的励志系列，洪昭光的《健康快车》系列，都取得了骄人的业绩。畅销书出版的常胜将军"金黎组合"的成功经验之一，就是寻找曾经有良好市场表现的作者。他们认为，一个新作者让读者接受，会有许多的偶然因素，但是一个曾经有较好口碑的作者，再加上他们的全方位营销，应当说是胜券在握了。如他们根据卢勤在《中国少年报》当"知心姐姐"时曾有过的出版业绩，请她撰写了赏识教育的代表作《告诉孩子你真棒》《告诉世界我能行》等，每本书的销售都在百万册左右。如曲黎敏在电视台讲《黄帝内经》比较成功，他们就请曲黎敏讲健康知识，录制了电视片，出版了《从头到脚话健康》一书。当然，跟进作者要凭实力，把一个作者从别人的手里"抢"出来，不仅需要财力，更需要良好的品牌影响力。

（3）包装作者

作者一旦出名，其身价百倍，不仅出版社要承受较大的经济压力，同时物以稀为贵，屈指可数的几位畅销书作者，也是一人难求。因此，包装作者，借用现代传媒的影响力，采取整合营销的方式，培养属于自己的作者，就成了出版社的一种手段。春风文艺出版社包装郭敬明及"岛"工作室，应当说是一个比较成功的案例。

郭敬明还是四川自贡的一名中学生时，2001年、2002年连续两年获得第三届、第四届新概念作文大赛一等奖。2001年，春风社出版了《2001年中学生最佳散文》，其中收了郭敬明的一篇散文。担任责编的时祥选听说郭敬明在写长篇，就表示想出版他的新作。2002年高考结束后，郭敬明把他写的短篇《幻城》发给春风社，并介绍了他的长篇构思，春风社惊讶于郭敬明的创作天赋，当即表示赞同这样的构思与风格。2002年10月，《萌芽》杂志以头条发表了短篇《幻城》，引起了热烈反响，不少出版社也加入了长篇《幻城》的争夺，春风社拿出了成型的营销方案，终于夺得了该书的出版权。

这本书，春风社采取了一系列营销手段，特别成功的是借助互联网，发布消息，在"金豹网"上挂Flash版，同时在新浪网、人民网等大型门户网站上设置链接，第一天点击率就超过了1000多次。

后来，春风社宣布买断郭敬明在大学期间创作的所有作品，又为郭敬明出资，成立了一个"岛"工作室，12本，分两年完成。这些书都取得了良好的销售业绩，《幻城》和《梦里花落知多少》截至目前已经各自销售了100多万册。

由于出版社对郭敬明的系列包装，使其成为"80后"的杰出代表，也成了畅销书的代名词，他的每本新书出版后，都会受到不少青少年读者的喜爱。

英国著名女作家杰克·罗琳的成功，也缘于出版社对其的包装。杰克·罗琳上学时成绩十分不好，性格孤僻，在公司工作后当秘书，也是最差的秘书。去葡萄牙教英语，认识了一位小伙子，生了个女儿后，又离婚回到了英国，靠领取政府救济金牛活。她在咖啡馆里一边用摇篮摇着女儿一边写着自己的《哈利·波特与魔法师》。小说向12家出版社投了稿，最后才得以出版。目前时代华纳签下了她的小说电影改编权。出版商通过整合营销，使杰克·罗琳由一只丑小鸭变成了世界级的巨星，并创造了世界出版的奇迹。

为什么出版社要花大价钱包装他们？因为跟进作品，也就这一部；跟进作者，可能还会被别的出版社抢走，或者作者可以将不同的书稿交由多家出版社出版。但是包装作者，只要出版社有远见，通过协议将作者紧紧地抓在手上，那么作者就只能给出版社写作，而不能再为其他的人写作了，回报自然也就是由包装的出版社获得了。下一个偶像级的人物又会是谁？江山代有才人出，源源不断的作者资源，就看编辑有没有那个能力去发掘到他们，并将其包装完美，创造另一个出版奇迹了。

5. 从包装作者到包装概念

当然，包装作者是信息时代商业运作的一种重要方法，但这只能有选择地对某一位作者加以运用，而"包装概念"则是对众多作者的整体推出。

成功策划运作《布老虎丛书》的安波舜先生曾经提出："金牌编辑包装思想，银牌编辑包装作者，铜牌编辑包装图书。"他是把包装思想看做是编辑的最高境界。实际是，包装思想就是包装作者，不过这不仅限于包装某一个作者，而是一批作者。他在创建"布老虎"这个品牌时，曾经对入选的作品提出要求，一是要写经典的爱情，二是要写都市白领，三是故事要曲折动人。他按这个标准来选择作品，出版了一批题材、风格相近的长篇小说。又如"财商"概念的提出，不仅推出了作者，而且为此形成了一个产业。

1999 年 4 月，美国人罗伯特·T·清崎所著的《富爸爸，穷爸爸》在美国上市，到 10 月份，即创下半年销售 100 万册的记录。2000 年 2 月，在亚马逊网站网上书店的 370 万种在售图书中，该书销量高居榜首，并连续几个月占领《商业周刊》、《纽约时报》、《华尔街日报》等畅销书排行榜。2000 年，北京世图公司经过与 6 家出版单位一番竞争，获得了出版权。他们从项目运作初期，就打出了"财商"概念，提出"智商、情商、财商，一个都不能少"，全面挑战传统的金钱观、价值观和知识观。这套书经过一番运作，大获全胜。除了《富爸爸，穷爸爸》外，还推出了《富爸爸——投资指南》《富爸爸——富孩子，聪明孩子》等系列图书。前后销售了 300 万册，4000 多万码洋。随着"富爸爸"热的升温，他们还于 2001 年 4 月成立了北京财商教育培训中心，并与外商签下了"富爸爸"系列游戏的代理权。

此外，李阳的"疯狂英语"系列能够获得极大的成功，也是包装了一种概念——疯狂英语。

因此，在出版图书的时候，出版社应当考虑到这个问题——通过包装一个概念，把某一类图书，某一类作者都集中到一面旗帜下。在文学创作上曾经出现很多被理论家称之为这个主义那个主义的概念，如文化关怀、新写实主义、寻根文学、"伤痕文学"等等，编辑如果把这么一个概念都归为一类，将其包装后，正如刚才所谈到的财商系列，它就不仅仅是一本书——《富爸爸，穷爸爸》，而是一系列的书。通过包装这些概念形成一个流派，形成一种热潮，最后形成一股持续的销售热潮。如《萌芽》杂志推出的"新概念作文大赛"，发掘了一批青春文学的写手。而这个所谓的"新概念作文大赛"本身就是一个概念。

6. 从包装作者到培养忠诚的读者

培养读者的忠诚度对于出版社来说也是很重要的，拥有一批忠诚的读者，就等于巩固了出版社的市场，而且还有利于出版社品牌的建设。比如郭敬明，在全国各个城市，基本都有其粉丝团，那么也就意味着，在全国这些城市都有出版社稳定的市场。还有哈利·波特迷，在每一本《哈利·波特》新书推出之前，都有成千上万的"哈迷"排队等候，为此一排就是好多天，而且是全家总动员，希望在第一时间购买到新书。此外，还有我们所熟悉的易中天的"易粉"、"乙醚"，于丹的"于粉"等等。总之，像"哈迷"这样忠诚的读者对于出版社来说，就是一笔非常巨大的有形和无形财富。所以，培养忠诚的读者对于出版社来说非常重要。那么出版社该怎样培养忠诚的读者呢？出版社应当充分运用市场手段，如成立专业的读者俱乐部、定期召开研讨会、见面会，开办专题网站，出版手册等，紧紧抓住某一类具有连续出版前景的图书的读者，或者对某一位作家作品特别喜爱的读者，与他们建立长期联系，从而培养自己的铁杆读者。

二、作者资源的维护

在现实的出版活动中，常常存在这样的情况：出版社辛辛苦苦开发了一个作者，没过多久这位作者就被别人挖走了，最先开发作者并将之打造成偶像明星的出版社只能是为他人作嫁衣裳，对于他们来说，这样的损失是非常惨重的。但是出版社又不能用一些霸王条款，限定作者必须为出版社服务——除非当初的合同上有此规定。发掘作者对于出版社来说是"打江山"，而维护作者资源则是"坐江山"，"打江山"不易，而"坐江山"更难，出版社如何才能"坐稳江山"，即我们该怎么来维护好作者资源？维护好作者资源是需要用心去经营的，具体来说就是需要注意以下一些问题。

1. 增强比较竞争优势，用实力说话，是找到作者留住作者的关键所在

作者也是讲究投入产出的，他也希望他的辛勤劳动能够获得最大的回报。

如郭敬明《悲伤逆流成河》，最初有出版社愿意支付郭敬明税后 460 万的版税，有人甚至愿出 600 万，但郭敬明最终还是选择了"金黎组合"，这里面是感情因素还是商业利益呢？"金黎组合"过去与郭敬明并没有合作过，但"金黎组合"在业内的影响郭敬明是知道的。同时，"金黎组合"与郭敬明不完全是一次性的买卖关系，而是完全将利益捆绑在一起的。当然"金黎组合"这么做，抓住的就不仅仅是一个郭敬明，而且还有那些以他为旗手的一大批作者，抓住了郭敬明也就等于抓住了他们。最后，用郭敬明的话说："这是强强联合。"

强强联合的"强"就是出版社的实力要强，即出版社的经济实力、营销实力、市场占有率、品牌实力等等，只有拥有这样的实力、竞争优势，才能配得上强强联合，也才能够留住"强"的作者。而如果出版社矛盾重重，市场影响不强，甚至入不敷出，那么再好的作者也是留不住的。同样，在同国外进行版权贸易的时候，版权代理公司都要出版社提供其经营状况、销售业绩的信息，并不仅仅是版税给的高出版社就能出书，它还要看你的影响力、品牌号召力等等。因此，出版社要注意增强比较竞争优势。

此外，如长江文艺出版社与江苏文艺社、与春风文艺社关于《天瓢》的争夺；诸多社关于《二月河文集》的争夺；百年前中华书局与商务印书馆争夺梁启超的《饮冰室合集》等，都说明了一个问题，那就是作者的争夺取决于出版社的实力。实力是关键，一个出版社的品牌、市场号召力、影响、经济实力等等是决定的因素。

2. 编辑个人的职业素质、职业道德在维护作者资源中的关键作用

编辑的个人职业素质、职业道德在维护作者资源中发挥着关键的作用，因为编辑是出版社特命的全权大使，他与作者交往不是个人的行为，而是代表着整个出版社的形象。具体来说，要注意以下几点：

（1）换位思考——养成良好的编辑作风

作者是通过编辑进而认识出版社的，编辑的个人修养、学识、组织能力、公关能力对于出版社能否留住作者至关重要。因此，编辑本人要不断学习与总结，提高自身的阅读能力，增强作品的鉴赏力、市场判断力、营销能力，努力成为作者的良师益友、净友，从而拉近与作者的距离。因此，作为编辑一定要尊重作者、理解作者，并能进行换位思考。具体来说要养成良好的编辑作风：①处理作者的稿件要及时，评价稿件要客观，退稿要委婉但也要指出问题。在中国现代出版史上有很多好的编辑，如鲁迅，他对青年作家的帮

助，就是指出他们创作的不足，赠送他们有用的书，介绍他们的作品出版，他能做的，全都做到了。而且，鲁迅先生还指出，毁灭作者有两条路：捧杀与骂杀。现在提倡文艺民主，骂杀的机会少了，但胡乱吹捧，尤其容易毁掉一个青年。②尊重作者的劳动，不要轻易改动作者的稿件。改动时必须征求作者的意见。譬如说，像有一些大学刊物的稿件，它就要求作者一定要签字再寄回来，以避免著作权的纠纷。当然由于现在出版社编辑的阅稿量很大，很多出版社都无法做到这样，但是像重要的作者、重要的书稿一定要做到这样。③编校必须认真，装帧设计要让读者满意，对作者稿费的支出要及时，加大作品的宣传，尽可能扩大销售。

（2）润物细无声——从小处与作者建立深厚的友谊

一个出版社的实力、编辑的各种修养、学识对于留住作者固然很重要，但是仅仅靠这些还是不够的，我们必须从小处着手与作者建立深厚的友谊，即做到润物细无声。比如，作家社的编辑张懿玲到医院看望守护得了肝炎的贾平凹，其行动深深地感动了贾平凹。后来，贾平凹就把稿子交给了作家社出版，并指定由张懿玲担任责任编辑。如《秦腔》、《怀念狼》、《高兴》等，都是由作家社出版的。此外，在节假日的时候向作者寄上一张贺卡，或是打电话发短信问候也是很好的方法。比如，金丽红就很重视这些细节，过节的时候，她会给作者发去一则短信，或者寄上一张贺卡，一束鲜花。编辑在与作者交往的过程中如果能注重对这些细节的处理，从小处与作者建立深厚的友谊，就很容易感动作者，也就会赢得作者的信任，最后留住作者。

（3）以情感人——坦诚相待，做知心朋友

在中国现代出版史上有一个感人的例子，就是亚东图书馆与蒋光慈的关系。蒋光慈，安徽六安人，中国现代诗人、小说家，很早就到苏联留学去了，他回来就写了长篇小说《少年漂泊者》给亚东出了。当时蒋光慈由于是革命党，到处被追捕，亚东图书馆就帮他收信。甚至是个人婚姻也请汪孟邹出主意。蒋光慈生病了，亚东图书馆派人到医院照顾他，蒋光慈临死前所写的遗嘱也是交由亚东图书馆来执行的，甚至是他的丧事，以及迁墓的事都由亚东图书馆来处理。亚东对待一个受到当局迫害的青年作者给予这样无微不至的关怀，没有哪一位作者不会受到感动的。因此，编辑与作者，不能完全是功利主义的关系，需要作者稿子时，编辑热络得不行，图书出版后，将其忘之脑后，这样的编辑，不可能与作者建立真正的友谊。特别是当作者遇到困难时，编辑要主动与之联系，这样，作者才会真正感谢你。编辑与作者的关系是水乳交融的，编辑要把这种关系变成一种亲人关系，一种朋友关系，编辑要想别人之所想，甚至是想别人所未想，作者才会感到编辑很细心，编辑在意他，重视他，那么当他有稿子的时候，他首先想到的就是这位编辑。当然我们不可能对所有的作者都能面面俱到，但是对于重量级的作者，一定要悉心呵护。

（4）诚信为本——要取得作者的信任

编辑的职业道德和出版社的诚信体系对于出版社来说非常重要，在现实的出版活动中，一些出版社在与作者签订出版合同后，并没有认真地去履行合同，最常见的就是拖欠稿费。如周国平在他的博客中写了一段文字，正告某家出版社，说他们出版图书不付稿费，违反合同条款之类，这必将对出版社产生不利的影响。出版社是一个商业机构，所从事的活动也是一种商业活动，就必须以诚信为本，在履行合同时，要注意出版职业道德，图书的印数、出版周期、合同上允诺的一切条件都要认真履行，尊重作者的精神权益与物质权益。出版社绝不能因小失大，失去作者的信任。

（5）当挚友还要当诤友——编辑要发挥自己的参谋作用

编辑与作者不仅要做很好的朋友，而且还要做诤友。所谓诤友，就是要敢于给作者提出意见。在中国当代，有一对非常著名的编辑与作者的关系，就是周振甫与钱钟书之间的亲密关系。1942 年钱钟书完成《谈艺录》，书稿交到开明书店，同仁一致推举周振甫担当责任编辑。钱先生的《谈艺录》，对于编辑而言，可以说是一个严峻的挑战，这不光是个卷帙浩繁的问题，关键是书稿之中旁征博引，探幽入微，涉及古今中外名著不知几许，引用诗文典故数以万计。然而，尽管钱氏乃学界奇才，博闻强识，远非常人可比，但俗话所言，智者千虑，必有一失。周振甫先生在编辑过程中，高度认真，一丝不苟，不仅一一查找出处，核校原文，还为之标定目次，便于读者翻检。此事令钱氏至为感佩。在送给周先生的一部《谈艺录》上题云："校书者非如观世音之具千手千眼不可。此书蒙振甫兄雠助，得免大舛错，拜赐多矣。"至此，二人结成莫逆之交。33 年之后，钱氏大著《管锥编》五卷杀青，第一个想到的就是周振甫。周一如既往，逐条核对原文，提出修补意见，为钱氏所吸纳。钱于序言中感言："命笔之时，数请益于周君振甫，小叩辄发大鸣，实归不负虚往，良朋嘉惠，并志简端。"钱周二人可谓诤友，他们之间知无不言，言无不尽，即使双方观点不同，亦直率指出，毫不客气。因此，作为作者与编者，二位先生的深厚情谊，一直在学术界传为佳话。

美国著名编辑马克斯韦尔·埃瓦茨·珀金斯与海明威的亲密关系也是一例。他指出："有两种气质使编辑名满天下。一是对于一本好书能越过缺点看到优点，不管这些缺点如何使人沮丧；二是任凭困难再大，也能不屈不挠地去挖掘该书的潜力。"编辑和作者绝不能是酒肉朋友的关系，而应当是诤友的关系，编辑要认真提炼稿件，努力使稿件成为一本上乘之作，那么作者将会终生感谢编辑。因此，编辑要根据自身的修养、学识、经验，与作者进行平等的交流和对话。

（6）商业时代的内外有别

编辑是代表出版社去同作者联系的，在同作者的沟通交流中一定要注意保守商业机密。比如对于出版社的经营状况，作为编辑不能去跟作者胡乱讲一些不利于出版社的情况——出版社内部矛盾重重、入不敷出等等。因为作者是外人，他并不了解出版社的矛盾，当作者听到这些情况之后，自然也就不会与出版社合作了。这就是说，在同作者的交往中要注意内外有别的问题，这是一个约稿的心理学问题，编辑必须把握好。

结语：做一个新时代的出版家

"如果我们要追求成功，实现自我的价值，做一名优秀的出版人，那么我们一定要编一些有代表性的作品。要编好的作品，就要有一批好的作者，在出版产业链中，作者是处于链主这样的重要地位，我们只有掌握好的作者，我们才能推出好的作品，我们只有推出好的作品，我们才能够成就自己的事业。"大家要志存高远，做一名新时代的出版家，像编辑《天演论》、《原富》的严复，编辑《海国图志》的魏源，像张元济、鲁迅、邹韬奋、叶圣陶一样，传播新知、开启民智、服务大众。

（本文系在武汉大学信息学院的一次演讲）

发挥集团整体优势，提高编辑适应市场能力

近几年，出版集团纷纷组建，改制上市方兴未艾，出版传媒业受到的社会关注度越来越高。但与此同时，我们从相关统计数据中可以看出，传统书业日渐式微，仅靠品种的扩张在市场上勉力支撑；数字出版等新型出版方式仍在襁褓中孕育，未成气候。那么，出版集团未来的核心竞争力将体现于何处？靠行政力量造大船，进行多元化的规模拓展，这毕竟只是"物理变化"，我们预期中出版集团的"化学变化"何时才能发生？又将依靠什么力量来推动？本文认为，组建出版集团，根本目的是在出版的各个环节整合资源，形成合力，改变过去单兵作战的模式，使得整体力量大于各部分的简单相加。出版集团发展的关键在于发挥内容资源的研发和传播优势，以内涵式的发展和扩张增强出版实力。现代出版业的发展态势表明，出版业的市场竞争优势最终体现在内容产业开发的深度和传播渠道的广度上，而承担这一重要而艰巨任务的主体力量就是编辑。因此，在出版集团转企改制的调整过程中，尤其要注意以提高编辑的市场适应能力为目标，在集团的战略定位、体制改革、资源整合以及人力资源开发等方面进行切合市场运行规律的改革，调整结构，理顺关系，搭建适宜平台，做好各项基础性的铺垫工作，最大限度地激发编辑工作的积极性和创造性，做大做强内容产业。

一、明确编辑工作的战略地位，推进并强化出版特色定位

出版集团的战略导向对集团的未来起决定作用。集团的战略定位应该把握好两点：一是将编辑工作作为出版主业发展的内驱力，从战略高度上认识编辑工作的双重使命；二是在整体发展战略中明确主业发展方向，选择切合出版市场规律和能发挥自身优势的业务板块。

（一）以编辑工作为龙头，追求文化本位与商业意识的融合

出版集团的称谓决定了其担当的文化传播和文明传承的历史使命，同时，作为文化企业，出版集团又担负着发展文化产业的任务，承担着实现国有资产保值增值的责任，所以，出版集团在坚守自己"文化本位"的同时，不能不考虑盈利，出版企业的一切工作也要围绕产业发展和商业利润来进行。上世纪初，商务印书馆在十里洋场的上海快速发展壮大，它把自己的经营理念归结为"在商言商"和"文化本位"，这种商业精神与文化本位的结合，正是作为文化企业的出版集团所追求的出版理念。

编辑工作不仅是出版业发展的"源头"，也是出版工作的"龙头"，因为编辑工作就是对内容资源的占有和开发，对出版集团主业的发展起着决定性作用。编辑工作是对文化和信息的梳理、打磨、加工和再创造，也是对文化信息的传播、普及和弘扬，但这种文化的整理和传播工作并不是被动的，也不是不求回报的，在市场经济条件下，编辑工作又必须充分重视出版物的经济效益。否则，文化失去了产业的依托，失去了经济的支持，将无法立足，更谈不上发展。所以，只有市场适应能力强的编辑，才能承担起发展文化产业和坚持文化本位的双重使命，实现出版集团的战略目标。

（二）确定清晰的战略发展方向，倾力打造核心业务和品牌

出版集团必须有自己明确的战略定位和主业发展方向，依托自身优势，在专业化、品牌化、特色化方面下功夫。世界大型出版集团的成功之道，无一不是在战略高度上长期一贯地坚持自己的核心业务，打造核心品牌。进入新世纪以来，出版集团的专业化分工越来越明确，西方出版集团都依据自身的优势特点，大力发展能增强核心竞争力的主营业务。将集团的有效资源集中于开发拓展某一板块的出版业务，体现专业化水平，使集团在这一出版领域中居于领先地位，是当前西方出版集团一大发展战略。[①]如贝塔斯曼集团、新闻集团、维亚康姆及日本的讲谈社等是瞄准大众出版市场的出版集团；美国的麦格劳—希尔公司、英国的牛津大学出版社等是典型的教育出版集团，以出版教材、教育类图书为主；加拿大的汤姆森、英荷联合的里德·艾尔斯维尔集团等则是定位于专业出版领域的权威出版商。

出版集团重视编辑工作的首要举措，就体现在发展战略的总体方向上。只有战略目标清晰，特色定位明确，编辑的创造力才能有的放矢，内容资源

才能凸显优势。近几年发展势头强劲的部委大社和专业社，无一不是在市场定位上目标明确，领跑专业市场。如机械工业出版社、外语教学与研究出版社等，都是定位于一个或几个有代表性的专业门类，进行纵深开发和延伸，成为所涉门类的市场领先者。少数出版集团也在经过调整出版结构、明确出版方向以后增长明显，市场占有率稳步提升，初步显示出集约化优势。吉林出版集团 2003 年成立之后，将明晰的出版方向界定为集团发展之本，根据集团整体发展构想和各社实际，对各出版社进行强制定位，并要求各社坚守定位不动摇，短时间内就初见成效，2004 年市场占有率在全国出版集团中综合排名第三，2008 年 2～6 月，一般图书的市场占有率连续 5 个月位居全国第二。长江出版集团在 2006 年根据"历史形成"、"市场检验"、"着眼于发展"的原则，拟定集团旗下各出版社在"十一五"期间的特色定位及发展目标，经过两年发展，集团所属长江文艺出版社在全国文艺图书市场占有率排名第一，湖北美术出版社的排名也位居同类出版社前列，控股单位海豚传媒在全国少儿图书市场占有率已位居第四。

二、推动出版社尽快转企，建立健全市场化的管理体制和运行机制

绝大部分出版集团原来都是事业体制，少数集团至今尚未转制为企业。传统事业管理体制和分配机制以及"等、靠、要"的计划经济观念严重阻碍了产业的发展，钳制编辑创造力的发挥。集团要实现快速发展，就必须尽快进行转企改制，建立适应市场发展需要的出版管理体制和运行机制。只有在集团的总体价值目标与编辑个体的价值取向达成一致的基础上，编辑的主动性和创造性才能被调动起来，编辑生产力也才能得到有效提升。而实现这一目标的手段只有一个，就是集团及所属出版单位进行整体转企改制。

解放编辑生产力的体制改革包括三个必要的步骤：一是出版单位转换体制，二是事业单位员工转换身份，三是建立企业化的薪酬体系和激励机制。

（一）出版单位转换体制

多数出版集团长期以来实行事业单位企业化管理，经营方式落后，竞争力较弱。解决这一痼疾的唯一选择就是企业化，将事业性出版集团转制为企业集团，首先要创造条件尽快完成企业法人登记，按照市场经济规律的要求建立现代企业制度；及至条件成熟，可进一步改变一元化产权结构，实行产

权多元化的股份制改造。与此同时，按照母子公司管理体制的要求，改革和完善集团公司内部管理制度，规范集团公司对子公司的管理行为，明晰母子公司的责、权、利关系。实行统一规划、分级管理、资源共享、优势互补，在体制上达成经营目标和价值取向的一致，提高集团公司的整体运营效率和经济效益。

（二）事业单位员工转换身份

员工事业身份的转换是出版单位转企改制的关键和难点。现在的多数出版集团名义上已经转企，但是单位员工的事业身份依然未变，这还不是实质意义上的企业化。转企改制的目的之一就是要完成员工的身份转换，将事业单位人员转换为国有企业职工，同时为员工办理各项社会保险，建立企业年金等，以各项配套措施解决职工的后顾之忧。只有身份转换了，企业化劳动用工制度建立了，编辑的危机意识和市场化意识才能得到强化，真正提高生产效率，实现人才效益最大化。

（三）建立以绩效为主的分配薪酬体系和激励机制

编辑的市场适应能力需要有外在的推动力，其中最为有效的方式就是绩效激励。集团转企后，员工原来的事业单位工资不再执行，应参照人力资源市场价位，重新设计合理的企业员工薪酬制度，同时加大绩效收入在薪酬中的比重，合理拉开收入差距。员工收入应随岗位的变化和工作业绩的优劣而调整，做到岗变薪变，绩优薪优。转企后出版社应尽快建立效益优先、以贡献大小论报酬的编辑工作考评体系与分配机制。

实践证明，建立有效的激励机制是出版集团走内涵式发展之路的重要保证。企业推行激励机制的最根本的目的是正确地诱导员工的工作动机，使他们在实现组织目标的同时实现自身的需要，增加其满意度，从而使他们的积极性和创造性继续保持和发扬下去。

三、大力拓展和整合出版资源，为编辑出版工作搭建优势平台

编辑工作需要强有力的平台支撑，这些平台包括在集团层面上获得内容资源的能力、出版物宣传营销能力、销售渠道的掌控能力、编辑团队建设能力等综合能力的汇集。出版集团的平台建设需要从战略层面综合考虑，既要

发挥集团的规模化优势，又要突出主业，以最大限度地发挥编辑的能动作用，集团内出版资源的拓展整合是目前的当务之急。这其中尤为重要的是进行内容资源的优化配置以及渠道资源的优化整合。

（一）不断拓展内容资源的内涵和外延

出版集团的核心业务是出版，出版工作的本质属性就是进行内容资源的策划、生产和传播。对内容资源的内涵和外延进行适当拓展，在更高的平台上实现内容资源的优化配置，是提高编辑生产力的前提。

1. 以创新思维主导产业发展战略，扩大内容产业的涵盖领域。

以创新意识主导出版产业发展战略，必须摆脱传统出版思维定势，具体可从三个方面着手优化并拓展内容资源。

（1）从出版物生产环节的上游开始，创新选题的策划方式、论证方式和考核方式。选题创新就是要追求出版物内容的拓展与创新，追求出版物内容的独特与唯一，追求选题内容的人无我有，人有我优，人优我特，人特我变。[2]比如采用奖励的办法向集团内或向社会公开征集具有经济效益或文化价值的选题策划案；以直观的演示办法和无记名投票的方式进行选题论证；在考核制度中列入重点项目的实施进度、效益的跟踪考核等。

（2）利用数字技术，开辟产品新方向；依托出版主业，实现产品内容的多层次开发。内容资源是出版产业的源头活水，内容资源的开发固然重要，对之进行储备和再利用，则更能显示出内容产业的独特优势。出版集团可举集团之力，做好出版数据库建设，充分利用数字化技术，凭借多种出版载体和方式，最大限度地开发其使用价值，覆盖尽可能多的适用人群。与此同时，在搭建统一信息平台的基础上，出版集团还应利用资本优势，大力推进出版产业升级，以电子图书、数字报刊、原创文学、网络教育、读书社区、手机阅读等项目为重点，进行立体开发，将图书的内容延伸到电影、电视剧及网络等多种输出终端，大力增强书、报、刊等传统内容产业的互动性。

（3）走出地域限制，在全国范围内开拓适合自身战略定位的资源和市场。在区域经济壁垒和政府规制下，全国范围内出版社之间的兼并短时期内不可能发生，出版集团将主业规模做大的途径暂时只能致力于内部扩张，比如设立出版分支机构、与民营出版商合作等。

2. 以科技应用推动出版业升级转型，扩展内容资源的传播媒介。

出版业的现代转型应以产品结构、组织结构、地区结构的调整为目标，以拓展经营领域、推进产业和产品多元化、转变增长方式为重点，以科学技术在出版领域的创新应用为手段，使出版集团实现跨地域、跨媒体经营，提高产业集中度。现代科技的高速发展，为出版业提供了广阔的发展空间与延伸渠道，以数字化技术为手段的各类新型传播载体的出现，为传统出版业的升级转型提供了良好机遇和重要平台。出版业的升级转型乃大势所趋，这种升级转型的本质意义在于：内容产业将拥有更多的承载和传播介质，充分发挥出版产品边际效用递增的优势。很多出版单位原来只重视图书，现在则必须同时重视书报刊、音像电子、网络等产品形态，一视同仁、协调发展。因此，为进一步拓宽内容产业的外延，出版集团要充分利用高新技术，在信息、物流、营销宣传等出版平台建设方面加大投入，从整体上提高出版物研发、生产和营销的硬件水平，加快现代化的步伐；同时，加强 E 化管理和出版生产运营流程的数字化建设，在硬件设施方面促进内容产业的现代转型。

（二）对渠道资源进行优化整合

多数出版集团的发行资源较为分散，一方面，集团内的社办发行由于出版社专业分工的关系，营销及发货渠道各不相同，只能各自为政，成为集而不团的一大软肋；另一方面，多数省份的新华书店都是出版集团的直属单位，依托全省畅通的发行渠道和地理位置优越的终端销售网点，在销售方面基本没有把本集团内出版社的产品作为重点，除非有出版集团的干预。出版集团组建后，除个别集团在发行平台建设和整合方面有所动作，多数集团内部渠道资源都还处于分散的局面，渠道整合的难题至今仍困扰着很多出版集团。

在当前市场竞争日益激烈的情况下，靠单打独斗已经适应不了形势的发展。出版集团只有把发行资源整合起来，统一经营，统一规划，形成规模经济，才能够在市场中获得更大竞争力。出版集团旗下的出版社大多有鲜明的专业特色，这些出版社的发行渠道、产品受众类型都有较大差异。在渠道资源整合过程中，如何既充分利用各出版社的渠道资源，又能将各类出版产品的针对性和差异化在一个平台模式下发挥出集约化的优势，为集团的编辑出版工作搭建起可资依赖的渠道平台，对出版集团的整合调控能力是一个严峻的考验。上海世纪出版集团在社办发行资源的整合方面做得比较成功。世纪集团成立之初，就对集团的发行资源进行整合，取消了各社的发行部，建立发行中心，集中由发行中心负责发行。与此同时，各社设立市场部，负责对图书市场进行论证，分析投入产出，开展营销策划，承担出版社与发行中心的沟通任务。这种社办发行资源整合的模式节约了成本，扩大了销售，提高了效益，值得借鉴。

四、打造学习型企业集团，加强对编辑队伍的实战锻炼和理论培训

在出版集团的模式下，编辑工作也将相应地发生一些变化，主要表现在编辑工作的内容定位应该从属于集团总体的战略发展方向，从属于所在出版社的出版特色和方向。集团所有编辑必须在集团出版战略方向的框架中，为所在出版社策划、创造符合企业特色定位的产品来实现编辑工作的价值。这一切又必须在出版集团的战略目标与编辑的价值取向相一致的基础上才能实现。所以，出版集团应该积极创造条件，以编辑培训为契机，为他们职业生涯的发展创造优越的锻炼平台和良好的学习环境，致力于打造学习型企业；要采取措施，让编辑队伍做到全员学习、终身学习，在工作实践中学习，在市场打拼的过程中学习。

（一）推行项目负责制，提高编辑决战市场的能力

出版项目负责制可以赋予编辑较大的权和利，能够极大地调动编辑的主观能动性，促使编辑释放更大的能量。在项目实施的过程中，不仅能够较好地完成出版任务，还能锻炼团队，培养人才，全面提高编辑应对市场的能力。但是，项目制需要强有力的后台支撑，如在营销宣传、市场渠道等方面，项目组必须依靠集团或出版社已有的资源，借助集约化优势减少成本，实现效益最大化。出版集团在推动项目负责制方面有不少文章可做，比如借助宣传战线的优势整合媒体资源，为出版社的营销宣传工作推波助澜；借助所属出版社和出版产品的品牌效应，积极打造集团品牌，相互借势，提升出版项目的知名度和社会认可度；同时还可以在集团内整合各社重复或相似的出版项目，利用已有品牌进行衍生项目的开发等等。

（二）推动编辑之间的经验交流，以案例分析提高编辑的市场竞争能力

编辑市场意识的强化并非一朝一夕就可以完成的事情，需要集团营造重视出版市场的整体环境。提高编辑的能力，必须从实践中一点一滴地培养编辑对市场的感觉与悟性，进而帮助编辑找到走向市场的"通天塔"。[③]经常组织编辑进行典型案例分析和实战经验的切磋，是帮助编辑提高市场竞争能力

的必修课。如由集团经常性组织编辑工作经验交流会，既可请一些具有成功编辑经验的编辑介绍其成功之道，也可以请有失败经历的编辑剖析自己遭遇"滑铁卢"的原因，还可以聘请知名出版人进行专题讲座，或将品牌出版单位的成功经验做成案例与编辑一起讨论等等。编辑以实战经验与同行交流，最能得到共鸣并引发更深入的讨论和分析，此举不仅能够促使编辑之间取长补短，还能由此激发编辑进一步探寻出版物市场规律的兴趣，增强工作的积极性和创造力。

(三) 组织编辑理论培训，全方位提高编辑的综合素质

编辑综合素质的提高是提升其市场竞争能力的有效措施，在知识和信息更新速度极快的现代社会，不断进行理论培训不失为一种行之有效的提高编辑素质的方法。出版集团所属出版社较多，有能力和条件组织较大规模的编辑培训班，对编辑进行有针对性的各类专题培训。比如学习市场营销的理论和技巧，学习和强化编辑工作基本规程以及出版法规，组织 MBA 核心课程的学习培训等；再比如经常聘请出版第一线的专家对编辑进行各类业务技巧的培训，包括编辑开展市场调研，分析目标客户群的方法；编辑利用调研信息策划开发新选题的途径；编辑抢占市场先机快组稿、快加工、快出书的方法和技巧；编辑促销的方法和技巧；图书成本核算的方法和技巧；编辑搜集读者反馈意见、听取销货单位意见的途径和技巧等等。这些培训如能循序渐进并长期坚持，必将对编辑的市场适应能力产生有益的促进作用。

出版集团可以为提高编辑的市场适应能力积极打造基础平台，创造各种外在条件，优化所有的软硬环境，但真正起决定性作用的还在于编辑自身的努力。决战市场的能力是衡量一名编辑是否优秀的试金石。正如美国资深编辑柯蒂斯 (Richard Curtis) 所说："面临今天出版业的种种变革，编辑还剩下什么工作可做呢？答案是：几乎每一件事情都需要编辑。今天的编辑和老一辈编辑不同的是，他们必须十八般武艺样样俱全，既要精通书籍制作、行销、谈判、促销、广告、新闻发布、会计、销售、心理学、政治、外交等等，还必须有绝佳的编辑技巧。"[④]一名优秀的编辑，一定要具备眼光独到的创新策划能力，切中肯綮的市场分析能力，应变自如的沟通交流能力，举重若轻的组织协调能力以及敏锐精准的专业评判能力，同时他还应该具有强烈的敬业精神。这样的编辑，才能充分利用出版集团提供的平台和机遇，不断向市场和大众推出畅销的精品出版物。可以说，只要出版集团能励精图治，打造出优

秀人才成长的机制和平台，优秀的编辑将如雨后春笋般成长起来，产生一个个优秀的编辑团队。拥有一支优秀编辑队伍的出版社，必定能成为市场的常胜将军；由这样一些出版社组成的出版集团，其发展壮大就是指日可待的事情。

（原载《中国编辑》2008 年第 6 期，系与黄嗣博士合写）

再论编辑对文化资源的再创新

2008 年底，贺岁片《非诚勿扰》刚刚上映，冯小刚的首部长篇小说《非诚勿扰》就以传统图书、互联网、手持阅读器和手机等四种形式同时展现在广大读者面前。有人认为，这是全媒体时代的一个标志性事件。出版这个有着悠久历史的行业，在最近一个多世纪以来完成了从传统到现代，从计划到市场，从保守到开放的一系列变革。数年前出版业开始经历的市场化、全球化、数字化等变革告诉出版者们，只有充分理解并牢牢把握新时代的特点，充分利用新时代提供的机遇，才能抢占发展的先机，立于不败之地。编辑是出版的中心环节，出版的每一次变革都要求编辑工作者对现有的文化资源做出创造性的应用，以适应新形势的需要。

一、传统编辑对文化资源的再创新

编辑活动究竟源于何时，学界暂无定论。20 世纪 80 年代，曾经出现过两种编辑史观，即"书籍起源说"和"印刷起源说"。前者认为编辑工作的产生与书籍的出现同步，距今 3500 年左右；后者则认为编辑工作当在出版业产生之后才出现，距今 1000 年左右。这是两种从时限上差别甚大的观点。综观所有研究编辑历史的学术成果，没有一种将编辑史的起点定在出版业产生之后，即广泛应用了雕版印刷的两宋时期。事实上，许多编辑史的研究都可以追溯到上古三代。如姚福申的《中国编辑史》和肖东发的《中国编辑出版史》这两部在编辑史学界非常重要的著作就都有对上古三代时期编辑活动的介绍。时移世易，而编辑活动却一以贯之地发挥着重要的社会作用，其根本就在于编辑对现有文化资源的再创新功能。

（一）关于文化资源

陈国强主编的《简明文化人类学词典》中将文化资源定义为："指包括文

化遗产在内的人类创造的各种物质文明和精神文明的总和。它分为有形的或物质的文化资源与无形的文化资源两类。前者指以物质形式表现的各种文化现象与事实。如各种考古学的遗迹与文物、人类现行所创造的各类物品等。后者指没有物质载体的各种文化现象和事实，以及由物质载体所体现与反映的各种文化精神，如社会组织、语言特征、思想观念、心理特征、建筑风格等。"① 这一定义得到了各界学者的广泛认同。出版文化资源是建立在文化资源之上的，文化资源是它的根基和源头。一种文化资源是否能够成为出版文化资源，除了资源本身的特质外，编辑的眼光也具有举足轻重的作用，将文化资源纳入到出版范畴中来，这个工作本身就需要创造性的思维。出版文化资源也可以分为有形和无形两个部分。有形的出版文化资源是生产要素资源，包括出版物生产物资资源（载体材料和生产条件）、出版人力资源、出版生产资本资源和出版物生产信息资源；无形的出版文化资源主要是出版物的选题资源，一切文化资源都可以成为选题的来源，如作者资源、旅游文化资源、历史文化资源、现实的社会文化资源和国际出版资源等。② 古往今来的编辑活动都是对这两类文化资源的综合运用，相较之下，对无形文化资源的运用更为频繁和明显，也更能够体现编辑对文化资源的创造性整合。有形的文化资源在这里变成了一种载体和被依托物，同时也是受益者。一方面，编辑活动的成果必须通过物化的形式表现出来，这就必须借助有形的文化资源；另一方面，许多有形的文化资源都可以通过编辑活动得到充分应用和传承创新。

（二）传统编辑对文化资源的再创新

编辑作为一种蕴含了极高文化含量又不易被读者觉察的社会工作，中介性质往往被认做为其本质特征。"为人作嫁""水泥柱里的钢筋"一直以来都是编辑工作的代名词。而实际上，中介性质只是编辑的特征之一，编辑工作的本质特征在于创造性。只是，编辑工作创造性的含义是丰富多样的。

1. 对现有文化资源的创意性整合。文化资源是客观存在的，某段时间内会以一种固定的形式存在着。优秀的编辑则会从固定的形式中找到新的演绎

---

① 陈国强主编. 简明文化人类学词典［M］. 杭州：浙江人民出版社，1990：90~91。

② 以上总结来自罗紫初等著. 出版学基础［M］. 太原：山西人民出版社，2005：85~90。

方式，使得文化焕发出新的活力。孔子是我国古代著名的思想家和教育家，同时也是我国历史上第一个伟大的编辑家。他在编辑史、文化史上的突出贡献是在教授学生的过程中，编撰整理了《诗》《书》《礼》《易》《乐》《春秋》等被后世称为"六经"的六部作品作为教科书。这个整理的过程就是对现有文化资源再创新的过程。比如《诗》又称"诗三百"，收录了 311 篇诗歌，其中 6 篇为笙诗，只有标题，没有内容，现存 305 篇。根据司马迁在《史记·孔子世家》中的记载，上古时期民间流传的诗歌有三千余篇，孔子将这些诗歌搜集到一起，去掉那些重复的，以"取其可施于仁义"为标准，只保留了 305 篇，并且按照音乐性质的不同分为风、雅、颂三类。这种对繁复庞杂的文化资源进行简化和有序化的活动就可称之为对文化资源的一次再创造。正是得益于这个高质量的再创造，才使得《诗经》具备流传后世的条件。史书是我国古代一个非常重要的书籍门类，上古时期的史官是天下最为博学的人，注重编史的传统贯穿了整个封建社会。历朝历代的编辑家在史书编撰的过程中不断思考，不断创造，到了唐代，史学家刘知几将史书的体例概括为"六家二体"，而这尚且不足以囊括所有的史学著作，后代史学家又有不同创新。这些不同的体例都是史学编撰家对同一内容进行不同的取舍编排而得的成果，可以满足不同的需要。比如纪传体以人为纲，可以全面了解历史人物；记事本末体则帮助人们掌握一个历史事件的来龙去脉；编年体则清晰地展示了历史发展的脉络。试想，如果没有历代史学家对现有文化资源创造性的努力改造，留给我们的历史就只能是无序而枯燥的诸如上古的《春秋》和唐以后的《实录》之类的作品了。

2. 整个编辑过程中保持创新型思维。现代编辑工作诞生于社会化大生产条件之下，从著作劳动中分离出来，更加具有了独特的价值和意义。一直以来，编辑学界都认为编辑工作的起点，也是难点，更是创意点在于编辑的选题策划环节。诚然，选题对于一部书稿有着特殊重要的意义，好的选题是成功的一半，甚至一大半，相反，选题出错便会导致一错再错。选题体现的是编辑对现有信息的把握和判断能力，是编辑创造性的极佳展示，但不是唯一的。编辑的创造性体现在一切编辑流程之中，从选题开始，组稿、审稿、编辑加工、协助校对工作、装帧设计，甚至最后的图书宣传都可能凝聚着编辑工作者作为主体对书稿这种文化资源的创造性智慧。

同一部书稿、同一位作者在不同的编辑眼中有着不同的价值，在对书稿和作者价值的判断中编辑的创新型思维往往能起到关键作用。著名科幻小说家凡尔纳的处女作《气球上的星期五》曾经遭到十几家出版社的拒绝，"大侠"金庸也曾携带作品向北京某知名文艺出版社毛遂自荐，却被告知"不具备文学性"。所幸后来他们都碰到了有着创新精神的编辑，发现了他们书稿的独特价值，使得他们为人类所创造的文化资源得以充分展示。有的研究者将编辑主体在这两个环节中的创造性作用总结为发现、挖潜、提升和完善四个部分，并且用大量的案例说明之。现实的编辑工作反复证明，只有能够在整个编辑流程中随时保持勇于创新的心态才能成为一个好编辑。

毛泽东主席曾经在臧克家主编的《诗刊》上发表著名作品《沁园春·雪》，其中有这样一句："山舞银蛇，原驰腊象，欲与天公试比高"。名编周振甫看到以后，即刻写信，认为"原驰腊象"应该是在形容雪白的象群在原野上奔驰，故而"腊"应该改作"蜡"，此举深得毛主席赞同。一字之差，尽显其创造精神。1948年，他担任钱钟书《谈艺录》的责任编辑，在精校精勘的基础上，还创造性地为该书加了提要性的小标题，深得钱氏赏识。该书出版后，钱钟书亲笔赠言："校书者非如观世音之具千手千眼不可。此作蒙振甫兄雠勘，得免于大舛错，得赐多矣。"正是基于这样的信任和崇敬，钱钟书的又一部重要作品《管锥编》也委托周振甫编辑校对。

除却内容上的创造性，形式上的创意也很重要，形式的创意是内容创造的继续。鲁迅是我国近代史上伟大的文学家、思想家和革命家，同时也是一位了不起的编辑家和装帧设计家。他的装帧设计思想是编辑思想的一部分，虽然其应用往往并不在于他编辑的刊物中，但是我们可以认为他对自己作品的出版也是有编辑工作的成分的。鲁迅虽然不是专业的装帧设计家，但他在装帧设计领域却不断推陈出新。在版式方面，以前的书题目仅占一行，鲁迅在题目的排法上作了革新，占到五行之多，每行中的每一字之间都间隔四分之一个字的距离，看起来赏心悦目；在封面设计上，《呐喊》1926年再版时，封面上文字只有书名和作者名，书脊也只有书名和作者名，出版发行单位的名称全部没有排印出来（只刊在版权页中），这是一种冲破当时出版物封面设计的独一无二的方法。在细节上，定了三样小改革：一是首页的书名和著者的题字，打破对称式；二是每篇的第一行之前，留下几行空白；三就是毛边……这些创新，直到今天仍有它们的价值。

几千年来，由于社会的发展和技术的进步，编辑活动的载体、方式和传播手段都发生了翻天覆地的变化，甚至作为活动主体的编辑工作者的身份和素质也不同往日，但编辑活动在人类文化史上依然发挥着重要的作用，其根源就在于编辑对文化资源再创新的能力是独特而必需的。全媒体时代依然如此。

二、全媒体时代编辑对文化资源的再创新

(一) 全媒体时代的到来是编辑出版事业发展的新契机

2009 年，中国出版科学研究所发布了第六次全国国民阅读调查成果。成果显示，2008 年，18 ~ 70 周岁国民的图书阅读率为 49.3%，比上一年度的 48.8% 增长了 0.5 个百分点，增幅为 1.02%。与此形成鲜明对比的是，作为新兴媒体的互联网阅读率持续迅速上升。调查显示，截至 2008 年 12 月 31 日，中国网民规模达到了 2.98 亿人，普及率达 22.6%，不仅超过了全球平均水平，也超过了 2007 年底中国报纸普及率 22% 的水平。与此同时，我国手机上网网民的规模也达到了 1.18 亿人。以上两类网民人数年增长率分别高达 41.9% 和 133%。传统阅读正在部分地为网络阅读取代，这是一个无法遏制的趋势。这些数据为我们传递了这样一个信息：人们并不是不愿意阅读，只是改变了阅读的方式和途径，选择了新兴的媒介载体进行阅读活动。对于拥有内容优势、品牌优势和人才优势的传统出版业来讲，只要充分利用好新媒体的观念优势、技术优势和传播优势，出版将面临一次新的巨大的发展机遇。

(二) 发掘同一文化资源在不同媒体形式上的差异化表达

适应全媒体时代的到来，全媒体出版应运而生。《非诚勿扰》《贫民窟的百万富翁》这些被称作"全媒体"的作品有两个共同的特点：其一，诉诸多种媒体形式。比如《非诚勿扰》就有传统图书、互联网、手持阅读器和手机等四种载体；《义犬》择用纸质图书、网上阅读和手机阅读三种方式。其二，非常强调"同步""同期"或者说"同时"等时间概念。全媒体出版的概念虽然刚刚提出，但在此之前，对同一文化资源通过不同媒体的出版的现象已部分存在。如二月河先生的长篇历史小说《雍正皇帝》，曾先后改编成四十集电视剧《雍正王朝》，改编成有声图书，改编成可供报纸连载的故事版。除此之外，该书的电子版通过网络和手持阅读器、手机等载体广泛传播。但这多种形式的改编并不是统一规划、同步实施，而是由具有不同需求的客户来分别进行开发的，也不具有同时性和即时性等特点。应当说，这只能是出版界

探索同一文化资源在不同媒体传播的滥觞。

(三) 把握全媒体的特点，全面发挥创造之功

全媒体时代的编辑在新的技术条件下不论是工作的方式还是特点都会发生许多转变。但是编辑作为有着数千年历史的古老行业，创造性的本质特征是不会改变的，这也是这个职业存在的基础与前提。新的技术手段让人类的文化资源得以更加丰富多彩，也使得这种特征显得更加重要。

首先，编辑要有全媒体出版意识。《非诚勿扰》首先打出了全媒体出版的旗帜，有着鲜明的全媒体出版意识。这就要求编辑必须认识到在各种媒体不断融合的时代，单靠同一媒体的传播不仅不能达到传播知识、传承文明的追求，而且也不能满足不同受众的要求，同时也不能获取效益最大化。在多种媒体相互渗透的今天，编辑在选题策划开始，就应当考虑不同媒体的特点，进行立体开发。这样，不仅可以降低成本，而且便于快速覆盖市场，获得效益的最大化。《从头到脚说健康》系列产品的成功开发是全媒体出版的一个范例，也是编辑具有全媒体出版意识的体现。该书从策划开始，出版社、编辑与作者就考虑采用不同的载体形式进行传播。和一般的出版流程不同的是，出版社决定出版这个作者的相关保健类书籍时，作者并没有书稿，而是仅仅与编辑商量拟出了一个提纲，然后根据自己的理解，对着摄像机镜头讲述。编辑根据她的讲述整理出书稿，摄取的镜头经过剪辑、加工，制作成视频节目，供电视台和网站播放，制作成音像产品供商店销售。整理书稿时由于作者讲述的内容相对比较简洁、单一，做成一本书分量就略显单薄，编辑根据她讲述的内容，另外增加了很多知识性的补充材料。同时，编辑在剪辑录像时，考虑到电视播放的特点，又在画外增加了很多提示性的文字。

其次，选择合适的图书和合适的载体做全媒体出版。全媒体出版是一种新的出版方向，但并不代表任何选题都适用。从目前比较成功的全媒体案例看，适合大众阅读的图书、动漫更适合全媒体出版。当然，一些科技图书、专业类图书、工具书更适合数据库出版。另外，大众阅读作品的篇幅也很重要，不能过长。《非诚勿扰》8 万字，《义犬》13 万字，《也该穷人发财了》5 万字，为不同媒介载体的表达提供了方便。当然，编辑不仅可以对正在运作或者即将运作的选题进行全媒体出版，也可以把过去的优秀选题以合适的不同载体形式重新出版，这同样是对文化资源的创造性运用。

另外，要根据不同媒体需要对文化资源进行加工。如手机出版，由于手

机视频很小，必须在简短的文字内就要抓住读者的眼球，所以，小说开头很重要，情节要一环套一环。编辑在对同一小说加工时，就要根据出版的容量和特点整理，使之适合手机出版。对于适合在广播中播出的小说，一些在纸介质媒体中心理描写、风景描写，如果太长，也会影响听众的兴趣。如将小说改编成电视剧《雍正王朝》时，小说中原有的一些与雍正本人无关的情节，由于电视剧容量的原因而被删除。在连载本中，保留了情节线而删除了过多的心理描写和景物描写。

总之，全媒体时代，作为编辑主体，在新的技术与新的传播手段面前，不仅要注意对文化资源的提升、加工和完善，还要根据传播方式和新材料、新技术的要求，对文化资源进行新的适应性的加工，使之适合传播，这对编辑而言增加了新的创造空间，同时也是一种新的挑战。

（原载《出版科学》2009 年第 3 期。系与芦姗姗博士合作）

出版集团选题论证之探索

选题论证，对于出版人而言，其重要性不言而喻。笔者在出版社、出版局工作过，曾经经历过不同时期、不同要求的选题论证。如出版社的选题论证，市场调研，逐级讨论，千挑万选，优中选优，但关注的是微观，是单个产品的经济效益，是出版社自身利益最大化。这些选题是否与其他社冲突、重复，往往考虑得比较少。出版局组织的论证，比较关心选题的政治导向，对选题的经济效益虽然也强调则缺少认真的分析。因为凭着出版社提供的几十个字或者几百个字的内容简介，在很短的时间内，又怎么能够科学地预测选题的实际效果呢！在集团化的背景下，如何科学有效地开展选题论证，做到既保证选题的质量，又体现集团的整体利益和产品战略，确实是一个新的课题。笔者2004年到出版集团分管出版社后，在组织年度选题论证时也曾颇费踌躇。选题论证虽然只是出版工作中的一环，但却是出版产业链中的第一推动力，是出好书、出效益、出人才的基础。这种事关出版社生存与发展的大事，论证的方式与程序不能流于形式，务必要取得实效。但出版集团既不能代替出版社去市场找选题，又不能光就政治导向谈一些大道理。如何创新选题论证的形式与流程呢？几年来，我与出版产业部的同志一起，做了一些探索。

一、重视整体，忽略局部，重在通过论证找到出版的方向、路径，构建合理的产品结构。成立出版集团，其初衷就是"造大船"，让中国的出版业做大做强，但如果仅仅是将原有出版单位合并在一起，并不是出版人的目的。如果要让这只大船既"大"又"强"，就必须让进入出版集团内的出版社发生"化学变化"。如何发生变化，落脚点还是体现在出书上。过去集团内的各家出版社为了自身利益，或者短期利益，产品重复现象严重，内部互相竞争，出版社虽有专业分工，但特色并不明显，竞争力不强。如何改变这种局面，就必须从选题抓。

让出版集团内各家出版社形成相互补充的产品集群和合理的出版结构。所以，选题论证虽是一个微观的技术性的问题，但却关乎出版社、出版集团发展的大问题。各家出版社出什么书不出什么书，从出版社到出版集团，首先必须统一思想，明确方向，然后落实到选题上。为此，我们在调查研究和广泛征求出版社意见的基础上，制定了各家出版单位特色定位、产品方向的指导性意见。出版社根据指导意见，再依据各自的专业方向、编辑实力、出版积累、已有的社会影响和竞争对手的强弱，来考虑产品的方向和选题的结构。因此，出版社参加集团的选题论证会议，就不仅仅是一个就选题谈选题的会议，是一个继续统一思想，明确方向的会议，是在出版实践中如何体现自己出版追求的会议。于是，出版社经过较长时间的充分调研和反复论证，制订了各自的年度选题，然后通过数字、材料、图表，向与会者论述自己制订这些选题的初衷和实施措施。这种论述过程既要考虑微观，也要观照宏观，论述者在陈述时必须用观点统率选题，要用选题来说明观点。做到条分缕析，观点鲜明，材料翔实。出版方向，细分市场，优势版块，产品线，产品规模，以及投入的准备，预期的效益等，都要围绕选题讲得明明白白。集团成立之初，我们要求出版社按照这种方法论证，有些社还不太习惯，但通过数据图表，对比分析，再加上社长自己的梳理，他们也认识到这种论证方法确实帮助自己理清了思路。此后每年的论证会，各社不仅按集团的要求讲，还都在此基础上有所创新。为了肯定出版社社长和总编室同志的努力，选题论证会议上，我们还当场投票，对演示汇报时内容与形式结合得比较好的进行奖励，由董事长现场颁发奖金。如湖北美术出版社社长冯芳华高度重视选题论证的效果，总编室的同志做出初稿后，他都要亲自动手修改完善。在集团的论证会上，他讲得言简意赅、观点鲜明，PPT 制作得生动形象、引人注目，曾连续多年夺得集团选题论证的头筹。

二、重视系统性与连续性，不就某一具体选题，某一年度得失加以评判。出版社的年度选题的经营效果，有时在短期内，甚至在一个出版年度内都很难看出其价值与效果。有些当年并未畅销的书，由于某一原因的推动，可能未来三至五年会成为畅销书或常销书。所以，论证选题仅仅考察当年的经营成果并不能完全说明当初论证的正确与否。因此，每年论证选题时，为了检验上年度选题的质量，各家出版社要将前两年甚至前三年每本书的销售业绩统计出来，并将论证时预计的经济效益与实际经营结果加以比较，检验一下自己当初论证时的评价是否符合实际，通过查找原因，从中总结出规律。论证不仅要重视总结成功的经验，还要找出失败的教训。对于上一年度效益明显与预期有差距的选题，出版社还要说明是选题脱离市场，还是在具体落实中没有做到位，是否内容编排、投放时间、产品定价、产品推广某一方面出了问题。如个别社当初论证时曾将某些选题作为当年经营的重中之重，希望能够带来丰厚的回报，结果适得其反。次年通过坦诚的分析原因，就能避免再犯同类的错误。作为讲述者，虽然抖出了家丑，但整个与会者却感觉获益匪浅。所以论证会不仅仅局限于论证选题，还对出版社的选题经营结果进行评估。选题论证的时间虽然只有两至三天，但各社通过坦诚的交流，共同分享出版实践中的得与失，教训也变成了经验，探索中找出了规律，使选题论证和产品经营一年迈上一个新台阶。

三、既重视宏观概括，更重视定性定量分析，论证时不仅要有文字材料，还要求用数字和图表，通过 PPT 演示进行汇报。出版社作为一个企业，对其选题的价值，选题经营成果的评估，如果仅仅用几句话来概括就缺少说服力。选题的质量如何，只有用市场反馈来的数字才更能说明问题。所以论证时，我们要求出版社不要笼统和抽象地谈观点，而要通过数字，通过对比来进行分析。如我们每年下发选题论证会议的通知时，会针对性地提出一些要求。如要求各社要统计当年的生产码洋、发货码洋、库存图书码洋，还要求列出每本书的利润情况，责任编辑个人的发货码洋、创利情况。出版社在分析经营成果时，一定要用数字来说话，在评价出版社的地位时，最好采用中介机构的数字，如开卷信息技术有限公司提供的数据来说明问题。这些经营成果不仅要用数字表格来加以说明，有时还要求用柱状图、曲线图、饼状图来表示。同时，我们在下发选题论证通知时，集团出版产业部会将演示的要求发给各社，要求各社的一把手必须亲自审查内容，亲自汇报。所以，各社的思路、效果，孰优孰劣，通过演示一目了然。每年集团的选题论证会，各社负责人都高度重视，社长本人不仅反复指导修改本社的汇报材料，在集团统一要求的基础上有所创新，有些还亲手制作演示的 PPT。这些演示的内容在集团召开的会议上汇报后，各社也会在本社再加以利用，让全社员工都知道当前的经营情况与竞争态势。

四、不仅重视出版产品中所占比重较大的教材教辅，更重视对一般图书市场表现的分析。教育产品目前仍是大多数社的当家产品，这是不争的事实，我们在鼓励出版社做好教育产品，包括做好本省本地区教育行政资源开发的同时，特别重视一般图书的选题质量与生产经营效果。每年选题论证时，我们会要求出版社将这两类产品分开表述。在一般图书选题论证时，会提前取得开卷上各社的经营数据，分析出版社一般图书的市场地位及变化情况，分析各社在不同版块间的表现。我们通过反复强调市场占有率，出版社在重视教育产品生产的同时，也投入更多的人力物力加大一般图书的选题策划与营销推广，经过几年持续的努力，目前出版社一般图书的市场占有率在原有基础上都有所提升。因此，出版集团整体的市场排位也从成立之初的第十六位上升到今年的六至七位。

五、不仅重视对自身的反思，更重视对竞争对手的分析。在市场的竞争中，胜利者往往不取决于自身的实力有多么雄厚，关键是取决于你的竞争对手是否强大。我们要求各家出版社每年一定要找出五家竞争对手。在选题论证时，要分析这些竞争对手的产品优势，目前的市场地位，自己出版社产品的市场表现，与竞争对手比较后的优势与劣势。出版社不仅要分析当年的竞争格局，还要用曲线图动态地说明与竞争对手在一定时期内市场地位的此消彼长。通过分析原因，出版社要采取措施，扬长避短，保持自己的竞争优势。在某一细分市场上，竞争对手进入了自己的优势版块，就要考虑如何扩大生产规模，或加大营销力度来巩固自己的市场地位，如果准备进入对手的产品领域，就必须避开其锋芒，寻找薄弱点，找到切入口。为了观察集团整体的市场表现与变化，集团本身也根据市场情况确立了五家竞争对手，在选题论证会上，也会用曲线图将每个月的市场占有情况、其优势版块与自己进行动态的比较，以了解集团和出版社目前的市场地位。

（原载 2010 年 12 月 20 日《中国新闻出版报》。发表时编辑有改动。此为原文）

组稿的方法与技巧

组稿是编辑工作中的一环，也是出版工作中一个关键的节点。它承上启下，不可阙如。成效如何，影响深远。大者可影响出版社的战略思路的实施，小者决定着一本出版物的质量与效益。组稿成效如何，体现了编辑的专业素养，心理素质和公关能力，也是编辑综合能力的一种具体体现。

书稿的类型不同，作者的层次不同，组稿的方法也就不同。组稿一般有如下三种情况：

一是出版社提出选题，约请作者写稿。如知识读物、教科书、普及性理论读物。如《初中语文基础知识手册》《七个为什么》《达标训练》等。

二是出版社有出版计划或出版方向，有选择地向作者约稿。这种情况多出现在文学作品和学术著作的出版上，因为此类出版不是按出版社的要求如何写，而是根据作者自身的写作情况而定。如文学作品，作者要根据自己对生活的理解与把握来创作。（如王跃文、肖仁福主要写机关小说，唐浩明主要写历史小说。）学术著作要根据作者自身的研究方向和学术成果来考虑出书的选题。如武大的赵林老师主要是研究哲学的，易中天老师是研究中国文化的。

三是出版社提出选题意向和要求，约请社外专家和学者拟编撰方案，组织作者。此类出版社主要指大型的丛书、选集、全集和工具书。如《汉语大字典》《辞海》《鲁迅全集》等的编撰。

如何组稿？组稿有什么方法与技巧？在探讨这个问题之前，我们必须研究一下与组稿密切相关的问题。

一、组稿前必须考虑的几个问题

（一）出版社的专业分工与特色定位

组稿是一个笼统的概念，凡是出版机构，如出版社、报社、杂志社等都涉及如何组稿的问题。但具体到一家出版社，就必须考虑出版社的专业分工。如文艺、美术、少儿、科技、辞书、古籍、人民社等。在一定的专业分工范围内，出版社在经营中，又形成了自己的出版风格，即出版社的特色定位。如湖南文艺出版社，除了传统的文学类图书外，在全国音乐类图书上，三分天下，此类出版物在出版社中占有比较大的比重。如科技社，有些社在医学卫生图书上有特色，有些社生活类图书上有影响，有些社在农业图书的出版上有品牌。所以，作为编辑，特别是新编辑，在组稿之前，一定要清楚本社的专业分工，特别是出书上的追求。如机械工业的工程技术、经济管理、商务印书馆的工具书、人民邮电的计算机类图书。

因为出版社出什么书和不出什么书，一是要考虑已有的优势与影响，如在音乐版块上已经具有相当大的市场份额和市场影响，是否继续拓展音乐类图书，要根据出版社的安排。再如有些教育类出版社，在家教类图书上出了不少好书，也有些市场影响，如果希望在这类图书上拓展，就要从这方面继续做出规模。二是要在出版社内先统一思想。出版社出书的思路，在一定程度上是社长、总编辑的思路，作为编辑，可以提出建议，但一定要在社内统一思想后再考虑如何组稿。

（二）出版社的区位优势与品牌影响

中国的出版社，一部分为"中央军"，一部分为"地方军"。"地方军"有本省的区划，在教材教辅的出版与发行上有一定优势，如果策划组织供本省使用的教材教辅，具有一定的行政资源，但中央出版社，特别是有些部委出版社，军队出版社，有系统优势，发挥好行政资源，同样在本系统内可以发行。中国的地方出版社，受本省人口基数的影响，大省的出版经济规模相对就大些，一些边疆省市自治区，如宁夏、西藏、新疆，人口少，交通不便，区位上就没有什么优势。

出版也与本省的历史文化有直接的关系。如湖南的湖湘文化、湖北的荆楚文化、山东的齐鲁文化、四川的巴蜀文化。围绕文化传统，出版界就组织出版了有地方特色的图书。如湖南出版了研究曾国藩、王阳明等人的书，湖北出版了关于楚文化、三国文化的书，山东出版了关于儒家文化的书。

品牌影响也很重要，编辑去组稿，代表的是出版社。如果出版社在同类社中市场占有领先，如商务印书馆、机械工业出版社、清华大学出版社，它们都是某一领域的领先者，编辑一定会感觉底气很足，腰杆很硬，如果是普通的出版社，作者不太熟悉，对话时一定会问你们社最近出版了哪些书之类的话题。正如从国外引进版权，代理人和出版商一定会要求提供出版社有关数据，证明过去的经营业绩及影响力，否则就可能在竞争中出局。组稿前，要认真分析本社的优势与不足，组织什么稿件，找谁撰稿，必须胸有成竹。

（三）本编辑室的分工与安排

在出版社中，根据出版方向，编辑室会有各自的分工，编辑组稿时也要考虑这个因素。

（四）选题出版社是否已经确定

作为编辑，是代表出版社去组稿的，如果出版社选题尚未确定，说话一定要留有分寸。同时出版社还有二审三审，在三审中能否通过，也还存在变数，编辑与作者沟通时也要考虑这些可能的因素，表态要留有余地。

二、组稿前的准备

1. 市场调查。在组稿前，如何与作者沟通，要求作者提供什么样的稿件，作为编辑，一定要做到胸有成竹。这就是知己知彼。知己，就是要知道出版社过去出书的情况，既不能与出版社已经出版过的图书内容重复，又要有所创新。知彼，就是要研究市场上已经出版过的图书的特点。在图书市场上，除了原创图书外，大多数的图书都是在原有的基础上推陈出新。如何继承与发展，要根据市场和读者的需求决定。

同时，还要了解自己所组织的稿件中涉及的专业最新科研情况，以及未来的发展趋势。如化工手册，农药手册，新材料、新工艺的不断革新，出版物提供给读者的信息资讯一定要是最新的成果。

2. 研究作者。对于拟邀请撰稿的作者，一定要对其社会影响、专业背景、写作能力、已出版作品的特色、市场表现进行深入的分析。如郎咸平最新的著作主要涉及宏观经济，于丹主要涉及历史文化，杨红樱主要是儿童文学，孙云晓侧重于少儿研究，王金战探讨家庭教育。

从何处找到理想的作者呢？找到了合适的作者任务就完成了大半。我在上次《作者资源的开发与维护》的演讲中，曾经讲到如何发现作者、维护作者的方法。如通过各种学会协会，通过开卷公司的市场调查，通过各种媒体和书店的销售排行榜，通过定期对书店图书销售的观察，通过各种人脉关系等。如长江文艺出版社北京中心的畅销图书《股民基民常备手册》《从头到脚说健康》的作者，是他们在书店看到了作者的另外畅销书后，主动向他们约稿的。业内戏称他们的作者选择是"掐尖战术"。《从头到脚说健康》的作者曲黎敏，是在另外一家出版社和电视台讲述《黄帝内经》，北京中心研究了她的专业背景和工作单位，她著述的特点，主动上门找她，曲黎敏后来成了北京中心的签约作者，之后出版了一系列的健康类图书。

每一次组稿，都是对本社或本人作者资源的一次全面检视，如果组稿成功，也是对自己今后工作中新的作者资源的补充。

一流的作者，才有一流的书稿，也才能成就一流的编辑。

3. 拟定好图书的编写体例、要求、范文、交稿时间、稿酬、主编人选、编委等事项。前面讲到，如果是大型的工具书或者丛书、选集或全集，如何编写，如何选择主编与作者，虽然要与主编协商后再定，但编辑事先一定要有所考虑。所以，组稿前要拿出个初步意见。如我们组织的《六十年文学作品大系》，我们先考虑了仍然选择中国作家协会作为合作伙伴，选择王蒙作为本丛书的主编，选择中国作家协会创作研究室来负责挑选各种门类的稿件。一是因为他们的权威性，二是双方多年因为编选文学作品年度选本而建立了互相信任的关系。我们在拟定的编选提纲中规定了篇幅，交稿的时间，编委会人选和主编人选，每篇稿件的稿费及编选费、主编费等。

4. 对于将要拜访的重点作者的重点书稿，要准备好详尽的营销方案。其中包括媒体宣传推广方案和渠道推广方案。媒体宣传包括平面媒体和新媒体。新媒体包括网络、手机、电视、广播、光盘等。渠道推广包括书店店堂的布置、标语招贴、与读者的互动演讲、签名售书。要概括出书稿的主题和宣传口号，要一句话说出图书的特色。还要写出宣传的批次与规模，时间与地点。要让作者感觉到你的重视程度与成功的把握。

三、组稿的方式

通讯约稿。对于一般性的单篇的稿件，由于作者众多，不宜于全部登门，所以采取通讯约稿。如电话、伊妹儿、QQ、MSN 等。如《年度作品选》、作文选等。这种方式快捷、经济。

信函约稿。发约稿函。这种方式比较慎重。作者认为可信度高些。特别是年纪稍大些的作者，有些人不习惯用电脑，更要用信函。

但无论是通讯约稿还是信函约稿，都要礼貌得体。书信的撰写要根据对象在用语上规范，体现出修养与学识。

登门约稿。登门约稿指的是重点作者、重要书稿。编辑只有登门当面交流才可以说得清楚的。目前，大多数书稿的组织都需要编辑登门与作者交流。

四、组稿中的沟通

1. 与作者预约时间、地点。登门时，带上名片，最好还带点本社的重点图书或者地方特色的土产品。或者给作者的夫人带些小礼品。第一次登门，穿戴要得体，人要显得很精神，一定要准时到达，要把各种可能因素考虑进去，如堵车、天气等。日本一位出版家鹫尾贤也说，第一次约稿就像男女相亲，第一印象十分重要。当然，如果是第一次约稿，有熟人介绍最好，这样作者才会完全相信。这也像男女相亲，有人作媒才放心。

2. 要就拟编写、编选的选题，与作者进行充分的沟通。通过沟通，不仅双方可以就选题的撰写达成共识，讨论中还能进一步对选题加以丰富、完善。编辑虽然不可能都像专家一样对某一领域有较深的研究，但一定要对所约请的专家、作者的研究领域、建树有比较全面的了解，否则，你与作者就会在沟通上产生障碍。当然，编辑能像张元济、鲁迅、邹韬奋、胡愈之、叶圣陶、周振甫这样的大家更好，能像张元济主政商务印书馆时罗致的学者名流那样也好，虽然这是凤毛麟角，但一个优秀的编辑，对自己一定要严格要求。取法其上，得乎其中。虽然大家至少都受到了大学本科教育，但仅此是不够的，编辑的知识面既要专，也要博。如果在某一领域术有专攻，成为专家学者，约稿时能与作者站在同一高度交谈，那就再好不过了。如唐浩明，通过编辑《曾国藩全集》，不仅创作了系列历史小说，还发表了很多研究文章。如周振甫，对刘勰的《文心雕龙》等很有研究，曾出版了十卷本的文集。

向作者约稿也是一门人际关系学，它涉及出版学、心理学、社会学诸多领域，所以光有智商是不行的，情商也会发挥很大的作用。面对一个陌生的作者，双方都在互相试探，有些话你不能完全说明，这就靠你察言观色，靠你对形势的分析与判断。这种判断，来源于对细枝末节的体味。如约稿时要学会倾听，对方说话时要全神贯注，不要总是在接听手机或心不在焉，也不要不观察作者的反应，一个人在那儿高谈阔论，同时也不要委委琐琐，显得很拘谨。要学会寻找话题，不能让双方的沟通冷场。谈话时要眼睛平视着对方，不要架着二郎腿在那儿晃动。行为举止要落落大方，不卑不亢，要巧妙地将本社的优势、地位、影响告诉作者。要注意作者的反应，寻找其感兴趣的话题。同时，与作者交谈，或者一块吃饭，不可能总是谈出版的事，可能会涉及一些别的话题，这时就显示你的学识与视野，你的阅读量。你不可能一味逢迎，但要谈得投机。这也是考察作者的一个极好的机会。如果你发现作者不适合写你希望的选题，可以委婉地提出中止；或者请作者撰写另外的书稿。

与作者探讨编撰要求时，也可以让作者先写一部分样稿，通过对样稿的审查，决定作者是否继续按目前的状况写下去，不要等到作者将全部书稿都完成后再提出修改意见，这样作者付出的劳动量大，也会延误出版周期。

3. 与作者签订约稿合同要有单位的授权，对双方的责任、权利与义务以及违约后的处理都要事先征得领导的同意。否则会面临赔偿和法律责任，同时也会给单位在信誉上带来损失。如果确实要退稿，要区别情况给作者一定的补偿，这些条款都要写在合同中。

作品出版前与后，部分作者的态度可能会发生变化。编辑要将这些因素考虑进去，在合同的拟定上，越细致越好。如长江文艺社在王立群、老鬼的作品出版后，曾经与作者发生一些纠纷。这些纠纷虽然是作者的误会，但当初如果都写在合同上，责任的划分就更明确些。

4. 组稿中可能出现的情况

（1）作者不愿接受约稿任务或邀请。对此类推托的作者，不要勉强，你态度诚恳，反复说明即可。但说话要留有余地，表示以后再联系。这些作者虽然一次没有达成合作的意向，但并不是说以后就没有合作的空间，所以一定要处理好与此类作者的关系。还有一种情况是，作者与你或者对你所在的出版社并不熟悉，推托只是一种试探。这时你就要诚恳或者充分地介绍情况，打动作者。有时作者也会转变态度，与你合作。刘备"三顾茅庐"的故事，对我们也应有所启发。如长江文艺社青年编辑李潇在中央电视台"百家讲坛"听了王立群教授讲的《史记》后，马上与之联系。经过长达半年的跟踪交流，最后才在众多的竞争者中胜出。当初，王立群教授并没有马上答应编辑。

（2）如果碰上自我感觉特别良好的作者，期望与实际明显不符，也不要与其闹翻。要根据情况，十分委婉地降低其预期。如果与其关系比较熟，可以摆事实讲道理，直接指出其要求的不合理性。双方能够合作更好，不能合作也要保持君子风度。

（3）与作者的交流要站在同一高度，不要过于谦卑，也不要过于张扬。交流时要侃侃而谈，礼貌又不失自信。如果作者的作品明显存在不足，你又刚刚与他交往，交谈时一定要委婉，表述过于直接会伤害他的自尊心。但你如果能够指出他过去的创作中，或编写中存在的不足，他可能虽然不会马上直接承认错误，但内心里会对你刮目相看。如周振甫担任钱钟书《谈艺录》《管锥编》的编辑，指出了文稿中很多疏漏，钱钟书对其赞誉有加，在《谈艺录》一书的跋中特别肯定周振甫先生的贡献。

（4）要注意给作者以信心。对于有潜力但对自己又缺乏信心的作者，要给以鼓励，肯定其优点。如冯小刚在写《我把青春献给你》一书时，写一章金丽红看一章，既指出其不足，又肯定他的优点。再如《红岩》《红旗谱》《红日》的出版，作者都得到了中国青年出版社编辑江晓天的修改指导。

（5）对于社会影响较大，图书市场预期较好的作者，如明星、名人等，有些人写作能力较弱，编辑也可以允诺代为其整理稿件，使其达到出版水平。如陈鲁豫的《心相约》、沈星的《两生花》、倪萍的《日子》等，都是经过编辑的认真加工才成书的。有些时候编辑先列出提纲，请作者口述，编辑按照口述的内容整理成文字。

（6）对于确有潜力但价值不为人认可的作者及书稿，一定要慧眼识珠。出版界此类成功例子不少，如英国的女作家杰克·罗琳的魔幻小说《哈利·波特》共投了十二家出版社才得以出版，中国四川作家阿来的《尘埃落定》投了四家出版社最后花落人民文学出版社，最终获得茅盾文学奖，金丽红对《王朔文集》出版的力推而使王朔名满天下。名不见经传的二月河作品的最初出版，也是编辑的力推才使这匹黑马横空而出。

（7）向作者的经纪人约稿。有些作者，由于公务繁忙，或者约稿者众多，为了保持一定的距离，有更大的回旋余地，聘请经纪人代为处理稿件事宜。如毕淑敏、姚明等人，都有自己的经纪人。（二月河也曾使用过经纪人。）与经纪人谈判要把握好尺度，经纪人可能漫天要价。但你要认真研判作品的潜在市场，认真审读稿件，是否性价比合理，如果开价太高，出版社出版后会出现亏损，最好不要勉强接受。当然，通过谈判，最后达成双方都能接受的条件是最好的结局。

（8）有时候，编辑专程去找作者约一部书稿，结果在交谈中，发现作者有更好的写作打算或者构思，如果吃得准，编辑就要"另谋高就"，这也是有心栽花花不发，无心插柳柳成荫。同时，对于一些十分抢手的作者和书稿，如果编辑发现其确实有较大的市场潜力，或者有很高的学术价值，要迅速汇报领导，当机立断，或支付预付金，或签订合同，保证书稿不致流失他人之手。如磨铁文化公司的总经理沈浩波从网上看到当年明月《明朝那些事儿》的书稿后，果断决策，立即乘机从北京飞往广州，当即支付部分稿酬，拿下了这部畅销书。当时，已有多家出版社和民营出版商与当年明月反复谈判过。

五、组稿后的落实

1. 回后要保持联系。要不时地询问进度，特别是节假日，要通过各种方式向作者表示问候。打电话虽然亲切些，但对于重要的专家学者，可能会影响他的作息，发个短信问候比较妥当。现在写信催稿的不多了，但写信更能体现编辑的认真，必要时，也可以给重要的作者写写很得体的信。如果打电话，是作者的夫人接，要很客气地向其问候。或者调动夫人或丈夫的积极性，给她或他留下好印象，在争取书稿中也是一支重要的力量。

有时候，催稿也是一门学问。鲁迅的《阿Q正传》，是《晨报》的副刊编辑孙伏园催出来的，这已成为出版界的一个佳话。孙伏园不仅会写稿，会编稿，还很会拉稿。"一脸笑嘻嘻，不容你挤不出稿来"。他每周见鲁迅一回，见面就说"先生，明天要付排了"。总之，无论采取什么办法催，不伤情面，又让作者按时交稿为上策。

2. 对于重要的作者，特别是一些年纪比较大的作者，要主动在生活上关心，助其解决具体困难。如外研社为争夺《许国璋英语》，还是编辑的李朋义曾经为许老先生服务多年，帮他背煤气坛子上七楼。对老师的关心终于打动了许国璋教授，这部书稿最终从上海一家出版社转移到了外研社。如作家社女编辑张懿玲为了取得贾平凹的信任，不仅自己垫钱预付稿费，在贾平凹患肝病期间不顾传染的危险到病房中探视。对于经济上较为困难的业余作者，或者有另外需求的，经过出版社研究后，可以提前向作者预支稿费。如长江文艺出版社北京中心曾一次向郭敬明预支了一千多万元稿费，帮助其在上海购买办公场所。我在出版《二月河文集》前，也按作者要求，一次性支付了一百万元的现金稿费。

3. 对于重要作者，或者是专家，有可能的话要建立超越工作关系以上的友谊。如民国时期生活书店的老板汪孟邹，对蒋光慈生前身后的帮助，成为出版界的佳话。如长江文艺出版社北京中心与郭敬明的紧密合作，双方除了出版上的配合外，北京中心还为郭敬明在出版纠纷、参加中国作协、组织与专家对话方面，提供了郭敬明本人无法实现的条件。

4. 作者书稿收到后，要及时回告，及时处理。对于出版的进展，也要定期通报作者。切不要先热后冷，给作者留下不好的印象。编辑不要认为作者对自己不信任，要将心比心，换位思考，尊重作者的劳动。

当然，约稿只是编辑工作的一个环节，书稿收到后，及早地编辑、出版、发行好作者的图书，是比任何的许诺，任何的条件都重要的。这不仅涉及一本书的经济效益，而且关系到作者对出版社的评价。处理好与一个作者的关系，发行好一本图书，都会在更广泛的领域内产生示范效应。这是当好编辑的职责所在，也是成为一个有影响的编辑的基础。

（本文系在武汉大学信息管理学院湖南出版培训班上的演讲稿）

编辑的宽容

　　《狼图腾》一书 408 页，52.1 万字，但其中作者借杨克和陈阵之口，讨论狼和羊对中华民族性格的形成、对中国历史发展走向的影响的论述，足足有 44 页约 5 万字。作为一部长篇小说，不是通过情节、人物形象和和文学语言，而是用如此长篇大论来思辨狼和羊的关系，探讨游牧民族和农耕民族的分离与融合乃至对整个历史、民族性格、民族未来的影响，这对传统的小说理论，不仅是悖离，而且是一次挑战。这种小说稿件交到任何一位编辑手上，都会毫不犹豫地指出这个"毛病"直至退稿。

　　长江文艺出版社北京图书中心的"金三角"（金丽红、安波舜、黎波）接到这部稿子时，也曾向作者提出这个问题，希望作者删掉这 5 万字，但得到的回复是：不行！

　　从今天看，这部缺少主要情节，至今让人认为不像长篇小说的"奇书"，从 2004 年出版至今，已经重印了 120 次，国内累计印数达 400 余万册。从 2004 年 4 月开始，一直盘踞在开卷的畅销书排行榜上。而这部书不仅得到了中国读者的认可，版权还销售到全世界 100 多个国家以 56 种语言出版。从这部书受到全世界人民欢迎的程度看，这 5 万思辨性的文字没有给读者造成阅读障碍，而且从今天看，真正起到了画龙点睛的作用——赋予了这个草原狼的故事以哲学的历史的内涵。

　　如果当初责任编辑坚持要删掉这 5 万字呢？如果作者坚持出版社就退稿呢？事实上，当时的姜戎并不是什么名人，书稿交到"金三角"手上时，已经被一家著名的出版社编辑将此稿婉拒了。但是，"金三角"提了这个建议，作者坚持自己的意见，后来呢，"金三角"就尊重了作者的选择，于是，我们就看到《狼图腾》一书今天这个样子。

　　在出版史上，因为编辑的宽容而诞生优秀作品的先例并不少，因为编辑的固执己见而使有创意的作品胎死腹中的也不在少数。特别是对于一些并没有名气的作者，往往更会碰到这种倒霉的事儿。所以，在编辑活动中，我们应当要求按照已有理论来规范稿件，但对于突破传统理论，具有创见的作品，我们也应当容许作者的探索与创新。如果没有宽容，我们就可能看不到毕加索的《亚维农少女》，看不到凡·高的《向日葵》。如果没有宽容，我们就看不到意识流小说，看不到荒诞派戏剧。美国著名的编辑珀金斯是一个让人景仰的人物，是他总是从作者的缺点中看到优点，因而使海明威名垂青史。

当然，宽容绝不仅仅是一种生活态度，而应是一种职业要求。在某种程度上，宽容是一部伟大作品的出生证。在科学技术的探索和文学艺术的生产过程中，创新是前进的动力，也是人类超越自我认知的不懈追求。试想，如果没有人类不懈地探求科学技术的新发明和新创造，人类社会又将是多么蒙昧。如果没有作家和艺术家的不懈创新，我们的文学艺术产品世界又将是多么单调。所以，编辑这个职业不是刀斧手，作者才是作品的主人，编辑应是一个接生婆——为人类一切有创意的书稿提供诞生的温床。

（原载《编辑之友》2012 年第 12 期）

我的编辑生涯

热爱编辑工作是当好编辑的前提

到出版社当编辑之前，我是一个业余作者。那时，我还在大别山中，一边劳动，一边做着文学的梦。

第一次让作品变成铅字是一首五句的民歌，歌颂华国锋抓纲治国的。民歌发在《中原民兵》上，回信是铅印的，但我还是将这些留了下来。后来也有编辑在铅印的退稿信旁留下几行字，这就很珍贵了。再后来有编辑给我写信。我留得最多的，印象最深的，还是当时在江苏《少年文艺》的编辑刘健屏的。字很有力，也很潇洒。二十年后，我们在江苏南京才见面，他是江苏少儿社的社长，我已是长江文艺出版社的社长了。

大学毕业后，分配时有一些单位可供选择，如政府机构、报社、电视台等，但我最后去了出版社。因为我不希望再去从政，也不希望去做现阶段的新闻记者，因为我读武大之前在县委宣传部新闻科工作过。我知道中国从政与做新闻意味着什么。我崇敬编辑，特别是文学编辑。我知道一个编辑对于一位作者意味着什么。刚到出版社时，出版局将新到的编辑都抽到局里"扫黄打非"。干了一个月，我觉得此处不是我要来的地方，便找了个借口回到出版社，然后回到家乡找作家约稿。

可能是因为我也爱好文学，在武汉大学读的是第一届作家班。（那时，我已出版了第一本儿童小说集《竹溪上的笋叶船。》）所以，我和作家相对比较熟。我到河南省文联，找到了我的文学启蒙老师涂白玉。他带我在郑州拜访了李佩甫、张宇、田中禾、张斌等。在文联里，我听说了河南南阳有一位业余作家，将小说写在笔记本上，但得到了很高的评价。于是，涂老师给我写了封信，让我到南阳文联找廖华歌、马本德、吕樵等。后来，我坐在吕樵的自行车后座上，找到了住在一个小巷深处的二月河。

关于我与二月河的交往，我在一些文章中多次提到，在这里我不再复述。自从 1987 年认识二月河至今，我们之间已经交往了二十余年。从《雍正皇帝》的出版，到《二月河文集》十三卷本的出版，到他的几本小集子的出版，其间都是我与他联系，担任他的图书的策划编辑或责任编辑。时至今日，我已经离开了长江文艺出版社，二月河还将他的文集中文版的出版权、海外出版权，都交给我来替他管理。

前不久，二月河来武汉讲学，一天晚上，我去宾馆看他，他的夫人突然问我："你还有几年退休？"我笑着反问她："是不是担心我退休以后主席的版权交给谁管理呀？"我们之间都笑了。

与二月河交往了二十余年，我们能够互相理解，保持这样长时间的友谊，我在另一篇文章中曾谈到其中的原因，因为我们是"君子之交"。二月河先生在一则手机短信中曾写道：君子相知，贵在温不增华，寒不改弃。贯四时而不衰，历坦险而益固。心善胸宽天地鉴，意在心中万事圆。

在我的编辑生涯中，前前后后交往了很多作者，像二月河这样长时间保持联系的，并不多。但我相信，很多作者不会忘记我做编辑时对他们的帮助。当编辑时，无论作者有名还是没名，我都一如既往地认真为他们审稿，满腔热情地为他们出谋划策，及时地向他们通报审稿进度，经我的手，很多作者从这里走向了全国，成为中国知名的作家。为什么能做到这一点呢？这就是我在本文开头写到的，因为我曾经也是一个业余作者，我曾经也与很多编辑打过交道。我知道，一个编辑的一封信，一句话，对一个作者而言，都是十分重要的，有时可能会影响他的一生。我看过有人介绍贾平凹当业余作者时的情景，他也是将所有的退稿信都贴在书桌的对面。将心比心，我必须尊重所有作者的劳动。

我的儿子在美国读研究生，我们之间谈到他将来的就业方向时，我对他说，还是回来到出版社当编辑吧！除非你到大学去教书。我告诉他，一个好的编辑，一方面要考虑市场，考虑经营，但另一方面，出版是积累文化，传承文化的。中国有那么多优秀的文化典籍，如果不是出版者将他们刊布流传，我们今天就可能看不到那么多给人智慧、教人奋进、催人泪下的优秀作品了。一个做编辑的使命，就是要为后代留下有价值的精神产品。

扎实的专业背景是做好编辑工作的保证

当好一个编辑，必须有扎实的专业背景。我们这一代编辑，可能大多数达不到张元济、陆费逵、王云五、陈独秀、鲁迅、叶圣陶、周振甫那样的专业造诣，但我们在自己的教育背景下，在自己的编辑方向上，一定要做到精益求精。我编辑熊召政的长篇历史小说《张居正》便有些这方面的体会。

在担任熊召政的四卷本长篇历史小说《张居正》之前，因为我曾编辑二月河的《雍正皇帝》，并因之对历史小说的创作有了一定的研究，并且撰写了有关二月河、赵玫、杨书案等人历史小说的研究文章，因此，当熊召政的第一卷《木兰歌》打印稿送到我手上时，我一口气读完，但感到出版也可以，但要成为历史小说的精品显然不够。主要原因是小说比较拘泥于史实，没有起伏跌宕的情节，二是叙述者的语言、角度比较拖沓，交待一个人物，从姓氏、籍贯、长相，从头说来，打断了读者阅读的兴趣。当然，在人物性格的处理上，前后还有些不够统一，甚至有些破坏了人物的形象。

当我把这些意见转告作者后，他又征求了一些朋友的意见，决定放弃已经写好的 37 万字，重新构思，从头再写。我并且将二月河的历史小说送给他，希望他研究一下二月河的叙述技巧。一年后，当他拿着新写的历史小说给我后，果然与第一稿大相径庭。接着，他以每年一部的速度写完了后面的三部。

小说写好后，为了让专家和读者认识这部小说的艺术价值，我们先后召开了各种研讨会，我自己带头撰写了三篇评介文章，设计了与熊召政的对话提纲，并编辑了一本关于他的小说的研究文集，使这部作品让更多人得以了解。后来，这部四卷本的长篇历史小说获得了第六届茅盾文学奖。在终评会上，小说以全票通过。

除了熊召政的作品外，凡是我经手编辑的小说，或社里出版的一些重要小说，我基本都要写一至两篇评论或评介文章，在一些重要刊物上发表。如齐岸青长篇小说《诱惑》，我写了《论小说〈诱惑〉的死亡意识》；李佩甫的长篇小说《金屋》，我写了《历史进程中的人性谛视》；赵玫的长篇历史小说《上官婉儿》，我写了《诗化的历史小说王国》；杨书案的长篇历史小说《孔子》，我写了《<孔子>：杨书案与井上靖审美追求异同比较》。同时，我自己还创作过小说、报告文学、散文，出版了多部集子。这样，在与作者交流时，我比一般人就多了些共同语言。同时，在对作品提出修改意见时，作者就容易接受些。与此同时，我也注意出版经验的总结与出版理论的研究，先后出版了《书旅留痕》和《出版的文化守望》两种书。

宣传营销策划是市场经济条件下编辑必不可少的本领

在市场经济的条件下，编辑必须是复合型的人才。日常工作中，编辑除了做案头工作之外，还要配合有关部门做好图书的宣传策划，甚至自己要动手做宣传。

写书评，是图书宣传的一个方面。把一本书完全推向市场，仅仅靠几篇书评是不行了。因为书评的读者对象主要还是专家人士，要让图书走近大众读者，必须调动一切营销手段，才能使图书的市场最大化。在营销学上称之为"整合营销"。下面是我2002年为作家李锐的长篇小说《银城故事》所写的营销方案。这部长篇小说在中国作协组织的第六届茅盾文学奖评奖中进入终评。

一、出版之前（四月份）

四月上中旬在《中华读书报》《文艺报》《文学报》《中国图书商报》《新书报》《读者导报》等报刊发即将出版消息。

在中华读书网、新浪网、博库网、三石网等读书网站上发出版消息。

在报纸上刊载李锐为诺贝尔奖候选人的消息。

刊载李锐谈严肃文学的消息。

制作一个书签，将专家评论摘其要点印在上面。

制作一个四开广告，与张一弓的放在一起。

二、出版之后（五月份至六月份）

图书出版后，立即请各地报纸发有关书评（出版前寄出去）。

请作家文摘、中国图书商报等报刊选择其中精彩章节。

在《中华读书报》《报告文学》上发广告。

组织作者对作家专访。

发作家对话录。

组织作家在北京或上海、太原签名售书。

在适当的时候，在京举行一次九头鸟长篇小说研讨会，主要研讨李锐、张一弓等两位的新作。

除此之外，社里的重点图书，或我自己担任责任编辑的图书，我都会动手写出版消息。下面是我为长篇神话史诗《黑暗传》所写的出版消息。这部书获得了湖北省政府的图书奖。

长江文艺出版社推出我国首部汉民族神话史诗《黑暗传》

"开了歌头莫住声，要唱古往与来今……或唱昆仑与五岳，或唱开天辟地人，或唱稀奇并古怪，或唱黑暗与混沌。"我国汉民族首部神话史诗《黑暗传》历经 20 年曲折，将于四月上旬由长江文艺出版社正式出版。

《黑暗传》这部神话史诗主要流传在神农架地区，诗中极为生动形象地描述了地球形成、人类起源、社会发展的艰难历程，融汇了混沌、浪荡子、盘古、女娲、伏羲、炎帝神农氏、黄帝轩辕氏等众多历史神话、英雄人物事件，讴歌了中华民族的伟大创造精神。特别是诗中出现的混沌、浪荡子的形象，是过去史籍、神话中所未曾描述过的。据专家称，《黑暗传》作为远古文化的"活化石"，对于研究我国古代神话、历史、考古、哲学、文艺、宗教、民俗和巴楚地域文化等，都具有重要价值。此书的发现与整理出版，填补了汉民族无史诗的空白。原中国神话学会会长、著名神话学家袁珂先生临终前写信给致力于《黑暗传》研究的华中师范大学教授刘守华先生时还认为，《黑暗传》属于汉民族神话史诗，"至今检讨，尚无异议"。(略)

下面是我为李锐的《银城故事》所写的出版消息

百年文学诺奖梦　《银城故事》再出击
——"九头鸟长篇小说文库"又添力作

2001 年诺贝尔奖百年庆典时，山西作家李锐曾受邀前往瑞典观礼。据悉，这是中国作家第一次享受此殊荣并最近距离地感受诺奖。其缘因李锐是中国作家中被提名诺奖次数最多的。这位理性意识极强的作家，执着地坚守并开掘着中国的本土文化，拒绝浮躁和随波逐流，他以《厚土》和《旧址》等厚重之作享誉国内文坛的同时，也吸引了境外读者和方家的瞩目。日前，李锐即将由长江文艺出版社出版的另一部长篇小说《银城故事》又一次受到诺奖评委、瑞典汉学家马悦然的青睐，将同时由其本人译介给西方读者。

李锐近日捧出的是一部仅有 13 万字的长篇小说《银城故事》，这部长篇，以辛亥革命前夕四川小城自贡（作品里的银城）为背景，在风云变幻的时代大潮中，革命党人、清廷官吏、盐商、土匪、牛屎客等等活跃于当时社会舞台的各色人等，围绕着一场注定要失败的起义，演绎了一场大悲大喜、大惊大奇的人间正剧。这部精心营构的小说，作家一气呵成后又反复打磨半年，从当初的20多万字压缩到目前的13万字，其情节起伏跌宕一波三折，文字简略时惜墨如金，铺排时浓墨重彩，收放自如，其艺术感染力和对人性开掘的深度，被评论家们称为是近年文坛不可多得的精品。其作品的可读性和深厚的思想内涵，相信会为2002年沉寂的长篇小说市场带来一场巨大的冲击波。（略）

近年来，随着互联网技术与数字技术的发展，营销中更多地使用了手机短信、伊妹儿、BBS、MSN、网站、社区互动等营销方法，使图书出版的信息与主要内容让更多的目标读者了解。但无论采取什么传播手段，传播的内容仍需要编辑与营销人员一起去创造。

文化传承是编辑的历史使命

在市场经济条件下，作为一个编辑，考虑图书的经济效益是无可厚非的。但考虑图书的经济效益与出版有文化积累价值的图书之间并不矛盾，与打造图书品牌并无抵触之处。担任责任编辑与在出版社负责期间，我十分注重文化的积累，注重打造图书品牌。我知道，一切的物质财富都会消失，但精神的财富却会流传千古。在我来长江文艺出版社之前，社里于1992年曾经出版了《跨世纪文丛》第一二辑。这套书汇集了当时最有影响、最先锋的一批作家的作品，如苏童、格非、残雪，包括王蒙。当时港台武侠言情小说占据中国的图书市场，连王蒙的小说征订只有几百本。我到社里后，延续出版这套书，目前，这套书已经出版了十余辑近百个作家的作品。

除此之外，我们在诗歌、报告文学、散文、小说等方面都形成了自己的系列图书。如我们出版了汇集了一百个诗人的一百部作品的《中国新诗库》；"五四"以来的报告文学大系33种；1995年开始与中国作家协会合作并出版至今的《中国文学作品年选》；汇集了几十位作家原创长篇小说的"九头鸟长篇小说文库"，还有包括二月河、唐浩明、凌力、熊召政、孙皓晖等全国有影响的历史小说作家的将近四十本长篇历史小说。这些书，有些是我直接策划并组织专家选编，有些是我亲自担任主编或责任编辑的，有些书的序或前言也由我本人来撰写。

一套书是否成为品牌并为读者接受，一方面是图书的内容起决定性的作用，另一方面是与图书品牌地宣传推广分不开的。很多丛书在市场上一掠而过，没有给读者留下印象，没有形成美誉度和认知度，关键是没有持之以恒的宣传而不断地推出新产品。为此，对每套书的出版，我们都制订了一个长期的出版计划与推广计划。如"九头鸟长篇小说文库"，每一种新书的出版，我们都调动一切宣传营销手段来加以推广，包括设置评奖项目。这套书中，有些获了茅盾文学奖，如《张居正》；有些在全国和全世界都产生了较大的影响，如《狼图腾》；有些获了国家图书奖，如《远去的驿站》；有些获了中宣部的"五个一工程奖"。

第三卷 出版人才

必须培养和造就一批懂经营、
会管理的出版家队伍

新千年到来之际，人们畅想 21 世纪中国出版的未来，谈论我们的机遇，更多地谈到各种严峻的挑战，关于 WTO，关于国内外资本的介入，关于我们的体制，我们的运行机制等等，忧患之情溢于言表。但我更认为，这些固然重要，但我们不能忘了，中国出版界要迎接这无法回避但又残酷无情的竞争，还有一个很重要的方面，就是我们必须培养和造就一批懂经营、会管理的出版家队伍。这不仅是迎接来自各个方面的挑战的需要，同时，也是出版产业发展的需要，更是几十万出版人生存之需要。

所谓出版家，我指的是 J. P. 德素尔在《出版学概念》中写到的"既崇尚精神和艺术世界的价值，也注重经济学范畴的价值"的出版人，这种人不仅是文化人，同时又是经济人。我们具有文化战略意识，面向未来的胆略和敢于创新的精神，同时又具有经营意识和管理才能。但是，目前全国 560 家出版社的负责人，如果用这个标准来衡量，又有多少称职呢？当然，包括我自己，尽管我提出这个问题，也不能说已经具备这种素质。

如果我悲观地估计的话，不说出版家，可以称得上合格的管理者的话，也不是很多。我这种估计是基于如下几组数据：中国出版产业一年的收入，也不及德国贝塔斯曼一家图书的年收入；出版产业 75% 到 90% 的利润，均来自于教材教辅；处于高度垄断保护状态的出版业，还经常传出有些社经营亏损的消息。究其原因，重要的一个方面是我们缺少合格的管理者，特别是社长（总经理）。

大家都知道，我们出版社负责人的构成，一部分是从上级机关派来的，这些同志在上级机关工作多年，政治素质比较高，人品也无可厚非，但是对出版业的运行规律不甚了解，尽管抱有满腔热情，但往往事与愿违。我们要么盲目上项目，对市场不做深入的调查，结果造成库存积压，经营亏损，要么零打碎敲，缺少战略眼光，图书既无社会效益，也无经济效益。还有一些因为垄断经营利润丰厚的出版社，投资不计工本，不计投入产出。有些省的不少出版社，除教材教辅外，其余图书基本无利润可言。还有一部分同志是业务干部，他们在出版社工作多年，作为编辑，无疑是好编辑，但是对于经营管理，却知之不多或者不屑于当"商人"。我们作为一个负责人，不去履行职责管理出版社，而是奉行"无为而治"的原则，听之任之。这些同志经过多年的"摸爬滚打"，用出版社的钱交了不少"学费"，才悟出一些道道，还有一些人到头来仍在"黑暗"中摸索。

造成上述现状的原因何在呢？首先，是因为出版社在体制上是政事不分，政企不分，准政府化。出版社都和政府部门的级别对应。管理者大多都是由党委组织部门按照公务员的标准选拔的。每年考核干部尽管也关注其经济效益，但更多的是不能"出事"。只要不出事，效益差一点也不要紧。另外，尽管对负责人在政治上要求很高，甚至提出出版社的负责人都必须是"政治家"。但具体到经营上，又出现所有者失位的现象。没有人对管理者提出明确的经营目标，经济效益如何与经营者个人没有挂钩，出版社的兴衰，与企业员工没有必然的联系。管理者一方面在用人上分配上受到很多限制，但在决策上权力又大得惊人。有些富社手持几个亿资金，居然不知道钱朝哪儿花、钱该交给谁！

面对中国出版管理者队伍这样一种状况，我们从何谈起迎接新世纪的挑战呢？如何保证中国出版业在加入世界贸易组织后面对全球竞争能够应付裕如、立于不败之地呢？我看，在培养和造就懂经营、会管理的出版家队伍时，首先必须从如下几个方面着手：

一是在选人的标准上，必须科学全面。既要求管理者政治可靠，也要求管理者必须懂经营、会管理。要辩证地看待坚持政治原则与经济发展的关系。如果我们的管理者使企业在竞争面前无所作为，经济效益低下甚至亏损，即令都是"政治家"又有何益？我们如果有这样一批空头政治家，对党的出版事业只能说是有害无益。西方出版界对出版管理人才曾提出了七条考察标准：（1）领导能力；（2）决断能力与办事效率；（3）社会活动能力；（4）交际能力；（5）与人共事的适应能力；（6）独立性；（7）事业抱负。

二是在选人的范围上，要尽可能地在出版部门内挑选。因为出版企业有其自身的运行规律，只有具备一定的实践经验者才可能少犯决策上的错误。如果管理者来自外部，对出版完全不知道或知之甚少，尽管热情很高，毫无疑问，结果会是南辕北辙。但是在出版业内部选拔时，不能降低用人标准，必须选择有创新精神的开拓型人才。

三是在用人上，特别是干部业绩的考核上，必须实行任期目标制。如果在任期内管理者无所作为，上级部门一定要坚决更换。不能用人品如何来衡量一个企业家是否合格，要以企业的业绩好坏决定管理者的去留。要彻底破除目前在用人观念上的陈腐意识，什么"对干部负责呀"，"主观上十分努力呀"！试想，如果我们自己是出资者，会容忍一个庸碌无为者掌管一个企业的命运吗？

四是借鉴现代企业制度的组织和管理模式，履行监事会职能。对企业的决策、重大项目的论证、企业的发展目标进行审议，不能听之任之，等到国有资产受到很大的损失后再来换人。

五是让企业的管理者也部分地成为所有者，让管理者在企业内拥有一定的股份，使我们的个人利益和企业的兴衰捆绑在一起。

当然，这只是几个主要方面，囿于篇幅，不再展开详谈。

（原载《出版广角》2000 年第 4 期）

以人为本，营造企业文化

出版社是文化企业，其生产的产品不仅是物质的，更多是精神的，它需要的不仅是员工的体力劳动，更多需要的是脑力劳动。因此，在出版社的资源配置中，人的资源是最重要的。在出版社的管理中，不仅需要传统管理方式，而更需要现代管理的方式。在几年的发展中，长江文艺出版社不断探讨，积极实践，以人为本，尊重人的价值的实现，注重人的管理，形成了较为和谐的氛围，调动了大多数职工的积极性，初步形成了出版社自己共同的价值观，初步营造出了企业的文化。

提出切实可行的共同目标

一个企业在激烈的竞争中，能否存在并发展，在一定程度上，需要全体员工的努力。这种参与，不能完全靠领导者的号召，也不能靠空头的允诺，必须靠全体员工为着一个共同的目标而各尽所能。因此，在不同的阶段，提出不同的奋斗目标，是企业凝聚人心的重要方式。这种共同目标，在管理学中叫做"塑造共同愿景"，即大家共同分享的、共同愿望的景象。

1995 年秋天，长江社新领导班子成立，我们当时提出的目标可以说是很低的，那就是"恢复生产，增加效益；开源节流，共渡难关"。在各种会议上，我们既讲出版社的困难，也讲出版社的每一微小的进步。今天发了多少货，这个月收了多少钱，每一笔都向大家交待清楚。让大家知道出版社的难处，为出版社共同分忧。当然，我们更注意鼓舞士气，描述出版社的发展前景。到了 1997 年，社里发货码洋上升较多，经济有所好转，社里建房在即，我们向大家讲建房的投入，今天拨了多少钱，明天拨了多少钱，希望大家体谅社里经济窘迫之现状，并且向大家描述没有房子的难处。现在，大家住上了新房，收入有所增加，我们一方面要大家居安思危，不要依赖计划经济，不要有长期吃垄断饭的思想，我们要夯实自己的经济基础，要寻找新的经济增长点。最基本的一点，就是教材如果不在社里了，争取大家还都有碗饭吃。与此同时，我们不仅在会上讲，还将这些目标每年都通过制定计划形成文字，交由中层干部，职代会讨论，使大家在讨论中形成共识，也使大家明确我们不同阶段的奋斗目标。

另外，我们也注意创造一些机会，让大家在一起沟通思想，消除隔阂。如 1996 年春天社里尽管经济较困难，还是组织全社包括离退休职工在内的全体员工一起到长阳旅游，以后每年都组织一至两次外出。随着经济条件的好转，我们还给外出的员工发统一制作的有社里标志的衣服，使大家增强集体荣誉感，培养团队精神。

我们的目标都是比较朴素的，但是得到了大家的理解和认同。我们的做法也是简单的，但这种简单的办法凝聚了已涣散的队伍，使大家团结在一起，共同为出版社的生存与发展而努力。所以，社里尽管还有矛盾，还有意见，相比较而言，社里还算是正常的，即使个别当初对新领导班子并不十分理解的同志，也改变了自己的看法，个别有这样那样意见的同志，也在努力工作。我们已经把社里的利益，化为了自己的意愿。

建立公开平等的竞争机制

企业中，影响员工积极性的一个重要因素是"气不顺"，晋升、提级、奖励诸种涉及每个人利益的地方，如果暗箱操作，即使秉公，大家也并不十分相信。如果不考虑员工的情绪，仅仅依靠权力使他们慑服，那他们就可能在工作中消极怠工，会使企业的利益受到损害，产品的质量受到影响。这几年来，我们通过建立一个"公开、透明、民主、平等"的竞争机制，使大多数员工感到有干头，有奔头，对社里的做法心悦诚服。

首先，我们在干部的使用上，从一开始就搬掉了铁交椅。中层干部竞争上岗， 年 聘，使在岗的干部有压力，有动力，也有奋斗的目标，同时，一批资历尚浅，或者新到的年轻同志有努力的方向。五年来，社里的中层干部有上有下的，上上下下，大家也都习惯了。因为在员工的心目中，评价自己价值的体系，并不完全建立在是否当干部上。即使开始有些抵触，等到习惯了也就心态正常了。在科室工作的安排上，我们也是实行双向选择，调动干群之间的积极性，尽量减少摩擦力。今年，在局里的指导下，我们将竞争上岗的范围又扩大到社级领导班子。通过自愿报名、公开演讲答辩、上级考核，选拔了两名三十多岁的年轻同志进社级领导班子。这是长江社从20世纪80年代以来入社的年轻同志中首次选拔年轻干部，对社里震动很大。选拔的同志尽管经过了上级考核，但完全与群众投票的结果一致，充分体现了民意。古人云："仁莫大于爱人，知莫大于知人。"知人善任，公开民主，社领导的权威才能得到树立。

在分配上，我们打破了大锅饭，实行多劳多得。但这种分配方案尽管是社领导先提出来的，但在群众中经过了广泛的讨论，并经职代会通过。这些方案尽管并不完全科学，但得到了大家的认同，所以无论收入高低，员工很少有怨言。该社尽管有一个音乐教材，但在分配上，我们完全按一般图书来考核，主要是鼓励大家都投入精力抓一般图书，不要躺在教材上过日子。

社里由于在人事、分配上都建立了公开民主平等的评价体系，社里干群之间的矛盾减少，员工的创造性、主动性得到了一定程度的发挥。社里想群众之所思，群众也想社里之所想。社里由过去的单向管理变成了出版社管理和职工的自我管理相结合的体系。员工的自我评价体系得到了建立，自我管理意识得到了加强，过去管理不到位的现象得到了克服。同时，一些员工的自我价值得到了实现，有些人由于策划了受到市场欢迎的图书，为出版社创造了较大的经济效益，社里不仅给予各种物质奖励，而且送其出国考察学习。这在该社历史上是第一次。

努力营造企业文化

一个企业业务进展到一定的程度，如果想取得更进一步发展的话，尽管有多种途径，多种方式，但必须注意营造一定的企业文化。如IBM公司、美国通用电气公司、日本松下电气公司，它们共同的价值观、行为规范等企业文化在企业的发展中发挥了一定的作用。我们社已经有了一定的经济基础，有了完备的规章制度，有了比较明确的发展方向，如果企业进一步发展的话，那就要形成企业共同的价值观，即使领导人或员工的更迭，企业的发展也不至于受到影响。

企业的文化有有形的部分，也有无形的部分。今天回过头来看看，这些工作我们从开始就在做。如我们制订了大量的规章制度，形成了出版社全体员工共同的价值取向，形成了共同的价值规范，我们通过树立先进典型，弘扬正气,印证了我们的价值评价体系。作为社领导,以身作则,言行一致,全身心地投入工作,形成了出版社的价值导向,使出版社员工看到了希望,对我们也产生了影响。所以,出版社无论领导人在不在家,工作照常进行,大家争先恐后希望多做事,希望早出成果。如果用几句话来表达我们的企业文化的核心的话,那就是:不尚空谈,脚踏实地;服务大众,实现自我。

当然,我们这种企业由于还处在政事不分、政企不分的状况。出版社在很大程度上依赖垄断经营,出版社的人力配置受制于外部因素,要真正形成出版社的企业文化,还必须有待于出版社真正经过市场经济的检验,必须优化资源配置,对现有人力资源加以整合,否则,我们这种受保护的出版社是一个永远长不大的孩子,是一块良莠不齐的苗圃。企业文化也只能是表层的,短期的,也是依附于现有体制格局下的。如果说真正要形成企业文化的话,还需要长期的努力,包括经过市场经济的全面洗礼。

(本文系由湖北省新闻出版局召开的经营管理会议上的发言整理而成)

出版人才的培养、引进与使用

市场经济条件下出版业的竞争，说到底就是从业人员素质的竞争。在生产力的诸要素中，人是最活跃、最具潜力的因素。特别是作为知识经济重要组成部分的出版业，其产品主要凝结着从业者的密集智力劳动，所以，重视人力资源开发，培养与引进高素质的人才，是出版企业在竞争中生存与发展的一个关键，也是出版社在竞争中是否拥有核心竞争力的一个标志。

"造物之前先造人"，这是日本松下公司的座右铭。松下幸之助指出："松下电器公司与其他公司最大不同的地方，就是在员工的培育与训练上。"松下公司正因持之以恒地"造就人才"，所以才取得辉煌的成就，成为国际知名的大公司。中国出版业的先驱张元济先生主政的商务印书馆，成为中国近代出版业的一个缩影，其成功的一个重要原因，就是他提出的"广为储才，推陈出新；裁汰冗老，超擢新进"的人才观，为商务印书馆的持续健康发展奠定了基础。今天，在新世纪中国出版业面临国内外竞争压力的情况下，借鉴国内外人力资源开发经验，培养与建设一支有中国特色的出版人才队伍，对于我们迎接挑战具有十分重要的意义。

所谓的出版人才，既包括管理人才，也包括专业人才，如编辑、发行中的佼佼者。但是，无论是在领导岗位还是具体业务部门，每一个人都应当是复合型人才，才能适应市场经济的需要。如作为出版企业的管理者，首先必须精通出版业务，有过实践经验，才能指挥、协调、组织一家出版企业的经营，才能制定出版发展战略，保持持续发展的势头。而作为一个编辑，如果仅限于案头工作，不了解市场，不知道采取措施开展市场营销，显然不能适应竞争激烈的环境，而作为发行人员，不懂图书，不懂市场营销，显然也不能做好发行工作。这就需要我们的专业人员也必须参与相关部门的工作，在图书走向市场的系统工程中发挥作用。

人才是发展的关键，这点勿庸讳言。但是，处处都需要人才，这些人才在哪儿呢？我认为，培养一支适应市场竞争又具有专业技能的队伍，必须注意做到如下几点：

一、确立发展方向，调整人员结构，建立一支与出版产业发展相适应的人才队伍

出版社在人才队伍的建设上，必须始终目标明确，持之以恒，在培养人才，引进人才中高度重视而且措施得力，经过不断努力，才能使出版社的人员结构与人才储备呈现良性发展的态势。

由于众所周知的原因，出版业在八十年代的大发展中，吸收了一批缺少良好教育背景与基本学历的员工，加上后来的子女接班，转业人员的安置，出版社这种文化企业里就出现了编辑发行一线工作人员与后勤服务人员比例不协调的状况，出现了营销发行人员基本上是家属子女的状况，但是，中国已经加入了 WTO，民营资本与外资正在按中国政府的承诺逐步进入出版业，随着出版业由计划经济全面向市场经济转轨，出版社在竞争中能否保持健康发展的态势，从业人员的素质显得尤为重要。首先，出版社必须根据发展规划制定明确的人力资源计划，必须提出明确的从业人员资质标准，再引进的人员必须公开招聘，必须具有本科或硕士研究生以上学历。同时，根据出版业这种实践性很强的特点，必须分期分批引进，形成阶梯形的年龄结构，如果经过几年的努力，在人员编制基本保持原有额度的情况下，出版社人员配置的知识结构会得到根本性的改观。同时，利用出版单位转制为企业的契机，对于完全不适应的从业人员，可以用买断工龄、分流的办法一次性地解决人员比例不协调的状况。如果分流的办法难以大面积推行，出版社可以创办具有独立法人资格的第三产业，将这些人推到竞争的前沿；或者按照社会人力成本支付工资，降低这部分人的收入，减少企业负担。

引进合适的员工是长期的战略任务，但面对现实，必须注意根据现有人员结构的状况，通过培训、在工作中压担子等方法，使之增长才干，在实践中培养自己的人才队伍。如制定政策，鼓励员工利用业余时间，提高现有受教育程度，改善人员知识结构。但目前这种成人教育鱼龙混杂，很多人拿到了文凭但却没有学到本领，因此出版社必须结合实际提出明确要求。对于不符合国家教育部门规定开办的学校的学历，应当不予承认。与此同时，更要注意在实际工作中，通过总结经验、分析教训，用典型引路，现身说法，提

高员工的业务能力。如请单位内外某一方面实践经验比较丰富的同志结合工作实际具体分析图书市场走向、图书成本规律，分析畅销书的营销等，特别要注意在本社内寻找典型，安排他们总结自己的成功经验，这样更会有榜样的作用。同时，还要在出版社内提倡研究学习之风，结合工作实际总结出版规律，这样既能提高大家的研究能力，又能直接促进工作，将企业办成一个学习型的社区。

二、以人为本，形成民主开放的企业文化，为人才成长营造良好的人文环境

按照马斯洛的需要层次理论，人的自我实现，是追求的最高层次。特别是文化企业内的知识分子，个人收入多少并不十分重要，而是看能否有合适的岗位充分地发挥自己的聪明才智，这就要求企业为员工创造一个公平竞争的环境。但出版社尽管是一个企业，由于多年来政企不分，政事不分，无论是社级领导还是中层干部，都是能上不能下，这就使青年人感觉自己的才干无法施展，至少没有试一试的机会，这无形中消解了他们抢前争先的积极性。从现阶段来讲，在没有完全转制为企业的情况下，出版社可以采取"按需设岗、公开选拔、竞争上岗、择优录用"的办法，打破过去论资排辈的做法，公开透明地选拔干部，使青年人能脱颖而出，形成一种"赛马"而不是靠少数人相马的局面。同时，如果作为企业，首席执行官需要董事会决定，副职则由总经理提名报董事会批准。其余中层干部，则由经理任命。干部的去留一切靠业绩说话。

通过"赛马"的方式，把具有发展潜力的员工放在岗位上"压担子"是培养人才的一个重要方面，但是，在分配上建立一个激励与约束机制，也是促进员工成长的重要手段。在分配上，要尽量压缩公共福利，重视按劳分配，鼓励多劳多得，在出版社形成"谁多得谁最光荣"的氛围。除了物质奖励外，还要通过评选"年度先进"，"生产标兵"等措施，给予他们物质与精神的奖励，肯定员工的努力与创造。公平的奖优罚劣措施会使企业形成良好的舆论氛围，同时通过典型引路，会形成比学赶帮的态势，这种无形的企业文化会使企业产生可持续发展的驱动力。

当然，对人才的评价与界定，要重视学历，但在实际工作中，学历只是一个受教育的背景，特别是出版社这种文化企业，实践是衡量人的能力的一

个重要标准。出版社要重视员工的学习背景，并注意不同教育环境下成长的员工的互补性，同时，要注意从社会上选拔有实践经验的员工。有些社从社会上招聘的年轻同志，由于他们有工作经历，也有创作实践，虽然只有本科学历，但到出版社后，很快显示出与众不同的工作能力。

三、走出湖北，面向全国，引进业内的优秀人才，为快速发展奠定基础

立足本地，培养人才，是企业人才队伍建设的重要一环。但如果出版社要快速发展，就必须打破常规，在更大范围内选拔人才，引进人才。在人才市场上，已经产生了诸如"猎头公司"之类的专门机构，专司为企业寻找可用之才。这种猎头公司在许多企业中已经发挥作用，而在内地文化企业中目前还没有成功的范例。近年来，出版社之间的人才流动呈上升趋势。而人才的流动，实际上是一种双向的运动过程，如果你这家出版企业在行业中没有领先地位，没有可持续发展的态势，没有一定的品牌效应，人才也不会朝你抛去绣球的。谚语云"家有梧桐树，不愁凤凰栖"。这说明首先你要有"梧桐树"，这棵梧桐树不是遮风挡雨之树，不是仅供表演用的舞台，不是画地为牢，限制人自由的方寸之地，而是体现现代人理念的平台。这座平台可以让人才施展现有本领，也可以让人创造性地发挥作用，有如计算机的信息平台，可以装载无数的软件，发挥非常人所做的事业。这样，才能吸引人才，实现双赢。

如我们近年来在京成立分支机构，吸引了国内较有影响的出版发行专家金丽红、黎波同志加盟。经上级批准，聘任他们担任我社的副社长，主管北京图书中心的工作，并兼管《报告文学》杂志的经营工作。图书中心成立一年来，他们出版的冯小刚的《我把青春献给你》、陈鲁豫的《心相约》等多种图书书先后登上全国畅销书排行榜。冯小刚的《我把青春献给你》等3种书销售达30万册。开办当初我社投入50万元，当年实现赢利130万元。2004年销售产值可望达到3000万元。与此同时，原春风文艺出版社副总编辑、布老虎创始人安波舜也接踵来到北京图书中心，国内另一资深的出版人、韬奋奖获得者、原漓江出版社社长刘硕良受聘为我社社长顾问兼外国文学编辑部主任。这些出版专家的加盟，不仅带来了直接的经济效益，也扩大了我社的品牌影响，增加了巨大的无形资产。同时，对我社的出版工作是一个直接的

促进，我社员工不仅在观念上得到了改变，而且在具体的运作上也受到启发。目前，我们又在上海成立了图书中心，聘请上海出版业内人士负责上海图书中心的工作。我们希望，利用我们在文学出版方面的品牌优势与资源，广泛吸纳人才，集聚人才，走内涵式发展道路，在未来的三至五年内，使长江社成为国内文学出版的重镇之一。

总之，在多年的出版管理实践中，我们意识到，在市场经济的大潮中，出版社能否抵御风险，实现持续、健康、稳定的发展，与能否拥有一支适应市场经济竞争，懂得出版规律，并且有丰富实践经验的队伍是至关重要的。出版社的负责人在人才的培养与引进中，要有战略性的前瞻意识，与时俱进的眼光，开阔的胸怀，善于识才，敢于用才，创造人才健康成长的环境，这样才能集聚人才，发挥人才优势，保持企业长久的竞争力。

（原载《湖北省文化体制改革与文化产业研讨会论文集》）

我们能否再培养出张元济和王云五式的出版家
——说中国出版做"大"做"强"

中国出版要做大做强，其中重要的一环是需要创新型的领军人才。于是，人们想到了张元济和王云五，说希望我们的时代能够涌现此类杰出的出版家。

张元济与王云五对中国出版的贡献业内无人不知晓。近百年前，张元济主政商务印书馆，他以"开启民智"为己任，网罗人才，推介西学，影印古籍，编选教材，收集善本，创办新刊，以其毕生努力影响着几万万中国人。当时的商务，论规模，时为亚洲翘楚；论影响，当在世界前列。王云五步入商务印书馆后，改组编译所，延聘著名学者专家，编印《万有文库》等，达到日出一书的最大规模。在日寇轰炸商务后，为振兴濒临破产的企业，不避嫌怨，力排万难，使商务在短时期内全面复兴。

张元济与王云五确实是中国出版史上我们难以企及的高山，但我们分析他们的成长史，窃以为如果按现在的标准，现在的条件，似乎他们要成就其伟业也需要付出很多的努力。

首先，张元济属于有政治污点的人。张元济参与戊戌变法，曾经一度被犯了严重政治错误的光绪帝重用，光绪帝被软禁，张本是罪在不赦，如果不是李鸿章的保荐，性命堪忧。这种人按今天的标准来看，不说是政治犯，至少属于站错了队，"政治上不可靠"的人。让这种人出任属于意识形态领域重要部门的负责人，组织部门考察时不可能通得过。特别是商务这种在当时屈指可数的大型企业，从今天的级别上看差不多是副部级或者厅局级，对这种岗位，让张元济出任领导职务会冒很大的政治风险。所以，今天就是有张元济式的人物，也只能束之高阁。

其次，私人资本介入出版。商务印书馆属于私人企业，一个小排字工夏瑞芳发起的印刷作坊，后来居然扩大工商登记，作起编书印书此类跨行业的出版行为。虽说依清律商务是登记过了，但手续过于简单，审批不够严格。

按今天的标准，商务可以继续做它的印刷行当，但不要到出版的上游掺和。就算现在允许工作室存在，但也只是灰色地带，不能大张旗鼓地编书出书。

三是跨地区，跨专业分工出书。商务从上海起家，发展遍布全国，跨地区做出版，政策上从今天来看还是灰色地带。再从商务出书的目录来看，教育、古籍、文艺、科技，凡所涉猎，几乎无所不包，是一个典型的综合类出版社。这种跨范围出书，管理部门审批选题时会增加难度。虽说现在不提超范围出书一说，但实际上跨度太大上级还是要干预的。同时，在王云五主政时期，日出一书，出书太多太滥，不符合调整结构的宏观政策。就算王云五招聘的专家学者很多，如果按编辑人数发放书号，日出一书需要的书号也会十分紧张。如果评上一级出版社，也可能宽松一些，但申请书号的节奏是否跟得上，还看与上级的关系保持得如何。

四是政治上把关堪忧。商务时期出书，基本上是由企业自己说了算，选题没有经过报批，很多涉及民族宗教的敏感选题没有实行专报。就连大中小学教材，也是他们自己组织人编选，然后就在全国使用，这种代表国家意志的出版物，任由一家企业自编自审，太不合规范。所以，放在今天，商务恐怕也被点名多次，或者停业整顿。就算出版社存在，张元济和王云五也会被撤职查办。

五是干部使用上的难题。张元济曾是各国事务衙门章京，按今天的干部级别，属于外交部司局长之类，后来当了南洋公学的负责人，按今天上海交通大学的级别，至少也属于副部级的待遇，这种干部下海出任一个并没有名分的出版社编译所所长，会让人以为脑子里灌了水。再说王云五，当过孙中山的秘书，当过教育部的干部，后来也到商务当编译所所长这种区区小职。不说他本人是否自愿下海，对这种老干部，老功臣，组织部门无论如何也不会承担不重视人才、不尊重老干部的骂名。何况，二位如此显赫人物，已经混到这种份上，岂肯还去外地做这种枯燥的编书营生。

今人呼唤张元济、王云五，实不知再造一个张元济、王云五之难。时也势也，敝以为，张元济、王云五仅属于他们自己的时代！

附　录

张元济：字筱斋，号菊生。原籍浙江海盐。1867 年 10 月 25 日生于广东，1959 年 8 月 14 日卒于上海。光绪壬辰（1892 年）进士。曾任总理各国事务衙门章京。戊戌变法时光绪帝曾破格召见，政变后被革职。1896 年和陈昭常等人创办教授西学的通艺学堂。1898 年冬任南洋公学（今上海交通大学）管理译书院事务兼总校，注意译书的选题意义，改变原来重译兵书为译社科书籍。后任公学总理，1902 年 7 月后辞职。1901 年，以"辅助教育为己任"，投资商务印书馆，并主持该馆编译工作。1903 年任该馆编译所长，1916 年任经理，1920～1926 年改任监理。1926 年任董事长直至逝世。1949 年被特邀参加中国人民政治协商会议，被选为全国委员会委员。后被选为第一届全国人民代表大会代表。

王云五：现代出版家、商务印书馆总经理。广东香山（今中山）人，祖籍南朗王屋村。名鸿桢、字日祥、号岫庐，笔名出岫、之瑞、龙倦飞、龙一江等。1888 年 7 月 9 日（清光绪十四年六月初一）出生于上海一小商人家庭。早年入上海一五金店做学徒，业余在夜校学英文，并广泛涉猎多种学科，成绩优秀。1906 年起，先后在上海同文馆、中国公学等校教授英文。1907 年春任振群学社社长。1909 年任闸北留美预备学堂教务长。

1912 年，王云五加入国民党，先任南京临时大总统府秘书，后在北洋政府教育部任事。同年底任北京英文《民主报》主编及北京大学、国民大学、中国公学大学部等英语教授。1913 年 5 月辞教育部职，任中国公学大学部教授，讲授英文、英国文学等课程。1917 年起，在上海从事编译工作，并创办公民书局，开始出版商生涯。五四运动以后，上海商务印书馆亟谋适应时代潮流，编译所邀胡适任所长，胡改荐王云五。1921 年秋，王就任后以"教育普及"、"学术独立"为方针，组织编译了一批介绍中外古籍名著的丛书，颇受社会重视。1925 年 3 月发明四角号码检字法和编出《王云五大词典》等书，在学术界获得一定声名。1930 年春，王云五出任商务印书馆总经理，积极推行科学管理法，开创商务印书馆日出新书一种的新局面，出版了许多有价值的书籍，对中国文化教育事业做出了重要贡献。

抗日战争爆发后，王云五开始投身政界，连任四届国民参政会参政员，政协代表。1946 年，辞去商务印书馆的职务，出任国民政府经济部部长，制宪国大代表。次年 4 月任行政院副院长，积极支持反共内战政策。1948 年 5 月，王云五出任行政院政务委员兼财政部部长。为挽救濒于崩溃的经济，他在蒋介石授意下，提出币制改革方案，以金圆券代替法币，限制物价，并获通过实行。但不久即遭到失败，王云五因此被弹劾下台。

1949 年 4 月去台湾，1954 年他出任台湾"考试院"副院长、"行政院"

副院长，至 1964 年退出政坛，辞去官职后，重新将主要精力投入文化教育事业；在台湾，他有"博士之父"的誉称，但直到 1969 年获韩国建国大学名誉法学博士学位，他才算有了"文凭"。曾先后任台湾当局"行政院"设计委员，"总统府"国策顾问，台湾商务印书馆董事长等职。1979 年 8 月 14 日在台北病逝。著作甚多，主要有《物理与政治》、《中外图书统一分类法》、《四角号码检字法》等。

王云五坚持以"教育普及、学术独立"为出版方针，编辑《百科小丛书》，主编《万有文库》；创立了《四角号码检字法》；编著了《王云五大词典》、《王云五小词典》等等。王云五开办并复兴东方图书馆，编写出版了大量的古典、中外名著和教科书辞典等，为我国近代文化教育事业做出了巨大贡献，成为我国近代著名出版家。

现代企业必须培养出版职业经理人

——答《出版广角》记者问

记者：虽然是国有出版单位，但长江出版集团在选人用人机制上一向是比较灵活和开放的，很早就提出了"干部能上能下，人员能进能出，收入能高能低"的理念，以此来留住人才，激励集团的发展。那么，对于出版行业的总体人才队伍现状和人才管理机制，您是如何看待的呢？

答：出版行业的人才队伍，相对其他行业而言，是一个人才聚集的高地。首先，从业者的学历相对普遍较高。过去，出版社的编辑学历要求至少是大学本科毕业，近年来要求必须是硕士毕业，还有不少博士也进入了出版行业。这些受过良好教育的年轻人，在出版业由计划经济向市场经济转轨的过程中，大多数的市场意识得到了增强，适应市场的能力有所提高。特别是随着转企改制的全面完成，人才流动的机制、优胜劣汰的局面已初步形成。因此，我对出版行业的人才队伍的建设、现有人才队伍的状况持乐观的态度。

但是，对于人才的管理机制，国有的出版企业，特别是省一级的出版企业，进得来，出不去的现象依然存在。一是人员流动的范围较小，不像北京、上海等地，出版社之间员工可以从这家出版社流动到另一家出版社。二是出版社尽管已经实行了合同管理，但对于工作业绩一般但工作态度又比较好的员工，出版社并不好随便辞退。三是出版社内特别优秀的人才，还不能做到通过股权激励等方法真正留住。因此，出版行业的人才管理机制，尚需进一步转变观念、解放思想，唯才是举，优胜劣汰。

记者：伴随着生存发展、应对竞争的现实需求，人才战略逐渐被各出版单位提上议事日程，业界开始对"出版职业经理人"这个词予以越来越多的关注。您觉得出版职业经理人的职能、作用是什么？一个合格的出版职业经理人需要具备哪些方面的技能？

答：出版职业经理人是市场经济的产物，也是深化出版体制改革的结果。

出版职业经理人的职能，是按照股东会和董事会的要求，在坚持正确的出版导向的前提下，全面实现资本的快速增值。出版职业经理人的作用，主要是根据董事会的战略规划，制订实施计划，落实任期内或年度经营目标。通过制订科学合理的规章制度，调动管理团队，特别是发挥全体员工的生产积极性，来实现经营目标。

一个合格的出版职业经理人，需要受过良好的教育，需要有成功的从业经验，要懂经营、善管理，能团结大多数员工。同时，要求其具有出版家的文化情怀、企业家的经营理念，在中国的意识形态环境下，还要有政治家的敏锐眼光。

记者：据我们所知，当您还在担任长江文艺出版社社长时，依照金丽红和黎波提出的"国有资本，市场机制"构想，构建了一个"依靠职业经理人管理、发挥职业经理人作用、培养职业经理人能力、建设品牌文化机构"的新型出版平台——长江文艺出版社北京图书中心，即现在的长江出版传媒集团北京中心和北京长江新世纪文化传媒有限公司。这可以说是我国较早以出版职业经理人的概念来改革发展机制的成功典范，可否谈谈您当时是如何考量的吗？

答：金丽红和黎波，当时已是国内畅销书出版的佼佼者，他们联手推出的白岩松的《痛并快乐着》，崔永元的《不过如此》等，创造了出版界的神话。我还在出版社当社长时，很希望能够"立足武汉，面向全国，走向世界"。在与他们合作之前，我们在北京已经与中国报告文学学会合作主办《报告文学》杂志，在北京买了房子。所以当他们有与我们合作的意向后，我觉得这是件天大的好事。经报省新闻出版局批准后，我们在北京四环外成立了出版社的分公司。我觉得他们不仅能直接为出版社创造效益，更重要的是，通过与他们的近距离合作，可以提高我社编辑与发行人员的市场意识与操作能力。当然，这种在异地办出版机构的行为，当时并不为一些高层领导和出版社同志认同，各种猜测与非议接踵而至，当然，随着时间的推移，北京中心效益的体现，大家对这种合作已经持肯定的态度。

记者：随着出版业转企改制的不断深化，出版单位作为企业，需要用新思路、新制度、新机制、新文化在产业级别的广阔视域全面优化和重构自身的人才战略。当人们逐渐将目光对准业内诸多具有职业经理人特质的高端管理人才，或者开始意识到要培养具有这样特质的人才时，您认为这给我们带来了一种什么信息？这些人物的能量和作用，他们之于中国书业从出版大国向出版强国的转变中，意义何在呢？

答：这种关注与肯定，表明了中国的出版业已经从过去的封闭走向了开放，由计划经济全面地走向了市场经济。因为职业经理人的产生表明了人身依附性的彻底解放，有能力的职业经理人可以在更广阔的领域施展自己的才华。同时，这种契约式的工作模式，更说明了出版行业已经从所谓的事业单位变成了现代企业。这对于中国的出版企业，摆脱半官半商的格局，成为真正的市场主体，是一种开创性的尝试。这对于进一步解放出版生产力，促进出版的大繁荣与大发展，有了坚实的基础。

记者：就目前的情形来看，出版业已初步形成了职业经理人的群体特征，这为转企改制后快速建立职业经理人制度做了重要和必要的准备。那么，中国书业是否真正具备了职业经理人成长的土壤？出版要进入职业化操盘时代了吗？

答：中国书业目前还没有形成职业经理人成长的土壤，还只能说在部分地方，部分环境下开始了萌芽。大多数的出版企业尽管已转企改制，但还只是翻了一个"牌"。出版企业的管理团队，特别是主要经营者，还是由上级党委任命。这种选拔的模式，基本上是参照公务员选拔的程序。所以，实行职业经理人还是一个理想化的设想。或者说，出版业实行职业经理人制度还只能说刚刚在某些地方尝试。这种尝试主要在某些新设立的不同经济成分共同构成的企业中才开始。

记者：具体来说，出版职业经理人在机制、体制和制度的建立和完善上受到哪些方面的制约和阻碍？大多数出版单位对出版职业经理人的普遍想法和顾虑是什么？出版职业经理人的理想状态和现实落差表现在哪些方面？

答：一是出版企业自身的意识形态属性，决定了很多地方并不敢将一个出版企业交由一个流动的职业经理人的手上。二是干部选拔的规定，选拔干部的原则，决定了这些还有级别的出版企业不会真正从社会上通过猎头公司寻找一个职业经理人。三是国有企业的所有者缺位，导致无人敢承担政治风险与经济风险聘用职业经理人。

同时，出版单位自身也担心职业经理人并不是真正的"单位人"，而是一个"社会人"，如果这些人经营不善或者带来政治风险，单位无法对之进行约束。作为国有企业的负责人或者投资人，无人敢对此承担责任。

职业经理人的现实状态与落差，我觉得，与任何事物一样，都是有其客观原因与主观原因。我们不能因此而否定职业经理人制度，我们应当寻找自身的原因——你当初为何选择了这个人做职业经理人，或者，是你的制度安排，还是你提供的条件，无法使职业经理人履行自己的职责。

记者：结合出版职业经理人市场特征、功能和构成要素，国有出版单位要如何解放思想、创新思路，才能给出版职业经理人提供一个较好的发展环境？长江出版集团对此又有什么计划和举措？

答：给出版职业经理人提供较好的发展环境，必须是国有出版单位的上级管理部门，要有开阔的胸襟，前瞻性的意识，要有敢于承担责任的勇气。同时，上级管理部门与职业经理人之间，要通过法定程序，明确所有者与经营者各自的责、权、利。要根据双方的契约，提供必要的支持。这样，中国的出版职业经理人才会有较好的发展空间。

关于长江出版集团的人才战略，这个问题应当由我们的董事长来回答。我只能说，出版企业只有市场化，只有成为现代企业，大家才可能意识到职业经理人的重要性。特别是出版企业成为上市企业以后，面对国内外的股民，如何交出一份合格的答卷，才是考验我们的时候。这时，职业经理人的重要性，也许才会真正提上出版业的议事日程。

出版专业教育要注意培养复合型人才

——答《编辑之友》记者问

记者：随着出版体制改革的深化和市场化的推进，出版业对人才的需求呈持续增长态势，但不少出版单位负责人，直言不愿吸纳编辑出版专业科班出身学生。对于这种现象，您有什么看法？

答：这一方面说明我们的编辑出版专业的学生存在理论与实际脱节的现象，使一些出版单位的负责人对此类人才并不看好。这需要我们出版教育专业调整办学模式，培养出有专业素养、有出版理论知识、有出版实务操作能力的复合型出版人才。但同时，我认为，完全的排斥也是没有道理的。一个人能否成为合格的编辑出版人才，取决于每一个人后天的努力。我在长江文艺出版社负责时，曾经招聘了四个出版专业的学生，他们有三个人在做编辑，有一个在做发行。应当说，他们都是十分优秀的。出版社中很多具有影响的图书都是他们策划与编辑、营销的。所以，我认为任何事都不能因噎废食，要区别对待。

记者：出版实践领域的多数人士认为，就出版人才素质而言，学科专业性是第一位的，编辑出版专业性是第二位的，高校应该把培养学生的专业知识纳入教育范围，这样才能在就业状况严峻的状态下增强学生的就业资本。学界人士认为，业界一味地强调学科的专业性，而忽视编辑出版专业性的人才观有很大的片面性。对此，请您谈谈对这一问题的认识。

答：我前不久向一家出版社推荐一位编辑出版专业的博士生去应聘，结果这家出版社最终没有录取她。原因是这位博士从本科到硕士、博士都读的是编辑出版专业。他们认为出版社不需要这种对出版理论有研究的学生，他们要的是学生拥有除出版之外的专业素养。出版社的考虑不是没有道理，而且这个出版社的负责人自己也是发行专业毕业的。当然，这位负责人后来又取得了中文专业的硕士文凭。

编辑出版专业究竟应当怎么办呢？我们应当借鉴美国的法学院的办学模式。在美国是没有法律本科之说的，法律博士（J.D）是读了本科或获得硕士、博士学位的人又去考的一种专业。这些人走向社会，除了掌握了法律知识，同时也具有了另外一种专业的素养。我们的编辑出版专业除了培养少数进行出版理论研究的专业人才外，应当培养实用型的人才。编辑出版专业可以不设本科专业，或者只招收从其他专业毕业后的学生。课程的设置也要多考虑出版实务和操作能力而不是背诵出版理论。同时，任课的老师，应当有在出版发行单位工作的经验。我想，如果这样的学生出来后，出版单位会欢迎的。

记者：现代编辑不仅要有牢固的专业知识、良好的专业功底，而且更要有对新理念、新技术的快速跟进，特别是环境的迅疾适应能力直接影响下的战略前瞻力、出版创新力、市场预测力以及沟通协调力。现代编辑被冠以"孙悟空"、"哪吒"等绰号，就是因为他们要担当多重角色，除了固有的某一领域的"专家"、知识"杂家"、社会活动者、文化评论者等传统"身份"，编辑又是某种意义上的"设计者"、"技术师"、"网络通"。出版实践领域对复合型人才需求的呼声越来越高。但是，要求一个人同时掌握各种各样的专业技能是不现实的，站在出版长远发展的角度，您如何看待"专业教育"与"综合教育"的问题？

答：编辑出版是需要复合型的人才，但我们对待一个刚从学校出来的学生，不能要求他一开始就是"复合型"，而且是"人才"。学生就像一块璞玉，需要出版社在长期的实践中去打磨，去雕琢。这就是我们常提到的为什么出版社要成为一个"学习型组织"，提倡每个人要终身学习。

一个学生在大学里只有四年时间，加上攻读硕士学位也只有六年。让他在这四年里或者六年里成为一个"通才"是不可能的。关键的是我们的教育要告诉学生社会需要复合型人才，要让学生掌握这些基本的知识。要让学生在掌握这些知识的基础上，培养终身学习的理念，培养创新的思维。过去我们曾反复讲到"实践是个大课堂"，"干中学、学中干"，对于出版这种与时俱进的专业而言，这句话仍然没有过时。

记者：出版是内容产业，创新是其业态之树常青的根本，数字化的推进，使出版作为内容提供商的定位日益凸显，"原创立品牌，品牌立形象，形象居主动"成为众多出版单位的发展战略，出版对内容创新的要求不断提高。然而，创新素质的培养非一日之功，这不仅要求创新主体本身具备相应的禀赋，还要有专门的学习锻炼。对此，院校将如何在这方面用力？

答：培养出版的创新人才，作为院校，关键是要学生养成创新的思维。这就需要我们的教育体制，教育理念，教学方法，都要适应这个要求。中国的教育制度，以分数论高低，培养的大多是死读书、读死书、循规蹈矩的学生。学生不敢挑战权威，也不能质疑权威。这就是我们常常慨叹中国没有培养出一个诺贝尔获奖者的悲哀。作为编辑出版专业的院校，应当改变教学方法，注重讨论，注重启发，注重实践。鼓励学生大胆创新，大胆尝试。出版专业可以与出版社或发行单位建立对口关系，让学生一进校就能有实践的机会。

浅谈出版社人才战略

——答《中国图书商报》记者问

记者：长江社人才战略的定位是什么？即为适应什么样的出版规模和产业群，吸引什么样的人才？

答：我们的人才战略定位是，既拥有国内顶尖的经营管理人才，又拥有一批具有良好的教育背景，能适应市场经济的竞争，又具有操作经验的编辑发行队伍。我们的出版规模将视发展情况而定，我们希望长江文艺出版社是一个跨地区的由几家分社联合组成的文艺图书出版集团，类似于美国的兰登书屋，每个社的规模不太大，共用一个品牌。这样，就需要每个分部都有具有比较丰富经验的首席执行官。所以，我们吸引的人才应当是在业内工作多年，并且具有成功的运作经验的复合型的人才做负责人，一般员工，必须具有良好的教育背景，最好在业内有过工作经历。

记者：请谈谈长江社上演的"猎头"事件进展情况，包括最近的刘硕良加盟事宜。

答：北京图书中心由金丽红、黎波主持，他们已经运作了一年多，取得了较好的社会效益与经济效益，安波舜最近以项目合作的方式也正式加盟，同时，我们又聘用资深出版人刘硕良先生为我社的社长顾问兼北京外国文学编辑部负责人，他主要为我社规划、策划外国文学图书的出版事宜。同时也出版一些较好的具有思想内涵且有市场潜质的图书。首度推出的是写黄万里先生的传记《长河孤旅》。上海我们成立了长文图书文化有限公司，主要聘请钟擎炬、贺强同志负责。他们一个是曾在法国、英国学习贸易多年的，一个是学林出版社的资深编辑，他们主要出版从港台引进的图书。深圳方面目前还没有开展工作。

记者：长江社为什么能够吸引人才？为人才提供的机制、待遇、舞台是怎样的？

答：我社能够吸引人才，一方面是近年来我社一般图书的出版在全国的市场占有率居于前列，有一定的品牌优势，另一方面，是我们积极地希望走向全国，做大做强的战略思路所形成的开放的思维方式。

我们能够吸引这些人才，并不是用多少多少高薪吸引的，而主要是为这些有志于中国出版事业的出版家提供了一个可供他们施展才华的平台。我们一方面对他们比较尊重，给予一定的政治待遇，如我们报请湖北省新闻出版局聘请金丽红、黎波为副社长，具体负责北京图书中心的工作，聘请刘硕良为社长顾问，聘请贺强为上海长文图书文化有限公司的总经理。对他们充分地相信，赋予他们经营权、人事权，完全按照现代企业的思路，在体制上、机制上，打造一个不同于以往传统出版社的组织结构与运行模式，让他们充分施展才华。他们的待遇，我们按照双方协商制定的效益目标责任制，根据效益情况支付，是多劳多得，上不封顶，下不保底。

记者：您个人对目前出版业内职业经理人或者人才的判断是什么？优秀的人才数量及质量怎样？出版业的发展需要什么样的人才？

答：出版业内的职业经理人，必须是在业内工作多年，有成功实践范例，并且具有经营管理经验的高级人才。这种人才的数量不多，目前很多出版社的负责人还达不到这种要求。他们要么仍然依靠计划经济的教材教辅，缺少市场运作经验；要么是从编辑队伍中选拔出来的，缺少经营管理经验与才能。按一般的分类，人才分为管理人才与专业人才，职业经理人属于管理人才，但出版社大量需要专业人才，这就需要我们培养一批曾受过良好教育，无论是编辑还是发行方面都十分敬业，勤学肯钻，并且掌握出版规律的员工，这些人可以认为是出版的人才。

记者：长江社实施人才战略遇到的问题和困难有哪些？

答：我社本部在这方面应该说还比较顺利，我们每年按部就班地从学校里引进三至五名硕士研究生或者本科生，也从社会上招聘有实践经验的员工。这些人经过两至三年的锻炼，大多已经成为出版社的骨干。人才的培养不是一朝一夕的事情，必须有一个周期，这就需要出版社有一个人才战略，坚持不懈，形成人才梯队，这样就能保证出版社可持续发展。当然，如果要想留住人才，出版社下一步必须实行股份制改造，让拔尖人才拥有股份，我们对北京图书中心及上海长文图书文化有限公司，都准备实行股份制改造。

第三卷 经营管理

得失三章

每一种图书的出版都是一次新的挑战，对于决策者而言，从选题策划、书稿整理、装帧设计、定价、印数、营销方式、投放市场的时间等等，都体现着决策者的智慧、经验，其中还不同程度地表现出其气质、个性和风格，然而，即使是最有经验的决策人，也并不永远是常胜将军。如果说他们成功的机会比一般人多一些的话，只不过说明他们比一般人更善于谋划、善于规避风险而已。

但是，投资者和决策者都希望寻求一条成功之路，希望以最小的成本获得最大的回报。可是，图书这种个性化的产品，变化无常的市场环境，往往事与愿违。一些刚刚步入主要领导岗位的决策人，亟希望在理论上能找到"指路明灯"、制胜法宝。四年前，我忝列社长行列，也是抱着这种心态四处求教，但苦于理论多，实证少，介绍成功经验多，总结教训少。今蒙《出版科学》约稿，我将自己四年来决策失误较典型的几例谨录于此，供来者借鉴。

《难忘今宵——中央电视台历届春节联欢晚会大写真》

这本书 46 万字，18.125 印张，6 插页，定价 26 元。1998 年 1 月出版。共印了两次，累计印数：5 万册。

本书共分八章，第一章是十五年春节晚会全景扫描，第二章是总导演、主创人员自己的体会和写他们的文章，第三章是主持人和主要演员的体会和他们走进春节晚会的过程，第四章是晚会花絮，第五章是各地传媒对春节晚会的评价，第六章是写幕后人的故事，第七章是对春节晚会的理论思考，第八章主要介绍 1998 年的春节晚会。附录了历届春节晚会的各种资料。

春节晚会由于是中央电视台主办的，尽管近年来影响已有些式微，但凭其垄断地位在国内还是令人瞩目。这本书是了解、研究春节晚会的最完备的资料。为了在 1998 年春节晚会以前将该书推向市场，我与另一位老同志直接担任责任编辑。为此，我们日夜兼程编辑零乱的稿件，去工厂指导图片排放，与美编商量封面与广告招贴的设计，同时考虑图书的销售，派人到新华书店总店联系包销，与二渠道洽谈销售事宜。经过紧张的工作，图书终于在临近春节时可以印刷了。

怎么定价？印多少？当时，我们估计这本书的权威性，对内容的取舍很谨慎，结果除了插页还有 570 面，厚厚的一本，定价就定在 26 元。印多少呢？当时总店答应包 3 万册，但要求封面按他们的意思改，社里发行部门有人说 3 万太少，干脆由我们自己发。我估计也不止发 3 万册，结果第一次印 4 万册。社里的同志很努力，4 万册全部发完了，中央电视台主编的同志还要，我们很快又加印 1 万册。

该书出版前后，我们曾展开了广泛的宣传攻势。首先，由中央电视台在二频道《商务电视》栏目上连续做广告，还在《午间 30 分》、《晚间新闻》、《读书时间》等专栏分别介绍了这本书。接着，又在全国地区以上的城市报纸展开宣传，大约有 40 家报纸介绍了这本书的出版。

结果如何呢？首先，5 万册书中有 3000 册一开始就没有发出去，接着陆续退货，退货的潮水持续了两年多，共有 2 万册书回到了仓库。

教训一：图书的定价偏高。大约该书出版两个月后，我到中央电视台去，台里的同志告诉我，作家出版社的同志讲，你们这本书定价太高，违反了畅销书的运作规律。后来的事实教训了我们，这本书是消遣书，定价不应超过 20 元，如果将篇幅压缩到 14 个印张以内，定价 18 元为宜。

教训二：对市场估计盲目乐观，印数过多。如果这本书开印谨慎些，印 3 万册的话，还是会赚钱的。如果开始和总店合作，有他们的销售网络和经验，结局可能就不会是这样。

教训之三：图片过小且过多。因考虑成本，只有 6 页插页，但对许多照片又没有忍痛割爱，结果显得零乱。

总结：一本图书的读者定位一定要明确，定价要考虑读者的承受能力。同时，图书从出版社主发出去了，还在流通环节，并不等于真正到了消费者手中。加印时务必要谨慎，一是看有否回头客；二是可选择几家客户，通过电话、因特网了解该图书的销售动态。如果图书确实有市场再去加印为宜。

《哲夫文集》

这套文集共10卷，约480万字，1997年10月第1版第1次印刷，全套文集定价298元。累计印数12000册。

《哲夫文集》汇集了青年作家哲夫自创作以来的所有作品（包括小说、散文、剧本等）。在此之前，哲夫的作品在国内没有获过大奖，只有其中的《天猎》《地猎》等书，在市场上曾经受到欢迎。按说，出文集应是比较严肃的事情，就哲夫而言，出文集似为时尚早。且文集的卷数太多，作品又没有很好地筛选。但当时省店看了稿子后，同意包销10000册，并且双方签订了合同。当时我想，既然省店愿意包销，不妨出版。

文集出来后，省店将文集发往全国各地新华书店，并且按合同向我们支付了一半的书款。但是几个月后图书开始陆续往回退。据省店的同志讲，前后退了7000多册。后一半的书款省店不愿再付，后来经过局长出面协调，省店又付了我们10万元，这样，我们出版社基本没有亏，但也没有赚一分钱，省店据说赔了不少。我们社自己印的2000册，大多数以2元钱一本处理了。

教训一：出文集应是一个成熟作家的作品的总结，我们片面地以为只要有销售商包销，我们只管出。结果书出来后不仅经济效益不佳，社会效益也不好。

教训二：图书出版中出版社必须保持主动，不能受作者和销售商的制约。文集如果精选其中好的篇章，只出4卷，可能不会有这样多的负面效应。

教训三：在图书的销售环节中，由于不是规范的市场经济运行模式，国有书店在其中始终占据主动地位，退货没商量，付款看销售。何况我们与省店是"一娘同胞"，兄弟关系，尽管有合同，但最后还得依靠行政手段。我们现在的认识是，在不规范的市场经济条件下，兄弟单位之间最好不签合同。

总结：图书选题的确定是一件十分慎重的事情。出了一套好书，读者和业内人士称赞；出了不该出的书，别人不说，自己也觉太没份。何况别人当面和背后都就此说了不少。作为负责人，一定要考虑肩上的担子，决策切不要随意。在变幻不定的市场中，不能轻信别人的许诺，不能存有侥幸心理。

《跨世纪文丛》

这套文丛是长江文艺出版社一套标志性出版物，共出版了6辑。出版后在全国产生了广泛的影响，得到了各界的好评。其中前两辑曾先后印行了七八万册。1996 年，将原来出的前 3 辑封面换了，重印了 1 万册，第 4 辑也重印 1 万册，第 5 辑重印 5000 册。结果这套书从 1998 年起，销售不畅，一度积压达到 420 万元码洋。

教训一：《跨世纪文丛》是一套有价值的出版物，1995 年前后图书市场对此书的青睐使我们头脑发热，实际上，自《跨世纪文丛》出版后，一些类似图书相继出版，图书市场已被分割，我们忽略了这一点。加上对这套书的宣传没有跟上，读者在众多的图书中没有将应有的目光再投向这套书。

教训二：图书更换封面，有其积极意义。但一套得到读者和市场认可的书更换封面就要慎重。有读者事后责怪我们不应将这套书的封面换了，说是让他们不敢相信还是那套书。另外，老封面的书还没有销完，新封面的书又推上了市场。因此不少老封面的书被书店退了回来，新封面的书因市场变化多又积压在仓库里。重印，是出版社经营中的一门学问，是能否实现经济效益的重要一环。一本书如果印数恰当还有利润，如果重印时不谨慎，将会事与愿违。再者，图书更换封面看似好事，但还要考虑读者心理、市场惯性。

教训三：《跨世纪文丛》前 5 辑共有 52 种，将这 52 种一次重印，风险太大。对于大型项目的上马、重印，论证要慎重。

总结：本是一套很有影响的书，曾产生了很大的社会效益，顺理成章，还可以获得丰厚的经济效益。由于对后续市场分析不够，重印工作过于轻率，结果本可赚的钱又赔了进去。好事也要做好，否则就变成了坏事。

（原载《出版科学》2000 年第 3 期）

酒香也怕巷子深

有一句流传甚久且被奉为金科玉律的俗语：酒香不怕巷子深。出版界有人演绎开来，云"书好不怕没人买"。但在市场经济法则已左右图书市场的今天来看，这句话已经成为出版社生存与发展的一个心理障碍，它最直接的表现是出版社在经营管理上重生产轻流通的现象。

有一位出版社的社长告诉我，在前不久公布的全国县级书店农村科技图书畅销书目中，60 余种图书，他们社共有 31 种与公布的书书名一字不差，内容也完全相同，另有 10 余种书名只有一字之差，内容也基本相似。但令人遗憾的是，别人的书畅销，他们社的书却压在仓库里睡大觉，以至于这个社库存图书码洋达几百万元。加上其他经营不善累计亏损高达数百万元。这位社长是刚调来不久的，责任不在他，我无责怪他的意思，况且重生产轻流通目前仍是出版社一个普遍现象。但这是一个极为典型的例子，出版社不是没好书，读者不是不需要好书，关键是中间环节发生了"肠梗阻"。这种病灶已经出现了上十年，但在一些社却始终没有引起人们的注意，问题没有得到解决。原因何在呢？是出版社的负责人还不知道图书是商品吗？是他们不懂得发行的重要性吗？是他们对工作不负责任吗？究其症结，是他们对市场经济条件下出版体制究竟应当如何运作还缺少实际经验，付诸行动自觉不自觉地仍按照计划经济的模式指挥生产，开展经营，虽然他们也抓流通，抓经营，但抓而不紧，或者说没有抓到"点子"上。

首先看出版社经营发行人员的配备情况。出版社开展自办发行早已不是一个理论上争论的问题了，尽管我们还在强调新华书店的主渠道作用，但一般图书的订数已萎缩到让人无法相信的地步，所以出版社自办发行已是事关生存与发展的关键因素之一。但据调查，有一个省的 7 家出版社，编辑与发行人员之比是 5：1。而且发行人员的素质都不算高，其中本科以上学历的或从事过编辑工作的寥寥无几。那些在发行部门工作的，不是家属，就是一些不能胜任编辑或行政工作的。他们对图书市场的走向，读书界的需求，他们反馈给出版社的信息，往往迟了半拍，或者说是被扭曲了的。他们对本社图书的特点，说不出个子丑寅卯；对本社的图书适合哪些读者，而自己的读者又在社会的某个层次缺少研究。其实，图书发行人员究竟应当配备多少，国外和我国的台湾一些出版社已有成功的经验。如德国拉文布拉格出版社编辑部只有5人，而推销部则有20人。在新加坡，编辑与发行人员的比例是1:2，台湾为1:4，而大陆平均只有4:1。我在前面提到的那家出版社的编辑与发行人员的比例，则不到5:1。在我国台湾，出版社的负责人不是冠以"社长"、"总编辑"的头衔，而是以"发行人"自诩。他们不像大陆出版界某些人所理解的，从事发行会低人一等。他们将自己的名字赫然印在书籍的版权页上，而目前我们大陆的出版社负责人恐怕没有一家愿意这样做的。

其次是出版社的负责人还缺少经营策略。我们对图书的宣传和公关，在培育图书市场上，在销售策略上，在价格策略上，都还明显滞后于竞争激烈的市场经济的需要。在一些出版社，它们还习惯或者说不愿拿钱对自己的图书进行宣传，或者说宣传还仅仅停留在发一发征订单上。在图书的定价上，有些社图书定价超过了一般读者的承受能力。结果一方面给读者留下了"高处不胜寒"的印象，对以后购买该社图书设置了心理障碍；另一方面减少了该社图书的销售总数。另外一些社经营作风不够扎实，发行人员还残留着"官商"的痕迹。读者上门购书或者说批发图书，他们手续繁复，态度令人生畏；给订户发货不及时，对读者来信和书店的意见置若罔闻，如此等等，给读者和订户造成了恶劣的影响。这方面有口皆碑的金盾出版社探索出了成功的经验。有一项调查表明，在全国88%的农村县新华书店都有金盾的图书，该社图书适合农村读者，质量有保证，价格合理，发货及时而又准确。这与金盾出版社重视图书发行有密切关系。该社编辑与发行人员的比例为1:2.5，发行人员中有6人有高级职称，发行人员几乎走遍了全国的农村基层书店，就连社里的编辑室人员，工作探亲之余也参与发行。

所以，我们认为，"酒香"是好事，但在图书这种商品十分丰富的今天，还像计划经济时期那样只管生产，不管发行的经营模式已经明显不适应了。我们应当生产"好酒"，但也应当让更多的顾客知道这种"酒"好在何处，让更多的顾客能品尝这种"酒"绵香醇厚的味道。

（原载《湖北图书通讯》）

且说跨地区经营

对现行的出版体制与运行机制进行改革，使之进一步解放生产力，壮大出版实力，提高综合竞争力，出版界不仅在理论上而且在实践中也正进行不懈地努力，如一些省市相继组建了出版集团，或者自我裂变成为准集团单位。但我们看到，尽管一些省市成立了出版集团，但旧的体制与运行机制在短时间内并没有得到真正解决，出版界还是依靠对出版权的相对垄断特别是对教材教辅的专营而拥有绝对利润。但随着中国加入 WTO，教材教辅实行招标出版与发行，出版界将面临严峻的考验，因此，探索出版单位的多种改革途径成了人们议论最多的话题。这里，出版单位的跨地区经营引起了人们的关注。对此，我认为，跨地区经营不失为解开中国目前出版体制内一道死结的方法之一。

首先，因为在异地经营，出版单位可以避开原有单位存在的种种弊端，按照生产力发展的要求，重新设置机构，配备人员，解决目前旧的体制下形成的人浮于事，因人设岗，因人设位的状况，出版单位除管理人员外，工作人员可以根据生产的需要在当地招聘，这样就可以解决"人员能进不能出，能上不能下"的局面，还能够吸收当地的人才，最大地发挥他们的才能。而在原有的单位里，往往是近亲繁殖，不少员工是前些年接班的子女，或者是各种关系进来的辅助人员，而一线的受过专业训练的骨干人员，本来工作需要，却由于没编制而不能根据需要引进，或者考虑负担过重不敢大量引进。

同时，在工资及分配上，可以打破原有的工资标准，按岗定酬，真正贯彻"多劳多得，不劳不得"的分配政策，在一定程度上解决出版单位某种程度上的"大锅饭"状况。出版单位由于多年来受到计划经济的保护，一些有教材出版权利的出版单位高福利、高收入已经吊高了员工分配的期望，同时大家不愿在市场经济的战场上拼搏，很多人适应市场的能力已经弱化，但分配的门槛已经垫高了，要他们降低收入已经很困难，新组建的单位可以按照新的分配机制运行，基本不存在这些问题。

另外，由于新组建的单位，是根据生产布局，最接近资源的所在地，最接近市场前沿的，这样可以改变某些单位在区位上的劣势，可以最大限度地利用出版资源，可以在最短的时间内接收到来自不同市场区域的信号，甚至降低成本，减少投入，有利于实现两个效益的最佳结合。特别是一些边远省市的出版单位，可以到经济发达、人才集中、出版资源丰厚的中心城市去经营，京沪两地的大出版单位，也可以根据自己的实力到其他城市去经营，真正实现布局、资源的最佳配置与利用。

当然，由于出版单位，特别是出版社属于事业单位，生产的产品属于意识形态领域，出版导向与把关就需要制定一定的措施，防止因跨地区经营而失控。这里，选题的报批，三审制就显得尤其重要。同时，由于跨地区经营，财务的管理也需要委派可靠人员，设置必要的监督机制，防止出现经济问题。另外，在异地经营时，从一开始就要按照现代企业的要求来组建出版单位，不要重蹈覆辙，旧瓶装新酒，将原来的思维方式、组织机构克隆一次。

近年来，有些出版单位在北京或上海，或经济发达地区设置了一些记者站、办事处、发行站，或者编辑部，在某种程度上已经实现了跨地区经营，不过这种经营是不公开的，或者是打着其他旗号开展的。从实际来看，只要管理得当，这种跨地区经营的灵活性，产生的效益，比在一个传统的计划经济体制下的"单位"里其优越性会明显得多。其实，这种跨地区经营的模式，国外的大出版集团早就在这样做了，商务印书馆、三联书店、开明书店在新中国成立之前也是到处开分店，跨地区经营并不是什么新的发明，而是中国加入 WTO 后的一种需要，市场经济发展的一种必然。用这种办法，也许可以部分革除我们体制上的某些弊端。尽管我自己目前是一个出版单位的负责人，我也采取了一些改革措施，但旧的体制留下的深层次的矛盾非我能够全面解决。如果我硬着头皮去"革命"，付出的代价与得到的效益将会不成正比，我期望有一张属于我自己的白纸，用我的努力，去描绘出一个新世纪的中国现代出版企业。

（原载《湖北图书通讯》）

图书宣传的现状与对策

　　随着社会主义市场经济体制的确立，各种传播媒体的交互作用，图书出版与发行正逐渐发生着变化。一方面，由于图书的短缺时代已经结束，新书品种日渐增多，图书市场由"卖方市场"转向"买方市场"；另一方面，出版社"卖书难"与读者"买书难"同时存在。出版者与读者之间，亟待采取措施交流供需信息。但是，由于计划经济时期的影响，加之目前出版体制的缺陷，这种在读者和出版者之间架设桥梁的工作并没有引起更多出版工作者的重视，它或多或少地制约着图书社会效益与经济效益的完全实现。重视图书宣传工作，探讨图书宣传的方式、方法及规律，在今天来看，显得越来越重要。

一

　　1998 年，以生产教学软件而著名的科利华集团投入 1 亿元广告费，在各种媒体上展开了《学习的革命》一书的广告轰炸。电影导演谢晋那绘声绘色的推销，时至今日让人还难以忘却。据科利华集团宣布，当年销售该书达 500 万册。尽管离预期的目标还有一些距离，但在中国图书销售史上也可称为是"天文数字"。做出如此壮举的并不是出版社，而是一个民营机构。

　　中国大陆有 560 多家出版社，并不是没有出版社给图书做宣传。1997 年，浙江教育出版社投入 620 万元在中央电视台黄金时段连续做广告。外研社为销售《汉英词典》修订本，拿出了 100 万元做广告费。北京大学出版社为了宣传他们引进的《未来之路》，广告投入不下 20 万元。但和科利华集团相比，出版社显得有些胆气不足。不过，像这些投入了一定资金做宣传的出版社，在全国几百家出版社中，也并不多见。有些出版社图书尽管也做了宣传，但与所拥有的资产、当年图书发行的码洋相比，并不成比例。他们有时偶尔做做广告，也是出于和媒体保持关系的不得已之举。所以，老出版家王益先生在 1997 年第 3 期《新闻出版天地》上撰文指出："各行各业现在都已注意对产品的宣传推广，但'好酒不怕巷子深'的思想在出版界却好像根深蒂固……现在的出版广告远远没有达到 30 年代生活书店的水平，有的广告甚至低于商务印书馆民国初年的水平。"

说出版社不重视图书的宣传，并不是耸人听闻，我认为，这是一个比较客观的评价。据笔者了解，大多数出版社或多或少都存在如下一些问题：

1. 出版社对图书宣传的资金投入普遍不足。从国外出版社的情况来看，在图书定价时，他们就将宣传的费用打入了成本，大约占定价的 5%，有些文艺书，高达 7% 至 10%，但我们国内的出版社，有些社年销售码洋高达几亿，但整个宣传费用连 1% 也不到。原因呢，主要是出版社的领导人对花钱有没有效果仍持怀疑态度，我们只看到一本书或一时的效果，而对图书宣传的潜在影响估计不足。一方面，他们认为皇帝女儿不愁嫁，是好酒就不怕巷子深。另一方面，还有些人不喜欢宣传，害怕有人说他自吹自擂。

2. 宣传人员配备不足。出版社的宣传促销任务，大多数社都将其放在总编室，这固然不失为一种办法，但在实际操作中，由于总编室的宣传与具体图书的销售有些脱节，与直接经济效益没有挂起钩来，因此这项工作开展得总不是很理想。尽管有的出版社把很有写作能力的编辑调到总编室从事宣传工作，但由于这些编辑要评职称，他们便不由自主地把精力放在编辑图书上，不能集中精力搞宣传。

3. 出版社内的宣传和销售脱节。如果从销售角度来看，图书的宣传属于发行部门，但从出版社目前的情况来看，发行部门的人员大多都是没有写作能力的同志在那儿。有些出版社要求责任编辑本人对所编图书必须参与宣传工作，但他们由于平时与媒体联系不多，或者不擅长这项工作，如果领导催促，他们大多写上一两篇出版消息或者书评就算了。

4. 图书宣传大多缺少整体部署。尽管有的出版社就某一本书的宣传来说做了一些工作，但是对出版社的形象宣传上，对出版社图书的整体包装上，缺少战略考虑，采取的方式方法比较单一，力度还不够。因而对读者的冲击力太弱，出版社在读者那儿留不下印象。

5. 行业保护所带来的负面影响。出版社轻视宣传，还有一个最重要的原因——出版行业是受到国家保护的特殊产业。尽管从外部来看，有外国出版商对中国图书市场的觊觎，有大量的二渠道在与国有出版社争夺市场，但由于出版社还占有重要的出版权利和出版资源，在市场上，特别在教材教辅上还有垄断性的地位，生存问题对出版社而言显得不是十分重要，所以缺少危机感，大家对宣传和促销看得不是十分紧迫。再加上出版社是国有企业，凡是国有企业的通病在这儿都得到了充分的体现，所以，图书的宣传与促销没有列上出版社的重要议事日程。

二

实际上，开展图书的宣传，在我国的出版发行实践中已有悠久的历史。据《三辅黄图》记载，汉平帝元始四年（公元4年），王莽扩建太学，在太学近旁逐渐形成了综合性的贸易集市——槐市，在槐市出现了图书交易活动。每逢初一、十五开市，太学生们各持其书"雍容揖让，侃侃闿闿"。这句话的意思是说，太学生们用和悦的语言宣传介绍自己的图书，希望有人交换。当然，这还是图书流通的初级阶段，也是图书宣传的雏形。到了东汉时，在洛阳就有了正式的书肆。如《后汉书·王充传》载，王充"家贫无书，常游洛阳书肆，阅所卖书，一见辄能诵忆，遂博通众流百家之言"。这说明王充无钱买书，就在洛阳书肆阅读到各种各样的书。伴随着书业的发展和从事这种行业人员的增加，竞争也就开始了，作为经营竞争手段，图书宣传也开始引起书商的重视，除前面提到的口头宣传外，还出现了正式的图书广告。如金台书铺在明嘉靖元年（1522年）翻刻14种古书时，在其中的《文选》后面刻下了下述文字："金台书铺汪谅见居正阳门第一巡警更铺对门，今将所刻古书目录列于左及家藏今古书籍不悉载，愿市者览焉。"其下列书目14种，就是为自己店铺及所刻图书所作的宣传。到了近代，随着出版发行事业的发展，图书宣传越来越成为传播出版发行信息，扩大图书影响和促进销售必不可少的手段。据孟昭晋先生在《我国近代书评文献简述》一文中介绍，20世纪30年代，上海一地的书评刊物就有《读书与出版》等13种之多，还有大量散见于报刊的书评。其中影响最大的是1903年上海的《苏报》，它发表宣传邹容的《革命军》文章及其所写的热情洋溢的书评，引起了慈禧太后等统治者的注意，成了慈禧太后等人要处决章太炎、邹容的直接导火索。尽管邹容等人因此而丧命，但这些书评却为近代书评史增添了光辉一页。

同时，国外出版社的同行，对图书的宣传的重视程度，无论是资金的投入，还是人员的配备，都远远超过了中国的出版界。

　　国外出版社也许因为早就处在成熟的市场经济的环境中，优胜劣汰无情的市场法早就使它们意识到了图书宣传的重要性，并且也早就积累了丰富的经验。这些出版社视其规模大小，均设有一定的机构和人员从事这项工作。如日本讲谈社是一个较大型的出版社。它设置的"编辑局"、"贩卖局"、"业务局"三个主要部门中，业务局设有广告局，贩卖局设有宣传局，主要从事图书的宣传与促销活动。在中型的出版社中，一般设有生产部、销售部和编辑部三个部门，销售部中设有一个"宣传广告部"，其主任的年薪，比销售经营经理、市场营销经理、产品促销经理的工资还高出10%左右，他们在计划的制作阶段，就已经考虑到了图书的宣传广告安排。日本讲谈社"出版工作流程"规定，选题确定之后到销售之前，即开始宣传的准备工作。作为项目负责人的编辑，要拿出五种方案：1. 产品方案；2. 市场方案；3. 宣传方案；4. 推销方案；5. 价格方案。其中宣传方案包括"产品的价值、特色魅力的分析、广告手段和宣传方式建议等"。据有关资料显示，国外出版社在图书定价时，宣传费用一开始就列入成本。它们的宣传费用一般在5%左右。对于有市场销售前景的图书，广告费用投入就更大了。目前美国大型出版公司进行全国广告攻势的经费平摊在每本书上的比例约为定价的3%～7%，德国有些出版社高达10%，法国每年为文学书籍花费的广告费高达5亿法郎。1994年5月，美国哈珀柯林斯出版公司出版美国前总统丹奎尔的《停业的公司》一书时，动用了25万美元进行了一次全国广告攻势。全国广告攻势是英国出版商于20世纪20年代发明的新词，也是他们创造的一种全新的广告宣传模式。其具体做法是：第一，印制和张贴宣传画。画有单面和双面之分，大多供张贴用，也有的夹在期刊中赠送读者，或放在书中供读者取阅，或贴在大街上、公共交通工具上以及公共场所可以贴广告的地方。第二，在报纸上刊登广告。第三，在电台、电视台播出广告。第四，在报纸、期刊、电台、电视台上连载和连播图书部分内容。第五，由出版公司出资请作者到几个城市周游宣传，为期2周至8周。作者到一个城市后接受当地新闻媒介的采访，或在书店里同读者见面，宣传自己的新作。如1991年初版于美国的《野天鹅》一书，截止到1997年，已译成20种文字，发行了700多万册。这部小说是一位中国留学生写的自传体小说，通过讲述外祖母、母亲及作者一家三代女性的生活经历，描述了个人眼中的中国历史。这本书的作者和出版经纪人一起走遍了全世界做宣传。作者为满足读者的热情要求，在悉尼一连数场为读者演说。据统计，澳大利亚人口中每33个人中就有一人购买了一本《野天鹅》。日本有家出版社推销这本书的策略也堪称一流，他们趁日本天皇访华后的中国热，由图书宣传部请作者到日本露面。当大众媒体的热情达到一定的温度时，出版社又请作者和她的母亲两次到日本去促销。母女一起在日本的新闻媒体上露面的情景将此书的发行推向新的高潮。在美国、丹麦等国，出版社对该书也采取了类似的大规模宣传。英国的 BBC 制作了一部以这本书为题材的纪录片，观众多达 32 万人。（该片播出之日，销售 3 万多册《野天鹅》一书）第六，制作展架。展架系用硬板纸做的陈列与展销新书的简易书架，上面放 6 至 48 册相同的图书，直接宣传图书的作用，类似于商店里放东芝电池、化妆品的小专柜。这种展架由专门的公司制作。第七，出版公司制作数量有限的录音带，寄发给书店，促其在店里播放。第八，印制小册子。把图书里的片断节选后印刷成册放在期刊中赠送给客户，或摆放在书店里供读者取阅。

　　以上八种方法，是国外出版商进行全国广告攻势所采取的措施。美国哈珀柯林斯公司为前总统的一本书所做的全国广告攻势花了 25 万美元。这 25 万美元具体用在如下几个方面：1. 在两家电台播放广告；2. 在《纽约时报书评》《华盛顿邮报书评》等 9 家报刊上刊登广告；3. 请作者周游 20 个城市演讲，与读者见面；4. 制作 12 个书架，上面摆有 4 盘此书的有声图书；5. 印制 24 页的作者照片小册子赠送读者。

三

　　市场经济的条件下，竞争对手增加，传播媒介增多，出版社要想产品占领市场，扩大销售，必须加强图书的宣传促销。但是，就现阶段而言，他们不仅要正视现实，转变观念，还要措施得力。如何开展好图书的宣传促销呢？我认为，目前应当从如下几个方面着手。

　　1. 成立专门机构或由专人负责。出版社无论大小，都应当有人负责图书的宣传评介工作。只有任务明确，责任到人，才能真正落实这项工作。是否成立专门机构，这要视出版社的规模和机构设置情况。现在少数的出版社成立了策划部，负责选题策划、图书宣传，这是一种尝试。但出版社设立策划部还在探讨阶段，必须因社而异，不能一刀切。有些社将宣传放在总编室，由专人负责。在实际工作中，这种模式比较便于指挥。但从销售角度看，应当放在发行部门，由发行部门统一安排比较好。当然，目前大多数出版社存在的情况是，发行部门多是没有受过专业训练的职工，他们无法胜任图书宣传工作。这种状况，出版社应当创造条件加以改变。

2. 制定宣传促销计划。明确目标。出版社宣传的规模大小要视出版社的经济实力和出书范围而定，要根据不同季节、不同时段开展宣传。因此，出版社做图书宣传要有一个系统工程。如准备全年投入多少钱做宣传，准备宣传哪些重点图书，在年度选题确定下来后就要有一个计划。具体宣传时要考虑选择哪些报纸、期刊，选择什么时间，是做广告，还是发布新书消息，召开座谈会，还是请作者到各地书店签名售书等。

3. 制定激励政策。在目前出版社大多数人不重视图书宣传与促销的情况下，出版社要制定必要的奖惩措施。有些出版社规定每位编辑每年必须要写一定数量的书评，作为年度考核的指标之一，同时对于发表了书评的编辑，按同等稿酬再补发一次稿酬。特别是责任编辑，在组稿和编辑书稿的过程中，对作者的写作意图和谋篇布局都很清楚，在编辑过程中反复审校，对书稿的艺术特色和出版价值应当说是烂熟于心，如果责任编辑自己动笔写书评和出版消息，不仅不用再研读作品，而且会事半功倍，得心应手。

4. 领导带头做宣传。出版社的负责人尽管工作较忙，但由于直接参与选题的制定，终审稿件，对图书的特色和市场卖点比较清楚，如果社领导自己也动手制作营销方案，撰写书评，不仅更为客观全面，而且为全社员工将起到示范作用。领导同志一般而言都是某一方面的专家，有出版科研的经验，撰写书评也是驾轻就熟的事。

5. 发动社会力量开展宣传。出版社不仅应当组织社内职工撰写书评，还可以在社外建立一个书评撰写的队伍。一方面物色热心写作的同志，定期向他们提供图书，另一方面，请作者本人写，请作者约请自己的朋友写。作者自己可以撰写文章谈写作体会，谈撰稿缘起，谈书稿的背景，对于读者而言，比较关心书背后的故事，他们的文章更容易为读者接受；作者的朋友由于对作者比一般人要熟悉些，他们撰写文章会比局外人更真切，看得更深刻些。同时，有必要的话，也可以请些专家为图书写序或跋，或者请他们写推荐文章。专家由于在社会上有影响和知名度，其评介会对图书的购买和阅读起到引导作用。

四

尽管各种介质的媒体正在增加，传播的方式和方法有了很大的变化，但从目前的情况来看，开展图书的宣传主要还是如下几种形式：

1. 图书评论。对图书的内容与形式进行评论并就图书对读者的意义进行研究的一种社会评论活动，简称书评。它是宣传图书，引导读者阅读，提高图书质量，以及进行学术研究和讲座的重要手段。图书评论和一般性的图书介绍有区别。图书评论比图书介绍的内容更为深刻，倾向性更为鲜明，在介绍图书内容特点的基础上作深入的分析和评价，具有公开性、广泛性和新闻性的特点。

图书评论的活动古已有之。相传孔子的弟子子夏为《诗经》所写的《诗大序》就是先秦诗论的总结性文字。西汉史学家司马迁在《史记》中所写的《太史公自序》和此后的图书中的序跋，便包含有图书评论的因素。比较全面具体的当数曹丕的《典论·论文》，晋代挚虞的《文章流别论》，南朝刘勰的《文心雕龙》，钟嵘的《诗品》等，都可以看作是图书评论著作。现代书评的出现和被广泛运用，与新文化新思想的传播以及现代图书出版事业的形成和发展密切相关。中国现代著名的思想家、出版家鲁迅、邹韬奋、郑振铎、叶圣陶等，都写过不少书评。西方出版大国更为重视图书的评论工作，一些全国性的报刊上都有过书评专栏，并有专职的书评家撰写书评。美国在这方面尤为活跃。如美国最有权威性的《纽约时报》设有星期日版副刊《纽约时报书评》，《洛杉矶时报》设有"星期日版书评"，还有《华盛顿邮报书评》。美国还有一些专门的评论性期刊，如《纽约图书评论》《美国信使》《星期六评论》《纽约人》等。此外，美国还有一些专门评述再版图书和小型出版社的新书，以及专门评述工具书、社会科学新书、缩微制品、有声图书、录像带和进口图书的书评期刊。

在外国的书评活动中，除了报纸、期刊上刊有书评外，电台、电视台也定期辟有书评节目。目前，国内也有了不少专门评论图书的期刊、报纸，电台、电视台也正逐步增设书评节目。目前较有影响的有《读书》《博览群书》《书与人》等，报纸有《中国图书商报》《中华读书报》《文汇读书周报》等。同时，全国的报纸都在扩版，它们也分别增设了书评和专栏。最有影响的中央电视台也开设了"读书时间"专栏。

2. 图书评介。图书评介一般而言与图书评论没有太大的区别。不过图书评介通常是一种比较简明、活泼和自由的说明性文体。它一般不对图书作深入的分析和评论，字数一般在百字左右。报纸上一般用"新书快递"之类的栏目来刊载。简略介绍一本书的内容、特点。

3. 书籍新闻。书籍新闻即指一般的出版消息。这类出版消息有人又将其称为软广告。出版社用座谈会、研讨会、新闻发布会等形式，通过报纸、电台、电视台发布图书出版的消息，引起读者的注意。这种消息读者容易接受。因为新闻媒介通常都是政府所办，具有一定的权威性，覆盖面广，可以产生较好的宣传效果。

4. 图书广告。图书的广告一般都登载在报刊上，因为便于读者查阅，加之报刊的读者面较广。这些广告有的配合节日登载，有的配合书市登载，有的是每月、每季度在报纸上发布一次新书目。如中华书局、商务印书馆每月都要在中央的大报上刊载一次自己的新书。一般而言，在电视台和电台做图书广告的相对要少一些，因为图书都是即时性的消费产品，图书品种多，更换快，在电视台等媒体上做广告费用相对要多。

5. 图书目录。图书目录的划分国内和国外有些不相同。国内有人将其分为推荐性目录、介绍性目录、资料性目录、预先性目录四种。推荐性目录主要是配合形势和其他特定需要向读者推荐图书的目录；介绍性目录是专供各类图书馆、资料室等单位以及确有需要的个别读者了解出书情况和选购图书时查阅参考的目录；资料性目录是各出版社为总结自己的出版情况而定期编印的某一阶段本社所出图书总目录，可作为资料保存或供集体读者购买时参考；预告性目录是主要介绍专门用途的书目，如《降价图书目录》《调剂图书目录》等。在国外，出版公司一般都有专门的市场部。这种部门的工作是调查市场、发布出版消息、协助广告宣传部开展广告宣传。市场部负责编印与散发各种目录。目前，国外出版公司编印的目录大致可分为单页目录、每月目录、季度目录、年度目录、专题目录、特别目录共六种。

6. 征订单。征订单既是出版者和批发单位、零售单位之间的一种合同，也是一种宣传品。它一般分为两类：一类是出版社或图书批发部门编发，向各销货店征求预订的订单；另一类是图书的零售者编发、用于向读者征求预订的订单。如《社科新书目》《科技新书目》《大中专教材预订目录》等。有些征订单附有少量的新书介绍或者本社最新图书，这也有助于书店订购图书。

7. 实物宣传。实物宣传国内和国外目前做法也不同。国内出版社的实物宣传一般指的是在订货会上，向读者和书店的采购员散发一些印有书目和自己社标志的手提袋、书签、年历卡、印有书目的笔记本等。新华书店一般布置一些橱窗用来陈列图书。国外的出版社一般采取制作展架、制作有声图书、印刷节选小册子为宣传图书。展架是用硬纸板特制成的陈列和展销新书用的书架，分为立式和台式两种，展架可摆放 6 至 48 册新书。这些展架是由专业公司制作，根据发行公司和书店订购的数量来制作。实际上是一个小型的销售点。有声图书是出版社将新书制作成数量有限的有声磁带，随订购展架的书商一同配发，由书商在书店中播放，以达到促销该书的目的。印刷小册子是为了使读者了解新书的内容和梗概，把新书的内容节选一部分印出来。

近来，国内的有些出版社在重要的新华书店设立专卖店，在门前挂上铜牌，这也是一种宣传方法。还有些社在书店里设立专柜，这既能集中销售出版社的图书，也是一种展示。

8. 海报宣传。使用海报宣传图书国内出版社目前采用比较广泛，出版社将认为较为重要的图书设计出海报，上面介绍主要内容、评价、定价、作者情况等。这类海报的设计要新颖，色彩对观众有冲击力，文字要简洁，要能在瞬间抓住读者的目光，激发读者的购买欲望。这类海报有时在订货会上张贴，有时随图书寄赠给新华书店，由书店在店堂里或者大街上、交通工具上张贴。

9. 口头宣传。口头宣传除了一般意义上的书店职员向读者售书时对图书内容的介绍外，还有以下方式：如读书报告会、文学讲座、纪念性报告会等。

读书报告会可以根据不同的主题组织各种不同的类型的读书报告会。近来各地纷纷利用行政力量组织各种读书活动，如"学法律讲道德"读书活动，"百种爱国主义图书读书活动"等。也有围绕一本书开展专项主题读书活动的，如广东的"读三字经"，江西读"中国出了个毛泽东"，湖北的"你是一座桥"读书活动。

开办文学讲座也是口头宣传的一种方式。如请作家、评论家或大学教师到工厂、学校、青少年中举办各种讲座。这种面对面的交流，读者印象深刻。同时，由于报告者在读者中有一定的知名度，利用名人效应，会诱发读者的购书欲望。

10. 作家签名售书。作家签名售书目前是出版社的一种促销手段。虽然作家在书店中一次并不能销售多少图书，但由于这类活动主办者往往事先在当地的新闻媒介上进行宣传，不仅会扩大图书的销售，而且在较长的一个时期内会产生后续影响。但请作家签名售书要注意组织工作。如在签名售书前的一个星期要请当地的新闻媒介进行广泛的宣传，避免读者不知道这次活动，作家签名时冷场；二是组织的作家要有一定的知名度；三是对于知名度特别高的作者，如影视明星类的人物，事先要做好安全保卫工作，避免出现意外。

近来，签名售书的效果不如从前那么明显，特别是在大城市，但在中等城市，由于作者不常去，效果仍然很好。

但这种签名售书活动，目前地方出版社不是很重视，有人认为卖的书没有花的钱多，这是一种短视。在国外，凡是重点书，出版公司一般都要安排作者前往几个城市旅行宣传，时间是 2 至 8 周。到达一个城市后，作者接受当地电视台、电台、报社记者现场采访，或前往已计划好的一二家书店同读者见面，宣读或朗读自己的新作。如美国女作家 A·里弗斯·西登斯写的小说《商业区》，初版印刷 30 万册，由哈珀柯林斯出版公司出版，该公司安排她去美国 10 个城市周游宣传。

11. 运用其他媒体。如有意识地与当地的报纸联系，在报纸连载部分小说内容，或在电台连播图书内容，以扩大影响。如果小说、故事等内容的图书由电视台搬上荧屏，促销的效果会更明显。

12. 运用因特网。在因特网上建立自己出版社的网址和网页，定期发布新书预告、出版消息、新书评介、作者介绍等。这种传输方式的受众正日益增多，并且有速度快、直观的效果。目前全国已有不少出版社采取了这种方式。但不少社仅仅是图个新鲜，网页简单，并且内容陈旧，访问的读者很少，起不到宣传的效果。

五

任何一项工作，都有其一定的规律，而且每一特定时期，又有其特殊性。从实践中来看，开展图书宣传要把握好以下几个方面。

1. 适当。出版社出版的书是否每一本都要采取大规模的宣传促销呢？这要视情况而定。如果这是本介绍针灸的书，或者是谈养花的书，那么你就没有必要展开大规模的宣传。展开大规模宣传的图书，必须是有巨大的潜在读者群的图书。如文艺图书，学习用的图书。像《学习的革命》一书，该书上市已有一年多了。科利华集团经过市场调研后认为，该书对于希望提高学习效率，或者对于希望掌握学习秘诀的人而言，还具有很大的诱惑力，这部分读者除了学生之外，家长、教师以及自学的青年人，都是该书的目标读者群。

2. 适时。适时指要抓住适当的时机。图书的出售有其最佳销售时间，而图书的宣传促销必须掌握"火候"。如学生升学的辅导材料，中考高考研究生考试等，要在考前宣传；配合某种改革措施的辅导读物，如会计全国统考，房地产政策调整，金融改革，国企改革等，要和这种改革同步推出；儿童读物销售的高潮，每年都在"六一"前后，那么这种宣传也应在此之前；国外或国内某一部电影将要上映，如有图书，最好与电影同步展开宣传。如美国的《泰坦尼克号》在中国上映，一些出版社搭车很"赚"了一把。

3. 借力。图书的宣传不仅要靠自身动用各种手段展开宣传，如果有某些外部的力量可供利用，那么就不能错过时机。如某位权威讲了，现在是知识经济时代，社会各界都很关注什么是知识经济，这时你在报上宣传，我有一本介绍知识经济的图书，效果可想而知。如中央领导号召向某个英雄人物学习，而出版社刚好曾组织编写了这种内容的图书，那么就要适时展开宣传，让别人知道这本书。如果某国总统访华，你得知消息后安排了此类的图书，那么你想借助这种机会销售图书，就要同步推出宣传品。再如国外某个大片将在中国上映，你有同类书或者你有写其中主角的传记，那么你就要利用这个机会。如长江文艺出版社出版的《雍正皇帝》一书，中央电视台刚好要播44集电视连续剧，出版社趁机在各报登载广告，在短短的时间里销售了20多万套图书。

4. 造势。大家可能知道前几年有一本叫做《戴尼提》的书，由于作者的推动，在全国销售了上百万册。一时间好像有谁不读《戴尼提》就赶不上时髦似的。这是一本心理学方面的书，其实也就是利用了人们的从众心理。科利华集团发行的《学习的革命》，也可以说是造势比较成功的一例。他们召开新闻发布会，在全国同时上市，在中央电视台黄金时段请名人做广告，在全国各地举行报告会，举行展览会，风靡一时，至今热度不减。很多人买到后感觉内容一般，但还是有很多人去买，好像不买这本书就被人认为太没眼光。实际功能且不谈，求的就是这种热情。

5. 虚拟。马克思和恩格斯在撰写文章阐述自己的观点后，并没有引起世人的关注，他们感到失望，为了引人注目，他们虚拟了一个反对者，在报端撰文唱反调。现在，有些图书在炒作中，也采用这种方法，虚拟一个人提反对意见，然后由另一方反驳，报纸发表不同的观点，不知内情的读者对这种争论十分感兴趣，干脆就去买本书看看谁是谁非，无形中达到了宣传目的。前不久报端披露，有些房地产商欠刘晓庆的钱，他们不归还的目的，就是希望刘晓庆与他们打官司，他们认为这样就可以提高知名度。这种做法不可取，不能经常使用。

6. 恰如其分，物有所值。一本图书是否能够常销不衰，主要还是看其内容是否具有科学价值或者艺术价值，造势、借力都是必要的，但能够为一代又一代人阅读，还是看其图书的内在质量。图书宣传时，既要投其所好，还要恰如其分。夸张是要有基础的，否则会长久损害出版社的形象。

当然图书的宣传与促销是一个系统工程，在实际工作中这些方法可以交叉运用，或者有详有略，有主有次。

（原载《出版科学》1998 年第 3 期）

创新：出版社永恒的追求

——长江文艺出版社发展道路回顾

创新，是管理科学的一个术语，但今天，被广泛地运用于各个行业。其中，包括出版行业。创新的同义词，就是变革、突破，是否定之否定。如果我们分析一下，任何一个成功的企业，一个成功的首席执行官，其创新的实质就是敢为天下先，敢于不断地否定自己，超越自己。因此，创新是一个民族不竭的动力，是成就天下英雄的利器，更是一个企业永恒的追求。下面，我结合长江文艺出版社的发展谈谈对创新的思考。

一、观念创新

人的一切行动受思想的支配，人的思想观念如果不能与时俱进，其行动必然受到制约。中国的出版业，几十年来都是计划经济的体制，而且比较强调产品的意识形态属性，因此，这些烙印深深地嵌在所有出版人的心坎上。而同时，出版社又是事业单位、企业管理，官商不分、政企不分，种种弊端，在座诸位无不痛心疾首，但在现实面前，只有少数人敢于按经济规律、按市场规律、按出版规律来经营管理出版社。我从周围的人那里感觉到，不少人都是守成有余，创新不足。其原因，保位子的思想，多一事不如少一事的思想，等靠要的思想均存在。如果说长江社这几年有所发展的话，在业内还有些声音的话，我个人认为，关键不是靠上边给什么政策，而是实事求是，按经济规律办事，借鉴国内外成功出版企业的经验。用邓小平同志的话说，发展是硬道理。我们在考虑问题时，在办事时，经常用邓小平的"三个有利于"来衡量，这事应不应办，是不是有利于生产力的发展，是不是能激发员工的积极性、提高员工的整体收入水平，是不是有利于出版社的长远建设。用今天"三个代表"的要求，就是"代表最广大人民群众的根本利益"。基于上述的指导思想，我们在实践中不断地摸索，不断地前进。

我所说的观念创新，就是要以敢为天下先的精神，放下种种本本，放下思想包袱，实事求是，以实践来检验我们的行动。

二、机制创新

在出版社当领导，最头疼的是目前的体制与机制，体制的问题不是你一个单位一个人能够解决的，特别是前些年，人们想都不敢想有一天中国的出版社能当作企业来对待，并且要求出版社转企改制，但当时，出版社的管理机制，是可以革新的。

出版社最大的问题，就是干部能上不能下，人员能进不能出，收入能多不能少，或者说大锅饭盛行。用一句流行的话说，必须通过三项制度的改革来改变这种局面。回过头来我讲一讲长江社当时的情况。

1995年底，我刚到出版社时，账上一度只有两万元钱，而外面债台高筑，所有的印刷厂都不给长江社印制书刊，可以说是人心涣散，矛盾重重，大家从失望转为观望、等待。这时，我们提出的目标很简单，就是恢复生产，正常运转。没有钱，我就与职工商量，集资先恢复生产。等到喘了口气，第二年，开始建立各项规章制度，统一行动，规范管理，第三年，我们就开始了三项制度的改革。这时，我们全省没有一家出版社开始这样做，也没有上级要求我们这样做。但我们感觉到，出版社尽管是文化企业，但在本质上和所有国有企业一样，具有共同的毛病，特别是出版社，还有很多人的观念与工作模式都还停留在计划经济时代，部分员工的素质不能适应文化企业的需要。现有的干部人事制度与分配制度不仅不能调动干部职工的积极性，反而成了影响出版社发展的障碍。尽管我们也清楚在现有的体制下，任何一项改革的举措都不会一帆风顺，尽管改会有阻力，但不改只会半死不活。一个有利条件是，由于出版社前几年经济效益与社会影响跌入低谷，希望通过改革改变现状的人还是居多。

三项制度改革的第一步，是从干部人事制度上开始的。考虑到可能出现的阻力，我们在程序上、策略上也进行了周密的部署。

改革方案经过层层讨论与向上级报批，我们出台了改革方案。第一步，是公布中层干部正职岗位。通过公开报名、竞选演讲、答辩、组织考察，最终确定中层干部。这种改革从根本上说还只能是借鉴政府与事业单位干部制度的一种改良，并不符合现代企业中层干部的任命方式，但在现阶段，这种方法确实解决了我们国有企事业单位内部的一种干部能上不能下的问题。第一次的中层干部聘任，就有刚入社不久的年轻人担任了总编室主任，也有从未担任中层干部的留学归国人员一步就跨上了编辑室主任的岗位。当然，也有一批年龄偏大、缺少进取心的中层干部回到普通员工岗位。

中层干部确定后，社法人代表与中层干部签订聘期为一年的责任状。接着，职工与中层干部实行"双向选择，择优上岗"。未被组合上岗的员工，由社根据需要分配工作，重新进行双向选择。再次落岗且又不服从分配者，按待岗办理。第一次竞争上岗，社里有九个人在第一轮选择中没有找到岗位，对这些同志触动很大。其中尽管有七位同志在半年后陆续上了岗，但还有两位同志因为不愿选择到社里指定的岗位去，有一年没有上岗。这二位同志本来是家属，其中一位是前任社领导的子女，但由于这次改革是按程序来的，无论是他们本人，还是家属，都没有找社里理论。同时，有三位同志因为违反社里规章制度，被我们开除或要求自动辞职。其中有一位不服气，加之当时我们下文不规范，与我们打了六年的官司。但无论如何，我们改革的决心始终没有动摇。

三项制度改革的第二步，是实行全员聘用。我在会上对职工讲，我们砸破铁饭碗，换个泥饭碗，为的是今后有个金饭碗。当然，目前这个泥饭碗我也不是随便砸的，只要大家不过分，我们同舟共济，如果违反纪律并且屡教不改，我只有将你这个饭碗砸了。结果大家顺顺利利与我都签了聘用合同。

三项制度改革的第三步，就是在分配上打破大锅饭。除了工资单上的工资，社里没有平均奖金，实行低福利政策。而对于奖励部分，根据不同的部门实行不同的奖励政策。奖金上不封顶，下不保底。对于优秀员工，我们除了物质奖励之外，还从精神上予以鼓励，如送到海外考察出版社或者随旅行团考察，近九年来共送了20余位普通员工出去。

当然，这种公开选拔干部的方法，我们后来又用在社级领导干部的选拔上。1998年，我们通过采用公开报名、演讲、答辩、考核等步骤，有两位具有实践经验的青年编辑经过层层选拔，担任了出版社的副社长。

在三项制度改革的过程中，我们注意做到了充分发挥思想政治工作的作用，对方案上下讨论，广泛发动群众，形成了一种改革的气场。同时，我们做到政策无情，操作有情的原则。三是我们贵在坚持，多年不变，大家已经习惯了。

三项制度的改革，从今天来看，可能已经不算新鲜，特别是出版社即将转制为企业的情况下，有些问题可能会迎刃而解，但在当时的情况下，在我们省内孤军奋战，还是有一定压力的。但实践证明，任何革新，只要能为员工描述出一幅愿景并且付诸实践，能够保证员工收入的提高，群众都会拥护的。尽管在过程中会有这样那样的阻力，但最终他们都会认账。九年来，我们坚持了这些改革措施。如中层干部每年聘一次，职工每年双向选择一次，聘用合同每年签订一次。有些中层干部三上三下，久而久之，大家都习惯了这些做法。这种做法的结果就是，在出版社内形成了一个激励机制与约束机制，成为了一种企业文化，这种文化无形中成了大多数员工的自觉行动。对于想做事的员工而言，对于年轻人而言，他们觉得自己的才能在这种制度下不会被埋没，所以心情舒畅，干起事来，能够发挥主观能动性。社里目前创造效益个人最多的，不是老编辑，而是一位到出版社刚两年的青年编辑。用他周围的人话说，他每天都十分亢奋，从早到晚，想的做的都是社里的图书。像他这样的青年编辑，社里有好几个，有了这样几个青年编辑，社里充满了生气。上上下下比学赶帮，不仅青年编辑不愿懈怠，老编辑也不甘示弱。

三、流程创新

如果把出版社当成一个企业来看的话，社长就是 CEO，是首席执行官。企业的生存与发展，与这位首席执行官的领导能力是密不可分的。但首席执行官怎样来通过自己的管理达到企业所追求的目标呢？在实践中我们感觉到，应当以市场为导向，以效益为准则，以生产为中心，改进组织结构，理顺生产流程，这样才能保证企业的执行力。我们社尽管只有 70 多人，属于一个中型出版社，但过去为什么走了一些弯路呢？就是主要领导在管理上抓而不紧，抓而不力，缺少执行力，错失了很多市场机遇。因此，我们先是改变机构设置，改掉计划经济时按文学体裁设置的编辑室建制，允许编辑在社内就出版物的体裁选择自由竞争，同时，设置了市场部，增加了总编室的宣传人员，把营销放在重要的位置上。同时，按照图书生产的特点，加强流程控制，特别是把握住图书编、印、发的几个关键点，我们把这种控制分为前期控制、同步控制与反馈控制。社里的选题决定，过去比较分散，副社长就可以签合同，可以决定，现在所有的选题都必须经过反复论证，最后由社长一人签字决定是否上马。图书付印前的控制同样十分重要，图书的效益，很大程度体现在印数与定价上。为此我们设计了一个图书付印单，每一种图书付印时，从总编室、出版科、发行科、责任编辑到社长都要对是否付印加以审核。审核的主要内容，一是成本，二是定价，三是印数。同步控制，指的是书稿在生产过程中跟踪控制。如编辑在三审过程中发现书稿的问题，需要修改或者退稿；图书封面文字编辑与美术编辑的协调；编辑与发行的沟通。同时，我们通过每月的生产调度会协调各个环节，保证图书生产的流程畅通。反馈控制，主要指图书向外发行前的检查，图书发出后搜集各地媒体及客户的反映，决定是否加印。总之，生产流程的控制是保证图书生产按计划进行并纠正各种偏差的过程，计划越周密，控制标准越细致，控制的绩效就会越好。我们社有一个内部局域网，对于编印发的环节，我们可以在网上了解各种信息，同时由于我们出版社并不大，我们实行扁平的管理模式，出版社的主要领导全面掌握编印发的动态，每月的生产调度会编辑与发行都参加，让大家了解全社生产进度。调度会由我本人来主持，在会上当场协调编印发各方的工作，这样，社里编印发各个环节，都能紧密衔接，保证了图书按照市场的需求及时供给。图书什么时候付印，什么时候加印，基本都不会耽误时间。假如我们把出版社当做一个官场，上级下级等级森严，职工的建议、要求不能立即表达，生产的效率就会受到影响。

流程创新中，我们注意了调整，注意了总结。凡是影响生产的环节，我们都改掉；凡是实践证明行之有效的制度，我们都坚持不懈；对于可以分权的环节，我们先紧后松，逐步让下级自主决定。

四、产品创新

图书新书品种不断增加，退货率不断攀升，货款支付出现危机，这不是日本版的《出版大崩溃》里所描述的景象。中国的年出版新书品种已经达到19万种，图书的同质化现象越来越严重，货款的支付由过去三个月账期向半年、甚至一年发展。因此，出版社要想在竞争中不断发展，就必须重视产品的创新。

产品的创新就是同中求异，就是推陈出新，就是根据市场的变化调整自己的姿态，任何一个成功的企业莫不如此。图书选题的选择与实施，就是一个创新的过程。但是，我们必须注意到自己的市场定位，并赢得市场份额，才算是实现了创新。

产品的创新与图书品牌的建设并不矛盾，品牌的建设本身是创新的结果，同时，已经得到消费者认可的品牌，也同样需要不断地创新，才能保持品牌的魅力。如海尔，仅洗衣机就有上十个品种，如美国的安利产品，在中国市场仅洗涤剂品种就有十余种，它们是在一个企业的品牌下的衍生，因此充实并扩大了品牌的影响。

我社于1992年推出的《跨世纪文丛》，是港台言情、武侠小说泛滥时推出的一套反映当代作家中短篇小说创作成就的丛书，这套书先后出版了67位作家的作品，被专家称为是新时期一部形象的文学史。这套丛书前三辑最多的印了30万套，出版时间之长之多，也超过了其余文学丛书。在此基础上，1995年，在各种文学选本销声匿迹时，我们与中国作协又联合开发了《文学作品年选》，这套书继承过去少量文学选本的传统，又开了类似图书的先河。目前这套书出了近十年，已发展到20个品种。这套书成了我社的一套看家品种。我社在历史小说的出版上，既有原创的二月河《雍正皇帝》，又有集大成的《二月河文集》，既有杨书案的《孔子》《老子》，熊召政的长篇历史小说系列《张居正》，又整合了获首届姚雪垠历史小说奖的其余作品，如颜廷瑞的《汴京风骚》，唐浩明的《曾国藩》《杨度》，凌力的《梦断关河》《少年天子》等。我们希望能成为历史小说出版的重镇。

图书产品的创新不仅指内容，也指形式上的创新。文学类图书在全国图书零售市场只有9%，而全国出版文学类图书的出版社有500多家，完全意义上的原创作品并拥有较大市场份额的产品并不多，所以，我们注意图书产品的结构，注意常销书与短版书的比例，注意图书的推陈出新。文学艺术类图书中，我们除了注重当代作家作品外，也相继推出了现代文学系列、外国文学系列，同时，也向音乐图书进军，目前已出版了五十余个品种的音乐图书。我们在重视一般图书的开发中，也向与本专业相关的教育类图书进军，目前我们已经向教育部申报并经批准立项编写全国中小学《艺术》教材。

在图书产品的不断创新中，我们注意打造自己的产品品牌，进而塑造出版社的整体品牌形象。

我社出版的"九头鸟长篇小说文库"目前出版了四年，相继推出了三十余部原创的长篇小说。我社在确定这个图书品牌的内涵与外延，确定这套文库的定位时，研究了"布老虎"这个在市场上已具有影响的长篇小说品牌的定位，决定另辟蹊径，将这个品牌做成内容上兼收并蓄，不限题材的长篇小说文库。这套文库出版的前两年，已有七八部作品获得各种奖励，其中有的获了中宣部

"五个一工程"奖、获国家图书奖,还有三部入围了这一届的茅盾文学奖。

五、体制创新

如前所述,我社经过几年的努力,在文艺图书出版的格局中已经有了自己的一席之地。但我们感到,与国内发展较快的出版社相比,与国外的大出版社相比,我们还有很大的差距。三项制度的改革尽管我们已经坚持多年,但从稳定出发,人员能进不能出的问题得不到彻底解决,分配在"兼顾公平"的同时也不得不稍稍有所"兼顾平均",等等。出版社如果要想实现快速发展,做大做强,就必须进一步深入改革,而改革必须得到政策支持与大的改革环境的配合,否则在人员分流下岗等问题上难以取得较大的突破与进展,国有企业员工的传统思维方式和整体素质也难以得到彻底转变。因此,我们根据党的十六大关于发展文化产业的精神,借鉴国内外文化企业成功经验,积极探索新的发展之路,决定实施"走出去"发展战略,实现跨地区经营,从根本上摆脱传统体制的束缚。

我们的具体做法是:

2002年4月,我们与中国报告文学学会合作,将《报告文学》杂志上半月的编辑组稿工作移到北京,在京设立了组稿中心。

2003年4月,我们在北京注册成立了长江文艺出版社北京图书中心,公司业务主要是选题策划与图书发行。

2004年1月,我们在上海注册成立了上海长文图书有限公司,主要业务是选题策划、图文制作及图书发行。

2004年5月,我们与北京硕良文化发展有限公司达成战略合作关系,以此为基础成立了长江文艺出版社北京外国文学编辑部。

长江文艺出版社目前设置的这些机构虽然时间都不长,但运作都呈现良好的发展态势。如北京图书中心在短短一年多时间内已连续出版了《我把青春献给你》《心相约》《手机》《靠自己去成功》《狼图腾》《告诉孩子你真棒》等多种畅销书,2003年半年实现利润130万元,国有资产的增值为150%,人均创造利润12万元,2004年上半年人均产值达到155万元,全年实现销售可达3000万元。前不久出版的长篇小说《狼图腾》得到了高层领导及各界人士的称赞;上海长文图书文化有限公司已经推出了《离别曲》《琼瑶文集》等市场表现良好的图书;新成立的北京硕良文化发展有限公司推出的第一本图书《长河孤旅》刚出版就受到了各界、尤其是知识界的广泛关注与好评。多方的共同努力，使目前的长江文艺出版社形成了南北呼应、东西联动的态势，"四轮驱动"的发展格局已初步呈现，长江文艺出版社的图书市场占有率，已从 2002 年的文艺类全国第 5 名、2003 年的第 4 名上升到今年的第 2 名，仅次于拥有 500 名员工的人民文学出版社。同时，通过本部与北京和上海等地分支机构的共同努力，我社的知名度进一步扩大，品牌形象进一步得到提升，我社的图书远销到海内外华人市场。

通过一年多的跨地区经营，我们体会到这种运作模式有如下几个方面的优势

首先，异地经营可以使出版社避开原有单位存在的种种弊端，按照生产力发展的要求，重新设置机构，配备人员，解决旧体制下形成的人浮于事、因人设事的状况。大部分工作人员可以根据需要在当地招聘最合适的人选，既可以解决"人员能进不能出，干部能上不能下，收入能高不能低"的矛盾，同时还能优化资源配置，吸纳当地的优秀人才，最大限度地发挥他们的才能。

其次，在分配上，可以打破原有的分配方式，真正实现"多劳多得"，解决现有体制下无法完全解决的"大锅饭"问题。

再次，新成立的机构，必是设在目前经济、文化、信息最发达，人才与出版资源相对集中，同时也是最接近主要市场前沿的地区，有利于出版社降低成本，减少投入，从而实现两个效益的最佳结合。

当然，还有一个最重要的收获是，通过与国内出版界较有影响的这批专家的合作，我们不仅是扩大了出版社的影响，提升了品牌形象，获得了一定的经济效益，更重要的是，他们以市场为导向的运作方式，他们在出版诸环节上的把握，对我们武汉本部的图书出版，是一个极大的促进，也是编辑发行人员零距离的学习机会。

在外设立机构时，我们注意做到了以下几点：

首先，人才是一个出版单位成败的前提与关键，是我们真正的核心竞争力。在分支机构的人才与合作对象的选取与任用上，我们高标准，严要求，宁缺勿滥。如北京图书中心以闻名全国的"金黎黄金搭档"为核心的团队堪称目前国内的顶级出版团队，运作一年多来出版了大量超级畅销书；与《报告文学》（上半月刊）合作的是中国报告文学协会；刚成立的北京硕良文化发展有限公司的领头人则是著名的出版家刘硕良先生。国内出版界顶尖人才的加盟，保证了所设分支机构的健康发展，真正实现与武汉本部的优势互补，

良性互动。同时，我们在对这些国内顶尖人才的使用上，对他们充分尊重，给予一定的政治待遇。如我们请示上级，聘任金丽红、黎波为我社的副社长，刘硕良为我社的社长顾问，便于他们在外开展工作。

其次，在向外进行扩张时，我们牢记出版社的性质与肩负的社会职责，在出版导向与质量把关方面采取了必要的监督措施，以防止因跨地区经营而失控。一方面，优秀出版人才的加盟是出版高质量、高品位图书的保证之一。如北京图书中心的金丽红是华艺出版社的原副社长，大校军衔，全国百佳出版工作者；北京硕良文化发展有限公司的刘硕良先生则是著名的老出版人，韬奋奖获得者。另一方面，我们严格履行选题报批制度，坚持三审制。要求分支机构在选题策划时就必须向出版社本部上报，经省新闻出版局批准后方可实施；同时，按现行政策，出版环节仍由本部统管。鉴于上海长文图书文化有限公司的力量相对较弱，我们专门委派了一位退休的副总编到上海担任总监，对运行环节严格把关。

尤其重要的是，我们进行的向外规模扩张，是突破原有体制的束缚，积极推行双效前提下的规模扩张，因此从一开始就必须按照现代企业的要求来组建与运作，使新成立的机构产权明晰，权责明确，自我约束，自我发展。最早成立的北京图书中心作为我社的全资公司，已经报上级批准，正准备改造成股份制公司；上海长文图书文化有限公司已基本按照股份公司运作，相信会越来越更加规范。出版社本部作为主要出资人，还必须设置必要的监督机制，履行监督职能，防止由于跨地区经营而可能出现的财务漏洞，导致国有资产流失。如我们在对《报告文学》（上半月刊）驻京办事处进行财务审计时，发现该刊经营不善，而及时解聘了刊物的有关人员。

但我们相信这只是刚刚开始，我们希望通过分支机构的成功运作，进而推动社本部的体制改革与创新，在做大做强母体的前提下，互相配合，四轮驱动，经过一定时间的努力，乘中央关于文化体制改革的熏风，使长江文艺出版社建设成为有一定国际、国内知名度的准集团性质的出版企业。

总之，创新是一个民族兴旺发达的标志，是一个企业基业长青的保证，也是一个企业从优秀到卓越的前提，我们只有坚持除旧布新，不断开拓前进，才能从胜利走向胜利。

（原载《编辑之友》2004 年第 5 期）

论出版社可持续发展

打造中国出版的百年老店，在世界性的竞争中成为一极重要的力量，这是中国众多出版人一个久远的梦。因为人人皆知，日本的、美国的、英国的、法国的、荷兰的，有多少百年老社，有多少跨国出版集团，他们在诱惑着我们，在挑战着我们。一个五千年文明的古国，有这样先进的社会主义制度，居然所有的出版社加起来年销售额不及一个贝塔斯曼集团，真是让我们从业者感到汗颜。中国近代出版史上，我们也出现过以中华书局、商务印书馆为代表的可以与洋人媲美的优秀出版企业。但今日的中华与商务又能如何呢？是的，我们今天有了销售30多亿的人民教育出版社、销售10多亿的高等教育出版社、外研社，有销售近10亿的机械工业出版社，但这些与国外的大出版社比较，就显得个头儿发育不良。我们的不少出版社，也可以说是绝大多数社，往往是进三步退一步，呈波峰式发展趋势，或者踌躇不前，或者濒临破产的边缘。究其个中原由，尽管十分复杂，笔者认为，追根溯源，用现在一句使用频率最高的话来概括：没有坚持科学发展观，实现可持续发展。

那么，在当今中国出版企业，科学发展观体现在哪些方面呢？造成上述结果的原因何在？我以为，关键在如下几个方面。

一是出版社的产权制度设计。中国的出版社，因为属于意识形态领域，一直都实行严格的审批制。偌大的中国，只有573家出版社（而且包括副牌）。物以稀为贵，出版社实际是半官半商的境界。说是半官半商是因为干部由省部级宣传组织部门考核任命。这种官商不分的机构称之为"事业单位企业管理"，说穿了，是既享受事业单位的保护又享受自我决定分配的优越。目前，根据中央文化体制改革的文件，出版社必须改制为企业。从实际来看，一些地方已经在一夜间变成了某某公司，或者某某集团。但究其实际，主要还是形式上。出版社的组织结构，分配制度，人事安排仍然难以完全按生产需要取舍。所谓的集团，大多还是物理变化而没有实质性的进步。一些大的机构，如中国出版集团，公司牌子挂了许久，如何按企业来运作也还在酝酿之中。实际上，按照现有政策，即使所有的出版社都转制为企业，说到底还是一个国有企业。何况出版社二十年来大多数早已没有财政拨款之说，早已都是企业。但话说回来，即使都转制为企业，与我们早些年普遍存在的国有工商业又有何区别呢？我们回顾一下，在工商业中，目前还有多少是采取这种国有企业的体制呢？所以，我认为，按照目前的状况，转为国企与我们目前只能说是五十步与一百步的区别。笔者认为，为加快文化产业的发展步伐，我们必须吸取国有企业改革的经验教训，在产权制度上进行大胆革命，在大多数出版企业实行股份制，否则，若干年后，殊途同归，还是要走这一步。

从中国国有企业的兴衰来看，主要弊端是所有者缺位，经营者职责不明，动力不足，员工普遍自认为是"主人公"但又缺少"主人公"精神，虽然历经多年的政治教育但对人的本性没有丝毫改变，相反培养了一批又一批说一套做一套的干部员工。国有企业的干部是一块砖，经常被搬来搬去。企业的管理团队实行拉郎配，党管干部成了不谋事者的借口。所以，中国的国有企业改革走了一个又一个怪圈，最终才悟出必须"探索公有制的多种实现形式"。那么，在中国的出版企业启动转企改制的时刻，我们是否要反思一下中国国有企业所走过的道路呢？

实际上，从世界上所有真正"做大做强"的出版企业来看，绝大多数都是股份制这种形式。如日本的4487家出版社中，有2632家为股份制公司，346家为有限公司，254家为个人，其余为社团法人所有。美国大众出版销售商的前五名，兰登书屋、哈珀科林斯、企鹅、西蒙舒斯特以及时代华纳图书公司，都采取的是股份制公司的组织模式。在法国占据垄断地位的阿歇特图书集团、德国的贝塔斯曼集团、英国的桦榭图书集团、培生集团、新闻集团等，无不是实行股份制的组织形式。何况，中国近代出版史上，最为耀眼的双子星座中华书局、商务印书馆也皆是以股份制的形式发展壮大的。

目前，中央文化体制改革的有关文件中首次提到了可以实行股份制，但前提是必须是国有企业之间的股份制。与过去相比，这是前进了一步，但是，从中国已经上市的许多国有企业来看，如果是国有之间的股份，实际上在某种程度上仍然是国有企业的集合与拼盘，仍然存在所有者缺位的现象，仍然存在短期行为，存在谁都负责谁都也不负责的局面。也许出版在今天来看是一个特殊行业，大家都害怕承担政治责任而不害怕出版社不能做大做强，不能跻身于世界出版业的前列。实际上，出版物出不出政治问题，从以往的个案分析，并不是因为企业的所有制问题，而是认识与责任心的问题，如果出版社与经营者个人的利益有关系的话，大家才真正把企业的兴衰存亡放到头等大事。假如一纸公文，出版社关门大吉，损失是自己的了，试想，有谁去冒这个风险。所以，笔者认为，中国的出版业要跻身于世界大的传媒集团行列之中，把中国的文化产业做大做强，就必须从现在开始，实行股份制改造，引进资本，引进人才，从制度上保证可持续发展，而不是在"三项制度"改革这种内部机制上耽误时间。这样，在若干年后，中国才会出现贝塔斯曼、企鹅、培生那样的大型跨国集团。

二是出版社的战略构想。战略关乎全局和长远发展，办什么社，怎么办社，必须有比较明确的规划与办社思路。作为出资人，作为总经理或社长，要有一个较为清晰的战略规划。当然，任何规划都不是一成不变的，在实践中还有需要校正的时候，但无论是新办一个社，还是新上任的社长，都必须在调查研究的基础上充分论证，制定一个比较切实可行的战略规划。这个规划应当包括发展的方向，不同时期的任务与目标。采取的措施与对策。在这个战略规划中，还应当分为经营战略、产品战略、人才战略等。如经营中是仅仅局限于出版环节还是向出版的上下游延伸，是实行一元化经营还是向相关产业发展？在产品的定位上是立足本专业还是向相关专业拓展。在本专业中，是仅仅围绕某一种产品做出特色还是开发几条产品生产线？在人才的使用上，是自主培养还是向社会上积极招揽人才，是分批次引进还是大规模扩张？诸如等等，都要根据实际与发展做出决策，要考虑三年五年甚至十年二十年的计划。如在中国近代出版史上曾产生了重大影响的商务印书馆，当初也是一个以印刷账册为主及少量印刷品的作坊，后来由于张元济的加盟，商务由当初的印刷为主向出版大步进入。但商务在围绕主业的同时也没有放弃相关产业的发展，如文具、玩具、教学影片、幻灯片的制造以及中文打字机、印刷机械的研制，都取得了不菲的成绩。商务还从仅仅在上海一地发展到全国上百个分支机构，从仅仅是一个民族企业发展到跨国经营。商务的发展与所有制结构的设置及高层管理人员的素质有关，他们因地因时抓住发展机遇，成为中国最为成功的出版企业。当代外研社的成功也与他们正确的发展战略有很大的关系。用李朋义的话说，他们的战略是：以出版为中心，以教育培训和信息服务为两翼，产学研结合，数字化出版，打造一个综合性的教育平台。围绕这个发展战略，他们对人员结构、组织结构、产品结构甚至产业结构都进行了调整。在产品的布局上，他们保持传统的外语出版，涉足汉语出版，进军儿童读物出版，考虑科学出版；同时，与国外大出版公司进行项目合作，借船出海，参与国际出版竞争。

但据我观察，中国出版业中的大多数出版社缺少发展战略。一方面是出版社还没有成为真正的市场竞争主体，而还是一个准行政化的组织机构。这个机构的所有者虽然存在但是一个模糊的概念，因为所有者本人都还只是临时存在的符号。所有者对经营者提出的要求也是模糊的，甚至是短期的。经营者有责任但又没有太大的责任，大不了理直气壮地提出换个地方。有些出版社经营状况较好或许是因为垄断经营或许是因为拥有行政资源或许是因为经营者本人的良知，但这些都不是内在的动力，这种动力是暂时的而不是持久的。何况经营者今天在这个地方负责明天又不知作为一块砖头搬到什么地方去了，何况今天他不管如何努力明天换个上级派来的干部又不知要把他过去的一切否定到什么程度。何况后继者有可能无论是业务素质或是事业心或是个人禀赋都达不到出版家的水平。体制性的弊端导致短期行为已是不可克服的障碍。垄断也正被逐步打破，行政资源也在进行不断地调整，经营者的良知也会因为内因或外因丧失斗志。因此，出版社也就谈不上可持续发展了。

三是出版社的团队建设。在以知识经济为特征的出版社中，人是最为重要的竞争元素。要保证出版社可持续发展，团队建设至关重要。在管理团队中，如果是一个大型的出版社，实行母子公司制或者事业部制，首席执行官的工作重点在于战略的制定和监督执行上，不需要直接参与具体工作。但在一个中小型的出版社中，首席执行官不仅要制定战略，还要直接参与经营与管理，参与产品的研发与市场营销。要对出版流程中的每一个关键点进行控制。因此，出版社能否有长期的发展战略，做到可持续发展，如上所言，社长、总编辑，或者是总经理的人选至关重要。作为一个文化企业，负责人必须精通所在出版社的专业，并且具有一定的经营管理能力，这样才能制订出符合出版规律的发展战略，并且在纷繁复杂的市场竞争中不断调整产品结构，使之永远保持强劲的竞争力。但目前出版社在理论上是一个意识形态的重要阵地，在出版社主要负责人的选拔上，主要沿袭公务员的选拔程序。在一个充满矛盾的国有企业中，往往是那些没有棱角的人才可能得到高票。这些人虽然是传统意义上的"好人"，但绝对不是市场经济战场上的"能人"。还有一些从政府机关派下来的人本来就不具有文化人的追求，他们把出版社没有当成市场经济的战场而是当成了一个可供驰骋的"官场"。所以不少出版社不说发展，更谈不上做大做强，往往是起起伏伏在生与死间挣扎。如果我们回顾一下身边那些曾经辉煌但又消沉的出版社，十之八九都是因为主要负责人的更换而带来的噩运。这些胡作非为的人因为在上边都有一位"知音"，尽管出版社山穷水尽但也很难扳下他们。有人告诉我，在一个曾有些名气的出版社中，新上任的主要负责人经常如流传的"文革"中的笑话，将一些常见字念错，让其麾下的博士硕士哭笑不得。这就是他们的命运，这就是国有企业的命运。但这种悲剧还在不断地上演。假如这是一个股份制的企业，我们的投资人会容忍自己的资产任由这样一个"干部"蹂躏吗？

目前，在出版社负责人的选拔上，至少应有三个基本条件：懂专业，有实践经验，正派。懂专业，并不要求其是某一方面的专家，但至少必须具有所在出版社的专业背景，如果对其能有一定的研究或者具有一定的造诣更好。有实践经验，就是要在出版社中担任过具体工作并在相关岗位锻炼过。出版是一个实践性很强并十分个性化的行业，只有身在其中摸爬滚打才能悟出其中三昧。正派，就必须是一个文化人，是一个具有文化理念、出版精神的人，是一个能团结读书人一块为之奋斗而不是把出版社当做权力场的人。

当然，在一个企业中，一个负责人不管如何重要，但仅仅靠他一个人是不行的。还必须有一个管理团队，有一个配合默契的管理班子，而不是拉郎配，互相拆台，明是一盆火暗里使绊子的"领导班子"。除此之外，还要有一批有实践经验的专业人才队伍，一批经营管理队伍。这个团队不是一朝一夕就能培养出来的，需要出版社在持续的发展中积累下的精英。留住这些精英，我们要对其中的骨干许以期权，或者给以丰厚的待遇，但在我们现有体制下，这一切都做不到。或许因为出版社的收入与社会相比还算比较丰厚，或者部分人还有自己的出版理念与文化追求，出版社的人员虽有流动但还不至于出现人才危机，但随着转企改制，员工成为"社会人"，对单位的忠诚度随之降低，这种矛盾就会突出。

从国内到国外的优秀出版社来看，选拔首席执行官是一件十分慎重的事情。外研社的李朋义从一个普通编辑做起，一步步地将出版社带向了辉煌的境界，但他不仅在国内受过良好的高等教育，而且留学英国，有着宽广的视野；人民文学出版社的刘玉山社长尽管是从中宣部派下去的，但他是吉大中文系的研究生，在中宣部文艺局工作多年，多年从事作家作品研究，具有很深的文学造诣与理论修养。何况他也是在出版社工作几年后才升至社长的位置。从中国近代出版史来看，无论是鲁迅、叶圣陶、还是张元济、陆费逵，都是学养深厚之人。保持出版社可持续发展，没有一个与之相匹配的团队是不可能的。

四是产品线的构建与更新。在市场竞争中，产品能否根据读者的需求，根据新技术新材料的变化不断进行产品创新，也是出版社保持持续发展的关键。在美国电脑行业曾经拥有第十一把交椅的王安公司，因为在新产品的开发上步伐缓慢，结果被 IBM 等一举打垮。在出版业内，国外并不乏出版社破产与被兼并的先例，特别是一些小型的出版社。国内虽然还没有退出机制，但一些在某些专业曾经领先的出版社，因为产品老化、同质化被同行远远地抛在后面。他们依靠卖书号为生，空壳化的现象十分严重，如果按照经济规律或者实行登记制，现有的出版社至少有二分之一会被淘汰出局。何况中国的出版经济在某种程度上是教材经济，约 500 亿的利润有 250 亿是教材创造的。随着国家关于教材免费赠送和招标购买政策的推行，加上学生人数的自然减员，依靠教材过好日子的时代一去而不复返了。因此，一个具有一定规模的出版社，要想保持出版社的稳定发展，不能将鸡蛋都放在一个篮子里，必须具有几条产品线支撑出版社的经济。而在这些产品线中，与同行相比，必须要有一些产品群具有自己的核心竞争力。远者如解放前的商务印书馆，他们大部分的业务是放在教科书的出版和发行上。他们出版的教科书包括幼稚园、小学、中学、大学、师范、职业学校以及补习学校、民众识字班用书。另一重点是科学技术书籍的编辑和翻译，如伍光建先生编译的《物理学》，谢洪赉编译的《生理学》等。除此之外，还出版了工具书和大部丛书，如《新字典》和《辞源》；还有《万有文库》《汉译世界学术名著》等。同时，还办了几十种报纸杂志，最有影响的如《东方杂志》和《小说月报》等。商务在五十年间能有如此影响，得益于其完备而合理的产品线。如目前在业内发展迅猛而比较稳健的外研社，他们从外语工具书、教科书发展到少儿类图书的领域，从外语类图书向汉语领域进军，从纸介质媒体向光电介质出版物迈进，形成了自己的覆盖整个外语图书市场的产品线。

即使暂时拥有了一定的产品优势，但也不可掉以轻心，任何产品都是有一定生命周期的。这主要取决于知识的更新，新技术的出现，加上同行的模仿与竞争。在图书市场上，某一类产品如果具有一些比较优势而占领了较大的市场，而这些产品又不是独家拥有知识产权的，那么其他同行就会进行模仿与跟进，这块市场很快就会被瓜分直至无利可图。按照产品的开发规律而言，必须生产一批，开发一批，研究一批，形成自己的梯形结构。特别一些长线产品，如教材、工具书的出版，就需要比较长的时间。笔者曾供职的长江文艺出版社，1995 年开始与中国作家协会合作开发《中国文学作品年选》，当时全国唯此一家。1998 年，漓江出版社开始跟进，现在全国不下十家出版社出版这种"年选"。但《二月河文集》因为属于原创产品，至今仍是独家所有。

目前困惑国内出版业的纸介质读物阅读率下降的问题，实际上是新技术出现的结果。在某种程度上，这与东汉蔡伦造纸对竹简的冲击有些类似。有人预言，到 2030 年，纸介质媒体将退出市场，这虽有危言耸听之虞，但对于出版者而言加大对新媒体的重视不能说不是一个提醒。

五是渠道开发与维护。中国由于缺少一个统一的中盘，目前出版社必须把相当多的精力放在渠道的开发与维护上。现有的渠道包括新华书店、民营、邮政、图书馆、直供、网站、读书俱乐部等。对于一个中小型的出版社而言，发行与编辑几乎处在同等重要的位置。如何开发自己的渠道，形成覆盖全国的销售网络，这需要出版社的负责人和负责销售的同志认真分析。对于一个具有产品优势的出版社而言，网络的开发相对容易些，对于一个希望有所发展的中小型出版社来说，就需要用产品和服务争得渠道的信任。现在一些规模较大些的出版社，如高等教育出版社、机械工业出版社、电子工业出版社、外研社等，已经注意到了在各地设立自己的销售中心，或者在当地聘请销售代表，但对于一个中小型的出版社而言成本代价就太高了。

渠道的建设相对而言比较容易，但渠道的维护与管理则是一件长期的工作。如客户经营能力的大小，经营状况的变化，客户对自己产品的了解与重视程度，都是一个动态的发展过程。特别是一些民营渠道，不少经营者素质良莠不齐，经营规模较小，缺少品牌意识，风险系数较大。出版社就必须注意选择并观察这些经营者的经营状况，随时调整经营策略。从笔者曾供职的出版社来看，目前民营的销售量或除新华书店以外的渠道呈上升趋势，"国退民进"在图书分销市场已是必然。

当然，困惑出版社销售的还与出版社销售人员的整体素质有关，相当多的地方出版社销售人员多是前些年进社的家属子女或者军队转业人员，这其中不乏优秀者，但整体素质还有待提高。他们必须了解个性化的图书产品，必须向客户介绍自己的产品特色并说服他们，并通过他们影响读者。这项工作，如果在转企改制中得到解决是最为理想的境界，但辞退人员是一件相当艰巨的任务，除非对企业实行股份制改造。

目前，保持中国出版业的可持续发展，建设几个覆盖全国的，如日本的东贩、日贩，如美国的英格西姆，巴诺—达尔顿等销售或连锁店是至关重要的。目前这种连锁的端倪已经出现，浙江、江苏、四川的省级新华书店已跨地区设立分店，但从目前的情况来看，形成全国范围内的中盘尚待时日，这需要我们改革的不断深入与时间的积累。

当然，实现出版社的可持续发展，也不仅限于上述几个方面。在出版社的发展中，流程再造，投资融资，资金的控制与利用等，也都是十分关键的环节。做好一个出版企业不是一朝一夕的事情，需要假以时日，正鉴于此，笔者抛砖引玉于斯。

(原载《编辑之友》2006 年第 2 期。获第二届中华优秀出版物论文奖)

后转企时代出版社发展中需注意的五个问题

按照新闻出版总署的安排，2009 年年内，地方出版社必须完成转企改制，2010 年中央部委、大学出版社除极少数继续保留公益性出版性质外，其余也要完成转企改制的任务。出版社从事业转变为企业，不仅在形式上完成了工商注册登记、员工身份转换等技术性的变化，关键是在企业的性质与使命上，大多数由过去既非公益又非经营性的混合体制转变为以市场为导向的独立经营的主体。出版社转企改制，对理顺生产关系，发展生产力，无疑创造了较好的外部环境，但做好一个企业，不仅仅只需要一个符合生产力发展的体制，还需要企业真正转变观念，在微观上锻造活力，在产品上不断创新，最终做到持续、健康、稳定地发展。我认为，在出版社实现转企改制的阶段性目标后，还应注意如下问题：

一、把握出版导向，恪守职业道德

一般地理解，出版社成为企业后，效益最大化是终极目标，只要能赚钱，不违背法律法规，什么书都可以出版，什么钱都可以赚。在理论上，这种观点无可厚非，但出版社是一个特殊的组织，其产品具有精神属性与物质属性的双重指向。出什么书，不出什么书，体现了出版人的价值观和责任担当，所以，导向正确与否对于出版企业而言，仍然不可忽略与松懈。

当然，我所说的出版导向不仅仅指产品所体现的政治立场与观点，还包括普世的价值观与永恒的道德标准。我们的出版物不能违背四项基本原则，这是中国现阶段出版工作者最起码的底线，但仅此不够，我们还必须在出版物中体现出中华民族最基本的道德规范，如诚实、勇敢、正派、互助、勤奋、忠孝等，还要体现世界公认的价值规范，如博爱、平等、自由、怜悯、感恩等。但有人错误地认为，坚持正确的出版导向，教化功能过强，读者接受度就会低。实际上，读者接不接受与作品中所体现的价值观并不是非此即彼的，关键是内容能否让读者喜闻乐见。金庸的武侠小说，在侠客的快意恩仇中体现出的是惩恶扬善。《哈利·波特》在奇异的魔幻世界中体现出的是友谊、团结、善良、互助、勇敢、正义。人们提倡的"开卷有益"，反过来说就是要"无害"。无害，才会有广阔的市场；有益，才能有助于人类的进步与发展，才体现出一位出版工作者的社会责任与良知。成立于1897年的商务印书馆和成立于1912年的中华书局，成立之初就是股份制企业，近百年间，他们没有因自己是企业而忘掉一个出版人的社会责任。他们不仅为"开启民智、昌明教育、普及知识、传播文化、扶助学术"做出了重要的贡献，在战火纷飞的抗日战争时期，张元济还配合形势，亲自撰写了《中华民族的人格》一书，意在鼓励中国人民要"以决死之心抵御强暴"。

图书的内容上我们要把好关，但作为一个企业，在经营中还要恪守职业道德。目前出版行业内，无论是上游还是下游，无序竞争的现象十分严重。如高价稿酬、高定价低折扣、注水图书、回扣贿赂、拖延挪用货款、隐瞒作者稿费等现象依然存在，这不仅损害了社会对出版行业的理解与尊重，有些已经影响了出版整个行业的正常发展。如无序降低折扣的问题，有些图书的发货折扣已经达到图书定价的四分之一折，甚者论斤叫卖，其结果是所有的出版者几乎都无利可图。如有些企业为了推销图书，向销售商给高额回扣；如有些销售商，特别是部分新华书店系统，向出版上游的付款周期从三个月延长到一年甚至更久。这些影响出版行业发展的问题除了需要政府履行职责，制定法规规范外，还需要整个行业的从业者实行自律。这种行业的无序由来已久，并非转企才出现，关键是转企后，这种无序是否会因企业的取向改变而加剧，这是值得人们深思的。市场经济必须是法制经济，但法难责众，如果整个社会没有形成必要的职业操守，再多的法律法规也无法执行。在成熟的市场经济国家中，无论是折扣、回款周期，还是作者与出版单位的关系，都有明确的行业规范，从业者如果不遵守这些约定俗成的行业规范，就会被整个社会包括出版界所唾弃。而在中国，这种践踏行业规范的现象比比皆是，并且愈演愈烈。所以，中国的出版企业要健康发展，遵守行业规范，实现行业自律，必须得到全体从业人员的理解与支持。

二、解开"事业情结"，增强企业意识

出版社在一夜之间从事业变成了企业，除了身份上以某种形式有所变化

外，出版社还应有什么新的气象呢？我认为，首先，必须在观念上从过去的"事业情结"中解脱出来，树立企业意识。何谓"事业情结"，就是"等、靠、要"，在心理上还以为自己与政府有天然的脐带，时时考虑寻求政府保护。同时，在组织结构上，工作流程上，工作方式上，还没有完全以市场为中心，以读者为上帝，而是停留在"官本位"上，政事不分，政企不分，凡事研究研究，决策程序复杂，耗时长久，或者小富即安，没有产业意识与产业冲动。何谓企业意识？企业意识就是人们对企业本质的认识。企业的本质是什么？大多数人认为，企业的本质就是使资本增殖，使资本最大化地增殖。换句话说，企业意识就是要追求利润的最大化，竞争、拼搏，永不言败。要实现资本最大化地增殖，就需要从业者贴近市场，研究市场，为读者提供喜闻乐见的产品。就需要一切以市场为中心，在法人治理结构上，在企业内部组织结构上，在生产流程上，都要体现效率，体现完美。

利润的最大化是不是一切向钱看？把企业等同于赚钱，把赚钱等同于向钱看，这种解释很表面化也很简单化。我们前面提到，一个企业的本质，涉及企业价值的实现。一个企业的价值所在，"企业不仅要重视经济产出，而且要重视社会产出，即作为社会经济的基本单元，企业还要承担一定的社会责任。"①所以，我们强调企业意识，并不是将二者割裂开来。有人以为强调利润最大化就注定与企业的社会责任对立。实际上，任何一个企业，只要遵纪守法，照章纳税，当企业获取最大的利润之时也就是为社会做出了最大的贡献之时。让许多出版人称道的商务印书馆，其办馆之道当初也确定的是"在商言商"。试想，假如出版社的出版物不能受到读者欢迎，不能为读者创造价值，利润从何而来。过去知识分子谈钱，总有些羞羞答答，现在作为出版企业，作为文化商人，应当理直气壮获取最大效益。特别是已上市的出版企业或将要上市的出版企业，每股收益，每股净资产，净资产回报率，主营业务收入，净利润等各项指标都十分重要。不考虑资产增殖，不考虑给投资者以最大回报，就会受到投资者的抛弃。如果企业连续三年不能赢利，证监会就会按照上市规则要求企业退市。所以，强调经济效益是企业的使命与本质所在，我们不能以文化企业的特殊性而回避应当承担的责任。

当然，成为市场主体并不是完全不利用政府资源，政府对于出版企业而言也是市场之一部分。如农家书屋，由政府买单，出版企业积极参与，既有利于农民也有利于出版企业本身。再如一些中央部委转企的出版社，服务于原有的行政部门，做好行业内的出版物的出版与发行，也是不可推卸的义务。

再如政府需要的公益性出版物的出版与发行，出版社做好配合工作，也是很大的一块市场。

三、注重以人为本，保证持续发展

出版社转为企业后，员工与企业签署劳动合同，员工与企业成了雇佣与被雇佣的关系，员工的身份也由过去的"单位人"变成了"社会人"，员工购买各种社会保险，医疗与退休交由社会负责。从表面来看，企业与员工之间的关系变得简单了，企业不必要再负责员工的生老病死，企业只做属于自己的事情。但我们只注意了问题的一个方面，但随之而来的，就是如何培养并保持员工对企业的忠诚度，如何培养并留住人才的问题。

在市场经济条件下，一个企业要想基业长青，必须拥有自己的核心竞争力。何谓核心竞争力，尽管有很多种定义，但大家都公认核心竞争力是"企业借以在市场竞争中取得并扩大优势的决定性力量"。这种"决定性的力量"在不同的企业中有不同的侧重点，或知识产权，或先进技术，但在以内容产业为主的出版行业中，"人是第一个最可宝贵的"。商务印书馆从一个小印刷工场成为中国最具影响力的现代出版企业，是与张元济等人的加盟，编译所的成立分不开的。在出版企业中，人是第一个别人所不可模仿的核心竞争力，所以，如何发现人才、培养人才、留住人才就成了出版企业一个重要的课题。

现阶段，大学教育普及，出版企业招聘具有一定学历的员工已不成问题，但如何将这些受过系统教育的员工培养成企业需要的人才，则是关键所在。首先，企业必须有系统的培养计划，必须针对每一位员工的情况制定切实可行的方案，要培养员工的向心力，为他们人生价值的实现创造必要的条件。企业不仅要为他们提供必要而且优于社会同等水平的物质基础，还要在精神层面上保证他们自我价值的实现。同时，要在实践中选拔优秀人才，尊重人才，并为他们施展才干搭建平台。企业必要的人员流动是正常的，但对于特别优秀的人才，要通过建立激励机制，使他们保持对企业的忠诚，让他们心情舒畅地全身心地为企业奉献。如何留住人才，增加薪酬、提拔到重要岗位是很重要的一环，但仅此不够，在现代企业中，给关键岗位的人才以期权、股权，让他们成为企业的所有者不失为一种最有效的方法。前面提到的张元济，在加入商务印书馆时，就拥有了自己的股权，成为企业的股东。孟子云"有恒产者有恒心"，做大做强出版企业，这句话值得我们深思。

另外，在转企改制的过程中，对于原有的员工，很多单位采取提前退休，或者买断工龄的办法让一批老员工提前离开出版社。对这种分流的措施，我们要一分为二来看。对于企业工勤岗位上多余的辅助人员，采取这种办法是可行的，但对于业务岗位上的员工，如编辑和发行人员、营销人员、优秀的管理人员，不能一刀切地采取这种"分流"的办法。企业培养一个成熟的员工需要投入很多的成本，特别是出版企业，成熟编辑的创造能力不会因年龄而衰退的。如金丽红、董秀玉、刘硕良等，他们从国有出版社退休后反而在另外的岗位上发挥了更大的作用。何况那些还没有达到中国法定退休年龄的员工呢！一方面我们要引进人才，培养人才，另一方面我们又将一些成熟的员工推到社会上去，这是人才的极大浪费。在转企过程中，真正能够流动并找到更优惠待遇的人，往往是那些具有实践经验的员工。企业要动之以情，许之以利留住这些人才。

四、探索取胜之道，有所为有所不为

中国目前有 578 家出版社，其中不乏在各个细分市场具有领先地位的出版社。他们以其富有个性的出版方向和鲜明的出版特色，占据了中国图书市场的大半江山。据开卷调查，2008 年度，这些领先的出版社是，社科类：人民出版社、机械工业、中信出版社；教辅教材类：北京教育、陕西教育、龙门书局；文艺类：长江文艺、人民文学、作家；科技类：机械工业、人民邮电、清华大学；少儿类：浙江少儿、二十一世纪、上海人美等。按照开卷的分类，将细分市场主要分为八大类，如果每大类我们将前十家出版社列为有影响的出版社，也只有将近一百家，而其余几百家则意味着在细分市场上声音就十分微弱。根据其他行业的竞争规律来看，在市场上，只有成为某个细分市场的前几名，才真正成为大众所熟知的品牌，才可能在消费者心目中留下深刻的印象。如国外汽车厂家，人们印象最深的是通用、大众、福特。他们旗下还分别有一些属于自己的品牌，如雪佛兰、别克、凯迪拉克、悍马；如大众、奥迪、宾利；如福特、沃尔沃、林肯。计算机领域，中国自己的牌子也有不少，如 Lenovo（联想）、Founder（方正）、神舟、清华同方、海尔、七喜、TCL、长城、新蓝等等，但对于消费者而言，印象最深的还是联想，特别是收购 IBM 之后，联想提升了品牌的影响力。

出版社都转为企业后，竞争无疑会进一步地加剧，出版社将打造什么样的赢利模式，才能持续、健康发展呢？业内都知道，转企前有相当数量的出版企业，一部分主要依靠教材教辅，一部分依靠与民营的合作，或自费出版缴纳的书号费维持生计。出版教材教辅并不是坏事，关键是随着学生人数的减员，国家免费教材的循环使用，教材的蛋糕在减少。教辅由于无序竞争，折扣降低，回扣加大，出版者利润微薄。按照发达国家的出版物比例来看，教材教辅与一般图书的比例四比六才是合理的，而中国则达到七比三或者八比二。以此来看，二者之间的比例将会随着中国的市场经济的进程加以调整。还有部分依靠向民营出版企业卖书号维持生存的出版单位也将随着国家出版政策的调整面临收入减少的风险。这就要求转制为企业的出版单位，调整办社思路，调整产品结构，在产品战略上，一定要根据自己的专业方向，人才结构，传统优势，在某些细分市场上做出规模，形成产品线，形成特色。出版社都成为某一领域的排头兵既不现实也不科学，但必须成为在某些专业领域有个性，有特色的出版机构。就像国外目前的出版企业，既有巨无霸，也有小舢板，生态平衡，各得其所。但特色是在市场竞争中形成的，我们的当务之急是转变取胜之道，将依靠政策资源的赢利模式调整为依靠市场的无形之手，有所为有所不为，才能握紧拳头找到突破口。

有所为有所不为并不是一句空话，必须体现在出版实践之中。出版社要生存，要发展，急功近利不行，当年效益不明显也不行。这就需要在产品的布局上有节奏，有层次，长中短线产品配合。快餐式阅读的产品太多不行，但没有别动队，都是长线产品也不能立即产生效益。如"非典"和甲型流感时期，出版社用最短的时间出版有关的防治手册，从任何角度来说都无可非议。信息化时代，快餐式出版物的产生有其合理之处。当然，出版社出版太多配合形势的短版图书终不能形成规模，出版要注重文化积累，形成有知识含量和编辑含量的出版物，但对于刚刚转企经济基础并不太好的出版社而言，要立足当前，着眼长远，有计划有目的地开发重点图书。开发要量力而行，出版社的产品竞争力终究体现在那些有文化内涵的出版物上。成立于1897年的商务印书馆强调商业精神，除了编印教科书外，也还曾陆续出版了《辞源》《中国古今地名大辞典》《中国人名大辞典》《中国医学大辞典》等大型工具书，整理影印了《四部丛刊》《丛书集成初编》《续古逸丛书》《百衲本二十四史》等大型古籍。正是这些别人所不可模仿的出版物，才使他们超越当时的其他出版社而奠定了出版重镇的地位。

五、注重微观改造，锻造企业活力

转企改制对于出版社而言，注册登记只是在形式上完成了法律手续，关键还是必须要按企业的规律进行改造，否则，从事业到企业只是翻了一个牌，企业本身不会有实质性的变化。何况我们的一些出版单位过去就是"事业单位、企业管理"，本身就是"自收自支"。

按企业改造，就要结合出版业的特点，并借鉴国内其他行业转企改制的经验。第一，产权要明晰，所有者与经营者要分清责任。让企业真正"自主经营、自负盈亏、自我发展、自我约束"。第二，团队建设要改变过去"政企不分、政事不分"的局面，在选人用人上，要按企业的标准来选拔任命。特别是管理团队，最重要的是选拔一个懂经营，善管理，有专业背景，有理想，有抱负的出版企业家。出版需要群英聚会，但在一定程度上有一个英雄就会树起一杆旗。同时，经理人要有组建团队的权利，不能按公务员的选拔办法搞拉郎配。第三，以市场为导向，围绕生产流程调整机构设置。该撤的机构要坚决撤掉，该合并的机构要合并。不能因人设事，因人设岗。第四，以科技为基础，运用互联网技术，实行流程再造，提高生产效率。第五，结合专业分工和自身优势，结合市场需求，打造产品线、汇聚产品集群，进而形成规模效应和品牌效应。第六，形成积极向上的企业文化，增强企业的凝聚力与向心力。总之，转企改制，只是万里长征的第一步，做好一个企业，必须在微观上、细节上持之以恒地长期做工作，企业没有闪光灯和鲜花，需要企业家的汗水和责任。

注①：《经济学消息报》1993年4月15日唐海《论企业的本质》

（原载《中国出版》2009年第12期）

出版集团公司治理现状分析及对策研究

随着出版发行企业改制时间表和路线图的推进，全国绝大多数出版单位转企改制工作已经有了实质性进展，中央和省级出版单位按照《公司法》相继成立了有限责任公司和股份制公司，有些已经成为上市公司。公司制的建立，不仅是对原事业单位体制的重大突破，更是对国有企业体制的一种超越。但是，据笔者观察，尽管"某某出版公司"的牌子已经挂出，但在公司治理上，还存在很多虚化的痕迹，这些尚不成熟的公司治理将对我国出版企业的健康发展产生负面的影响，或者说将制约着我国出版企业的顺利成长。

公司治理不仅是现代经济理论界一个重要研究课题，更是现实经济生活中一个需要不断完善的机制。在美国这种市场经济比较成熟的国家，人们普遍认为公司治理比较成功，但随着华尔街金融危机的爆发，也充分暴露出其法人治理的缺失。如 2009 年 11 月美国曾经出现一天倒闭 9 家银行的纪录，倒闭的主要原因主要是经理人一意孤行，追求短期的高利润，没有考虑股东的利益而出现的失败案例。而在此之前的 2002 年，美国安然公司、安达信公司、施乐公司等都已暴露出公司治理缺失导致的丑闻。并且，公司治理问题不仅存在于发达市场经济体，在新的市场经济体公司治理问题更为严重。公司治理主要指公司在处理股东、董事会、监事会、经理、债权人、员工等各相关利益主体之间权、责、利关系的一种制度安排，目的是保证公司决策、运营的公正与效率，这是广义上的公司治理；狭义上的公司治理仅限于公司股东、董事会、经理之间有关权利、义务、激励与控制等一系列的制度安排。我国出版企业公司治理，由于公司化时间短，加之大多是从事业体制和行政体制混合的出版管理机构分离，在公司治理方面不仅经验不足，而且带有很强的行政化色彩，因此，在新的形势下探讨公司治理显得尤其重要。

一、我国出版集团公司治理现状及存在的问题

近十年，我国出版产业市场化改革开始深化，"最终导致体制的深刻变革"，这种深刻变革的特征之一就是建立现代企业制度，而完善的公司治理是现代企业制度的重要标志。现代公司治理，就是依据公司法，依法设立股东会、董事会、监事会，并对三者之间的权利与义务进行规范。我们对部分出版集团公司进行的调查来看，绝大多数出版集团公司治理结构尚待完善：一是有的出版集团公司没有按照《公司法》设立股东会、董事会、监事会；二是有的董事会、监事会并不健全，只设置董事长、监事会主席职位，并没有董事会和监事会的具体成员；三是董事会、监事会成员组成不够合理，基本上是由党委会成员兼任，缺少独立董事；四是董事会、经理层职责权限不明确，有些地方党委书记、董事长、总经理一人兼任，或者担任其中的某两个角色；五是部分出版集团尚未进行公司制改造，但也设立了董事会、监事会主席。相对而言，已经上市的出版企业公司治理比较完善，但在实际运作中，由于控股股东的地位和影响，也还存在国有企业中"一把手说了算"的局面。出现这种现象的原因，大致分为以下几种情况：

1. 多数是国有独资公司，并取得国有资产授权经营

我国《公司法》规定："国有独资公司不设股东会，由国有资产监督管理机构行使股东会职权。国有资产监督管理机构可以授权公司董事会行使股东会的部分职权，决定公司的重大事项……"国有独资公司是指国家单独出资、由国务院或者地方人民政府授权本级人民政府国有资产监督管理机构履行出资人职责的有限公司。如北京出版集团有限公司是北京市政府出资的国有独资公司；中国科学出版集团有限责任公司取得了中国科学院国有资产经营有限责任公司的授权，对下属企业的国有资产依法进行经营、管理与监督，并承担保值增值责任；广东出版集团取得了广东省政府的授权，经营国有资产。

这种规定，一方面，给国有独资公司的治理带来了灵活性，另一方面，在所有者缺位的情况下，出版集团公司治理链条中就缺少一个制衡的环节——股东会。上述公司中虽然有国有资产管理机构"履行"出资人的权力，但靠行政制衡在一定程度上也是鞭长莫及。从目前看来，大多数省出版集团公司的监管机构是财政厅，财政厅并没有像国资委那样有专门的机构设置，多数管理职能放在行财处或者科教文处。政府监管机构不可能像严格的现代

企业的股东会或者董事会那样对公司提出明确的要求，只能在讨价与还价中达成某种共识。再者，授权经营，意味着出版集团公司本身具有相当大的资产经营、处置等权力。至于如何处置，处置是否合理，监管部门只能知其然而不知其所以然。所以，依靠"政府制衡"只是一种理想化的色彩，在实际工作中必须加以改善。

2. 董事会、监事会不规范

这种现象在上面已经描述过，从某种意义上说，目前很多出版集团公司的董事会、监事会设立只是为了满足工商登记法律形式上的需要，导致这种现象的原因有三：一是改制过于仓促，缺乏系统性制度安排；二是不重视公司法的约束力；三是公司治理建设能力欠缺。这种不规范实际上就是董事会、监事会缺位，公司缺乏法律意义上的责任主体，这与我国出版业建立现代企业制度目标相差甚远。

当年中航油石油期权投机事件就颇能说明问题。中航油是属于中国航空油料集团公司控股公司，在新加坡上市，2005 年从事石油期权投资亏损 5.5 亿美元，险些破产清算。导致投机的原因就是"内部人控制"而使公司治理失效。在表面上，中航油有一个漂亮的公司治理结构，各种制度也相对健全，但执行上却失效了。当时中航油的总裁兼任集团公司的副总经理，直接被大股东任命为中航油的总裁，这种任命模式使得中航油总裁权力高度集中，董事会、监事会成了摆设，内部制衡失效，所有的法律、内部规章在权力面前均失效，在这种"内部人控制下"，中航油出问题是再正常不过的了。

3. 党委会、董事会、监事会、经营管理层高度重合

目前的出版集团公司，党委会、董事会、监事会、经营管理层基本上是一套班子，并全部由政府主管部门直接任命。如广东省出版集团公司和中国科学出版集团公司，党委会成员都是董事会成员或者监事会成员，同时，经营管理层也是由党委会成员或董事会成员兼任。

关于党委会在公司治理结构中的角色问题，前两年在国有银行改制中遇见过，但没有过分强调，在工商银行股份有限公司信息披露材料中，是看不到党委会的。根据《中国共产党章程》第二十九条："企业……都应当成立党的基层组织"。同时，《公司法》第十九条规定"公司应当为党委组织的活动提供必要条件"。党委会理应在公司治理中发挥"政治核心作用"，这是我国公司治理中颇具中国特色的内容。

这种治理结构的后果，就是"一把手体制"下的"一把手说了算"。很

多地方，党委书记、董事长、总经理三者集于一人之身，或者兼任其中的两个职位。即使是几个国有利益主体之间的股权多元化的企业，由于是国有的股份制，也依然是"一把手"在完全控制。一把手想做的事情，通常一把手都能做成。对企业发展再有利的事情，如果一把手不想做，再重要也变得不重要。对于大型的出版企业公司，经营环境十分复杂，战线很长，如果把一个企业的兴衰存亡都寄托在一把手一个人身上，可想而知充满多少危险性。有些集团公司，尽管这些角色由不同的人分担，但由于党委书记、董事长由一人兼任，大小决策还是由党的一把手说了算，或者由董事长说了算。这种高度重合的治理模式，可能会带来公司运作上的高效，但造成不良后果的概率会大得多，这是有前车之鉴的。其实，这种模式并不符合党的十六届三中全会通过的《关于完善社会主义市场经济体制若干问题的决定》要求："完善公司法人治理结构，按照现代企业制度要求，规范公司股东会、董事会、监事会和经营管理者的权责，完善企业领导人员的聘任制度。股东会决定董事会和监事会成员，董事会选择经营管理者，经营管理者行使用人权，并形成权力机构、决策机构、监督机构和经营管理者之间的制衡机制。"

4. 外部监督缺位

外部监督主要指政府、中介机构及利益相关者等对企业运营效率的监督。应当说，此次公司制改造主要目的之一，就是要将公司运营纳入全方位监督之下。改制前，我国出版单位由政府行政部门直接管理、经营，政府与企业合一，利益趋向一致，无所谓监管——政府监督缺位；尽管当时的企业是全民所有，但社会公众缺少监督的动力，"事不关己"，并且缺乏监督的途径和手段——社会公众监督缺失；市场化程度不高，与外界金融市场联系松散，资本市场参与度低，公司控制权市场不存在，缺乏因经营不善而被兼并的环境——市场监督缺位。

改制后，外部监督缺位的情况沿袭下来，已改制出版集团，很多公司依然缺少外部监督，封闭的运行系统并没有打破。即使是上市公司，由于国有资本处于绝对控股地位，部分参股股东依然是国有成分，股东代表也是奉命行事，而从二级市场上购买了股票的小股民，由于信息不对称原因，对公司情况了解有限，尽管有"用脚投票"的权利，实际上仍然左右不了公司日常经营，公司内部人事安排和生产经营基本还是由"一把手"决定。

5. 激励机制待完善

激励机制是公司治理重要组成部分，是公司治理有效性的保障。狭义上的激励机制一方面是指对董事会、监事会、经营管理层的监督与考核，另一方面是对董事会、监事会、经营管理层的激励。在董事会、监事会尚未完善的情况下，对董事会、监事会的激励制度设计尚未起步，缺乏系统的制度安排。

我国出版业市场化改革，改变了"事业单位，企业化管理"模式，相应"两边靠"的分配基础不复存在。旧的分配制度已经打破，新的分配制度尚未建立，在这过渡期间，很多出版集团公司的激励制度主要针对中层管理人员和业务员工，对经理层激励不足。譬如，有的出版集团公司高层经营者实行年薪制，年薪水平是参照同级别的政府公务员或者事业单位年薪水平，既不参考市场化同类人员的收入水平，又不与经营绩效挂钩。与此同时，在激励手段方面，很单一，缺乏其他方面的激励措施。

我国出版集团公司当前治理水平是出版业转型期的必然现象，改革伊始，百废待兴，公司治理也是急迫解决的问题之一。

二、完善出版集团公司治理的对策及建议

在中国三十年的经济体制改革进程中，很多国有企业在公司化过程中取得了成功的经验，为出版集团公司治理完善提供了借鉴。从当前出版集团公司存在问题来看，我们认为目前应从以下几个方面来加以完善。

1. 继续深化出版文化体制改革，构建出版市场主体

出版文化体制改革主要目的是重塑市场主体，而市场主体最高管理者其实是市场本身，"物竞天择，适者生存"，那么只要是市场能够解决的就应该交给市场解决，应该说这是出版文化体制改革的终极目标。但在出版市场化尚未建立的过渡时期，政府主导部门依然应该引导改革的深入：一是严格按照公司法的要求，建立规范的市场经营主体；二是规范行业行政管理，建立市场游戏规则，推动跨行业、跨部门、跨地域并购重组；三是规范投融资体制，积极推进市场主体融入资本市场等。当前的重点，不仅是转企改制，由事业转为国有企业，最重要的，通过市场和资本的力量，通过建立规范的上市公司，促使出版企业转换经营机制，完善公司法人治理。

2. 建立和完善董事会

作为国有独资或者控股的出版集团公司，如果不是上市公司，一般没有设置股东会，经国有资产监督管理机构授权，其董事会可以行使股东会的部

分职权，这样出版集团公司董事会在出版集团公司治理中作用就显得尤其重要。从目前的情况来看，凡是转制为公司的，一定要建立和完善董事会，一是真正赋予董事会法律职权，改变集团公司经理层高管由政府主管部门直接任命的现状；二是强化董事会成员的选派机制建设，特别是注意外部独立董事的选派与结构比例；三是加强董事会内部建设，包括内部议事规则、内部办事机构建设等；四是强化董事会监督机制建设。

宝钢集团公司是我国公认经营管理做得非常出色的公司之一，其董事会建设是国有大中型企业首家试点。宝钢集团董事会共有 11 名成员，董事长 1 名，副董事长 1 名，董事总经理 1 名，有 7 名外部董事，1 名职工董事；7 名外部董事是国务院国资委选派，职工董事兼任工会主席。宝钢集团董事会成员组成非常具有代表性：董事长、副董事长、董事总经理可以被认为是所有者代表；职工董事是职工利益代表；外部董事具有双重身份，既可以看作是所有者代表，又能充实董事会的专业能力。宝钢集团董事会决议的表决实行一人一票制，董事长与其他董事表决权是平等的。宝钢集团这种董事会构架，既避免了董事会成员与经理人员高度重合，又避免了决策权的集中，实现决策权与执行权分开，明确了董事会与经理层的权利与责任界限，并能保障董事会集体决策。

国外市场经济国家国有企业董事会的选派，一般是由主管部门领导选拔，议会批准，或者由主管部门选派。为保证董事会决策的科学性及对高层管理团队监督的有效性，一般都按照经济合作与发展组织的法人治理结构标准执行。国外企业重视董事会成员的结构，对董事会成员的专业知识、性别结构及独立董事、外部董事的组成，都要加以考虑。在董事会中，特别重视独立董事与外部董事的比重。对于董事会成员的任职资格。据郝臣先生调查研究，新加坡的国有企业强调要有商业经验，有战略思维能力，在意大利和法国，公职人员不得担任国有企业的董事长或总经理。在波兰，董事会中的政府代表必须参加一系列考试才能担任董事职位。董事的任职年限各国不同，但都有任期。最短的 2 年，最长的不超过 9 年。

从中国的当前实际出发，董事会成员虽然还不能完全摆脱行政化的色彩，但在董事会的选派上，应当充分考虑董事会成员的结构比例与知识结构。一是绝不能以党委会代替董事会，凡事以党委决定来推行，这与构建市场经济主体的意愿是背道而驰的，二是董事长必须要有战略思维能力与人际协调能力，最好要懂出版，还要知晓一些法律、会计常识。三是董事会的成员组成要具有广泛性，要考虑董事会人员的知识结构，管理经验，性别比例等。四是要有一定数量的负责任的独立董事与外部董事。

3. 强化监事会建设

监事会是我国借鉴日德公司治理模式的产物，希望能达到与董事会相互制衡的目的。监事会引进我国后，产生了变异，职能虚化了，经常被认为是摆设。这在我国出版集团公司治理中有所体现，从调查情况看，监事会主席一般由党委纪委书记兼任，这种下级监督上级的格局是从党政机关复制而来，其作用效果可想而知。

因此，公司治理中必须强化监事会的建设，一是健全监事会决定机制，解决由谁产生监事会的问题；二是健全人员选择机制，解决什么人参加监事会；三是健全制度保障机制，如何保证监事会发挥作用。既然监事会的法律职责是监督，那么，在公司治理中，监事会是应该独立于董事会与经理层的，其产生机制也应该具有独立性，一般应由所有者委派或者聘请中介机构行使对董事会的监督权力；监事会成员组成也应有多方利益代表，如政府代表、职工代表等。这些代表还要具备履行职责的能力，而不是一味地去"讲团结，讲和谐"；在保障机制方面，对监事会成员履行职责提供必要的制度保障，如对董事会成员的评价机制，评价标准。

4. 注重经理层的选派

经理层作为经营管理机构，对董事会负责，其职能是依照董事会授权和法律规定的职权，开展具体的经营活动，负责资产的增值。本质上说，董事会与经理层之间的关系，是一种委托与被委托、代理与被代理的关系，即董事会是委托人（被代理人），经理层是被委托人（代理人）。既然如此，经理层的选派应当由董事会决定，能够完成董事会受托责任是选择的唯一标准。

我国出版业市场化改革之后，出版集团公司经营环境比以前复杂得多，市场竞争、导向把握、内部管理、资本市场变化、公众监督等都会对出版集团公司发展产生影响。为应对复杂的内外部环境，经理层配备应该具有互补性和弹性：一是高层管理人员要复合化，业务素质、政治素质、经营管理能力、职业能力、专业能力并举；二是经理层的选派应当与市场化接轨，要有必要的淘汰机制。但从已经成立的出版类公司的总经理人选来看，大多数是在出版单位基层的经营管理实践中成长起来的优秀人才，但他们的不足是缺少宏观管理的视野与经验，也有很多地方将其他行业或政府部门多年从事行政管理工作的人员提拔到公司担任经理人。这些同志视野开阔，有丰富的行政资源，有宏观管理的能力，但在出版这种特殊行业中，显得不那么游刃有余。出版集团公司首席执行官的选拔，在一定程度上决定着公司在一定时期内的兴衰存亡，在某种程度上比任命谁担任董事长都还重要。国外出版公司一般都通过"猎头公司"在大范围内寻找合适人选，或者从内部找在不同岗位上都担任过重要职务的专家担任。因此，出版集团公司总经理的人选不能用选拔行政干部的标准和程序来挑选，而应当通过市场机制，按照企业的要求严格遴选优秀经理人。

5. 建立健全激励机制

有效的激励机制应该是全方位的，形式也应当是多样化的，主要包括：报酬激励机制、经营控制权激励机制、剩余支配权激励机制、荣誉激励机制、聘用与解聘激励机制、知识激励机制等。建立激励机制有两个层面的内容，即政府主管部门与企业自身，可以通俗地说由政府出政策、企业出对策。在已经上市的出版公司中，应当由董事会报请股东会通过激励方案。

在高层管理人员中，对董事会成员的激励与对企业高管的激励应有所区别。董事会成员中，专职的董事与独立董事、外部董事又有区别。在国外国有企业中，董事的薪酬低于私营企业30%左右。其原因在于国有企业的董事任职是一种荣誉。对于高管人员，应当通过董事会的薪酬委员会制订标准。一般而言，首席执行官的薪酬是普通员工的几十甚至上百倍。企业为了留住这些优秀人才，还会用期权奖励使他们长期效忠本企业。

在建立激励机制时，作为国有独资公司的出版集团公司与已上市公司之间有所不同，国有独资公司产权是唯一的，在报酬激励机制设计时就少了一项重要的选择权——股权激励。上市公司本身已经产权多元，存在股权激励的前提条件。但是，在我国已上市的出版企业来看，有关部门对上市公司高管是否给以股权激励的问题上，仍然顾虑重重，认为这些高管是组织上委派产生的，担心股权激励会"摆不平"，产生负面作用。其实，在欧美公司治理的过程中，不仅给高管以期权，而且要求他们必须用自己奖金的部分来购买本公司的股份。这是体现高管对企业忠诚度的一种表现，也是董事会留住关键人员的手段。

6. 完善外部治理机制

相较于内部治理而言，外部治理更多是宏观层面的，包括产品市场机制、资本市场机制、经理人市场机制等。这要求我国出版文化体制需要更深入的变革，提高出版文化产业市场化水平，让出版企业融入资本市场，培育机构战略投资者，完善职业经理人市场及聘任机制等。

三、结　论

由于公司治理在我国还是比较新的研究领域和实践课题，而且出版单位已经习惯于长期以来的运作模式，因此，完善出版单位内部治理使之适应公司化运作需要，并不是一朝一夕的事情，但我们应当研究国外公司治理比较成熟的案例，研究已经成功转型的国有企业，研究已经上市多年的股份制企业，结合中国出版改革的现状，未雨绸缪。只有当有效的公司治理结构建设完成，才可以说真正建立了现代企业制度，这中间并没一个固定的、唯一的成功治理模式，与公司的背景、发展历程、公司监管者及公司经营者密切相关，只有经过市场洗礼的治理模式才是成功的模式。

参考文献

［1］《最近十年出版业的三大变革》王建辉《中国出版》2008 年第 10 期

［2］《从转制看我国出版业内部治理问题》陈伟《大学出版》2007 年第 1 期

［3］《关于我国出版上市企业发展的思考》张美娟　张海莲，《出版科学》2008 年第 4 期

［4］《公司治理法律实务》李雨龙　朱晓磊著，法律出版社，2006 年 8 月第 1 版

［5］《公司治理学》高明华等著，中国经济出版社，2009 年 4 月第 1 版

［6］《公司治理理论》宁向东著，中国发展出版社，2006 年 9 月第 2 版

［7］《国外国有企业董事会建设比较研究》郝臣《新华文摘》2009 年第 23 期

（原载《出版发行研究》2010 年第 1 期。与肖新兵合写）

关于图书库存问题的思考

库存问题是世界出版业所共同面临的一个问题，中国出版业由于种种原因近年来更甚。解决中国出版业中的库存问题，如果说，利用文化体制改革中国家所给予的优惠政策，通过清产核资，将现有库存中的无效资产经有关部门认定后适当处理，这是解决目前出版社库存的一个最有效最便捷也最简单的途径。当然，这只能说是短期行为，或者说是治标而不是治本。这次你利用政策消除了库存的压力，但以后再有库存你怎么办？再说，此次库存是减少了，但产生库存的根本原因并没有解决。出版社纸介质出版物的库存问题，虽然有外在原因，如社会生活的发展变化，多种媒体对读者时间的争夺，读者阅读习惯的改变等原因，但我以为核心问题并不在此，出版界本身的体制束缚，运作机制的不成熟，人才的缺乏，才是导致库存急剧上升的关键。

从出版环节上来看，一是出版社的掌舵人及员工对图书市场了解不够，对读者的潜在需求把握不准，因此，盲目推出的图书不能适应社会生活的变化，不能适应读者的需求，图书尽管品种较多，但读者总感觉无书可读。另外，因为诸多因素的影响，出版社缺少创造力，图书模仿、跟风严重，导致图书的同质化现象比较严重，因此图书送到市场上转了一圈后，又退回了出版社的仓库中。二是出版社在图书开印时，首印数缺少科学测算，不是多了，就是少了，或者首印的图书没有科学地铺出去，直接放在家里导致库存增加。三是出版社网点开发不全面，覆盖率低，图书没有与读者完全见面的机会。四是图书售前、售中、售后的服务不到位，缺少营销手段，出版社和书店对图书宣传推广的力度不大，读者对图书出版信息掌握不对称，不了解图书的特点，或者购书网点少，购书不方便。

我以为，一个十三亿人口的大国，随着经济的飞速增长，随着国家对教育的加大投入，图书市场的空间还是有很多文章可做的。尽管网络等新兴媒

体夺去了我们传统出版物的读者，但中国还是一个发展中的图书市场，我们
要检查主观上的原因，通过改革克服体制上的弊端，解决出版业发展中的一
个瓶颈问题。

出版 "神话" 是这样创造的

　　长江文艺出版社北京图书中心成立于 2003 年，至今已走过了八个年头（以下简称 "北京图书中心"）。八年来，北京图书中心伴随着中国文化体制改革的步伐，在体制和机制上不断开拓创新，积极探索文化产业的发展之路，形成了一套健康的可持续发展的企业模式。同时坚持以市场为导向，以 "出好书、出效益、出人才" 为经营目标，通过不懈地努力，社会效益和经济效益都取得了可喜的成绩，被业内誉为中国出版的奇迹和神话。

　　据统计，截至 2010 年的八年间，北京图书中心共出版图书 233 种，实现销售码洋 105 656 万元，平均每种实现销售 13.7 万册约 453 万元。包括《狼图腾》在内等 24 种图书向海内外输出版权，其中《狼图腾》以 32 种语言在全世界 110 个国家出版发行。《一句顶一万句》等 15 种图书获得国内外各种奖项，其中《一句顶一万句》获得第八届茅盾文学奖，《狼图腾》获得 "曼氏亚洲文学奖"。据北京开卷信息技术有限公司的调查显示，由于北京中心的成立，长江文艺出版社整体市场占有率从 2002 年的第五名稳步上升到全国文学类图书市场占有率第一名。

坚持体制创新，做中国出版改革的先行者

　　2003 年 4 月，金丽红从华艺出版社退休，她和同是华艺出版社发行部主任的黎波一起加盟长江文艺出版社。长江文艺出版社投资 50 万元，在北京成立了非法人的北京中心。黎波担任总经理，负责中心的全面工作，并兼任长江文艺出版社副社长，金丽红负责北京中心的选题策划，兼任长江文艺出版社副总编辑。出版社对北京中心的要求是，坚持正确的出版导向，并保证国有资产的增值保值，除选题和重大投资报出版社批准外，其余关于人事、分配、生产经营，完全由北京中心按照市场规律来运作。为了体现出版社对中

心的管理与协调、支持，出版社常年派一位熟悉业务的同志常驻北京中心。第一年，北京中心考虑刚刚组建，包括金丽红和黎波在内只招收了 9 名员工，尽管这一年发生了"非典"，生产受到一定程度的影响，但由于他们起步高，当年八个月实现销售码洋 2087 万元，创造利润 130 万元。其中冯小刚的《我把青春献给你》，刘墉的《靠自己去成功》多次登上全国畅销书排行榜。"金黎组合"这种以职业经理人的身份参与国有出版社的改革，以完全市场化的方法促进出版的繁荣与发展的探索，受到业内的瞩目。这种"国有资本，市场运作，经理人参与"的新型出版模式，在实践中取得了初步的成功。从 2003 年到 2005 年的三年时间里，北京中心一年一个脚印，发行码洋稳步上升，出版社的市场影响力也得到了提升，出版社在文艺类图书的市场占有率从第五名上升到第二名，成为"北有人民文学，南有长江文艺"的格局。

2006 年，根据北京中心三年来的运行情况和国内经济体制改革的形势，经长江出版集团批准，北京中心作为股份制改革的试点先行一步。

进行股份制改造前，出版社委托会计师事务所，对北京中心三年来的经营进行了审计，将属于出版社国有投资的收益部分上交出版社，另外由北京中心的创业员工计八人和长江出版集团、长江文艺出版社共同注资 200 万元，重新成立了北京新世纪文化传媒有限公司。公司按照现代企业的要求，成立了股东会、董事会、监事会，由董事会聘请黎波担任总经理，负责公司的经营。长江出版集团委派原长江文艺出版社社长、集团总编辑周百义同志担任公司董事长。

为了保证出版的正确导向，便于北京中心开展工作，长江出版集团保留了长江文艺出版社北京图书中心的牌子，同时为了让北京中心使用集团所有出版社的资源，另外增加了长江出版集团北京中心的牌子，集团聘请黎波为长江文艺出版社副社长、金丽红为长江文艺出版社的副总编辑，聘请后来加盟的安波舜为北京中心的总编辑，赋予这几位曾在出版社工作多年的老同志具有审稿的资格。同时，也贯彻落实了内容与经营严格分开的有关规定，编辑出版环节留在国有的北京中心内，发行则由新世纪文化传媒有限公司负责。

从实践来看，通过实行股份制改造，建立完善的法人治理结构，落实了经营者和所有者的权利、责任和义务，充分调动了所有从业人员的积极性，公司的发展从此进入了一个快车道。从 2006 年开始，公司的销售码洋从 4116 万元上升到 2010 年的 34 623 万元，四年间增长了 8 倍。长江文艺出版社的市场占有率从 2007 年开始稳居全国文艺类图书第一名，超过了人民文学出版社的文学类图书的市场占有。据开卷信息技术有限公司发布的全国畅销书排行榜，北京中心策划的畅销书占全国畅销书前三十名的三分之一左右。其中《狼图腾》一书从 2004 年开始至今一直雄踞全国畅销书排行榜虚构类榜单之中。

搭建平台，吸纳人才，是保证可持续发展的关键

北京中心在短短的几年间销售增长了几倍甚至十几倍，得益于他们不断地引进高端人才，才保证了一年一个新台阶，实现了公司超常规的快速发展。

如果说，"金黎组合"这对出版界的黄金搭档开始了北京中心的创业之旅的话，原春风文艺出版社总编辑、"布老虎"的创始人安波舜 2004 年的加盟，则是北京中心吸纳人才的第二个标志性的事件。当初，金丽红和黎波尽管已经取得了初步的胜利，奠定了北京中心的基础，但安波舜带着《狼图腾》的书稿来找他们时，双方一拍即合，安波舜立即辞掉原有的工作，加盟北京中心，三人的经历、经验和资源的有机组合，被业内称为"金三角"。他们根据自己的专长和资源，分工负责，黎波负责全面工作，负责经营管理，金丽红负责名人类、励志类图书的开发，安波舜则负责成人文学的开发。他们先后出版了系列名人传记，如陈鲁豫的《心相约》、姚明的《我的世界我的梦》、曾子墨的《墨迹》，励志类图书如卢勤的《告诉孩子你真棒》《告诉孩子我能行》，刘墉的《靠自己去成功》等，长篇小说如都梁的《狼烟北平》、徐贵祥的《高地》、曹文轩的《天瓢》、王海翎的《不嫁则已》等，这些书都程度不同地受到了读者的欢迎，每册销量在 20 万册以上，先后登上了全国畅销书排行榜。

2007 年，青春文学的领军人物郭敬明大学肄业，与另一家出版社的合作到期，经人介绍，与金丽红和黎波接触。同为高层的"金三角"一致认为，这是公司发展的一个重要机遇。经过交谈，双方很快就产品与资本合作事宜达成了协议。郭敬明及其团队在上海成立柯艾文化发展有限公司，负责图书、期刊产品前端的开发，包括选题策划、装帧设计和制作，北京中心负责生产发行与营销。郭敬明及其团队创作策划的图书、期刊产生的利润，双方按照约定共同分配。同时，北京中心投资郭敬明担任董事长的柯艾公司，成为其中的股东。

郭敬明的加盟，使北京中心的发展迅速壮大。一是由郭敬明担任主编的

《最小说》杂志的创办，迅速搭建了一个培养作者的平台，除了郭敬明本人创作外，一批青年文学爱好者迅速聚集在刊物周围。接着，刊物在全国举办了"文学之新"创作大赛。大赛得到了王蒙和张抗抗、刘震云等一批著名作家的支持。大赛的前 24 名，都与刊物签约成为专栏作者。目前，大赛已经举办了两期，愈来愈得到文学界的重视，《人民文学》杂志、《中国图书商报》先后加入成为主办单位，海外的出版机构对这种选拔作者的方式也十分青睐，英国的企鹅出版社、日本的讲谈社都成为协办单位参加活动，希望从中发现并培养出在世界具有影响的优秀作者。目前，以郭敬明为首的青春文学领军人物的周围，聚集着落落、笛安、安东尼等 40 余位具有较强的写作能力的作者，其中笛安的小说《西决》不仅受到了青少年读者的欢迎，也得到了成年读者的重视，先后获得了"华语传媒大奖"等奖项。

郭敬明的加盟，使北京中心的核心团队形成了梯队式的年龄结构，也使北京中心的市场占有迅速攀升，为了保证公司的可持续发展，经湖北省国有资产管理机构的批准，公司增资扩股，吸收郭敬明为北京新世纪公司的股东。一个以资本为纽带，以资源为核心的法人治理结构再次诞生。同时，长江出版集团聘请郭敬明为北京中心的副总编辑，负责青春文学产品线的生产与策划，体现了国有管理机构对人才的渴求与重视。

从实践中看，中心的快速发展，与不断地吸纳高端人才有密切的关系。吸纳人才的关键是，必须按照市场规律，按照市场价格给予人才合理的报酬。这也是国内外文化产业发展的一个重要规律。

以市场为中心，不断推进产品创新，是发展的保障

北京中心成立八年来，发行上十亿码洋，而出版的品种只有 200 多种，真正实行了"少而精"的原则。他们出版的图书，多则销售上百万册，少则也有三五万册，平均也在十万册以上。有人称他们为畅销书生产基地，是中国出版界不可复制的神话，实际上，他们的经验并不深奥，那就是本着"选题是核心，服务是手段，销售是目的，品牌是生命"的理念，不断进行产品创新，营销创新。

过去有人以为"金黎组合"走的是名人路线，主要出版名人传记。其实，在来长江文艺出版社北京中心之前，他们已经策划了诸如《中国新时期作家大系》《王朔文集》和余秋雨的《行者无疆》等文学书籍。长江文艺出版社

北京中心成立后，他们不放弃原有的作者资源，继续出版成功的名人传记，如白岩松、冯小刚、陈鲁豫、李咏、曾子墨、沈星等影视圈主持人的传记。金丽红在名人传记的出版策划中坚持不渲染花边新闻和所谓的名人隐私，而是总结他们成功道路上的经验教训和人生感悟，以期给读者以启迪。如白岩松的《幸福了吗》和陈鲁豫的《心相约》，都是在金丽红的指导下写作出来的，这些书的销售都在 60 万册以上。卢勤的《长大不容易》等三本书，刘墉的《靠自己去成功》等，构成了北京中心的励志图书系列。同时他们开辟成人文学的产品线，出版了诸如《狼图腾》《一句顶一万句》《手机》《血色浪漫》《蜗居》等国内外产生了广泛影响的长篇小说。原创的《狼图腾》一书出版以来在国内已销售了近 400 万册，包括英语在内的 32 种语言版本在海外销售了上百万册。

与此同时，除了名人传记、成人文学、教育励志、生活实用类图书产品线外，由于郭敬明的加盟，青春文学类图书成为北京中心的一个重要版块。郭敬明的《小时代》系列，《悲伤逆流成河》，落落的《尘埃星球》《剩者为王》，笛安的《西决》《东霓》等二十多位作者的单行本多则销售 200 万册，少则也有五六万册。在开卷信息技术有限公司发布的全国畅销书排行榜上，郭敬明及其团队的青春文学占据了 90% 以上的市场份额。

除了文学类图书外，北京中心注意书刊互动的作用。他们除了创办了青春文学类杂志《最小说》外，还创办了《最漫画》，创办了成人文学刊物《文艺风尚》《文艺风象》等。杂志除了发表优秀作者的中短篇外，还将他们的优秀长篇作品出版单行本。这种以书带刊和以刊带书的互动模式，扩大了书刊的影响和市场规模。除此之外，他们还把《最漫画》上的优秀动漫作品结集出版，先后出版了《梅兰芳画传》系列，《青春白恼会》系列等动漫图书。

除了纸介质图书外，北京中心还注意延伸产业链，实行产品升级。在卢勤的励志图书《告诉孩子你真棒》和《告诉孩子你能行》出版时，他们除了出版纸介质图书，还将卢勤到各地演讲的精彩内容制成光盘，与图书同时发售。在请北京中医大学教授曲黎敏谈养生时，他们已经开始有目的开发系列产品，他们先拟出提纲，请曲黎敏对着摄像机谈养生，除了将这些内容整理出版纸介质图书外，再将这些音像素材加工制成专题节目，送各地电视台和网络电视台播放，同时制成光盘在渠道内销售。仅曲黎敏一人制作的电视节目达 3000 分钟，在全国 230 家电视台、网络电视频道播放。在请阎崇年讲

《大故宫》时，他们从选题的策划，作者的选择，到资料搜集，到拍摄，编辑加工，从纸介质图书到影像、到光盘，一条龙地考虑如何深度开发。为此，他们还专门成立了一个音像编辑部，计划在全媒体出版上大展身手。

注重流程创新，加强内部管理，细节决定成败

和所有的企业一样，完善的法人治理结构是北京中心不断发展的保证，但一个企业仅仅在体制上符合现代企业的要求还是不够的。北京中心在生产经营中，注意在机制和流程上不断优化，在细节上严格要求，才使他们取得了效益的最大化。

在一个出版社中，编辑与发行是最为重要的部门，但北京中心的营销部的人员配备，与编辑部人员的比例相当。这里每一位营销人员都负责几个省市，对每一本图书的营销都需要制订出详尽的方案。营销要求"全流程、全覆盖"。从选题制订开始到图书的上架乃至图书的整个销售周期，营销要做到无缝衔接。营销除了传统的纸介质媒体外，他们还注意研究科技发展的趋势与读者的关注点，从纸介质媒体到微博到论坛、贴吧，尽其全力要让所有的读者都能知道中心图书出版阅读的价值。

每周的例行会议尽管很多企业都会举行，但北京中心的周会上，不仅布置工作，还要求每位员工必须学会挑刺。要总结成功的经验更要汲取失败的教训，要了解自己产品的优劣得失还要对竞争对手的动态如数家珍。封面、腰封、书名，定价，任何一个细节的疏忽都可能让销售产生障碍。每一次的例会是总结会，也是培训会。高管们现身说法，中层干部敞开胸怀，青年员工知无不言。北京中心从9个人开始发展到今天的40多人，形成了一个具有市场意识和实践经验的有执行力的团队，与这个重视培训的传统是分不开的。

业务团队的成长，与管理团队的以身作则分不开。金丽红和黎波是中心的创始人，是管理者，但也是一个普通编辑和策划者。许多双效的图书，都是他们亲力亲为，参与策划与编辑的。金丽红来到北京中心时，已经到了退休年龄，但八年间，她任何时候任何工作都是身先士卒冲在最前边。平时工作时间，她或者上班或者陪着作者到全国各地签名售书和演讲，就连节假日，也抽时间到单位处理事务。每天上班时，她不要公车接送，自己搭地铁和出租车，第一个先到单位打扫卫生。中心出版的图书有朋友喜欢，她从来都是自己拿钱购买再赠送别人。

注重产品的社会价值，坚持两个效益的有机统一

八年来，北京中心的经济效益不断创出新的纪录，200 万的投资，产生了上亿的利税，有人误以为北京中心只会出畅销书，只注重经济效益，不考虑社会效果，其实这是一种误解。

八年来，北京中心只出版了 233 种图书，迄今为止，除了一本《从头到脚说健康》因为校对质量达到万分之一点零六属于不合格产品外，还没有别的图书因为内容或校对质量受到读者和主管部门的批评。相反，他们出版的长篇小说《狼图腾》一书，无论是输出版权还是在国内的销售，都创下了中国出版的多个第一。同时，他们出版的长篇小说《一句顶一万句》，荣获第八届茅盾文学奖，这也是很多老牌文艺出版社多年来希望实现而难以企及的高度。2011 年出版的 33 卷 1500 万字的《鲁迅大全集》，更是体现了他们出精品出力作的追求。这套全集投资 1400 万元，他们集中中心的人力、物力和财力，力图为弘扬鲁迅精神，传播优秀文化而树立一座精神丰碑。

不仅是这些重点作品，就是平时出版一些名人传记，其中包括一些影视明星的传记，金丽红多年来坚持的原则是，只要给孩子看的图书，都必须要阳光和积极向上的。那些绯闻和床上床下的内容，是见不得阳光的。如他们在出版陈鲁豫的传记《心相约》时，陈鲁豫的个人感情生活虽然也很丰富，但在这本书里只字未提。书中主要写的是她本人的成长经历和感悟。宋丹丹的《幸福深处》尽管也写到自己的婚变，但对逝去的一切也是充满宽容和理解的。冯远征和妻子梁丹妮的《如果爱》，则展现的是人间真挚的友谊和感情。这种出版的追求，体现在中心的企业理念上，那就是"做书、做人"。换句话说，只有成为一个具有高尚情操的出版人，才能做好两个效益俱佳的出版物。

立足当前，着眼未来，为中国出版再创辉煌

回顾八年来的奋斗，北京中心的员工们虽然在探索出版改革中取得了一定的成绩，但他们仍然感到既有压力也还充满发展的机遇。2011 年，中心的发货码洋将超过 4 个亿，回款超过 2 个亿。他们的理想是，在未来的三至五年内，再造一个北京中心，销售码洋力争达到每年十个亿以上。

　　他们的计划是，以现有图书产品和期刊为基础，拓展产品线，形成具有竞争力和控制力的图书版块，同时，准备再创办二至三个期刊，形成互相配合又各有特色的期刊群。以这些纸介质的出版物为基础，开发电影电视和专题节目，选择合适的内容开发游戏产品，开发广告客户；同时，对内容产品进行数字化处理，与技术开发商和运营商合作，在网络和手机、平板电脑、阅读器上发布内容。另外，利用品牌影响力，包装作者和代言人，代理产品，代言广告。在适当的时候，利用渠道控制力，代理其他内容提供商具有互补性的图书产品。同时，在国外成立合资或独资的出版机构。适当的时候，在政策允许的前提下，在资本市场融资，让北京中心成为特色鲜明、具有国际竞争力的重要的跨国出版企业。

　　当然，这一切的努力仍然需要新闻出版管理部门的大力支持。首先，北京中心尽管是一个国有占主导地位的合资的企业，但在出版上仍然缺少自主权，凡是由出版社申请和申报的项目，中心往往得不到政策倾斜。国家对出版产业的优惠政策，中心也无法享受。同时，对于打造自有品牌，仍然难以实现。北京中心希望国家能从发展民族出版事业的高度出发，希望有关部门给予独立的出版权。

　　同时，北京中心希望大力发展期刊，但目前期刊的刊号仍是稀缺资源，中心希望主管部门对于像他们这样具有竞争力和办刊实力的出版单位，应当放开限制，这样有助于企业的进一步发展。

　　三是北京中心希望在适当的时候能够独立上市融资，希望有关主管部门一如既往地给予大力支持。

　　　　　　　　　　　　　　　　（原载《出版科学》2011 年第 6 期）

出版社应确立自己的品牌图书战略

市场经济条件下，商品由过去的短缺变为相对过剩，消费者在选择购买何种商品时，引导他们购买行为的，首先是商品品牌的吸引力。品牌作为一个领域一个时期标志性的产物，不仅体现了企业的有形价值，还蕴含着巨大的无形资产。有人曾这样概括，品牌是一种感受，是一种评价，是消费者心目中的偶像，企业文化的结晶，更是历史的缩影。"从消费者的角度来讲，品牌是一个企业、一个产品所有的期望；从企业的角度来讲，品牌是企业向目标市场传递企业形象、企业文化、产品理念等有效要素，并和目标群体建立稳固关系的一种载体、一种产品品质的担保及履行职责的承诺。"（见李光斗著《品牌竞争力》，中国人民大学出版社出版）因此，中外成功的企业无不重视塑造自己企业的品牌，实现资源的最佳配置。而图书出版的领域也莫不如此，国外如英国的企鹅丛书，日本的岩波文库、角川文库，德国斯普林格出版公司的学术著作，国内如商务印书馆的《汉译世界学术名著丛书》，双语、汉语类辞典，清华大学的计算机图书，外研社的英语系列图书等，都是为读者和出版界认可的图书品牌。作为一家地方文艺出版社，我们在适应市场的变化中，也注意到了图书品牌在扩大市场销售，塑造出版社形象中的作用。通过多年的摸索和实践，我们从不自觉走向了自觉，并在出版发行的实践中，尝到了品牌战略带来的甜头。如果说我们在品牌营运中还有些成果值得一提的话，那就是我社在文学图书出版领域逐步培育了诸如反映新时期以来中短篇小说创作成就的《跨世纪文丛》，检视长篇小说创作新成果的"九头鸟长篇小说文库"，总结校园文学创作新发展的"白桦林"系列读物，以及普及中华传统文化的"圣贤人生丛书"，以二月河作品为代表的历史小说系列。这些图书经过近十年的培育，不仅得到了读者的认可，而且经受住了时间检验并保持着其健康的生命力。我认为，随着出版界市场化的全面推进，随着中国加入 WTO 后国际化的竞争，图书市场之间的竞争越来越激烈，一个出版社要想在竞争中站稳脚跟，立于不败之地，就必须培育具有鲜明特色的品牌产品，打造核心竞争力。

也许，铸造品牌是任何一个出版人所希望的，但是，培育出图书品牌，真正能为业界认可、为读者所接受的品牌并不是一件容易的事。我认为，在形成自己的品牌特色时，有如下几个方面值得注意：

一、领导者要确立打造精品名牌的战略指导思想

是不是需要打造有个性的图书品牌，并进而形成一个社的图书品牌群，铸造出版社的整体品牌形象，作为出版社的负责人，必须对此有清晰的认识。因此，在确定出版社的发展方向及图书出版战略上，必须将其纳入自己的思考范围。《孙子兵法》云："夫未战而庙算胜者，得算多也；未战而庙算不胜者，得算少也。多算胜，少算不胜。"因此，出版社的负责人，必须理清自己的思路，充分重视打造品牌的重要性，必须制定长远的战略规划，必须对品牌的确立、CI 形象设计、品牌的维护与推广有自己的通盘考虑。有些品牌是领导者的自觉行为，有些是在出版实践中不自觉地凭借市场之力露出端倪，由出版社的负责人着力栽培而形成的，但无论何种情况，领导者的重视都是至为关键的一步，特别是实行了社长负责制的出版社。如我社的几个图书品牌，"九头鸟长篇小说文库"是事先谋划并有意实施的，但《跨世纪文丛》是在出版了二辑之后才看出它的价值。同时，一个品牌的塑造也许需要几代领导人的努力，无论是倡导者还是继任者，都必须以出版社的最高利益为行动准则，薪火相传，将图书品牌的培育延续下去。像《跨世纪文丛》，是我来到这个社之前由前任领导开始出版的。我到了长江社后，这套书是否继续出版有两种观点，一种是就此打住，见好就收，一种是继续出版，扩大影响。按现在某些官场"人亡政息"的惯性，这是前任的事，我可能打住另辟蹊径，但我认为这套书在严肃文学走入低谷时脱颖而出，在新时期出版史上已经显示了其价值，我出于对文学出版的热爱，在大家的支持下，决定逐年出下去。日前这套书已出版了 7 辑 67 本书。从 1992 年始，这套书已经出版了 16 年，在同类文学丛书中，出版时间之长，辑纳作家之多，应该说是比较突出的。

二、打造品牌必须考虑自己的专业分工

我国的出版社根据出版管理的要求都有自己的专业分工，这种分工尽管

是通过行政手段来形成的，但无形中也为出版社铸造品牌创造了条件。因此，电子工业出版社形成了自己的电子出版物、信息出版物方面的优势，外研社在外语图书的出版上形成了自己的品牌特色，大百科全书出版社在工具书方面形成了自己的品牌。但也有些出版社在共同的分工中，又细化凸现出自己某一方面的特色，形成自己的品牌。如商务印书馆，本来分工是比较宽泛的，但他们着重在工具书方面形成了自己的特色。如清华大学出版社有很多院系，有自己众多的出版资源，但他们的特点还在于机电类图书、计算机类图书上。人民大学出版社也同样有很多资源，他们的图书着重在考研图书上。所以，要形成出版社的品牌方向，不仅要在自己的专业分工范围内努力，又不要对所有的品种都平均使用力量。应当选准自己的突破口，寻找自己的优势。有所为，有所不为。我社在图书品牌的培育时，紧紧围绕自己的专业分工，并将重点放在当代作家作品的出版上，努力推出原创作品。

三、营造品牌要考虑自己的编辑人才结构，需要全社的通力合作

营造品牌需要编辑人员去策划并实施，所以，考虑品牌图书的建设时必须考虑本社编辑人员的知识结构与业务素质。我们不能超出专业分工去种别人的田，同时也不能不考虑编辑人员的现状去设想宏图大略。品牌的营造是创造性的劳动，需要在某一出版领域成绩卓著者策划并实施。所以，我们在打造本社的图书品牌时必须充分尊重现实。同时，品牌的培育非一日之功，也不是一本两本书就可能形成一个品牌，所以，出版社不能将打造品牌的任务寄托在某一个编辑上，而是需要在领导或是骨干编辑的带领下，或是一个项目组一个编辑室的组织框架下，有计划有步骤地开发、培育、推广、宣传的。有时，需要倾全社之力，才能真正使一个品牌立起来。如我社的"九头鸟长篇小说文库"，尽管经营时间并不长，但先后出版了近二十种长篇小说，这就是由社里统一组织，由几位编辑共同完成的。

四、打造品牌要考虑竞争对手的品牌方向，选择好的切入点

一家出版社在考虑打造某种图书的品牌时，一定要研究本专业内竞争对手的图书品牌结构，及此类图书在市场上的美誉度、市场占有量，既不能走同一条路子，又要同中求异，体现出自己的特点，便于消费者识别，否则，

事倍功半，还有可能达不到最初的目的。外研社本来是以出版外语工具书取胜的，但后来有一位编辑向社长李朋义提出要进入少儿图书出版领域，李朋义将信将疑，后来这位编辑经过认真地调查，写出了几十页的分析报告，指出了当前图书市场中少儿图书的现状，建议外研社在少儿图书领域中应当切入的方向。分析报告打动了李朋义，外研社启动了少儿图书出版的工程。结果经过几年的完善，外研社少儿图书成了其众多品牌中的一个新的支点。长江文艺出版社在考虑"九头鸟长篇小说文库"的定位时，也研究了业内另一个长篇小说品牌"布老虎"的出版方针。"布老虎"的定位，主要是集中在描写都市爱情，特别是古典爱情小说题材上。我们考虑收入"九头鸟长篇小说文库"的图书在题材上不限，主要要求作品在艺术上有所创新，同时又要能满足读者的阅读期待，具有一定的可读性。我们不希望放入这个文库的长篇小说本本都畅销，但相信能达到一定销售的预期。希望在每年的长篇小说创作回顾中，这套书不会被人忘记。目前，这套书已经出版了 30 余种，其中《狼图腾》销售 200 多万册，被翻译成 25 种语言在全世界 100 多个国家销售；长篇历史小说《张居正》获第六届茅盾文学奖，第十届中宣部"五个一工程"奖，国家图书奖，《远去的驿站》获国家图书奖、中宣部第九届"五个一工程"奖，入围茅盾文学奖；《银城故事》入围茅盾文学奖；《到黑夜想你没办法》获亚洲文学奖。

出版社确立了自己的图书品牌方向及战略定位后，经过设立标识、包装，经过初期的市场化运作后，可能具有了一定的知名度，但往往就在这时会因为组织者的疏忽或者缺少耐心而功亏一篑。国内文学出版社曾有不少"丛书"或"文库"问世，但真正能留传下来并真正为读者接受的并不多，我认为，这方面还要注意以下几个问题：

1. 要注意入选图书的内在质量，坚持"宁缺勿滥"的标准。海尔集团在创业之初，张瑞敏为了保证冰箱的质量，曾经亲自挥起铁锤，将 20 多台不合格的冰箱砸碎。正因如此，海尔的产品，才得到消费者的青睐。出版业曾经一时引人注目的许多"丛书"或"文库"，出版当初也许能坚持从严的原则，但随着知名度的扩大或者稿源的减少，往往会出现降低入选标准的情况，其结果不仅会降低品牌的含金量，有可能会使已经创立的品牌毁于一旦，成为书坛的流星。我们只有不断提高品牌图书的文化含量与科技含量，满足消费者的期望，才能永葆品牌图书的青春。2001 年我们在创立"九头鸟长篇小说文库"时，由于"小长篇"系列入选时控制不够，结果质量参差不齐，带来了一定的负面影响，2002 年我们就严格控制入选图书，整体质量就得到了保证。

2. 品牌的打造贵在坚持。业内有不少出版社在创立品牌时也有不少好的闪光点，也曾出版过一些有影响的好书，但也许因为在运作中措施没有到位，或者编辑人员更换，或者在营销中出现了某些挫折，经营者中途又放弃了初衷。所以，一个品牌如果定位准确，市场表现曾有好的开头，一定要用好业已形成的比较优势，持之以恒坚持下去。如"年选"类图书，过去国内有不少文学类出版社都编选出版过，但到了 1995 年，全国再没有一家出版社继续出版，我社在这时约请中国作协编选年度文学作品选，迄今已经出版了 8 年，图书的发行从开始的 3000 套增加到了 1 万余套，基本培育出了"年选"类图书的市场。从 1998 年始，全国又有漓江等 5 家出版社开始或恢复年选类图书的出版。

3. 要注意图书品牌的延伸与发展。图书品牌不是凭一本书而是靠一批书形成的，但随着时代的发展，读者的关注点与市场都会发生变化，出版者如果不能做到"与时俱进"，在图书的内容与形式上包括营销手段上适应变化了的市场环境，可能会迅速步入衰亡期。所以，出版者要注意搜集信息，密切关注市场表现，在原有品牌的大旗下，增加新品种，满足读者的需求。如我社的《白桦林》青春散文系列，第一辑曾经销售了 30 余万册，两度荣获全国优秀畅销书称号，这个系列出版了三辑，但后来市场有所萎缩，我们借助其影响从新的角度开发新的产品，其中"岁月通道"系列出版后受到欢迎，目前出版了二辑，每辑四本均销售到了 3 万册以上。再如外研社的外语工具书系列，上海辞书出版社的辞书系列，都因为有新的产品不断补充，品牌才不会褪色，才会给消费者永远留下新鲜的印象。

出版业如此，其他行业概莫能外。如海尔集团，不仅有电冰箱系列，还有洗衣机系列、电视机系列、手机系列等。他们通过大量高质量的产品不断推向市场，通过完备的服务，通过持续不断的宣传营销，才为企业打造出一块金字招牌。

4. 注意图书品牌的维护。图书与其他商品一样，即使创立了品牌，也有了一定的知名度，但由于新产品不断涌现，竞争格局在发生变化，如果不能投入力量对品牌继续加大宣传力度，产品的服务水平不能"跟进"提高，业已形成的品牌会渐渐地从消费者的视野中退出，他们会转而寻找新的产品满足自己的需要。久而久之，品牌的影响与知名度大打折扣，甚至有可能被新的品种所取代，将已经形成的品牌逐出市场。所以，打造品牌不易，维护品牌也很重要，出版者应当有计划地投入一定的人力物力与财力保持品牌图书在市场上的影响，吸引消费者的眼球，培养忠诚的消费者。我社出版的《跨世纪文丛》，刚开始一辑能够销售到十余万套，后来由于同类图书较多，加之对此类品牌的宣传投入力量不够，市场萎缩较厉害，2001 年，我们采取了一系列的营销措施，图书的销量初步得到了回升。目前，出版社又推出了《跨世纪文丛》精华本系列，该图书品牌又重新焕发了青春。

出版企业实施精品战略时的若干策略

这是一个让人困惑的话题：企业的使命，是追求资本快速增值，而精品出版，按一般常规，需要出版社投入难以回收的资金。因此，对于当下中国已经转企改造的出版企业而言，这是一个"哈姆雷特式的困惑"。用"纠结"二字来形容出版人的心情，也许再形象不过。

出版人的文化使命，对于已经从事出版和已经进入出版界的从业者而言，大多数人自认为不容置疑。物质的财富如流水般会蒸发，留在人间的精神财富却长留在记忆中。谁都希望出版能传之后世的精品力作，但是，钱从何来？

从表面上看，这是一个悖论。用传统的表述来解读，就是社会效益与经济效益的对立；从现实来看，是转企改制后的出版业文化使命与企业使命的冲突；从上市企业来看，是股民的利益与出版诉求的背道而驰。

其实，这种非此即彼的看法是一种认识上的误区。精品的生产是否天然地与企业的利益诉求冲突呢？笔者认为，精品生产是需要资金的投入，但是，真正的精品会传之久远，会拥有自己的知音，因此并不是所有的精品图书都会入不敷出。不过，出版社在制订精品战略时，是需要采取一些经营策略。在某种程度上，路径与方法是解决精品生产困惑与实施精品生产的关键。

所谓精品，按照《现代汉语词典》和《辞海》的解释，物质中最纯粹的部分。如上乘的作品，精美的物品。精品出版物，按大多数人的理解，是去粗取精，大浪淘沙，经过了时间检验，读者检验而沉淀下的出版物。这些出版物能够传承文化、弘扬时代精神、体现国家水准、为群众喜闻乐见。

当然，这是一个比较抽象的概念。现实中人们对精品的理解，有两个体系，两个标准。一个体系是专家和领导，另一方是大众读者。一个标准是根据图书的规模，一个标准是原创和实用。纵观历届入选各种"规划"的图书来看，集大成，学术专著居多。这种书对传承文化，整理古籍，确有其独特的价值，但多数图书印数少，属于阳春白雪之类，有人将其称之为"学术精品"。还有一种书，并未入什么"规划"，但在投放市场后，人们才认识其思想内容的价值。口口相传，不胫而走。很多传之后世的精品，往往在这样的环境中产生。这种出版物，有人称之为"大众化精品"。

从出版史来看，精品中集大成者有之，如清康熙时期由陈梦雷主编的《古今图书集成》，清乾隆时期由纪昀（晓岚）主编的《四库全书》，规模之大，前无古人。如《四库全书》收录古籍3503种、79 337卷，可谓集大成，但这些书是由"中央财政"拨款编修的。但仔细分析，我们会发现这部巨著，其实还是由无数富有原创价值的文明细胞而构成。这部书分为经、史、子、集，其中包括了我们熟知的并广为流传的《论语》《诗经》《道德经》《唐诗》《宋词》等等。由此可见，精品既可以是集大成的"鸿篇巨制"，也可以是仅仅只有五千言的小书。以此类推，我们今天评判精品，更不应以规模大小而定。其实，主管部门的领导，新闻出版总署图书司负责人吴尚之曾说："精品力作，不一定要搞大制作、大工程，是不是精品，关键是看内容水准，而不是作品的大小。"看内容水准，主要看其是否具有原创性。无论是社会科学，还是自然科学，这是一个共同的标准。出版家陈昕在谈到他们集团出版的《中国震撼》一书时说，"我们可以确信，无论什么时代、无论传播手段如何变化，有价值的内容始终是出版的根本。"

那么，我们需要通过何种路径来打造精品呢？

根据统计，中国目前一年出版图书33万种，出版新书16.4万种。要求这16.4万种都是精品既不科学也不现实。图书的出版像一个金字塔，我以为大致可分为如下五个层次。最下面的约有20%，既不赢利也没有多少价值；第二层约有50%，属于短平快当期赢利产品；第三层是有重版价值的，或者少量的靠市场营销拉动的畅销书，这部分大约有15%；第四层次是有一定价值和影响但属于某一时代的产品，尚不能传之后世。金字塔尖的5%是具有思想内容，有创新，有重版价值的产品。这其中也许有1%至2%能够流传下去。这个塔尖上的产品是皇冠，不仅能塑造出版社品牌，而且能成就出版大家，为出版社带来长久的经济效益。

作为一个企业家，我们要锁定50%以上的产品，作为一个出版家，我们要争取金字塔尖的5%。我以为：精品战略的实施取决于企业策略的运用。

一、精品图书要认真规划，要注意当期产品的内在结构

做精品图书，首先要根据出版社的专业方向，作者资源，编辑力量，出

版传统。在规划精品图书时，我们不能临时抱佛脚，不能寄希望毕其功于一役，不能依靠一蹴而就。出版社要有长远的规划和远大的目标，国家组织制订了十二五出版规划，出版社也要有自己的规划。如工具书的出版，产品线的形成，出版版块的构建，都不是一朝一夕的事。如果出版社在产品的规划上朝三暮四，任何时候都不会形成自己的特色。

制订出版社的精品图书生产规划，我们需要一些代表出版社形象的产品，这样容易吸引眼球，容易获取各方资金支持，但这些产品的出版要掌握一个度，要量体裁衣控制在一个比例内。同时，要规划推出一些普及性的原创的"大众化精品"。真正形成出版社在社会上影响力的往往还是靠这些产品。我们研究中华书局和商务印书馆上百年来的产品目录，就发现它们既有高山，但更多的是垒土，"集腋成裘，积沙成塔"，最后成了出版的双子星座。

那么，作为一个出版单位的主要负责人，在产品的规划时，要重视产品的结构。如哪些是当年能带来效益的产品，哪些是需要三年五年才能完成的长线产品。如果当期能带来效益的占80%，那么具有学术价值，或者远期带来经济效益的，你就要准备占20%。这20%中一年能沉淀10%，有三至五年，出版社重版书多了，经济基础就牢靠了。反之如果你每年都是快餐产品，出版社疲于奔命，最终依然是两手空空。

二、精品图书的产生取决于作者的选择

所谓的精品图书，重在创新，重在填补学科空白。民国时期，出版社众多，但亚东图书馆因其出版理念和汪孟邹的人脉，一共出版了300多种书，但从现存的目录来看，有一半以上成了经典。为什么呢？因为他通过胡适团结了一批重要的作者，如胡适、陈独秀、蒋光慈等。所以，出版社能否出版一流精品，就看你手上有没有一流的作者。当然，已经久负盛名的作者对于精品的产生很关键，但重要的作者属于稀缺资源，出版社要付出代价但也未必能如愿。如当年中华书局与商务印书馆争夺梁启超的文集，双方伯仲之间且互有胜负。如果出版社能通过培养作者则更见能力。如国内外享有盛名的国学大师钱穆，在商务印书馆出版第一本书时，还是一个小学老师，这本书是他教授《论语》的讲义。因为这层关系，此后他的重要著作大多是在商务印书馆出版的。

三、要争取各方资金的支持

目前，国家对精品图书的生产十分重视，从中央政府到地方政府，都设置了一些重点图书出版基金。出版社要组织专人研究已有学术基金补贴著作的出版情况，避免选题撞车。申报的选题要突出特色，选择好角度，同时要准备好申报的材料。各种研究机构，包括大学，有些拟出版的图书已经申报了国家的课题，这些课题中包含部分出版经费。出版社在出版这些小众图书时，灵活运用这些出版资助，也会减轻出版社的经济压力。

四、精品也要做好营销

中国有一句俗话叫做酒香不怕巷子深，在信息时代，这句话已经过时了。茅台酒久负盛名，但每年投入的广告费仍数以亿计。好的原创的图书产品，也需要营销。

如《狼图腾》一书，从 2004 年畅销至今，但长江文艺出版社北京中心从不放过任何一次营销的机会，否则读者会审美疲劳。杨红缨的图书广受欢迎，她的行走营销足迹几乎遍布了中国的每一座城市。在这方面，我们不要认为开了一次座谈会，一次新闻发布会，或者在报上发了几条消息就是营销。好的营销必须是立体的，全方位的，它需要在产品、价格、渠道、宣传手段上全方面的整合，需要持续不断地创新营销模式。

五、精品的维护与深度开发

一本书产生了影响，在一定历史时期内带来了社会效益与经济效益，但由于版权授权的时间所限，加之市场的变化，很可能昙花一现，为别人做了嫁衣。出版社有了好的作品，带来了影响，一定要注意维护，尽量延长作品的生命周期。

所谓维护，一是要处理好作者的关系，让作者将版权放在出版社手中。国外的作者习惯与某一家或某几家出版社合作，但中国的作者大多数的作品"居无定所"，实际上如果处理得好，作者也并不希望经常换出版人。处理好作者的关系重要的是将他的作品的价值最大化，将书的社会影响尽量放大，同时要按约定支付报酬。如二月河的作品从第一部在长江文艺出版社出版至今已24年了，作者一直没有交给其他社。尊重作者，保持感情联络，按时支付报酬是关键。二是要注意作品与时俱进，如版本的更新，内容的补充，宣传营销手段的创新。如21世纪出版社出版郑渊洁的文集，组织专门的团队为作者服务。如湖北少儿出版社为杨红樱"绘画本"专门组建的绘画室。同时，出版社不要因为主要负责人或责任编辑的更换而失去与重要作者的联系。长江文艺出版社在这方面也有一些教训，如《跨世纪文丛》中收录了作品的作家，当下都是中国文坛的翘楚，其中如果当初留住了三分之一，现在就是很大的一笔财富。余华的《活着》一书，是他本人的代表作，也是当下的文学经典。此书本来是长江文艺出版社首次出版的，由于对这本书在海外获奖的信息我们没有及时了解，结果被它社拿走并不断重版，至今引以为憾。

大众化精品的受众广泛些，但不少学术精品同样有其固定的读者。如湖北科技出版社出版的《王忠诚神经外科学》《彩色外科手术图谱》。这些小众图书要根据科学技术的发展变化与实践定期修订，保持其理论的前沿性与实用性，同时要利用网络的销售模式，作为"长尾"保持其市场生命不会衰竭。

精品的生命力有时不仅仅在于内容，而在于多种形式的相互补充与呼应。如人民文学出版社出版的《茅盾文学奖获奖书系》《语文新课标必读丛书》中，包含了很多同一本书。从市场反应来看，一本书放在不同的书系中，不会让人感觉重复，反而会互相补充，相得益彰，对扩大图书的影响起到一定的作用。如个别获了茅盾文学奖的单本图书影响有限，但由于放在不同的书系中，结果又有了新的生命力。

深度开发更多的还体现在的不同艺术形式之间的转换，如图书改编成电影、电视、动漫、网游，使作品覆盖了更多的受众，使作品的影响力进一步放大。如《哈利·波特》图书与电影的互动，如中国四大名著的改编。我们可以看到，许多经典都是因为多次反复不同形式的传播，才成为家喻户晓的经典。钱钟书的《围城》，虽有文名但前些年养在深闺并无多少人认识其价值，直到同名电视连续剧的播出，才为广大读者所了解并在市场上经久不衰。

参考文献

[1] 吴尚之《落实六中全会精神 推出更多精品力作》中国新闻出版报，2011-12-14.

[2] 陈昕《中国震撼》的出版及其价值. 文汇报, 2011-04-25.

[3] 冯春龙 汪孟邹和亚东图书馆. 出版史料, 2005 (1).

[4] 肖民 钱穆与商务印书馆. 中华读书报, 2003-07-09.

（原载《出版发行研究》2012 年第 6 期）

第二卷 民营书业

民营出版相对国有出版业的比较优势

目前中国大陆经过政府审批成立的出版社，在理论上是 573 家，但实际上，各地都有一批非公有的出版公司在灰色状态下生存。据中国出版科学研究所发布的《中国民营书业发展研究报告》称，这些公司的经营规模已经占据了全国书业的半壁江山。这些公司在工商登记时主要经营内容是图书发行，但实际上有"相当"一部分已经涉足于图书出版的上游。"在全国每年出版的17 万种图书中，由 2000 多家文化公司和民营发行公司进行选题策划或组稿、编辑出版的品种已经占到 30%，而在考研、自考、中小学教辅等图书及一些政府部门专业图书的编辑、出版、发行中，民营图书公司早已成为主体。"①但目前，这批出版公司对中国出版业的贡献，某些管理部门因为统计的原因或者因为民营出版公司自身的原因，对其总结分析并不够全面，由此造成的后果是，民营出版业在中国文化产业的发展历程中的贡献没有客观地呈现出来，相反的是，其发展过程中的曲折却较多地以负面的形象凸现给世人，其情景有些如 80 年代初社会主流对民营企业的认同度。他们的身份，正如社会乃至某些管理部门所称，是"书商"，或者"二渠道"，从字面上来看，就是不入主流的意思。但在国外，对中国出版业研究的专著中，却已经将他们视为中国出版业的一个密不可分的组成部分。笔者在出访日本期间，曾见到日本出版的《中国出版史》，已经将席殊书屋、国林风、西西弗列于其中，这与国内的评价恰恰相反。

对于中国出版业如何评价，是仁者见仁智者见智的事情，但笔者认为，在中国国有出版业的转型之期，我们客观地来分析一下目前已经存在并且日益做大的民营出版，对此加以客观地考察，并将其与国有出版业进行比较，这于我们做大做强中国出版业是大有裨益的。

一、明晰的产权结构，是新型出版公司发展的原动力

困扰我们国有出版社发展的根本性的原因，恰恰是我们最引以为自豪的"国有"身份。出资者单一，但很多时候这个出资人处于一个"虚拟"状态。对于管理团队而言，缺少监管，缺少激励机制；对于员工而言，在"主人"不到位的前提下，则意味着自己就是主人翁，企业就是大锅饭。由于所有者的缺位，管理者压力不够或者说责权利不分明，在劳动、人事、分配上缺少自主权，大多数出版社处于一种十分尴尬的地步，人浮于事，劳动效率低下，矛盾重重，短期行为。尤其是地方出版社，随着教材教辅的降价，生存之虞日益显现。很多出版社依靠出卖专有出版权而生存，少数出版社的策划、发行能力弱化，几乎成了一个空壳。

而民营的出版公司，从一开始在体制上就克服了国有出版单位的弊端，产权是十分明晰的。要否是独资，私人资本，所有者要实现利润的最大化，要实现自我的价值，原动力可想而知；要否是合资，合伙人之间共同成立的公司，或者是由民营资本与法人单位合作。公司在公司法的约束下，在共同的利益支配下，在董事会、监事会的制约下，既赋予经理人一定的经营自主权和收益权，又必须得到全体股东的认可，公司健康发展的概率就显而易见。在国内比较有影响的知己文化有限公司、紫图文化有限公司、北京人人地平线文化发展有限公司等，则是民营出版业的代表，而九久读书人文化有限公司，机械工业出版社的华章文化有限公司，湖北长江新世纪文化有限公司、湖北海豚传媒文化有限公司，则都属于国有资本与民营资本的合作。也有民营资本与外资的合作，如2003年初，上海季风图书有限公司与台湾联经出版公司共同组建了"上海三辉咨询有限公司"，从事出版咨询服务。2004年，开始出版"三辉图书"系列。2003年上半年，上海季风图书有限公司与上海外文图书公司共同组建了"上海外文季风图书有限公司"。2004年底，上海季风图书有限公司与台湾联经出版公司共同组建台湾"上海书店"。这些公司的资本结构，与国有独资的出版单位比较，由于体制上的优势，在市场竞争中，它们则显得更有活力。

二、灵活的运行机制，保证了公司的高效率

在国有出版单位中，特别是成立时间比较久的出版社，离退休职工多，

辅助部门员工与业务部门员工比例不协调，干部年龄老化，出版社因此缺少竞争活力，为了改变这一局面，出版系统曾经强力推行过"三项制度改革"，指在劳动人事、分配制度、干部任用上，实行"人员能进能出，收入能多能少、干部能上能下"。但在推行中，阻力很大。其关键是所有的员工都认为，出版社又不是你某某某的，你凭什么让我下岗，凭什么降低我的工资，凭什么让我离开职位。即使你作出十分微小的一点改革，也会遇到很大的阻力。在出版社负责人的年终考核上，在各种民意测验中，每个人的一票都是至关重要的。同时，各种并不署名的莫须有的举报信，也会让负责人对改革望而却步。

在民营公司或者股份制公司中，这种困扰经理人的事情基本不复存在。他们用很简单的方法来处理被国有企业认为是十分复杂的干部人事与分配问题。机构可以设立也可以撤并，干部可以上也可以下，员工的流动相对比较宽松。湖北海豚传媒有限公司在年终时，要求各个部门必须实行末位淘汰，比例是现有人员的15%，以便为来年重新招聘更为优秀的员工腾出位置。一位销售公司的负责人私自扣留了应当支付给客户的奖金，总经理立即解聘了这位负责人。公司在推进动漫制作时，成立了一个二维动画部，招聘了四十余人，后来从发展战略考虑，暂时放弃这部分业务，就解散了这个部门并辞退了所有的部门员工。这在现有的国有企业中，是根本做不到的。

三、经理人的任命与部门负责人的选拔

出版社的负责人都有相应的行政级别，厅局级、处级，个别的还有省部级的领导。这些干部的选拔与任命，基本上参照公务员的选拔程序。这些同志有些是在出版单位成长起来的，比较熟悉业务，但相对缺少管理经验，还有一部分是从党政机关派下来的，熟悉业务往往需要一个过程。如果是在一个经济条件比较好的出版社，或者有计划经济保护的单位，还可以交一段时间的学费，否则出版社就要堕入万劫不复之地了。这种选拔经理人的路径、方法是不符合一个在市场参与竞争的企业的发展规律的，但大家习以为然，上级管理部门也觉得这才符合有关政策。

在民营出版企业中，经理人一部分是在市场中摸爬滚打出来的，一部分是过去从国有单位"突围"出去的。如湖北海豚的夏顺华，世纪天鸿的任志鸿，则是自己一点点摸索，积累经验后闯出来的。如广州学而优的陈

定方、上海季风书园的严搏非，都是从国有出版社走出来的。如国有与民营资本合资的上海九久读书人有限公司的总经理黄育海，湖北长江北京新世纪文化有限公司的金丽红、黎波、安波舜等，则是从出版社老体制中走出来的佼佼者。试想，在一个由不同资本构成的股份制公司中，无论是董事会还是股东会，都不会聘请一个没有把握的操盘手，不会同意拿自己的企业去做试验，他们一定会竭尽全力寻找一个在行业内有过成功从业经验的职业经理人。

在国有出版单位中，除了经理人选之外，副职的选拔也是由上级来决定的，这就从制度上造成副职只对上级负责，而不需要完全对主要负责人负责。这些副职如果不全心全意地投入工作，主要负责人一般情况下还没有办法撤换副职，恰恰相反，主要负责人还要和副职搞好关系，否则上级会认为他搞不好班子团结。而在民营出版公司里，无论是个人资本还是合资公司，总经理绝不会挑选一个与自己配合不好的副职，也不会为照顾副职的情绪而影响工作。

在国有企业中，副职的选拔，十分考虑资历、年龄，综合各方面的因素，但在非国有的出版企业中，这些因素会放在比较次要的地位，副职有否能力是很关键的。管理团队往往会因为总经理的去职而集体更换，有些如西方政府的内阁制。这就保证了副职的忠诚度，副职的作用发挥。

四、发展战略与定位

在国有出版单位中，由于体制、经理人本身素质、主要负责人经常更换、队伍老化负担过重等原因，随着计划经济成分和比重的不断减少，除了一些中央级大社外，相当多的中小出版单位为了生存而疲于奔命。因为生存问题的压力，出版社没有精力去考虑更长远的发展。有些社也制订发展战略，但计划赶不上变化。过去一些出版教材的出版社利润丰厚，还会投资别的行业，如金融证券房地产之类的，近来由于教材限价等因素，利润锐减，出版社只好退守主业。他们眼看着手中的流动资金不断减少而无能为力。很多出版社负责人把希望寄托在出版社转企改制上，实际上一些已经宣布转企的出版单位，也不过是从国有事业转变为国有企业，仍然是面临着诸多困惑。

而在做得好的一些民营出版企业中，它们已没有在国有企业中所残存的束缚生产力发展的诸多因素，经理人的精力，主要放在发展上。他们考虑的是按企业的规律，如何做大做强，如何增强核心竞争力，山东世纪天鸿书业有限公司从一个小规模的图书制作发行单位，成为我国第一家获得出版物国内总发行权和全国连锁经营权的教育集团，成长为图书发行净额达到 12 亿元的大型出版发行企业，其得力于公司负责人任志鸿的战略规划。他确立发展方向，专注于教育产品的开发与销售，现已成功打造了"优化设计""志鸿作业""优化全析"等 17 个子系列的"志鸿优化"品牌图书；实行战略联盟，与全国 28 个省市 78 家省级联盟商共同打造销售平台；他着眼于未来，前瞻性地抢占数字出版先机。在探索教育数字出版产业模型方面，世纪天鸿走过了专业数据库建设、网络平台成型和终端开发三个阶段，顺利实现了产业升级，成为了全国最大的数字教育资源提供商，数字出版物收入占到了公司总收入的 5% 以上。世纪天鸿作为一家年轻的出版发行企业，其成功取决于他的人才战略。他较早引入高级职业经理人，较早通过了 ISO9000 认证，并注重人才和企业文化的培养，形成了良性的产业化发展之路。

五、品牌、产品创新的速度与力度

由于多年的积累，国有出版企业拥有的品牌优势是勿庸置疑的。但是，由于上述诸多因素的制约，近年来，国有出版企业在打造图书品牌的速度上，在产品的创新速度上，明显落后于民营出版企业和股份制出版企业。特别是在教育类图书市场上，同质化竞争激烈，在市场中拼搏的民营出版人最先感觉到品牌的价值。他们着力推出某一类教学读物，通过市场运作，形成较有影响的品牌。前述任志鸿的"志鸿优化"系列成为畅销全国的品牌自不用说，仅以湖北一地为例，先有孟凡洲的"三点一测"、"黄冈学霸"，王迈迈的英语系列、张鑫友的英语系列，此类图书都占据了教辅图书市场中的较大份额。而出版社中，还缺少这样有持久生命力的品牌教辅读物。

实际上，当初在图书市场上占有较大份额的还是国有出版企业。但是，随着教学内容的变化，国有出版企业对产品的修订与更新的速度赶不上民营出版企业，对品牌的维护意识还没有感觉到十分迫切。加之出版社人事更迭，对企业如何运作，对品牌的认同前后任各有千秋。在这种背景下，这部分市场此消彼长也就在情理之中。

除了教辅之外，一些致力于大众图书出版的民营出版人也渐露强烈的品牌意识。如北京人人地平线文化发展有限公司的"光明书架"，紫图文化有限公司的旅游类图书，聚星中文网的总经理路金波，打造"亿元女生"郭妮——郭妮作品一年码洋达到 1 亿人民币。而日前，作为"包装出品"郭妮计划的路金波宣布，把郭妮品牌推向世界。事实上，路金波 2006 年做的畅销书远远不止郭妮一个品牌。2006 年文艺类畅销书前三位，除了余华的《兄弟》，其他两本是韩寒的《一座城池》和安妮宝贝的《莲花》，都是由他策划推出的，路金波这三个字本身已成了畅销书的"金字招牌"。而成立北京人读书文化艺术公司的汤小明，很短的时间内推出了《穷爸爸富爸爸》《谁动了我的奶酪》等超级畅销书。据统计，目前在全国畅销书排行榜上，由民营或股份制出版企业出版的畅销书占了三分之二以上。

结语

综上所述，作为曾经为中国出版事业做出过巨大贡献的国有出版企业，在这轮国有与民营及股份制企业的博弈中，已经明显表现出自身在诸多方面的劣势。我们是视而不见还是共生共荣，这是不容回避的问题。我认为，无论是管理者还是从业者，都应当正视这种不断发生的变化。

首先，作为管理者，我们要从发展民族文化产业的高度出发，继续大力扶持民营出版发行业的发展。在规范、管理的前提下，为它们提供尽可能多的支持。在出版环节，即使现阶段采取登记制的条件还不成熟，也应当允许它们与国有出版单位采取多种形式合作，将双方的优势互补。目前，国家已经允许少数出版社与期刊社上市融资，国内外各种经济成分也马上要参与其中，我们不如在试点的基础上扩大范围，加快国有与民营出版业的融合。我们相信生产关系的调整，一定会带来出版生产力的大发展，中国近年经济高速发展的路径证明了这种理论的正确性。

其次，作为具体的从业者，我们一定要放下架子，向民营出版业学习它们的管理模式，运营模式，积极推动改革，在条件成熟的情况下实行股份制改造，将民营资本、管理经验、人才引进到国有出版业，真正增强我们的市场竞争力。

第三，我们的民营出版业尽管在一定程度上具有其鲜活的生命力，具有敢于冒险的创业精神，但从整体上来看，无论是人才储备、管理规范上，也还有待提高业务素质、法治观念，国有与民营只有优势互补，才能使中国的出版业真正做到可持续发展。

注① 《规范整合、互利繁荣》一文。《中国新闻出版报》2007 年 6 月 12 日第 8 版

（原载《编辑之友》2007 年第 5 期）

国有出版与民营书业合作模式探析

新闻出版总署在学习科学发展观的总结报告中，第一次将民营书业称之为"新兴出版生产力"。接着在下发的《关于进一步推进新闻出版体制改革的指导意见》中，又对出版改革，特别是对民营书业的地位与身份，再一次以文件形式加以确认。对民营书业的认识，改革开放三十年来在不断地深化与接近本质，但只有这一次，是对民营书业的作用与地位从政治与经济的角度加以界定。出版界不少人普遍认为，这是截至目前中国政府管理机关对民营书业的最客观、最科学的评价，它昭示着民营书业又一个新的春天即将到来，也是动员全社会力量促进文化大发展与大繁荣的一项重要举措。

在《意见》中，第一次提出给民营书业以出版权。这是继1956年中国大陆私营出版业消失后，中国政府第一次给予国有体制外的出版力量以合法形式介入出版上游的承诺。尽管如何落实出版权的问题还需要一定的程序与时间，但文件上提到的民营书业与国有出版单位的合作，却是早已有这种合作存在并得到了政府的默许。笔者认为，文件上提到的民营出版单位获得出版权并不代表出版单位注册将从审批制改为登记制，也不可能马上让所有的民营书业都能很快获得这种出版资质，民营书业进入出版上游最为可行的办法，是与国有出版单位的合作，特别是资本的合作。这种合作，具有如下优势：

一是双方合作后，在出版的导向方面，将由国有出版企业承担责任。这样，对于出版管理者而言，国有出版企业与民营出版企业合作后的政策风险将会降低，批准合作的可能性比短期内给予出版权要快。

二是现阶段国有出版企业的改革面临很多困难，转企改制中存在的观念冲突，养老保险中的政策落实，员工创造力的提升，优势产品的打造，人才队伍的培养都需要相当长的时间。而在新的合资公司中，无论是员工的身份、企业的自主权，还是渠道的拓展，产品创新，都具有一个很好的平台。

三是双方的优势互补使新公司在经营规模上、市场占有率上获得比较优势；以国有的政策资源，品牌影响力与资金优势，加上民营出版企业多年在市场上摸爬滚打取得的市场能力，业已形成的产品特色，可以使企业具有了更大的发展空间。

四是国有企业获得了快速发展的机遇，而民营书业则通过与国有的合作，在政治地位上，在外部环境上，得到了提升与改善。另外根据国家对转企改制的出版企业的优惠政策，如果在合资公司中国有股份占到51%以上，公司可以享受免所得税5年的优惠。

那么，民营书业与国有出版单位如何展开合作呢？双方如何选择？在合作的意向确定后双方如何认定对方的价值？合作中采取什么模式？在管理中应当注意哪些问题？笔者根据自己的观察与实践，谈一点看法。

一、选择什么样的合作对象

无论是国营一方还是民营一方，都有一个选择合作对象的问题。但选择合作伙伴时双方都要考虑自己的战略方向，发展路径，产品结构。时代华纳与美国在线的合并，既是双方上下游的互补，又是向新领域的拓展。贝塔斯曼收购兰登公司，是为了扩大大众类图书的市场份额。汤姆森集团出售教材出版，是为了集中力量向数字出版发展。因此，是纵向延展，还是横向壮大，都要考虑企业自身的发展需要。

何谓纵向延展呢？如出版社与纸厂、印刷厂、书店的兼并重组，是向出版的上游与下游合作。企业通过这种纵向延展，使外部交易变成内部交易，减少了交易成本，保证诸生产要素的供应，可以使利润最大化。何谓横向发展呢？既企业为了扩大规模，减少风险，壮大品牌，在不同领域，或相同领域进行的兼并重组。如出版企业经营房地产，开办酒店，经营旅游业，则是使经营多元化，一方面，壮大经营规模，另一方面，防范出版利润下降使企业收益下降。出版社与期刊社的合并，则是不具有竞争关系的不同载体之间的互补，可以使产品覆盖不同市场区域。当然，目前国有出版企业与民营书业的合作，主要还是书号的合作，或者书稿的合作，本文所说的合作，不是那种产品之间的合作，而是企业与企业之间的兼并与重组，即资本层面的合作。这种合作，属于出版企业横向的发展。

目前，全国573家出版社，有几千家民营出版机构。即使出版社并不都愿与民营出版企业合作，但愿意合作的也并不在少数。一家出版社或民营出版人，在众多的选择对象面前，应当选择什么样的合作伙伴呢？

当然，选择合作伙伴，在某种程度上，就是两个企业法人之间的合作。对民营而言，就是与国有企业的负责人合作。这位负责人是否思想解放，是否敢于承担责任，是否愿意与民营企业保持平等地位，是一个关键因素。但这是合作的基础，真正合作时，要考虑对方的业务方向。如一家主要生产文艺图书的民营企业，如果与一家科技社合作，那么双方产品的客户、渠道就不会优势互补，也不会扩大品牌的影响力。合作的双方，在出版方向上应当基本一致。目前出版界已经合作成功的出版企业来看，基本上是合并同类项。如十月文艺出版社与时代新经典文化传媒有限公司合资成立的十月文化传媒有限公司，辽宁万卷出版公司与路金波的榕树下文化传媒有限公司合资成立的万榕文化传媒有限公司、与北京智品书业合资成立的北京公司、与邦道文化有限公司合作成立的万邦文化发展有限公司，都是文艺社科类出版业务的合作。当初金丽红、黎波与长江文艺出版社合作，则是考虑双方的主营业务相近，合作可以达到优势互补，进一步做强做大，打造文艺类的出版品牌。

二、兼并重组或者收购中如何认定对方的资产与价值

国有出版企业与民营出版企业双方达成了合作意向，迈出了第一步，但双方原有的资产如何认定呢？这种价值的认定，既要真实地反映原有企业的价值，又要双方都能接受。因此，让合作双方对审计与评估结果都满意这种情况，一般分为如下几种情况。

一是双方都用现金注资成立一家新公司，双方通过协商确定各自所占的比例，然后以现金投入。这是最简便的一种方法。当初，长江文艺出版社与金丽红、黎波的合作的第一阶段，是出版社投资，金黎作为经理人加盟的。到2005年，进行股份制改造时，双方都以现金入股，重新注册一家新公司，对方的品牌、渠道、资源等无形与有形资产不再作价，而是无偿交给新公司使用。

二是双方都用现金注资，成立一家新公司，双方的品牌等无形资产不作价无偿交给新公司使用，但民营一方的有形资产经会计师事务所审计和评估师事务所评估后，经双方认定，再由新公司购入。长江出版集团与海豚卡通合资时，采取的是这种办法。如海豚的有效存货、设备等由新公司收购，海豚卡通的债权债务由原公司自行处理，然后注销老公司。

三是出版社一方以现金注资成立一家新公司，对民营公司的资产经会计师事务所审计和评估师事务所评估后，作价计入新公司。其中对民营的资产、渠道、品牌等按照法定的评估办法评估，然后注入新公司，新公司中，双方按照约定各占一定的比例。如辽宁出版集团万卷公司与李寻欢的榕树下合资，由辽宁一方出资2000万，李寻欢在新的万榕公司中占49%的股份。

如果是采取第一种办法，新公司的成立会比较快捷，但第二种办法与第三种办法就涉及到对合资双方投入的无形资产、有形资产如何评估的问题了。如何认定这种资产呢？认定资产需要哪些步骤呢？大致有如下几个方面。

资产评估是基于统计学、投资学、技术经济学、财务会计、工程技术等学科技术方法综合运用而形成的一套方法体系。主要分为三种类型：市场法、成本法、收益法。延伸开来还有清算价格法和历史成本法。市场法是指通过市场调查选择一个或几个与评估资产相同或类似的资产作为比较对象，分析比较对象的成交价格和交易条件，经过直接比较或类比分析估算出被评估资产价值的方法。成本法是指首先估测被评估资产的重置成本，然后估算业已存在的贬损因素，按照重置成本减去贬损部分即为被评估资产的价值的评估办法。收益法是指通过估算被评估资产未来预期收益并折算成现值，借以确定被评估资产价值的一种评估方法。清算价格法则是以清算价格为标准，对被评估资产现行市价进行评估的一种方法。历史成本法则是按当时构建时的实际发生的成本减去折旧额后余额作为资产的价值。无论采取何种评估方法，都需要具有资质的专业机构和专业人员来进行。但在评估前后，还有一些程序要履行。

第一步，双方签订评估协议。在协议签订之前，委托方与评估方应就所评估的项目、范围、评估任务的完成期限、评估收费等进行洽谈。评估机构需要对委托评估的合法性，委托方的评估目的，委托评估的资产的产权情况，评估业务预期的复杂程度等进行细致了解。然后双方签署协议。协议中要明确评估的范围、目的、各方的权利与义务、评估基准日、收费等相关内容。

第二步，成立资产评估项目小组。由合资双方及资产评估专业人员组成项目小组，分工合作协调评估工作。

第三步，拟定资产评估方案。

第四步，收集资产评估项目有关资料。

第五步，对评估资产的清查核实与实地勘察。

第六步，确定资产评估价值类型，选择评估方法并计算评估结果。

第七步，提交评估报告。

以上工作主要由专业的评估机构进行，但合资双方都要派员参加，否则评估工作单凭专业机构无法推进。

评估报告出来后，合资双方还要结合各自的情况，由专业人员对评估报告进行审核，对资产认定的方法、价值进行尽职分析。

评估结果出来后，合资双方对于另一方就有了一个比较客观的认识了。是否合资，是否马上合资，还应当认真思考。作为国有一方，对于民营的资产、经营状况，没有评估前可能还只是一个感性的认识，还只是从表面去了解一个公司的情况，有了审计评估报告，就对民营几年来的经营真实状况，产品的市场占有率，品牌影响力，预期收益有了科学、可靠的依据了。而对于民营一方，需要对合资的国有企业的状况进行再次审视，对于评估时对原有资产的认定是否满意，合资后的预期收益是否理想，都需要认真思考。但对评估结果认定时，民营一方不要过高估计自己的价值。国有出版企业有一定的弊端，但国有出版企业拥有的政策优势、品牌优势与社会地位，是民营书业目前还不具备的。

三、合资后双方的角色定位

如果审计评估完成了，合资协议签署了，新的公司也成立了，那么，在一个新的公司里，国有与民营走到一起，成为一个共同的利益主体，应当说目的是一致的，但作为不同背景下的企业的合作，实际上还有相当长一段时间的磨合期。

目前，在已有的国营与民营的合资出版公司中，一般是国有方占51%的股份，由国有方派员出任董事长，民营方出任总经理。按照公司法，董事长只管大事，具体经营由总经理负责。为了保证国有资产的安全，一般要派一位副总经理和财务总监去。这不是对民营的总经理不相信，而是按照公司法来行使股东权益的。因此，国有一方不能放弃对国有资产的监管职责，民营一方也不要认为国有一方对自己不信任。股份制企业的优越性就在于出资各方的相互制衡与相互支持。

治理结构是明确了，但在实际工作中，还有很多时候是需要合资双方相互理解的。如国有一方长期习惯于开会，凡事要研究研究，效率比较低；但在民营一方，多年来是自己说了算，双方很多事要协商，因此工作开展起来感觉别扭。如果是采取第二种合资方法，民营一方在一定时间内还要处理原有公司的业务，这就会出现新旧公司业务交叉发生，那么费用的发生与分割，人员安排的时间与费用，都需要双方互相理解并考虑对方的利益才行。

我担任两家国有与民营合资的出版企业的董事长，在实践中我体会到，处理好国有与民营的关系，一是要真诚相待，不要以收编大员的身份对待合作方，在公司中，双方无论股份是多还是少，都是平等地位，不能认为我是控股方，凡事我要说了算；或者为了显示自己的权力，故意摆出架子来等别人来汇报工作。二是要求大同存小异。由于双方来自不同的企业文化背景、不同的工作环境，自然在工作方式、甚至生活细节上，都有些差异，只要不是原则问题，或者说不是工作上的问题，国有一方不能用原来的思维方式，原有的工作方法去要求合作一方。三是合资双方既要讲团结还要坚持原则。股份制企业这种法人治理结构，本身就具有互相监督与制衡的作用，对于涉及发展战略，双方重大利益问题，或者某一方业务出现关联交易的情况下，国有企业派到合资公司中的同志，不能因私废公，不能视而不见，必须以单位的利益作为最高的原则，在公司经营中提出合理的建议，甚至建议重大事项提交董事会或股东会讨论。我告诉派到合资企业的同志，工作中要把握住"和而不同，斗而不破"这个原则。对于非原则的事情，要理解与谦让。但对于企业发展的大是大非的问题，必须坚持原则。

从民营出版人角度来说，与国有企业合资后，一方面要放弃过去的民营书商低人一等的心态，树立信心，以一个平等的身份与国有出版人合作，参与一个新的交往圈；另一方面要改变那种由过于自卑到过于自尊的不正常心态。如时时处处要显示出自己财大气粗，自己食不厌精等等；三是要转变过去家族式企业的工作方式与工作作风，按照现代企业的制度去管理企业；四是在现有业务与原尚存的业务发生关联交易时，要自觉按照合资企业的要求处理事务，特别是避免出现损害合资方利益的可能。

当然，在合作的开始，双方肯定有很多需要相互磨合与相互理解的地方，双方只要抱着一个共同的目标，怀有诚意，没有什么问题不可以协商解决的。

四、合作中还需要注意的问题

一是关于公司的发展战略问题。公司的发展战略，在合资前双方应当有一个共识，即合资后公司朝什么方向发展。否则公司成立了，还要考虑做什么书，这会影响公司的发展。一般来说，国有在选择合资方时，都会选择过去在市场上已经具有一定的市场份额，有一定品牌影响力的公司来合资。在合资的开始，国有方不要轻易改变原民营企业的经营方向，改变产品的格局。在取得一定成绩后，再考虑增加新的发展方向。二是作为民营方，过去在实践中已经形成了自己的管理团队与业务团队。国有企业一方不要随便派人去强行打乱这个团队。需要派去的员工，不管是高管还是中层，都要尊重合资方的决策，自己要作为公司的一员参与经营，而不能以钦差大臣的身份居高临下、指手划脚。四是民营一方，要严格要求自己，无论是生活上还是工作上，自觉以一个出版人的标准来要求自己的。要注意在公司和社会上的形象，改变过去多年来形成的"游击作风"。

作为国有一方的法人代表和公司的董事长来说，不仅要考虑与合资一方的磨合，还要有足够的耐心，向国有企业内部的同志做思想工作。尽管目前政府对国有与民营的合作是支持的，但国有企业内并不是所有人都支持。有人可能担心国有资产流失，有人对民营过去的经营持着一种排斥态度，所以，合资前在审计和评估时一定要依法行事，要有具有法律效力的评估报告和审计报告，合资时要报请上级批准，要经过领导班子研究。在合资的前期，特别是效益不明显时，要做好群众的思想工作和解释工作。公司取得了成绩，一定要及时公之于众，在国有企业中，做好一件事并让所有人理解是很困难的。否则，"出师未捷身先死"，只能"长使英雄泪满襟"了。

参考文献

《资产评估学教程》清华大学出版社、北京交通大学出版社联合出版。2004 年 8 月第一版，2006 年 8 月第一次修订。

（原载《出版发行研究》2009 年第 5 期）

发展新兴出版生产力的必要性与迫切性探讨

在学习科学发展观的总结中，第一次将民营书业中的民营出版公司称之为"新兴出版生产力"，这是改革开放以来迄今为止对民营出版的最高评价。总署并且表示，在不久的将来，还会在一定范围内给民营出版以出版权。民营出版由过去的地下状态到今天的登堂入室，由过去主流社会的鄙视到今天的高度重视，这应当说是中国出版发展史上一道具有划时代意义的分水岭。分析并且研究民营出版的发展历程及其对中国出版的贡献，对我们理解总署的这种评价及将要采取的措施，是有现实意义的。

一、中国民营出版的现状

根据总署计财司发布的《2007 年全国新闻出版业基本情况》的统计资料，2007 年，全国共有 578 家出版社（包括副牌社 34 家），其中中央级出版社 220 家（包括副牌 14 家），地方出版社 358 家（包括副牌 20 家）。2007 年全国共出版图书 248 283 种，其中新版图书 136 226 种，重版、重印图书 112 057 种，总印数 62.93 亿册（张），总印张 486.51 亿印张，折合用纸量 114.42 万吨，定价总金额 676.72 亿元。全国新华书店、出版社自办发行单位纯销售 63.13 亿（册张份盒），512.62 亿元。如果按今年的利率，折合美元约为 74 亿美元。

以上统计数字，仅仅是新华书店与出版社自办发行的统计数字，并不包括全国十几万家民营发行网点和数千家民营出版公司的出版统计，所以，上述数字并不能真实地反映中国出版的整体状况。

中国民营出版究竟具有多大规模呢？据中国出版科学研究所发布的《2004–2005 中国民营书业发展研究报告》，民营公司的经营规模已经占据了全国书业的半壁江山。虽然他们在工商登记时主要经营内容是图书的发行，但实际上有相当一部分民营公司已经涉足于图书出版的上游。"在全国每年出版的 17 万种图书中，由 2000 多家文化公司和民营发行公司进行选题策划或组稿、编辑出版的品种已经占到 30%，而在考研、自考、中小学教辅等图书及一些政府部门专业图书的编辑、出版、发行中，民营图书公司早已成为主体。"

其实，从已有的出版物发行网点和出版物发行工作人员的统计数据我们也能大致看出民营书业所占的比重。

表 1 2006—2007 年全国民营书业网点统计

年份	民营书业网点	同比（%）	占同行业比重（%）	二级民营批发网点	同比（%）	集个体零售网点	同比（%）
2006	115 699		72.44	5137		110 562	
2007	120 911	4.5	72.29	5946	15.75	114 965	3.98

表 2 2006—2007 年全国民营书业从业人员统计

年份	民营书业从业人员（万人）	同比（%）	占同行业比重（%）	二级民营批发人员（万人）	同比（%）	集个体零售从业人员（万人）	同比（%）
2006	48.61		67.31	6023		42.38	
2007	54.24	11.58	70.58	9013	46.55	45.11	6.44

从表 1 我们可以看出民营网点占全行业的比重在 70% 以上，占了整个行业绝大部分的份额。2007 与 2006 年相比增加了 4.5%，二级批发的网点增长率高于集个体零售。

从表 2 可以看出民营书业从业人员占全行业的比重保持在 70% 左右，而且，增长的速度很快，2007 与 2006 年相比增加了 11.58%，从业人员的绝对人数有很大的攀升。而从事二级民营批发的从业人员的同比增长速度远高于集个体零售。

以上分析的仅为发行网点与发行人员，其实，目前活跃在民营出版业的大多数公司，在登记时因为政策因素，都没有登记出版业务。在国内民营出版中有影响的志鸿教育集团、金星国际教育集团、万向思维国际图书有限公司、仁爱教育集团、修远教育集团、全品文化发展有限公司等在注册时，主业都是文化策划与出版物发行，实际上它们的出版规模，已经达到上亿或者十几亿的销售额，从中国出版社的出版规模来比较，应当属于大中型的出版机构。

如志鸿教育集团，开始不过是中学附近的一家小的教育书店，现在已经发展成长为我国第一家同时获得出版物国内总发行权和全国连锁经营权的教育集团，成长为出版发行业第一家获得 ISO9001 质量体系认证的单位，成长为图书发行净额达到 14 亿元的大型出版发行企业。十年潜心经营，成功塑造了"志鸿优化"书业第一品牌的形象，形成了"优化设计"、"全优设计"、"志鸿导学"等 15 个子品牌和一部分补充品牌，已基本满足了中、小学同步学习及复习备考的需求。同时积极向电子产品、教育网站等信息化领域发展，旨在为广大师生提供先进的教学方式和教育信息。世纪天鸿以市场为先导，致力于图书营销模式的创新和市场营销网络的开发、建设，创造了"双赢模式""AC 营销模式"，形成了全新的经营理念和管理机制。目前已建立起遍布全国各地的由 IT 网络支撑的 1500 多家代理经销网点和一支 400 多人的服务队伍，构建了布局合理的服务网络。正在规划建设中的现代物流基地，将使全国各地的客户能在更大程度上享受高效的、"零距离"的优质服务。其余如金星国际教育集团年策划出版 2000 余种图书，下属 4 家子公司。万向思维国际图书有限公司与仁爱教育研究所年销售码洋都是数亿元。全国这种年销售过亿的民营出版商，据估计不下于 300 至 500 家，但由于它们都处于灰色地带，这些公司的业务并没有纳入管理部门的视野。

我们知道，将出版完全纳入国家所有，是按照前苏联的模式而组建的。中国民营书业有悠久的历史。早在唐五代时期，家刻、坊刻已经和官刻一起构成了我国出版系统的三个体系。宋代以来，由于政府对于印刷业的开放政策，民间印刷十分活跃。有些民间刻书甚至远销朝鲜、日本。近代民族出版的双子星座商务印书馆、中华书局，从开始就实行的是股份制这种资本结构与管理模式。正是由于这种符合生产力发展的体制，它们为我国的出版事业做出了巨大的贡献。

改革开放 30 年来，对民营书业的认识与民营书业的发展相依相存，可以说民营书业的发展史是一个争取合法地位、争取平等身份的过程，也是中国政府在事关意识形态领域改革开放的一个缩影。

1982 年 7 月文化部发出《关于图书发行体制改革工作的通知》，提出"一主三多一少"的目标，即以新华书店为主体，组成多种经济成分，多条流通渠道，多种购销形式，少流转环节的图书发行网络。民营书业成为我国书报刊发行业的必要补充在法律上得到确认。民营书业开始正式启动。这个时期，民营书业被冠之于"书商"、"二渠道"，身份非常尴尬。这可能与当时私营书商的素质相对偏低，"做书"纯粹为了赚钱，大都采用剪刀糨糊拼凑或者直接翻译外国出版物的简单操作有关。但是，更多的是对民营这种方式的不屑。

80年代末到90年代，随着国家政策放开，体制改革的深入，在"三放一联"之后，一批有学养的文化人开始悄然进入民营出版。万圣、风入松、国林风等书店声名鹊起。

20世纪90年代末，民营图书公司开始大规模进入教辅策划领域。相对于第一批涉足出版的书商来说，这批人的素质更高，更有文化人底蕴，带着更多的职业理想和社会价值追求。他们很多都是高校的老师、学生或者是有过留学经历的海归。前者像21世纪锦绣的罗锐韧，龙之媒广告人书店的徐智明，光明书架的严平等；后者如同人天书业的石涛等。他们一般按照有限责任公司的方式建立公司，确立了"有思想品位的学术出版和大众出版"的出版理念。

2003年"非典"以前，这些上游的民营图书公司发展十分迅速。因为民营发行在这一时期遍地开花，为民营策划的发展提供了渠道支持与销售基础。同时，国家对民营出版持一种默许的态度，与前一阶段比，政策性的风险减小。民营出版企业数量最多的时候，曾达到过三四千家。很多有能力、有学历的人加入到这个行业。他们的加入提升了民营书业的整体素质。这些民营的出版机构策划了大量的畅销书和品牌书。前者如《学习的革命》《中国可以说不》《河南人惹谁了》《世界上最伟大的推销员》《我的非正常生活》《悟空传》等，后者如"富爸爸系列"、"奶酪系列"、"蔡志忠漫画系列"等。像梁晶工作室、榕树下等都是民营工作室介入出版上游的典型成功案例。

2003年9月1日正式出台的《出版物市场管理规定》中规定一定资格的民营企业也可以和国有企业一样，申请出版物的国内总发行权及批发权。这意味着以往把民营企业称为"二渠道"的说法将不复存在。民营资本获得了与国有资本同等的市场准入条件，它们不再受歧视。2003年9月19日，广东民营企业文德广运发行集团有限公司成为第一个拥有总发行权的民营书业企业。新华书店拥有图书总发行权的垄断时代宣告结束。一些企业对该政策迅速做出反应，纷纷获得二级批发权。

2004年4月20日，中国新闻出版总署授予山东世纪天鸿书业有限公司"出版物国内总发行"和"全国性连锁经营权许可"。此次国家新闻出版总署的授权，使民营企业拥有了与新华书店完全平等的政策条件和竞争权利，成为长期高度行政垄断的出版行业"对内开放"的一个里程碑。同年，共有十几家民营公司获得总发行权，民营销售量达到历史顶峰。

2005 年 5 月的第十五届全国书市，首次向民营书业敞开大门，邀请各地民营书商参展并参加正式订货活动。民营书业第一次跟正式代表一样进展厅，享受国民待遇。

风入松于 2005 年取得了进出口权。风入松、学而优、季风等民营书商开始构成现阶段民营图书出口的主要力量，打破了长期以来我国图书出口贸易基本被中国图书进出口（集团）总公司、中国国际图书贸易总公司、中国图书版权贸易总公司为主的图书进出口公司所"垄断"的局面。

2005 年，中小学教材招投标试点省范围将扩大，并且打破了所有制门槛的限制，投标人可为主营图书、报纸或期刊发行且具有总发行资格的企业法人。这意味着，除各地新华书店符合资质条件外，具有总发行权的各省（市）的邮政局和民营书商均享有同等参与的机会。

但是出版产业链的上游对民营一直没有放开。由于国家对书号的控制，民营出版企业对出版社一直存在书号依赖。实际上，从民营书业涉猎出版之日起，就存在一个书号的问题。买卖书号可以说是一个公开的秘密，并形成了公开的行价，出版社向民营出版人一般一个书号收取 1～3 万元不等的价格。对民营出版来说，这就是他们的经济成本。而且，买了书号以后，也只能以出版社的名义出版，难于形成自己的品牌和制定长远的产品计划。

新闻出版总署署长柳斌杰在 2008 年全国新闻出版局长工作会上指出，2008 年下半年要开展书号网上实名申领试点工作，年底将正式启用"书号实名申领"系统，届时全国出版单位将通过网络申领 2009 年度书号。"书号实名申领"曾经让民营书业带来一阵骚动，也给出版社带来放开书号的传言，结果是只有出版社才能够申领，而民营书业在书号上还是要依赖出版社。"书号实名申领"不能解决民营书业的书号问题，反而会增加民营书业从出版社买书号的成本。

二、中外书业对比

人所共知，中国国民生产总值跃居世界第四位，与改革开放之初的 1978 年相比，国民生产总值由 4 231 亿增加到 2007 年的 246 619 亿，足足增加了

60 倍。中国经济发展到今天这种规模，与三十年持续不断的改革开放分不开。与其他行业相比，中国的出版业尽管也有很大的进步，但由于它的意识形态属性，由于它始终实行严格的审批制，在出版社的规模数量上，在出版物销售的总册数上，如果以十三亿为分母，一切都显得很不成比例。

对出版的管理是否都以意识形态作为参照系呢？也许我们只有比较才能感到出版产业发展的紧迫性。在这里，我们不能不提到世界的出版强国美、德、日三国。

根据我们掌握的资料，美国共有 6 万多家出版公司。这些公司年出版新书 20 万种左右，2004 年净销售额 237.1 亿美元，名列全球第一。世界第二出版大国德国在出版商协会登记的有 2000 余家出版社，2004 年出版新书 86 543 种，图书总销售额 90.76 亿欧元，折合美元约为 128 亿。日本，作为世界公认的经济强国，也是世界公认的出版强国，有 4600 多家出版社，其中 78% 集中在东京，每年出版新书 63 000 余种，日本 2004 年出版行业总销售额 22 472 亿日元，折合美元约为 250 亿。

作为世界四大传媒巨头之一的贝塔斯曼是最国际化的传媒集团，总部在德国。截至 2006 年 12 月 31 日，员工人数达到 97 132 人，收入达到 193 亿欧元，经营机构遍布全球 63 个国家。美国的出版大鳄麦格劳—希尔出版集团 2004 年营业收入 53 亿美元，公司在 37 个国家设有超过 280 家办事处，其出版的财经、交易、商业类书刊在全球范围处于领先水平。

与国外出版业发达的国家相比，中国的出版规模就显得相当小。一个贝塔斯曼集团 2006 年一年的销售收入几乎是我们整个国家一年纯销售额的 4 倍。当然贝塔斯曼集团是多元化经营，它的主营业务不仅仅是图书。但它的图书年销售也足以等于一个十三亿人中的大国的图书年销售。虽然从十六大开始，就提出大力发展文化产业，原有的 578 家国有出版社大多数正在实行转企改制，有少数出版集团已经实现上市，但如同中国原有的国有企业体制转换一样，道路是漫长而艰难的。而中国文化的复兴、中国出版的大发展与大繁荣如果完全依靠 578 家国有出版社，显然太任重道远了。因此，中国的出版生产力的大解放，必须借鉴中国其他经济领域改革开放的经验，发挥不同经济成分的作用，特别是要发挥民营出版的作用。这部分潜力的释放，将会形成巨大的文化生产力，使中国的出版迈上发展的快车道。所以，总署能够将民营出版称之为"新兴出版生产力"是认识上一个巨大的飞跃。

事实上，出版作为一个产业，兼有精神属性与物质属性。精神属性并不等于政治的属性，精神食粮也不都是政治教化，特别是科技、美术、少儿、教育等专业，虽都有育人的作用，但很大程度上是一种使用功能。小说虽然可能用春秋笔法影射时局，但也非篇篇要自投罗网。如民营大量介入教辅出版，甚至介入教材的编写，没听说出现误人子弟的事故。事实上，民营出版中真正怀有政治目的，或者利用"小说反党"之类的人，并不多见。一是法网恢恢，民营出版人都属于有产阶级，过着优裕的生活，他们不希望官司缠身；二是互联网时代，要有什么颠覆的野心，有人在网上发表言论速度更快，不必要让人在纸媒上抓个现行。中国出版的开放，特别是对民营的开放步履艰难，缘因在于不少人忧国忧己，夸大了民营出版的危害性和能量。

我们不妨还是与美德日三国进行一个比较。美国自 1791 年国会通过宪法"第一修正案"，确定了"出版自由"的原则后，美国出版业起步。二战以后，美国即跃居世界出版大国第一位。作为出版超级大国的美国对出版社实行注册登记制，任何人只要具备必要的资金即可申请开办出版社，其组织形式、规模和类型均不受限制。这些出版社统称为商业出版社。可以说美国并不存在所谓的国营、私营，因为这些注册的出版社绝大部分是私营企业或者股份制企业，其出版活动政府只是通过法律和经济手段规范、调控。

除了商业出版社之外，美国政府出版机构也是一支绝对不可忽视的出版力量，但它们未列入全国出版统计之中。《美国版权法》不适用于任何美国政府的作品，并且，美国政府出版物上不加编国际标准书号。政府出版物主要是起宣传的作用，制作精美，一般放在地铁等公共场所供人随意取阅或者送给外国友人。

日本的民营出版业大约出现在 17 世纪20—50 年代（一说为 16 世纪末—17 世纪初）。明治维新以后，日本的出版业飞速发展。二战后，日本向资产阶级民主社会演变，被摧残的出版业获得了新生。日本的出版社分为被日本称为"市销出版社"的商业出版社和"直销出版社"的各种非赢利性出版单位。基本上，在数量上非赢利性的出版单位占了很大部分。商业性的出版社绝大部分规模较小，且多为家庭式和家族式经营，垄断程度不高，绝对数量在 4000 家左右。日本长期沿用所有商业出版社出版的书刊均需通过批发商发行，不许出版社直接销售书刊。这种发行渠道单一的行规造成了出版商长期依赖批发商的畸形现象，降低了出版的利润。日本的发行行业垄断程度极高，其中最大的两家批发商东贩和日贩就占了全国书刊批发市场的绝大部分的份额。

德国自两德统一以后，自1991年起东部的出版社迅速地私有化。除少数的解散外，大部分被西部出版社买下或与西部同名的出版社合并。之后，德国出版业迅速发展，2000年，德国的出版业整体规模仅次于美国，居世界第二。德国的出版业垄断化程度非常高。可以说，贝塔斯曼集团的发展史就是德国出版业垄断化和全球化的一个缩影。

德国有各类出版社上万家，出版社也分为商业出版社和非赢利出版单位。商业出版社的营业额只要低于一定的数量就不需要纳税。其中纳所得税的商业出版社只有几千家。

通过以上的资料我们不难看出，相对于西方出版业发达的国家，我国出版社数量远远少于国外。某种程度上说，我们的民营出版还是一种没有得到政府许可的地下行为。出版社数量的控制在某种程度上来说影响了出版生产力的大解放，我们完全可以借鉴西方国家对出版业的管理经验，发挥行业协会的作用，使民营出版在一个良好的环境中公平竞争。

通过对我国民营书业发展历史的梳理，我们可以看出，民营书业发展的每一步都与国家的政策息息相关。而民营书业的发展现状告诉我们，民营书业迫切需要一个相对宽松的政策环境。发行经过漫长的努力，目前已经全面放开，但民营图书公司仍然处于灰色地带，需要尽快解决它们的地位合法性问题。

三、我们的建议

民营书业经过30年的发展，已经发展成为一支不可忽视的民间"出版"力量。他们的努力丰富了人们的精神文化生活，吸纳了大量的就业人员，积累、传播、创造了中华文化，在一定程度上推动了中国出版体制改革，在实现文化的大发展与大繁荣的共同目标下，我们应当尊重宪法赋予他们的权利，利用他们多年来在市场竞争中的经验、资金与人才优势，发挥他们的积极作用。因此，我们建议：要给民营出版以国民待遇。

1. 给民营出版以出版权。

经过30年的探索，我们给予民营书业已经有了与国有发行机构同等的发行权，这是时代的进步，也是市场经济发展的必然结果，实践证明，给予民营书业以发行权，对于丰富人民群众的精神文化生活起了不可替代的作用，并且为国家和人民创造了巨大的物质财富。我们应当总结给民营书业以发行权的经验来看待给民营书业以出版权这项政策性的措施。我们更要从历史的角度和现实的角度来看待民营出版中蕴含的巨大动力，以及对文化复兴将要发挥的作用。何况在现实生活中，民营出版已经是一支已经存在的力量，我们只要通过运用法律与法规的手段加以规范，使其纳入政府的管辖范围，就能够收到事半功倍的效果。与其视而不见，不如疏而导之，成为一支于国于民有利的出版力量。政府有关部门应当选择部分多年来遵守法律法规、经营状况良好、信誉度高、有出版理想的民营出版公司先行给以出版权，积极实践，总结经验，待条件成熟时再扩大民营出版的规模。

2. 给民营以出版权也可以采取资本嫁接的方式，在尊重市场规律的前提下，国有与民营合资成立出版公司。

在合资公司中，国有投资方行使控股权，掌握出版导向。民营公司负责经营，发挥体制与机制的优势，使双方的优势得到充分发挥。

当然，这种公私合营的出版企业跟以前的"项目合作"、"挂靠出版社"有很大的区别。这是一种以资本为纽带的股份合作方式。合作双方应当按照《中华人民共和国公司法》的有关规定行使各自的权利与义务。这种合资的形式实际上已经有所探索。2006 年湖北长江出版集团与湖北海豚卡通有限公司共同出资成立的湖北海豚传媒文化股份有限公司，就是国有资本与民营资本合作的一种尝试。2008 年 8 月，辽宁出版传媒股份有限公司全资子公司万卷出版有限责任公司分别与知名出版策划人路金波、李克成立了合资经营的辽宁万榕书业发展有限责任公司和智品书业（北京）有限公司，近期又成立了北京万邦文化有限公司。

这种与出版社、出版集团合资的出版公司，并不代表国家给予民营书业以出版权了，但在某种程度上，民营书业通过合法形式，介入出版的上游，目前来看这也是一种可取的方式。

3. 在政策上扶持民营出版的发展。

国家对新闻出版行业，制订了一系列优惠政策。如中小学教材的增值税和所得税的返还，少儿出版物的税收优惠，县级以下新华书店的税收优惠，银行对国有出版业的信贷支持，出版业内的职称评审等，民营出版因为没有获得合法身份，即使经营规模再大，也不能与国有出版业一样享受平等的国民待遇。有关部门应当制订相关规章，在税收政策、经营环境、人才认定、银行资信等方面对民营书业进行扶持，在全行业实行一视同仁的政策。

总之，30 年的发展，民营书业的贡献有目共睹，我们不应忽视他们的存在。目前的当务之急是我们要对民营书业作用和地位进行全面、准确、客观、公正的评价。在这个基础上，迅速给予民营出版以国民待遇。让全社会、全行业形成一种关注民营、扶持民营、壮大民营出版的价值认同。我们相信，经过若干年的努力，中国出版业、中国文化的大繁荣大发展将一定会指日可待。

（原载《出版科学》2009 年第 3 期。系与武大信息学院李金兰同学合写）

民营书业发展要迈的三道"坎"

作为"新兴出版生产力",民营书业已浮出水面,成为业内关注的对象。完全在市场经济条件下成长的民营书业,与国有书业相比,不存在观念上的束缚,也不存在体制上的障碍,但民营书业是否在发展上就会顺理成章地做强做大,成为具有竞争力的市场主体呢?实际上,一家企业是否基业长青,是否长盛不衰,其中有很多的因素,仅仅具有上述优势是不可能保证企业可持续发展的。笔者近期对一些出版发行规模较大的民营企业进行考察,发现对它们而言,下一步如果要想继续做大做强,保持在行业的领先地位,其中还存在一些亟待解决的问题。我将其称之为民营书业需要迈过的三道"坎"。

我为什么将"产品结构、产权结构、资本结构"称之为民营书业发展的三道"坎"呢?我以为,与国有书业相比,民营书业具有一定的比较优势,但是,环境与条件已经在发生变化。民营书业称之为优势的东西在某些方面已经正在减弱。其原因在于:一是国有出版单位正在转企改制,原来非事非企非官非商的局面在一定程度上将会改变。国有企业通过一定时期的调整,原有的体制与机制上的障碍将会消除,竞争力无疑会增强。二是国有出版企业正在积极创造条件上市,全国计划打造六至七个双百亿的出版集团。上市的出版集团将会携资金优势在全国跑马圈地,通过兼并重组,形成强劲的竞争优势。三是国外的出版集团正通过各种方式借道进入中国的出版市场,它们会以自己的资金优势、管理优势,通过本土化的运作,成为中国出版具有活力的一极。四是由于出版的不完全市场化,其他行业的资本会千方百计进入出版行业,成为出版的有力竞争者。鉴于以上原因,我认为民营书业的有识者如果还不能清醒地认识到自己面临的风险,将会出现大面积的塌陷。

第一道坎:产品结构

中国的民营书业中在出版与发行两个环节经营的有多少家?这至今没有

一个具体的数字。据中国出版科研所发布的《2007 年中国民营书业发展研究报告》称，北京一地有 2000 至 5000 家不等的文化公司进行选题策划或组稿，经营规模已经占据全国书业的半壁江山。在大众出版、教育出版、专业出版方面，都有一些比较成功的公司。如在大众出版方面，有读书人、唐码书业、天则教育、光明书架、修正文化等。专业出版方面，如龙之媒的广告图书，迪赛纳的建筑类图书等。当然，大多数的民营机构，主要经营范围，还是集中在中小学教辅和少儿图书领域内居多。如在教辅出版领域，销售码洋过亿的民营文化公司超过 50 家，有不少销售码洋已达十余亿元。如志鸿教育集团的"优化设计"、金星教育的"教材全解"、星火教育的"星火英语"、荣德兴业的"点拨"系列、曲一线的"五三"系列、天利公司的"38 套卷"等。在少儿出版领域，民营文化公司的产品也占有很大份额，如同源、大苹果、小雨明天的少儿书，新经典、信宜、启发的绘本。

为什么在教辅出版领域和少儿图书出版方面民营涉足较多呢？据我观察，此类图书在某种程度上属于需求量大，易模仿，初期容易进入的产品。另外一方面，由于民营在体制上的优越性而带来的营销手段上的灵活性，国有出版企业在这些领域不具有比较优势。但正因于此，民营书业的优势发展到一定阶段，反而变成了自己的枷锁与羁绊。

既然在市场上大家知道教辅与少儿类图书容易进入，所以民营出版人初期进入出版领域的，基本都选择在这两个方向切入。竞争的方法之一，就是降低利润，以低折扣倾销，或者通过不正常手段打压对方，结果这销售折扣的底线不断下移。教辅的折扣，最低到二折，据估计，如果成本低，毛利最多还有三至五个折扣。少儿图书，如果是低端的低幼图书，折扣在三零折以下。高端产品，最多也就五零折。竞争的结果，就是大家都勉强度日，不客气点，就是苟延残喘。资金紧张，就无法开发新产品，无法进行产业升级。一些曾经叱咤风云的民营出版企业，近些年来由于产品创新速度太慢，或者陷入多元化经营的误区，原有的市场份额大面积缩小。一些中小型的出版公司，甚至歇工或停业。

教辅市场的萎缩，还有一个重要的原因是入学儿童的减少。据《2008 年全国教育事业发展统计》显示，2008 年全国小学在校生 10 331.51 万人，比上年减少 232.49 万人；初中在校生 5584.97 万人，比上年减少 151.22 万人。我国中小学在校人数连续 13 年递减，而且这种趋势短期内还不会停止。主要以教辅生产作为自己主攻方向的出版公司，必须将需求减少这种趋势考虑进去。

所以，民营书业当前的问题，与国有出版企业相比，是不同阶段的不同矛盾。国有出版企业当前的主要矛盾之一是体制与机制的问题，就产品而言，民营书业当前的主要矛盾之一是产品的定位与图书的质量问题。民营书业对市场反应灵敏，但缺点是跟风模仿现象严重。如有一家公司做了一本畅销书，其他公司则一窝蜂而上，很快将此类书的市场做滥。《谁动了我的奶酪》《明朝那些事儿》的跟风最具代表。再者虽然近年来民营公司也重视图书质量，但那些有重要文化积累价值的图书，民营书业做得很少，大多数选题主要集中在短平快的时尚类图书上。有些图书做工考究，但内容上粗制滥造的现象还存在。前些年的伪版图书，更使人对民营书业诟病。虽然品牌建设已为不少民营书业所重视，但不正当竞争已使不少民营书业把重心放在手段的"创新"上。

所以，我在此提到了"产品结构"的调整，主要包括如下方面：一是出版的方向，不要过于集中在教辅类图书市场上，在低端的少儿图书市场的竞争上。二是在某类图书市场中，一定要重视打造品牌，维护品牌，形成自己的特色和核心竞争力。三是在产品的开发与维护中如何不断地创新的问题。创新不仅仅是产品本身，还包括延伸产品的价值链，提高产品的附加值，借助互联网技术和其他高科技手段实现产品升级等。如江西金太阳教育传媒公司通过"高考大联考"这种方式，增加客户的忠诚度，牢牢控制销售渠道；利用自己的研发优势，开发数字化教育产品，形成新的产品线和利润增长点。该公司销售收入年年呈递增态势，估计 2009 年销售码洋将达到十个亿，而数字化产品的销售收入也将达到一千万以上。山东星火立足教育科研，形成自己独特的英语记忆法，在英语教育产业链上形成了自己的竞争优势。据董事长马德高介绍，公司计划未来五年之内，销售码洋争取达到 30 至 50 个亿。虽然我本人对这个数字持保留态度，对星火大规模进军全科教辅持保留态度，但星火的锐意创新，团队的拼搏精神还是使我对这个企业有了新的认识。

第二道坎：产权结构

中国的民营书业，大多是家族式公司或一人式公司，创业者就是投资者也是管理者。这种古典式的公司，具有决策程序简单，办事效率高的特点，但公司如果发展到一定阶段，这种一人式公司由于创业者精力有限在经营上就会出现很多困难，在强大的竞争对手面前就显得缺少博弈的能力。所以，这时，投资人不得不将权利委托给代理人。

将管理职能委托给职业经理人的做法，是企业发展到一定阶段的需要。如世纪天鸿、金太阳、开心公司等，创业者自己只做董事长，总经理聘请业内有经验的职业人来做。这在家族式企业中已经前进了一大步。董事长只考虑战略问题而不用为一些琐碎的日常事务而陷入其中。但是投资人与经理人之间的利益诉求往往难以统一。投资人追求的是长远利益，经理人追求的是个人任期内的业绩，或者是个人福利，双方始终是雇佣关系而不是合伙人的关系。

解决职业经理人的"管理腐败"问题的有效途径，除了制度建设、信息公开、加强监督外，据研究，管理层持股是最佳办法。管理层持股有多种方法，如"股票认购期权"，在一定目标达到后授予经营者购买股票的权利，或者将一定时期内股票的收益奖励给经营者。近年来，不少西方公司推行"目标所有权"计划，要求管理者拥有的股票不能低于一个最低的数量。而且这些股票是普通股，不包括股票期权，同时，还推行"MBO"计划，就是要求管理层必须收购公司的一部分股权。国外对经理层持股的研究表明，公司的业绩成长与管理层持股是成正比例的。

所以，一些销售几亿或上十亿的民营书业，要想保持管理团队的进取与积极性，要想保持在竞争上的优势，必须在产权的结构上进行调整：由古典企业向现代公众企业过渡，实现股权的分散化。特别是实行代理制的大型企业，要想让管理团队与所有者保持高度的一致，必须在产权的结构上进行调整。一是实行股权分散化，二是要求管理团队持股。目前，在一些民营书业中已经有所尝试。如北京长江新世纪文化有限公司，创业员工程度不同地都持有股份。如山东世纪金榜公司实行员工入股。工作 3 年以上，或公司中层可允许买股票。如世纪天鸿新办的公司，也允许管理团队投资入股。

但是，大多数的民营书业在产权结构上还很单一，公司的创业者仍然是唯一的股东，产权结构调整速度还很慢。问题的症结在于创业者不希望将手中的"蛋糕"分给别人，实际上，他们看重的是企业眼前利益而没有考虑企业长远的发展和即将来临的残酷竞争。我希望有志于将自己的企业做大做强的企业家们，应当研究一些西方发达国家公司制企业的发展历程，从思想上也迈过这道"坎"。

第三道坎：资本结构

中国民营书业的资本，90%以上是通过创业者原始积累而获得的第一桶金，他们采取滚雪球的办法，不断将获得的利润投入再生产，发展成为具有一定规模的企业。如志鸿教育，1993年赚了30万元，1994年利润是60万元，1998年纯利已达到1000万元。到2005年，志鸿教育的年销售码洋已达到10亿元以上。而读书人文化艺术有限公司，是靠《富爸爸》系列和《谁动了我的奶酪》这两种书积累了前期的资金。许多民营出版人在回忆上世纪80年代至90年代的图书市场时都不无自豪地称赚钱简直像"捡"，感叹现在风险已经太大。目前来看，无论是教辅的策划出版与发行，还是大众图书的策划出版与发行，竞争越来越激烈，赢利的能力在不断下降，如果一家企业不够谨慎，经营与管理出现漏洞，资金链断裂，很可能就会难以为继。所以，我认为，民营书业要想进一步地得到发展壮大，必须在企业的资本结构上进行调整，有目的有计划地使企业资本多元化。

从世界成功的大型企业来看，无论是家族式企业，合伙制企业，还是公司制的现代企业，企业发展到一定阶段，都会考虑搭建一个企业的融资平台。融资有很多种办法，向银行贷款，发行企业债券、私募，引进有实力的合作伙伴，上市融资等。从目前民营书业的情况看，上市融资，包括在创业板融资，由于缺少出版资质，财务很难透明化，关联交易的成分较重，上市有一定的难度。引进其他企业的资金，通过合资合作的方法，成立股份制企业，不失为当前的一种可靠途径。

过去业内已有一些民营公司曾经融资合作，包括与外资合作，如光明书架、席殊书屋、知己图书公司，很多合作一阵后磨合很难到位只好又分开。席殊是一个很典型的例子。但业内也有许多成功的合作范例。如成立于1994年的童趣出版有限公司是我国第一家合资出版企业，是人民邮电出版社与丹麦艾阁萌集团公司合资组建的少儿图书出版公司。机械工业出版社与美国万国集团公司成立的北京华章图文信息有限公司，主要出版经营管理类图书。还有一些民营出版人与国有出版社成立的合资出版公司。广西师范大学出版社在各地设立的分支机构，如北京贝贝特图书顾问公司。长江文艺出版社将原北京图书中心改制成立的北京长江新世纪文化有限公司等。

目前，国家对于民营书业在文化产业中的作用越来越重视，已在文件中公开表示支持国有出版社与民营书业合作，这对于民营书业而言是一次发展的机遇。国有出版社的政治资源、监督体制、上市融资的机会，对于民营书业而言，都是一次登堂入室，寻找新的发展机遇的机会。民营书业不要过分考虑眼下的得与失，眼下利益的分割，而应当从政治安全、发展前景上，积极推动国有与民营的再一次"公私合营"。

对于民营企业而言，引进合作伙伴在一定程度上不仅解决了资金的短缺问题，关键是对于改造家族式企业，引进先进管理制度，引进先进的科学技术，建立现代企业的法人治理结构，也是一个很好的推手。具有一定规模的民营书业，应当从建立规范的现代企业出发，迈过资本单一这道坎。海豚传媒的总经理夏顺华在谈到公司与长江出版集团合资一事时，曾经明确表示这是自己一次正确的选择。事实也证明了他的判断。海豚传媒合资三年来，公司的销售码洋从合资前的 1.2 亿增长到 2008 年的 3.2 亿，就足以说明这个问题。当然，如果发展到一定阶段，政策允许民营书业上市融资，对于具有一定规模且符合条件的民营书业而言，更是一次重大的发展机遇。

结论：以上提到的民营书业的三道坎，只是我在行文时为方便计而提出的几个关键点。出版业的发展，应当说每一个环节都是一道坎，任何一道坎都可能阻挡住前进的步伐。文中提到的产权结构与资本结构在某些方面有些重合，但也不完全相同。资本的来源有时与产权并不划等号。同时，在西方发达国家中，公司制企业、家庭作坊式企业、大企业与小企业是并存的。我在此对民营书业的忠告，主要指的是大中型的出版企业。对于一些具有特色的小型出版企业，包括夫妻店，都是对出版的一种补充，采取何种企业形态，是经营者根据企业自身的发展而定的，此文并不涉及。

（原载《出版科学》2009 年第 6 期，获第三届中华优秀出版物论文奖）

"走出去"不要忘了民营书业

2007 年参加法兰克福书展，在中国馆以外的展馆浏览时，在陌生的不同国家语言的包围中，突然闪现一个熟悉的中文图书展区。我上前询问，才知主人是大陆一家民营出版公司。他们是受法兰克福主办方的邀请来参加书展的。在异国他乡看见母语，心中不由一热，所以至今我记忆犹新。

国家对出版"走出去"近年来不可谓不重视。对于在海外成立出版机构的，对图书版权输出的，国家不仅在资金上给以支持，在税收和贷款上，也给以优惠。对于赴海外举办书展的，政府无偿提供展位，对重要的图书的翻译政府也有专项资金给以资助。总之，从政策到资金，到组织领导，出版界无不把出版"走出去"看成是国家的一项重要战略措施。

但政府对出版单位"走出去"的支持，据我所知目前仅限于国有出版单位。对于主动"走出去"的民营书业，不仅政府有关部门没有将其成果纳入统计范围，政策支持上更没有落实。据非工委出版产业研究课题组称，从民营书业渠道输往海外的项目，一年在 5000 种左右。从民营渠道输往海外的图书产品，一年也在上亿码洋。有些有远见的民营书业，不仅自费参加各国的书展，而且也活跃在各国的出版论坛中。

在海外看见中国方块字时的感情，我想不仅我一个人是如此的亲切，所有出国的人都会有此感受。在用方块字传承的中国文化上，并没有标明是"公"还是"私"，从国家发展战略的高度出发，提高中国的"软实力"，应当"地无分南北，人无分老幼"，如果我再加上一句，那就是"业无分公私"。

在支持民营书业"走出去"方面，政府应当成立一个协调机构，组织民营书业参加各国书展，展示中国出版的实力；支持民营书业在其他国家兴办出版机构，宣传中国文化；鼓励民营书业输出版权，并为之提供必要的资金支持。同时，在国家税收政策上，与国有出版企业一样享受有关优惠。

当然，民营书业的"走出去"，需要我们管理部门的某些同志在观念上也要"走出去"。否则，我等些微的呼吁激不起多么引人注目的浪花。

（原载 2009 年 8 月 21 日《中国新闻出版报》。此为原文，发表时有所修改。）

在博弈中合作，在合作中前进

国有出版单位与民营书业合作，出版界早已有之，但那都是"犹抱琵琶半遮面"。这一次，新闻出版总署下发的《关于进一步推动新闻出版体制改革的指导意见》中，以文件形式对这种合作给以了肯定和明确。不过，业内仍有人对此感到忧心忡忡，认为国有与民营合作后，国有的主导地位可能动摇，创新能力可能弱化，数年来国有出版单位卖书号产生的后遗症即是一例。总之，合作是弊大于利。

实际上，这种担心不是没有道理。相当一部分出版社，近年来，大量买卖书号。出版社的编辑创新能力缺失，市场营销能力缺失，个别出版社几乎成了一个批发书号的机构，无怪乎有人痛心疾首，疾呼出版单位"空壳化"。为此主管部门三令五申，但卖书号也没有禁止得住。责任在谁呢？很多人认为责在民营。细想想，这其中的逻辑有点匪夷所思，有些脑筋急转弯的味儿。书号作为国际上的一种识别码，并没有附加什么条件。而现在一部分人享受了政府资源——或者说国际资源，另一部分人是用高昂的成本才间接获得这种资源。现在却把这种国有出版企业的空壳化、能力弱化归罪于民营买书号的结果。这公平吗？好了，目前政府表示要建立平台，给予民营出版业以一定的出版权。假以时日，国有出版企业的创新能力相应就会提高吗？答案是不言自明的。

民营出版浮出水面，民营出版人将与国有出版企业同台竞技，尽管还是初春，"草色遥看近却无"，但对于中国出版界乃至世界出版界，却已是"于无声处听惊雷"了。如果这些在市场这个大草原上早已养成"狼性"的民营出版企业一旦登堂入室，现在站在舞台中央的国有出版人，情何以堪？如果他们不再需要你卖书号，也许不是担心空壳化的问题，而是国有出版企业在市场竞争中鹿死谁手的忧虑了。

大多数国有出版企业目前存在的问题，不是集团化或转制改企就能解决的问题，关键是多年在计划经济保护下形成的唯我独尊意识，封闭保守意识及管理团队行政化、人才队伍老化、创新能力弱化、营销能力缺乏的结果。现在，这种一统天下的局面即将打破，从心理上讲难以接受是可以理解的。不然历史上怎会有那么多"良辰美景奈何天"的悲喜剧呢！话说回来，作为中国出版主力军的国有出版人，怎样才能克服这些弊端，承担历史赋予我们的责任，实现中华文化的复兴与繁荣呢！也许这是一个系统工程，是需要相当长的时间，投入相当多的精力才能达到目的。但目前国有与民营携手合作，窃以为不失为一种发展的路径。

先从做强做大说起。国有与民营的合作，《通知》中提到三种方式：资本合作，项目合作，环节合作。实际上，这三种合作方式，国内已有之，国际上出版界也通行。合作中失败者有之，成功者更是不乏其人。欧洲空中客车公司由法国、德国、英国、西班牙四国的 16 家工厂组成，这四个国家文化背景、公司经营理念、管理风格都大不一样，但最终在民用飞机研制上取得了骄人业绩。宝山钢铁集团公司是中国钢铁业联合重组的先行者，早在 1998 年，就在原上海宝钢公司的基础上，与上海冶金、梅山联合重组成立上海宝钢集团公司。联合重组 7 年来，宝钢的经济效益显著提高，整体实力明显增强，合并销售收入从 1999 年的 684 亿元增加到 2008 年的 2003 亿元，实现利润从 1999 年的 10 亿元提高到 2008 年的 69 亿元。当然，并购后不成功的也有很大比例。麦肯锡咨询公司对公司重组做过一次详细调查，重组 10 年后只有近 1/4 的公司获得成功。如 20 世纪 80 年代埃克森公司并购高科技企业后因未考虑公司文化差异，导致"埃克森办公系统"项目夭折；20 世纪 90 年代巴黎迪斯尼乐园因过于注重美国文化而忽略了欧洲文化背景，带来经营上的不顺畅；美国时代华纳和美国在线两家企业并购重组后，因文化难以融合而困难重重；德国戴姆勒和美国克莱斯勒两家企业虽然合资，但不同文化的冲突一直困扰着公司的高层。但所有人都认为，即使如此，国际上还是国内大型的企业集团做大做强，在一定程度上都不是做大的而是联合才变大的。所以关键并不是应不应该合作，而是如何合作的问题。

合作后如何真正走到一起，在这里我们不详细论述。企业文化的融合，管理模式的统一，双方价值观的趋同，都是题中应有之义。但我们不能因噎废食，因为某些不成功的案例而否定所有的合作。成功者都有共同之处，不成功的各有各的不成功的原因。但总的必须遵照"公司法"建构科学合理的公司体制和法人治理结构。在合资公司中，不存在谁主导谁的问题，企业的章程在登记时已经将各自的权责规定明确，股份的多少决定权力的大小。何况在合作之前，双方要通过恋爱才进入婚姻殿堂。人生大事莫过于结婚，合作如同男女结婚，走进婚姻殿堂时不会有人就考虑离婚，所以双方都会尽量维护婚姻的存续。当然，结婚又离婚的也不在少数，企业间的兼并重组与劳燕分飞也不奇怪。青年人不会为有人离婚而不再结婚，企业也不应因为有人合作不成功而不合作。第十九届山东书博会上江苏人民出版社与北京共和联动高调宣布组建合资公司，是一种积极进取的态度。在此之前出版界国有与民营合作成功的先例不乏一家。

有人担心，国有出版企业如果与民营合作了会使自己的创新能力丧失，会失去市场竞争力。实际上，与民营的合作应当是做加法而不是做减法，不至于是以牺牲国有出版企业的生存能力为前提的。至于是否有人因为与民营合作而躺在安乐椅上享受，必然会导致国有出版企业能力弱化，这正如天上掉陨石砸了人一样的概率。国有出版企业与民营合作，出发点肯定是为了做大做强。这样，必须是 1 加 1 大于 2，而不是一方强一方弱。同时，随着国家对民营出版权的逐步放开，民营的议价能力大幅提高，不会有民营再随便找一家没有品牌号召力，没有市场竞争力，管理混乱的国有出版企业合作。某种程度上，国有也不再是皇帝的女儿不愁嫁，与民营合作必须是优势互补。

在前面我们曾提到，国有企业目前在后转企时代的通病，就是名义上转企或者集团化了，但观念上，经营模式上，运作方法上，还没有太大的本质上的变化。最有力的例证是新闻出版总署每年发布的统计数字，不仅未曾增加，从销售册数上来看，反而呈下降趋势。1998 年是 77 亿册，2007 年是 63.13 亿册。这个数字是国有新华书店与出版社的统计数字。问题十分清楚，如何解决，就是提高国有出版企业的创新能力与市场竞争能力。战争中战斗力的提高不是完全靠平时的练兵，而是在战场上的厮杀来总结提升的。就像人们经常提到的"鲇鱼效应"，在一桶沙丁鱼中放一条能吃鱼的鲇鱼，就可以提高所有沙丁鱼的存活能力。国有出版企业与民营出版企业，在世界出版人的眼光里，都是"中国"的。在中华文化的传承与积累上，双方是一个共同体，但在经济上，大家又是一个个独立的市场主体。长江出版集团有两家与民营的合资出版企业，这两家的社会效益与经济效益都不错。两家民营的市场占有与利润水平超过集团八家出版社之总和。这不是关键，关键是通过近距离的合作与观察，国有一方不少人从当初的排斥心态转为虚心向民营学习。同一个平台，合资企业一年一个新台阶，两个效益不断提升，原因何在呢？

这样就找到了差距。这对国有出版企业提高竞争力，树立追赶的标杆，是再好不过的教育与鞭策。国有与民营的合作，在某种程度上也不是国有"收编"民营，是建立在共同利益上的合作，不是你去主导它，在一定程度上是国有出版人应当放下身架，虚心向民营出版企业学习。学习民营出版企业以市场为导向的组织结构、治理结构，人才评价体系、产品创新能力、市场营销能力等。当然，我在这里不是一概而论，认为国有出版企业一无是处，没有办得十分成功的企业，也不认为民营出版企业的从业者个个都是精英，都是铁肩担道义的好汉。民营如国营一样，良莠不齐，在发展中也同样存在许多亟待解决的问题。

如何防止国有企业因为与民营合作不成功而导致国有资产流失，如何不会因为合资一方的撤走而合作不成功，我想，首先是必须建章立制，按公司法的要求加强管理与监督。二是派到合资公司的同志要在关键岗位上参与管理，并且掌握企业的核心竞争力，一旦双方出现不可弥合的矛盾，对公司要依法清算时，确保国有财产的安全，并且不至于影响企业的后续经营。

国有与民营的合作，是出版企业做大做强的途径之一，但我并不提倡所有的出版社都一窝蜂地与民营合资。实际上，当民营能够做到持续健康发展的地步，并且政府已承诺有条件地给予出版权，一些没有比较优势的国有出版社，不会有人找上门来与你合资。这样，我们不妨在项目上，在产业链的上下游上，与民营展开合作。目前属于贝塔斯曼旗下的兰登书屋，利用自己的品牌优势与营销优势，与几十家小型出版社合作。他们通过贴牌这种方式，将符合自己标准的小出版社生产的图书纳入自己的名下，双方通过这种合作获得属于自己的利益。国内目前有一些选题策划公司、制作公司，它们以创意或者半成品或者成品与国有出版社合作，我看也不失为一种好的模式。总之，民营与国有出版企业在中国这个大市场上博弈已是注定了的，不再是"偷天换日"，而是大张旗鼓，是你死我活还是同舟共济，就看双方的智慧与胸怀了。

（原载《出版参考》2009 年第 21 期）

要重视民营书业的作用

——答《编辑之友》记者问

1. 就出版产品而言，按目前的说法无非三大块，即教育出版、大众出版、专业出版。但由于政策的限制和市场的需求，目前民营出版公司主要集中在两大领域：一是教育出版，二是大众出版。这种现象从市场营销和畅销书排行榜上就不难看出，一些具有市场效应的图书，无论是引进版或是原创版，许多出自民营出版公司。对于这种现象您该如何看待？

答：排行榜上的畅销书多出自民营公司，或出自与国有合资的民营公司。这主要说明，在非国有体制下的出版公司中，由于体制更能调动从业者的积极性，所以他们能够以极大的工作热情和高效的运行效率，密切关注市场的变化，捕捉市场需求，寻求具有畅销潜力的大众读物；同时，由于机制上的灵活性，他们在机构的设置上以市场为圆心，全力以赴，对每一本书都认真进行市场营销，让市场的潜能最大发挥，所以他们往往有"点石成金"的魔力。同时，在稿件的竞争上，由于他们的决策速度快，风险承受力强，所以在与国有的竞争中往往能够胜出一筹。另外，这些机构的负责人都是在市场中摸爬滚打出来的，有丰富的实践经验，而相当多的国有出版单位的负责人，是服从"组织安排"来的，他们本来是官员而不是出版人，逐鹿市场高下不言自明。

2. 从产品设置线的角度来看，民营出版公司的产品线也相对单一，产品定位更为清晰。比如说教辅公司的产业链可以从中学上延伸至大学，向下延伸到小学甚至幼儿园，但不会轻易涉足大众出版或专业出版；一家学术出版的公司很少会做生活类图书，一家经管类公司甚至不会去做青春文学。民营出版公司的这些做法，有哪些借鉴之处？

答：出版界讲专业化和特色化已经讲了多年，道理谁都明白，什么都做结果什么都做不好。没有特色，就没有品牌，同时就缺少市场竞争力。民营出版公司在选题和方向上的深入开掘，借鉴其实并不难。一是出版社在社内上下要统一思想，明确思路，明晓利弊，特别是主要负责人要把握方向，要"咬定青山不放松，任尔东南西北风"，坚持坚持再坚持；二是在组织机构的设置上，要围绕产品定位，确定编制；三是在利益分配上，要有导向性的安排，鼓励编辑按照社里的产品定位去努力，不要急功近利。

3. 激励机制方面，国有出版单位与民营公司各有利弊：国有出版单位的工资、奖金注重平衡，干多干少差距不会拉得很大；而民营出版公司的考核中，更多体现了对利益的追求，着重强调的是员工绩效考核，薪金水平与能力和业绩直接挂钩，分配方式也比较灵活，员工收入差距可能拉得很大，激励作用非常明显。民营出版公司在激励机制方面采取的办法，哪些在国有出版单位行得通？

答：如果要把出版社作为一个企业来办，就必须体现效益优先、多劳多得的原则。一些发展比较快的国有出版社，其实在分配机制上已经完全按照市场化的原则在做。如机械工业出版社、化学工业出版社等。如果说国有出版单位还有某些保证的话，不过比民营出版公司更多一些人文关怀，这并不是体制所决定的。我不同意国营天生就比民营多一些大锅饭的观点。关键还是出版社的主要负责人，有没有改革意识，有没有责任心，有没有雄心壮志。如果他真想把出版社办成有影响，有市场竞争力的机构，他就要打破铁饭碗，建立激励与约束机制。

4. 目前，多数社在引进版与原创版图书的开拓上，国有出版单位为何做不过民营公司？作为国有出版单位的一员，您对此有何看法？除了所有制不同、政策资源不同、产业规模不同、产品领域不同、人力资源不同、管理风格不同外，还有深层次的原因？

答：其实是体制与机制的原因。比如同样一本书，民营公司决策程序简单，说要就要，而国有要研究再研究，赚钱是公家的，赔钱谁敢负责呢？同时，后期的营销，民营可以倾其力全方位的做市场，而国有却因为种种原因不能为一本书去动员所有的力量。当然，国有出版社在引进图书上也有做得很好的，如上海译文出版社、人民文学出版社等。关键还是要建立一个有效的机制。

5. 近几年来，国有出版单位与民营出版公司合作的事例，已比比皆是。这些国有与民营合作的案例。有的已见成效，有的正朝着有利的方向发展。业内人士认为，国有与民营合作成立新公司，将会充分整合和丰富合作双方的出版资源，实现资源共享，优势互补，并借助这一合作的资源、体制、品牌、市场优势等，进一步提高核心竞争力。对此，您有何看法？

答：优势互补是毫无疑问的，但国有出版单位要深思为什么"橘生于淮南则为橘生于淮北则为枳"。而这些在民营公司做得很好的人中，有不少是从国有出版单位突围出来的，在国有那种体制下，他们并没有充分展示出今天这种才能。同时，有些民营出版单位的主要负责人，如果从学历上来看，他们当初如果希望走进国有出版单位，哪怕当一位普通员工，恐怕都会很困难。这涉及人才观的问题。当然，最终，还是体制的问题，在国际上有影响的出版集团和出版社中，实行公有制的，几乎为零。这就是为什么中央领导近年来要求出版单位要转企改制，为什么要通过上市将出版单位变成一个公众公司的原因。这就是目前这种体制缺少竞争力和影响力。我们必须通过改革改变这种局面。

6. 国有出版单位与民营出版公司合作的目的是为了增加效益，提高某个方面的行业竞争力，从而最终达到双赢的目的。但也有一些国有出版单位过度依赖民营出版公司，在合作中丧失主动权而处于劣势地位，从而影响了主业的发展。由此而引出的话题，就是国有出版单位与民营出版公司合作模式及如何规范的问题。对此，您有何高见？

答：国有出版单位与民营合作，如果仅仅从获得眼前的一点局部利益来做是很短视的。我认为双方的合作应当从观念上，从机制上，从能力上互相取长补短。要让国有出版单位的同志从合作中找到差距，找到努力的方向，进而提高自己的执行力、市场运作能力，这才是长远的、最有价值的合作。如果合作多年，大家还是两张皮，这就没有达到目的。中国30年的改革开放，在经济领域，我们从引进来为我所用到自主创新，成为制造大国，成为出口大国，就是一个成功的范例。

7. 2009年4月6日，新闻出版总署发布的《关于进一步推进新闻出版体制改革的指导意见》，首度承认非公有制出版工作室在政策上的地位。因此，这一年又被称为"出版改制攻坚年"。2010年1月，新闻出版总署《关于进一步推动新闻出版产业发展的指导意见》的出台，将民营书业视为"新兴文化生产力"，明确提出"鼓励、支持和引导非公有制资本以多种形式进入政策许可的领域"。在这个政策的春天里，民营书业的发展在哪里？如何尽快完成"升级模式"的工作，寻求突破的力量？……这便是2010年中国民营书业峰会的缘起。2011年，借着国有与民营合作的良好势头，中国民营书业峰会又一次成功召开。这次峰会，规模之大，规格之高，参会人员之多，是上一届峰会无法相比的，被众人评价为"民营书业发展史上最大的盛会"。对此，您是如何看待的？换句话说，中国民营书业的崛起对国有出版单位是动力还是压力？

答：民营书业的崛起，是中华民族文化复兴的一个重要组成部分，是发展文化产业的具体体现。这体现了中央领导的高瞻远瞩。民营书业作为中华民族的一员，无论是对文化的传承与传播，对于推动文化产业的发展，都是积极与建设性的。对国有出版而言，民营的快速发展，当然既是压力也是动力。因为民营的壮大，无疑会部分压缩国有出版单位原有的市场份额，增加国有出版单位的竞争成本，但同时，由于民营的竞争，国有出版单位在竞争中会不断提高自己适应市场的能力，增强从业人员的整体素质，所以人们常常提到运输鱼儿的时候，为了避免鱼群在途中死亡，就放一条吃鱼的鱼的故事。我想，民营在中国出版的格局中，大概就起到这样的作用。

第二卷 出版杂论

马鞍上的守望

这是一个曙光初露的清晨，在昨夜的曾经辉煌中，中国文学出版业这匹驮载着"缪斯"、"安泰"，驮载着"关关雎鸠"、"大灰狼"的老马又走向了新的千年。

我们该如何描述新千年之始的文学出版业呢？是重现上个世纪 80 年代的辉煌，还是悄悄地留在图书市场的边缘，给理想寻找一个锚地。

我们应当面对这个现实，那就是随着中国加入 WTO，随着中国全面实行社会主义市场经济，随着以互联网为代表的计算机技术的广泛使用，人类已经进入了一个全球化、信息化的时代。人们信息来源的多元化，关注点的转移，兴奋点的泛化，文学这个曾经处于关注中心的幸运儿，已经悄悄地退居到了图书市场的边缘。这是文化转型期不容置疑的事实。从上个世纪的 90 年代中晚期，在图书市场上领风骚的就已经不是文学出版业了。据北京开卷图书市场研究所的调查分析，作为大众读物的文学类图书在图书市场的份额，已经小于社科、科技和教辅类图书市场，约占市场份额的百分之八九。文学图书的市场"风平市淡，竞争乏力"。另外，文学类期刊的订数每况愈下，有些期刊印数已经跌到了千册左右，这也许让眷恋文学的人们感到失望，让文学出版业内的人士难以接受。其实，同属于中华文化圈的台湾、香港，一度十分红火的文学出版业，在工商化、市场化的冲击下，文学出版业的图书和期刊全面退却，已经成为不争的事实。近二十年来，台湾的很多文学出版社纷纷改弦易辙，能够坚持下来的也压缩出版数量，有些大型的出版社即使偶尔出版一点文学书，也仅限于翻译类文学图书。香港的出版界中，专门出版文学类图书的出版社基本没有，仅有的一本纯文学期刊《香港文学》据说也陷于举步维艰的地步。从台湾香港文学出版业的发展来看，信息化高度发达，全面市场经济条件下的图书市场，文学出版业处于守势是一个基本的状况，我们对此必须有清醒的认识。

但是，中国曾经是一个产生唐诗宋词的文学大国，人文精神，诗意情怀，是传统中国人拂之不去的情结。物质的诱惑，也可能会一度分割人们的时间，但文学是人学，是陶冶人的性情，塑造人的灵魂的事业，文学作品的读者对象广泛，好的文学作品不受时间的限制，会历久弥新传之久远。文学出版业会一度让位于其他读物，但随着社会物质财富的增长，人们经济收入的增加，文学出版业这块蛋糕还会增大。当然，作为文学出版业本身而言，一方面要研究市场规律，出版读者喜闻乐见的大众读物，另一方面，要向国外发达的出版业学习，运用市场营销的手段，扩大文学图书的市场占有量。我们可以预见，在市场的洗礼下，一部分过去主要出版文学类出版物的出版社会退出竞争，减少文学图书的出版量，另一部分出版社则会壮大发展，凸现出文学出版的特色，成为下一轮竞争的赢家。

也许，这就是马鞍上的中国文学出版业。千年伊始，它暂时处于马鞍的低谷，但在力量的积蓄中，它将留给人们期待的明天。

2000 年 12 月 16 日

新世纪感怀

有人说，我们是幸运的一代，市场经济的战场硝烟弥漫，出版界却依旧还站在岸边看风景。

有人说，我们是没落的一代，市场经济的大潮孕育了多少弄潮儿，出版界还是笼中的一只鸟，一只翅膀上缀满了黄金的鸟。

是的，我们何尝不想振翅高飞，何况，我们已经飞临到21世纪。中国的近代出版业，也已经蹒跚了将近一个世纪。

站在这世纪之交，每一个对中国历史，对中国出版史稍有了解的出版人，我想，心中都充满了憧憬，甚或是不安。

已经降临的21世纪，知识经济、信息社会、网络时代、WTO、经济全球化，太多太多的机遇，太多太多的挑战。何况，我们周围，已经有觉醒的雄狮，已经有从另一营垒杀来的咄咄逼人的明枪暗箭，对此，我们怎能视而不见？

其实，我们之中，不乏远见卓识之人，不乏具有专业造诣之人，不乏为中国出版业腾飞而愿意贡献自己的青春与生命之人，可是，我们有了太多的呵护，有了太多的责任，我们才蒙眬了进取的目标与方向。

可是，时代的脚步一刻也没有停留呀！21世纪的足音已经踏响了我们这个蓝色的星球，人生短暂，时不我待。我们又有多少个十年二十年可供挥霍呢？子在川上曰，逝者如斯夫。我们也许应当前进了，时代已经给我们创造了宽松的环境，我们为何不将翅膀上的黄金卸下，作为我们前进的动力与资本呢？

我们该审视我们自己了，如果我们还在左顾右盼，失去的不仅仅是时间，也许，我们将成为一群在市场经济的大潮面前手足无措的败军之将了，成为靠回味过去的大好时光而度日的八旗子弟。

历史，是英雄的记功簿，它只承认成功者而从不怜悯弱者。我们是历史的见证者和创造者，命运正握在我们自己的手上。

我们应当对已经来临的 21 世纪充满信心，因为，我们是从上一个世纪的摸索中走过来的一代。哪怕，前进中还会出现短暂的徘徊。

2001 年 1 月 3 日

聆听的感觉

21世纪的足音已响起在我们这个蓝色的星球上，也一步一步地回响在我的思绪中。

作为一位出版人，面对新的千年，应当持以什么样的姿态呢？在我们的面前，是风，是雨，还是桃花依旧，还是情有独钟，作为一个特保儿，在政府的呵护下，虽已丧失活力但却茁壮成长。我的忧虑大于乐观。

WTO在向我们招手但不亚于一个含有毒液的吻，步步进逼之后，会不会让我们放开国门？服务业其中包括出版业已是一个不争的事实，任何一个开放的国家，都没有最后的马其诺。全球经济的一体化使你不能不束手就擒，你中有我我中有你又如何分得开这连体婴儿。君不见世界出版巨头正窃窃自喜，频频将触角伸向你我的身边。

因特网如同一张大网，将全世界的人和事都网在一起，网络出版正以几何速度发展，每一个我都是作者，都是社长总编，集编辑出版发行于一身。面对被人喻之为第四媒体的因特网，会不会让我们若有所失而又无可奈何？

面对国内雨后春笋般的各种媒体，传统的读者正一个又一个地将目光从图书移到更为精彩的地方。读者的丧失，使图书出版面临严峻的考验，尽管人们还不会把图书当作最后的晚餐，但外面的世界确实很精彩。连我们出版人自己，又会留多少时间给我们为之谋生的书本呢？

更不容忽视的是若隐若现但已浮出水面的另一支地下出版大军，他们已由散兵游勇发展到集团作战，他们已不是原来的拾荒者而是一批经过市场洗礼的斗牛士。他们中已不乏博士硕士，高智商加上我们所不可能拥有的灵活体制与运行机制，从从容容地与我们逐鹿中原。也许他们暂时还不处在社会的主流，但他们在悄悄地引导读者争夺读者。别看他们眼下为了出版权表现得那样唯唯诺诺，但骨子里却有着某一天由他们从头重收拾旧山河的豪情壮志。

当然，用一句套话，堡垒最容易从内部攻破。本来，我们拥有大好河山，拥有政府颁发的通行证，但我们却显得步履蹒跚。我们不是八旗子弟，但太多的特许成了金铸的项圈；我们不是贵族，但有人举手投足却有着贵族的做派。我们本来是鹰，但不能翱翔长空，我们本来拥有金矿，却依然还不富有。有人也许并不承认现实，说这是危言耸听，杞人忧天。君不见，昔日依靠特权富甲一方的已成了乞儿，昔日声势显赫者已门前冷落车马稀。市场经济不相信眼泪，竞争是社会进步的杠杆却又是那样的冷酷无情。今天的我们会不会是明天的他们，请不要说，我们不是他们！

2000 年的阳光已经照临在我们的头顶，也就是这轮太阳，百年前曾经照临在大清王朝的末代子孙身上——是时他们还在紫禁城中争权夺利。他们中是否有人想到某一天也会沦为市井平民？太阳还是那轮太阳，当年作为国语的满语百年后已没有几人会念。今天，我们也正沐浴着温暖的阳光，会不会在某一天早晨，当阳光再升起时，我们也成了今天那些苦苦挣扎的国有企业？

我们必须打开窗户了，我们必须吸收外面的新鲜空气，包括国内那些成功的企业的经验。我们要革命，首先，要革自己的惰性，要革自己的自大，要放下架子，要看到我们的体制，我们的运行机制，我们的理念，我们的队伍。我们不必在那儿左顾右盼，不必认为我们是天生的特保儿，我们只有用改革的巨手，抹去蒙在我们头上的光环。这一切，将是痛苦的，但我们也许将从此拥有了明天。

听，2000 年的脚步，是那样的急切。愿我们的出版人，正视现实，用热血，用汗水，去拥抱灿烂的 2000 年。

太阳与月亮

今天我能登上这个领奖台，首先，要感谢《张居正》一书的作者熊召政先生，如果没有他十年呕心沥血的辛勤劳作，他的长篇历史小说巨著不可能以全票当选茅盾文学奖，我也不可能获得这个"茅编奖"——茅盾文学编辑奖。如果说他是太阳，我最多算个月亮。当然，这个月亮还是省委省政府给升起来的，如果没有省委省政府对文艺精品创作与出版的高度重视，作为一本书的责任编辑，是不可能获得如此高规格的殊荣。所以，我今天无比的荣幸，无比的激动！谢谢已经在天的茅盾先生，谢谢作家熊召政先生，谢谢省委省政府的领导。不仅以我个人，还以我供职的长江出版集团、长江文艺出版社的所有编辑们的名义。这不仅是对我一位责任编辑的肯定，而是对整个出版工作者劳动的尊重。何况，大家从这里看到了未来，我的同事们，大家都在等待着下一次再由省委省政府的领导来给我们举行如此隆重的颁奖典礼呢。

与熊召政的合作，是一次愉快的而且让我终生难忘的文学之旅。我们在八年前开始了亲密接触，从春到秋，跨越了一个世纪，终于在今年九月的一天中午，如愿以偿地得到了《张居正》斩获魁首的喜讯。那一天我正在车上，是从二月河先生所在的南阳回武汉的路上。二月河先生也是中国历史小说的大家，他的《雍正皇帝》也是我担任责任编辑，这套书两次入围茅盾文学奖，两次因一票之差与茅奖擦肩而过；而这一次《张居正》申报茅盾文学奖，会不会也天不遂人愿呢？我与熊召政在忐忑不安中等待。好痛苦啊，奖评了两年，我们等了两年。结果呢？套用一句流行歌词：让幸运撞了下腰。当然，不是幸运，是熊召政用他丰赡的文史修养、飞扬的文采、恢宏的艺术构架，折服了21位终评委。他们睿智的目光，同时聚焦到了熊召政笔下复活了的历史长廊上。400年前的荆楚才子，曾经的风流倜傥，曾经的叱咤风云，那是让每一位乡党景仰的历史；400年后，在一位同样充满才情的英山才俊的笔下，栩栩如生的张居正走进了我们的视野。"书生自有屠龙剑，儒者从来做帝师"，熊召政在写给我的第一封信中，谈到了他对张居正一生由衷地赞赏与扼腕叹息。他是抱着为后世立言的雄心壮志，开始了他的"字字读来皆是血"的扛鼎之作。十年寒窗，数易其稿，终于有了皇皇 150 万言的巨著。这是中国文学界的骄傲，更是湖北创作界与出版界的骄傲。

作为长篇小说《张居正》的责任编辑，也作为湖北出版界的一位代表，站在这个讲台上，我除了激动与兴奋，也还感受到肩上的重担。成绩只能说明过去，明天我们再用什么优秀的出版物奉献给我们的读者呢？党和政府赋予了我们责任、时代赋予了我们责任，台上这么多领导正用深情的目光关注着我们。我们知道，社会生活正在发生急剧的变化，读者的阅读也在做出更多的选择，经济全球化的变革，科学技术的发展，都对我们提出新的挑战。如何满足读者多元化的需求，出版更多更好的精神产品，让人们的心灵更加丰富，让我们的生活更充满希望，这也是我今天站在这个台上的思考。我知道，今天让我站在这里，不是来陶醉于过去的成功，而是昭示着明天的责任。作为湖北出版界的普通一员，也作为长江出版集团的领导成员，我们将用加倍的努力，为湖北的作家，为全国的作家，为更多的作者尽绵薄之力，用我们的不懈努力，出版更多能代表我们这个时代最高水准的优秀出版物。

（在省委省政府嘉奖长篇历史小说《张居正》荣获茅盾文学奖大会上的发言）

上市，不仅仅是为了上市

各地出版集团上市的热情如火如荼，但对此动作业内外却有不同的解读。有人认为，股市一败涂地，还谈什么上市，上市也很难募集到资金；有人认为，我现在日子过得好好的，何必要将手中的利润分给别人呢？全世界不是还有很优秀的出版企业没有上市吗？也有人认为，全国出版集团纷纷上市这是出版界的一场大跃进；结论是中国的出版企业不可能都成为上市公司。

对于现有的出版集团而言，上市是不是唯一的选择，当然不是。上市其实也并不是目的，笔者以为，其目的是通过上市这套规定的"广播体操"，达到强身健体，保持企业生命的活力。

首先，上市必须是股份公司。上市的股份公司要达到如下几项基本要求：(1) 形成清晰的战略发展目标；(2) 突出主营业务，形成核心竞争力与可持续发展能力；(3) 避免同业竞争，减少和规范关联交易；(4) 产权关系清晰，不存在法律障碍；(5) 建立股东大会、董事会、监事会以及经理层的治理结构；(6) 具有完整的业务体系，和直接面向市场经营的能力，做到资产完整、人员独立、财务独立、机构独立、业务独立；(7) 建立健全财务会计制度，会计核算符合《企业财务会计报告条例》《企业会计制度》和《企业会计准则》等法规、规章的要求；(8) 建立健全有效的内部控制制度，能够保证财务制度的可靠性、生产经营的合法性和营运的效率与效果。

我们的出版企业能够达到上述要求吗？答案是可想而知的。从目前来看，出版集团或者大的出版社，在其内部规范上应当说还没有摆脱"政企不分、事企不分"的局面。从产权上看，我们的出版集团虽然大多数通过行政命令已经转为企业集团，但只是若干个子公司"捏合"在一起的企业集团，虽然有了物理变化但还没有化学变化。甚至物理变化也只是表面的，从法律角度上还没有得到承认。如有些新华书店集团，虽然一纸文件，各地县新华书店归省级新华书店管理，但在法律地位上，各地书店与省级新华书店都是独立的法人实体。再如各地书店的土地、房产这部分资产，过去尽管也开展过清产核资，但对土地的性质，房产的归属，也还是五花八门。如各县新华书店，职工宿舍与办公场所同在一幢楼上，房屋的产权已经归个人，而办公场所的土地还是划拨地，这样土地的分割就十分困难。业务上，尤其是出版社这一块，子公司之间特色并不鲜明，产品线并不清晰，许多都是围绕教育出版做文章，内部产生竞争，出版社缺少核心竞争力。还有些出版企业，要负担很多离退休人员的各项费用，经济负担较重，发展缺少资金。而股份制企业，不是那种政企不分的企业，不是党委领导下的厂长社长负责制，而是按照资本的多少，以股东会为最高权力机构的企业。在这种企业中，以公司章程为最高的准则，董事会的权利、总经理的权力，都在章程中规定得清清楚楚。公司年初有预算，年底要向所有的股东报告经营业绩。总经理如果经营管理不善，业绩达不到预定目标，董事会可以解除与其的合同。而上市企业比股份制企业将更加透明，监管更加严格。所有的股东，无论是大股东还是小股东，都有权力了解公司的状况。公司的业绩，每个季度要通过证监会指定的媒体向公众披露公司的财务运行情况。公司的重大事项，要向证监会报告并在指定的媒体上披露。而目前我们的出版企业，有多少可以经得起这样严格的监管呢？

如果出版企业要上市，如此不规范的行为怎么办？企业那就必须按照上市公司的标准来进行改造与规范。这就需要中介机构，其中包括有资质的保荐机构，如证券公司、会计师事务所、律师事务所、评估事务所对企业在尽职调查的前提下，提出完备的整改方案。要根据上市公司的要求，对企业的产权结构、法人治理、主营业务、赢利状况进行条分缕析，解决公司遗留问题，打通公司生存与发展的瓶颈。

也有人错误地认为，上市公司的目的是为了"圈钱"。其实，这只说对了一点点。企业上市的目的，就是获得一个资本运作平台，借助资本市场获得更多的低成本的资金，迅速扩大企业规模，提升企业的知名度，增强企业的竞争力。世界知名的大企业，如美国的500强企业，95%都是上市公司。国内的电器连锁零售企业苏宁电器，2003年成功上市后，企业的总资产从7.5亿在三年时间内增加到88.5亿，成为国内数一数二的电器销售王牌。同时，通过上市，使企业成为一个公众公司，证监会等机构会对其严格管理，使公司会更加规范地运行。通过上市，公司也有了一个宣传的平台，进一步提升市场地位和形象，增强公司知名度，提升资信能力，增加金融机构对公司的信任，降低融资成本。另外，公司的价值，股东的价值通过金融市场来确定，实现了股东财富增值。但是，"圈钱"就可以自由支配吗？这也许是不了解上市企业资金使用的人的一厢情愿。上市企业募集资金的使用方向，事先必须得到证监会的批准，如果改变用途，也必须得到股东大会的批准。最典型的一个例子就是在香港上市的创维集团，因为将募集到的资金改变其在招股说明书上的用途，结果董事长到香港时被股东一纸诉状送上法庭。

所以笔者以为，中国的出版企业，不管是否上市，都应当按照上市公司的要求来规范企业。如果企业能像上市企业一样经得起股东与有关管理机关的监督，那么我们的出版企业就会具有了可持续发展能力。当然，能否达到上市要求是一回事，上市后经营的业绩又是一回事，愿不愿意通过上市准备这个"炼狱"使出版企业变得产权更加明晰，制度更加规范，产品更具有竞争力又是一回事。愿不愿意通过成为上市企业，而使自己有更大的压力，迫使自己必须面向市场，不断地攀登更高的目标又是一回事。我们不是为了上市而掀起出版界的又一场大跃进，而是要通过上市这个过程，促进我们的改革，促进我们的发展。上市是时代发展之必然，也是企业自身生存之需要。

（原载《出版参考》2009 年第 3 期）

数字书市应休矣

年年书市，今又书市——不过现在称为博览会了，但业内习惯了还是叫书市。说起书市实际上很有些年头了，据《三辅黄图》记载，汉平帝元始四年，王莽扩建太学，在太学附近形成了综合性的贸易集市——槐市，这其中就有图书贸易活动。

书市今年是第十九届了，我印象最深的是在武汉办的第六届书市，人潮汹涌，购书者众，在江城掀起了一股读书的热潮。当时我负责湖北十几家出版社的摊位，每天我们要到摊位上请出版社登记当天征订的数字，尽管是熟人，但大家还是显示出一副为难的样子，这征订的数字怎么填呢？

后来我到了出版社负责，每次参加订货会，也都是要求参展者当天要填数字，订货会结束时也要填数字。谁都知道，这数字只是估计数，没办法统计也没人去认真统计，但这个数字最后还是在报上公布了出来，后来大家悟出了一个道理：就算是一次形象宣传。大家把数字朝高里报，反正也没人收税。结果这每年的书市征订码洋就水涨船高，大约没有一家主办城市愿意说今年我这征订码洋下降了。

实际上，从新闻出版总署统计的图书销售册数和销售实洋看，销售册数从 1998 年的 77 亿册后一直在下降，2007 年只有 63.13 亿册，销售实洋增长幅度也不大，平均每年在 4% 左右。当然这个统计数字没有民营书业的销售数字，在一定程度上不是很准确，但从抽样的角度看，也说明了出版业滞胀现象存在，外在与内在都需要变革——当然这是另一篇文章讨论的问题。

问题是今年国家统计局在公布第一季度统计数字时，却如实地将金融危机对中国经济的影响报告给了大家。GDP、PPI、CPI 都在下降。当然，比预计的要好，何况全世界不少国家的 GDP 还在负增长呢！

所以，书市将临，作为全国出版界晴雨表的"博览会"，我们希望看到一个真实的产业链的运转情况，这不仅有利于从业者重视金融危机的影响，也有利于从业者坚定变革的决心。再从大处想，这是一个社会风气好坏的体现，也是一个社会道德标准的衡量。我希望，数字书市休矣——给出版人一个真实的书市数字吧。

（原载 2009 年 4 月 25 日《中国新闻出版报》）

读书做官与做官读书

读书而做官，大规模的，成建制的是从武则天的武周时期开始的。她一是改变了考试内容，二是增加了录取人数。除了传统的策问以外，还要求考生写杂文和诗赋。唐代读书风气甚浓，文坛空前繁荣，如贺知章、王勃、宋之问、王昌龄、王维、岑参、韩愈、刘禹锡、白居易、柳宗元、杜牧等脱颖而出，都与这个指挥棒有很大关系。但科举发展到明代，凡考试内容大都从"六经"中选取。院试、乡试、会试到殿试，童生、秀才、举人而进士，读书人皓首穷经，为的是金榜题名。但我在这里不是讨论科举制度的得与失，而是从制度化地强调干部读书，进而推动"国民阅读率"上升来看，中国几千年的科举取士，对知识的普及和民间读书风气的形成起到了推波助澜的作用。

说起"做官读书"，2009年4月29日《中国新闻出版报》曾报道，广西壮族自治区区委书记郭声琨向直属机关厅局主要负责人，各市、县（区）四大领导班子主要负责人赠送《当次贷危机改变世界——中国怎么办》《没有任何借口——企业、政府机关员工精神读本》两本书，并且附了一封言辞恳切的"劝读书信"。主要领导向干部赠书，是一个好的开端。上行下效，是我邦传统。"楚王好细腰，宫中皆饿死"，这是指负面的影响，但领导提倡，事情就好办。成语里的"蔚然成风"，大约就指的是这种化民成效。过去毛泽东带头写文章，特别是作诗填词，笔走龙蛇，自成一格，对建国后乃至20世纪70年代以前出生的中国人而言，影响深远。现中央政治局委员、上海市委书记俞正声主政湖北时，也曾多次在大会上谈自己的读书体会。他告诉干部，每周六的下午，除非有特别紧急的事情外，他会放下手头的工作，专心致志地读半天书。他不仅让秘书为自己买，自己去书店买，还亲自在网上购书。有一次读了一家文艺社的书，还亲自主持开了半天座谈会——原来他读了治下这家社出的很多书。一省书记经常对下属谈读书体会，其下属不管是出于自愿还是为了迎合书记，也不敢不读几本书，更何况书记亲自推荐的书！久而久之，读书之风能不形成？宋玉在《风赋》中写了"大王雄风"与"庶人之风"之区别。借用在这里，领导干部倡导读书，应是"大王之风"。但这种"做官读书"的情况并不多见，很多领导干部业余时间，甚至是上班时间，都沉醉于方城之中。有民谣形容个别腐败干部：喝白酒一斤两斤不醉，下舞池三步四步都会，打麻将五夜六夜不睡……但唯独读书，没有说他们"焚膏油以继晷，恒兀兀以穷年"。

报载 2008 年全国国民图书阅读率比上一年增长了 0.5 个百分点，达到 49.3%。我想，这与领导干部带头读书，倡导读书，不能说没有关系。我希望，今后有更多的关于领导干部读书、赠书的消息出现在报端。

（原载 2009 年 5 月 7 日《中国新闻出版报》）

从"谷贱伤农"想到图书折扣

前几年总署曾经发文，对高定价低折扣的图书出版现象喊停，其剑指腐败，确实收到一定成效。但最近图书市场却出现一种图书"低定价低折扣"的现象。有一种外国文学青少版，定价 6 元，批发折扣 50 折。还有很多在超市销售的图书，销售商进货折扣在 35 折上下，更有甚者在商场论斤销售图书等。图书低定价低折扣，乍一听似乎有利于读者有利于销售商，但细算一笔账，出版者有何利可图。古人都知"谷贱伤农"，书贱是否伤到出版人呢？最近猪肉价格下跌，政府马上提出保护价收购，意在保护养殖者的积极性。图书低定价低折扣出版发行，这种表面上有利无弊的事实际上是弊大于利。从根本上讲，会影响整个出版业的发展。

出现低定价低折扣的原因是无序竞争的结果，是市场上某些黑手的杰作。实际上，这种市场无序的现象又何止此一例：拖欠货款，商业贿赂，隐瞒印数，图书过度包装，诸如此类缺少诚信，无序竞争的现象层出不穷。如下游向上游支付货款的时间，不少书店由三个月发展到一年甚至更长。很多地方将本应支付的货款挪作他用，上游对此无可奈何。图书销售中采取让扣或返点的办法打压竞争对手，更是屡见不鲜。

按照总署改革的路线图和时间表，出版单位在短期内都要转制为企业。出版单位转企后，获取最大利润当无可厚非，但市场经济应是法制经济，我们不排除获取利润以求得自己企业更大发展，但这种过度竞争的结果只能是杀鸡取卵，对任何一方都不会有益。中国已经全面进入社会主义市场经济，市场经济体制下图书出版发行应当如何规范，我们应借鉴一下发达的市场经济国家的做法。在西方一些发达国家，行业协会对图书的销售价格有严格的规定，任何书店都没有权力擅自打破行规。德国立法机关不仅在 1933 年制定了专门的《折扣法》，而且德国司法机关也一向从严使用这部法律，使德国成为当今世界上严格规范折扣行为的国家。那么，我们这种不规范的行为应当由谁来规范呢？行业协会，还是政府？我想，这些极大地影响整个行业发展的无序行为，我们的有关部门不能视而不见，或者看见了也无动于衷。

当然，我们的政府即使制定了类似《折扣法》之类相应的法律法规，执行起来还是要依靠全体从业者。我们不是早就有了《反不正当竞争法》、有了反商业贿赂的法律吗？但法难责众，如果所有的从业者都不遵守游戏规则，再多的法律条文也是一张白纸。在市场经济条件下，当我们都成了名符其实的市场主体时，行业自律也要提上重要的议事日程。有鉴于此，我从谷贱伤农想到了我们的图书倾销。愿意我们的有关部门从中引起重视。维护正当和公平的竞争秩序，这是保证出版业科学发展的大事情。

（原载 2009 年 6 月 4 日《中国新闻出版报》）

转企改制中人员分流切莫"一刀切"

转企改制中，人员分流是题中应有之义也是改革中难度最大的问题。从一般的逻辑来看，要增效只有减员，机构臃肿，谈何效率和效益。这样一来，似乎谁的员工分流的多谁的改革力度就大，谁成功的把握也就多了几分。但笔者认为，人员分流我们要区别对待，切不要以为队伍缩编就一定会带来效益。

人员分流一般有如下几种情形：一是在转企改制的过程中，有些员工不再与单位签署劳动合同，自愿提出"买断工龄"，单位按《劳动法》支付一定的补偿金即可。此是周瑜打黄盖，一个愿打一个愿挨，两厢情愿。二是有些员工在岗位竞聘中落聘，需要待岗若干时日，如果在一定的时间内仍不能上岗，且不服从单位分配，单位往往会不与其签订合同；三是凡员工满三十年工龄，且距退休年龄只有五年时间的，单位可采取提前退休或内部退养的办法动员其回家。

从以上三种分流情况来看，第一种情形者多是有生存能力的，他们出去后多半围绕出版产业链继续从事相关服务；第二种情形是单位的富余人员，多是在辅助岗位且业绩不佳者；第三种情形中则有些属于工勤人员有些属于业务人员，其中不乏单位的骨干。笔者以为，员工分流，从初衷来看，是从单位的发展着想的。但从实际来看，却是买椟还珠，得失参半。

作为出版企业，是属于创新性的内容产业，其中最关键的要素是人才。特别作为实践性很强的出版产业，仅有学历而没有在一线亲自操作的经验，是很难找到市场感觉的。在分流的人员中，大多是在出版社工作多年的员工，除了少数基本素质不太胜任者外，如果在一种新的机制中，大多可以因人而异发挥一定的作用。从过去的实践中看，很多在单位原来表现一般能力看来也一般的人，离开国有企业后，却做出了业绩，大有"橘生淮南则为橘生于淮北则为枳"的态势。特别是工作多年的编辑人员，有些由于在计划经济中成长的，市场观念不太强，但其中也有一些善于学习市场意识很强的编辑，他们并非希望立即离开工作岗位，但由于"一刀切"的分流政策，他们不得不离开岗位回家打发日子。

在转企改制后，出版社要以市场为中心，面对激烈的竞争，无人不深感人才的缺乏，另一方面，我们又将一些熟练编辑或其他业务人员"分流"回家，这与我们改革的初衷实是南辕北辙。我以为，原有的计划经济残余和非事非企的单位体制，很多人的观念与操作能力都不太适应，但我们如果通过改革，建立一套激励机制和约束机制，建立一套培训机制，打造学习型的组织，这些年富力强的员工难道不能转化为有用之才吗？换句话说，我们就是全部换上一批刚从学校毕业的年轻人，他们要成为堪当大任的业务骨干，又岂是一朝一夕的事？从出版企业人才成长的规律来看，即使是肯学习肯钻研的年轻人，一般也需要三年的时间才能完全胜任工作，要培养一个成熟的策划编辑，至少需要五年时间。我们一方面说要尊重人才，另一方面又将一些在市场中摸爬滚打多年的业务骨干遣散回家，这岂不是人才的极大浪费！这与历史上我们引以为戒的叶公又有多大的区别？

（原载 2009 年 7 月 1 日《中国新闻出版报》）

512.62 亿的重新解读

据新闻出版总署公布的 2007 年新闻出版统计数字，全国新华书店系统、出版社自办发行出版物销售总额 512.62 亿元人民币。在上年的基础上，增长了 1.64%。在新兴媒体不断冲击的情况下，传统图书销售能达到上述数字已属不易。但 512.62 亿元，对于十三亿中国人来说，是不是太少了点呢？与其他行业比，是不是也太少了点呢？2007 年，石油开采业销售收入是 8497.14 亿元，烟草行业是 3737.61 亿元。而总部在德国的贝塔斯曼传媒集团，2006 年销售收入已达到 193 亿欧元。

如果只有 512.62 亿元，与国内外相比，我们是有很大的差距，也还有很大的发展空间，关键是，中国的图书销售额实际并不止这个数字。512.62 亿元，是国有的出版发行企业的统计数字，并不包括中国业已存在的上万家民营出版发行企业的实际销售额。民营出版发行到底有多少额度呢？这是一个无解的谜。前不久敝人去山东考察，世纪天鸿的任志鸿先生告诉我，他为了参加全国政协会议，曾经对山东的民营出版做过一个调查，民营图书销售总额达 100 亿。山东是全国民营书业做得特别好的省份，不能以此类推，但中国出版业的图书净销售额，从任何角度来看都不止 512.62 亿元。

到 2008 年，中国的 GDP 已达到 24 万亿，很多机构预测中国今年要超过日本，到 2027 年要超过美国。我不知道，这 24 万亿仅仅是国有企业还是包括中国境内所有不同经济成分的企业？答案是不言自明的。中国经济正因为包容不同经济成分的存在才取得如此骄人的业绩，中国的统计数字正因为包括不同经济成分取得的成果才有这样的国际地位。由此我想到，我们的出版统计是否也应将民营出版发行纳入统计范围呢？这不仅事涉中国出版人尊严与荣誉的问题。

也许，对民营出版的统计存在一些技术性的问题，但主要原因恐不在统计本身的失误，而是多年来对民营出版认识上的误区。多年来，我们不承认民营出版的存在，并且称之为"买卖书号"的非法行为。结果是没有任何民营出版人"自投罗网"去呈报销售数字，也没有任何部门意识到如此一来中国新闻出版统计数字的缺失。因为如果一旦将这些数字如实公之于众会无形中承认中国民营出版存在这样一个尴尬的事实。所以，中国出版人多年来的贡献被埋没，中国出版统计的数字多年来因而严重失真。

目前，新闻出版总署已经意识到民营出版对中国出版的贡献，将其称之为"新兴出版生产力"，并承诺要给以一定的出版权。我想，如果真正让民营出版浮出水面，中国出版业图书销售额再统计时将会不再是 512.62 亿元，而是一千亿甚至更多。因为民营出版的登堂入室不仅是简单的数字相加，而是对中国出版封闭格局的一个巨大冲击。中国经济 30 年的发展历程已经说明了这个道理，中国出版也将再次证明这个道理。这次对民营出版的重新解读，书业普遍认为是"春风已度玉门关"。希望有关部门尽快落实有关政策，让"旧时王谢堂前燕，飞入寻常百姓家"。我始终相信，出版生产力解放之日，就是中国出版的大繁荣大发展之时。2007 年，512.62 亿元，将永远成为历史的记录。

（原载 2009 年 7 月 10 日《中国新闻出版报》）

从"新农村书屋"到"打工者书屋"

报载，我的乡党马辉用打工挣来的几百元钱在乌鲁木齐市办起了一个"打工者书屋"，房子虽然狭小，书刊虽然多是廉价的旧书，但却吸引了不少与他有相同经历的打工者来这里寻找精神寄托与致富之路。

马辉的身份是河南农民，他20岁就来到了城市，如今已经8年了。苦累和饿肚子的艰难且不说，苦闷的是缺少读书的机会。他从自身的困惑想到与他一样靠打工生活在城市边缘的父老乡亲的境遇，于是用血汗挣来的几百元钱租了一个不到40平米的房子，先是用几十元钱从旧书市场买来折扣书，接着又陆陆续续添置了上万册或新或旧的图书和刊物。即使这样他与他的伙伴们都满足了。满足的是一天的劳顿之后终于有了一个精神的存放之处。

马辉的精神痛苦我能理解，当初我随当教师的母亲下放到穷乡僻壤之地时，是没有任何书可读的。邻居读高中的伙伴从学校带回一本《红楼梦》，我用套着格子的白纸本几乎抄了一本。劳作之后躺在田埂上，我希望就是能找到书读，能摆脱自己终身当农民的处境。不过马辉现在与我相反，他不在农村，他从乡村来到了物质生活与精神生活都相对富足的城市。

全国现在有多少农民游走在乡村与城市之间呢？据统计是1.5亿。我曾回到我劳动五年的乡村，得知从20岁到50岁之间的青年男女，基本都离开乡村去城市"打工"了。有些人长达二十余年都居住在城市，包括他们的下一代也都出生在城市，不管他们是否种过田地，但他们身上的烙印依旧是"农民"。城市人享有的精神文化生活基本与他们无缘。

目前国家为了解决农民缺少文化生活无书可读的境况，从中央到地方，拨出专款修建"新农村书屋"。这是件利国利民的好事，但我们要看到的是，像马辉一样，中国的大多数农村青壮年，基本都离开了自己的故乡，来到城市寻求更美好的生活。我们建设新农村书屋的初衷是提高农民的科学文化水平，但是这样一个庞大的青壮年群体，这样一支农村的生力军都生活在城市的各种工地上，工厂里，我们的新农村书屋建设得再好，他们也无暇享受。因此，我建议，在建设"新农村书屋"的同时，我们能否也在农民工聚集的地区，建设一批供他们及子女读书看报的"打工者书屋"呢？同时，我们城市的图书馆，能否也向没有城市身份的农民工发放借书证呢？农民工用自己的青春建设着日新月异的城市，却无权享受城市的文化生活，这对于建设一座城市的精神文明从任何一个角度来看都将是极大的缺憾。当然，尽早地打破这种城乡二元结构的局面，让每一个公民都享受平等的文化权利，这才是解决当下马辉之类群体精神困惑的根本。不过，这是另一篇文章的主题。当下，我希望的是，我们的政府主管部门，应当正视这种现象，通过各种方式，解决城市中庞大的农民工群体的文化生活，像重视"新农村书屋"一样，在城市建设一批"打工者书屋"。这才是切实帮助农民兄弟共同走上致富之路，让国家长治久安的可行之举。

（原载 2009 年 7 月 22 日《中国新闻出版报》）

湖北文艺出版三十年之记忆

30 年只是一瞬间，出版社的曲曲折折的历程人们或许都忘记了，时间之河淘洗过后，留下的也许只有那些给人深刻印象的书。

在 30 年记忆的源头，应当是鄢国培的"长江三部曲"之一的《漩流》。这部诞生于当阳玉泉寺笔会上的长篇小说，突破了"文革"留下的很多禁锢，为新时期的中国文坛吹来了清新之风。这部描写 20 世纪 30 年代川江上民族资本家历尽艰辛创业的故事，以崭新的题材与人物，为遮蔽了二十余年的读者打开了一扇新的窗口。接着，19 卷本的《中国报告文学丛书》在众多专家学者的襄助下得以出版，这套书不仅勾勒出了中国报告文学的发展脉络，而且记录了"五四"以来中国社会的历次重大变革。这套书共 22 卷，由茅盾先生题写书名，在新时期之初为报告文学的创作与研究都提供了很好的史料。应当一提的是，1998 年，出版社又出版了十卷本的"新时期报告文学大系"，报告文学的出版传统在这儿得到了继承。1996 年，我们曾出版了我省作家田天的长篇报告文学《你是一座桥》，这部作品获得了中宣部"五个一工程"作品奖。

1992 年，中国图书市场被港台的武侠、言情小说所占领，严肃文学走入低谷，报载王蒙的小说在书店征订只有几百本。这时，出版社出版了由陈骏涛主编的"跨世纪文丛"第一辑。这一辑中收录了包括王蒙、方方、池莉、残雪、余华、苏童、格非等当时的先锋作家与知名作家。这套书从 20 世纪出版到 21 世纪，真正成了"跨世纪"的工程。截至目前先后出版了 8 辑 80 余种图书。有专家认为，这是一部活的中国文学史，它记录了中国新时期文学成长的历程。这套书不仅为学界重视，也为作家所青睐，很多作家都把能进入文丛当成被主流社会承认的标志。

30 年里，历史小说的出版更成了出版社的一个亮点。先是出版了杨书案的《九月菊》《孔子》接着出版了二月河的三卷本《雍正皇帝》。进入 21 世纪，又出版了二月河的整个"帝王系列"。接着，唐浩明的《曾国藩》《杨度》《张之洞》，凌力的《少年天子》、《暮鼓晨钟》、《倾城倾国》、《梦断山河》，孙皓晖的《大秦帝国》系列，熊召政的四卷本《张居正》，姚雪垠的精补本《李自成》都先后在出版社出版，中国文坛上最有影响的历史小说一时都汇集到出版社，有人以"群英荟萃"来形容，有人以"重镇"而称呼出版社。2005 年，《张居正》荣获第六届茅盾文学奖，这是出版社第一次摘取这顶桂冠。

长篇小说是一个时代的记录，也是作家创作能力的体现。出版社为了展示出版社与作家的实力，先后创建了"九头鸟长篇小说文库"这个系列，这套文库先后出版了 30 余种图书。其中较有影响者如张一弓的《远去的驿站》，李锐的《银城故事》，李佩甫的《城的灯》，阎连科的《坚硬如水》，赵玫的《上官婉儿》，刘醒龙的《痛失》，邓一光的《想起草原》，曹乃谦的《到黑夜想你没办法》等。这套书中有的获了中宣部的"五个一工程"奖，有的获了"国家图书"奖，有的被媒体评为年度好书。

诗歌进入 90 年代虽然没有新时期之初那样受到热捧，但出版社还是不忘诗歌的出版建设。能够历数的当是《中国新诗库》。这套诗库由周良沛主编，收录了"五四"以来一百位诗人的代表作。这些诗集先是以单行本出版，后来出版了精装的 10 卷本。每本收录十位诗人的作品。这套书后来获了国家图书奖。除此之外，出版社先后出版了很多诗人的个人诗集，较有影响的如杨晓民的《羞涩》等，获得了第三届鲁迅文学奖。雷平阳的"诗选"获得了"华语传媒年度诗歌奖"。

除此之外，出版社还相继出版了 30 卷本的"中国圣贤人生丛书"，出版了以"白桦林"为代表的青春文学系列图书。这些图书在读者中曾经产生了较大的影响。同时，出版社在图书产品线的构建上，注意对经典图书的开发，先后出版了百种外国文学经典，出版了 50 余种中国现代文学经典。

作为一家地方文艺出版社，我们不仅注意面向全国，更注意立足本地，特别是新世纪之初，我们曾经出版了很多作家的处女作，如目前仍活跃在文坛的方方、池莉、熊召政、陈应松等，还有映泉、楚良、姜天民、李叔德等。除此之外，我们也出版了很多老作家的文集，如徐迟、碧野、曾卓的文集。也曾出版了 10 卷本的《湖北新时期文学作品大系》、12 卷本的《湖北作家文丛》等。湖北的作家哺育了出版社，出版社也为作家做了些理所应当的工作。用鱼与水的关系来比喻出版社与作家的关系，是太形象不过的了。

　　出版社的纪录是用书来铺就的，但出版是与我们的时代息息相关的。在这里，我们不能不提到出版社 1984 年的独立建制，谈到出版社的"事业单位，企业化管理"的模式。出版社真正走向市场经济是从 1992 年前后，在此之前，出版社的图书主要依靠新华书店征订，靠订数来决定印刷多少。但随着国家对发行的逐步放开，新华书店一统天下的局面被打破了，继之是激烈的竞争开始了。出版社一度步入低谷，但随之出现了转折。出版社在图书市场的排名，从曾经的倒数第几名逐步上升，2008 年，在文学类市场上，首次超过人民文学出版社，成为全国文学类图书市场占有最多的出版社。所以业内有"北有人文、南有长江"来形容文艺出版的格局。

　　出版社除了出版图书，也曾在新时期之初大举创办杂志。如《艺丛》《武当》《中国故事》等，后来，只留下了《当代作家》一种。2000 年，由于文学类期刊订数每况愈下，只好改为《报告文学》。《报告文学》先由北京的同仁在办，后因故停刊，我们续办后，也搬到了北京，与中国报告文学学会合办。后来出版社又创办了《白桦林》，但出了两年因经济原因也停办了，2007年由北京中心与郭敬明合办，这个刊物期发已至 60 万册，成了名副其实的"中国青春文学第一刊"。

　　当然，这一切与出版社深化改革，实行"效益优先，兼顾公平"的原则分不开，与整个团队的建设分不开，也与走向全国，在北京设立分公司分不开。2003 年，出版社引进了在全国有影响的出版人金丽红、黎波以及随后进入的安波舜。他们出版的图书，引领着中国的文学图书市场，在全国畅销书排行榜上，基本占有十分之一的份额。2004 年出版的长篇小说《狼图腾》，连续四年占据全国畅销书排行榜前五名的位置。2007 年，以 26 种语言在全世界出版，此书英文版还获得了"亚洲曼氏文学奖"。

　　当然，尽管我们取得了一些成绩，但三十年来，出版社犹如我们身边的母亲河，有一泻千里的壮观场面，也有九曲回肠的艰险航道。市场经济的战场是强者的天下，犹如逆水行舟，只有不断拼搏，才能跟上时代的步伐。在未来的道路上，只有发挥已有的优势，不断变革创新，才能保持可持续发展。

（本文收入湖北省文联文集）

文艺出版三十年关键词

文艺社独立建制

在新时期出版工作的历程中，1979 年 12 月的长沙会议是具有划时代意义的。会议明确提出新时期出版工作的基本任务是：宣传马克思列宁主义，毛泽东思想，传播积累科学文化知识和成果，丰富人民的精神文化生活，为提高整个中华民族的科学文化水平，为社会主义的四个现代化建设服务。会议提出地方出版社出书不受长期形成的地方化、通俗化、群众化的限制，可以"立足本省，面向全国"。这对于解放出版生产力，调动广大出版工作者的积极性，形成出版事业新的格局产生了深远的作用。一批在"文革"中停办或者合并的地方文艺出版社开始恢复重建。这批恢复的出版社有春风文艺出版社、长江文艺出版社、江苏文艺出版社等。例如长江文艺出版社是地处长江之滨的地方文艺出版社，原来是作为湖北人民出版社的一个副牌存在，1984年恢复独立建制。独立建制后的地方文艺出版社策划和出版了一大批有影响的中外文艺图书，极大地满足了人民群众日益增长的文化需求。

事业单位企业化管理

由于历史的原因，在相当长一段时间内，出版社是国家包养的事业单位，是政府的附属物，实行高度的计划经济体制，完成国家交给的任务，所有的费用由国家财政支付，市场意识淡薄。80 年代初期，中国图书市场的性质由卖方市场转向买方市场。为了适应新的社会形势，国家对出版单位进行改革。1983 年，文化部出版局经批准将出版社定性为"事业单位，实行企业管理"。出版社在舆论导向上由党和政府管理，在经济上实行企业管理，实行社长负责制，自负盈亏。这种体制对单一的计划经济体制来说是一种进步。但是这种带有向市场经济体制转型的过渡色彩的体制在管理、经营、用人、激励等方面弊端多多，难以适应市场经济的客观要求，出版社很难发展和壮大，难有强大的竞争力。由于出版产业有极强的意识形态色彩，这种事业单位企业化管理的改革极其复杂和艰难，延续了六七年才得以基本完成，一直到90年代中期出版社才真正初步确立了市场主体地位。

从"伤痕文学"到文学多元化

随着"四人帮"的倒台和"文化大革命"的结束，文学领域迫切需要变革。以《班主任》为代表的"伤痕文学"拉开了新时期文学的大幕，紧接着各个流派和众多的作家纷纷登上历史的舞台。有王蒙、张贤亮作品为代表的反思文学，有以蒋子龙小说为代表的改革文学，有汪曾祺、阿城、张承志为代表的文化寻根流派，有以刘索拉等人作品为代表的先锋小说……在诗歌领域，以舒婷、北岛、顾城为代表的朦胧诗派崛起。散文领域除了巴金、杨绛这样的老作家有新作之外，还有贾平凹、史铁生、余秋雨不同风格的作品诞生。

进入90年代之后，文学思潮空前活跃，文学格局更呈现出开放性和多元化，文坛上既有陈忠实、余华、张炜、王朔、王小波、阿来等等男性作家，同时也活跃着像王安忆、池莉、张洁、方方等等这样的一大批女性作家，出现了像《白鹿原》《活着》《长恨歌》《尘埃落定》等等一大批有分量的作品。进入新世纪之后，随着网络技术的发达和信息传播的革命，在这个人人可以"码字"的时代，作家的身份和文学的概念已变得模糊，随之而来的是文学创作者队伍的空前壮大，既有文坛常青树，又有70后，80后甚至90后创作群体，市场题材热点此起彼伏，有青春小说、官场小说、玄幻文学、奇幻文学、恐怖小说、新武侠小说、盗墓小说、悬疑小说、穿越小说……在形式上有手机小说、网络小说、短信文学、影像文学等等。

出版社停业整顿

在中国，还没听说过政府动真格取缔过一家出版社，那么停业整顿算得上是对出版社最为严厉的处罚了。停业整顿可不是轻松的事情，任何一家出版社都吃不消。停业整顿意味着资金链的断裂、发行渠道的中断、作者资源的流失。一次停业整顿会让一家出版社元气大伤甚至是产生致命的后果。"停业整顿"可以说是出版社最为恐怖的字眼了。除了承担买卖书号、出现质量不合格的产品等风险外，文艺类出版社的最大风险恐怕就是政治风险和舆论导向错误了。有时书中的一个字、一句话就会导致错误的政治倾向和舆论导向。随着出版队伍的年轻化，年轻编辑的政治把关意识不强，即使有三审三校制度，书中的政治错误和舆论导向错误还是防不胜防。出版社一把手又不可能全部把关，出现了问题还是一把手承担责任。一些文艺出版社的一把手形容自己是"如履薄冰"，惴惴不安，时刻担心自己出版社引爆一颗定时炸弹。据初步统计，全国三分之二以上的文艺出版社都先后被上级机关责令停业整顿。如2002年，春风文艺出版社因为出版卫慧的《上海宝贝》一书，被上级领导部门勒令停业整顿一年。

畅销书与排行榜

一本书是否畅销，完全是由市场说了算。以数据说话的排行榜自然成了常销书展示的舞台。这个从西方引进来的新玩意功能如此强大，以至于作者、出版方、读者三方都不敢小觑它的作用。它像风向标一样指引着作者的创作方向、出版社的选题策划方向、读者的阅读取向。排行榜已经取代了权威人士评论，成为图书宣传工具。排行榜排名和数据的背后意味着财富（版税、码洋）、知名度。于是各类媒体炮制了各种各样的排行榜，有年度排行榜、有月度排行榜、有周排行榜；有地区排行榜；有网络关注度排行榜，有网上购买排行榜。通过这些排行榜，我们大致可以得出社会大众的阅读特点，从年龄上看，年轻人阅读群体要大些。从内容上看，除了传统的畅销经典图书外，真正畅销的文学图书还是那些贴近生活、健康向上、自然真实的图书，如《新结婚时代》《悲伤逆流成河》等作品。目前文艺出版社最为看重的是北京开卷图书市场研究所发布的"畅销书排行榜"。据业内人士透露，一些出版社为了让图书能上该畅销书排行榜，不惜花钱在数据采取点回购该图书，使得销售数据人为地放大。

文艺图书的营销

文艺图书的营销中最主要的形式是业界称为"老三样"的新书发布会、

签名售书、图书评论。除了"老三样"，出版社在打造畅销书中越来越多地结合各种媒体、采用各种营销手段，形成所谓的营销传播组合。营销传播的主要手段包括广告、人员促销、销售促进、公共关系（宣传）等。而每一种手段又包括许多具体的方式。比如，广告包括广播、电视、印刷品、户外广告、博客、手机短信等。既有对单一作者的宣传包装，有推出概念对众多作者的整体推出，如"百家讲坛"系列图书，"玄幻"文学，既有出版社的单独行动，也有众多出版社的不约而同的集体行为。

"布老虎"的创始人安波舜曾经提出：金牌编辑包装思想、银牌编辑包装作者、铜牌编辑包装图书。他把包装思想看作是编辑的最高境界。他成功推出《狼图腾》可以说是近年文艺畅销图书运作的一个经典案例。但是我们的图书营销跟西方发达国家的相比，还显得落后。图书营销对我们来说，还是一个新的课题。

《王朔文集》的风波

1992年，王朔无疑是中国文坛最令人瞩目的风景。这一年，他不仅成为大陆第一个以虚构文学而大面积畅销的作家，而且还成了第一个公开扯起"议价"旗号按质论价出售作品的大陆作家。这一年，华艺出版社出版了四卷本的《王朔文集》，首开为青年作家出文集之风，对"王朔热"起到了推波助澜的作用。他的作品虽风靡一时，但评论界却分歧很大，最著名的一个论断就是说他的作品是"痞子文学"。王朔小说真正产生较大影响的是他的"顽主"系列，其中有代表性的如《千万别把我当人》《玩的就是心跳》《一点正经没有》《我是你爸爸》等等。撇开他作品的内容和文化因素外，我们在回望这一现象时，发现最主要是现代传媒的强大力量和市场机制的介入才促成了该现象的发生。此时文艺图书的营销才有了"商业炒作"这一概念。此事件对出版业和文学创作产生了深远的影响。对于出版社而言，要正视图书的商品属性，研究图书市场，充分利用大众传媒制造市场。对于文学创作而言，它不再是宣传工作，而成了娱乐的工具。

从《达·芬奇密码》到《哈利·波特》

版权图书的本土化出版成为我国20年来版权引进最为明显的进步。

《达·芬奇密码》和《哈利·波特》系列图书便是两个最经典的案例。《达·芬奇密码》简体中文版目前发行量已突破 150 万册。《哈利·波特》已累计发行 900 余万册，销售 2 亿码洋，创造了近 2500 万元的利润。

巨大的财富效应背后是许多史无前例的营销手段的运用。《达·芬奇密码》采取了开通官方中文网站、活体雕塑巡展、推出插图珍藏本、购书享受折扣电影票等等营销手段。在《哈利·波特》营销中，不仅采取了"全球首发式"方式，还包含了市场调研、产品、价格、促销、分销渠道等一系列策划。"复式推广"、"饥饿营销"、"图书禁运"，这些过去闻所未闻的出版专业名词，伴随着《哈利·波特》令人叹为观止的营销策略，突然出现在中国。有人说，这部世界第一畅销书在中国的成功，创造了国外畅销书在国内同步畅销的案例，开创了中国书业营销与世界接轨的先河。

然而可惜的是，7 年来，哈利·波特学会了说中国话，中国却没能产生一个真正的本土"哈利·波特"。

文坛常青树与"80 后"

文坛常青树指曾经过去取得一定文学成就在当下依然活跃的老作家，王蒙是其代表。

"80 后"作家作为一种整体的现象为世人所关注，应该是在 2003 年。主要的代表人物有十数位，最耀眼的就是韩寒和郭敬明。这一年郭敬明的《梦里花落知多少》和《幻城》都以印数逾百万取得了这一年文学畅销书排行榜的一、二名。随后张悦然、李傻傻等作者也开始走红。进入本世纪后，新作层出不穷，新人不断涌现，"80 后"文学群体愈来愈壮观，在文坛内外的影响也越来越大。80 后作家高产化，娱乐化，市场化，成了当代文坛不可忽视的一个文学存在。

以王蒙为代表的"文坛常青树"和以张悦然为代表的 80 后作家在湖南卫视进行了一次有意思的对话。王蒙对 80 后作品的整体印象是"没有昨天"，他认为 80 后作家在躲避历史。张悦然则认为老作家的作品和历史靠得太紧，很难看到人格独立的作品。

郭敬明和张悦然在不久前加入了中国作协，而韩寒说"文坛是个屁"，声称坚决不加入任何作家团体。

目前"90 后"作家已粉墨登场。

年度奖项与茅盾文学奖、鲁迅文学奖

曾经有一段时间，从中央到地方存在着形形色色的文学奖项，为了改变文学奖项良莠不齐局面、树立政府奖项的权威性和发挥正确导向和示范作用，国家加强了对于评奖活动的清理与审批。1997 年，中共中央提出"坚持高标准、严要求、少而精的原则，做好文艺评奖工作"。在目前各类文学题材中，小说是主流。形形色色的文学奖项中，最有影响的两个奖项则是长篇小说奖项——茅盾文学奖，和中短篇小说奖项——鲁迅文学奖。两个奖项都是以在各自的题材领域上取得巨大成就的作家名字命名。由于长篇小说在当代的突出作用，茅盾文学奖则更令人注目。每一次评奖结果都免不了招来争议，甚至有人质疑它存在"暗箱操作"。但是不可否认的是历届该奖项获奖名单中包含了中国当代最有分量的作家和最有分量的作品。经过时间的淘洗，一些真正有价值的作品流传下来，成为畅销书和常销书，为出版社带来源源不尽的财富。获奖者成为出版社追逐的宠儿，甚至有的出版社为了获得茅盾文学奖而押宝式的出版一些有潜力的作品。

鲁迅文学奖作品的关注度要小得多，这反映出中短篇小说在中国的影响力下降。

"五个一" 工程

"五个一工程"开始于 1991 年，由中共中央宣传部提出并实施，其主要内容，是要各省、市、自治区"力争每年度推出一本好书、一台好戏、一部优秀影片和一部优秀电视剧（电视片）、一篇或几篇有创见、有说服力的文章"，其目的"不单单是推出一些优秀作品，而是要按照邓小平建设有中国特色社会主义理论的指导和党的基本路线的要求，加强社会主义精神文明建设宏观调控。通过这种途径和手段，对文学、艺术、理论和出版等整个宣传文化事业的发展起一种导向和推动作用"。1995 年江泽民提出抓好影视、长篇小说和少儿文艺"三大件"。之后，长篇小说的生产成了"五个一工程"建设工作一个重要方面和"突出重点"。由于国家的主导作用，90 年代以来中国长篇小说极度繁荣。

"五个一工程"的生产机制，可以简单地归纳为这样一个基本的工作模式，即"党政领导——选题规划与立项——资金保障——创作修改——组织协调——激励表彰——宣传评介"。

"五个一工程"奖一直以来受到图书出版单位的高度重视。为鼓励图书出版单位多出好书，各省新闻出版局下拨专项资金，对获得省"五个一工程"奖获奖图书单位给予奖励。

文图联与美联体

"文图联"成立于2001年，为"全国文艺出版社图书发行联合体"的简称。目前文图联已经有成员50多家，每年有两次大活动：订货会、研讨会，以及数次不定期的成员聚会。最初的联合体的任务有四：帮助成员社培养发行队伍；组织年度全国性文艺图书订货会及区域性的业务订货活动；组织成员社交流信息，研讨任务；制定和规范文艺图书发行行业的有关规则。除此之外，"文图联"在规范市场、抵制恶性竞争、反对霸王条款方面，也进行了多方面努力。

美联体成立于1992年。目前，美联体一共有54家成员。囊括全国38家专业美术出版社以及音乐、艺术、摄影等艺术类出版社，形成以美术为基础的大艺术构成格局。美联体最令人称道的举措莫过于成立百家专销店。美联体还开展了各种各样的评选活动。2004年底，美联体开始向实体化道路试水。由全国20多家美术类出版社共同出资，正式向工商局注册成立"中美联书业有限公司"，并在北京开办"中美联艺术书城"。目前，此家书城是国内艺术图书出版单位最全、艺术图书品种最全的艺术图书总汇。美联体还出版了行业杂志《美术之友》。

天价稿酬与作家富豪榜

2006年，路金波以200万元高价签下安妮宝贝的《莲花》和韩寒的《一座城池》时，在国内出版界曾掀起一场轩然大波。之后，加入200万元天价稿酬的作家队伍却越来越多，先有王蒙，紧接着是王朔，王朔的稿酬更是高到1个字3美元的天价，与此同时，韩寒的《光荣日》也卖到了280万元。这不断被刷新的稿酬记录似乎在告诉人们，当作家才是最赚钱的。但也有人质疑其真实性，认为天价稿酬是出版方和作者合谋制造出来吸引人们眼球的噱头。

2006 年以来，某财经报连续两年发布"作家富豪榜"，对榜单分析可知，"作家富豪"中，既有像余秋雨、二月河这样的既畅销又常销的作家，又有韩寒、郭敬明、张悦然等年轻的青春文学作家。既有文学实力派作家王蒙、陈忠实、贾平凹、余华等人，还有一两年来靠《百家讲坛》跻身"富人"作家行列的易中天、刘心武、于丹等。如同胡润富豪榜那样，作家富豪榜的推出自然也备受争议。有人质疑其评价的合理性和科学性，也有人认为富豪榜上的作家不是太富有，而是相对于外国畅销书作家来说是太穷了。在今天，任何一个作家都不能置身于市场之外，越来越多的人思考如何才能创作出既被市场认可、又有文学价值的作品。

地方文艺出版社进京

近年来，一些地方文艺出版社为了克服人才、信息等出版资源比较匮乏的区位劣势，将目光投向了北京这座有着丰富人才资源和出版资源的"金矿"，纷纷进军北京，设立分支机构，抢占出版资源的制高点。

他们对驻京机构实行全新的管理体制，在用人机制和分配机制上大胆创新，将员工创造的效益与收入结合起来，充分调动了积极性和创造性，释放了无穷的能量，成为出版社深化改革的一块试验田。

据了解，目前全国已有 3 家出版集团成立了驻京的分支机构，它们虽然没有出版权，但由于可以任意使用集团所属出版社的书号，因此实际上成了集团的"综合性出版社"。有的出版社还在北京注册成立文化公司，以便开展各种相关的经营活动。这种发展模式在 90 年代中期就已出现，到目前为止，已为海南出版社、接力出版社、广西师大出版社、长江文艺出版社等 30 余家出版社采用，而且这个数字在不断增加。

这些分支机构和文化公司无论从经济效益上还是从社会效益上都给本部出版社带来丰厚的回报。这种跨地区经营模式，对打破出版业长期以来在计划经济体制下形成的地区封锁，消除市场壁垒，有着重大的现实意义。

出版"走出去"

2006 年，第 13 届北京国际图书博览会上，我国出版业 20 年来首次实现了图书版权贸易顺差。这得益于中国国际地位的提高和出版市场的成熟，更得益于中国政府为中国文化走出去而制定的一系列政策。为扭转长期以来我国版权贸易逆差的状况，国务院新闻办、新闻出版总署多次组织调研和研讨会。2004 年下半年，"中国图书对外推广计划"启动。

国际书展、图书博览会是对外展示和双向交流的重要平台，我国的出版集团和出版社充分利用这些机会，树立企业形象，推介重点产品，取得了令人瞩目的成就。

中国自己还举办展会，北京国际图书博览会经过 20 年的努力，如今已成为亚洲最大、世界一流的图书博览会，并且和法兰克福书展形成了联动机制。中国出版物实物出口的总量逐年增加，中国出版物输出的国家亦呈现多元化，我国出版单位向美、加、英、法、意、德、日、韩、澳等许多国家都有版权输出，不再像以前那样仅流向华文市场。外国的合作由个别品种、小批量进货销售正在向整体性、批量型的独家总代理发展。

网络与纸介质的互动

在人们担忧互联网会导致传统纸介质图书出版"穷途末路"时候，网络和纸介质出版出现了可喜的良好的互动。

网络已成为传统出版的重要内容来源。此前有"榕树下"，后来有新浪、搜狐、腾讯等原创文学论坛，还有博客、播客、拍客层出不穷，不断孕育出网络文学、博客图书等。另一方面，传统的纸介质图书通过网络获得了不错的销售业绩。近几年畅销的《九州》《搜神记》等玄幻武侠小说和《圈子圈套》、《盗墓笔记》等小说都是先在网络上拥有人气，而被出版社发掘推出来的。朝华出版社与幻剑书盟合作打造的《诛仙》更是创造了 70 万套的惊人销量，让网络文学成为出版社高度关注对象。后来，"博客出版"兴起，一时间《老徐的博客》《潘石屹的博客》等掀起了名人博客出版的热潮。

互联网时代，书业营销的技巧也越来越丰富。春风文艺出版社就《幻城》尝试了 Flash 营销，还有不少网络文学在推广时大打"网络点击量"牌。人民文学出版社《哈利·波特》应用网络预售策略营造"畅销旋风"，在其预订网页开通的第一天，就收到网上订单 100 多份。

网上书店市场份额呈现爆炸式增长，已成为传统图书重要的销售渠道。

影视与图书的联姻

出版业已经与影视形成了良性循环，二者的关系越来越密切。

由赵忠祥、倪萍发端，影视名人成为一种时髦，随后更多的名人们加入了这一行列：崔永元、朱军、冯小刚、陈鲁豫……名人效应屡试不爽使名人成为出版界的稀缺资源。

国产电视剧与畅销小说整合互动的步伐比较早，操作成功者首推根据二月河的《雍正皇帝》改编的电视连续剧《雍正王朝》的相互结合。后来电视剧与图书的联姻愈演愈烈，近几年热播电视剧与同名图书畅销的我们可以列下一长串名单：《激情燃烧的岁月》《还珠格格》《亮剑》《大长今》《新结婚时代》《士兵突击》……如今，出版界与影视圈互相紧盯着对方的动向，发掘可以联手打造的产品。

优秀的电视栏目给出版社积累了丰富的作者资源和题材资源。电视栏目与图书的联姻最经典的案例当是"百家讲坛"，电视传媒的巨大辐射能量制造了图书畅销的狂欢，不断刷新文艺图书出版的纪录，使"百家讲坛"图书成为一个知名品牌，并使跟风之作云集，培育了一个巨大的市场。

目前，跟影视有关的图书占据了相当大的市场份额。

集团化与转企改制

为应对国内外媒介市场的激烈竞争，至上世纪末期，我国传媒业掀起了以组建集团和媒介购并为主要方式的战略整合热潮。

2000年3月辽宁出版集团正式挂牌运营，在全国出版界率先实行政企分开、政事分开。截至2008年年底，已经成立了15家出版集团，基本上都是集编、印、发于一体的综合性集团。2003年12月31日，国务院办公厅发布《关于印发文化体制改革试点中支持文化产业发展和经营性文化事业单位转制为企业的两个规定的通知》，提出出版集团可以进行企业化转制。

随着企业化转型的顺利完成和出版产业化进程的推进，国内出版集团的整个运作方式更遵循产业规律。以细分的市场需求为核心，进行深层次的资源重组和结构重组，整合优势，强化专业成为出版集团的首要追求。在内部经营管理方面，品牌塑造、资本收益、营销渠道、售后服务、人才延揽等等其他产业才津津乐道的"法则",很快被出版业所移植,并成为出版集团流行的运作模式。在业务架构方面,出版集团跨媒体经营,进行多层次的互动开发,获得增值收益。

但我们也必须要看到,出版企业集团化的行政主导的色彩依然很浓,很多集团只是完成了"物理结合",真正令人振奋的"化学反应"还没有完全发生。中国的出版集团要真正走向市场化和企业化,依然是任重而道远。

全国的文艺出版社在这个集团化浪潮中,纷纷归属于出版集团,成为集团的一个子公司。以文艺集团命名的,只有上海文艺出版总社这个集团。

上 市

随着内部改革的逐步到位,产权制度改革越来越成为集团改革的新重点。进行股份制改造,推进股权多元化改革甚至在中国内地或境外上市发行股票,成为出版集团新的工作重心。继四川新华文轩连锁股份有限公司于 5 月 30 日在香港上市后,辽宁出版集团也于 12 月 21 日成功登录 A 股市场,成为中国首家编辑业务和经营业务整体上市的出版集团。在出版产业政策日益松动以及产业自身发展资金需求的双层推动下,我国出版业正在迎来资本市场的春天。出版传媒单位的上市更是打破了内容不能上市的政策"传统",标志着出版业上市融资政策障碍已全线破冰。

上市出版集团,利用所募集的资金,借助资本的力量,积极实现自身的飞跃。它们投资内容制作、渠道建设、引进或研发技术,还进行多元化投资,不断壮大市场竞争力。如辽宁出版集团上市后募集资金中就有 8646 万元投向旗下的万卷出版有限责任公司,专门负责出版策划业务。新华文轩成功地把业务触角伸向了图书策划出版领域,2007 年策划出版的图书达 2 亿多码洋。国内目前文艺出版社与集团一起上市的只有春风文艺出版社。但随着各家集团的上市进程,相信会有很多出版社通过资本市场来实现自己做大做强的梦想。

（原载《编辑之友》2008 年第 6 期。与高毫林合写）

中国出版需要一部法律来保障

——再说中国出版的"大"与"强"

　　中国出版要想成为大国强国，当务之急，是需要一部专门的法律来保障出版健康发展。何谓出版法，新闻出版总署的专家段桂鉴认为，"一般地说，出版法是规定出版制度的法律，即规定关于出版物的出版程序、限制范围、出版者、印刷者、发行者或作者的资格和责任，以及政府进行管理的权限、方法和程序的法律规范的总称。"

　　中国的领导人反复强调依法治国，从开国之初的《婚姻法》开始，不知制订了多少部法律。但唯独新闻与出版，却是千呼万唤，至今还没有迹象说真正要制订《出版法》或者《新闻法》。

　　出版是不是需要一部专门的法律，纵观世界各国，有部分国家制订了专门的法律，有部分国家则在宪法或普通法（民法、刑法）中做出有关的规定。研究者认为，最早制订专门法律的是法国。法国国民议会于1789年8月26日通过《人权与公民权利宣言》，其第十一章规定："思想与言论的自由交流乃是人类最宝贵的权利之一。因此，任何公民均享有言论、写作和出版的自由，但在法律限制内须担负滥用此项自由的责任。"这是世界各国宪法中最早的关于新闻出版自由的表述，并成为后来世界多数国家宪法中关于新闻出版自由的表述的基本模式。还有一部分国家，如美国、英国等将出版产业视同普通企业，没有专门的法律，但在宪法中明确出版的地位和原则，或有单独的法律规范出版的行为。

　　英国对媒介内容的管理，报业和广电媒体截然不同。由于英国没有《出版法》和《新闻法》，所以对于报纸内容没有专门法律规章的制约，也没有专门的管理机构监管，只要不违反基本法律中的相关规定，政府不会横加干涉。

　　美国立国之初，就通过宪法第一修正案（也称《人权法案》）确立了"国会不得废止言论自由与出版自由；或限制人民集会请愿、诉愿之自由。"

美国新闻界把宪法第一修正案看作是美国的第一部新闻法。

中国出版法律的建设从清末开始，《大清报律》、《钦定报律》仿日本立法实行登记制。1914 年 12 月，袁世凯政府出台了《出版法》。上世纪三十年代，蒋介石政府颁发了"民国政府"的《出版法》。这些法律，特别是北洋政府和民国政府的《出版法》，以钳制人民言论自由为能事，到了台湾解严，民国政府的《出版法》即废止了。1987 年，新闻出版总署成立，自此之后的 20 多年里，在其职能上一直有这么一条："起草新闻出版、著作权方面的法律、法规草案"。可是，除了一部保护作者版权的《著作权法》出台，一直没有一部统筹管理新闻出版行业的《新闻法》《出版法》出现，目前间接行使这些"未出台法律"的实际管理、标准职能的是《印刷业管理条例》《出版管理条例》《音像制品管理条例》《计算机软件保护条例》《著作权集体管理条例》等三、四级法律法规。

为什么改革开放三十年了，中国的经济从小到大，目前已跃居世界第一出口大国，今年 GDP 也要成为仅次于美国的老二了，而制订一部法律就如此之难呢？说到底，此中情景犹如"皇帝的新衣服"，没人愿意公开说穿而已。

有了法律，对谁不利呢？当然不是从业者。笔者从业多年，深知以言代法的厉害。一本书有没有违法，不是在某部法典中有据可依，往往是由某某领导，或者某某虽然在野但威势仍在的人决定的。或者某某读者一封来信，或者某某民族出身的人对某某一本有看法，这些书或出版社就命运多舛。如某某领导一个批示，诸如"请某某同志阅处"之类的话，下面视若尚方宝剑，兴师动众，大加鞭挞。一本书有没有问题，如《查泰莱夫人的情人》《废都》之类的，放在今天看，实在不是问题，但当年视为洪水猛兽。这还仅仅涉及"不雅"，如若在思想观点上与当局相左，则大祸临头。但时过境迁，又属于正常。如"反右"、"大跃进"、"文革"、阶级斗争，当时有谁敢说个"不"字。改革开放以来，如国有企业改革，如私有化的问题，如政治体制改革的问题，如对某一历史问题的重新评价，都要以红头文件为准。试想，中华民族何以产生有思想，对人类有贡献的鸿篇巨制，何以产生能够流传千古的杰作。人类任何有影响的创新，都是对以往成果的发展与否定，包括理论上的创新。如果我们用今天的标准来"界定"，中国不可能产生《论语》《道德经》《易经》等哲学著作，不可能有战国时期的"百家争鸣"。为什么我们新闻出版总署的领导也慨叹至今没有产生有思想、有影响的文化产品，其原因圈内人不言自明。

我想，既然我们要讨论做强做大之事，就不能不提到要抓紧制订一部专门的法律，用法律来规范出版的秩序，对政府、对从业者，无疑都是一件好事。否则，讨论也只能是一个过场。

附　录

打碎法西斯式的出版法

（《新华日报》1946 年 6 月 29 日社论）

国民党当局摧残言论出版自由的事件不断地发生，互相竞赛似的，北平一下子封掉了 77 家报纸、杂志、通讯社，上海也就查禁了《文汇周报》《新华周刊》《消息半周刊》《群众杂志》，其他如《文萃》《周报》《民主》《昌言》《人民世纪》等刊物据说也被上海市警察局认为有违反出版法之处，准备查封。

这些事情，在人民眼中是非法的、违法的，因为言论出版自由为人民的神圣不可侵犯的基本权利之一部分，并且政府当局在政治协商会议中又曾当众宣布，愿给予确保，但是在倒行逆施者嘴里，他们的行为却又是有"根据的"，他们的根据就是所谓出版法。我们试来追究一下他们的这点根据。

国民党一党专政实现后，于民国 19 年公布了钳制言论出版自由的出版法；26 年公布了条文更加严密的修正出版法。这个所谓"法"，经过了中国人民的批准没有呢？没有！中国人民从来没有同意这些嘴上的封条、身上的锁链！中国人民从来就是反对这些非法的"法"。抗战以前，中国文化界曾与这些枷锁做过斗争。抗战当中，中国文化界的这种争自由的斗争就更加广泛、更加尖锐。国民党的遗臭万年的检查制度就是在这样的斗争中被打碎的。在政治协商会议开会的前夕，重庆的文化界又正式对政治协商会议提出了"废止出版法"的要求，这种要求完全是合理的、必要的。现代民主国家像英美都根本没有专为钳制言论出版自由而制定的出版法这样的东西。而在出版法中，采取报纸期刊不仅必须申请登记，而且必须获得批准始得发行所谓特许制度的，更只有法西斯国家始有此恶例。在中国，也仅仅窃国大盗袁世凯曾经在民国 3 年颁布过与这相类似报纸条例，而这个条例随着袁世凯的垮台而被废止了。所以文化界的这种要求为当时代表人民方面的各政协代表所采纳和支持、结果，和其他许多人民自由权利一起，在《和平建国纲领》中规定了这样一条："确保人民享有身体、思想、宗教、信仰、言论、出版、集会、结社、居住、迁徙、通讯之自由。现行法令有与以上原则抵触者，应分别予以修正或废止之。"而国民党当局在1月28日的国防最高委员会的会议上，也不得不把出版法及施行细则列入应修正法规之列。

仅仅承认应修正，诚然是不够的、不彻底的，但是也总算承认了这个出版法及其施行细则已经很不适宜于今天了，谁知道5个月过去了，正如政治协商会议的其他许多决议没有为政府所实行一样，这个出版法及其施行细则也不但没有修正，反而冠冕堂皇地又用来作钳制言论出版自由的武器了。似乎今天，又是法西斯的野蛮办法公共合法的时候了，又是报纸或期刊不经过登记核准就不能发行，同一报纸或期刊另在他地出版发行就得重新登记，这一些毫无道理的条文又拿出来作为压迫言论、摧残文化的"根据"的时候了。这里是假借"法令"之名封闭查禁，那里是用暴徒的面貌打书店、抢报纸。这里是军警特务大肆没收书刊，那里是特检人员又公开在邮局里活动。这真不知置政协决议中所说的思想、言论、出版、通信自由于何地？再加上"警管制"的硬要实行，暴行打风的到处皆是，以致上海人民代表马叙伦先生等和新闻记者们都被打得头破血流，这些以及还有许多许多，合起来大概就是国民党中央宣传部发言人在6月21日对中央社记者发表谈话中所说的"保障人权办法，政府已付实施，仍不断加强"吧！这样实施下去，这样加强下去，也永远不能使中国人民屈服，相反地，将会换来更大的不满，更大的反对。

中国人民知道他们要走的路，他们将再接再厉地为自己的切身利益与各种神圣权利而斗争。在言论出版自由方面，他们将像打碎过去的检查制度一样打碎这种法西斯式的出版法及其他各种限制。

也说中国出版的"大"与"强"

报载，中国已进入世界出版大国，下一个目标，是向出版强国迈进。作为出版人，闻此心潮澎湃。据说，进入"大国"的标志有三：一是报纸的发行量连续九年居世界第一，二是图书出版总量居世界第二，三是印刷复制总量已居世界第三。

中国的出版实力与日俱增，这与中国的 GDP 总量已居世界第三一样，成为世人瞩目的一个焦点。所以，国际上有"中美国"、"G2"之类的称呼和呼声。面对中国经济取得的成果，我们不可妄自菲薄，去"灭自己志气，长他人威风"。但是，我们必须要看到，中国有十三亿人口，如果以十三亿做分母，任何数字都会显得不那么突出。正如中国领导人在不同场合所言，中国是一个发展中国家，国内发展很不平衡。以 2008 年图书纯销售额来看，只有539.65 亿元，人均购书额只有 33 元钱。（当然，民营渠道发行的部分未计入其中。）再看我国现有的出版品种的实际情况，尽管我们有近 2000 种报纸，但从地方到中央，其中有不少属于指令性发行的各级各类"党报"。人均购书的费用中，不仅包括政府免费发放的义务阶段学生使用的教材与教辅，还包括干部学习下发的各种资料。同时，从内容和影响力来看，在我们每年的 20 余万种图书中，目前还没有产生能够影响世界或者可能传之后世被人称之为经典的出版物。所以，我们不必陶醉于"大国梦"中，也不必讨论到底我们有多"大"，或者我们有多"强"。关键的问题是，我们应当找到与世界各国的差距，找到迈向大国强国的途径。我以为，当务之急，出版界要在如下几方面"强身健体"。

一是要打造真正的市场主体。出版物的生产要靠企业，而企业必须是"自主经营、自我约束、自我发展、自负赢亏"的市场主体。从目前来看，大多数的国有出版企业虽然按照要求正在转为企业，但由于旧的体制与机制运行的惯性，加上人才的缺乏，改革的不彻底，短期内，多数出版社仍然缺少竞争力，更谈不上国际竞争力了。同时，我们的大多数报纸和期刊，由于某种因素，还没有摆脱行政的束缚，很多报纸与期刊停留在宣传的层面上，短期内更难成为市场主体。所以，如果不从质和量上真正提高企业的生存能力和创造力，中国出版的细胞将是不健全的。

二是要培养一批有市场运作能力的人才，特别是领军人才。人才的重要性几乎是人所皆知，但在培养人才、使用人才、留住人才上我们缺少制度的保证，缺少良好的社会舆论氛围。出版行业内受过良好教育的人并不缺少，有过从业经验的人也不少，但缺少一批懂管理、善经营、有人文情怀与远大理想的出版家。要造就这些出版家需要体制上的突破与观念上的变革，否则，再现"张元济"式的人物只能是一个假设。

三是整个社会要形成一种良好的阅读氛围。出版业是否强大，在一定程度上取决于消费。消费不仅需要支付能力，还需要阅读习惯。中国人重视对下一代的教育，但对于走向社会的广大群体而言，阅读的习惯由于受到传播媒介多元化的影响，受到商品社会金钱崇拜的影响，整个社会的阅读氛围并不够浓厚。阅读习惯的形成一方面需要出版单位提供喜闻乐见的产品，同时也需要政府提倡，媒体支持，全民参与。邬书林副署长之前曾指出，"在我国，人均年购书册数在4.9到5.2册之间，而在发达国家，如欧美，人均年购书16册，北欧更高，为24册。"经济实力是一方面，习惯也是一个因素。

其实，"大"也不一定就代表"强"。中国要成为一个出版大国和强国，不仅仅体现在数量上，重要体现在产品的影响力上。特别是精神产品，它的价值是无法用数字来计算的。如一本《论语》、一本《道德经》，只有寥寥数千言，但胜过无数的书籍。我们这个时代，需要思想的统领，需要价值的重建，需要道德的规范，这一切都等待有创见的出版物的出现。所以，成为一个实际意义上的出版大国与强国，需要全体出版人若干年的不懈努力。因此，在这个变革的时代，让人眼花缭乱的背景中，我们应当头脑清醒。百年前，梁启超在《少年中国说》中曾写道：日本人提到中国，就是"老大帝国"。但在梁任公的心目中，应当是一个"少年中国"。一个充满希望、进取、革新、朝气蓬勃的中国，而不是一个故步自封、循旧保守的庞然大物。今天，我们也不要自恋于已有的"大"，要看到我们主体的缺失，精神上的迷失，中国出版仍然需要以"少年"的姿态，用充满朝气、充满进取精神的面貌，革故鼎新，开拓进取，以盛唐的气概，赢得世界的注目与尊重。

（原载《出版参考》2010年第9期）

出版人的历史担当

即将开始的新一轮出版改革的深度和广度都是前所未有的。但落实也需要一个过程，希望尽快把配套措施制订好，这是改革能否见效的一个关键。

关于转企改制，如果我们仅仅认为只要登记注册成了一个公司，一切问题都可以迎刃而解。很多地方也都早已"公司"了，但并没有出现大的变化。我认为，中国国有企业改革与发展的历程我们应当研究，其中很多经验教训可以吸取。改革并不是"一转就灵"，这是个很复杂的问题，是个系统工程。重点是要建立现代企业制度，做到产权明晰、自主经营、自负盈亏、自我发展。其中经营者的激励机制、管理层持股问题及股权多元化的问题怎么真正落实下去？股权多元化，如果仅仅是国有企业之间的股权多元化还是解决不了问题的。国有企业的弊端在这种股份制企业中还会沿袭。领导层持股看来有些阻力，但从企业长远发展来看，是一个有效的措施，许多成长性很强的企业证明了这一点。

目前，我们长江出版集团在做上市的前期工作。我们目前要跨越四个阶段：事业单位—国有企业—股份制企业—上市公众企业。上市的目的并不是就想募集几个钱，关键是通过这个规范动作促进改革，促进发展，打造核心竞争力，实现可持续发展。因为上市企业首先是股份制企业，各种经济成分都会有，这样监督就严格了。这是初衷，也是最后的目标。

我国是世界第四大经济体，但出版是不是也排在第四？这需要所有的出版人回答。出版的大发展大繁荣，要调动一切可以调动的力量。抗战时有一句口号：人无分老幼，地无分南北。中华文化的大复兴，凡是有利于生产力发展的力量我们都要团结。不能因为某一集团、某一群体的利益，而牺牲国家和民族的利益。我们应当有历史的担当。这个序幕也许就要拉开。所以我认为这次出版的改革具有划时代的意义。

这些年，长江出版集团做了一些尝试，主要是利用社会力量共同促进出版繁荣。在武汉，我们与民营资本合资成立了海豚传媒公司，2008 年，这家公司发货码洋、回款、利润增长均在 40% 以上。集团北京中心增长更快，其中发货码洋 2008 年增长了 80%，回款增长 40%，利润是 2007 年的 4 倍。北京中心 29 个人创造的利润几乎相当于我们 8 家出版社利润的总和。2009 年他们又制定了更为远大的发展计划。可想而知，如果我们的出版企业都能解放生产力，中国出版业的明天将会是何等壮丽的景观。

改革在不同时期、不同阶段都有自己的着重点，但当前要找到症结所在，真正实现"重点突破"。从国有企业 30 年改革和发展的过程来看，培育大型国有企业是必要的，但民营经济的快速发展更是成了国家经济成长的重要引擎。我们能否在解放国有出版生产力的同时，真正让业已存在并发挥了重要作用的民营出版早一天浮出水面？这不是一个理论问题，而是一个实践问题。如果一旦定下，就要迅速落实。思想解放和体制创新之日，就是中国出版飞速发展之时。

传统出版仍大有可为

谈起传统出版，业内业外一片唱衰之声。唱衰的理由是，数字出版正以几何数字增长，数字阅读人群正在不断扩大，数字出版形态不断创新，独立书店不断关闭，因此，有极个别人断言，2018 年传统出版将会退出历史舞台。敝以为，此说缺少科学依据。就中国国内而言，传统出版短期内不仅不会衰退，还存在很大的发展空间。

我认为当前的发展空间主要在如下几个方面：一是城镇化的稳步实施为传统出版的拓展打开了新的通道。据中国社会科学院社会学研究所最新发布的统计数字，中国目前城市化水平已超过 50%，即目前已有近 7 亿人居住在城市。其中，真正城市户口的居民只有 35%，另有 15% 以上的居民虽然人住在城市，但还没有享受城市居民的待遇。如果去掉"伪城市化"的水分，解除这部分居民在城市生活的后顾之忧，让这一庞大群体成为文化生活的后备军，则传统出版的想像空间蔚为壮观。

根据世界城市化的经验和一般规律，国家城市化水平达到 30% 以后，将进入城市化加速时期。中国特色的城市化不仅是经济发展的必然，也是未来若干年社会发展的内在需要。在党的十八大报告中，再一次将城市化提高到经济社会发展的战略高度来认识。政治局常委李克强指出，城镇化是最大的内需潜力所在，是经济结构调整的重要依靠，要把城镇化放在现代化大趋势中来思考。因此，从现代文明史的角度看，城市化的核心就是让农村居民真正融入城市，使他们的生活方式、行为方式发生改变，他们的经济能力得以提升，以此来提高整个社会经济运行的效率，创造社会的经济繁荣。我们不难看出，中国城市化的进程，恰是中国传统出版发展的一个机遇。按照目前中国人均购书册数只有 6 册左右来看，与发达国家比较，至少还有一倍以上的增长空间。特别是居住在城市的农民一旦享受城市居民的同等待遇，他们改变自己及下一代命运的愿望会十分强烈，而读书则是他们摆脱现状、追求幸福的必然选择之一。

二是数字出版的统计范围有待商榷，以此与传统出版进行比较是否科学也需进一步探讨。数字出版尽管技术不断创新，数字出版的收入呈几何数增加，但从统计学的口径来看，所谓的"数字出版"与传统的图书出版并不是一个概念。据《2010—2011 年中国数字出版产业年度报告》的统计，2010 年国内数字出版产业总体收入规模达到 1051.79 亿，已经基本超过了图书出版的销售额。但仔细分析，这里所谓的"数字出版"，包括了网络广告、网络游戏、网络动漫、网络博客、数字报纸、网络音乐等一切以二进制为技术手段进行内容存储的数字产品，而与内容出版相近的只有电子书和手机出版。手机出版除了手机阅读外，还包括了短信、彩铃，游戏和音乐、视频。而在传统的图书出版统计范围中，并没有把玩游戏、写信、登广告、听音乐统计为出版。这就是说，用所谓的"数字出版"的矛来戳传统图书出版的盾并不科学，两者有些南辕北辙，故我们不能以此来推论数字出版将会取代或部分取代了传统图书的出版。网络传播的特点是信息量大，传播速度快，有人称之为除广播、报纸、电视之外的"第四媒体"，这对于以传播信息为主的报纸和期刊而言，会分割读者的大多数时间，抢占部分市场。如大家熟知的美国《新闻周刊》因为数字媒体的影响只好停刊，但这和有一定广度和深度的图书并不完全是一码事。

三是影响传统出版的网络文学读者接触率已经开始下降，传统文学与网络文学的优劣进一步为读者认识。目前，数字阅读中原创性的网络文学大多数已从形成之初的雅致、清新、精美和非功利性演变为主要以媚俗、滥情、自娱和功利性的工业化生产为主。悬疑、穿越、玄幻、武侠、情感等等标以各种类型标签的作品在写手们日以继夜的码字中生产出来。在最初的阅读新鲜感消失之后，具有一定审美能力的人们开始诟病网络文学消解诗意与崇高，宣扬自我与物欲，文字杂沓与粗俗。回过头来，读者又发现传统图书的无穷魅力。网络文学与传统图书的区别其实在于它的创作与生产机制，而不在于使用什么媒介传播。如传统文学作品的创作是作者人生经验的积淀，作者通过想像、语言、思考传递审美功能。在图书的出版过程中，书稿经过出版社"三审三校"，力求达到内容与形式的完美统一。读者打开书本，通过心无旁骛的欣赏与沉思达到"天人合一"的境界。而如潮水般涌来的网络文学除却少量精品外三分之二的文章属于"伪文学"和"非文学"。所以近来图书评奖中，主办方尽管已将网络文学列入遴选范围，但目前还没有一部作品能得到各方的认可。另外，中国互联网调查中心（CNNIC）的调查数据也表明，截至2012年6月，网民对网络文学的使用率已经从2010年6月的46.8%下降至36.2%。无独有偶，大洋彼岸的美国数字化阅读景况与中国也十分相似。2013年1月17日，美国《华尔街日报》中文网站上一篇文章说，美国出版商协会（Association of American Publishers）报告，2012年电子书销售年增幅骤降至约34%。这样的增长态势仍算不错，但较之前四年的三位数增幅已大幅下滑。Bowker Market Research公司2012年进行的一项调查显示，只有16%的美国人实际买过电子书，而高达59%的人说他们对买电子书没兴趣。

出版社要保持传统图书的市场与发展，既要认真应对产业形态升级的新变化，吸收新的存储技术、传播方式的优点，但也绝不可妄自菲薄、风声鹤唳，自乱阵脚。数字技术在传播和存储上有其优势，但局限性也显而易见。纸介质图书经过千年的演变，已经融入人类文明的年轮。何况占有重要地位的网络文学由于品质的缺位已经受到冷落，其中少数佼佼者正在向传统图书靠拢寻求灵魂的救赎。事实说明无论传播介质如何变化，人类赋予精神产品的内涵没有改变，人类文明传承的主要形式也还没有改变。2012年莫言获得诺贝尔文学奖，其著作顷刻洛阳纸贵。这无疑说明优秀的传统图书仍然有其庞大的市场，说明阅读仍是中国人精神生活中不可或缺的大餐。出版社只要保持并提升图书的内在品质，注重图书内容与形式的统一，"知彼知己"，避开互联网的信息传播优势，在"专精细"上下功夫，突显自身不可替代的作用，传统出版仍然有其存在的价值与地位。湖北的《特别关注》是一份文摘类期刊，在互联网时代，按说应是第一个倒下的纸老虎，但该刊2012年却有很大的增长，月发达到400万册。刊物有此业绩，一是说明主办方了解市场，定位明确，服务周到，二是说明数字化时代传统媒体仍然有其驰骋空间。当然，传统出版不能排斥数字化为我们这个行业带来的正能量，如当连锁书店和独立书店不断萎缩之时，以互联网技术为基础的网络书店以其周到的服务和销售的长尾效应，让传统图书与读者无缝对接并保持长久的生命力。如在传统图书的营销过程中，互联网技术与数字技术为图书信息的传播插上了翅膀。再如互联网与手机上的少量优秀原创作品也为传统出版提供了新的补充资源。总之，我以为，在数字化时代，传统出版不是面临末日，而是如虎添翼。在我们这个正在前行的国度里，传统出版仍是天高地阔，大有用武之地。

（原载2013年2月6日《中华读书报》）

敬畏出版

人类从事出版活动，已经有两千多年的历史。两千年来出版为祖先们创造了多少财富，我们已无从得知。现在能够让人肃然起敬的，是那些用汉字书写、记录着人类文明印迹的物质载体。如甲骨、竹简、缣帛，当然最多的是透着油墨气息的纸张。这就是我们今人看到的，如或优雅或浪漫或肃穆的《诗经》，思考着人类生存法则的《论语》，揭示了宇宙神秘关系的《易经》，谨严而又生动的《史记》，散发着迷人气息的《唐诗》，让人回肠叹气的《红楼梦》。官刻、私刻、坊刻，在汉字排列组合的变化中，出版人刻录了文明演变的轨迹，也书写了自己不断求索的历史。当然，我们现在不去探究出版者当初的动机，但这些浩如烟海的文明成果足以让后人尊重出版，并且对这项职业产生敬畏之心。因为如果没有这些人类文明的结晶，我们这个泱泱大国可能还处在蒙昧之中，我们的社会生产力仍然十分低下，我们无法在世界其他民族面前称道中华文化的魅力。今天我在这儿讲如许浅显的道理，不是为了让出版人陶醉在昔日的辉煌中，是因为敝以为我们所从事的崇高的出版活动，在市场经济的大潮中，正日益被边缘化，或者说被亵渎——不是被他人，而是被出版人自己，或者说被某些左右着出版人命运的力量。这种评价也许有些耸人听闻，但事实，不能不让我们感到惊悚。

全国 580 家出版社，有多少在涉足教育出版呢？我们的销售收入中，有多少是靠教育出版赢得的呢？"昌明教育，开启民智"并没有错，关键是送进学生书包的教材教辅有多少是必不可少的精品。我们在推销教材教辅时有多少是依靠质量而不是权力和金钱呢？当我们在窃喜销售收入不断增长的同时，是否想过那些如山的教材教辅对于下一代是有益还是有害呢？

大众出版也不容乐观。跟风、拼凑、注水、重复，品种与库存的不断攀升，速成与速朽的疯狂赛跑，原创性被稀释，图书质量梯次下滑。与此同时，低俗化博弈道德底线，黑幕文学遮蔽崇高与阳光。渴望经典，拥抱原创，传递正能量成了一种出版的奢侈。

专业出版本是一块高尚的领地，但目前又有多少作品是研究者的真知灼见呢？课题补助和速成的专著充斥，科学被伪科学鸠占鹊巢，专业出版成了不专业的代名词。我们不说引领世界科技发展的潮流，成就几个获诺贝尔奖的学者，但我们至少不能为后代提供注水的赝品。

凡此种种，绝不仅止于此。当然，我强调这些，并不希望藉此以偏概全，夸大其辞，或者认为出版活动是不食人间烟火的象牙塔，认为我们的出版已陷于万恶不赦之渊，也并不是认为出版三十年来未有为国家和民族做出贡献。我只是觉得，在重商主义，金钱崇拜，GDP 至上的当下，出版存在的社会价值，似乎都被简化成了 GDP 中一个微小的分子。因此，我们有人感到自卑——因为与其他行业相比，甚至与一个大型的企业比较，出版行业的整体收入显得多么微不足道。因此，有人感到急躁，在做大做强的口号声中，在跨越式发展的蓝图指引下，为了证明自己作为一个"产业"的价值与地位，为了提高自己在经济丛林中的发言权，包括那些附属于大学殿堂的出版单位，也放下身段，纷纷跻身于市场经济的战场。当然，更多的是遗忘，遗忘了出版从何处来，应当向何处走。

所以，我们呼吁要敬畏出版！

敬畏出版皆因为这曾是一个神圣的职业。它是一个很小的行业，也不是一个能带来丰厚利润的行业，但是，它为这个社会架设了通向文明世界的天梯，给这个社会送来了光明和放置灵魂的殿堂。古人敬惜字纸，敬重到把附载有文化符号的纸张都视若神明，甚至供奉到决定生死轮回的庙堂之上。我们今天不需要如此虔诚，但也不能将传承文化的出版事业弃若敝屣，认为出版只不过是稻粱谋的手段之一。

敬畏出版皆因为这是一个特殊的行业。从业者需要丰赡的知识，专业的技能，和人类灵魂工程师的良知。它不是暴发户的掘金场，也不是钻营者理想的朝堂。它需要踏实的暮钟晨鼓，需要日复一日地游走于字里行间。古人云，"头上三尺有神明"，我们这些标榜为唯物主义者的一代人早就不会相信头上真有什么主宰命运的神明，但我相信时间会证明一切。时间就是历史的书写者。

敬畏出版，让我们放弃一切不实的幻想，重新回归到出版的本质。

敬畏出版，就是重拾社会对出版人的尊重，就是重新界定中国出版前进的方向。

（原载 2013 年 7 月《出版参考》）

跋

　　我迟迟没有写就这段文字，皆因为怯于面对这套并不丰盈的"文存"。我的青春，我的梦想，我那恍在眼前却又分明逝去的日子，就在这一字一句的接力中，化为了昨日的晨露。我似乎不敢想像，我已经到了倚门而立、细数过往的年龄了。我也感到惶惶，挑来选去，能让自己满意的文字，就是这百余万字各种不同体裁的作品。

　　这已经成了历史，成了过往岁月的一部分。"文存"的第一卷，主要是文学作品。从时间顺序上来看，我走上文学道路，撇开那些带有明显时代痕迹的诗歌，主要还是从儿童文学起步的。上个世纪，我小学毕业即失学，但后来读过中级师范，当过教师。从小学教到初中、高中，还教过师范。我了解孩子们，特别是山区孩子的喜怒哀乐。于是，在教学之余，面对着窗外重重叠叠的大山和蒙蒙的月色，我乐此不疲地就着并不明亮的油灯，在白色油光纸上勾勒孩子们的身影。是时，山腰若有若无的雾霭，弯弯曲曲的山路，山路两边盛开的野花，还有那蓊蓊郁郁的竹林，便和着我的思绪一起涌到笔下。我以为此生会和孩子终生相伴的，然而命运之舟又把我抛向了中国政治结构中一个承上启下的部门。我目睹了中国政治运作的流程和在其中奋斗、挣扎的诸多小人物，当我插班走进武汉大学后，这些小人物便一一闪现到了我的眼前。于是我记录下了彼时的机关生活。当然，是典型化的。这些人物的原型，有些是我尊敬的领导和同呼吸共命运的同事，他们在这个体制的轨道上，身不由己地扮演着不同的角色。离开大学来到出版社后，我的创作热情高涨，不断地在各种刊物上亮相。可是，我在几年后又去到了一个上级机关，接着又来到出版社负责，于是，我尽管在从事文艺出版，但几乎与文学创作绝缘。我把生命中长达十年的春夏秋冬，连同属于自己梦中的空间，都交给了一个叫做事业的组织。但失之东隅，收之桑榆，"文存"第三卷便是我关于出版的思考。这些文字部分是经验的总结，部分是关于这个行业的探讨。从编辑到发行到营销，从传统媒体到数字出版，小到一本书的广告词，大到整个行业的现在与未来，我结合自己从业近三十年的体会，贡献着我的一点点赤子之心。我是从热爱文学起步，结果出版成了我安身立命的归宿。

"文存"中还有一部分是关于作家作品的研究。这些大多与我的工作有关。我编书，于是也评书，既是工作之需要，也锻炼了我文学鉴赏和文学批评的能力。当编辑时，我乐此不疲，凡是我编辑的稍有分量的一些图书，我都会写上一篇评论。后来有文友出版图书，邀我写上一段话，情之难却，便有了若干篇序言。当然，"文存"中我敝帚自爱的，是我写家族，写亲人的几篇文字。这些文字虽然没有太多的修饰，也不具有曲折动人的故事，但那是我从心底流泻出的真情实感。我那一个个去了天堂的至亲至爱的亲人，尽管是这个世界中卑微的一粒沙子，但在他们的生命历程中，都烙上了那个历史时期的累累伤痕。他们的经历虽是个体的，但却又有着鲜明的时代的特征。我写这些亲人，不仅表达我由衷的思念，也希冀为这个时代留下文学的记忆。

不过，在第二卷中，我还有一部分直面这个时代的作品。关于农村、农民、农业，关于社会的另一些阴暗面，关于这个民族的些许思考。有这么一个时期，我对报告文学发生了兴趣，与一位同学共同写了几本反映现实生活的报告文学。这里我将本人执笔的部分节选下来，也放在"文存"中以资纪念。

这几本书冠之以"文存"，一是说明这并非是我全部的文字。未有收入"文存"的，有我早期写的一些诗歌，曲艺作品，还有一个反映"大革命时期"一位乡村教师生涯的小长篇《她从魔窟来》，古籍《武经七书》和《劝忍百箴》的白话翻译等。上述作品因为篇幅和时代痕迹等原因我未收入其中。二是本人虽已近耳顺之年，但觉有生之时还会写些文字，现在用"文存"以示此为阶段性的总结。

年轻时读苏俄文学，印象最深者是奥斯特洛夫斯基在《钢铁是怎样炼成的》中的那段话。其意是人在临死的时候，回忆一生，不会为自己的碌碌无为而懊悔。我曾将其写在书桌前，作为座右铭。现在回顾大半生，"有为"谈不上，但确实努力了。我就像家乡大别山中那个布满鹅卵石的小河中的流水，不舍日夜，九曲回环，终于，我终于汇入了奔腾不息的长江。有幸如斯，存此为鉴。是为跋。

周百义

2014 年 5 月